Passion secrète

Rien qu'un baiser

Un adversaire trop charmant

TESSA RADLEY

Passion secrète

éditions HARLEQUIN

Collection : PASSIONS

Titre original : FALLING FOR HIS PROPER MISTRESS

Traduction française de FLORENCE MOREAU

HARLEQUIN®
est une marque déposée par le Groupe Harlequin
PASSIONS®
est une marque déposée par Harlequin S.A.

Photos de couverture
Femme : © JON SCHERDERS/MOODBOARD/CORBIS
Réalisation graphique couverture : M. GOUAZE

83-85, boulevard Vincent-Auriol, 75646 PARIS CEDEX 13.
Service Lectrices — Tél. : 01 45 82 47 47
www.harlequin.fr
ISBN 978-2-2802-3324-8 — ISSN 1950-2761

- 1 -

Tout se déroulait à merveille.

Enfin, presque tout, rectifia mentalement Guy Jarrod, en se dirigeant vers le petit square pavé qui se trouvait au cœur de Jarrod Ridge, l'un des hôtels les plus réputés d'Aspen. Erica Prentice, la demi-sœur dont il venait juste de découvrir l'existence, avait annoncé une nouvelle contrariante le matin même, au petit déjeuner : Art Lloyd, l'un des conférenciers programmés au Food and Wine Gala, avait appelé la veille pour annuler sa prestation, en raison d'une mauvaise grippe.

Malgré un léger mal de tête lié au fait qu'il allait devoir trouver rapidement un remplaçant, Guy se réjouissait de constater que le grand Salon annuel de la gastronomie et de la sommellerie qui se tenait actuellement à Jarrod Ridge s'annonçait bien, ainsi que le prouvaient les immenses chapiteaux blancs comme neige qui bordaient le square sur trois côtés et qui fourmillaient d'activités.

Si son père avait encore été de ce monde, il aurait bien été forcé d'admettre que le tout était impressionnant.

A cette pensée, il sentit son cœur se serrer. Mais il refusa de céder à la tristesse et à la nostalgie. Si Don Jarrod, véritable figure de légende à Aspen, était parti pour toujours, l'œuvre de sa vie, Jarrod Ridge, lui survivait et n'était pas près de s'éteindre.

Une immense ombre passa soudain au-dessus de lui.

Levant les yeux vers le ciel, il aperçut une rangée de têtes qui le regardaient d'un air peu rassuré du haut des nacelles accrochées à des ballons aux couleurs vives, qui traversaient lentement l'azur. Le spectacle l'amusa. Il adressa un signe amical de la main aux voyageurs et ce fut d'un pas plus léger qu'il se dirigea vers le premier chapiteau qui était déjà plein à craquer, en dépit de l'heure matinale.

Il repéra Erica, aux côtés de Gavin, l'un de ses deux jeunes frères. Tout en s'exprimant, elle agitait les mains, sans doute pour mieux souligner ses propos. Sur la droite, à côté de la tente d'œnologie où se tenait déjà une vente aux enchères à but caritatif, son frère jumeau, Blake, était en train de discuter avec…

Non, ce n'était tout de même pas…

Il plissa les yeux comme pour accommoder.

Si, c'était bien qui il pensait !

Son regard se fixa alors sur une tête blonde douloureusement familière, une silhouette aux courbes particulièrement féminines qui aurait dû se trouver à des milliers de kilomètres d'ici, en Californie.

Son frère jumeau se pencha pour saisir ce que la jeune femme blonde était en train de lui dire et Guy fronça les sourcils quand, d'une main élégante, elle repoussa sur son front ses lunettes dernier cri et releva le menton. Il vit alors nettement ses pommettes hautes qu'il avait autrefois caressées, au cœur de la nuit, le coin de sa bouche charnue et souriante qu'il avait embrassée jusqu'à l'entendre gémir…

Comme il se souvenait bien de ces gémissements !

Des petits miaulements qui l'envoûtaient et qui allumaient en lui un violent désir…

Il rejeta ces troublants souvenirs pour ne se concentrer que sur une seule question : qu'est-ce qu'Avery Lancaster pouvait bien faire ici, et surtout pourquoi discutait-elle avec son frère en le regardant si intensément ?

Malgré lui, Guy accéléra le pas et, en un rien de temps, il se retrouva près de la jolie blonde.

Elle avait dû le sentir arriver, car immédiatement, elle darda sur lui son regard bleu porcelaine. Il ne lui en fallut pas davantage pour sentir un étrange frisson au plus profond de lui-même… Il prit une grande inspiration. Il y avait encore peu, quand il se tenait à côté d'elle, il se sentait invincible, une sorte de super-héros qui pouvait tout affronter.

Ce n'était plus le cas.

Pour une fois, Avery paraissait elle aussi déstabilisée.

— Guy !

Il ne l'avait pas revue depuis un mois et demi — quarante-neuf jours, pour être exact. Cependant, l'effet ensorcelant qu'elle exerçait sur lui était toujours aussi fort, et ce constat n'était pas sans le contrarier Et dire qu'en son absence, il s'était presque convaincu qu'il s'était imaginé toute l'affaire. Il était bien obligé de l'admettre : il n'avait rien exagéré.

Il lui jeta un nouveau coup d'œil : elle avait recouvré sa contenance, si tant est qu'elle l'avait perdue. Elle semblait tout droit sortie d'un magazine de mode, et nul doute que toutes les lectrices se seraient précipitées pour acheter la même robe à fleurs qu'elle. Sa peau douce et dorée était une véritable tentation… Les quelques boucles qui avaient échappé aux branches de ses lunettes introduisaient un charmant désordre dans l'image parfaite qu'elle reflétait, ce qui la rendait encore plus désirable…

— Avery, répondit-il d'un ton froid.

Blake sourcilla.

— Vous vous connaissez ? demanda-t-il.

— Avery m'a aidé à refaire ma carte des vins, au Baratin, expliqua Guy.

Sur cette déclaration, il se mit à la fixer comme s'il la mettait au défi de le contredire. Avery détourna les yeux. Il aurait dû s'en douter. C'était une traîtresse… Quelque deux mois plus tôt, elle était entrée dans sa vie avec la force d'un ouragan. Quatorze heures plus tard, elle était dans son lit. Le lendemain, elle déménageait de son hôtel pour s'installer chez lui. Et deux semaines plus tard, elle était repartie après avoir tout détruit sur son passage.

Au lieu de renchérir et de s'étendre sur le merveilleux travail qu'ils avaient réalisé ensemble, elle se mit à fixer Blake avec une attention redoublée, n'offrant à Guy que son profil.

Contrarié, il serra les mâchoires. Qu'elle ne s'amuse pas

à séduire son frère, car alors sa colère pourrait être terrible. Avait-elle besoin d'un deuxième Jarrod à son tableau de chasse ?

Inconscient de la tension qui régnait entre eux, Blake déclara dans un sourire :

— Tu avais effectivement mentionné une sommelière free-lance, mais tu ne m'avais pas précisé qu'il s'agissait d'une charmante jeune femme.

Il avait toujours considéré Blake comme un homme d'affaires intelligent, mais là il semblait incapable de détacher les yeux d'Avery. Cette petite diablesse qui refusait toujours ostensiblement de regarder Guy en face.

Alors qu'il sentait l'irritation le gagner, il la vit soudain rougir…

Elle, rougir ? s'étonna-t-il. A moins que ça aussi, elle ne l'ait simulé.

Une fossette creusa alors sa joue et elle laissa échapper un rire de contralto.

— Flatteur ! lança-t-elle à Blake.

Et le bout de ses ongles vernis effleura le bras de son jumeau, telles les fines ailes d'un papillon coloré.

Guy fronça les sourcils.

Elle devait cesser sur-le-champ de flirter avec Blake, ou il allait la renvoyer sans ménagement dans la vallée de Napa ! Il ne la laisserait pas tout dévaster sur son passage une seconde fois.

Il allait l'avoir à l'œil et elle avait intérêt à se tenir tranquille.

Soudain, elle repoussa une mèche sur son front et sa robe à fleurs en forme de cache-cœur épousa plus étroitement sa poitrine. Il retint un petit sourire froid. Ce geste n'avait rien de magique, c'était juste une ruse féminine, aussi vieille qu'Eve, il était bien placé pour le savoir.

Et pourtant, il fut agacé de constater qu'il n'y était pas indifférent. Se ressaisissant, il détourna les yeux de cette femme si tentante, si séduisante, et se rendit alors compte que son frère la détaillait toujours avec un intérêt amusé.

— Vous devez être frères, dit-elle.

Son timbre voilé, qui l'avait fait si souvent frémir de désir, trahissait sa surprise.

Guy retint un grognement de confirmation, tandis que Blake répondit instantanément :

— Guy est mon frère jumeau.

— Ton visage m'était familier, et je me disais bien que…

— Nous sommes de faux jumeaux, se hâta de préciser Guy, afin qu'Avery cesse de fixer Blake avec un intérêt aussi évident. Pas identiques !

A cet instant, elle daigna enfin tourner le visage vers lui pour lui adresser un regard direct et curieusement vide.

— C'est amusant, j'ignorais que tu avais un frère, qui plus est un frère jumeau, dit-elle. D'ailleurs, je ne savais même pas que tu étais un des fameux Jarrod d'Aspen.

Amusant ? Ils avaient eu une relation passionnée et explosive ! Rien à voir avec l'adjectif « amusant ». Et puis elle était partie, lui arrachant l'âme et le cœur dans la plus totale indifférence…

— Eh bien maintenant, tu es au courant ! Et comme manifestement cela t'intéresse, je t'annonce que j'ai aussi deux autres frères.

Gavin et Trevor. Qui étaient de tout aussi bons partis que Blake. Mais cela il était inutile de le mentionner devant Avery.

Elle lui adressa un petit sourire, mais ses yeux demeurèrent froids, comme s'ils avaient perdu leur éclat. Seule une lueur inattendue de méfiance y brillait.

Au fond, elle avait raison d'être sur ses gardes. Elle n'était pas idiote. De fait, c'était lui qu'elle avait pris pour un idiot…

Agacé, il se rappela alors sa peur primaire de la perdre, et ses efforts pour créer une atmosphère intime et idyllique à New York. Il avait prévu un anniversaire des plus romantiques, à son intention. Un dîner composé de tous ses plats préférés : des tempura de crevettes, une salade au fromage bleu et aux noix relevée d'une pointe de gingembre, des cerises, un tiramisu. Ils devaient dîner au Baratin, fermé pour l'occasion aux autres clients. Vingt-sept bougies éclairaient leur table…

Il s'était mis aux fourneaux, ravi de cuisiner pour elle,

enivré par les odeurs de la nourriture et des fleurs coupées qui se mêlaient.

Et puis il avait attendu.

Attendu…

Son inquiétude était allée croissant jusqu'à ce qu'il comprenne qu'Avery avait séduit Jeffrey Morse et qu'il avait vraiment eu tort d'engager son cœur dans cette relation.

Son grand élan romantique lui avait coûté bien plus que le manque à gagner lié à la fermeture du restaurant. Il lui avait valu une semaine d'insomnie et il en avait presque perdu le respect de lui-même. Un mois et demi plus tard, sa fierté en souffrait encore.

Evidemment, si Avery avait su qu'il appartenait à la riche famille Jarrod d'Aspen, elle ne lui aurait pas préféré Jeff, son associé de Go Green, même si ce dernier disposait lui aussi d'une belle fortune.

S'ils n'avaient pas évoqué sa famille, c'était qu'ils n'en avaient pas eu le temps. Soit ils discutaient vin et travail, soit ils faisaient l'amour avec passion. A la réflexion, il était très heureux qu'elle n'en ait rien su car cela lui avait permis de comprendre qui elle était, à savoir une intrigante.

Eh bien, elle pourrait toujours intriguer ! La fortune des Jarrod ne serait pas pour elle.

S'efforçant de faire abstraction de son incroyable beauté, il lui adressa un regard froid.

— Que fais-tu à Jarrod Ridge ? demanda-t-il.

Aussitôt, il regretta sa question.

En quoi cela pouvait-il bien l'intéresser puisqu'il la méprisait ? Il était évident qu'elle était venue ici dans le dessein de trouver une nouvelle proie riche et crédule, la manifestation étant réputée pour son public fortuné et célèbre.

Rongé par la culpabilité d'avoir trahi un ami, Jeff n'avait pas cherché à la revoir, et Guy savait que lui aussi aurait dû se réjouir d'avoir échappé à une aventurière de ce genre.

Seulement voilà, il n'y arrivait pas !

Comment aurait-il pu y parvenir alors qu'elle ne cessait de passer sa langue sur ses lèvres qui semblaient en permanence réclamer un baiser… Chez une autre femme, cela aurait sans doute dénoté une certaine angoisse ; chez elle, c'était de la séduction féminine à l'état pur. Comme si elle avait pu lire dans ses pensées, elle referma les lèvres et il eut l'impression de pouvoir enfin respirer. Mais l'instant d'après, elle les entrouvrait de nouveau… Il n'aurait pu en détacher les yeux même avec un revolver braqué sur la tempe. En dépit de sa colère et de ses résolutions, tout ce qui le préoccupait à présent, c'était cette bouche rouge, sensuelle, et provocante…

Il serra les poings et, en silence, reprit sa respiration.

Le pauvre Jeff n'avait pas eu, lui, la force de résister.

Cette fois, c'était son frère qu'elle voulait prendre au piège. Mû par une immense colère, il se rapprocha de lui. Si elle croyait que Blake allait être sa prochaine cible, elle se trompait. Toutefois, quand il ouvrit la bouche pour lui ordonner de les laisser tranquilles, son odeur enivrante et fleurie pénétra ses poumons… Il reconnut cette fragrance unique qui ne la quittait pas, même au lit, et il sentit son sang s'accélérer dans ses veines…

Si seulement son corps pouvait lui aussi la haïr…

Mais à quoi bon s'inquiéter ? La ville était pleine à craquer, il l'avait croisée par hasard, mais cela ne se reproduirait sans doute plus. C'était juste un mauvais moment à passer.

— C'est Art qui m'a envoyée, répondit-elle.

— C'est Art qui t'a envoyée ? répéta-t-il, complètement désorienté.

Ce fut alors que Blake intervint, lui rappelant qu'il n'était pas seul avec elle :

— Avery est la nièce d'Art Lloyd, même si elle ne lui ressemble pas du tout.

Avery adressa un rapide sourire à Blake et Guy aurait juré qu'il s'accompagnait d'un battement de cils. Quelle comédienne !

— Tu es la nièce d'Art ?

Cette nouvelle le surprenait, mais lui permettait également de reprendre pied dans la conversation et de mettre ainsi un terme à son flirt éhonté avec Blake.

— Tout à fait.

Elle hocha la tête et sa frange scintilla comme de l'or sous l'éclat du soleil, avant de reprendre :

— Tu sais, naturellement, qu'il devait donner une conférence pendant le salon, mais il se trouve qu'il est malade. Il a la grippe, et comme il est asthmatique, le docteur lui a interdit de prendre l'avion dans son état.

A cet instant, il aurait juré voir de l'appréhension briller dans ses grands yeux bleus de poupée. Une appréhension qu'il savourait car même sept semaines après qu'elle l'avait laissé tomber, il avait encore envie de la punir.

— Je suis désolé pour Art, dit-il. J'ai beaucoup de sympathie pour lui.

Et il n'avait pas besoin de préciser que ce n'était pas le sentiment qu'elle lui inspirait : elle pouvait tout à fait le déduire de son attitude.

Elle prit une large inspiration.

Alors malgré lui, il laissa son regard glisser sur sa bouche en forme de bouton de fleur. De nouveau, il eut l'impression que son odeur fleurie le pénétrait tout entier et que son monde basculait…

Comme dans un brouillard, il l'entendit dire, de cette voix sensuelle qui le rendait fou :

— Je suis venue faire la conférence à sa place.

Ce soir-là, sous la tonnelle toute blanche du plus grand chapiteau, la soirée « huîtres et champagne », qui ouvrait traditionnellement le Food and Wine Gala, battait son plein. Les serveuses circulaient avec des plateaux d'huîtres, tandis que les serveurs veillaient à ce que les coupes ne soient jamais vides, sous la lumière des chandeliers en cristal.

— Erica s'est surpassée, observa Guy à l'adresse de Blake tout en scrutant la foule qui avait payé le prix fort pour assister à l'événement.

— C'est la nourriture qui attire les gens, et là, c'est ton domaine, répondit Blake.

Guy inclina la tête, pour indiquer qu'il acceptait le compliment.

— Nous avons vendu toutes les places, précisa-t-il. Plus il y aura de monde, plus les médias couvriront l'événement et mieux ce sera pour les affaires.

— Erica est très forte en relations publiques, concéda Blake. Nous l'avions sous-estimée. Même si pour ma part, je savais que cette soirée serait une réussite et qu'il était inutile de distribuer des invitations aux fournisseurs locaux, ainsi que l'avait suggéré Erica.

— Le geste aurait eu le mérite de prouver que nous sommes soucieux des gens d'ici, souligna Guy.

Malgré tout, comme son frère, il avait mis son veto à la proposition d'Erica. Au fond de lui-même, il savait bien que s'il s'était opposé à l'idée, c'était pour des raisons personnelles et non des motifs commerciaux. Et il était aussi conscient qu'il ne pourrait pas en vouloir *ad vitam aeternam* à Erica pour le simple fait d'exister !

— Cela aurait attiré encore plus de monde et ôté le caractère d'exclusivité à la fête, objecta Blake.

— Nous aurions alors pu limiter les entrées des intervenants, renchérit Guy.

Et, en prononçant ces mots, il se mit à fixer la femme dont l'arrivée, un peu plus tôt, avait chassé la paix de son esprit pour y semer le plus grand trouble. Mais de cela, Avery ne semblait absolument pas se soucier.

— Papa invitait toujours les intervenants à la fête d'ouverture. C'était maman qui avait inauguré la tradition, observa Blake.

Guy eut une soudaine envie de se révolter et de souligner que personne ne s'était jamais préoccupé de satisfaire Don Jarrod de son vivant. Aussi, pourquoi cette vénération depuis qu'il était mort ?

Mais le moment n'était pas du tout opportun pour se disputer avec son jumeau. Et surtout pas avec Avery dans les parages ! Elle venait de leur jeter un coup d'œil et avait donc remarqué leur présence. Instinctivement, Guy se rapprocha de son frère. Elle était si irrésistible, ce soir, dans sa robe en lamé couleur de soleil. Chaque fois qu'elle se déplaçait, les diamants qu'elle portait aux oreilles étincelaient sous l'or de ses cheveux. Même dans cette foule fourmillant de célébrités elle ne passait pas inaperçue.

Elle leur adressa un bref sourire, mais ne parut pas montrer pour Blake le même intérêt que le matin. Du coin de l'œil, Guy la vit héler un homme imposant. Et il ne put retenir une grimace agacée quand elle glissa son bras sous celui de l'inconnu pour lui donner un baiser sur la joue.

Il ne lui avait pas fallu longtemps pour trouver de la compagnie !

— Qui est la personne qui se trouve avec Avery Lancaster ? demanda-t-il à Blake.

Son frère jumeau était toujours au courant de tout. Son réseau de connaissances était insurpassable.

— Son visage me dit quelque chose…, commença-t-il. Ah, j'y suis ! Il vient de Californie. C'est un négociant en vins, mais je n'arrive pas à me rappeler son nom.

— De quel vignoble ? Son vin est réputé ?

Il espérait bien que non.

Blake secoua la tête.

— Je ne sais plus. Cela me reviendra. Pourquoi cet intérêt ?

Guy refusa d'admettre qu'il cherchait des renseignements sur cet homme uniquement parce que Avery venait de le saluer chaleureusement. Eu égard à ses chaussures italiennes bien lustrées et son costume de couturier avant-gardiste, cet homme était visiblement fortuné. Ce constat le contrariait. Il aurait aimé qu'il ait quelques faiblesses pour être sûr de l'atteindre, si besoin était.

— Il est toujours bon de savoir qui fabrique les meilleurs vins, maugréa-t-il.

— C'est vrai, reconnut Blake. Une personne bien informée est toujours en meilleure position pour entrer dans la compétition.

A cet instant, Avery rejeta la tête en arrière et se mit à rire pour ce que venait de dire le Californien. Ses boucles d'oreilles dansèrent et ses yeux brillèrent plus intensément.

De façon inattendue, Guy sentit la colère monter en lui.

Que lui arrivait-il ? N'aurait-il pas dû être heureux d'être débarrassé d'une intrigante de la trempe d'Avery ? En général, il faisait toujours preuve de philosophie quand une relation se terminait et il restait en bons termes avec ses ex-maîtresses.

Mais cette fois-ci, c'était différent.

Blake lui posa une question à laquelle il répondit par l'affirmative sans même savoir de quoi il retournait. Il observait toujours Avery, incapable de réprimer la colère qui le submergeait. Avery lui avait déclaré la guerre en quittant New York sans lui expliquer pourquoi elle avait séduit son associé et ami. Il avait le droit de savoir. Libre à elle de penser que c'était terminé entre eux. Pour sa part, il n'en avait pas fini avec elle.

Personne ne l'avait jamais trahi de la sorte, laissé en plan de façon si brutale. Avery allait bientôt comprendre la terrible erreur qu'elle avait commise.

Quand Erica les rejoignit, Guy lui laissa un peu de place dans leur cercle, mais se positionna de manière à ne pas perdre de vue sa cible. Avery venait de prendre une nouvelle coupe de champagne, mais ne la porta pas à ses lèvres.

Une seconde plus tard, elle tournait la tête vers lui. Aussitôt, Guy détourna les yeux et se mit à complimenter Erica sur le beau travail qu'elle avait accompli. Il était hors de question qu'Avery s'imagine qu'il l'épiait. Il ne remarqua même pas que sa demi-sœur rougissait, ni le regard irrité de Blake, reflet de la relation difficile qui existait entre les frères Jarrod et Erica, la demi-sœur qui venait de surgir dans leur vie.

Guy lança de nouveau un regard furtif à Avery.

Elle avait reposé sa coupe, sans la toucher, et s'aidait de ses mains pour illustrer ce qu'elle disait. Quand celles-ci se posèrent sur la manche de son compagnon, Guy sentit encore une fois la colère l'étreindre.

Cette fois, cela lui était bien égal qu'elle le surprît en train de l'observer. Est-ce que cet homme était un ancien amant ? Quelqu'un avec qui elle sortait déjà à l'époque où elle couchait avec lui ?

La fureur l'étouffait.

— Ça ne va pas, Guy ?

Erica dardait sur lui de grands yeux inquiets.

— Euh… Ce n'est rien. J'ai juste besoin d'un verre d'eau. Blake a dû aller me le chercher.

Il se rendit compte qu'il était très mal à l'aise en présence d'Erica, qu'elle l'était aussi et que, pour couronner le tout, Blake s'était éclipsé !

— Comment s'appelle-t-elle ? demanda Erica.

Laissait-il transparaître si facilement ses émotions pour que même sa demi-sœur puisse lire en lui comme dans un livre ouvert ? Frustré, il serra les mâchoires.

— Personne.

— Je voulais juste t'aider… Tu as l'air si malheureux.

Malheureux, lui ? Sûrement pas ! Il se força à sourire.

— Je vais très bien.

Mais Erica n'avait pas l'air convaincue.

— Je t'assure que je vais très bien, répéta-t-il.

— Bon, je n'insiste pas.

— Merci, dit-il, soulagé.

Elle lui adressa un petit sourire et il éprouva un léger pincement de remords. N'était-il pas temps de lâcher du leste avec Erica ? Elle s'était donné un mal fou pour la réussite de cette soirée. Mais, alors qu'il s'apprêtait à faire un effort pour se montrer aimable avec elle, il vit Avery et son compagnon se diriger vers la sortie.

De nouveau, il éprouva une insupportable tension.

Où allaient-ils ? Elle n'allait tout de même pas passer la nuit avec lui ? Jamais il ne laisserait une chose pareille se produire.

Avant même qu'il ait pu décider quoi que ce soit, il vit un critique culinaire connu s'approcher du couple, retardant leur sortie. C'était le moment ou jamais.

— Excuse-moi, murmura Guy à Erica.

Et il s'éloigna sans même avoir conscience que sa demi-sœur le fixait d'un air perplexe.

Quelques instants plus tard, il saisissait sans ménagement Avery par le bras pour la séparer de son compagnon.

— Je veux te parler ! dit-il.

— Guy ! Qu'est-ce qui te prend ?

Il l'enlaça alors par la taille.

De l'extérieur, on aurait pu croire à un geste tendre. Mais les paroles qu'il lui adressa étaient d'un tout autre ordre.

— Ce n'est pas le moment de faire une scène, Avery, la prévint-il sèchement.

— Une scène ? Ce n'est pas moi, mais toi qui cherches à la provoquer ! répliqua-t-elle en haussant le ton. Lâche-moi !

Il n'en fit rien, et se pressa au contraire un peu plus contre elle. En une seconde, son parfum emplit ses narines, brouilla ses sens…

La voix rauque de désir, il lui murmura à l'oreille :

— Du calme ! Je n'ai pas l'intention de t'enlever !

- 2 -

Avery n'en était pas si sûre que ça.

D'un simple coup d'œil, elle perçut chez Guy une expression déterminée, voire impitoyable, qu'elle ne lui connaissait pas. De son bras, il la maintenait fermement contre lui. Elle aurait donné n'importe quoi pour ne pas être aussi troublée par sa proximité.

Elle savait que la confrontation aurait lieu. La violence de sa réaction lorsqu'elle lui avait appris qu'elle était venue au Salon pour remplacer Art ne laissait planer aucun doute quant à son état d'esprit.

Elle se figea, attendant qu'il explose…

Si elle avait su que *son* Guy Jarrod faisait partie de la fameuse famille Jarrod d'Aspen, elle aurait fait l'impossible pour échapper à ce gala. Quitte à revenir sur la promesse donnée à son oncle. Cet après-midi, elle avait supplié Matt de prendre la place de son père, afin de sauter dans le premier avion en partance pour la Californie. Hélas ! Ce dernier devait impérativement être dans la Napa Valley le lendemain. Il était demeuré inflexible à ses prières.

Jetant un bref regard au visage de Guy à quelques centimètres d'elle, Avery sentit soudain le souffle lui manquer… Son expression était tout à la fois impitoyable et extrêmement sexy. En l'apercevant à l'autre bout du chapiteau, tout à l'heure, elle l'avait trouvé très beau, mais de près, Guy Jarrod était proprement irrésistible. Son costume taillé sur mesure mettait en valeur sa haute taille et son allure élégante. Il ne faisait que souligner un peu plus ses larges épaules et ses hanches fines, tandis que sa chemise blanche mettait en valeur la perfection virile de son superbe profil.

Mais dans un mouvement de révolte, elle s'arracha à cette fascination. Elle aurait dû le haïr, c'était tout ce qu'il méritait…

Pour masquer l'effet humiliant que la proximité de leurs deux corps avait sur elle, elle fronça les sourcils, espérant que son air perplexe serait convaincant.

— De quoi est-ce que tu souhaites me parler ?

Serrant un peu plus les mâchoires, Guy l'entraîna près d'une table garnie de plateaux d'huîtres, dans un coin du chapiteau. Il se tourna alors vers elle.

— Tu vas prendre la place d'Art ?

— Exact, répondit-elle. Cela te pose un problème ?

La réponse était inutile, puisque sa réaction prouvait que oui. Mais ce qu'elle n'arrivait pas à comprendre, c'était pourquoi il ne voulait pas qu'elle remplace Art. Elle ne doutait pas cependant qu'il allait bientôt le lui apprendre…

Elle s'efforça de lui adresser un sourire poli avant de prendre, pour se donner une contenance, la coupe de champagne que lui présenta opportunément un serveur. Elle avala une toute petite gorgée et fit mine d'apprécier le pétillant breuvage.

Le regard de Guy se fixa alors sur sa bouche. Puis, quand il releva la tête et que leurs yeux se croisèrent, elle remarqua que les siens avaient viré au noir. Au temps de leur relation, il lui servait parfois une coupe de champagne après…

Non ! Elle refusait de penser aux nombreuses coupes de champagne abandonnées sur une table, ou à leurs étreintes passionnées.

Son regard tomba alors sur les boutons de sa chemise. Elle se rappela qu'un soir, elle les avait défaits à toute vitesse et… Mais elle s'efforça de refouler ces souvenirs et concentra son regard sur le visage de Guy. Sa mâchoire contractée, la lueur farouche dans son regard lui rappelèrent où en était leur relation à présent.

— Tu ne m'écoutes pas !

— Bien sûr que si ! mentit-elle.

Et elle pria pour qu'il ne lui demande pas de répéter ce qu'il venait de dire.

— Cela ne t'intéresse même pas.

— C'est toi qui ne m'intéresses pas, marmonna-t-elle.

Elle vit alors sa belle bouche se crisper. Elle fut agacée de constater que les battements de son cœur s'accéléraient. Il était si proche d'elle, et son odeur si familière. Un enivrant mélange de santal, de mousse des bois… et de masculinité.

Il n'empêche que c'était un mufle de première catégorie ! se rappela-t-elle.

Et elle serait bien avisée de l'éviter à tout prix.

— C'est tout à fait typique d'une femme de ne pas être capable de séparer ses émotions de son travail, dit-il.

Alors là, c'était un comble !

— C'est faux, répliqua-t-elle vivement.

Puis elle s'interrompit brusquement. Après tout, il avait peut-être raison. Elle avait ramené la conversation sur un terrain personnel, et elle avait eu tort.

— O.K., je n'aurais pas dû dire cela, ajouta-t-elle.

Elle le regrettait d'autant plus que son attitude lui démontrait qu'elle était tout sauf indifférente à sa présence…

Ce qu'elle pouvait être pathétique !

N'avait-elle pas encore compris quel genre d'individu était Guy Jarrod, en dépit du prestigieux restaurant français qu'il possédait à New York et de sa richissime famille ?

Elle s'efforça de rassembler ses esprits, et son courage surtout, car elle en aurait bien besoin si elle devait lutter contre cet homme sans pitié.

Sans pour autant la lâcher il s'écarta légèrement, et elle put enfin aspirer une bouffée d'air sans que son odeur pénètre complètement ses poumons. A son grand soulagement, il n'épilogua pas, et déclara simplement :

— Non, tu n'aurais pas dû. Mais je considère que l'aveu fait figure d'excuses.

Des excuses, et puis quoi encore ?… Elle fut sur le point de protester, mais elle y renonça. Elle n'était clairement pas en position de force.

— C'est généreux de ta part, rétorqua-t-elle froidement.

Il poussa un soupir d'impatience.

— Ecoute, cela ne va nous mener à rien ! Rentre en Californie. Je trouverai quelqu'un d'autre pour remplacer Art.

Elle le considéra, atterrée. C'était exactement ce qu'elle désirait… Mais maintenant qu'il la sommait de partir, elle comprenait qu'elle ne pourrait en aucun cas annoncer à Art qu'elle le laissait tomber.

— J'ai promis à Art que…

Guy secoua la tête.

— Art et moi avions programmé deux interventions communes, dit-il, et il est clair que tu ne vas pas être en mesure de collaborer.

Dans quel guêpier l'avait précipitée Art ? Il avait juste évoqué une table ronde autour d'une sélection de vins, et une présentation sur l'importance d'un service soigné pour le commerce international. Rien de plus. Il n'avait pas fait mention d'interventions en binôme, et encore moins avec Guy Jarrod.

Car dans ce cas, elle ne serait jamais venue !

Elle se rappela le ton suppliant d'oncle Art… Il ne lui avait pas vraiment laissé le choix, ni le temps de réfléchir au fait qu'elle allait donner une conférence à une manifestation prestigieuse. Mais au fond, n'était-ce pas justement l'occasion d'une vie ? Cette simple pensée lui redonna la force de se battre. Il ne s'agissait pas d'elle, mais de ce qu'elle devait à son oncle Art, et à sa tante Tilly.

Elle n'avait jamais été à la hauteur des espérances de cette dernière. En revanche, son oncle avait toujours été fier d'elle. Il l'avait recueillie après la mort brutale de sa sœur et de son beau-frère, dans un accident de bateau. Il l'avait aimée, gâtée et soutenue. Pour lui, elle aurait été capable de marcher sur des braises brûlantes.

C'était encore lui qui était intervenu en sa faveur auprès de tante Tilly quand elle avait refusé de participer à un énième concours de beauté. Il avait été à ses côtés quand elle avait quitté l'école d'art dramatique, et il ne lui avait jamais rien demandé.

Jusqu'à maintenant…

Ses épaules s'affaissèrent.

— Bien sûr que si, je vais coopérer, dit-elle.

Et elle serait raisonnable. Elle ne coucherait pas avec l'ami et collègue de son oncle. *Avec Guy Jarrod.*

— Dis-moi juste ce que je dois faire, ajouta-t-elle.

— Manger une huître, souffla-t-il alors.

Une fois, ils avaient mangé des huîtres au lit, par un lundi mémorable, alors que le Baratin était fermé. Quel réjouissant sentiment de décadence elle avait alors éprouvé ! Ils s'étaient levés tard, il lui avait fait manger des huîtres, tout en lui distribuant des baisers… Et tout cela avait fini par les étreintes les plus érotiques qu'elle ait jamais connues.

Osait-il seulement faire référence à ce souvenir ?

Il lui fallut quelques secondes pour se remettre du choc et se rendre compte qu'il lui tendait simplement un plateau d'huîtres. Des huîtres bien pleines, blotties dans une demi-coquille, reposant sur un lit de glaçons et décorées de tranches de citron.

— Elles ont été ouvertes avec grand art, précisa-t-il. Je te mets au défi d'y trouver le moindre grain de sable ou éclat de coquille. C'est juste de la chair succulente accompagnée d'une pointe de jus.

Pendant un bref instant, elle revit le Guy qu'elle avait pensé connaître. Elle remarqua une lueur amusée dans ses yeux, une lueur qui la réchauffa.

Mais cet homme était un séducteur. Elle devait se méfier.

Elle releva le menton.

— Non, merci, je suis rassasiée.

Il laissa échapper un rire.

— Je n'en doute pas.

A cet instant, le plateau disparut, emporté par un serveur. Elle examina alors le visage de Guy et n'y trouva pas l'amertume que ses propos suggéraient. Elle devait avoir imaginé toute cette scène…

— Mon emploi du temps pendant le Salon est très serré, précisa Guy, en reprenant un ton neutre et professionnel comme si ce moment d'étrange intimité entre eux n'avait pas existé. Art m'avait proposé d'effectuer la plus grande partie du travail pour notre première présentation.

Ces paroles la ramenèrent à la réalité. Etait-ce pour cette raison qu'il ne souhaitait pas qu'ils collaborent ? Il la prenait pour une idiote et estimait qu'elle ne pourrait jamais être à la hauteur d'Art ? Peut-être allait-elle regretter de ne pas avoir sauté sur l'occasion quand il lui avait proposé de partir, mais il venait de la mettre au défi, et elle adorait relever les défis. Aussi s'entendit-elle répondre :

— Je suis tout à fait capable de m'en charger.

Il ne parut pas convaincu. Pour tout dire, il était franchement dubitatif.

— Non seulement Art devait intervenir à deux reprises avec moi, mais on avait aussi prévu une présentation en solo.

— Sur l'importance d'un service soigné, je sais.

— Et il devait dresser la liste des vins de la région et établir un rapport sur leurs niveaux de qualité, continua Guy comme si elle ne l'avait pas interrompu. Cela devra attendre jusqu'à ce qu'il soit en mesure de venir.

— Non, nous n'attendrons pas. Art et moi en avons déjà discuté. J'établirai cette liste à sa place. Cela ne présente aucun problème.

Un serveur offrit alors une coupe de champagne à Guy. Perdue dans ses pensées, elle remarqua la formidable blancheur de la veste du jeune garçon, par ailleurs impeccablement repassée. Le personnel était de toute évidence trié sur le volet.

Guy considéra la coupe encore pleine d'Avery avant de prendre celle que lui présentait le serveur.

— Il est dommage que je ne partage pas ta confiance, lui dit-il d'un ton sec.

A cet instant, son sourire destiné au serveur se figea. Elle tourna alors le visage vers Guy, vers cet homme dont la réapparition dans sa vie avait déclenché en elle un véritable tumulte intérieur, éveillé tant de souvenirs et d'émotions qu'elle croyait à jamais enfouis.

— Ah bon ? dit-elle d'un ton emprunté tout en fixant sa coupe de champagne.

C'était donc tout ce qu'elle trouvait à lui répondre ? Que lui arrivait-il ? D'habitude, elle savait faire preuve d'esprit et d'audace. Elle n'allait tout de même pas laisser cet homme arrogant et désagréable avoir le dernier mot ?

Ce qu'elle pouvait le détester !

Elle posa rageusement sa coupe, tout en essayant de se calmer et de reprendre ses esprits. Elle devait se comporter raisonnablement, et l'impressionner par son professionnalisme.

— Ecoute, j'ai déjà remanié de nombreuses cartes des vins, j'ai formé de jeunes sommeliers et d'autres personnels. Et j'ai déjà pris la parole en public dans le cadre de conférences.

Elle fit une pause, recensant mentalement le nombre de conférences, et ajouta :

— Qui plus est, j'ai donné des cours et j'ai même eu ma propre émission télévisée. Cela devrait te donner un peu confiance en moi, non ?

— Ton émission a duré le temps de quatre épisodes.

Elle se sentit aussitôt devenir écarlate.

L'émission avait été supprimée pour cause d'audience insuffisante, lui avait-on dit. Mais elle était certaine qu'elle aurait continué si elle avait accepté de coucher avec le producteur, quand il le lui avait proposé. Le prix était bien trop élevé, avait-elle pensé, et elle avait préféré renoncer, en dépit de la déception de tante Tilly. Evidemment, le producteur avait ensuite trouvé une autre sommelière plus accommodante. Cependant, elle n'avait pas été surprise d'apprendre que l'émission s'était finie dans les pleurs et le scandale. Pour sa part, ce n'était hélas pas la première fois que son physique lui jouait un mauvais tour.

D'ailleurs, elle n'était pas dupe de ce que pensait Guy, du mépris qu'elle lisait dans ses yeux. Il la prenait pour une belle plante écervelée. Pourtant, dans ses prunelles, elle aurait juré qu'il y avait aussi autre chose…

Mais elle préférait ne pas formuler ce qu'elle y voyait.

Il n'y avait plus de place pour ce genre de sentiment indésirable. Guy Jarrod appartenait au passé, elle ne reviendrait pas là-dessus. C'était un goujat de première catégorie, et elle n'avait nulle intention de revivre les épreuves qu'il lui avait fait subir.

En revanche, elle était tout à fait capable de remplacer son oncle, cela, elle le savait, et elle devait en persuader Guy. Redressant les épaules, elle se prépara à livrer bataille.

— Le magazine *Cuisine* a écrit que la nouvelle carte des vins du Baratin avait été remaniée avec « un art consommé de la sophistication ». Je crois que tout a été dit, déclara-t-elle.

— Nous ne sommes pas au Baratin, ici, Avery. A Jarrod Ridge, il y a quatre restaurants et six bars. Chaque carte des vins est différente et doit être régulièrement remaniée, pour reprendre tes termes. N'oublie pas que j'ai déjà lu ton CV et que je sais que tu n'as jamais eu la responsabilité d'un projet du début à la fin.

Il lui asséna ce verdict sans ciller, d'un ton fort calme, d'une voix maîtrisée. Mais elle s'efforça de ne pas détourner le regard, même si les yeux scrutateurs de Guy étaient déplaisants.

— Je suis certaine que je pourrai convaincre la personne en charge des menus et des services que je suis à la hauteur, répliqua-t-elle.

— Tu l'as devant toi.

Et sur cette déclaration, il lui décocha un sourire froid.

— On porte un toast à notre réussite ? enchaîna-t-il.

Etait-ce sa façon de lui dire qu'il acceptait ? Elle avait du mal à croire à une telle volte-face. Mais elle refusa de s'interroger plus longtemps et leva sa coupe.

— A notre réussite, dit-elle avec bravade.

Quand leurs coupes se heurtèrent, du champagne se renversa et manqua tacher sa robe.

— Attention ! fit Guy.

Et, la saisissant par le poignet, il évita l'accident.

— Merci, dit-elle. Je m'en serais voulu d'avoir abîmé ma robe.

— Bon, je ne sais pas si cela est de bon augure… Toujours d'accord pour rester ? lui demanda-t-il.

En vérité, elle avait envie de prendre ses jambes à son cou. Mais il était hors de question de l'avouer.

— Bien sûr ! dit-elle en relevant le menton. Ne compte pas te débarrasser de moi aussi facilement.

Elle vit alors l'expression de Guy changer imperceptiblement, comme s'il était en proie à un tumulte intérieur. Il lui caressa légèrement le poignet avant de relâcher un peu son étreinte. Malgré elle, un frisson la traversa. Soudain l'idée d'une collaboration avec Guy Jarrod lui parut à la fois déplaisante et dangereuse.

N'était-ce pas un pari impossible ?

Elle tenta alors de se dégager et il la relâcha sans chercher à la retenir. Alors, pour se donner une contenance, elle avala une gorgée de champagne… et éternua.

— Doucement, dit-il d'un ton moqueur.

— Le champagne me fait toujours éternuer, répondit-elle.

— Ce n'est pas de chance, pour une sommelière.

— Je sais, je ne remercie pas mes gènes pour ce mauvais tour.

— Je comprends maintenant pourquoi tu n'as pratiquement pas bu, ce soir, et pourquoi tu n'as jamais touché aux coupes de champagne que je te servais.

Elle en resta stupéfaite…

Il avait donc remarqué qu'elle ne buvait pas son champagne ? Il lui avait donc prêté un peu d'attention, quand ils étaient ensemble ?

Il allait être bien difficile de travailler avec un homme dont elle avait cru être amoureuse. Un homme dans les bras duquel elle s'était épanouie comme une fleur au soleil. Et un homme que désormais elle haïssait.

— Donne-moi ta coupe, lui dit-il.

Il la lui prit gentiment des mains et la posa sur la table qui se trouvait derrière eux.

Elle pensa à Art. Elle ne pouvait pas laisser tomber son

oncle. Il avait toujours été le pilier de sa vie. Aujourd'hui, il avait besoin d'elle, et elle ne le décevrait pas.

— Donc… tu restes ? demanda Guy.

Elle déglutit.

— Oui, je me mets aux fourneaux.

Il la regarda avec intensité.

— Alors je servirai.

— C'est toi le chef. Tu sais servir et administrer ce qui convient à chacun.

Et tant pis s'il entendait du désenchantement dans sa voix. Avec son ami Jeff, il avait brisé les rêves qu'il avait lui-même fait naître en elle. Et dire qu'elle l'avait pris pour l'homme de sa vie !

Lors de cette fameuse soirée, quand Guy lui avait envoyé Jeff comme cadeau d'anniversaire, elle avait mûri d'un coup.

— Et maintenant, je dois retrouver Matt, marmonna-t-elle en passant devant lui.

- 3 -

Un jour de moins… Et encore trois semaines à endurer !

En dépit de ses craintes de croiser Guy, elle était arrivée à l'éviter pendant une journée entière, après la soirée d'inauguration. Le temps était passé à toute allure ! Il était si excitant de se retrouver parmi tant de célébrités. Elle se faisait l'effet d'une adolescente. Elle avait rencontré le séduisant héros d'un soap opera, une diva de la musique pop aux cheveux couleur de l'arc-en-ciel et un joueur de tennis superbement bronzé.

Dans l'après-midi, elle s'était faufilée dans la salle de conférences où son cousin Matt effectuait une présentation, puis elle l'avait rejoint sur la terrasse couverte du Jarrod Manor, où ils avaient pris rapidement un verre ensemble.

— C'est le genre de monde dont maman a toujours rêvé pour toi, petite citrouille, dit Matt en étirant ses jambes dans son fauteuil. Elle a toujours été certaine que tu deviendrais une star.

Elle plissa le nez, exprimant ainsi sa gêne.

— En dépit de tous les cours d'art dramatique que j'ai pris, je n'ai jamais eu de talent d'actrice. J'aurais juste été une reine de beauté, ça fait un peu court. Et tu sais bien que je déteste quand tu m'appelles « petite citrouille ». J'ai vingt-sept ans, Matt !

Matt émit un petit rire, comme elle s'y attendait.

— Tu avais vraiment l'air d'une citrouille quand tu es venue vivre chez nous, à deux ans. Tu étais joufflue et tu portais une salopette orange. Je n'ai jamais compris pourquoi maman s'était mis en tête de te faire remporter les concours de beauté pour bébés.

— Joufflue ? se récria Avery. Franchement, tu exagères !

Elle éclata de rire avant de poursuivre :

— Tout cela, c'était ta faute. Toi et tes frères n'arrêtiez pas de faire les quatre cents coups et tante Tilly rêvait d'une fille.

Même si les quatre frères lui en avaient fait voir de toutes les couleurs au début, sous prétexte de la taquiner, elle avait fini par les adorer, tout comme elle aimait sa tante si soucieuse de son propre bien en dépit de son caractère un peu dirigiste. El Dorado, le vignoble que son oncle avait acheté peu après son arrivée chez eux, était devenu son foyer.

— Quand est-ce que tu rentres à la maison ? demanda-t-elle.

Ses quatre cousins habitaient encore à El Dorado, tout comme elle, quand elle était en Californie.

— Je m'envole demain à la première heure, l'informa Matt en bâillant, avant de se lever. Désolé de t'abandonner, mais j'ai une réunion à préparer pour mon retour.

— J'aurais tellement aimé que tu restes plus longtemps, dit-elle d'un ton nostalgique en se levant à son tour.

C'était lâche de sa part de souhaiter que Matt reste pour l'aider à s'en sortir avec Guy, et pourtant, son départ lui faisait l'effet d'une désertion.

— Impossible, petite citrouille !

Matt l'enlaça affectueusement par les épaules.

— J'ai déjà eu un mal fou à dégager deux jours pour venir ici. Mais cela en valait la peine. Je pense que ce sera rentable pour les affaires.

— Ton intervention était formidable, déclara-t-elle.

Puis elle l'enlaça fortement en espérant qu'il n'avait pas deviné le désespoir qui l'habitait. Mais quand il se redressa, il la regarda longuement, tout en la tenant par les bras.

— Papa va s'en sortir, dit-il d'un ton soudain sérieux. Ne te ronge pas les sangs pour lui.

Il avait senti son malaise, mais il s'était trompé sur les causes. Immédiatement, la culpabilité l'envahit… Ses pensées avaient été tellement accaparées par Guy qu'elle en avait oublié la santé de son oncle ! Quel égoïsme !

Reprenant sa respiration, elle déclara :

— Surveille ton père, il doit prendre soin de lui. Je n'aime pas le savoir malade.

— Il est résistant, tu sais ! Ne t'inquiète pas, tout va s'arranger. Maman va le dorloter comme ce n'est pas permis. Et je lui assurerai que tu l'aimes quand je le verrai, demain.

Soudain, alors que Matt la tenait toujours dans ses bras, elle crut apercevoir une silhouette à l'allure sombre et élégante. Guy Jarrod. Elle ferma aussitôt les paupières. Avait-elle seulement imaginé ce flot fulgurant d'émotions qui l'avait saisie ?

Quoi qu'il en soit, elle devait l'ignorer. Il ne méritait pas qu'elle ait le cœur brisé à cause de lui.

S'efforçant de ne pas penser à Guy, elle adressa un sourire tremblant à son cousin.

— J'ai décidé de me choyer, dit-elle alors. J'ai réservé un massage au spa et ensuite je me plongerai dans un bain brûlant. Après quoi, je suis certaine de dormir comme un bébé.

— Je suppose qu'il y a longtemps que tu ne t'es pas occupée de toi.

— Pourquoi est-ce que tu dis ça ? demanda-t-elle, surprise.

— Je ne veux pas être indiscret, mais quand tu es revenue de New York, tu avais vraiment l'air d'un fantôme, Avery. On a fait l'impossible pour empêcher maman de te soumettre à un interrogatoire en bonne et due forme.

Elle se sentit rougir.

— Tu plaisantes !

— On t'aime si fort, petite citrouille. Si je rencontre l'homme responsable de cette tristesse dans tes yeux, je peux te garantir qu'il passera un sale moment.

Matt s'exprimait d'un ton léger, mais son regard était des plus sérieux. Elle n'osa pas regarder au-dessus de son épaule pour voir si elle apercevait Guy. Si Matt apprenait que celui-ci l'avait littéralement jetée en patûre à son meilleur ami, il l'aurait sans doute étranglé.

Elle eut un rire dédaigneux.

— C'était un moins-que-rien.

— Alors il faut l'oublier.

— Entendu.

Elle lui sourit.

— Quand nous nous reverrons, ajouta-t-elle, j'aurai le cœur tout léger et je serai libre comme l'air. Qui sait ? Dans la semaine, j'aurai peut-être le temps d'aller faire un peu de shopping, quelques visites.

— Ou de te trouver un amant passionné !

— Matthew !

— Eh bien quoi ? Aspen est l'endroit idéal pour vivre une idylle, dit-il en souriant. Profites-en ! Dans la vie, il ne faut pas avoir de regrets. Et puis ne t'inquiète pas pour papa, je te donnerai régulièrement des nouvelles.

— Merci, tu es génial !

Se hissant sur la pointe des pieds, elle lui donna un baiser affectueux sur la joue. Quand il s'éloigna, elle fut soulagée de constater que Guy n'était pas dans les parages. Sans doute avait-elle rêvé.

La seule vue des lettres en cuivre jaune sur le mur, annonçant « spa de la tranquillité », suffit à faire baisser d'un cran la tension intérieure qui habitait Avery depuis qu'elle avait revu Guy.

Ce qui la frappa en premier lieu, ce fut le son apaisant de l'eau quand elle pénétra dans l'établissement. Elle ruisselait sur des fontaines en pierre creusées dans les murs de la réception. Entre chaque fontaine, se déployaient des fresques représentant des paysages d'une incroyable beauté.

Deux femmes s'entretenaient derrière un grand comptoir de bois blond. L'une d'entre elles se retourna lorsque la porte se referma doucement derrière elle.

— Avery ?

La femme portait un badge doré sur lequel figuraient son nom et sa fonction : « Melissa Jarrod, directrice ». Avec ses longs cheveux blonds ondulés et ses yeux bleus, elle ressemblait bien peu à Guy qui arborait une chevelure couleur de jais et un regard sombre où luisaient des éclats métalliques. Peut-être que Melissa était une cousine, ou une belle-sœur.

Dans un sourire hésitant, Avery répondit :

— Oui, j'ai rendez-vous pour un massage.

Melissa jeta un coup d'œil à l'écran plat qui trônait sur le comptoir avant de déclarer à la femme à l'air tendu qui se trouvait à ses côtés :

— Rita, est-ce que tu peux annoncer à Joanie que sa cliente est arrivée ? Je vais rentrer, à présent, je suis tellement fatiguée que je ne tiens plus debout.

Dans un charmant sourire, elle ajouta à l'adresse d'Avery :

— Venez, je vais vous montrer la salle de soins.

Melissa était pâle, pensa Avery en la suivant dans un long couloir aux murs incrustés de petites fontaines entre les portes de bois.

— Vous êtes dans la salle rouge, déclara Melissa. Les salles du sauna et du hammam sont juste à côté. Je vous recommande quinze minutes de hammam après le massage, puis un bon bain chaud.

— Quel fabuleux programme ! répondit Avery, bien décidée à s'y conformer scrupuleusement.

Melissa ouvrit une porte et Avery découvrit une salle très accueillante, peinte en ocre rouge. Un immense coucher de soleil sur la mer ornait l'un des murs, tandis qu'une table de massage couleur terre de Sienne occupait le milieu de la pièce. Au fond, il y avait une imposante baignoire lambrissée ainsi qu'un seau à glace posé sur un guéridon en fer forgé. Trois bougies blanches baignaient l'ensemble d'une lumière douce, ajoutant encore au côté rassurant et intimiste de la pièce.

— Waouh ! s'exclama Avery.

Melissa se mit à rire.

— Vous vous doutiez quand même que notre mission était de tout mettre en œuvre pour assurer votre détente.

Quand Avery pénétra dans la salle, elle fut happée par son atmosphère chaude et sensuelle et poussa un petit soupir de contentement.

— Je vous sers une coupe de champagne ? proposa Melissa.

— Non merci, mais je crois que je grignoterai ces petites friandises quand je serai dans mon bain, répondit Avery en désignant des truffes au chocolat noir présentées sur un plateau, à côté de la baignoire. Quel lieu merveilleux, avec une légère pointe de décadence qui le rend tout à fait paradisiaque !

— Vous pouvez vous déshabiller, déclara Melissa en lui tendant une épaisse serviette en éponge. Joanie sera là dans une minute ou deux.

Le massage se déroula dans une délicieuse brume de bien-être. Avery sentait ses muscles se détendre peu à peu sous les doigts experts de Joanie. Et soudain, un souvenir s'imposa à elle : Guy aimait lui caresser les reins, quand ils avaient fait l'amour…

Si elle était vraiment honnête avec elle-même, elle devait bien reconnaître que la passion qu'ils avaient partagée lui manquait. Tout comme leurs rires, quand ils prenaient un bain dans sa grande baignoire, après avoir fiévreusement fait l'amour, dans son appartement ultramoderne new-yorkais. Mais elle n'avait pas voulu payer le prix que Guy exigeait d'elle…

Quand il lui avait dit avoir une surprise pour elle, pour son anniversaire, elle avait senti naître en elle un immense espoir… Evidemment, elle avait bien perçu ses réticences en matière d'engagement, mais elle était déjà amoureuse de lui corps et âme, et cela lui donnait des ailes.

Ce soir-là, quand elle avait ouvert la porte de l'appartement de Guy, la dernière personne qu'elle s'était attendue à trouver sur le seuil, c'était bien Jeff, son associé ! Elle l'avait rencontré à deux reprises, brièvement. Il lui avait paru plutôt agréable. Les deux hommes avaient fondé Go Green, mus par leur désir commun de créer un lieu qui serait le paradis des consommateurs bio. Avery trouvait le concept génial et Guy affirmait que leur société contribuait à changer les mentalités.

Et voilà que Jeff faisait les cent pas sur le seuil, agité, ressemblant bien peu à l'homme posé qu'elle avait rencontré.

— Guy m'a demandé de passer, il est retenu au Baratin, lui avait-il dit sans même la saluer.

C'était typique de Guy ! Happé par le rythme fou de son restaurant, il en avait oublié son anniversaire !

Elle avait hésité.

— Entre, avait-elle fini par concéder.

Il l'avait suivie dans le vestibule d'où l'on voyait le ciel grâce à un plafond de verre et dont les murs s'ornaient de tableaux modernes ; il débouchait sur un spacieux salon au parquet foncé, meublé de canapés en cuir et doté d'immenses fenêtres qui s'étiraient du sol au plafond.

— Je dois t'accompagner au Baratin, avait dit Jeff en regardant sa montre avant d'ajouter : D'ici une heure.

Elle en avait éprouvé un vif soulagement. Guy n'avait donc pas complètement oublié son anniversaire. Mais son élan de joie avait été de courte durée : car elle avait aussitôt pensé qu'il aurait pu prendre la peine de venir la chercher lui-même.

— Merci, avait-elle toutefois répondu, c'est très gentil de ta part.

Jeff avait alors pris place sur le canapé et lui avait souri.

— J'essaie de l'être.

— Je t'offre un verre ?

— Volontiers. Un bourbon sec avec des glaçons.

Elle s'était dirigée vers le bar. Le bruit des glaçons suivi du glougloutement du bourbon avait rythmé le silence. Quand elle s'était retournée, elle avait découvert que Jeff la fixait avec une insistance inhabituelle…

Un frisson de gêne l'avait aussitôt parcourue.

Qu'elle avait immédiatement refoulé, en songeant qu'elle se faisait des idées. Jeff était l'associé de Guy, une personne en qui il avait entièrement confiance. S'efforçant de sourire, elle avait donc tendu le verre à Jeff… Et c'est alors que, s'emparant de son poignet, il l'avait attirée sur le canapé.

Puis il s'était jeté sur sa bouche. Elle avait tout de suite compris qu'il était ivre. Horrifiée et dégoûtée, elle s'était vivement débattue et avait fini par se remettre debout.

— Sors d'ici ! lui avait-elle ordonné.

Lui aussi s'était levé.

— Ne sois pas si pressée, ma chérie !

Toute tremblante, elle avait alors crié :

— Va-t'en, et ne reviens jamais.

Puis elle avait repéré son téléphone, sur le buffet.

— Je vais appeler Guy, avait-elle ajouté.

Jeff avait émis un rire sec.

— Cela ne va pas te servir à grand-chose.

— Qu'est-ce que tu veux dire au juste ?

— Il est au courant, ma chérie.

Elle s'était figée, le cœur battant à tout rompre.

— Au courant de quoi ?

— C'est lui qui m'a envoyé, tu as oublié ?

— Pour jouer le taxi, oui, avait-elle renchéri en se lissant les cheveux.

— Ah, ce que tu peux être naïve ! Et pourtant, tu es si sexy !

Il avait alors laissé courir son regard sur son corps, et elle s'était sentie salie par ses yeux scrutateurs où brillait une lueur malsaine.

— Si Guy t'entendait !

De nouveau, il avait éclaté de rire.

— Je te répète que c'est lui qui m'a envoyé. Je suis ton cadeau d'anniversaire.

Un sentiment d'horreur l'avait alors envahie…

— Qu'est-ce que tu veux dire ? avait-elle demandé d'une voix saccadée.

— Guy m'a envoyé pour te donner du plaisir. Après quoi, je te conduirai au Baratin et nous y mangerons tes plats préférés.

Il avait alors léché ses lèvres de façon suggestive avant d'ajouter, d'un air entendu :

— Ensuite, tous les trois, nous partagerons le dessert. Guy veut que ton anniversaire soit inoubliable.

Il avait tendu la main vers elle.

— Non ! avait-elle hurlé en le repoussant.

— Viens ici, avait-il insisté, le visage convulsé.

Il avait refermé sa main sur son épaule, et elle lui avait alors donné un coup de pied dans les tibias.

— Aïe ! Tu…

Elle n'en avait pas entendu davantage.

Déjà elle s'était précipitée vers la porte d'entrée. Une fois à l'extérieur, elle avait regardé à droite et à gauche, complètement désorientée… Puis elle avait descendu l'escalier à toute vitesse. En bas, elle était restée un instant immobile, l'oreille aux aguets, toute tremblante, avant de se calmer peu à peu en constatant qu'il ne l'avait pas suivie.

Elle avait alors passé ses mains sur ses yeux, surprise de découvrir qu'ils étaient secs.

C'était donc cela, la surprise promise ?

Même maintenant, alors qu'elle se faisait masser à la lumière apaisante des bougies parfumées, elle se rappelait avec une acuité douloureuse les émotions qui l'avaient agitée, cette nuit-là. En lui offrant son associé comme cadeau d'anniversaire et en espérant qu'elle coucherait volontiers avec lui, Guy avait détruit la confiance qu'elle lui portait.

Pourtant, quand elle l'avait revu ici, à Jarrod Ridge, elle avait compris qu'il lui faisait encore de l'effet, qu'elle le désirait toujours…

Cette constatation l'horrifia.

Quel genre de femme était-elle donc ? Comment pouvait-elle encore éprouver du désir pour un homme comme lui, alors qu'elle nourrissait l'envie secrète d'un mari aimant et d'une poignée d'enfants aux cheveux blonds ?

— Voici votre peignoir.

La voix de Joanie la fit sursauter, mais l'arracha opportunément à ses affreuses pensées.

— Merci, répondit-elle.

— Je vais préparer la baignoire, annonça la masseuse. En attendant, vous pouvez vous rendre au hammam. Laissez vos affaires ici. Je vais vous donner une carte magnétique pour rentrer sans problème.

Avery passa le quart d'heure suivant dans une brume de chaleur. Malgré tout, elle ne put s'empêcher de repenser à sa conversation avec Matt…

« Alors il faut l'oublier », lui avait-il dit.

Et elle y était farouchement déterminée. Quand elle quitterait Aspen, c'en serait fini de toute cette histoire. Elle exorciserait le sortilège que cet homme semblait exercer sur elle. Elle le bannirait à jamais de ses pensées, quoi que cela lui coûte.

Forte de cette résolution, elle sortit du hammam et sentit

de la sueur perler sur tout son corps. Elle fourra la main dans son peignoir pour prendre la carte qui lui donnait accès à la salle rouge… Ce fut alors qu'une main masculine se posa sur la poignée…

Elle se retrouva alors face à l'homme qui occupait ses pensées. Qu'est-ce que Guy pouvait bien faire là ? Et comment osait-il pénétrer dans cet endroit strictement féminin ? Sous le choc, elle fut incapable d'exprimer la colère qui pourtant bouillait en elle.

— Je te cherchais. Rita m'a dit que tu étais ici, déclara Guy.

Il avait plus que jamais les traits durs, l'air distant. Seuls les sillons qui entouraient ses yeux indiquaient qu'il lui arrivait de rire et d'être affable, et lui rappelaient l'homme qu'elle avait connu à New York.

L'espace d'une seconde, elle eut la nostalgie de celui qu'il avait été pour elle, de ce qui aurait pu se passer entre eux, et de ce qui était perdu pour toujours…

Aujourd'hui, son regard était implacable, c'était celui d'un homme décidé à obtenir ce qu'il voulait. Soudain, elle prit conscience de la situation et d'où elle se trouvait : elle n'avait plus de maquillage et son peignoir s'arrêtait au-dessus des genoux.

— Il semblerait que tu te sois déjà mise en quête d'un nouvel amant fortuné, dit-il.

Elle se figea. Puis, sans même daigner répondre, elle repoussa sa main de la poignée, et entra promptement dans la salle rouge, espérant qu'elle lui servirait de refuge. Mais Guy fut plus rapide qu'elle. Il pénétra dans la pièce avant qu'elle ne puisse lui claquer la porte au nez.

Les vapeurs parfumées les enveloppaient comme un cocon, ajoutant une curieuse dimension à la tension qui vibrait entre eux. Les camaïeux de rouge qui lui avaient paru si rassurants tout à l'heure évoquaient à présent la sensualité et la volupté. Elle sentit les battements de son cœur s'accélérer et un sentiment aigu de vulnérabilité la submergea. Elle resserra la ceinture de son peignoir.

— Sors d'ici, Guy ! ordonna-t-elle.

Mais ce fut peine perdue. Bien au contraire, il se rapprocha d'elle.

— Hier, dans l'après-midi, je pensais que tu flirtais avec mon frère. Mais, le soir, tu avais déjà trouvé une autre proie. A-t-il partagé ton lit ?

— Pardon ? s'étrangla-t-elle.

— Je parle du Californien.

— Le Californien ? répéta-t-elle, abasourdie.

Et tout à coup, elle comprit : c'était à Matt qu'il faisait allusion !

— Il t'a touchée ? Il t'a fait l'amour ?

Les yeux sombres de Guy brillaient d'un éclat menaçant.

— Il t'a donné du plaisir ? demanda-t-il encore en posant soudain sa main sur le bras d'Avery.

Tout en la pressant de questions, il se mit à faire courir ses mains sur son bras, presque comme une caresse. Avait-il conscience de ce qu'il était en train de faire ? Ses doigts déclenchèrent en elle un long frisson dans leur sillage…

Guy pensait que Matt était son amant. Elle eut presque envie de rire. Mais à voir ses mâchoires serrées, il était évident qu'il ne plaisantait pas, qu'il le croyait vraiment et que cela le rendait furieux.

Elle en éprouva soudain une immense colère.

De quel droit la jugeait-il ? De quel droit tirait-il des conclusions hâtives ?

— Pourquoi ? répliqua-t-elle d'un ton impassible. Tu es jaloux ?

A cet instant, le regard de Guy s'enflamma. Ce fut alors que la terrible réalité s'imposa à elle : il était bel et bien jaloux ! Non parce qu'il avait des sentiments pour elle, mais parce qu'il imaginait qu'elle s'était donnée à un autre homme sans son approbation…

Mais pour qui se prenait-il ?

Et brusquement, tout s'accéléra : il s'avança vers elle et une onde électrique bien trop familière et inopportune zébra l'air. Elle demeura immobile, refusant de reculer devant lui. Il était tout proche, si proche qu'elle sentait la force de son souffle, son odeur virile et piquante, le tout renforcé par la vapeur qui montait de la baignoire.

Il l'agrippa par les épaules… Et avant qu'elle n'ait le temps de protester, il bâillonnait sa bouche avec la sienne.

Son premier réflexe fut de maintenir les lèvres bien closes, mais Guy ne chercha pas à la brusquer, il se contenta de lui donner de petits baisers. Des baisers qui la troublaient en dépit de sa détermination à lui résister, et qui lui rappelaient les jours heureux, avant que tout ne se délite… Une chaleur indolente l'envahit tout à coup, se répandant dans tout son être, lui donnant envie de bien davantage que des baisers…

Mais subitement Guy interrompit leur étreinte et redressa la tête.

— Est-ce qu'il t'a embrassée comme ça, hier ?

Avant qu'elle n'ait le temps de répondre que Matt n'était pas son amant, mais son cousin, presque un frère puisqu'ils avaient grandi ensemble, la bouche de Guy prenait de nouveau possession de la sienne. Une bouche brûlante, impérieuse, ardente cette fois. Alors, cédant à ses instincts, elle noua ses mains autour de son cou et se mit à le caresser doucement…

Sans prévenir, il détacha ses lèvres des siennes pour reprendre sa respiration.

— Personne n'embrasse comme toi, murmura-t-elle, s'adressant plus à elle-même qu'à lui.

Il enserra alors sa joue avec sa main et la força à incliner légèrement la tête en arrière. Elle ferma les paupières, attendit qu'il l'embrasse de nouveau, que sa bouche prenne encore une fois la sienne…

— Regarde-moi ! ordonna-t-il soudain.

Elle cligna des yeux et, réticente, croisa son regard.

Une émotion indéfinissable se tapissait dans les profondeurs agitées des prunelles de Guy. En dépit de la chaleur du spa et des vapeurs qui tournoyaient autour d'eux, elle frissonna. Elle n'était plus en face de l'homme attentionné qu'elle avait connu à New York et de qui elle croyait être amoureuse. L'homme qui se tenait devant elle était un étranger.

— Pas même Jeff ? demanda-t-il.

— Pardon ? fit-elle, confuse.

— Tu as déjà oublié qu'il t'avait embrassée ? questionna-t-il avec sarcasme.

— Non, parvint-elle à articuler.

Comment aurait-elle pu oublier ce « cadeau d'anniversaire » si particulier ? Ces baisers odieux qui l'avaient salie ? Sans compter les paroles prononcées… « Guy m'a envoyé pour te donner du plaisir. Après quoi, je te conduirai au Baratin. »

Non, elle n'avait rien oublié. Et pourrait-elle seulement un jour effacer l'humiliation ? Guy n'était tout de même pas jaloux de l'homme qu'il lui avait envoyé ! Au fond, si c'était le cas, c'était bien mérité, et elle espérait qu'il souffrait atrocement, lui qui avait détruit ses illusions. S'il était jaloux, c'était sa propre faute, c'était lui qui avait ouvert une boîte de Pandore.

La tentation de souffler sur le feu, de mettre au supplice son sentiment de possessivité était grande… Et elle n'y résista pas.

Arborant un beau sourire mutin, elle déclara :

— Je ne parle jamais des baisers qu'on me donne.

— Vous avez fait plus que vous embrasser, Jeff et toi, vous avez couché ensemble.

Elle fit mine d'ouvrir de grands yeux étonnés.

— Pourquoi cherches-tu à savoir ? Tu aurais aimé être avec nous ? Remarque, on a presque failli t'appeler.

A peine ces paroles prononcées, elle les regretta déjà. Elle venait de manquer l'occasion de dire la vérité à Guy, de lui confier à quel point elle avait été bouleversée et humiliée par ce qui s'était passé ce soir-là.

Mais comment se rétracter à présent ? Comment lui avouer que son sarcasme avait été motivé par la douleur et la colère qui la rongeaient à l'idée qu'il avait tenu pour évident qu'elle allait coucher avec son associé ?

Qu'il aille au diable !

Il ne l'aimait pas. Il ne l'avait jamais aimée. Il l'avait juste fait pleurer.

— Jeff m'a dit que tu avais flirté avec lui pendant des semaines, et que ce soir-là, il n'a pas pu résister à ce que tu lui as offert.

Sous le choc, elle crut que son cœur allait s'arrêter de battre.

Que voulait-il dire ? Ce n'était donc pas lui qui avait prié Jeff d'aller la chercher ? Elle essaya de lire sur le visage de Guy, de trouver une brèche dans laquelle s'engouffrer... Mais il gardait une expression fermée et impénétrable, la seule douceur venait de la lueur scintillante des bougies qui dansait sur son front, ses joues, créant un jeu d'ombres qui soulignaient ses hautes pommettes.

— Ce que je lui ai offert ? répéta-t-elle.

Guy passa sa main dans ses cheveux.

— J'étais occupé et...

— Tu étais toujours occupé !

Elle le vit se raidir.

— Jeff a appelé juste au moment où je m'apprêtais à te téléphoner pour te demander de venir en taxi. Il m'a proposé de passer le coup de fil à ma place pour que je puisse finir ce que j'étais en train de faire, en l'occurrence un dîner d'anniversaire que je pensais important.

Il eut un sourire ironique et blessé.

— Donc, Jeff m'a téléphoné, fit-elle d'un ton impassible.

— Tu lui as alors demandé de passer te chercher, enchaîna-t-il, et ce n'est qu'en arrivant à l'appartement qu'il a compris tes intentions.

— Bien sûr, répondit-elle, complètement assommée par ces révélations.

C'était Jeff qu'il avait cru.

Guy était-il aussi stupide ? Comment avait-il pu ne pas se rendre compte que leur relation était bien particulière ? Qu'elle n'avait jamais rien vécu de semblable avec un autre homme ? Et pourtant, il la croyait capable de coucher avec Jeff... Et maintenant avec Matt, pour couronner le tout.

Elle frissonna.

— Tu as froid ?

Non, ce qu'elle venait d'entendre lui avait juste donné la chair de poule. Elle était blessée, humiliée, vulnérable. Contrairement à lui.

— Entre dans ton bain chaud, lui ordonna-t-il.

— Avec toi dans cette pièce ?

Il releva un sourcil.

— Pourquoi pas ? Il n'y a rien que je ne connaisse déjà.

Cette fois il était allé trop loin.

Mais alors qu'elle s'apprêtait à lui dire ses quatre vérités, il appuya sur le bouton de contrôle et, des jets, jaillit de la mousse. Et une idée germa dans son esprit.

Une idée audacieuse, mais qui lui semblait brillante tout à coup. N'avait-elle pas annoncé à Matt qu'elle allait exorciser ses mauvais souvenirs, rejeter hors de sa vie l'homme indélicat qui lui avait brisé le cœur ? Autant commencer tout de suite.

Mue par la sensation excitante de jouer avec le feu, elle fit donc glisser son peignoir à terre. Elle entendit Guy déglutir et, sans le regarder, entra dans son bain.

Guy eut la sensation que son cœur s'arrêtait de battre quand le peignoir d'Avery tomba sur le sol pour dévoiler son corps magnifique.

Et dire qu'il avait secrètement espéré que toute cette histoire avait été un malentendu, qu'elle ne s'était pas servie de Jeff et de lui comme de deux pions dans un petit jeu pervers… Il venait de perdre ses dernières illusions puisque, quelques minutes auparavant, elle reconnaissait les faits sans la moindre honte.

La voir ainsi, complètement nue, raviva en lui un violent désir…

Elle avait de si belles jambes !

Ses yeux remontèrent le long de son corps pour se fixer sur la ligne délectable de ses fesses. Elle était parfaite. D'une perfection à se damner.

Ce qu'il pouvait la désirer ! C'était insensé d'en être à ce point tourmenté. Il y avait si longtemps…

La baignoire parut l'engloutir quand elle s'y allongea, et maintenant seule sa tête émergeait de la mousse, éclairée par la lumière nacrée des bougies. Elle inclina la tête contre le rebord de la baignoire et soupira.

Ce fut alors qu'il aperçut les pointes de ses seins. Son corps réagit immédiatement.

Après sa trahison, il avait affirmé ne plus jamais vouloir la revoir. Il s'était d'ailleurs promis de se venger, si un jour il la recroisait. Mais, le moment était arrivé, et il était galvanisé par l'excitation et mourait d'envie de l'embrasser, de dévorer sa bouche. Elle pouvait se réjouir, car c'était elle qui avait remporté cette bataille. Elle avait gagné.

Tout en priant pour retrouver son entendement, une étrange réflexion lui vint à l'esprit. Il avait perdu une bataille certes, mais peut-être pas la guerre.

Avery se trouvait à Aspen le temps du Food and Wine Gala. Après tout, pourquoi ne pas assouvir la faim qui le tenaillait comme une bête féroce ? Et cette fois, ce serait lui qui allumerait son désir, comme elle l'avait fait pour le pauvre Jeff. Ce dernier avait tout risqué pour elle. Leur amitié. Leurs affaires. Go Green.

Guy avait failli lui envoyer son poing dans la figure avant de comprendre que son ami était vraiment malheureux de ce qui s'était passé. Il lui avait raconté la façon dont elle l'avait provoqué pendant des semaines, jusqu'à ce qu'il soit incapable de résister à ses injonctions.

Qu'aurait-il fait à sa place si elle lui avait ouvert la porte en bustier et en string, ainsi que Jeff le lui avait avoué ?

Oui, il avait compris le désespoir de son ami. Aurait-il lui-même réagi différemment ? En cet instant même, il brûlait de la rejoindre dans le bain.

Il prit une large aspiration.

Cette fois, ce serait lui qui mènerait le jeu, il ne tomberait pas dans son piège ! Fort de cette pensée, il s'agenouilla devant la baignoire et commença à lui masser les épaules.

Il eut le plaisir de la sentir sursauter.

— C'est bon ? questionna-t-il.

— Mmm.

— Détends-toi. L'eau va dénouer ton corps.

— J'ai déjà eu un massage qui m'a fait le plus grand bien, murmura-t-elle. Mais comment résister ?

Guy admira sa bouche, les boucles qui encadraient son visage, ses traits détendus…

Il retint un grognement et déclara :

— Je devrais suggérer à ma sœur de proposer un massage de cou dans la baignoire.

— Melissa est ta sœur ? Tiens, tu m'avais parlé de tes frères, mais j'ignorai que tu avais une sœur.

— Tu ne m'as jamais questionné à ce sujet. Il faut dire qu'on avait mieux à faire, non ?

Leur passion avait été si ardente qu'elle les avait consumés sans qu'ils aient le temps de reprendre leur souffle. Alors se connaître…

Toutefois, le silence d'Avery déclencha chez lui un sentiment de culpabilité. Peut-être auraient-ils dû discuter davantage tous les deux…

— J'ai aussi une autre sœur, continua-t-il. Elle s'appelle Erica. En fait, c'est ma demi-sœur.

Il ne savait toujours pas ce qu'il ressentait envers cette dernière. La nouvelle de son existence était encore trop fraîche. Jusqu'à présent, il maintenait une relation amicale mais distante avec elle.

— C'est après le décès de mon père que nous avons appris son existence, ajouta-t-il.

— J'ai appris pour ton père, je suis désolée.

Son père était mort moins d'une semaine après qu'il eut découvert sa trahison. Ç'avait été la pire semaine de sa vie. Mais elle n'avait pas besoin de le savoir.

— Nous n'étions pas très proches, lui dit-il pour lui montrer que sa compassion était superflue.

— Cela a dû tout de même être un choc de découvrir qu'il avait un autre enfant.

— Effectivement… Apprendre que mon père avait eu une liaison si peu de temps après la mort de notre mère fut…

Il s'interrompit, refusant de prononcer des paroles qui auraient révélé sa vulnérabilité.

Le silence s'installa entre eux et ce ne fut qu'au bout de quelques instants qu'elle reprit :

— Je pense que ça n'a pas été facile non plus pour Erica.

Elle n'exprimait aucun jugement, elle exposait juste des faits.

— Je ne pense pas qu'elle ait vécu cela comme une tragédie, répliqua-t-il avec une certaine amertume. Elle a hérité de la même part que nous. C'est une femme riche, maintenant.

— L'argent ne résout pas tout.

Et elle espérait peut-être qu'il allait avaler ça ?

Il appuya un peu plus fort sur sa nuque, à l'endroit où il sentait une tension, ce qui eut pour effet de faire grimacer Avery. Puis il ralentit le mouvement, ses mains s'attardant sur sa peau qui, à la lueur des bougies, avait une teinte d'or.

— Erica a aussi trouvé l'amour, précisa-t-il d'une voix où perçait volontairement une pointe d'ironie. Elle est fiancée à Christian Hanford, l'avocat familial.

Il regretta aussitôt d'être allé aussi loin dans la conversation. Elle n'avait pas besoin de connaître des détails aussi privés. Ce massage n'était probablement pas une bonne idée. Cette femme l'ensorcelait, elle exerçait sur lui le sortilège de sa volupté.

— Où est-ce que tu es descendue ? lui demanda-t-il, afin de changer de sujet.

Il ne souhaitait pas parler d'Erica, des émotions inconfortables que suscitait la succession de son père, et du sentiment d'impuissance lié à sa mort.

— Au Jarrod Manor, dit-elle d'une voix un peu endormie.

— Ah bon ? Moi aussi.

Elle se raidit soudain.

— Détends-toi, lui dit-il. C'est un grand hôtel. Pas de danger que tu tombes sur moi, sauf si tu me cherches.

Il ne précisa pas qu'il logeait dans les suites familiales au dernier étage, et qu'il disposait d'une carte magnétique spéciale pour l'ascenseur qui y conduisait directement. Aussi y avait-il bien peu de risques pour qu'elle le trouve.

— En revanche, toi, il suffit que tu me demandes à la réception pour savoir dans quelle chambre je suis. Tu es un Jarrod, on te dira tout ce que tu veux, constata-t-elle.

Ses mains s'immobilisèrent sur les épaules de la jeune femme.

— Tu veux que je me renseigne ?

— Non ! s'exclama-t-elle.

L'eau tournoya sous son agitation et, pendant un bref instant, il aperçut le bout de ses seins rose pâle avant qu'elle ne s'immerge rapidement dans l'eau.

— De toute façon, je suis sûre que tu n'as même pas à demander. Tu as accès à l'ordinateur, aux réservations et aux cartes magnétiques.

— Je n'entrerai jamais dans ta chambre, ni dans aucune autre d'ailleurs, sans y être invité, répliqua-t-il d'un ton sec.

— C'est bien vrai ?

Elle lui lança un regard en coin qui le laissa presque sans voix.

— Oui, finit-il par dire.

Elle poussa un soupir de soulagement et appuya de nouveau la tête contre le rebord de la baignoire, sa chevelure dorée dessinant une auréole autour de son beau visage.

— Je te crois.

Elle semblait sincère et cette marque de confiance déclencha en lui un élan d'allégresse.

En silence, il continua à la masser, cherchant à conjurer les nœuds de tension qu'il sentait rouler sous ses doigts. Sa peau était douce et souple et il se délectait de son parfum qui montait subtilement, sous l'effet de la vapeur… Comme il avait envie de se pencher pour l'embrasser !

Soudain, il expira longuement, ce qui souleva ses boucles et il eut l'impression de voir courir des petits frissons sur sa peau… Etait-ce seulement le fruit de son imagination ? Il n'en avait aucune idée, mais cela eut raison de sa résistance et alors sans plus réfléchir, il posa sa bouche sur sa nuque.

Avery poussa un petit cri.

Mais elle n'émit aucune objection et le laissa embrasser ses épaules nues et mouillées. Il vit que sa respiration se faisait plus courte, et lorsqu'il posa la main sur ses seins, elle poussa un long gémissement qui le mit à la torture…

— Invite-moi à te rejoindre dans ton bain, Avery, la supplia-t-il alors.

- 4 -

La seule certitude qu'Avery avait concernant Guy depuis qu'elle avait partagé son appartement new-yorkais, c'était que chaque parcelle de son corps était la tentation à l'état pur, et qu'elle était incapable d'y résister.

Ce soir ne dérogeait pas à la règle, mais cette fois-ci, elle savait exactement ce qu'elle faisait. En l'occurrence, il ne s'agissait pas de rêve, mais de désir… Et d'en finir avec Guy. C'était une sorte de thérapie.

— Tu veux me rejoindre ? dit-elle en sentant son pouls s'accélérer. Je t'en prie, il y a largement de la place pour deux.

En un rien de temps, il retira ses vêtements, et il entra enfin dans l'eau. La surface ondula sous sa masse de muscles et elle ne manqua pas de noter son sexe dressé, preuve, s'il en était besoin, de son désir… L'air parut s'alourdir de non-dits.

Une légère crainte l'envahit soudain. Etait-ce réellement une bonne idée que de l'inviter dans son bain ? Allait-elle réussir à aller jusqu'au bout de son plan ?

Mais il était trop tard pour revenir sur son audace. Soit il lui rirait au nez, soit il l'accuserait d'être une manipulatrice.

Elle devait tenir bon. Quelques minutes de silence désagréables, et elle sortirait de l'eau sans perdre sa dignité, s'enroulerait dans son peignoir et lui souhaiterait bonsoir.

Pour masquer son trouble, elle s'immergea un peu et ferma les yeux…

Mais des images du corps nu de Guy s'imposèrent à elle, dansant sous ses paupières. Sa peau soyeuse, ses muscles bien sculptés. Son érection…

Etait-ce ainsi qu'elle comptait guérir de cette liaison malheureuse ?

Elle retint un petit soupir et, les yeux toujours fermés, elle s'efforça de penser aux merlots qu'elle avait goûtés dans l'après-midi. Mais au bout du troisième, elle perdit tout intérêt à cet exercice. Alors, dressant l'oreille, elle essaya de deviner ce que faisait Guy.

Est-ce qu'il la regardait ?

Entre eux, le silence palpitait. Le souvenir des nuits qu'ils avaient passées ensemble surgit brusquement dans son esprit. Elle revit leurs corps enlacés, en train de faire l'amour... Maintenant, il était nu, à quelques centimètres d'elle, et il la dévorait sans doute des yeux.

Elle avait peine à respirer.

Et pourtant, elle devait l'exorciser, pour toujours.

— Tu as commencé à plancher sur notre présentation ? questionna-t-il à brûle-pourpoint.

Elle sursauta et de l'eau lui éclaboussa le visage.

Il voulait vraiment discuter affaires ?

Elle ouvrit un œil. Et dire qu'elle avait craint qu'il ne lui saute dessus. Il était tranquillement allongé sur le dos, presque endormi.

Elle eut l'impression de tomber dans un piège.

Et aussitôt, une autre impression, plus consternante encore lui vint à l'esprit : elle ressentait de la déception. N'aurait-elle pas dû se réjouir au contraire de ne pas avoir à repousser ses avances ?

En réalité, elle ne savait plus où elle en était. Tout cela n'avait aucun sens !

— Alors ? insista-t-il.

— J'ai commencé à prendre des notes.

Tandis qu'elle s'efforçait de retrouver ses esprits, Guy ouvrit les yeux et les riva sur elle. Un lent sourire éclaira ses traits. Elle lui rendit son sourire, mais non sans réticence. Qu'avait-il bien pu voir de si amusant, au fond de ses prunelles ?

— Je t'ai manqué ?

— Aujourd'hui ? demanda-t-elle en riant. Franchement, je n'en ai pas eu le temps.

— Arrête de faire l'idiote !

Et sur ces mots, il posa sa main sur sa cuisse, sous l'eau.

Une bouffée d'émotions l'assaillit alors. Le désir. La confusion. La colère… Tout était enchevêtré en un magma contradictoire, et conflictuel. Elle se rappela alors à quel point ç'aurait été une mauvaise idée de céder à la tentation. Elle ne pourrait qu'en ressortir meurtrie.

Elle sentit qu'il faisait remonter ses doigts sur son ventre. Et retint son souffle quand il s'approcha de ses seins…

Guy Jarrod était la dose dont son corps avait besoin.

Evidemment, elle aurait dû le repousser. Mais elle n'y arrivait pas et il continuait à la caresser sous l'eau.

— J'ai pensé à toi, souffla-t-il.

Son cœur se serra.

— J'en doute. Tu as bien trop à faire.

— Je ne parle pas d'aujourd'hui, mais des sept semaines qui se sont écoulées.

Il avait donc compté les jours, depuis leur rupture ? Elle sentit sa résistance s'effriter un peu plus.

— Je me rappelle ceci…

Ses doigts se posèrent alors sur son mamelon qui, en dépit de ses efforts pour rester indifférente, se durcit de désir.

Guy poussa un petit grognement de satisfaction, puis il l'attira contre lui, sur lui, de sorte que ses seins furent plaqués contre son torse.

— Tu réagis si vite à mes caresses, lui murmura-t-il à l'oreille. Comment est-ce que j'aurais pu l'oublier ?

Elle frissonna, avant de se rappeler qu'il parlait avant tout de sexe.

Qu'avait-elle espéré ? Un regain d'amour de sa part ? L'amour n'avait pas droit de cité dans la relation qu'ils avaient eue, ce qui comptait, c'était le physique, rien de plus. Guy ne soupçonnait pas le moins du monde les fantasmes qu'il avait éveillés en elle.

Des fantasmes de vie de famille, d'enfants, d'amour et de toujours…

Comment avait-elle pu nourrir de telles pensées à son endroit ? L'avait-il envoûtée avec ses savantes caresses ? Etait-elle sous l'emprise de cette drogue ?

Mais de toute façon ces questions étaient obsolètes. Aujourd'hui, il n'y avait plus de malentendu entre eux, alors pourquoi ne pas se laisser aller ? Prendre ce qu'il avait à lui donner et l'oublier au plus vite.

Un frémissement la parcourut quand, de sa bouche, il captura l'un de ses seins. Une sensation proche de l'extase la submergea, et elle laissa échapper un soupir de délices.

Pas besoin de s'embarrasser d'émotions, cette fois. Au contraire : il était nécessaire de s'en affranchir une fois pour toutes avec lui.

Elle emmêla ses jambes aux siennes.

Guy détacha alors sa bouche de son sein, et la pressa contre lui. Le contact de son corps contre le sien était si grisant. Son excitation monta d'un cran…

L'attirant un peu plus contre lui, leurs langues s'emmêlèrent bientôt… Il l'embrassa avec ferveur, se repaissant de sa chaleur, tandis que, de ses doigts, il continuait à explorer son corps. Quand il glissa sa main entre ses cuisses, elle les écarta légèrement. Elle avait vingt-sept ans, et était trop âgée pour croire encore aux rêves d'un amour romantique. Elle les avait laissés derrière elle le soir de son dernier anniversaire.

Elle était une femme, plus une jeune fille.

Ses désirs étaient ceux d'une femme.

Et il était également temps qu'elle reconnaisse que sa quête désespérée d'amour était liée aux contraintes de son horloge biologique. Une femme avait besoin de trouver son partenaire pour procréer. Et elle avait toujours eu envie d'enfants…

Il continuait à la caresser, inlassablement. Il était expert en la matière et savait admirablement bien comment réagissait son corps. Ouvrant les yeux, elle vit que le masque du désir avait transformé le visage de Guy. Même les bougies ne pouvaient plus adoucir la faim qu'il reflétait.

Il la désirait.

Elle le désirait.

Au moins, il y avait de l'honnêteté, dans le désir.

Ce soir, elle avait passé un pacte avec la volupté, et demain, elle en assumerait les conséquences.

Glissant la main sous l'eau, elle s'empara de son sexe dur…

— Arrête ! Ou ce sera fini bien trop tôt, s'écria-t-il.

Elle lui adressa un petit sourire.

— Et de cela, il ne saurait être question, n'est-ce pas ?

— Non.

Alors il l'attira à lui et, la soulevant légèrement, il la pénétra, avant de se mettre à chalouper sous elle. Elle répondit à ses coups de reins et se pencha sur lui pour mordiller ses épaules, savourer l'agréable sensation de l'eau et le goût salé de sa peau.

Ils ondulèrent doucement, puis plus ardemment, jusqu'à ce qu'un plaisir intense les saisisse en même temps…

Elle avait l'impression de flotter sur un petit nuage.

Sa peau était légèrement rosie, son corps souple et docile. Elle avait la sensation de vivre une expérience quasi divine.

— Et si nous n'en restions pas là ? suggéra Guy en lui soulevant le menton. Si nous trouvions un arrangement plus durable ?

Elle rouvrit les yeux : ces quelques mots la firent redescendre sur terre sans ménagement.

— Un arrangement plus durable ?

Parlait-il de mariage ?

Elle en oublia presque de respirer.

Alors même qu'elle formulait cette hypothèse, elle se rendit compte qu'elle nourrissait encore ce fol espoir, même après son terrible départ de New York, quelques semaines plus tôt.

Que lui arrivait-il ? Voulait-elle vraiment lier son destin à un homme qui pensait qu'elle était une femme facile en quête d'un mari fortuné ? Un homme qui voulait la partager avec un autre ?

Le Guy dont elle s'était crue amoureuse n'existait plus, il fallait qu'elle le comprenne.

— Le mariage est une grave décision, finit-elle par dire.

— Mais je ne parlais pas de mariage, dit-il d'un ton léger, en souriant. Pourquoi ne pas profiter de cette relation le temps qu'elle durera ?

Elle se mordit la langue, comme pour se punir de sa naïveté. Encore une démonstration flagrante des différences qui existaient entre eux. Un « arrangement plus durable » n'avait pas du tout la même signification dans leurs esprits respectifs. Pour lui, c'était reprendre le fil d'une liaison sans engagement jusqu'à ce qu'il se lasse. Alors qu'elle avait tout de suite envisagé l'autel…

Ce qu'elle pouvait être stupide.

Guy n'était pas disponible sur le plan émotionnel. D'ailleurs, ne l'avait-il pas prévenue dès le départ ? Mais elle avait cru pouvoir le changer.

C'était sa faute.

Et elle devait refuser sa proposition. Car si elle sortait de nouveau avec lui, elle n'arriverait jamais à surmonter cette relation, à l'oublier… Et pourtant, Matt lui-même ne lui avait-il pas suggéré de profiter de son séjour à Aspen pour prendre du bon temps ?

Indécise, elle se mordit la lèvre.

Elle ne voulait pas s'amuser avec le premier venu… C'était Guy qu'elle désirait, Guy que son corps réclamait. Alors pourquoi ne pas renouer avec lui, le temps du gala ?

— Qu'est-ce que tu en penses ? insista-t-il en caressant sa jambe, sous les ondulations de l'eau.

Manifestement, il la pensait acquise à la cause. A cette simple idée, elle sentit son indignation se réveiller, en même temps que son bon sens.

— Et que se passera-t-il quand le gala sera fini ? Quand je devrai repartir ?

Il haussa les épaules.

— Vivons au jour le jour, dit-il dans un sourire diabolique.

Evidemment pour lui, une liaison, c'était la solution parfaite.

— J'ai besoin de réfléchir, dit-elle.

— On peut parfaitement faire cause commune pendant le gala. Travailler ensemble le jour et s'entendre sur un autre plan la nuit…

— Sans doute, marmonna-t-elle de plus en plus furieuse.

Ne se rendait-il pas compte qu'elle se retrouverait dans une position délicate ? On remarquerait forcément qu'ils étaient proches, voire intimes, et on dirait qu'elle était la maîtresse d'un milliardaire. La réputation professionnelle qu'elle avait durement construite s'en trouverait ruinée.

Bien sûr, elle ne rejetait pas toute la responsabilité sur lui.

Pourquoi avait-il fallu qu'elle succombe de nouveau au charme de Guy ? Pourquoi voyait-elle en lui une âme sœur alors qu'il lui avait prouvé le contraire ?

C'était une situation inextricable, et elle sentit une sorte de découragement l'envahir.

Redressant les épaules, elle se leva, consciente du regard de convoitise que Guy portait sur son corps.

— Je ne suis pas certaine de rester à Aspen jusqu'à la fin du gala, déclara-t-elle.

— Tiens, c'est nouveau, dit-il en faisant distraitement glisser un doigt sur sa jambe bien galbée. Pourquoi partir alors que je suis là ?

Son assurance arrogante lui coupa le souffle.

Sortant de la baignoire, elle ramassa son peignoir et s'enveloppa dedans.

— Parfait, je resterai jusqu'à la fin du gala, mais ensuite, je ne te garantis rien.

— D'ici là, la flamme se sera peut-être éteinte d'elle-même, entre nous.

Même si ces derniers mots la blessèrent au plus haut point, c'était tout ce qu'elle pouvait souhaiter.

— Peut-être. Et je n'aurai qu'une envie : rentrer en Californie.

— Exact. Et même si l'alchimie sexuelle qui existe entre nous est très forte, elle ne résistera pas à la distance géographique. Dans son testament, mon père a exprimé la volonté que je reste à Aspen. Aussi ne disposons-nous que du temps où tu y resteras.

— De toute façon, à travailler avec moi tous les jours, tu finiras par souhaiter que je m'en aille.

— Tu as sans doute raison, dit-il d'un air songeur.

Le changement dans le ton de Guy ne lui échappa pas. Ainsi, l'idée qu'elle parte ne lui plaisait peut-être pas tant que cela… Voilà qui était intéressant.

— Très bien, je vais réfléchir à ta proposition, lança-t-elle par-dessus son épaule en s'éloignant de lui, d'un pas un peu moins léger qu'elle ne l'aurait souhaité.

Elle ne savait vraiment pas ce qu'elle allait faire. Une part d'elle-même, pleine de défi, avait envie d'accepter de se lancer dans cette liaison. Nuit après nuit, elle connaîtrait la volupté dans les bras de Guy et ensuite elle repartirait, rassasiée et souriante, sans se retourner. Mais quelque chose lui disait que ce petit jeu était dangereux et qu'elle courrait le risque de se brûler les ailes.

Alors qu'elle atteignait la porte, la voix de Guy l'arrêta.

— A propos… Il n'y aura pas de retombées, n'est-ce pas ?

— Des retombées ? répéta-t-elle en pivotant sur ses talons.

Elle le fixa sans comprendre. Il lui avait déjà brisé le cœur, que pouvait-il faire de plus ?

— Une éventuelle grossesse, précisa-t-il alors d'un ton impatient.

— Quoi ? Mais je ne suis pas enceinte, ne crains rien.

— Parfait, dit-il dans un petit sourire. Je suppose que ni toi ni moi ne souhaitons une telle complication à ce stade de notre vie.

Elle dut se faire violence pour contenir son indignation.

Elle ne lui avouerait bien sûr pas qu'au fond d'elle-même, elle rêvait de fonder une famille, d'avoir des enfants. Cela, il ne pouvait pas le comprendre.

L'eau tournoya dans la baignoire quand à son tour il se leva. Elle s'efforça de détourner le regard de ce corps d'adonis, jalouse des gouttes qui glissaient sur son torse musclé, son estomac bien plat… En dépit de tout ce qu'il lui avait infligé, elle ne pouvait nier la force du désir qu'il lui inspirait.

Comment allait-elle survivre à cet homme ?

— J'allais oublier, reprit-il soudain. Art devait se joindre à nous pour le départ d'un tour en montgolfière, demain. Nous prendrons un petit déjeuner au champagne, à l'atterrissage des voyageurs…

Son désarroi avait dû se lire sur son visage car il s'empressa d'ajouter :

— Tu n'es pas obligée de venir, si tu n'en as pas envie.

— Non, non, j'y serai. A quelle heure ? demanda-t-elle en priant pour que ce ne soit pas à l'aube.

— A l'aube, dit-il.

Elle tenta de masquer son dépit du mieux qu'elle put, mais un sourire de triomphe éclaira le visage de Guy.

— Je sais, tu détestes te lever de bonne heure, mais c'est ainsi. Habille-toi confortablement : jean, boots et veste.

Sur ces mots, il sortit de la baignoire.

Elle n'attendit pas une seconde de plus pour s'enfuir.

- 5 -

A la grande surprise de Guy, Avery attendait déjà dans le hall, très tôt ce lundi matin. Elle étudiait les photographies accrochées au mur, celles des invités célèbres qui avaient séjourné au Jarrod Manor.

Elle avait dû le sentir arriver, car elle se retourna brusquement à son approche. Elle semblait encore tout endormie, ce qui lui donnait un air presque vulnérable. Elle portait même des lunettes qu'il ne lui avait encore jamais vues.

Devant son regard curieux, elle déclara :

— Je n'ai pas assez dormi pour supporter mes lentilles de contact. Je les mettrai plus tard.

— Pourquoi ? Tu es très bien ainsi.

Il soupçonnait qu'elle avait eu du mal à dormir pour les mêmes raisons que lui. Leur brève étreinte au spa ne lui avait pas suffi : il voulait passer toute une nuit avec elle, dans son lit. Il sentit le désir s'emparer de son corps et fut tenté de lui dire qu'elle était aussi belle avec ses lunettes que sans. Mais il se retint *in extremis*.

Avec son jean blanc moulant et sa veste en denim courte, elle rayonnait de vitalité. Les lunettes lui prêtaient un côté étudiant, et l'imaginer en jeune fille studieuse ne faisait qu'accentuer la sensualité latente qui exsudait de sa bouche boudeuse et de sa silhouette aux courbes bien féminines.

Il s'aperçut soudain, soulagé, que le groupe qui avait réservé pour la montgolfière s'attroupait à la réception, ce qui lui permit de détourner ses pensées d'Avery. Mais la trêve fut de courte durée. Un homme se détacha du groupe et s'approcha d'elle, un grand sourire aux lèvres. Réprimant son agacement, Guy se dirigea vers la double porte de verre, passant devant un groom en livrée bleu et or. L'air matinal était frais, l'automne n'était pas encore là, mais il ne tarderait plus.

Guy repéra rapidement sur la gauche trois pilotes et quelques membres de l'équipage qui s'affairaient autour des montgolfières dont les enveloppes colorées étaient étendues à terre, sur le ciment, tandis que les nacelles attendaient les voyageurs. Le reste de l'équipage ainsi que les membres de l'hôtel en charge du petit déjeuner qui serait servi après l'excursion bavardaient et plaisantaient tout en buvant du café dans des gobelets en carton.

Un ventilateur se mit en marche et l'enveloppe rouge d'un des ballons commença à se gonfler. Quelques minutes plus tard, les brûleurs se mirent à siffler, réchauffant l'air, et les enveloppes se dressèrent au-dessus des nacelles au son des cris de joie des invités. Au nombre de vingt, ils se divisèrent rapidement en trois groupes, puis montèrent dans les paniers avant de prendre la pose pour les photos.

Le premier ballon décolla, bientôt suivi des deux autres.

— N'est-ce pas tout simplement stupéfiant ? murmura Avery.

Elle se tenait derrière lui.

Les rayons du soleil pointaient au-dessus de l'arête des montagnes, dans leur dos, renforçant les couleurs vives des ballons qui constellaient l'aube d'éclats de rouge, de magenta et de jaune.

Il se retourna vers Avery…

Le bleu de ses yeux était tout aussi aveuglant, pensa-t-il, et son sourire était un baume versé sur son cœur.

— Un jour, tu pourras participer à l'une des expéditions, si tu en as envie, dit-il d'une voix rauque.

Elle secoua la tête en signe de dénégation.

— Jamais de la vie. J'ai le vertige.

— Toi ? Et moi qui pensais que rien ne t'effrayait.

Même si Avery avait un aspect délicat et une fine ossature, elle pouvait être aussi féroce qu'une lionne défendant ses petits, il était bien placé pour le savoir. Et cette pensée le fit sourire : elle était bien la dernière femme qu'il aurait associée à la maternité. C'était d'ailleurs pour cette raison qu'elle l'avait attiré, parce que sa carrière primait sur toute chose. Il avait pour principe de fuir les femmes dont les yeux s'illuminaient aux mots « mariage » et « diamants ».

— Cela me donne des étourdissements, et je crains de m'évanouir. Tu ne pourras jamais me convaincre, lui assura-t-elle.

— Dans une montgolfière, on ne peut pas avoir le vertige, répliqua-t-il.

— Bien sûr que si !

— Je t'assure qu'on ne sent absolument rien, il n'y a pas la moindre secousse. On se déplace avec le vent. Et puis il ne faut jamais dire fontaine…

— Je t'assure, Guy, que tu plaides une cause perdue d'avance.

— Il est important de savoir prendre des risques, de s'aventurer sur des terres inconnues.

S'écartant un peu de lui, elle croisa les bras.

— Cela m'est déjà arrivé, de prendre des risques, mais celui-là, certainement pas !

Son visage s'était rembruni.

A quoi pensait-elle ? Au risque qu'elle avait pris en couchant avec Jeff ? De toute façon, il n'avait aucune intention d'aborder ce sujet encore bien trop sensible.

— Je ne t'aurais pas crue poule mouillée, insista-t-il, pour plaisanter et détendre ainsi l'atmosphère.

— N'essaie pas de jouer avec ma fierté, répondit-elle. Je ne suis pas téméraire, en règle générale.

Vraiment ? Il haussa un sourcil, montrant ainsi clairement ses doutes.

— Ne crois pas que je vais avaler ça, marmonna-t-il.

— C'est parce que j'ai couché avec toi le premier soir que tu en doutes ? répliqua-t-elle sèchement. Ce n'était pas très malin de ma part, je le concède. Cela t'a donné une très mauvaise image de moi.

Estimait-elle que leur relation était une des graves erreurs de sa vie ? Etrangement cette idée le contraria.

Se rapprochant d'elle, il déclara d'une voix rauque :

— Il n'y avait rien de répréhensible dans ce que nous avons fait à New York, Avery. J'en garde un souvenir inoubliable. Et hier soir, c'était aussi extraordinaire.

Il ne mentait pas. Ce qu'elle avait pu lui manquer…

Il posa alors sa main sur la joue d'Avery et l'enserra doucement.

— Tu es si honnête au lit ! Contrairement à de nombreuses femmes, tu ne fais pas semblant.

Pendant quelques secondes, il crut qu'elle allait se jeter dans ses bras. Il y avait une expression si lumineuse dans ses yeux qu'elle le toucha et le déconcerta à la fois.

Elle aussi parut troublée pendant un bref instant puis, se reprenant, elle déclara :

— Non, Guy, s'il te plaît. Pas ici… Nous sommes en public.

Sa volonté de le tenir à distance le mit en colère.

— Pourquoi cela t'effraie-t-il tellement que l'on sache que nous sommes amants ?

— Amants ? répéta-t-elle avec hauteur. Cela implique une intimité que nous ne partageons pas, mon cher !

Ces propos le blessèrent encore plus cruellement.

— Le plaisir que nous avons partagé et que nous pouvons continuer à partager n'a rien de honteux, décréta-t-il.

Si seulement elle cessait de jouer les entêtées.

Si elle était aussi peu téméraire qu'elle le prétendait, elle n'aurait pas fait l'amour avec lui, hier, dans la baignoire du spa. Il fallait dire que cela ne lui ressemblait pas non plus d'être aussi négligent, d'ordinair, il se conduisait en homme responsable. Hier soir, c'était la première fois de sa vie qu'il avait couché avec une femme sans préservatif. Même plus jeune, il ne s'était jamais exposé à un tel risque.

Evidemment, il savait qu'Avery prenait la pilule, mais c'était aussi sa propre santé qu'il avait engagée, en ne se protégeant pas.

Cela ne se reproduirait pas. On ne savait jamais quelles étaient les conséquences d'une impulsion aussi stupide.

Et pourtant, en dépit de toutes ces réflexions, il ne regrettait rien.

Comme pour éviter son regard, Avery pencha légèrement la tête en arrière. Le soleil du matin saupoudra alors d'or la pointe de ses cils.

— Je n'ai pas besoin d'expérimenter la vie d'en haut, lui dit-elle, changeant de sujet. Je peux tout à fait le faire avec les pieds sur terre.

— Alors tu ne verras jamais les prés défiler au-dessous de toi, tu ne toucheras jamais les feuilles à la cime des arbres, ni ne verras les élans brouter au sommet des montagnes, et je peux t'assurer que c'est un spectacle unique.

Mais elle semblait réellement inflexible.

— Si tu essayais, tu te rendrais compte que le voyage en vaut la peine, insista-t-il. La vue est merveilleuse d'en haut, une perspective complètement différente. Tu peux voir à des kilomètres à la ronde.

— De toute évidence, cela te plaît.

— J'en fais un tour tous les ans, pendant le gala… Enfin, j'en faisais, se corrigea-t-il. Il y a longtemps que je n'étais pas venu à Aspen.

Elle tourna enfin vers lui un regard intense, ce qui le mit mal à l'aise.

— J'ai eu un emploi du temps chargé, crut-il bon de se justifier. Allez viens, je vois que l'équipe au sol commence à s'activer.

Sur ces mots, il mit la main dans sa poche pour en sortir les clés de son SUV noir, sur la portière gauche duquel était inscrit en lettres d'or : « Jarrod Ridge ». Il l'invita à monter puis il démarra, suivant le minivan qui contenait l'équipe de restauration.

— Est-ce que l'on sait où ils vont se poser ? demanda-t-elle, soudain aussi enthousiaste qu'une jeune enfant.

Guy se mit à rire.

— Si seulement ! L'équipe du minivan est en contact radio avec les pilotes et a juste une vague idée de l'endroit où ils vont atterrir. Mais rien n'est jamais exact, car les ballons sont à la merci du vent.

— Et tu espères me rassurer ?

— Les pilotes sont très expérimentés. Ils sont aussi en contact avec la tour de contrôle de l'aérodrome local.

Avery demeura silencieuse quelques minutes.

Quand elle reprit la parole, ce fut pour constater :

— Comme c'est beau, ici !

Il ne pouvait qu'approuver.

Le soleil progressait rapidement dans le ciel, illuminant à présent les prés de la vallée et embrasant les cimes des montagnes.

— Attends un peu que l'automne arrive. Aspen devient vraiment spectaculaire. Une étendue d'or…

— Je serai partie d'ici là, marmonna-t-elle.

Pas s'il s'en mêlait, pensa-t-il tout de suite. C'était lui qui déciderait de son départ.

— Nous verrons, répondit-il.

Il y eut un moment de silence avant qu'elle ne reprenne :

— Il est évident que tu adores cette région. Pourquoi t'en es-tu absenté pendant si longtemps ?

Encore une fois, elle bottait en touche. Elle redoutait la confrontation, la passion… Au fond, elle avait peut-être raison… Pour l'instant.

— A cause du travail, répondit-il en se concentrant sur la route. Après avoir terminé mes études d'hôtellerie en France, je suis allé travailler à Londres pendant quelques années avant de retourner aux Etats-Unis pour ouvrir le Baratin. Je n'avais pas le temps de venir à Aspen.

— Ah, le Baratin… ! Le meilleur restaurant français de la côte Est, selon *Cuisine*.

C'était vrai qu'il avait bien réussi sa carrière, mais il n'empêche qu'il se sentait coupable de cette longue absence.

— C'est la première fois que je passe autant de temps à la maison depuis presque deux décennies, continua-t-il.

Qu'il associe Jarrod Ridge à son foyer, c'était nouveau. Cependant, s'il était revenu, c'était en raison du testament de son père. Ce dernier avait décidé que si ses enfants ne s'installaient pas à Aspen, ils pouvaient faire une croix sur leur héritage. C'était en tout cas les termes de son testament.

Et aucun d'entre eux n'était prêt à y renoncer.

Soudain, il sentit la main d'Avery, sur son genou…

— Guy, ton père savait que tu l'aimais, lui dit-elle.

Ces paroles destinées à le rassurer eurent l'effet inverse sur lui.

— Tu crois ? Je n'en suis pas si sûr.

— Est-ce que tu l'as revu avant sa mort ?

— Non, je suis arrivé trop tard.

Il fixait la route, supportant mal le regard compatissant d'Avery. Voyait-elle donc si clair en lui ? Percevait-elle le regret qui le rongeait ?

— Mais tu lui as parlé quand nous étions… Quand nous étions ensemble, observa-t-elle après une légère hésitation. J'ai même pris un message pour toi, il te demandait de le rappeler.

Elle poussa un soupir.

— Et dire que j'ignorais alors que je parlais avec le légendaire Donald Jarrod, ajouta-t-elle.

Et cela avait été une bonne chose. Sinon, il n'aurait jamais découvert qui elle était vraiment. Elle aurait pris grand soin de lui cacher ses intentions et n'aurait pas couché avec Jeff… Mais il se garda d'exprimer ses cyniques pensées. Au lieu de quoi, il gara son SUV le long d'un sentier bordé de peupliers.

— J'ai revu mon père peu de temps avant de te rencontrer, déclara-t-il. Il était venu à New York pour me convaincre de prendre en charge les bars et les restaurants, à Jarrod Ridge.

Il eut un petit sourire fataliste.

— J'ai refusé. Et puis il est mort, et maintenant, je fais ce qu'il voulait.

— Et tu regrettes de ne pas avoir accepté de son vivant, déclara-t-elle d'un ton sans appel.

Il coupa le moteur et la regarda. L'empathie et la compréhension qui brillaient dans ses yeux le dévastèrent. Il s'efforça de respirer normalement.

— Ton père savait que tu l'aimais, murmura-t-elle tout près de lui.

Il n'en était pas si sûr. Il avait résisté à toutes les demandes de son père concernant son retour à Aspen. Au fond de lui-même, il en voulait à Donald d'avoir négligé ses enfants après la mort de sa femme.

— Peut-être, fit-il, peu désireux d'ouvrir le débat.

Puis il se redressa et scruta l'horizon. Il repéra alors les minivans, un peu plus loin. Il remit aussitôt le contact pour les rejoindre.

— Mes parents sont morts dans un accident de bateau quand j'avais deux ans, dit-elle soudain.

— Je l'ignorais.

Quelles autres informations d'importance lui avait-elle encore cachées ?

— Mon oncle Art me disait que je les portais en moi, dans mon cœur. Qu'ils étaient toujours avec moi. Et cela m'inquiétait. Je ne voulais pas qu'ils soient dans mon cœur, je voulais être sûre qu'ils soient là-haut.

Elle désigna le ciel bleu azur.

— C'est si parfait, si bleu, si clair. Comment pourrait-il ne pas y avoir de paradis et d'anges ? Je disais à mon oncle qu'un de ces jours, j'irais leur rendre visite.

Elle croyait donc toujours aux anges et à la vie après la mort ? Comment avait-il fait pour ne pas remarquer ce côté doux et idéaliste, chez elle ? Et il ne put s'empêcher de se demander quelles autres illusions elle nourrissait encore.

— Tu voulais leur rendre visite alors que tu as le vertige ?

Elle sourit et une fossette creusa sa joue.

— C'est vrai, je n'y ai jamais pensé ! Je disais à ma tante que je prendrais l'avion à LAX.

Il éclata de rire.

Au-dessus d'eux, les ballons flottaient dans les rayons du soleil, et leur masquaient les avions qui passaient dans le ciel.

— Matt est quelque part là-haut, dit soudain Avery.

Il redevint sérieux d'un coup.

— Matt ?

— Mon cousin ! Tu l'as déjà vu.

Il ne se rappelait pas une telle rencontre. Mais la mort de son père lui avait appris qu'il était parfois préférable de se taire au lieu de dire des platitudes sur la perte de quelqu'un. Il décida de s'en tenir au fait.

— Je ne m'en souviens pas… C'était à New York ?

— Pas du tout, c'était hier. Dans le salon, sur la terrasse.

Confus, il tourna lentement la tête vers elle.

— Nous étions en train de prendre un verre, tu es entré… Du moins, je crois bien que c'était toi, et tu es reparti avant que je ne puisse te le présenter. Il était à la soirée d'ouverture. Il s'est envolé pour la Californie, aujourd'hui.

Son cousin… Il s'efforça de rester concentré sur la conduite. L'homme qui l'avait prise dans ses bras, c'était son cousin ?

Et il n'était pas mort.

Aussitôt une deuxième conclusion tout aussi rassurante s'imposa à lui : ce n'était donc pas son amant.

Il sentit la honte l'envahir. Il s'était vraiment comporté comme un idiot. Et puis soudain, il se mit à rire.

— Tu aurais pu me le dire.

— Pourquoi ? fit-elle un sourire moqueur aux lèvres. Voilà qui t'apprendra à tirer des conclusions hâtives.

— C'est malin. Quand tu as dit qu'il était là-haut, j'ai cru qu'il était mort. Comme mon père…

Il s'interrompit en voyant qu'ils étaient arrivés à destination. Quand il descendit de voiture, elle le rejoignit aussitôt.

— Guy, je suis désolée, dit-elle en lui touchant le bras.

Il ouvrit la bouche pour parler, mais se ravisa. Il refusait sa pitié et préférait de loin son humour, même cynique. Et puis il en avait assez que les gens marchent à pas de loup autour de lui depuis la mort de son père.

— Nous avons à faire, décréta-t-il. Il faut nourrir une vingtaine de personnes affamées après un tour dans l'atmosphère.

Et il avait raison.

A peine descendus des montgolfières, les voyageurs furent rassemblés par les pilotes pour célébrer leur baptême de l'air, tandis que Guy et l'équipe de l'hôtel s'affairaient à dresser les tables pour un petit déjeuner gourmet.

Le jus d'orange et le champagne moussaient dans de hauts verres ; des tranches de melon, des œufs bénédictine, des bagels fourrés au saumon et au fromage frais étaient disposés sur les nappes blanches, entre les couverts en argent.

— Comme c'est appétissant, observa Avery. Quel art consommé de la présentation !

— J'espère que c'est aussi bon que beau.

— Ne t'inquiète pas. La nourriture est toujours meilleure à l'extérieur ! s'exclama-t-elle.

— Tu crois ?

Elle hocha la tête avec emphase.

— Absolument.

— Il faudra que l'on vérifie cette théorie ensemble, un de ces jours.

Les premiers voyageurs s'installèrent autour d'une table. Ils avaient l'air ravis et le cheveu en bataille. Un Canadien de haute taille s'avança alors vers Avery.

— Où est-ce que tu t'assois ? demanda-t-il.

Elle lui sourit. Il l'avait saluée tout à l'heure, dans le hall. Il paraissait amical et populaire.

— Je suis juste…

Mais elle ne put terminer sa phrase.

— Elle est avec moi ! trancha Guy qui apparut comme par magie à ses côtés.

Cette précision qui sonnait comme une lourde menace la mit en colère.

- 6 -

Folle de rage, Avery s'écarta de Guy et s'adressa ostensiblement au Canadien :

— Est-ce qu'il y a de la place, à ta table ?

Le Canadien, qui s'appelait Todd, la présenta à son groupe d'amis et tous commencèrent à s'enthousiasmer sur le merveilleux vol qu'ils venaient de vivre. Mais elle avait bien du mal à se concentrer sur la conversation.

Tout ce qui la préoccupait, c'était la présence de Guy qui fulminait à l'autre table…

Mais qu'est-ce que cela pouvait bien lui faire ? Il n'avait aucun droit de se conduire aussi grossièrement qu'il venait de le faire envers Todd. Elle et lui n'étaient même pas un couple. D'ailleurs, n'était-ce pas lui qui avait fait en sorte qu'elle ne nourrisse aucun espoir en ce sens ?

Elle devait remplir une mission et elle s'y tiendrait. Elle n'allait pas laisser tomber son oncle. Tout comme elle remettrait Guy à sa place chaque fois qu'il se montrerait arrogant.

Elle piqua un cube de melon avec sa fourchette et se mit à mastiquer.

Sans doute était-elle un peu coupable elle aussi, après tout elle devait bien reconnaître qu'elle aimait bien le provoquer un peu.

« Tu es si honnête au lit ! Contrairement à de nombreuses femmes, tu ne fais pas semblant », lui avait-il dit tout à l'heure, dans la voiture.

S'il savait…

Au lieu de sauter sur l'opportunité et de lui révéler la vérité au sujet de Jeff, elle avait reculé…

Elle était peut-être bien la poule mouillée dont Guy l'avait traitée. Elle ne parvenait pas à s'expliquer pourquoi elle lui avait laissé croire qu'elle avait couché avec Jeff. Ç'avait vraiment été stupide de sa part. Pourquoi avait-elle agi de la sorte ? C'était incompréhensible.

Après avoir terminé sa tasse de café chaud, elle la reposa sur la table, toujours plongée dans ses réflexions.

En réalité, ce qu'elle voulait, c'était le blesser aussi fort qu'il l'avait blessée, lorsqu'il s'était imaginé qu'elle n'était qu'une aventurière capable de le trahir pour son meilleur ami. Cependant, quand elle avait découvert que Jeff les avait manipulés tous les deux, elle aurait dû lever le malentendu et en rester là. Au lieu de quoi, elle s'était jetée dans ses bras.

Le mal était fait maintenant. Et elle ne voyait pas comment elle pourrait démêler les fils de l'écheveau.

Elle avait l'impression que la situation lui échappait. Guy se montrait maintenant odieux et jaloux et semblait plus que jamais persuadé de sa culpabilité et de son manque de moralité. Son regard noir et tempétueux l'insupportait… Et la forçait à s'enfoncer plus profondément dans le gâchis qu'elle avait créé.

Qu'est-ce que Guy pensait qu'elle allait faire ? Coucher avec Todd ?

A cette simple hypothèse, elle sentit sa colère s'accentuer.

Il ne lui accordait pas la moindre confiance et c'était cela qui la meurtrissait le plus. C'était précisément pour cette raison qu'elle n'avait pas rétabli la vérité quand elle en avait eu l'occasion. Elle avait été tellement déçue qu'il la croie capable de le trahir avec Jeff, puis qu'il la soupçonne de sortir avec Matt, et maintenant avec Todd. Alors qu'elle venait juste de lui dire qu'il s'était trompé au sujet de Matt ! Ne tirait-il donc aucune leçon de rien ? Il venait une nouvelle fois d'établir des conclusions hâtives à son sujet…

S'il l'avait un tant soit peu connue, il ne l'aurait jamais accusée d'une telle traîtrise. Il aurait tout de suite pensé qu'elle était incapable d'une inconduite pareille. Mais il se fichait de savoir *qui* elle était. A ses yeux, elle était d'emblée coupable. Pour lui, elle n'était qu'un corps sexy, dont il fallait se méfier.

N'y avait-il pas de quoi en vouloir à cet homme ?

Une heure plus tard, toujours irritée, Avery échappa au trajet de retour avec Guy en sautant dans l'un des minivans qui raccompagnaient les voyageurs à l'hôtel. Mais ce n'était que reculer pour mieux sauter… Car arrivée dans la cour du Jarrod Manor, elle s'aperçut qu'il l'attendait, le regard noir.

— Je veux te présenter Louis Leclerc, le chef cuisinier du Chagall, lui annonça-t-il d'un ton sec.

— Je l'ai rencontré hier, à l'une des conférences à laquelle j'ai assisté, répondit-elle. Il m'a appris que vous étiez de vieux amis, tous les deux.

Le Français lui avait en effet confié que Guy l'avait convaincu de venir à Jarrod Ridge, le mois dernier.

— Très bien ! Dans ces conditions, je vais te présenter le sommelier du Chagall.

— Oh ! Il se trouve que je le connais déjà, c'est Louis qui me l'a présenté. En fait, nous devons nous retrouver tous les trois dans…

Elle jeta un coup d'œil à sa montre.

— … dans trente minutes, précisa-t-elle. Ils doivent me faire visiter des caves. Il faut que j'aille me changer.

Elle montra la poussière sur son jean blanc.

— Sans quoi, je vais être en retard, ajouta-t-elle.

— Avery, dit Guy en posant une main ferme sur son bras. Louis a en général un effet dévastateur sur les femmes. Notre déontologie exige que le personnel ne donne pas de rendez-vous aux clients, je le lui ai déjà dit. En outre, je ne voudrais pas que tu l'incites à transgresser les règles.

Furieuse, elle repoussa sa main.

— Comme je ne suis ni une invitée, ni une employée, mais un entrepreneur indépendant, ces règles ne me concernent pas. Et j'ai bien l'intention d'inviter Louis à dîner. J'ai toujours eu un faible pour l'accent français.

La colère se lut instantanément sur le visage de Guy. Et elle en éprouva une intense satisfaction.

Avery passa le reste de la journée à l'éviter. Jusqu'à ce qu'il finisse par la « coincer » sous la fameuse verrière du salon. Elle était plongée dans l'étude de la carte des vins que l'on proposait pendant la saison de ski, et prenait de nombreuses notes dans son carnet en moleskine.

— Je regrette les propos que j'ai tenus tout à l'heure sur les relations entre le personnel et les invités, lui dit-il sans préambule, en prenant place à côté d'elle, au comptoir.

— Tu peux ! répliqua-t-elle, sans détourner les yeux de la carte des vins.

Il resta silencieux quelques instants avant de reprendre :

— On fait une trêve ?

Daignant enfin poser la carte, elle se rendit compte que la plus grande confusion se lisait sur le visage de Guy.

— Puisque tu ne veux pas me faire confiance, accorde-moi au moins le respect dû aux employés et aux entrepreneurs, et nous pourrons faire une trêve, concéda-t-elle.

Une lueur s'alluma dans les yeux sombres de Guy.

— Impossible. Je ne peux pas te traiter comme les autres. Nous sommes amants.

— Chut !

Elle jeta un regard inquiet autour d'eux, espérant que personne n'ait entendu. Le groupe le plus proche était composé de trois jeunes femmes et de deux hommes qui sirotaient des margaritas et flirtaient ouvertement les uns avec les autres, de sorte qu'ils ne s'intéressaient pas du tout à la conversation de leurs voisins.

— Ce n'est plus le cas, continua-t-elle.

— Nous l'avons été. Et nous le serons de nouveau.

Sur cette affirmation, il effleura sa joue avec ses doigts. Elle le repoussa.

Guy fut surpris par le geste de recul d'Avery. Il se rappelait parfaitement combien elle était démonstrative, à New

York, toujours prête à le toucher, le caresser. A l'exception de la veille, au sauna, elle était devenue bien distante à son égard. Pourquoi ?

— Je ne veux pas que l'on sache que nous sortions ensemble, dit-elle.

Cette réponse lui confirma qu'elle n'était toujours pas prête à accepter la proposition qu'il lui avait faite dans le sauna la veille.

Il prit une profonde inspiration.

Il était hors de question qu'il entre dans son jeu, ils n'en avaient pas fini l'un avec l'autre. Aucune femme ne l'avait encore éconduit.

— Avery, cela n'a rien de honteux.

— Pas pour toi, bien sûr, on admirera le don Juan que tu es. En revanche, ma réputation ne sera plus la même et on ricanera dans mon dos.

— Non, les choses ne se passeront pas comme tu les décris, répliqua-t-il en passant une main dans ses cheveux en bataille.

Elle soutint son regard un bon moment.

— Tu sais quoi ? Je t'invite au Chagall, ce soir, ajouta-t-il.

Elle secoua la tête en signe de refus.

— Tu ne comprends donc pas Guy ? Je ne veux pas qu'on nous voie ensemble !

— Nous avons pourtant besoin de discuter du travail que nous devons effectuer tous les deux.

Avery secoua de nouveau la tête. Elle mourait pourtant d'envie de goûter les plats que l'on servait au Chagall, le meilleur restaurant de Jarrod Ridge, mais elle avait l'intuition que le repas serait moins un rendez-vous professionnel qu'un prélude à une nuit enfiévrée…

Pourquoi la poursuivait-il de ses assiduités ? Il se fichait pas mal qu'elle remplisse bien sa mission à la place d'Art. L'idée lui avait déplu dès le début. Par ailleurs, il avait une piètre opinion d'elle et il pouvait tout à fait lui trouver une remplaçante. Elle avait d'ailleurs été surprise qu'il n'ait pas déjà une nouvelle maîtresse, mais il était vrai qu'avec le décès de son père et les stipulations du testament, il n'avait guère eu de temps à lui pour trouver une petite amie. En un sens son arrivée imprévue à Jarrod Ridge avait été une aubaine pour lui. Il n'avait plus besoin de chercher.

En fait, s'il s'intéressait à elle, c'était parce qu'elle lui faisait brusquement de la résistance. Il devait enrager de voir une femme qu'il estimait « facile » se refuser à lui. Il la regardait à présent avec intensité, s'attendant de toute évidence à ce qu'elle accepte son invitation et qu'elle lui serve ensuite de dessert.

— Non merci, pas ce soir ! dit-elle. La journée a été longue et fatigante, et j'ai besoin d'une bonne nuit de sommeil. Seule.

Il sembla comprendre le message puisqu'il répondit :

— Dans ces conditions, nous ne nous reverrons pas avant plusieurs jours. Une grande chaîne de supermarchés new-yorkais serait prête à vendre les produits Go Green. Jeff et moi devons rencontrer les managers à New York pour passer un accord.

Elle s'efforça de rester impassible quand il cita le nom de Jeff. A quoi bon réagir ? Cela ne réparerait pas les dégâts causés, et n'encouragerait pas plus Guy à lui faire confiance. Sa loyauté, c'était Jeff qui en bénéficiait, elle l'avait bien compris. Il privilégiait l'amitié masculine et les affaires. Elle pesait si peu dans la balance.

Aussi se contenta-t-elle de répondre :

— J'espère que ton rendez-vous sera fructueux.

— Il n'y a aucune raison qu'il ne le soit pas. A propos de rendez-vous… Quand je reviendrai, nous devrons nous réunir afin de faire le point sur le Salon avant que Blake ne s'envole à son tour pour New York.

Il jeta un coup d'œil au carnet d'Avery.

— J'ai l'impression que certaines de tes observations seront profitables à tout le monde, ajouta-t-il.

Le mardi matin, elle tâcha de se convaincre que cela lui était bien égal que Guy ait préféré croire Jeff. Tout ce qu'elle souhaitait désormais, c'était s'en tenir à une relation professionnelle avec un homme dont elle était tombée amoureuse dans un moment d'égarement. Son carnet à la main, elle scrutait le salon des Jarrod, au dernier étage de l'hôtel. S'efforçant de ne pas analyser l'effet que cela lui faisait de revoir Guy, elle étudiait les lampes, les tapis, la finition du bois, bref tout ce qui prêtait un caractère cosy et luxueux à l'endroit.

Les Jarrod s'étaient réunis autour de la cheminée qui, en hiver, devait créer une réelle ambiance quand les flammes y crépitaient.

Blake tapota sur la table pour attirer l'attention de chacun, et les apartés se turent.

— Gavin… Trevor… Vous aussi vous êtes là. Bon, nous sommes au complet ?

Gavin et Trevor se ressemblaient comme deux gouttes d'eau, tant par leur couleur de cheveux que leur carrure ou caractère, pensa-t-elle. Bien plus que Guy et Blake, qui étaient pourtant jumeaux. Elle observa ces derniers à la dérobée. Ils avaient seulement en commun leurs mâchoires déterminées et leurs cheveux noirs.

— Non, il manque Melissa, intervint Erica. Elle ne se sentait pas bien, elle est rentrée à la maison.

— Elle est très fatiguée, en ce moment, précisa Christian, son fiancé. Il faudrait qu'elle consulte un médecin, mais elle ne veut pas en entendre parler.

Guy arrangea une pile de papiers, puis déclara :

— O.K., on peut commencer.

Avery venait de nouveau d'avoir la preuve que Guy n'était pas l'homme qu'il lui fallait. Tout ce qui l'intéressait, c'étaient les affaires et le sexe. Même la santé de sa sœur ne semblait pas le concerner.

Il n'avait pas du tout l'étoffe du mari idéal qu'elle recherchait, du père de famille dont elle rêvait. Dans ces conditions, elle ne comprenait vraiment pas pourquoi elle avait perdu trois précieuses journées à regretter son absence.

Il n'avait nulle intention de fonder une famille. Elle n'avait qu'à se rappeler son soulagement quand elle lui avait assuré que leur aventure n'aurait pas de retombées. A bien y réfléchir, elle aurait dû lui faire un peu peur, et lui dire qu'elle avait des cycles irréguliers et très peu abondants, de sorte qu'elle n'était jamais certaine de rien…

Mais cette réflexion la laissa un peu mal à l'aise. N'avait-elle pas commis une imprudence en couchant avec lui dans le spa ? Elle serait sans doute plus avisée de faire un test de grossesse. Elle le ferait même juste après la réunion, histoire de s'assurer que tout était en ordre.

Guy n'arrivait pas à trouver Avery.

Elle lui avait terriblement manqué pendant les trois jours qu'il avait passés à New York — il en avait d'ailleurs été fort surpris — et maintenant, elle s'était volatilisée !

Rita lui confirma qu'Avery n'avait pas rendez-vous au spa. Louis non plus ne l'avait pas vue de la matinée, même si cela en avait coûté à Guy d'interroger son ami à ce sujet. Elle n'était donc pas venue au Chagall, et à la réception on lui indiqua qu'elle n'avait pas pris sa carte magnétique pour regagner sa chambre.

Il avait tellement envie de lui annoncer son succès, pour Go Green. Finalement, il était allé seul à New York, Jeff ayant eu un contretemps, et il avait mené d'une main de maître les négociations. C'était la première fois que son associé lui faisait faux bond, mais depuis l'histoire avec Avery, Jeff semblait parfois gêné en sa compagnie et leur relation était plus tendue qu'avant.

Toujours est-il qu'il avait obtenu une bonne place pour les produits Go Green dans les supermarchés concernés et qu'il avait hâte d'en faire part à Avery pour qu'elle lui donne son avis. Hâte aussi de voir ses beaux yeux s'agrandir quand elle se réjouirait pour lui en comprenant quelle opportunité venait de s'offrir à lui…

Enfin, encore fallait-il qu'il la trouve.

Maussade, il finit par prendre son portable et chercher son numéro dans son répertoire…

Trois sonneries plus tard, sa voix voilée, qui semblait

toujours un peu essoufflée, le saluait. Instantanément, le désir s'empara de lui.

— Où es-tu ? demanda-t-il d'un ton plus brusque qu'il n'en avait l'intention.

— En ville.

Elle était allée en ville ? Et pourquoi ?

— Tu ne m'as pas dit que tu devais y aller.

La réponse d'Avery fusa :

— Tu ne m'as rien demandé.

— Pourquoi ces cachotteries ?

— Mais je ne te cache rien, protesta-t-elle.

Son ton défensif lui déplut. Maintenant, il avait bel et bien l'impression qu'elle lui cachait quelque chose. Avait-elle rendez-vous avec un homme, en ville ? Avec Todd, par exemple ?

Il ravala sa colère.

Avaient-ils couché ensemble en son absence ?

Mais il se reprit aussitôt. Pourquoi était-il déraisonnable ? Pour ne pas dire ridicule. Aucune de ses anciennes petites amies ne l'avait rendu jaloux sans que cela soit justifié ! Mais aucune ne l'avait non plus troublé à ce point…

— Il faut que je te parle ! dit-il enfin.

— Au sujet de quoi ?

Soudain, tout lui parut aller de travers et l'envie qu'il avait de lui exposer ses futurs projets retomba comme un soufflé.

— Peu importe, marmonna-t-il.

— Nous discuterons quand je serai de retour, lui promit-elle. Désolée, je dois y aller.

Guy fixa son BlackBerry, stupéfait. Elle venait de raccrocher ! Aucune femme ne lui avait jamais fait un tel affront. Si une conversation tournait court, c'était lui qui y mettait un terme, jamais l'inverse. A New York, Avery nourrissait de l'admiration pour lui, et maintenant, elle avait si peu de temps à lui consacrer. Cette inversion des rôles ne lui convenait pas du tout.

D'autant qu'il ne comprenait pas pourquoi cela l'atteignait à ce point.

Il ne voulait pas qu'elle l'aime. La dernière chose dont il avait besoin, c'était qu'une femme attende quelque chose de lui. Il avait toujours pris grand soin d'éviter ce genre de maîtresse. Tout ce qui l'intéressait, c'était le sexe. Il ne voulait rien de plus. Et avec Avery, l'entente physique était merveilleuse.

Mais alors dans ce cas-là, pourquoi avait-il eu soudain envie de lui parler de la réussite de son projet concernant Go Green ?

Il secoua la tête, confus.

Le plus tôt Avery reviendrait dans son lit, le mieux ce serait. Par expérience, il savait que la fusion des corps réglait tout…

- 7 -

De retour au Jarrod Manor, Avery se tenait dans sa salle de bains et fixait la languette du test de grossesse…

L'émotion qui l'étreignit à la vue du seul trait rose n'était pas le soulagement qu'elle attendait. Bien au contraire ! Elle ressentait une tristesse inattendue.

Elle avait la gorge serrée et sèche. Envie de pleurer.

Il y avait deux tests dans la boîte qu'elle avait achetée à la pharmacie d'Aspen, tout à l'heure. Et les deux avaient indiqué le même résultat.

Un seul trait.

Elle n'était pas enceinte.

Et c'était tant mieux, essayait-elle de se convaincre. C'était ce que Guy voulait. Et ce qu'elle aurait dû elle aussi souhaiter, si elle avait eu un peu de bon sens.

Elle aurait dû danser de bonheur, et ne pas considérer d'un regard vide le second test de grossesse en priant pour qu'un deuxième trait apparaisse.

Elle désirait tellement un enfant.

Et elle désirait tellement Guy. Même si elle savait que des rêves aussi baroques ne se réaliseraient jamais.

Un curieux malaise s'empara d'elle…

Et tout à coup, elle tressaillit. On venait de frapper à la porte de sa chambre. Promptement, elle fit disparaître les languettes dans leur boîte et se précipita hors de la salle de bains.

Sur le seuil de sa porte se tenait précisément Guy.

Il lui fallut quelques secondes pour rassembler ses pensées.

Elle était obsédée par la boîte bien en évidence dans la salle de bains.

— Tu ne m'invites pas à entrer ?

— Que… Qu'est-ce que tu fais ici ? finit-elle par balbutier.

L'espace d'un instant, elle envisagea de lui claquer la porte au nez.

— Je suis venu t'aider à déménager tes affaires.

— Déménager mes affaires ?

Elle recula et il en profita pour rentrer dans la chambre.

— La réception ne t'a pas appelée ? demanda-t-il alors. Je t'ai changée de chambre.

Il sourcilla en inspectant celle-ci.

— Dans cette aile, poursuivit-il, la vue n'est pas formidable.

— Cela n'a pas d'importance. J'y passe si peu de temps. Franchement, je me serais même contentée d'une chambre plus petite, je sais combien il est difficile de se loger à Aspen.

— Et encore, en ce moment, ça va, mais pendant la saison de ski, c'est le délire.

Il traversa alors la pièce.

— Qu'est-ce que tu fais ? demanda-t-elle, affolée à l'idée qu'il puisse se rendre dans la salle de bains et découvrir le test de grossesse.

Ne lui avait-elle pas assuré qu'elle n'était pas enceinte ? Elle ne voulait pas qu'il remette sa parole en cause. Mais il s'arrêta au niveau du placard, qu'il ouvrit.

Elle réprima un soupir de soulagement, ne pensant même pas à lui faire remarquer qu'il ne lui avait pas demandé la permission.

Plongé dans son placard, il déclara :

— Cela ne devrait pas te prendre trop de temps pour faire tes bagages.

— Je n'en ai pas l'intention, Guy, répondit-elle sèchement.

— Si tu ne veux pas changer de chambre, alors installe-toi chez moi. Tu n'as pas répondu à ma proposition de l'autre jour au spa et j'ai été très patient, tu sais. Je t'ai laissé plus de temps qu'il n'en fallait pour te décider.

Quelle arrogance ! Et pourtant tandis qu'elle fixait son

dos, elle fut bien obligée de reconnaître que ses cheveux un peu en désordre, qui caressaient son col de chemise, ne la laissaient pas indifférente.

— Je ne m'installerai pas dans ta suite, dit-elle d'un ton qu'elle espérait sans appel.

— Tu as tort. On y jouit d'un magnifique panorama.

— Je n'en doute pas. Mais comme je te l'ai dit, je suis si peu à l'hôtel que cela n'a aucune importance.

A cet instant, Guy se redressa et il s'avança vers elle à longues enjambées.

Elle perçut alors une certaine agitation au fond de ses yeux gris ardoise.

D'un geste décidé, il plaça ses mains sur ses épaules, puis sans crier gare, posa son front contre le sien.

— Je veux que tu sois avec moi, souffla-t-il d'un ton presque humble.

Comme il était difficile de ne pas flancher…

Si seulement il avait été autre, c'est-à-dire un homme désireux de fonder une famille. Mais ce n'était pas le cas et elle devait rester forte. Il fallait impérativement qu'elle lui résiste.

— Je ne veux pas de liaison avec toi, répondit-elle.

— Et moi, je n'accepte pas une telle réponse !

Elle poussa un soupir d'impuissance.

— Tu ne peux pas me forcer à m'installer dans ta suite !

— En revanche, je peux me servir de tous les avantages dont je dispose pour t'en convaincre.

Et, sur ces mots, il effleura ses lèvres avec sa bouche, puis lui donna un petit baiser fort taquin.

— J'ai besoin d'espace, dit-elle d'un ton désespéré.

— Pourquoi chercher de vains prétextes ? Admets que tu me désires et n'en parlons plus !

De nouveau, il l'embrassa, puis laissa simplement sa bouche contre la sienne.

Ce n'était décidément pas fair-play.

— Nous travaillons ensemble, Guy, dit-elle. Il faut que nous maintenions une distance professionnelle.

Leurs souffles se mêlaient, tandis qu'elle ajoutait :

— Nous aurons tous les deux besoin de moments de solitude, sinon nous deviendrons fous.

Et elle, elle ne voulait pas retomber sous sa coupe, redevenir éperdument amoureuse de lui.

— Non, je déteste la solitude ! s'insurgea-t-il.

Il l'attira contre lui.

— Une semaine s'est presque écoulée, poursuivit-il d'une voix rauque. Je ne veux plus perdre de temps. J'ai bien l'intention de passer chaque minute qui nous reste avec toi.

Et, sans prévenir, il l'embrassa avec passion, dans un acte de possessivité qui fit naître en elle un incroyable frisson de désir. Elle se sentit soudain si bien dans ses bras, tout en sachant que l'impression était trompeuse, éphémère… Ils n'étaient pas sur la même longueur d'onde, elle et lui. Guy ne pensait qu'au sexe, elle nourrissait d'autres aspirations.

Il la voulait à sa disposition. C'était un amant très exigeant, un amant merveilleux, mais il ne cherchait pas à établir une relation sérieuse, entre eux.

Forte de ces pensées, elle s'écarta de lui.

— Non, lui dit-elle. Je reste dans ma chambre. Je refuse un traitement de faveur. Je ne veux pas que ta famille ou le personnel pense que je suis ta maîtresse.

Il repoussa une mèche blonde sur son front, et ce simple geste la troubla.

— Je n'aurai de cesse de te faire céder, répondit-il.

En quelle langue allait-elle devoir le lui dire ?

— Ecoute, commença-t-elle, j'ai travaillé dur pour arriver là où je suis et je n'ai pas envie que l'on dénigre mes efforts en prétendant que si j'ai réussi, c'est parce que j'ai couché avec les tout-puissants Jarrod.

— A New York, cela t'était égal.

— Parce que je ne savais pas que tu étais un des fameux Jarrod d'Aspen. Et puis à New York, je ne connaissais personne. J'y séjournais dans le cadre d'une mission bien précise. Ici, au Food and Wine Gala, il y a beaucoup de monde. Des gens qui ont de la considération pour moi et qui sont susceptibles de me proposer du travail.

Elle rejeta la tête en arrière et le scruta.

— Tu crois qu'ils continueront à me respecter s'ils savent que j'habite dans ta suite ? ajouta-t-elle alors.

— Les choses ne se passeront pas ainsi, objecta-t-il.

— Mais si, cela se passe toujours ainsi ! Tout le monde me prendra pour une aventurière qui vient de tomber sur une mine d'or. Exactement ce dont tu m'as accusée, il y a quelques jours.

— Pardonne-moi, dit-il, je n'aurais pas dû te dire ça.

— J'accepte tes excuses, mais cela ne change rien à ma résolution.

Un long et pesant silence s'ensuivit.

Quand il reprit la parole, ce fut pour dire :

— Il faut à présent que nous préparions la conférence de demain.

Elle avait gagné. Il ne restait plus que le travail entre eux maintenant.

Une relation professionnelle, c'était tout ce qu'elle pouvait partager avec lui. Allons, pourquoi était-elle déçue qu'il ait accepté sa décision ? Car sur le front professionnel, elle savait au moins qu'elle pouvait s'en sortir.

En dépit de ses troublantes réflexions, elle répondit promptement :

— Autant préparer les deux conférences à la fois.

La seconde avait lieu le mercredi, dans moins d'une semaine.

— Donne-moi une heure, poursuivit-elle, et je te rejoindrai chez toi.

Elle lui sourit et ajouta encore :

— Prépare le dîner, mais n'essaie pas de me faire changer d'avis pour la suite. Nous travaillerons, puis je regagnerai ma chambre.

Avery tint parole.

Une heure plus tard, l'Interphone sonnait et Guy lui envoya l'ascenseur privé pour qu'elle puisse monter jusqu'à lui.

Elle pénétra dans le salon, son sac sur l'épaule et un large sourire aux lèvres. Elle portait des chaussures à hauts talons, un jean blanc et une blouse couleur cerise.

Elle était tout simplement délicieuse.

— Comme c'est appétissant ! s'exclama-t-elle.

Elle venait de repérer des assiettes remplies de tapas sur la table basse encadrée de deux canapés confortables.

— Dès que je vois de la nourriture, j'ai toujours l'impression que cela fait une éternité que je n'ai pas mangé, continua-t-elle.

— C'est la magie du room service, observa Guy, laconique.

Elle lui lança un regard amusé, tout en prenant place sur l'un des canapés.

— Et moi qui pensais que tu t'activais autour des fourneaux pour préparer le dîner ! dit-elle. Tu me dois toujours un repas, tu te souviens ?

Qu'elle ne compte pas là-dessus ! Plus jamais il ne lui préparerait de repas. Celui de son anniversaire lui était resté en travers de la gorge. Il avait refroidi pendant qu'elle le trompait avec Jeff…

— Nous avons du pain sur la planche, dit-il d'une voix tendue. Commençons !

Mais elle renchérit :

— Quand nous étions à New York, nous commandions toujours notre nourriture et…

— Et la plupart des femmes auraient été ravies de ne pas avoir à préparer les repas, coupa-t-il.

— Je préparais tout de même le petit déjeuner, lui rappela-t-elle.

— Oui, des céréales et des toasts, railla-t-il.

— Je ne pouvais pas m'aventurer à cuisiner pour un chef, tout de même. Encore que je me demande si tu sais vraiment cuisiner. Peut-être n'es-tu qu'un imposteur.

Elle lui lança un regard provocateur tout en battant des paupières.

En dépit de la tristesse que le souvenir de cet anniversaire avait éveillée en lui, il se mit à rire. Elle avait toujours eu le don de le séduire en un sourire.

— Eh bien, vois-tu, moi aussi je m'interroge ! avoua-t-il. Aujourd'hui, j'emploie des chefs cuisiniers et je passe plus de temps à remplir des papiers et à jongler avec les chiffres qu'à faire la cuisine. Il faut bien reconnaître que mes études de commerce me servent plus que mes talents de cuisinier.

— Je suis toujours impressionnée quand je regarde des cours de cuisine, à la télévision, dit-elle.

Elle s'adossa au canapé et, dans un geste involontairement lascif, posa les mains derrière la tête. Avec ses paupières légèrement voilées, elle était la tentation incarnée.

— Ces chefs sont d'une efficacité redoutable ! insista-t-elle. Ils hachent les oignons sans pleurer, et produisent des chefs-d'œuvre en quelques minutes. Il faut que tu me montres comment on s'y prend.

Il résista à la tentation d'aller en cuisine, de mettre un tablier, et de l'impressionner. Il devait respecter sa promesse de ne plus jamais cuisiner pour elle. C'était la seule limite qu'il s'était fixée.

— Un jour peut-être, éluda-t-il.

Avery retira ses escarpins, et il eut le temps d'apercevoir son vernis rose sur ses orteils avant qu'elle ne replie les pieds sous elle. De son sac, elle sortit un carnet et un stylo.

— Bon, par où commence-t-on ?

Guy admirait toujours le merveilleux tableau qu'elle lui offrait, la façon dont son jean épousait ses cuisses… Il eut subitement envie de la régaler de fraises flambées. Il l'imagina alors dégustant les fruits avec délectation et volupté…

— Euh… ! fit-il en reprenant ses esprits. J'ai une présentation PowerPoint que j'aimerais te montrer.

— Entendu, dit-elle en fixant l'écran plat devant lequel elle se trouvait.

Il se frotta le cou, ne sachant trop par où commencer.

— Mais il faut d'abord que nous discutions un peu…

Et, pendant vingt minutes, il ne sut même pas de quoi ils parlèrent, mais il remarqua qu'Avery ne cessait de prendre des notes. Elle lui fit aussi plusieurs suggestions qu'il aurait été bien incapable de rapporter.

Il n'arrivait pas à réfléchir en sa présence, elle était si séduisante.

Finalement, elle referma son carnet et décréta :

— Parfait, on peut mettre en forme ce qu'on vient de dire et boucler.

Guy était heureux que cette torture soit terminée.

Jusqu'à ce qu'elle prenne un cure-dent et pique un morceau de chorizo épicé… Elle le porta à sa bouche et se mit à mastiquer, tête légèrement inclinée sur le côté.

— Mm, c'est délicieux ! dit-elle. Le côté fumé se marierait fort bien avec un vin rouge vieilli en fût de chêne, d'un cépage Tempranillo.

— C'est vrai, concéda-t-il.

Elle fronça le nez.

— Il y a une épice que je n'arrive pas à identifier…

Il s'efforça de se convaincre que cette discussion s'inscrivait dans le cadre du travail, à savoir associer le bon vin à la bonne nourriture. Mais son corps refusait d'y croire…

Tout ce qu'il pouvait faire, c'était fixer sa bouche comme un loup affamé devant son repas !

— Est-ce que tu as mangé ? demanda-t-elle en constatant qu'il ne se servait pas.

Il fit non de la tête, craignant que sa voix ne le trahisse.

— Tu devrais !

Avec délicatesse, elle prit un deuxième cure-dent d'une soucoupe en porcelaine blanche et piqua une nouvelle tranche de chorizo. Elle y ajouta une tomate séchée, et lui offrit le tout.

Il sentit les battements de son cœur s'accélérer…

Il pencha la tête, et engloutit la bouchée qu'elle lui présentait, conscient de l'érotisme du geste.

— Qu'est-ce que tu en penses ? questionna-t-elle alors. C'est quoi, cette épice ?

— Du *pimentón*, dit-il d'une voix rauque, en la regardant prendre une tranche de cake aux crevettes. C'est du paprika espagnol.

Elle claqua des doigts.

— Bien sûr, tu as raison !

Elle piqua alors une olive et l'avala sans transition.

— Eh bien ! enchaîna-t-elle. Qu'est-ce que tu penses de mes propositions de cartes pour les restaurants de Jarrod Ridge ?

Encore profondément troublé, il s'efforça de se concentrer sur la question.

— C'est un relooking total.

La deuxième olive connut le même sort que la première. Lui aussi ferait bien de se nourrir car il allait lui en falloir des forces pour affronter cette situation et lutter contre la tornade qui se tenait devant lui.

— Alors on s'attaque à ce fameux PowerPoint ? demanda-t-elle soudain.

Il la regarda un instant interloqué. Etait-elle en train de plaisanter ? Mais non, elle était sérieuse. Elle tenait de nouveau son carnet et son stylo et comptait bien qu'ils se remettent au travail. Retenant un soupir, il brancha son ordinateur à l'écran plat. Puis il s'assit sur le canapé, à côté d'elle.

Sur une impulsion, il posa sa main sur la cuisse d'Avery.

— Hé ! fit-elle.

Il la retira immédiatement. Et cette fois, il soupira bruyamment.

Comme il n'avait pas le choix, il se concentra sur l'écran, douloureusement conscient de la présence d'Avery à ses côtés, concentrée sur son carnet de notes. Chacun de ses gestes, chacun de ses soupirs étaient une torture pour lui.

La pièce s'assombrissait. Ils avaient visualisé deux conférences, lorsque Avery reposa enfin son stylo sur la table.

— Tu en as vu assez ? demanda-t-il.

— Non, je veux tout voir.

Pour sa part, il avait vu et revu ces conférences de nombreuses fois. Il était tenté d'accélérer.

Et puis il en avait aussi assez de travailler.

Il avait envie de l'embrasser. Depuis un bon bout de temps maintenant.

Ils se lancèrent donc dans un nouveau visionnage et lorsque, sans le vouloir, elle effleura son épaule avec sa tête, ce fut plus fort que lui : il la prit dans ses bras. Contre toute attente, elle s'y blottit et il n'eut plus qu'une obsession : éteindre l'ordinateur.

Soudain, la respiration d'Avery devint plus régulière… Il baissa les yeux vers elle et s'aperçut qu'elle s'était endormie.

Elle paraissait si jeune, si innocente avec ses cils sombres contre ses joues blanches. Avec douceur, il repoussa les quelques boucles qui barraient son front. Elle bougea et il s'immobilisa aussitôt. Mais, au lieu de se réveiller, elle se serra un peu plus encore contre lui.

Une forte émotion le saisit. Violente et primitive…

D'une main, il appuya sur la télécommande et l'écran devint tout noir.

Prenant Avery dans ses bras, il l'emmena dans sa chambre. La lampe de chevet y répandait une lumière douce, soulignant le bordeaux et le doré de la décoration. Il la déposa avec précaution sur le lit et la recouvrit de la couette. Puis il se déshabilla et se glissa à côté d'elle.

Instinctivement, elle se colla à lui.

Emu, Guy l'enlaça et ferma les yeux. Enfouissant son visage dans ses cheveux, il se laissa submerger par un pur élan de satisfaction…

Et se jura de ne plus la laisser repartir.

Avery se réveilla dans une pièce inconnue.

Elle cligna plusieurs fois des yeux, aveuglée par la lumière de la lampe de chevet. Et tout à coup, elle perçut la chaleur d'un corps à côté d'elle. Guy ! Ils étaient dans le salon, elle s'était sentie rassasiée et fatiguée… Puis plus rien…

Une chose était sûre, ils n'avaient pas fait l'amour, elle s'en souviendrait, tout de même.

Elle épousait son corps et leurs jambes étaient emmêlées. Il semblait nu, contrairement à elle qui était toujours en jean.

Au moins, il ne l'avait pas déshabillée. Il avait eu cette décence. Et il ne lui avait pas fait l'amour.

Elle se dégagea doucement de son étreinte. Il poussa un grognement, se retourna, et ne se réveilla pas.

Toujours aussi discrètement, elle sortit du lit, ses pieds nus glissant sur l'épais tapis. Elle ne put s'empêcher de contempler Guy, dans son sommeil. Il était ébouriffé et ressemblait davantage à l'homme qu'elle avait rencontré à New York. Etait-il possible que leur rencontre ne remonte qu'à quelques semaines ? Elle ne savait plus à quoi sa vie ressemblait, avant lui.

Un soupir lui échappa. Une fois le gala terminé, il ressortirait pourtant de sa vie…

Pendant quelques instants, elle hésita à aller se glisser de nouveau sous la couette et à se blottir contre lui. Ainsi, à son réveil, ils pourraient faire l'amour et elle ajouterait un nouveau précieux souvenir à la collection qu'elle emporterait avec elle, en quittant Aspen. Mais elle se ravisa.

Non, elle ne passerait pas la nuit avec Guy… Et n'alimenterait pas les commérages.

Il était préférable qu'elle s'éclipse comme une voleuse au cœur de la nuit plutôt que d'essuyer une humiliation, le lendemain, quand le personnel la découvrirait dans ses bras.

Elle se dirigea vers la porte, trouva ses chaussures, prit son carnet, son sac et sortit, emportant aussi avec elle sa dignité.

Guy s'étira, étendit un bras… Et ne tâta que le drap froissé, un immense vide. Il ouvrit les yeux, et roula sur le côté.

Le lit était froid, aucun corps pour le réchauffer à côté de lui. Seul le léger parfum d'Avery flottait encore dans l'air, tout comme se devinait l'empreinte de sa tête, sur l'oreiller.

Il avait pourtant bien espéré être parvenu à ses fins, hier soir. Après qu'elle se fut endormie, il avait cru qu'ils se réveilleraient dans les bras l'un de l'autre. Il avait été un peu trop sûr de lui, sans doute…

Mais son absence ne lui en causa pas moins un véritable choc.

Il avait eu l'intention de profiter de ce réveil matinal pour la convaincre que ses scrupules étaient sans fondement, et surtout, il voulait lui faire l'amour, encore et encore, l'entraîner sous la douche et recommencer, comme pendant leurs deux semaines de passion à New York. Comme si l'épisode Jeff n'avait jamais eu lieu.

Il n'avait pas imaginé un tel réveil.

Décidément, rien ne se passait comme il l'avait prévu. Cela faisait deux mois que sa vie était toute chamboulée. Qu'il s'agisse de la trahison d'Avery, de la faiblesse de Jeff face à la tentation, de la mort de son père, de la découverte d'une demi-sœur, tout concourait à le convaincre que son monde était devenu fou.

Pour la première fois de sa vie, il n'avait pas de réponses aux questions qui le taraudaient. Il avait cru détester Erica, être capable de pardonner à Jeff, se remettre facilement du décès de son père, après toutes les années qu'ils avaient passées loin l'un de l'autre. En vain…

Et surtout, il avait espéré reprendre une liaison avec Avery, jusqu'à ce qu'il se lasse d'elle.

Mais celle-ci avait changé…

Ainsi que tout le reste autour de lui.

- 8 -

Avery se tenait près du podium sous le grand chapiteau, impatiente que Guy l'y rejoigne. Elle avala une gorgée d'eau et fit mine de revoir les notes qu'elle avait consignées dans son ordinateur avant l'aube, alors qu'elle aurait dû dormir.

Ce n'était pas l'idée de parler devant un public qui l'angoissait, mais celle de revoir Guy, après s'être enfuie de chez lui à la sauvette.

Dès qu'elle l'aperçut, son cœur fit un saut dans sa poitrine.

Il portait un pantalon noir impeccablement repassé, et une simple chemise blanche, de sorte que cela lui prêtait un air un peu ténébreux et rebelle. Et il ne s'était pas rasé, ce qui le rendait encore plus irrésistible.

Leurs regards se croisèrent. Ils se figèrent, l'espace d'une seconde, puis il lui adressa un vague sourire.

Elle détourna les yeux tandis qu'il la rejoignait sur l'estrade, vérifiant discrètement que les gens alentour n'avaient pas remarqué leur bref échange.

Mais personne ne semblait y avoir fait attention.

Elle se détendit donc un peu.

— Tu m'as laissé tomber.

Son murmure la fit frissonner, tandis qu'il posait son portable sur la table, devant eux.

— Tu avais l'air d'un bébé, dans ton sommeil, renchérit-elle malgré elle. Un véritable innocent.

— Je peux t'assurer que mes pensées au réveil n'avaient rien d'innocent…

Ce sous-entendu fit jaillir en elle une onde de chaleur. Et elle regretta un instant de ne pas être restée avec lui, dans le lit. Elle aurait bien mieux dormi dans ses bras que seule. A peine avait-elle quitté sa chambre, hier soir, qu'il lui avait manqué.

Elle eut soudain l'impression troublante qu'elle allait finir par lui céder. Elle se raccrocha fermement à l'idée qu'elle n'était pas le genre de femme qui couchait avec un homme juste pour le plaisir. Et pourtant, Guy l'attirait comme le papillon la lumière. Cette attitude proche de l'autodestruction l'étonnait et l'inquiétait. Cet homme ne ressentait absolument rien pour elle, ne l'avait-elle pas encore compris ?

« Tu m'as laissé tomber »…

Elle en frissonnait encore.

Elle éprouvait pour lui bien plus de sentiments qu'elle n'aurait dû, mais elle ne pouvait se permettre le luxe d'oublier qu'il ne désirait que son corps, même s'il y mettait les formes.

— Guy, arrête ! C'est ma carrière, c'est important pour moi.

Elle ne pouvait transiger avec sa carrière. Il fallait qu'il le comprenne.

— Je sais, dit-il avec impatience, et je l'accepte.

— Parfait.

Cinq jours plus tard, la conférence qu'ils donnèrent ensemble était empreinte du plus grand professionnalisme.

Depuis la nuit où Avery s'était endormie dans la suite de Guy, ils avaient pris d'autres habitudes. Chaque jour, ils passaient quelques heures ensemble à étudier les recettes que Guy voulait ajouter à sa carte et les vins qui se mariaient le mieux avec. Elle consacrait aussi du temps au personnel des établissements Jarrod : elle leur prodiguait des conseils et de nouveaux éléments de travail. Le soir, elle dînait dans la suite de Guy et ils faisaient le point sur le travail de la journée. Puis elle regagnait ses appartements. Une routine agréable et qui lui convenait parfaitement.

Après la conférence, trois participants vinrent s'entretenir avec Guy tandis que Louis, le chef cuisinier français du

Chagall, la félicitait pour leur prestation, bientôt rejoint par Gavin et Trevor.

Ce dernier serra la main d'Avery.

— Tu as fait du beau travail, félicitations ! Tu m'as donné envie d'aller en Californie visiter les vignobles que tu as mentionnés.

— Merci, dit-elle en souriant. Je te conseille de commencer par El Dorado, c'est une propriété que je connais fort bien puisque j'y ai grandi.

Erica arriva à son tour en compagnie de Christian, et la conversation roula rapidement sur leur mariage, prévu en décembre.

— Nous pourrions servir du champagne aux invités, à leur arrivée. Qu'en penses-tu, Avery ? demanda Erica.

— Avec une pointe de cassis, ce serait parfait.

— Trevor, enchaîna la future mariée, Christian m'a dit que tu pourrais m'indiquer à qui m'adresser pour le service, dans la mesure où tu habites à Aspen.

— Mais qu'est-ce que je connais à ces choses-là, moi ? s'étrangla Trevor. Je te rappelle que je suis célibataire !

Chacun se mit à rire devant l'expression horrifiée qui se peignit alors sur le visage de Trevor.

— En tant que président du marketing, tu es la personne idéale, au contraire, insista Erica. En outre, tu es le seul, à part Christian, à résider à Aspen.

Trevor leva les mains.

— O.K., je t'aiderai, concéda-t-il. Le mariage est en décembre, c'est ça ? Pourquoi ne pas demander à Guy et à Blake de se déguiser en pères Noël jumeaux ?

— Ne crois pas que je ne t'entends pas ! le prévint Guy tandis qu'il continuait à discuter avec les trois participants.

Erica se mit à rire.

— Il suffirait qu'on leur trouve de longues barbes, dit-elle. Je suis sûre que Dorothée qui tient la mercerie pourrait s'en charger.

— Pas question ! répondit Guy.

Et tout le monde éclata de rire.

— Plus sérieusement, reprit Erica, Christian et moi souhaitons avant tout faire appel aux entrepreneurs locaux.

— Je pense qu'ils apprécieront, observa Guy. C'est une très bonne idée de les inclure. Qui plus est, vous aurez l'assurance de leur bonne volonté, même si je sais que ce n'est pas votre motivation première en les faisant participer.

Erica lui adressa un beau sourire et Avery fut touchée par cette scène. Il était manifeste que si Guy nourrissait encore du ressentiment envers sa demi-sœur, il venait de se dissiper.

Le petit groupe continua à parler du mariage pendant quelques minutes, puis Avery s'éclipsa. Quand elle s'éloigna, elle était consciente que plus d'une paire d'yeux était braquée sur elle.

— Cette femme est vraiment ravissante, observa Louis lorsqu'elle fut hors de portée.

Guy poussa un grognement, ce qui lui valut un vif coup d'œil de la part de Christian.

— Tu ne partages pas cet avis, Guy ? demanda-t-il. Ou bien es-tu tellement occupé que tu ne l'as pas remarqué ?

Guy lui lança un regard noir.

— Difficile de ne pas s'en apercevoir, répliqua-t-il.

— Ah ! Alors tu as remarqué toi aussi qu'elle était très belle, insista son futur beau-frère. Et qu'est-ce que tu as l'intention de faire ?

Guy s'efforça de rester calme.

— Rien.

— Permets-moi de te dire que tu es un idiot, intervint Trevor. Une sommelière et un restaurateur, c'est le couple rêvé.

— Quel pragmatisme ! On croirait entendre papa ! Qui te dit que j'ai envie de parler constamment travail avec ma fiancée ?

— Au moins, tu ferais quelque chose qui te plaît ! observa Gavin. Pas comme moi qui suis coincé ici, coupé du monde dans lequel j'ai vécu ces dix dernières années. A quoi pensait donc papa, en rédigeant ce fichu testament ? J'ai l'impression que l'on m'a enterré vivant.

— Et pense à tout ce qu'Avery et toi avez en commun ! renchérit Erica.

Guy avait l'impression d'être assiégé. Il ne pouvait pas dévoiler à ses proches l'argument de choc qui les aurait tous arrêtés net dans leur envie de jouer les marieurs, à savoir qu'Avery l'avait déjà trompé.

— Une chance que Blake soit à New York, déclara Guy d'un ton acerbe, sans quoi vous auriez sollicité aussi son avis.

— Nous pouvons toujours consulter Melissa, observa Erica dans un sourire si contagieux que Guy ne put que se laisser amadouer.

— A propos, je ne l'ai pas vue de la matinée, répondit-il.

D'ailleurs, il ne l'avait pratiquement pas vue de la semaine, mais la seule fois où il l'avait aperçue, elle lui avait paru moins agitée que d'ordinaire.

— Elle a dû s'enfermer au spa, déclara Erica.

— Elle n'y était pas quand j'y suis allé, souligna Christian.

— Elle réapparaîtra, prédit Guy en levant un sourcil. Et alors, vous pourrez essayer de lui trouver à elle aussi l'homme idéal. Si j'étais vous, je commencerais déjà à prospecter pour elle.

Tous se mirent à rire et, au grand soulagement de Guy, ils oublièrent Avery et se remirent à parler du mariage d'Erica et de Christian.

Il était tard cet après-midi-là quand il revit Avery.

— Je veux que nous discutions des restaurants, lui dit-il.

Ils étaient en train de remonter l'allée bordée d'une profusion de fleurs colorées qui menait au Jarrod Manor.

— Plus tard, répondit-elle.

— Ce soir ! insista-t-il. Monte me rejoindre dans ma suite quand tu seras prête.

— Voyons-nous plutôt dans un des salons, répondit-elle

promptement. Je travaille toujours à la carte des bières pour la saison de Noël.

Ne se rendait-elle pas compte que quiconque les voyait ensemble ne pouvait pas ignorer l'attirance qu'elle représentait pour lui ? Même sa famille l'avait remarqué.

— Et si nous allions faire un tour chez les concurrents, en ville ? proposa-t-il alors.

Les yeux d'Avery s'illuminèrent.

— Pourquoi pas ? Ce pourrait être amusant.

C'était aussi ce qu'il pensait. De cette façon, il échapperait aux regards des siens. Tout comme il n'aurait pas besoin de leur enlever leurs illusions en leur révélant quel genre de femme était réellement Avery. Même s'il était de plus en plus difficile pour lui de se rappeler la trahison. Elle lui semblait chaque jour plus irréelle.

Vraiment, cette femme l'avait ensorcelé.

Tout en déambulant dans les rues d'Aspen, Avery sentait qu'elle aurait facilement pu tomber sous le charme de cette petite ville. La rue principale fourmillait d'activités. Des pick-up, des Porsche et de vieilles Cadillac circulaient dans la ville. Les boutiques les plus chic côtoyaient les échoppes les plus modestes, tout comme les restaurants réputés les humbles fast-foods.

Lorsque Guy se gara enfin, elle descendit du SUV émerveillée et excitée par l'ambiance à la fois chaleureuse et familiale qu'elle voyait autour d'elle. Des couples déambulaient sur les trottoirs, des gens jaillissaient des restaurants, des familles se promenaient tranquillement en groupe, de toute évidence heureuses d'être ensemble.

Elle était tellement fascinée, qu'elle remarqua à peine que Guy posait une main sur son bras.

Il désigna une enseigne.

— Voici le premier bar où nous pourrions commencer notre mission secrète d'espionnage, décréta-t-il.

Elle plissa le nez.

— Qui sait s'ils ne seraient pas prêts à louer mes services ?

— Tu dois d'abord remplir le contrat qui te lie aux Jarrod, lui rappela Guy d'un air moqueur. D'ailleurs, tu ne l'as pas encore signé.

Elle se mit à rire et, la seconde suivante, elle se retrouva tout contre lui, dans ses bras. Il chercha ses lèvres et son rire s'éteignit dans sa gorge… Au bout de quelques secondes, elle interrompit leur baiser et s'écarta de lui.

Ils ne pouvaient pas se donner en public de cette façon, même s'ils n'étaient plus dans le territoire des Jarrod !

— Oh, regarde ! Une galerie d'art, décréta-t-elle avec enthousiasme. On va faire un tour ?

A cet instant, même un abattoir aurait fait l'affaire et serait devenu un endroit à visiter de toute urgence. Oui, tout aurait été bon pour échapper au trouble qu'éveillaient en elle les baisers de Guy Jarrod.

— Mais nous sommes presque arrivés au bar, protesta-t-il.

— J'aimerais vraiment y jeter un coup d'œil, insista-t-elle.

Elle avait surtout besoin de retrouver ses esprits.

— Tu peux tout à fait m'attendre à l'extérieur, ajouta-t-elle, je n'en ai pas pour longtemps.

Et, sur ces mots, elle s'engouffra dans la galerie.

Elle jeta un rapide coup d'œil à des aquarelles représentant la ville et apreçut le galeriste qui collait des étiquettes rouges sur celles qui, de toute évidence, avaient été vendues. Elle ne s'attarda devant aucune.

Tandis qu'elle tournait dans un recoin, elle repéra une alcôve. Sur le mur du fond, au milieu, se trouvait une toile.

Elle s'arrêta net.

La puissance du tableau lui avait coupé le souffle. Il était d'une beauté poignante. Il lui fallut un certain temps pour se rendre compte que Guy se tenait à côté d'elle, silencieux.

— C'est incroyable, non ?

— Incroyable, fit-il d'un ton morne.

Irritée par son manque d'enthousiasme, elle tourna la tête vers lui. Il était tout pâle.

— Guy ? demanda-t-elle soucieuse. Qu'est-ce qui se passe ?

— Je t'attends dehors, marmonna-t-il.

Fourrant les mains dans ses poches, il s'éloigna d'un pas vif, comme si la galerie lui était devenue insupportable.

Elle le regarda s'éloigner, à la fois confuse et surprise par sa réaction. Etait-il mécontent parce qu'elle avait écourté son baiser, dans la rue ? Ou bien était-ce à cause de la galerie ? Elle porta de nouveau les yeux sur la toile qu'elle était en train d'admirer, quand il l'avait rejointe.

Le tableau était fascinant. On y devinait une rivière, gonflée et mouvante. Il exprimait une certaine turbulence à travers les couleurs foncées et les coups de pinceau bien visibles. Il s'en dégageait une réelle force. On y lisait aussi de la fureur. Elle ne parvenait pas à en détacher les yeux.

— Envoûtant, n'est-ce pas ?

— Tout à fait, répondit Avery sans regarder le galeriste qui était venu se placer à côté d'elle.

Elle essayait de comprendre ce qui, dans cette peinture, déclenchait de si fortes émotions chez le spectateur.

— Margaret Jarrod adorait peindre Roaring Fork. C'est l'un de ses derniers travaux sur la rivière.

Cette fois, elle tourna la tête vers lui.

— Margaret Jarrod ?

— Oui, la femme de Don Jarrod.

Il remonta ses lunettes rondes sur son nez, puis regarda par la fenêtre, derrière laquelle Guy faisait les cent pas, sur le trottoir.

— Je pensais que vous saviez qu'elle était l'auteur de cette toile, ajouta-t-il.

Elle secoua la tête en signe de dénégation, incapable de prononcer le moindre mot tant elle était sous le choc.

— Toute la ville était bien attristée d'apprendre la mort de Don.

— Oui, c'est une tragédie pour la famille.

Elle avait répondu un peu machinalement, car déjà de nombreuses questions tourbillonnaient dans sa tête. Guy ne lui avait jamais parlé de sa mère, et maintenant, elle voulait tout savoir sur elle… Toutefois, elle ne pouvait pas décemment interroger le galeriste à son sujet alors que Guy l'attendait à l'extérieur.

— Pour tout le monde, reprit l'homme. Leur villégiature attire de nombreux visiteurs, à Aspen. Le Food and Wine Gala qui a lieu en ce moment n'est qu'une des diverses manifestations que Don avait l'habitude d'organiser pour le bénéfice de tous. On craint que ses enfants ne désertent l'endroit. Si c'était le cas, mieux vaudrait encore qu'ils revendent le tout.

Elle ne sut que répondre.

— Je suis venue pour le Salon et c'est fantastique, bredouilla-t-elle.

Puis elle adressa un sourire au galeriste et ajouta avec un petit air contrit :

— Il faut que j'y aille, Guy m'attend.

A l'extérieur, ce dernier affichait toujours une expression sombre et fermée.

Elle regretta soudain l'homme qui, tout à l'heure, avait planté un baiser joyeux sur sa bouche. Il avait disparu sous le masque de l'indifférence, et elle avait la sensation qu'il ne se dériderait pas si facilement. Mais n'aimait-elle pas relever les défis ?

Passant sa main sous son bras, elle déclara :

— Allons voir la concurrence !

Le bar dans lequel il la conduisit attirait une clientèle apparemment décontractée. Mais sous leur apparence un peu rebelle, on voyait bien que leurs vêtements étaient tout de même griffés Diesel ou Calvin Klein. Pour la plupart en tout cas, car elle remarqua aussi de plus banals Levi's. La gamme des chaussures était bien plus vaste, puisqu'elle allait de Jimmy Choo aux boots poussiéreuses de cow-boys. Ces derniers étant des propriétaires de ranchs plutôt que de simples journaliers, cela s'entendait. Au coui des femmes pendaient de véritables diamants, et non de la verroterie.

Ils s'installèrent au bar et lorsque le barman eut pris leur commande, elle étudia alors les cocktails inscrits à la craie sur un tableau noir, avant de se concentrer sur la carte des vins et des bières.

— Pas mal, dit-elle enfin.

Elle remercia le serveur dans un beau sourire quand il la servit, tandis que Guy payait les consommations. Elle se retint d'objecter, c'était un rendez-vous de travail, rien de plus. Après avoir remis son portefeuille dans sa poche, il se hissa sur le tabouret de bois.

— Mais tu ferais mieux, affirma-t-il.

— Bien sûr.

Elle posa la carte des vins sur le comptoir et chercha le regard de Guy.

— J'ajouterais quelques vins à la mode en ce moment dans le pays, puis je donnerais un tour plus international à l'ensemble, dit-elle avec enthousiasme. La carte est trop centrée sur les vins de la Napa Valley. Et c'est la même chose pour les cocktails. Les noms sont recherchés, mais il n'y a rien de nouveau. Tout cela manque d'imagination.

— En gros, tu me dis qu'ils jouent la sécurité.

— Exact.

— Tu prendrais plus de risques ?

Le sourire qui éclaira tout à coup le visage de Guy lui indiqua que la question contenait un piège.

— Non, Guy, je n'irai pas faire de la montgolfière demain, le prévint-elle, devinant tout à coup où il voulait en venir.

— Franchement, est-ce que je t'ai posé une telle question ?

— Tu étais sur le point.

C'était l'homme le plus diabolique qu'elle avait rencontré. Mais elle aussi pouvait être entêtée, et elle le lui prouverait.

Ils se rendirent ensuite dans une brasserie plus populaire, en empruntant Mill Street, ce qui lui donna l'occasion d'admirer les vitrines des boutiques. Comme ils passaient devant un restaurant, elle fut surprise par un curieux son métallique.

— Qu'est-ce que c'est ? demanda-t-elle.

— Probablement un ours.

— Un ours ?

Elle s'immobilisa et le fixa en écarquillant les yeux.

— Tu plaisantes, n'est-ce pas ?

— Pas du tout. Il y a maintenant un an qu'ils ont commencé à circuler en ville.

A cet instant, deux jeunes garçons déboulant à l'angle de la rue attirèrent leur attention. L'un d'entre eux brandissait un panneau de Stop. Guy les foudroya aussitôt du regard.

— Où est-ce que vous avez pris ça ? leur demanda-t-il.

— Désolé, monsieur, on va le rapporter.

Et ils disparurent aussi vite qu'ils étaient venus en éclatant de rire.

— C'étaient donc eux les ours dont tu parlais ! s'exclama-t-elle en riant. Espérons qu'ils vont vraiment remettre le panneau à sa place.

— A mon avis, c'était un coup pour rire. Ils n'avaient pas l'air de vrais délinquants.

— Tu peux les différencier ?

— Moi aussi, j'ai été un petit garçon, tu sais.

Malgré elle, elle lui adressa un sourire attendri, puis déclara en riant :

— En tout cas, je préfère avoir affaire à des petits garçons qu'à des ours.

Lorsqu'ils arrivèrent devant le bar, le patron vint immédiatement saluer Guy. De toute évidence, il avait entendu les derniers mots de leur conversation.

— Il vous a parlé du problème de notre ours noir ?

— Quoi ? Ce n'est pas une plaisanterie ?

— Non, répondit le barman en croisant les bras. J'en ai vu un de mes propres yeux près de cet arbre. Dans la cour !

Elle cligna des yeux, incrédule.

— Dans la cour ?

Elle eut un rire nerveux, avant de reprendre :

— Est-ce que le shérif l'a arrêté pour pénétration par effraction dans une propriété privée ?

Guy secoua la tête.

— Il n'a arrêté ni la maman, ni ses petits qui dévalisaient la cuisine dont elle avait brisé la porte, dit-il.

Elle le regarda un instant, ne sachant trop si elle devait rire ou s'inquiéter.

— Ne nourris jamais un ours si tu en vois un.

— Pas de risque ! répliqua-t-elle.

Cette conversation pouvait paraître anodine, mais malgré tout elle avait été touchée par la manière dont Guy avait parlé de cet épisode avec la mère ours. Elle y voyait là la preuve de son attention, de son honnêteté et de son sens des responsabilités. Soudain, elle remarqua qu'il lui souriait d'un petit air moqueur et elle comprit que c'était le mot « risque » qui en était à l'origine.

Le barman, qui de toute évidence voyait bien que quelque chose lui échappait, intervint pour demander :

— Qu'est-ce que je vous sers ?

— Une margarita à la fraise pour moi, répondit-elle. J'ai besoin de me remettre de mes émotions après ce que vous venez de me raconter sur les ours.

— Moi, je prendrai une bière.

Guy garda la carte pour l'étudier.

Elle le scruta alors avec attention, essayant de graver chacun de ses traits dans sa mémoire…

— Est-ce que tu as déjà vu un ours dans une forêt ? demanda-t-elle soudain.

— A plusieurs reprises, oui.

— Ce doit être fantastique. Si on est à une bonne distance, bien sûr.

— Tu sais quoi ? La meilleure façon d'en voir un à la bonne distance, c'est en montgolfière.

— Arrête ! dit-elle.

Mais elle n'était pas fâchée, et elle lui tira la langue.

Il se mit à rire, l'air soudain beaucoup plus détendu, elle crut même voir une certaine chaleur dans son regard.

— Allons ! Etudions ces cartes, et voyons si nos concurrents font mieux que nous.

- 9 -

Pas une seule fois au cours de la soirée, Guy ne revint sur ce qui l'avait contrarié à la galerie. Mais quelques jours plus tard, Avery eut l'opportunité d'en apprendre davantage sur lui.

— Je veux te montrer quelque chose, lui dit-il, l'interrompant dans le cours de ses pensées, alors qu'elle était concentrée sur son ordinateur.

Elle s'étira avec indolence. Elle se sentait particulièrement bien. Matt l'avait appelée pour lui donner des nouvelles de son oncle qui se portait de nouveau comme un charme. Et le matin même, sa présentation en solo s'était déroulée à merveille.

— De quoi s'agit-il ?

— Il faut que tu fermes ton ordinateur car cela va prendre un certain temps.

Guy la détailla alors de haut en bas, et elle se rendit compte que sa tunique épousait un peu trop sa poitrine, en raison de sa position. Elle tira dessus pour la rajuster.

— Combien de temps ?

— Tu peux arrêter de poser des questions ?

La seule façon de savoir, c'était donc de le suivre. Et sa curiosité était piquée. Elle éteignit son ordinateur, et suivit Guy jusqu'à l'ascenseur. Elle s'étonna de le voir appuyer sur le bouton de l'étage où se trouvait sa propre chambre.

— Mais qu'est-ce que tu fais ? demanda-t-elle.

— Tu vas prendre un maillot de bain et une serviette, on part pour un pique-nique, lui annonça-t-il.

— Un pique-nique ?

Il lui adressa un sourire innocent, comme s'il n'y avait pas lieu de s'en étonner.

— Tout à fait.

— Tu n'as pas de travail ?

— Nous sommes lundi, c'est le jour le moins chargé, ici. Le soleil brille, il fait vingt-huit degrés. C'est le temps et le moment rêvés pour te montrer le meilleur endroit où se baigner dans le Colorado. Et nous allons tester ta théorie selon laquelle la nourriture est meilleure à l'extérieur.

— C'est toi qui as préparé le pique-nique ?

— Euh… Non. C'est Louis, admit-il.

— Dans ce cas, je devrais peut-être pique-niquer avec Louis.

Aussitôt, elle regretta ce qu'elle venait de dire. Sa spontanéité lui jouait parfois des tours. Mais heureusement, Guy ne parut pas s'en offusquer.

— Pas question ! C'est moi qui ai organisé et je ne laisserai personne gâcher mon pique-nique.

Elle ne put s'empêcher de noter qu'une fois de plus Guy ne cuisinait pas pour elle. C'était un détail, et elle aurait dû s'en moquer, mais quelque chose au fond d'elle-même lui disait que ce n'était pas anodin.

Elle aurait aimé voir plus clair en lui, comprendre ce qui le motivait.

Aujourd'hui, il était de nouveau léger et charmant, comme à New York. Mais elle sentait que c'était une pose, une façon de se protéger, et elle était un peu lasse de cette image un peu trop lisse qu'il lui offrait. Elle voulait découvrir l'homme plus complexe, plus passionné qu'elle entrapercevait parfois, malgré lui.

Peut-être que ce pique-nique serait l'occasion de mieux le connaître.

Sortant sa carte magnétique, elle ouvrit la porte de sa chambre.

— Donne-moi cinq minutes, le temps de passer mon maillot de bain, lui dit-elle.

*
* *

Guy gara son SUV sous les arbres et entraîna Avery vers un sentier où la rivière s'élargissait en un point d'eau, sur un lit de roches lisses.

— C'est le secret le mieux gardé du Colorado, lui dit-il.

— Wouah ! On dirait un miroir…

Et c'était la pure vérité. Les saules qui bordaient la rivière s'y reflétaient ainsi que le ciel bleu cobalt, au-dessus de leurs têtes.

— Il ne faut pas se baigner du côté sud, car il y a des cascades pas loin, lui dit-il.

Il lui prit la main pour l'entraîner un peu plus loin.

— Viens.

Un élan de joie pure s'empara d'elle quand leurs doigts s'emmêlèrent. C'était ce genre de complicité qu'elle recherchait avec lui. Des moments dénués de suspicion et de méfiance.

Ils s'installèrent un peu plus loin, tout au bord de la rivière, à l'ombre d'un saule magnifique. Guy enleva son T-shirt, et elle ne put se retenir d'admirer son torse parfait, son estomac plat et ses muscles qui captaient si bien la lumière du soleil.

Détournant brusquement les yeux, elle entreprit à son tour de se déshabiller. Elle portait un Bikini vert citron. Quand elle arriva au niveau de la rivière, Guy marchait déjà sur les roches qui menaient au point d'eau. Soudain, il plongea.

Pour sa part, elle avança plus prudemment.

— Brr, fit-elle alors que l'eau lui arrivait à mi-genoux. Elle est glacée.

— Evidemment. A quoi t'attendais-tu ? A un bain brûlant ?

Elle se rappela alors leurs ébats, au spa. Tout à coup, l'eau glacée lui toucha le nombril. Elle poussa un cri et en oublia les bains chauds et les étreintes.

— Tu aurais dû plonger d'un coup, lui dit-il en riant.

Il se mit alors à nager vers elle, dans l'intention visible de la faire basculer dans l'eau.

— Arrête ! cria-t-elle. Tu me le paieras.

Et elle lui jeta de l'eau au visage.

Il le lui rendit et ils se mirent à se bagarrer gentiment. Elle en oublia bien vite la température de l'eau.

Epuisée, mais heureuse, elle sortit enfin de l'eau. Elle étendit la serviette sur l'herbe puis s'allongea dessus, au soleil, et ferma les yeux. Son estomac gronda doucement et elle se rendit compte qu'elle mourait de faim.

A travers ses cils, elle voyait Guy assis sur sa serviette. Des gouttes d'eau ruisselaient sur son corps, et quand elle en suivait la trace, elles menaient directement vers l'élastique de son maillot de bain… Elle avait envie de les lécher. Cette pensée aussi inappropriée qu'instinctive la fit rougir.

— Tu m'avais toujours promis que tu cuisinerais pour moi un jour, observa-t-elle.

Il se contenta de répondre par une sorte de grognement avec une expression impénétrable. Malgré elle, elle insista.

— Tu ne t'en souviens pas ?

Il haussa les épaules.

— Je suis trop occupé pour préparer la cuisine, en ce moment.

— C'est ce que tu m'avais déjà dit à New York, répliqua-t-elle. Et tu avais aussi reconnu que cela te manquait.

Soudain la discussion prenait un caractère vital pour elle. Peu importait qu'elle ait l'air d'une folle et d'une hystérique, elle voulait en avoir le cœur net. Elle sentait que le fait que Guy ne cuisine jamais en sa présence avait une signification importante. Pourquoi faisait-il mine de ne pas voir où elle voulait en venir ? Ne se rappelait-il plus ses propres paroles ?

— Ne me dis quand même pas que tu as oublié ! persista-t-elle.

A cet instant, une pensée contrariante lui envahit l'esprit. Et si le problème c'était bien qu'il ne prêtait aucune réelle attention à ce qu'il lui disait ? Cela en disait long sur l'intérêt qu'il lui portait.

Pour sa part, elle se souvenait de chacun de ses propos.

« Ne me rappelle pas. Plus jamais… »

Et elle lui avait obéi. D'ailleurs, si oncle Art n'était pas tombé malade, elle ne l'aurait jamais revu. Ne s'était-elle pas même juré de ne plus remettre les pieds à New York par crainte de le croiser ?

Elle devait vraiment être la poule mouillée dont il l'avait traitée.

Agacée par la tournure que prenaient ses pensées, elle revint à la charge.

— Tu m'avais promis de cuisiner pour moi le jour où…

— Je m'en souviens vaguement, trancha-t-il.

Vaguement ? C'était encore plus humiliant. Mais avant qu'elle ne lui réponde, Guy s'était éloigné pour ouvrir le panier d'osier.

— Au déjeuner, il y a une sélection de fromages, du pain frais, des terrines de foie aux noisettes, des pickles et du raisin.

Il étendit une grande nappe à carreaux bleus et blancs.

— Ah ! J'oubliais, dit-il en se penchant de nouveau sur le panier. Nous avons aussi une bouteille de pinot noir, de Sonoma. Pas de champagne aujourd'hui. Je n'ai pas envie que tu éternues.

Même si ce n'était pas lui qui avait préparé le pique-nique, celui-ci était des plus appétissants et sa vue suffit à lui faire venir l'eau à la bouche et oublier un instant ses griefs.

— Je pense que je m'en passerai sans problème.

Prenant un bout de pain, il le recouvrit de terrine et le lui tendit.

— Goûte-moi ça ! dit-il.

Elle le prit avec délicatesse, ferma les yeux avant de le porter à sa bouche.

— Délicieux, trancha-t-elle.

Elle rouvrit les paupières et découvrit le regard de Guy dardé sur elle.

— Qu'est-ce que tu regardes ? demanda-t-elle.

— C'est un plaisir de te nourrir.

— Alors continue.

Il la prit au mot, et il ne leur fallut pas longtemps pour vider le panier.

— Heureusement qu'il n'y en avait pas davantage ! lui dit-elle, l'air satisfait. Quand c'est bon, je ne sais pas m'arrêter…

Durant ces quelques instants, elle avait eu l'impression d'être dans un monde à part. Un monde où plus rien n'existait.

Plus de galas, plus de travail, plus de cartes des vins… Et elle aurait juré que Guy avait ressenti la même chose qu'elle.

— Il y a encore du dessert, murmura-t-il.

— Mais je ne peux plus rien avaler !

— Tu as bien encore une petite place pour des cerises noires mûres à point, insista-t-il en la fixant intensément.

— Si tu me prends par les sentiments…

Elle se rappelait avoir discuté de cerises avec lui, un soir, au Baratin. Elle lui avait affirmé que leur douceur s'alliait parfaitement à un chocolat noir amer. Il avait répondu que du miel serait un meilleur accompagnement. Mais il était alors clair qu'il la taquinait.

— J'ai un pot de miel, aussi, si tu veux.

Elle crut que son cœur allait flancher. Il se rappelait leur conversation, c'était impossible autrement.

— Pourquoi pas ? fit-elle d'un ton neutre, désireuse de ne rien laisser paraître du tumulte qui l'habitait.

Elle le vit sortir une boîte de verre du panier, et de nouveau, elle crut que son cœur allait s'arrêter de battre.

— Mais c'est…

— Du chocolat amer et non du miel, compléta-t-il avant d'ajouter, les yeux pleins d'humour : Il faut croire que je n'ai pas pris la bonne boîte. Quel idiot !

Son attention la toucha, tout comme la délicatesse avec laquelle il lui faisait passer le message. Rien n'avait été explicitement dit, mais il était évident que tous deux savaient ce dont il était question là.

Bouleversée, elle s'empara d'une cerise afin de masquer son trouble.

— Divin ! dit-elle. Douce et juteuse. Il manque juste le chocolat.

— C'est vrai, elles sont savoureuses ?

Sur ces mots, il se pencha vers elle et, sans crier gare, posa sa bouche sur la sienne. Puis, avec délicatesse, il chercha sa langue, et dégusta sensuellement le jus de la cerise qu'elle était en train de manger…

Elle sentit les battements de son cœur s'accélérer…

— C'est vrai, approuva-t-il, sa bouche contre la sienne.

Elle se redressa légèrement, sur ses gardes tout à coup. Toute cette situation, c'était trop pour elle. A quoi jouait-il, bon sang ?

— Guy, où est-ce que tout cela va nous mener ?

— Nous allons concrétiser, ne t'en fais pas.

Ce n'était pas du tout ce qu'elle voulait dire. Mais elle ne le reprit pas et ne protesta pas quand il la fit basculer sur la couverture, à l'ombre tachetée du saule. Sa respiration courte en disait long sur son désir…

Alors elle oublia tout. Ses peurs, ses doutes, sa colère… Plus rien ne comptait que le corps de Guy contre le sien, dur, viril. Nouant ses bras autour de sa nuque, elle murmura :

— Fais-moi l'amour, Guy.

Docile, il enfouit la tête entre ses seins. Elle gémit doucement avant d'incliner la tête en arrière pour mieux s'offrir à son étreinte. Et tout à coup, il prit sa bouche pour lui donner un baiser torride.

Elle frissonna.

— Enlève ton maillot de bain, dit-il d'une voix rauque.

— Et si quelqu'un passait ?

— C'est très improbable.

Ils se mirent à rire, comme des adolescents un peu nerveux, puis la passion l'emporta, anéantissant toutes les hésitations et réticences sur son passage. Sous les branches complaisantes du saule, ils étaient à l'abri. Hors du monde… Et peu importait ce que réservait l'avenir, pour l'instant, il était son monde. Il était si vivant…

Avec lenteur, elle défit les cordons de son caleçon de bain, puis le fit glisser sur ses cuisses. Elle le lança par terre avant de s'emparer de son sexe dur…

Mais elle eut à peine le temps d'en profiter que déjà, il la renversait sur la couverture pour reprendre les commandes. Il la caressa avec art et, au moment où elle sentit qu'elle ne pouvait plus tenir, il s'enfouit en elle. Alors toute pensée la déserta et elle ne fut plus qu'une boule de désir entre ses bras…

Elle laissa échapper un petit gémissement.

— Tout va bien ? s'enquit-il.

— Oui…

— Pour moi aussi…

A cet instant, elle eut soudain l'irrépressible envie de lui dire qu'il pouvait baisser la garde, qu'il n'avait rien à craindre d'elle, mais elle n'en fit rien, sachant qu'il s'en effraierait et que l'après-midi serait gâché : il ne souhaitait pas s'inscrire dans la durée, seul le présent l'intéressait. Elle était folle d'attendre quelque chose d'un homme qui ne lui faisait pas confiance.

Se mordant la lèvre, elle ferma les yeux et se concentra sur la façon dont il ondulait sur elle, en elle, faisant monter le plaisir encore et encore, toujours plus fort, toujours plus violent. Elle finit alors par tout oublier, jusqu'à ce qu'un plaisir éblouissant l'envahisse…

Après quoi, ils restèrent allongés un moment près de la rive, ne se relevant que pour finir leur dessert.

Pour Guy, aucune nourriture n'était aussi délicieuse que la saveur d'Avery. Il aurait tout aussi bien pu manger du pain dur, tout ce qui l'intéressait, c'était son goût à elle. Sa bouche, sa peau… Pas la nourriture.

Il n'arrivait pas à détacher ses yeux de son corps de déesse. Elle avait remis son Bikini et un débardeur. Elle était à couper le souffle. Et elle s'était montrée tellement passionnée, pleine d'abandon… Tout ce qu'un homme pouvait souhaiter.

Et pourtant, dans un coin de sa tête, il savait bien qu'elle ne serait jamais à la hauteur de ce qu'elle promettait. Il y aurait d'autres hommes et, à la fin, elle partirait. Une fois encore.

— Guy, fit-elle d'un ton hésitant, il faut que nous parlions.

— Profitons plutôt du soleil.

Elle resta silencieuse quelques secondes avant de reprendre :

— J'ai vraiment quelque chose à te dire.

— Je n'ai pas besoin que tu me fasses des confessions, répliqua-t-il d'un ton dur.

Plus dur qu'il n'aurait voulu, mais pourquoi fallait-il qu'elle soit incapable de se contenter de l'instant ? Pourquoi les femmes voulaient-elles toujours tout compliquer ?

Malgré tout, il sentait bien que c'était important. Qu'elle avait un réel besoin de lui confier ce qui lui pesait sur le cœur. De toute façon il s'était déjà remis de son aventure avec Jeff, il pouvait tout à fait accepter ses nouvelles révélations.

Ce n'était pas comme s'il était amoureux d'elle…

Ils étaient des amants, pas des âmes sœurs.

— Raconte, lâcha-t-il, sur la défensive.

— Au fond, tu as raison, ce n'est peut-être pas le bon moment.

Il poussa un soupir d'impatience. C'était tout à fait le genre des femmes, et d'Avery, surtout, que de ne pas aller au bout de leur décision.

— Arrête ce petit jeu très féminin ! Puisque tu as commencé, continue, sans te rétracter.

— Tu ne me facilites pas la tâche, tu sais…

Il retint un soupir. Ils venaient de connaître de fantastiques étreintes, et tout ce qu'il voulait, c'était passer un après-midi à lézarder au soleil, Avery à ses côtés. Il sentait qu'avec sa confession, elle allait tout gâcher. Et c'était lui qui lui compliquait les choses ?

Il l'entendit reprendre sa respiration.

— C'est au sujet de la fameuse soirée avec Jeff…

Il eut un mouvement de colère. Pas ça. Il ne voulait définitivement plus entendre parler de cette histoire. Elle dut se rendre compte de sa réticence, car elle ajouta bien vite :

— Guy, il faut que tu saches que…

— Non, je ne veux rien savoir de plus, c'est fini, oublié.

— Tu ne sais rien de cette affaire qui nous hante depuis nos retrouvailles.

— Pour ma part, rien ne me hante !

A quoi bon reparler de la trahison qui l'avait tellement meurtri ?

— Ecoute, Guy, je t'ai laissé entendre que j'avais couché avec Jeff, mais ce n'est pas vrai…

Il se figea. Comment osait-elle mentir de manière aussi éhontée et dans un moment pareil en plus.

— Si ça c'est la vérité, c'est inexplicable, marmonna-t-il.

Il roula sur le côté et se mit à fixer le ciel fragmenté, à travers les branches du saule. Il refusait de céder au soulagement, ou à l'espoir. Jeff lui avait dit qu'elle l'avait séduit, et elle-même avait corroboré ces propos. Et voilà qu'elle voulait réécrire l'histoire.

— J'étais furieuse contre toi, déclara-t-elle alors.

— Contre moi ?

Il se retourna brusquement et lui jeta un regard incrédule.

— Et tu peux me dire ce que je t'avais fait, pour que tu m'en veuilles ?

— Tes affaires passaient toujours avant moi, comme aujourd'hui, d'ailleurs.

— Attends un peu… Est-ce que tu as la moindre idée de l'état dans lequel j'étais ce soir-là, quand tu n'es pas venue ? Je t'ai attendue en vain au Baratin, inquiet, comme fou.

— Ah bon ? Mais Jeff t'avait pourtant dit ce qui s'était passé.

— Il me l'a dit des heures plus tard. Quand, lassé d'attendre, je suis revenu chez moi en me disant que tu y serais peut-être, même si tu ne répondais pas au téléphone, ni sur ton portable, ni sur le fixe. C'est là que j'ai découvert Jeff. Il était dévasté.

— Dans mon affolement, j'ai oublié de prendre mon portable…

— Il n'était pas dans mon appartement !

— Alors Jeff avait dû s'en emparer.

— Décidément, tu cherches à l'accabler.

Elle ne répondit même pas à cette accusation et continua sur sa lancée :

— Quand est-ce qu'il t'a raconté la prétendue scène de séduction ?

— Au moment où je l'ai découvert ivre mort chez moi ! Il était rongé par la culpabilité d'avoir couché avec ma petite amie. Il implorait mon pardon.

Avery réprima une grimace de dégoût. Décidément Jeff

était l'être le plus abject qu'elle ait rencontré. Il était temps d'en finir, de donner sa version des faits.

— Guy, Jeff t'a manipulé.

Tout comme il l'avait manipulée, elle. Elle n'avait même pas pensé à appeler Guy pour vérifier les propos de Jeff, elle était si meurtrie. Elle avait fui, sans se retourner. Et c'était précisément ce que Jeff attendait.

Guy méritait mieux que ça.

— Non, c'est impossible. Il pleurait, il s'en voulait. Il parlait même de se suicider.

De toute évidence Jeff avait joué la grande scène. Comment blâmer Guy de l'avoir cru ? Elle-même n'avait pas remis ses propos en doute quand il lui avait annoncé qu'il était le cadeau d'anniversaire que Guy lui envoyait… Il était vrai que ce dernier n'avait cessé de lui répéter qu'il ne voulait pas de femme, ni de famille, et que sa vie de célibataire lui convenait parfaitement.

Elle regarda Guy. Il avait l'air crispé, fatigué et de toute évidence cette conversation lui coûtait autant qu'à elle. Mais il fallait clarifier l'affaire une fois pour toutes.

— Tu as demandé à Jeff de m'appeler un taxi pour que je te rejoigne au Baratin, commença-t-elle d'une voix tendue. De mon côté, je me disais que tu avais dû oublier mon anniversaire. Jusqu'à ce que Jeff arrive et m'annonce que tu l'avais envoyé me chercher car tu étais trop occupé pour…

— Attends un peu…

Presque tremblante, elle continua pourtant :

— Il m'a dit clairement qu'il était la mise en bouche de notre dîner, la surprise spéciale que tu m'avais promise pour un anniversaire inoubliable.

Guy se figea.

— *Quoi ?*

Son visage dur, l'expression de mépris qu'il ne cherchait même pas à masquer, achevèrent de la bouleverser. Etait-il possible qu'il ne la croie pas ? Comme elle regrettait d'avoir pris le risque de se mettre à nu devant lui.

Tremblante, au bord des larmes, elle eut soudain l'impression que le sol se dérobait sous ses pieds…

— Ramène-moi à l'hôtel, marmonna-t-elle, tout étourdie. Je pars demain.

Tout était terminé. L'incrédulité de Guy avait balayé ses ultimes espoirs. Elle ne pouvait plus supporter une minute de plus une telle situation. Elle ne pouvait plus travailler avec lui, il y avait entre eux trop d'amour perdu, trop de blessures…

Elle trouverait bien une explication à fournir à son oncle. De toute façon, elle avait donné les deux conférences prévues, et il serait fier d'elle.

— Avery, tu ne peux pas…

— Il m'est impossible de rester.

Elle était bien consciente que rompre son contrat avec les Jarrod serait préjudiciable à sa réputation professionnelle, mais elle ne pouvait plus tolérer la méfiance de Guy.

Il la prit par le bras.

— Ecoute-moi ! ordonna-t-il alors.

La chaleur de sa main contrastait avec sa fermeté de ton. Elle leva les yeux vers lui.

— Je t'écoute.

— Je n'ai jamais dit à Jeff de coucher avec toi.

Ce fut alors qu'elle éclata de rire. Un rire incontrôlable, un rien inquiétant. Elle savait que Jeff avait menti, mais en cet instant, elle en voulait trop à Guy pour lui donner la satisfaction de le croire alors que lui-même ne lui faisait pas confiance.

— Et tu espères que je vais te croire ? demanda-t-elle, un ton de défi dans la voix.

Guy agrippa un peu plus fort son bras.

— Il a menti, lui affirma-t-il.

— Ça, c'est toi qui le dis.

— Arrête, Avery !

— Avec tous les coups que je lui ai donnés dans les tibias, Jeff devait boiter. Tu ne l'as pas remarqué ? Tu n'as pas trouvé cela curieux ?

— Je ne l'ai pas revu pendant quelques jours, après cette soirée, dit-il.

Il la regarda droit dans les yeux avant de poursuivre :

— Pourquoi est-ce que tu ne m'as pas téléphoné pour éclaircir tout de suite la situation ?

Une fois encore, elle fut abasourdie par tant d'arrogance et d'aveuglEment.

— Ce n'est pas vrai. Je t'ai appelé et…

— Alors que tu t'apprêtais à quitter New York.

— Parce que alors je pensais que…

— Que quoi ?

A l'époque c'était parce qu'elle pensait que Jeff lui avait dit la vérité.

Elle avait été tellement bouleversée par l'apparition de Jeff, ses propos, la scène qui s'était ensuivie… Le mensonge était si monstrueux qu'elle ne l'avait même pas remis en cause. Elle n'avait pas fait confiance à Guy…

— Que tu voulais me partager avec tes amis, reprit-elle. Jeff était très convaincant, tu sais. Il a sous-entendu que c'était le genre de choses que vous faisiez très souvent, tous les deux. A la fin, j'ai vraiment dû me battre avec lui pour qu'il me fiche la paix.

— Te battre ? Mais Jeff ne ferait pas de mal à une mouche.

— Tu penses que j'invente ?

Guy passa une main dans ses cheveux, il était de toute évidence nerveux.

— Bon sang ! Je continue à croire que tu as mal interprété les propos de Jeff ou que tu n'as pas compris qu'il plaisantait.

— Il était ivre. Et je peux te garantir qu'il ne plaisantait pas. Je te répète que j'ai dû lui mettre des coups de pied pour qu'il me lâche.

— Tu aurais dû m'appeler.

— Je t'ai déjà dit que dans l'affolement, je suis partie sans mon portable. Et pour être honnête, j'étais tellement en colère contre toi que cela ne m'a pas traversé l'esprit. Une fois arrivée à l'aéroport, je me suis calmée un peu et c'est de là que je t'ai appelé.

C'était alors qu'il lui avait dit qu'ils avaient passé du bon temps tous les deux mais qu'il ne voulait plus jamais la revoir…

Et il avait raccroché.

Cela avait suffi à la convaincre du bien-fondé des propos de Jeff. Pour elle, il avait été évident que Guy lui en voulait d'avoir gâché ses plans et de ne pas s'être conformée à ses fantasmes. Elle l'avait pris pour un don Juan sans scrupules, et s'était sentie soulagée de lui avoir échappé.

— Avery, cela fait trois ans que je travaille avec Jeff et c'est l'homme le plus pacifiste du monde.

— Donc, tu ne me crois pas, conclut-elle d'un ton dépité.

Elle sentit le découragement la gagner, elle n'avait même plus la force de se mettre en colère. Décidément, cet homme ne savait rien faire d'autre que lui briser le cœur. Et elle ne valait pas mieux, puisqu'elle l'avait cru capable de la partager avec un autre.

Ils n'étaient qu'une paire d'imbéciles !

— Je n'ai pas dit que je ne te croyais pas, reprit Guy. Je veux simplement confronter Jeff avec tes révélations.

Elle perçut une hésitation dans sa voix.

Etait-il possible qu'il commence à douter de son cher Jeff ?

— Tu ne m'as pas laissée raconter ma version de l'histoire quand je t'ai appelé de l'aéroport, souligna-t-elle.

— Parce que je ne savais même pas…

— Qui j'étais, compléta-t-elle. Pour toi, j'étais juste une femme qui venait de passer deux semaines dans ton lit. Je pesais bien peu face à une amitié masculine.

Même si alors, elle était déjà amoureuse de lui…

— Mais qu'est-ce que tu vas chercher là ? Cela n'a rien à voir avec du sexisme !

— Ah bon ? Ne penses-tu pas que Jeff est moins enclin à te mentir que moi ?

De façon irrationnelle, elle ne voulait pas admettre qu'il connaissait Jeff depuis bien plus longtemps qu'elle et que son argument était défendable. Elle était bien trop énervée pour se raisonner. A force de retenir ses larmes, elle avait la gorge nouée. En cet instant elle en venait à haïr Guy. Il ne manquait jamais une occasion de la faire souffrir.

— Ce que tu n'arrives pas à comprendre, c'est que Jeff

ne s'est pas évaporé sans rien dire. Contrairement à toi ! s'exclama Guy, visiblement à bout de nerfs et d'arguments.

Incapable de prononcer le moindre mot, elle lui opposa le silence.

Serrant les poings, il ajouta alors :

— Je suis désolé, Avery, je ne voulais pas dire ça… Je crois qu'il faut que nous nous calmions, tous les deux. Habille-toi, je vais ranger le pique-nique et nous allons discuter dans un endroit tranquille.

- 10 -

Trop bouleversée pour protester, Avery obéit à Guy et se réfugia sous un immense saule pleureur afin de retirer son maillot de bain et d'enfiler des vêtements secs.

La colère de Guy l'avait déstabilisée. Car elle ne portait plus sur sa prétendue trahison avec Jeff, mais sur sa désertion. Pourquoi Guy avait-il été tellement blessé qu'elle s'en aille ? Elle n'aurait jamais cru qu'il lui aurait tenu rigueur pour son départ précipité. Il avait été tout à fait clair à ce sujet : elle n'était pas un élément important de sa vie.

Aussitôt, une foule de questions qu'elle n'aurait pourtant jamais dû se poser lui vinrent à l'esprit. S'était-elle méprise sur ses manières insouciantes ? Avait-elle signifié davantage à ses yeux qu'elle ne l'avait cru ?

Incapable de la moindre pensée cohérente, elle continuait de ranger machinalement ses affaires dans son sac…

Soudain, elle entendit une branche craquer et elle se retourna brusquement.

— Guy ?

Ce ne fut pas sur lui que ses yeux tombèrent mais sur une silhouette à la fourrure noire et au regard inquisiteur. *Un ours.*

Un très jeune ours.

Un bébé ours.

La peur l'envahit aussitôt. Où était sa maman ? Au bord de la panique, elle en laissa échapper sa serviette et se mit à reculer…

L'ours commença à renifler les branches du saule, de l'autre côté du tronc. Les feuillages se mirent à bruisser et, avec un indicible effroi, elle vit un deuxième ours de la même taille rejoindre le premier. Sans doute son frère. La mère n'était décidément pas loin ! Heureux sans doute de s'être retrouvés, ils se mirent à rouler sur le dos, dans l'herbe. Puis l'un se redressa et commença à jouer avec la serviette d'Avery. Le deuxième se mêla au jeu.

Il n'y avait toujours aucune trace de la mère des deux petits.

Enfin, un grognement se fit entendre et elle crut qu'elle allait s'évanouir. Les deux oursons dressèrent l'oreille et tournèrent la tête en direction du son. *Oui*, les encouragea-t-elle mentalement, *vous êtes de bons petits ours, allez rejoindre votre maman*. Mais rapidement, leur intérêt se focalisa de nouveau sur la serviette.

Elle savait que la mère n'allait pas tarder, mais l'effroi la clouait sur place. Des sueurs froides coulaient dans son dos. Au prix d'un gros effort, elle recula d'un pas. Puis d'un autre.

— Doucement. Pas de panique.

C'était Guy, qui venait d'apparaître derrière elle.

Elle crut s'écrouler tellement elle était soulagée d'entendre sa voix. Elle s'adossa à lui et le contact de son torse solide la réconforta aussitôt.

— Où est la mère ? chuchota-t-elle.

— Au bord de la rivière. Heureusement que je t'ai trouvée avant elle.

Il écarta alors les branches pour la lui montrer. A cet instant, lassés du jeu avec la serviette, les oursons la rejoignirent et elle se mit à les lécher.

— Elle sent ton odeur sur ses bébés à cause de la serviette, chuchota Guy.

— Qu'allons-nous faire ? murmura à son tour Avery, affolée.

— Tout simplement quitter leur monde.

Et ils s'éclipsèrent en silence pour regagner à toute allure le SUV garé en haut de la colline. Une fois qu'ils furent en sécurité à l'intérieur, elle poussa un profond soupir de soulagement.

— C'est curieux, mais en dépit de ma frayeur, je ne regrette pas cette aventure, dit-elle une fois qu'elle eut retrouvé tout son souffle.

— Moi aussi j'ai eu peur, mais tu as raison, cela en valait la peine.

Puis, plissant les yeux, il ajouta :

— J'ai l'impression que je vais finir par te convaincre, pour la montgolfière.

Dès qu'ils furent de retour à Jarrod Ridge, Guy s'enferma dans le bureau lambrissé qui avait été celui de son père et il appela Jeff Morse.

Vivienne, son assistante, lui assura que ce dernier ne tarderait pas à le rappeler. Mais une heure plus tard, Guy attendait toujours. Il réessaya. Au troisième coup de fil, Vivienne, d'ordinaire si calme et efficace, lui annonça d'un ton agité que Jeff était parti chasser pour quelques jours sur une propriété où il n'y avait pas de réseau.

Intrigué, Guy raccrocha. Il resta un instant assis à son bureau, les yeux perdus dans le vague.

Finalement, il alluma son ordinateur…

Un quart d'heure plus tard, il appuyait, satisfait, sur la touche « Envoi ». Nul doute qu'il allait déclencher une réaction chez Jeff : il venait de lui faire part de son intention de dissoudre Go Green.

Le pique-nique au bord de la rivière avait tout changé entre Guy et Avery.

Une fois de retour à Jarrod Ridge, ils avaient dîné au Chagall, puis il l'avait raccompagnée dans sa chambre et lui avait fait l'amour. Une étreinte à la fois passionnée et presque désespérée… Puis il s'était endormi à ses côtés, en dépit des protestations d'Avery qui craignait les soupçons de la famille de Guy.

— J'ai ma propre suite et elle est indépendante, lui avait-il alors assuré. Melissa, de toute façon, préfère le calme de Willow Lodge et Erica a emménagé chez Christian. Trevor habite en ville et Blake passe plus de temps dans les aéroports qu'à Jarrod Ridge. On ne vit pas dans un mouchoir de poche, tu sais. En général, très tôt le matin, je vais vérifier en cuisine si les produits sont arrivés. Je t'assure que je ne manquerai à personne, à la table du petit déjeuner.

Avec ces arguments, il était venu à bout de ses réticences.

— Tu devrais t'installer dans ma suite, ce serait plus confortable pour toi, lui avait-il dit ensuite, comme ultime argument.

— Non, je ne veux pas que chaque matin on me voie sortir de ton ascenseur privé ! avait-elle répliqué, d'un ton sans appel. Les clients, le personnel… Ils parleraient dans mon dos.

— Dans ces conditions, je les renverrais.

Il avait été amusé par son expression horrifiée.

— Je plaisante ! avait-il tout de même précisé. Je l'avoue, c'est de mauvais goût, mais c'est vraiment une blague.

Mais quelque chose dans l'expression d'Avery lui avait fait comprendre qu'il était allé un peu trop loin. Et dans leur situation, c'était en effet sans doute une erreur que de lui rappeler le fait qu'il avait ce type de pouvoir sur les gens.

Le lendemain, dans l'après-midi, Avery se sentait angoissée et nerveuse. Mue par l'envie de fuir momentanément l'univers clos du gala, elle fila à Aspen et, sans même s'en rendre compte, se retrouva dans la galerie où était accroché le tableau de Margaret Jarrod. Le propriétaire de la galerie la salua et elle lui sourit poliment, montrant ainsi qu'il la reconnaissait parfaitement. Après avoir fait un rapide tour des lieux, elle s'approcha de l'alcôve pour admirer de nouveau la rivière, comme si celle-ci pouvait lui apporter des réponses aux questions qu'elle se posait.

Guy ne parlait jamais de sa mère. Pourtant, il avait dû souffrir de sa mort. Si seulement cette peinture pouvait lui révéler des secrets. Mais elle demeurait ce qu'elle était : un tourbillon de couleurs en colère. Elle soupira et quitta la galerie pour aller boire un café. Mais voyant que même ce moment de détente n'arrivait pas à la dérider, elle décida de rentrer à Jarrod Ridge.

Mais alors qu'elle s'apprêtait à tourner à droite pour emprunter le pont qui traversait la rivière Roaring Fork, une voiture de sport rouge se déporta pour doubler un van blanc et fonçant droit sur elle. La collision semblait inévitable. Par réflexe, elle braqua vivement vers la gauche. Etouffant un cri d'horreur, elle cahota alors dans le fossé et vint heurter un panneau de Stop. Tout ce dont elle eut conscience ensuite, c'est d'être projetée en avant et le bruit des airbags qui se déployaient.

La radio jouait de la musique country. Derrière la vitre, elle apercevait le monde incliné. La terre, les arbrisseaux, le bleu du ciel… Fermant les yeux, elle remercia le destin d'être encore en vie. Quand elle les rouvrit, elle se heurta à une paire d'yeux féminins qui la fixaient derrière le pare-brise.

— Tout va bien ? lui demanda la jeune femme en repoussant sa chevelure brune de son visage.

— Je pense que oui.

Avery défit sa ceinture et essaya d'ouvrir la porte. Elle était coincée. Un sentiment de panique s'empara d'elle : elle devait sortir d'ici !

— La voiture est renversée sur le côté, lui indiqua l'inconnue. Il faut que vous sortiez par l'autre. Etes-vous sûre que vous pouvez vous déplacer ? Peut-être vaudrait-il mieux attendre l'ambulance.

— Je n'ai rien, lui assura Avery.

Elle ne pouvait pas supporter l'idée d'être piégée à l'intérieur de l'habitacle. La portière opposée s'ouvrit et elle parvint tant bien que mal à se hisser à l'extérieur en s'agrippant à la boîte de vitesses.

— J'ai bien cru que c'en était fini de nous deux quand ce chauffard m'a doublée, dit la jeune brune.

Soudain, elle parut inquiète.

— Mais vous saignez ! Vous êtes blessée au front.

Encore sonnée, Avery eut tout de même le réflexe de toucher son front.

— Ce n'est rien. Ah, si je pouvais mettre la main sur ce chauffard !

— J'ai appelé une ambulance, elle ne va sans doute pas tarder.

— Vous êtes un ange ! Cet homme était un fou furieux, j'ai cru que je ne pourrais pas éviter l'accident.

— Et moi, je nous ai vus tous morts.

La jeune femme était bien pâle. Elle avait dû avoir une sacrée peur, elle aussi. Soudain, Avery se sentit toute tremblante.

— Je vais m'asseoir sur le talus, dit-elle, redoutant de s'évanouir.

— Mettez votre tête entre vos genoux ! C'est le contrecoup.

Avery obtempéra et se sentit tout de suite mieux.

— A propos, je m'appelle Nancy, poursuivit la jeune femme. Vous voulez que j'appelle un de vos proches ?

— Oui, Guy, dit-elle machinalement. Guy Jarrod. Il habite à Jarrod Ridge.

— Entendu, dit Nancy en sortant son portable de son jean.

Les yeux toujours fermés, Avery entendit Nancy raconter l'accident à son correspondant. Elle s'efforça de se concentrer sur les tremblements qui secouaient toujours son corps…

Soudain, elle entendit un véhicule ralentir. Elle ouvrit les paupières.

— C'est l'ambulance, annonça Nancy.

Tandis que les ambulanciers s'occupaient d'elle, Avery se tourna vers Nancy avec un sourire aux lèvres.

— Comment pourrais-je assez vous remercier pour m'avoir aidée ?

La jeune femme haussa les épaules.

— Ce n'est rien. J'aurais tout à fait pu me retrouver dans le fossé à votre place. Et dire que je n'ai pas eu le bon sens de noter le numéro de ce fou.

— Moi non plus.

Elles échangèrent un sourire. Avery ne tremblait plus.

— Merci en tout cas d'être restée avec moi à attendre les secours.

D'autres véhicules se firent alors entendre.

— Tiens, voilà la dépanneuse, l'informa Nancy. Ils vont emporter la voiture.

— Il faut que j'appelle l'agence de location, se rappela alors Avery.

— J'ai l'impression que votre Guy est arrivé, lui aussi. Allez, je vous laisse. Au revoir.

Avery fut tentée de la retenir mais elle ne voulait pas abuser de la gentillesse de Nancy.

— Vous avez mal ? demanda l'un des pompiers.

— Non.

— Avery !

Elle tourna la tête en entendant la voix bien trop familière.

— Tu es blessée !

Guy s'élança vers elle.

— Ce n'est rien. Juste une écorchure. Ça ne pique même pas.

— Je pense tout de même qu'il faut que vous passiez une radio de la cheville, intervint l'un des ambulanciers. Nous allons vous conduire à l'hôpital.

— Non, je vais bien, ce n'est pas la peine.

— Je vais l'y emmener, trancha Guy.

Il lui pressa la main et une sensation inattendue de réconfort l'envahit.

Comme Guy l'aidait à se relever, elle fit la grimace. Le poids de son corps pesait lourd sur sa cheville. Ce qui n'échappa pas à Guy.

— Décidément, il faut aller à l'hôpital.

Elle tenta une dernière fois de discuter.

— Mais non ! Un peu de glace et de repos, et demain, tout ira mieux.

— Non, une radio s'impose.

— Ne sois pas si pessimiste !

Guy passa son bras autour de sa taille.

— Appuie-toi sur moi, dit-il. Plus vite tu seras prise en charge, mieux ce sera.

— Il a raison ! insista l'infirmière, d'un ton maternel. Et si la seule façon de vous convaincre d'y aller, c'est de laisser monsieur vous y conduire, soit. Mais vous devez d'abord nous signer cette décharge.

Devant tant d'insistance, Avery cessa de discuter et signa le papier qu'on lui présentait.

Puis Guy l'aida à monter dans le SUV et ils gagnèrent rapidement la ville. A la réception de l'hôpital, on lui tendit un formulaire à remplir. Il y avait beaucoup de questions personnelles. Prenait-elle des médicaments ? Etait-elle enceinte ?

Enceinte, pensa-t-elle. Si seulement…

Elle hésita pour cocher la bonne case. Mais elle se rappela les deux tests de grossesse : elle n'était pas enceinte. Elle compléta le formulaire, le signa et le rendit à la réceptionniste.

— Allons-nous attendre longtemps ? demanda Guy en se penchant sur le comptoir.

— Non, je ne crois pas, répondit l'infirmière dans un sourire poli. Il y a une machine à café, à l'entrée.

Elle boitilla jusqu'à un siège où elle fut vite rejointe par Guy.

— Tu veux une boisson chaude ?

— Non, merci, dit-elle.

Au lieu de s'asseoir à côté d'elle, il se mit à faire les cent pas.

— En revanche, j'ai envie d'une bouteille d'eau fraîche. J'ai remarqué un épicier juste à côté de l'hôpital, finit-elle par dire au bout de quelques minutes.

Elle n'avait pas vraiment soif, mais elle ne supportait plus de le voir faire les cent pas. Au moins serait-il occupé quelques instants.

— Entendu.

Une fois qu'il fut parti, la réceptionniste croisa le regard d'Avery.

— C'est une bonne chose de l'occuper.

Elle se mit à rire.

— J'ai juste la cheville foulée, et il se comporte comme si elle était cassée.

— Certains hommes ne savent pas gérer leur angoisse quand ils sont inquiets, renchérit la réceptionniste.

Avery ne trouva rien à lui répondre. Guy, inquiet pour si peu ? Elle en doutait.

Il n'était toujours pas revenu quand le médecin vint la chercher pour la conduire en salle d'examen. C'était une femme avec des yeux marron clair qui lui donnaient un air plus juvénile que ne le suggéraient ses cheveux argentés.

— Vous êtes blessée à la cheville ? lui demanda-t-elle.

Avery hocha la tête et lui raconta brièvement ce qui s'était passé.

— Pourquoi dans le formulaire avez-vous besoin de savoir si je suis enceinte ? ne put s'empêcher de demander Avery une fois qu'elle eut terminé son histoire.

— Pour faire tout ce qui est nécessaire pour protéger le bébé. Il vaut mieux prévenir que guérir. Est-il possible que vous soyez enceinte ?

— Je ne pourrais l'exclure.

Le médecin nota quelque chose sur la feuille qu'elle tenait à la main.

— Nous vérifierons si nous avons besoin de vous faire une radio. Mais maintenant, laissez-moi examiner votre cheville.

Avery retira ses chaussures.

— J'ai fait un test de grossesse dernièrement, il était négatif.

Pourquoi insistait-elle de la sorte ? Depuis le temps, elle s'en serait tout de même rendu compte. Quand une femme est enceinte, son corps se transforme. Elle aurait bien remarqué certains signes, même si elle ne pouvait pas se fier à ses cycles.

Depuis que Guy avait émis cette éventualité, l'idée ne lui était pas sortie de la tête. Elle la hantait, refusait de se dissiper, jouait dans son esprit, lui rappelant ses envies de fonder une famille…

Mais ce n'était pas parce qu'on souhaitait ardemment quelque chose, que cela se réalisait. Il s'agissait de rêves. De rêves qui ne pourraient jamais inclure Guy.

Avery secoua la tête comme pour s'arracher à ses rêveries.

— Vous avez mal ? s'enquit le médecin.

Ses mains étaient froides sur sa cheville.

— Non.

— Et là ?

Avery tressaillit.

— C'est sensible.

Le docteur lui posa encore quelques questions, puis conclut :

— C'est un peu enflé, nous allons faire une radio.

— C'est en me hissant hors de la voiture que j'ai dû me blesser, dit-elle alors.

— La radio nous dira s'il y a fracture ou non, mais voyons tout d'abord si vous êtes enceinte. Je vais appeler l'infirmière pour qu'elle vous conduise aux toilettes, déclara le médecin en décrochant un téléphone mural.

- 11 -

Dix minutes plus tard, le docteur se pencha vers Avery et déclara :

— Vous aviez raison de vous interroger, vous êtes enceinte. A quand remontent vos dernières règles ?

A cette annonce pour le moins inattendue, les oreilles d'Avery se mirent à bourdonner et une sorte d'engourdissement l'envahit… Elle compta désespérément les jours dans sa tête.

— J'aurais dû avoir mes règles en début de semaine dernière, finit-elle par dire, incrédule. Mais le test…

— Quand l'avez-vous fait ?

Et dire que sur l'emballage il était marqué : « quatre-vingt-dix-neuf pour cent de fiabilité ». Elle devait donc faire partie des un pour cent d'erreurs.

— Il y a deux semaines, répondit-elle.

— Il était trop tôt.

Avery regarda le docteur avec surprise.

— Comment ça, trop tôt ?

— Selon mes estimations, vous êtes enceinte de trois semaines.

— Trois semaines ?

Ce qui voulait dire que cela s'était produit au spa. Pas de chance. Ou plutôt si, quelle chance ! Elle souhaitait tellement un enfant… L'enfant de Guy… Et maintenant, contre toute attente, son vœu s'était exaucé.

Et contre la volonté de Guy.

A cette pensée, la joie qui l'avait submergée laissa place à une infinie tristesse.

— Je comprends que la nouvelle vous perturbe, dit le

docteur d'un ton compréhensif. Il faut toujours un peu de temps pour s'habituer à l'idée.

Jetant un coup d'œil vers le formulaire posé sur son bureau, elle continua :

— Je vois que vous travaillez à Jarrod Ridge... Bon, je vais vous donner une adresse pour la préparation à l'accouchement. Et voici la liste de ce que vous devez éviter de manger. Privilégiez les aliments contenant de la vitamine B.

Elle lui sourit chaleureusement et ajouta :

— Félicitations ! Après la radio, je vous expliquerai ce qu'il convient de faire pour votre cheville.

— Les rayons X ne seront-ils pas préjudiciables au bébé ? s'enquit Avery.

— Vous serez protégée par un tablier de plomb, lui assura-t-elle. Il épousera votre corps jusqu'aux chevilles, comme un cône. Le bébé sera parfaitement en sécurité.

Avery était cependant toujours sous le choc de la nouvelle quand le docteur quitta la pièce.

Ce fut alors que Guy déboula dans la salle d'examen.

— Qu'a dit le docteur ? questionna-t-il sans préambule.

— Euh...

Elle croisa son regard alarmé. Si elle lui disait qu'elle était enceinte, comment le prendrait-il ? Elle s'efforça de lui sourire.

— Juste une cheville foulée. Rien d'important.

Rien d'important ?

Elle détestait mentir, mais comment lui annoncer la nouvelle ? Guy ne souhaitait pas une relation durable. Il l'avait crue capable de coucher avec son ami, son associé, l'avait soupçonnée de flirter avec tout homme un tant soit peu riche qui se présentait sur son chemin. Comment pourrait-il croire qu'il était le père de l'enfant ? Surtout qu'elle ne savait toujours pas si c'était à sa version ou à celle de Jeff qu'il accordait le plus de crédit. Il était vrai que ce dernier était son ami, qu'il faisait partie de sa vie depuis bien plus longtemps qu'elle. Une nouvelle vague de dégoût l'envahit en songeant à Jeff. Quel individu pouvait se comporter comme cela avec son meilleur ami ? Rien qu'à l'idée qu'elle devrait le recroiser un jour, elle en avait la nausée.

Et cela n'avait rien à voir avec son état. Même si elle ne doutait pas que toutes ces sensations liées à la grossesse ne tarderaient pas à venir.

Plongée dans ses pensées, elle s'aperçut tout de même que Guy la regardait toujours, attendant manifestement une réponse. Il avait dû lui poser une question qu'elle n'avait pas entendue.

— Il faut que je mette régulièrement de la glace sur ma cheville, et que j'évite de faire peser dessus tout le poids de mon corps, dit-elle, espérant que la réponse n'était pas trop loin de la question.

Il sourcilla.

— Tu ne vas pas pouvoir rester dans la chambre que tu occupes actuellement. Il y a une volée de marches pour arriver à ton étage. Il n'y a plus à discuter : tu devras t'installer chez moi.

— Non !

Elle sentit la panique l'envahir. C'était hors de question. Il y avait trop de tensions entre eux, en ce moment, pour que la cohabitation soit imaginable.

— Avery, je te jure que je te protégerai. Ta crédibilité professionnelle ne sera nullement compromise. Mais il faut être réaliste. Tu auras désormais besoin d'une personne auprès de toi.

— Je m'en sortirai, marmonna-t-elle.

Il serra les mâchoires, luttant visiblement contre la colère.

— Nous en reparlerons.

Une infirmière entra alors dans la salle.

— Mademoiselle Lancaster ? Suivez-moi, je vous prie, dit-elle.

Guy lui prit la main.

— Où vas-tu ?

— Passer une radio. Je reviens.

Et elle le laissa faire les cent pas dans le couloir, sa bouteille d'eau à la main.

*
* *

— Te voilà enfin !

Gavin, le cadet de la tribu, s'élança vers Guy sur le court de tennis, sa raquette à la main. Ce dernier l'avait appelé pour l'avertir qu'Avery avait eu un accident et qu'il serait en retard pour leur partie. Depuis l'enterrement de leur père, les deux frères jouaient en effet une fois par semaine.

— Comment va Avery ? s'enquit Gavin en repoussant ses mèches sur son front.

— Elle s'est foulé la cheville.

Guy laissa échapper un petit soupir. Il détestait les hôpitaux et tout le temps qu'ils étaient restés là-bas, il avait été angoissé.

Mais il devait se remettre de ses émotions.

Avery n'était pas en danger de mort, elle avait juste une foulure à la cheville. Il n'avait toutefois pas envie de partager ses peurs avec Gavin, même si c'était sans doute le frère dont il se sentait le plus proche, et non Blake, comme on aurait pu le croire. Son jumeau avait toujours su deviner ce que leur père attendait d'eux, alors que lui avait toujours été en guerre contre celui-ci. Don Jarrod avait estimé que ses talents artistiques, et notamment ses dessins, étaient inutiles. Et quand Guy lui avait annoncé que plus tard, il voulait être photographe, son père était entré dans une telle fureur qu'il n'était même plus allé au club photo de l'école qu'il fréquentait.

— Elle aura besoin de repos, observa Gavin.

— Je sais.

Guy ouvrit son sac et sortit ses chaussures de tennis.

— Mais elle est tellement entêtée ! Je doute qu'elle veuille m'écouter.

Gavin lui lança un regard en biais.

— On dirait que tu la connais bien.

Guy se reprocha aussitôt son imprudence. Avery ne voulait pas que les Jarrod soient au courant de leur relation, mais il était incapable de dissimuler des secrets. Surtout aux siens.

— Nous avons passé un peu de temps ensemble, ces derniers jours.

— Un peu ? fit Gavin, un sourire moqueur aux lèvres. On vous a vu, prendre des verres ensemble au Jarrod Manor, dîner en tête à tête au Chagall, et vous êtes même sortis en ville.

— C'était pour le travail, trancha-t-il. Nous parlions menus et vins.

Nouant rapidement ses lacets, il ajouta :

— C'est la vérité, Gavin.

Le grognement que son frère émit alors lui fit comprendre qu'il doutait de ses paroles.

— Je lui ai proposé de s'installer dans une des suites de notre étage jusqu'à ce qu'elle aille mieux, mais elle a refusé, dit encore Guy.

Gavin releva un sourcil.

— Dans ta suite, je présume ?

Avery lui aurait sauté à la gorge si elle avait entendu cette conversation.

— Je te rappelle qu'elle est blessée ! déclara Guy d'un ton aussi outré que possible, tout en sortant sa raquette de sa housse. Elle aura besoin d'aide. Je n'y peux rien si tu as l'esprit mal placé.

Son frère le regarda longuement avant de déclarer :

— Elle pourrait peut-être s'installer chez Erica et Christian.

— Je ne sais pas si c'est une bonne idée, répondit Guy. Elle aura l'impression de déranger les tourtereaux qui ne pensent qu'à leur mariage.

— Dans ces conditions, elle pourrait emménager chez Melissa, à Willow Lodge ? suggéra Gavin.

— C'est loin de l'hôtel. Ce ne sera pas pratique pour elle.

— Tu veux dire qu'elle sera loin de ta suite et que ce ne sera pas pratique pour toi ?

Guy préféra ne pas répondre. C'était précisément le genre d'indiscrétion qu'Avery voulait éviter à tout prix. Après tout, à Willow Lodge, elle aurait de l'espace, toute l'intimité voulue.

Refoulant toutes ces questions, il essaya de se concentrer sur le jeu. L'exercice physique lui permettrait peut-être de tout oublier l'espace d'un instant.

Mais il eut beau essayer, c'était peine perdue et il enchaîna les erreurs et les fautes.

Après une double faute, il ramassa les balles en déclarant :

— A la réflexion, tu as raison. Willow Lodge, c'est une bonne idée. Je pense que cela plaira à Avery.

Quelques minutes plus tard, Guy commettait une nouvelle faute qui donna l'avantage à Gavin.

— Fais attention ! Ce que tu peux être distrait. Des histoires de cœur te tracasseraient-elles ?

Sans relever, Guy lui tendit deux balles tandis qu'il changeait de côté.

— Tu te tournes toujours les pouces, depuis ton retour ? demanda-t-il à Gavin pour changer radicalement de sujet.

— Si tu savais comme c'est frustrant ! Il y a encore un mois, j'étais en Namibie en train de superviser la construction d'un barrage dans le désert, et maintenant, tous mes projets sont en stand-by. Ça me rend dingue, je t'assure, d'attendre que ces questions d'héritage soient réglées.

De son sac, il sortit deux bouteilles d'eau et il en tendit une à Guy.

Ce dernier le considéra tout en ouvrant sa bouteille.

— Je comprends que le Food and Wine Gala ne soit pas ta tasse de thé, mais à mon avis, tu pourrais quand même trouver quelque chose à te mettre sous la dent, un défi à relever.

— Cela devient urgent, car sinon, je vais aller explorer cette vieille mine dans laquelle on jouait, enfants. Qui sait, j'y trouverai peut-être de l'or ?

Guy se mit à rire, puis il pencha la tête en arrière et avala un long trait d'eau. En 1879, Aspen était une destination pour les chercheurs d'or. Et parmi ces mineurs en quête de fortune, il y avait eu leur ancêtre, Eli Jarrod.

— Bon ? fit Gavin.

Guy se rendit compte que son frère s'était remis en position et attendait qu'il serve. Il remit la bouteille dans le sac, puis revint en courant sur le court.

— Prêt ! dit-il.

Il se concentra sur l'action pendant les quelques minutes

qui suivirent, mais Guy concéda tout de même à son frère la plupart des points. Il jeta un coup d'œil à sa montre. Qu'est-ce qu'Avery pouvait bien faire, en ce moment ? Elle lui avait confié qu'à son retour de l'hôpital elle se rendrait au spa pour un massage. Il devait être terminé, maintenant.

Une balle fila sous ses yeux comme une flèche.

— Superbe ace ! s'exclama-t-il alors, dans l'espoir que la flatterie ferait oublier à son frère son moment d'inattention.

— Non, je ne crois pas, fit ce dernier.

Puis, en riant, Gavin se mit en place pour le service final.

Il marqua évidemment le point et tout en serrant la main de son cadet, Guy reprit le fil de ses pensées.

— J'ai l'impression que tu es amoureux, frérot.

Guy éclata bruyamment de rire.

— Moi ? Certainement pas. Non, je réfléchissais à une solution pour te trouver une occupation. Je ne veux pas que l'ennui te rende fou.

Mais son frère le regardait d'un œil perçant.

— J'ai toujours pensé que lorsque tu tomberais amoureux d'une femme, ce serait définitif. Et j'ai l'impression que c'est enfin arrivé.

— Quelle imagination ! Tu te trompes, je t'assure.

— Je me demande bien qui trompe qui.

Guy retint un soupir. Il avait l'impression que son jeune frère, en dépit de son penchant à toujours se moquer de tout, avait vu juste et qu'il se trouvait sur le bord d'un précipice qui l'attirait irrésistiblement.

L'image n'était pas confortable.

Guy s'arrêta devant la salle où Melissa lui avait assuré qu'il trouverait Avery. La porte était ouverte.

Cette dernière était assise dans un bassin. L'eau clapotait doucement au niveau du haut de son Bikini. Elle tombait d'une plaque en granit et rebondissait avant d'atteindre la jeune femme. Pour l'avoir déjà testée, il savait que cette eau était chaude.

Sous les ondulations de l'eau, il la voyait toucher son ventre. Elle le caressait doucement, et il trouva cette scène terriblement excitante. Elle avait une expression rêveuse qu'il ne lui connaissait pas.

— A quoi est-ce que tu penses ?

Avery sursauta. Son regard glissa sur lui, sans s'arrêter.

— Guy, fit-elle d'une voix lointaine.

Elle ne paraissait pas particulièrement réjouie de sa visite. Une impression de déjà-vu s'empara de lui quand il pénétra dans la pièce et en referma la porte.

Elle lui adressa un sourire incertain.

— Comment te sens-tu ? lui demanda-t-il en s'avançant vers elle.

— Bien mieux, merci. Joanie a des doigts de fée et Melissa lui a expressément demandé de prendre grand soin de moi.

Cette fois, son sourire fut plus détendu.

— Melissa est toujours très maternelle, dit-il. D'ailleurs, tu vas t'installer chez elle.

— Guy ! Je ne peux pas m'imposer ainsi.

— Elle sera ravie, je t'assure. Elle recherche toujours de la compagnie.

— Je vais y réfléchir, répliqua-t-elle comme pour éluder la question.

Et elle s'enfonça un peu plus dans l'eau, en relevant le menton.

Un sourire vint aux lèvres de Guy. Etait-il possible que sa petite entêtée lui en veuille parce qu'il prenait soin d'elle ?

— Tout est déjà arrangé, précisa-t-il.

Elle le foudroya du regard.

Elle était adorable quand elle était en colère, et il eut la sensation qu'elle allait l'être encore bien plus… D'un geste rapide et adroit, il retira son T-shirt.

— Qu'est-ce que tu fais ? s'étrangla-t-elle.

— Je vais détendre mes muscles fatigués, dit-il.

Il ferma alors la porte à clé et retira ses tennis. Quand il enleva son short, il la vit fermer les yeux… Se coulant derrière elle, il l'attira contre lui.

— Guy !

Il embrassa sa nuque. Sa peau était chaude et humide, et ses cheveux relevés sur le haut du crâne. Elle était tout simplement irrésistible.

— Eh bien quoi ?

— Tu ne devrais pas être ici.

Ils avaient pourtant déjà fait bien plus que ça, au spa. Rien qu'à cette pensée, son corps se tendit… Mais cette fois, il n'allait pas lui faire l'amour. Il voulait juste la tenir dans ses bras.

— Pourquoi ? Donne-moi une seule bonne raison.

— Tu le sais ! Je ne veux pas que l'on nous voie ensemble.

— Je ne vais pas te faire l'amour, je suis simplement venu voir si tu allais bien.

— Je vais bien, mais je ne suis pas certaine que tu sois venu ici sans arrière-pensée, sinon tu ne m'embrasserais pas si tendrement…

Il se mit à rire et, pour toute réponse, souffla sur sa nuque. Elle frissonna. Comme elle était sensible à la moindre de ses caresses. Touché par ce constat, il la serra très fort contre lui.

— Je suis si heureux que tu n'aies rien de grave, dit-il.

Quand la jeune femme dénommée Nancy l'avait appelé pour lui annoncer qu'Avery avait eu un accident, d'affreuses images s'étaient bousculées dans son esprit…

Il ne voulait pour rien au monde revivre de tels moments !

Il avait fallu trente secondes à Nancy pour lui assurer qu'Avery était en vie et ce furent les plus longues de sa vie. Une douleur bien plus vive que celle qu'il avait ressentie au Baratin, lors de cette fameuse soirée d'anniversaire, s'était emparée de lui, pendant ce très court laps de temps. Maintenant, il savait ce que ce serait de la perdre…

Il avait déjà passé quarante-neuf jours sans elle, mais désormais il avait bien l'impression qu'il ne pourrait plus jamais la laisser repartir.

Elle rejeta la tête en arrière.

— Je suis bien plus résistante que j'en ai l'air, décréta-t-elle.

— C'était aussi ce que disait ma mère…

Les mots avaient jailli malgré lui. Cela faisait des jours qu'il n'avait pas pensé à sa mère. En général, il évitait de parler d'elle car le sujet provoquait toujours de sombres silences. Mais là, ce fut plus fort que lui.

— Elle nous avait promis, à Blake et moi, qu'elle gagnerait la lutte contre son cancer.

Avery tourna vers lui ses beaux yeux lumineux.

— Et je suis sûre qu'elle a mené un combat acharné, dit-elle. Une femme avec cinq enfants ne peut pas vouloir les quitter.

— Je l'ai vraiment cru, comme un gamin de six ans croit tout ce qu'on lui dit. Je pensais qu'elle s'en remettrait.

Comment lui décrire la dévastation intérieure qui avait été la sienne quand, revenant de chez un petit camarade chez qui il avait passé la nuit, il avait découvert que sa mère avait été conduite à l'hôpital où elle devait mourir ?

— Elle a refusé la chimiothérapie, tu sais. Elle a choisi de mourir, de nous abandonner… Comment un enfant de six ans peut-il comprendre une telle décision ?

Avery posa un baiser sur ses lèvres.

— Pauvre petit garçon, murmura-t-elle avec une réelle empathie.

Lui, un petit garçon ? Ce n'était pas tout à fait l'impression qu'il avait maintenant, alors qu'elle lui offrait une vue plongeante sur sa poitrine et que leurs jambes étaient emmêlées. Il poussa un grognement de frustration.

— Avery, je suis venu ici pour te réconforter, te tenir dans mes bras, pas pour te faire l'amour, mais tu ne me facilites pas les choses.

Une lueur malicieuse s'alluma dans ses yeux et elle se serra un peu plus contre lui.

— Ah bon ?

— Prends garde, lui dit-il. Tu pourrais te faire mal à la cheville.

— Ne t'en fais pas, elle va bien mieux.

Elle s'échappa de son étreinte et s'assit à côté de lui. Aussitôt il ressentit comme un immense vide, il n'aurait pas dû la défier de partir… Il plaça alors sagement un bras autour de ses épaules et un sentiment de contentement absolu le submergea, sentiment inconnu de lui jusque-là.

De la main, il lui souleva le menton et l'embrassa avec tendresse. Puis il se laissa envahir par les merveilleuses sensations que lui procurait ce baiser… Il avait la délicieuse impression de se noyer dans sa douce féminité.

Avery était unique.

Elle était sienne.

Quand il détacha ses lèvres des siennes, il fixa longuement ses beaux yeux bleus, stupéfait de constater qu'elle avait envahi les moindres interstices de sa vie, en l'espace de si peu de temps…

Elle cligna des yeux, et le charme fut rompu.

— Guy, je dois te dire quelque chose.

Non ! C'était ce qu'il aurait aimé lui crier. Il refusait d'entendre quoi que ce soit qui aurait pu briser l'harmonie unique qui régnait entre eux et les reliait comme un fil d'or.

Et pourtant, il trouva en lui la force de demander :

— De quoi s'agit-il ?

Il espérait de tout cœur que cela n'avait rien à voir avec Jeff, ou qu'elle n'avait pas de nouvelles « révélations » à lui faire concernant un autre homme.

A sa respiration irrégulière, il comprit qu'il n'allait pas apprécier l'aveu. Et ce qu'elle murmura lui coupa en effet le souffle…

— Qu'est-ce que tu as dit ?

Ahuri, il la relâcha.

— Je suis enceinte, répéta-t-elle d'un ton plus fort.

— Comment est-ce possible ? Euh… Excuse-moi. Et tu n'as rien dit pendant tout ce temps ?

— Qu'est-ce que tu insinues ? Est-ce que tu es en train de me demander si je suis venue parce que je pensais être enceinte ?

A vrai dire, il ne s'était pas posé la question, mais puisqu'elle la soulevait, oui, au fait, pourquoi était-elle venue à Jarrod Ridge ? Est-ce que cela avait même quelque chose à voir avec son oncle ?

— C'est à l'hôpital que je l'ai appris, poursuivit-elle avec lenteur.

— Tu avais des symptômes ?

— Non… En fait, c'est toi qui m'as inquiétée quand tu m'as demandé s'il n'y avait pas eu de retombées… Alors j'ai acheté un test de grossesse et…

— Donc, tu avais des doutes !

Malgré lui, il fixait son ventre, à travers les vaguelettes de l'eau. Rien dans son apparence ne laissait deviner sa grossesse.

— Merci de me mettre dans la confidence, ajouta-t-il.

— Laisse-moi finir, d'accord ?

Elle tourna la tête vers lui et le regarda droit dans les yeux. Ils semblaient s'être assombris.

— Le test était négatif ! J'en ai fait deux. Je n'étais pas enceinte alors…

— Mais maintenant si ? C'est ce que tu es en train de me dire ?

— Tout à fait ! s'exclama-t-elle. Et avant que tu ne m'accuses de vouloir te refiler le bébé d'un autre, je…

— Cela ne m'a même pas traversé l'esprit ! s'insurgea-t-il. Pourquoi dis-tu une chose pareille ?

— Parce que tu es suspicieux depuis le départ avec moi ! D'abord Matt, puis Todd… Même Louis, tu t'en es méfié !

Il soupira avant de demander :

— Tu es sûre que tu es enceinte ?

— Oui, Guy, je suis enceinte, articula-t-elle. Je sais que c'est la dernière chose que tu souhaitais, mais je n'attends rien de toi, tu sais. Tu es libre. Toutefois, il faut que tu saches que cet enfant, je vais le garder.

Il la fixa sans mot dire.

Non, il ne voulait pas d'enfant, il ne voulait pas de femme, ni de compagne. Sa vie de célibataire lui convenait tout à fait.

Mais il n'était pas non plus prêt à la perdre…

Depuis des jours, il redoutait cette perspective. Il n'était plus libre et n'avait plus envie de l'être, il était bien obligé de l'admettre.

Au fond, ce bébé n'était-il pas une aubaine ? Il lui fournissait un bon motif de rester avec elle sans avoir à s'expliquer sur la nature exacte de leur relation.

— Avery, dit-il en posant une main sur sa cuisse, voilà une raison de plus pour que tu t'installes dans ma suite. Tu es enceinte de moi ! Tu ne vas pas pouvoir le cacher longtemps. Tôt ou tard, la nouvelle se saura.

Il sentit sa cuisse se contracter sous ses doigts.

— Tu veux dire qu'on va fonder un foyer, tous les deux ? demanda-t-elle.

Un foyer ? Ce simple mot lui donna un coup au cœur.

— Il faut que nous vivions ensemble pour voir comment ça marche, entre nous, temporisa-t-il.

— Guy, commença-t-elle d'un air affligé, un bébé, cela implique des responsabilités, des engagements. Rien ne t'y oblige si tu n'en as pas envie. Je le comprendrais.

— Arrête ! C'est juste que… Je n'avais jamais pensé à fonder une famille.

— C'est bien pour cela que je te dis que je n'attends rien de toi.

Elle prit ses mains dans les siennes.

— Je ne cherche pas à te piéger, Guy, comprends-le bien, ajouta-t-elle.

— Je sais.

Et c'était vrai, il ne doutait pas d'elle. Pas un seul instant.

Il avait bien conscience que sa réaction et son attitude manquaient de romantisme, mais la situation était telle qu'elle était : ils avaient fait preuve d'imprudence et devaient maintenant prendre leurs responsabilités.

— Cet enfant ne vient au bon moment pour aucun de nous deux. Après le Salon, tu vas avoir beaucoup de travail, de contrats.

— Peu importe, trancha-t-elle. J'ai toujours voulu fonder une famille et avoir des enfants.

De nouveau, elle avait cet air rêveur, si touchant, et il ressentit une fois de plus un étrange coup au cœur.

— Tu n'as pas fait exprès de me piéger, tout de même ? demanda-t-il.

— Certainement pas ! J'ai arrêté de prendre la pilule en revenant de New York, car j'avais banni les hommes de ma vie, après toi… Et contrairement à ce que tu crois, je ne suis pas venue au Food and Wine Gala pour me trouver un homme fortuné.

Sur ces mots, elle se leva et ajouta :

— Dans quatre jours, je serai de retour en Californie. Il est inutile que je m'installe dans ta suite et que l'on sache que ta maîtresse est enceinte de toi.

— Cesse de nous insulter tous les deux ! Ne parle pas de toi comme de ma maîtresse, s'écria-t-il, incapable de se contrôler.

— Ah bon, je ne suis pas assez bien pour toi ?

Des gouttes d'eau ruisselaient sur son corps, ses courbes qu'il connaissait si intimement… Mais elle était bien davantage pour lui qu'un corps sexy.

— Ce que je voulais dire, c'est que tu es une femme trop convenable pour te cantonner au rôle de maîtresse.

Elle était intelligente, belle, indépendante, bref, elle était l'épouse idéale pour tout homme doué de bon sens. A présent, elle le regardait comme s'il venait de Mars. L'avait-il défendue avec trop de ferveur ?

— Mon père nous a appris à traiter les femmes avec déférence, ajouta-t-il comme pour se justifier. Il disait que cela faisait partie du code d'honneur des Jarrod.

Avery prit deux draps de bain sur l'étagère et en déposa un sur le rebord du bassin, à son intention.

— Un code auquel il a dû déroger, sans quoi, il n'y aurait pas eu Erica, observa-t-elle.

— Il n'a pas entretenu de maîtresse. Pas tant que ma mère était vivante… Mais il est vrai qu'il a séduit la femme d'un autre. Et je t'accorde qu'il n'y a rien d'honorable là-dedans.

C'était sans doute pour cette raison qu'il en voulait à Erica : elle était la preuve vivante que son père n'avait pas été à la hauteur des principes qu'il proférait et qu'il avait vécu dans l'hypocrisie.

— Peut-être se sentait-il seul, suggéra Avery.

— Seul ? Non, il avait sa famille, Jarrod Ridge… L'empire qu'il avait construit.

En prononçant ces paroles, il se rendit compte qu'Avery avait peut-être raison. Son père avait probablement souffert de solitude. La culpabilité l'étreignit. Mais il la repoussa bien vite pour se concentrer sur la situation présente.

— Je pense qu'il est préférable que je m'installe chez Melissa, dit-elle tout en s'essuyant avec sa serviette. Et de ne rien dire à personne au sujet de mon bébé.

Son bébé ? Et lui alors, il n'avait aucun droit ?

Si elle avait l'intention de s'approprier l'enfant, elle ne savait pas à quoi elle s'exposait. Mais ce n'était pas le moment de se bagarrer. Ils avaient tous les deux besoin d'assimiler la nouvelle.

— Très bien. Si tu préfères emménager chez Melissa, je t'emmènerai à Willow Lodge.

- 12 -

Willow Lodge respirait la sérénité.

La demeure était un peu à l'écart de la zone touristique, dans un endroit battu par les vents. A l'intérieur, les murs étaient lambrissés d'un bois couleur de miel, assorti au parquet, et d'immenses fenêtres offraient un spectacle remarquable sur les saules alentour. L'odeur de la lavande et de la cire flottait dans l'air. Le lieu plut instantanément à Avery.

En outre, Melissa faisait tout pour qu'elle se sente à l'aise.

« Tu es chez toi, ici », lui avait dit la sœur de Guy.

Et elle l'avait prise au mot.

Après une bonne nuit et un petit déjeuner tranquille, elle s'installa dans un fauteuil, pieds légèrement relevés, juste en face d'une fenêtre qui donnait sur la rivière balayée par les branches des saules.

Elle avait eu raison d'en profiter car bien vite, les visites se succédèrent. Guy arriva le premier, peu après le départ de Melissa pour le spa. Il entra par la porte arrière.

— Comment va ta cheville ? s'enquit-il sans préambule.

— Bien mieux, répondit-elle en se tournant vers lui.

Avec son pantalon noir et sa chemise à rayures noires et blanches, il était d'une élégance tout européenne. On voyait qu'il avait passé de longues années en France. Elle réprima un soupir… Elle devait cesser de s'extasier sur la beauté de cet homme.

Il s'approcha d'elle et elle perçut son souffle chaud au-dessus de sa tête.

— Elle n'a pas l'air enflée.

— Non, c'est juste un peu bleu.

— Cela passera par toutes les couleurs de l'arc-en-ciel avant de disparaître.

Elle poussa un grognement.

— J'espère que non.

Il était si près d'elle qu'elle sentait les notes à la fois fraîches et masculines de son après-rasage.

— Je mets régulièrement de la glace dessus. Cela fait du bien, même si c'est froid.

— Parfait !

— Je ne sais pas si tu dirais la même chose à ma place, dit-elle en fronçant le nez.

Il posa délicatement la main sur sa cheville.

— Sans doute pas.

A son contact, une délicieuse chaleur l'envahit… Et dire qu'elle avait cru que sa cheville était bien trop engourdie pour sentir quoi que ce soit.

Mais cet homme était un magicien.

Quand il se mit à la masser doucement, elle sentit sa respiration s'accélérer. Et lorsqu'il fut à mi-genoux, des frissons lui parcoururent le dos… Il s'arrêta à l'ourlet de sa jupe et elle s'abstint de protester. De toute façon, elle était trop troublée pour parler. Guy savait si bien comment la décontenancer…

Elle suivit des yeux le va-et-vient de sa main sur sa peau. A la vue de ses doigts sur sa chair, elle se sentit paralysée par l'émotion.

D'où venait que cet homme avait un tel impact sur elle ?

Il était le seul à lui procurer de semblables sensations, et elle craignait qu'après lui, aucun autre ne lui fasse un tel effet. Et maintenant, elle était enceinte d'un bébé qu'il ne désirait pas. Il avait été clair : il ne voulait pas s'encombrer d'une famille.

Lundi, elle serait de retour à El Dorado, chez elle. Elle ne doutait pas que Guy se comporterait en gentleman et qu'il lui proposerait un soutien financier. Et Christian offrirait sans doute ses services pour établir un contrat qui resterait confidentiel. Peut-être même que Guy irait jusqu'à suggérer de voir l'enfant, de façon occasionnelle. Mais elle ne se faisait pas d'illusions, il ne s'impliquerait pas dans son éducation, ni ne s'occuperait d'elle, d'ailleurs.

Mais au moins, elle aurait un enfant…

Levant soudain les yeux vers Guy, elle se figea. Dans leurs profondeurs, elle venait de percevoir une émotion qu'elle ne lui connaissait pas. Un mélange de tendresse et de désir. Et peut-être autre chose encore, qu'elle n'aurait su définir.

Lentement, il se redressa.

— Bon, il faut que j'y aille, sinon je n'aurai le temps de rien faire. Et comme demain c'est le gala de charité…

Ils se regardèrent un instant, puis s'embrassèrent. Un baiser plein de passion qui la laissa sur sa faim.

— Je reviendrai plus tard, promit-il. Prends soin de toi.

Ce ne fut qu'après son départ qu'elle se rendit compte qu'il n'avait pas du tout mentionné l'enfant, pendant sa visite.

Après le passage de Guy, Erica arriva avec une tonne de magazines, et Avery découvrit que toutes les deux partageaient une passion pour les recettes et la pâtisserie.

— Christian a une réunion, ce soir, dit-elle. Je repasserai en fin de journée et on pourra faire un gâteau, si tu veux.

Avery trouva l'idée excellente. Ainsi, elle ne serait pas seule avec Guy quand il reviendrait. A peine Erica fut-elle partie que Gavin et Trevor débarquèrent pour prendre de ses nouvelles.

Elle était sincèrement touchée par la sollicitude que lui montrait la famille Jarrod.

Lorsque Guy revint, plus tard dans l'après-midi, ce fut les bras chargés de nourriture, spécialement préparée par Louis. Aussi, quand Melissa rentra du spa, la table était-elle mise et décorée avec des bougies qui faisaient ressortir les tons couleur de miel du chalet.

— J'espère que tu n'as pas l'impression d'être envahie, lui dit Avery.

— Pas du tout ! J'adore avoir de la compagnie.

— Tu dis toujours que tu aimes ta tranquillité ! protesta

Guy. Si tu te sens seule, tu peux tout à fait t'installer à l'étage familial, au manoir. Il reste deux suites disponibles.

— Mais je ne souffre pas de solitude. Et puis la compagnie d'Avery est différente de la vôtre, dit-elle en faisant allusion à tous ses frères.

S'adressant à Avery en particulier, elle ajouta :

— Il n'est pas toujours facile d'être la seule fille dans une tribu de garçons. Comme j'ai été heureuse de découvrir que j'avais une sœur en la personne d'Erica !

Avery jeta un rapide regard vers Guy, pour voir sa réaction, mais il ne parut pas contrarié par la remarque.

— Bref, tout ça pour te dire que tu peux rester aussi longtemps que tu en as envie, ajouta Melissa. Et que cette invitation ne concerne pas mes frères.

Guy émit un grognement en guise de protestation et Avery éclata de rire.

— Je comprends tout à fait ce que tu veux dire, Melissa, dit-elle.

Les rires redoublèrent.

— Traîtresses ! fit Guy.

— J'avais deux ans quand mes parents sont morts, reprit Avery, et j'ai eu la chance d'être élevée par mon oncle et ma tante. J'ai grandi parmi mes cousins : quatre garçons. Moi aussi j'ai toujours rêvé d'avoir une sœur.

— Voilà que maintenant vous vous liguez contre moi ! se récria Guy.

— Attends qu'Erica arrive et ce sera trois contre un, surenchérit Melissa d'un air malicieux.

Guy eut un petit sourire diabolique.

— S'il en est ainsi, j'appellerai du renfort.

— Pas question ! firent en chœur Avery et Melissa.

Alors elles se regardèrent et se mirent à rire de nouveau.

— Quelle belle table ! C'est la fête, ce soir ?

C'était Erica qui venait d'arriver et qui se tenait dans l'embrasure de la porte.

— Avery m'a dit que tu viendrais confectionner une tarte. Alors on t'a comptée pour le repas.

— Bonne idée !

Instinctivement, Avery se toucha le ventre. Ces personnes étaient la famille de son bébé… Elle aurait tant aimé qu'il grandisse parmi elles.

Si seulement la situation avait été différente.

La soirée fut charmante, mais elle ne devait pas se faire d'illusions : la réalité n'avait rien à voir avec un rêve romantique. D'ailleurs, Guy n'avait pas cherché un seul instant à se retrouver en tête à tête avec elle.

Guy commençait enfin à se remettre du choc de la nouvelle concernant la grossesse d'Avery, et maintenant, il n'avait qu'une envie : passer un peu de temps seul avec elle. Mais peut-être était-il préférable d'attendre encore un peu avant de reprendre la discussion… Avery avait besoin de se remettre de l'accident, et de son côté, cela lui permettait de mieux réfléchir à la conduite à tenir, au sujet de l'enfant.

Après le dîner, il se retrouva affalé sur un tabouret dans la cuisine, autour de l'îlot, à regarder les trois femmes s'affairer à la préparation de la tarte, dans une parfaite harmonie : sa sœur, sa demi-sœur qu'il avait traitée avec tant de méfiance jusqu'à très récemment et… Avery.

Il n'aurait pas su comment décrire sa relation avec cette dernière.

Il fronça les sourcils en la voyant pétrir la pâte, ses mains se mouvant avec grâce. Melissa, qui avait fini de découper les pommes en fines tranches, vint prendre place à côté de lui et elle se mit à se masser le dos.

— Tu as mal au dos ? s'enquit-il alors.

— Un peu. Je ne sais pas ce que je me suis fait.

L'espace d'une seconde, il revit sa mère se masser le dos de cette façon…

— Qu'est-ce qu'il y a ? demanda Melissa.

— Rien… Ton geste m'a rappelé maman. Elle se massait souvent le dos, comme ça.

— Quel âge avais-tu quand ta mère est morte ? demanda Erica.

— Six ans.

Pendant des années, il s'était reproché d'avoir dormi chez son petit camarade, cette nuit-là, pensant que s'il avait été à la maison, sa mère ne serait peut-être pas morte.

Blake avait pu lui dire au revoir, ainsi que Gavin, Trevor et leur père. Et même Melissa qui, à l'époque, n'avait que deux ans.

Guy s'était alors retranché derrière une façade joyeuse, et tout le monde, sauf lui, pensait que c'était sa vraie nature. Il avait décidé qu'aucun autre être humain n'aurait désormais autant de pouvoir sur sa vie.

Seul le bruit du rouleau à pâtisserie que maniait Avery pour étaler la pâte résonnait dans la pièce. Erica, qui saupoudrait les pommes de cannelle, reprit :

— Je ne sais pas grand-chose de votre mère… Je ne veux pas être indiscrète, mais maintenant je fais partie de la famille.

Sur ces mots, elle lança un regard à Guy et Melissa.

Cette dernière soupira :

— Papa a beaucoup changé après la mort de maman. Il en a énormément souffert et il évitait de parler d'elle. Je crois qu'il n'en avait pas la force.

— Comme c'est triste ! dit Avery en cessant son travail. Je n'avais jamais mesuré quelle chance j'avais que mon oncle ait accepté de me parler de ma mère et de celle qu'elle était, enfant. Lui et ma tante me montraient aussi régulièrement des photos de mes parents, leur mariage, mon premier anniversaire. J'ai toujours su qui ils étaient.

— Guy contemplait souvent les peintures de maman.

Sur ces mots, Melissa se leva et coupa en lamelles ce qui restait de la pâte, tandis qu'Avery plaçait la partie étalée dans le moule à tarte. Erica disposa alors avec soin les tranches de pommes dessus. Il ne put s'empêcher d'admirer la facilité avec laquelle elles travaillaient ensemble, sans même se concerter, comme ci chacune avait confiance en l'autre.

— Il disait qu'elles lui rappelaient maman, les couleurs

qu'elle aimait ainsi que ses odeurs, reprit Melissa après un instant de silence.

Melissa mit la tarte au four, puis poursuivit :

— Mais papa a vendu toutes les toiles. Il ne voulait garder aucun souvenir. Heureusement, depuis, nous en avons racheté quelques-unes.

— Il a aussi vendu l'appareil photo que lui et maman m'avaient offert pour mes six ans, précisa Guy.

Melissa parut horrifiée.

— Je l'ignorais ! s'exclama-t-elle.

Sans regarder Avery, ni Erica, il enchaîna :

— Je disais toujours que je voulais prendre des photos quand je serais grand, des photos comme les tableaux de maman. Je pense que c'était trop douloureux pour lui. Plus tard, j'ai acheté mon propre appareil photo et je me suis inscrit au club photo du lycée.

— Ça, je m'en souviens. Tu voulais être photographe, intervint Melissa.

— Mais papa a refusé que je suive des études artistiques, il voulait que j'étudie le commerce. Alors on a trouvé un compromis : ce serait d'abord les études de commerce, puis une école culinaire.

— Comment a-t-il pu t'imposer un tel choix ? fit Erica.

— Cela ne lui posait aucun problème : il était Don Jarrod, celui qui dictait sa volonté à tout le monde.

Les trois femmes se mirent à le fixer avec une sorte de compassion. Il s'efforça de leur adresser un petit sourire.

— C'était il y a longtemps. Et aujourd'hui, j'exerce un métier qui me plaît. Il est à la fois créatif, et lucratif.

— Mais tu n'as jamais oublié ta mère, souligna Erica.

— Non, et il m'a fallu beaucoup de temps pour ne plus lui en vouloir de nous avoir quittés, admit-il dans un élan d'honnêteté. Mon père ne s'est jamais remis de sa perte. Je n'aime pas l'homme qu'il est alors devenu…

— En quoi a-t-il changé ? demanda Avery d'une voix timide.

Elle avait posé ses coudes sur l'îlot central, son menton entre ses mains.

Il haussa les épaules, refusant de leur montrer à quel point tout cela l'affectait.

— On commet tous des erreurs, dans la vie. Rien ne se passe jamais comme on le croit.

— Il attendait beaucoup de nous. Il voulait qu'on travaille au sein de l'entreprise familiale et qu'on lui obéisse, ajouta Melissa en secouant ses cheveux blonds.

— Et pourtant, il t'a laissé partir en France ? observa Avery, étonnée en lui jetant un regard.

— Oh, il a bien tenté de m'en dissuader ! répliqua-t-il. Il voulait que je reste auprès de lui, mais cette bataille-là, je l'ai emportée.

Même après toutes ces années, il se rappelait la satisfaction qu'il avait alors ressentie.

— Guy n'a pas été le seul à partir. Blake est allé vivre à New York et moi je me suis enfuie à Los Angeles où j'ai tenu un spa très couru, dit alors Melissa. Sans compter qu'après ses études, Gavin a travaillé aux quatre coins du globe, et aussi loin de la maison que possible. Seul Trevor est resté à Aspen. Mais il ne travaillait pas pour papa à Jarrod Ridge.

— Aussi l'empire de Don Jarrod était-il en danger, reprit Erica, qui nettoyait à présent la table de travail. Finalement, c'est lui qui, de sa tombe, a eu le dernier mot, puisqu'il vous a forcés à revenir travailler ici si vous vouliez hériter…

— N'oublie pas que toi aussi tu fais partie de la famille, l'interrompit Melissa. Et que tu dois rester à Aspen, si tu veux ta part de l'héritage.

Erica reposa l'éponge qu'elle tenait à la main et fit une petite grimace.

— Ce qui n'est pas du goût de tout le monde, je crois…

— Moi, j'en suis ravie, renchérit Melissa. Comme je te l'ai dit, j'ai toujours voulu une sœur. Tu fais partie de ma famille, maintenant.

Un silence s'ensuivit.

Avery regarda Guy, comme si elle attendait qu'il prenne la parole. Que voulait-elle qu'il dise ? Qu'il avait toujours souhaité une autre sœur ? Qu'il était heureux d'apprendre l'existence d'Erica ?

Non, ce n'était pas du tout le cas. Cela prouvait simplement que son père n'avait pas été aussi inconsolable qu'il l'avait cru. Mais cette découverte lui montrait aussi que sa résolution de ne jamais tomber amoureux d'une femme, par peur de ne pas s'en remettre comme son père, n'avait plus lieu d'être…

Que pouvait-il donc dire au sujet d'Erica ? Il détourna les yeux d'Avery pour se rendre compte qu'Erica, elle aussi, semblait l'interroger du regard. Il la vit ensuite diriger son regard vers Avery. Sa demi-sœur avait-elle deviné qu'il existait quelque chose entre lui et Avery ? Et ce, depuis la soirée d'inauguration du Salon… Curieusement, il n'en prit pas ombrage, et il sourit à Erica.

Elle lui rendit son sourire.

Et soudain, il eut envie d'en finir avec toutes ces histoires, avec la rancœur, avec la méfiance.

— Bon, j'admets qu'un nouvel élément féminin dans la famille, ce n'est pas si mal que ça, fit-il d'un air faussement réticent.

— Tes paroles me vont droit au cœur, déclara Erica, les yeux brillants.

Malgré lui, il chercha le regard d'Avery et son sourire approbateur le réchauffa. Pour la première fois depuis son retour à Jarrod Ridge, il ressentit un certain apaisement. Il ne devait pourtant pas oublier qu'il n'était pas le genre d'homme à céder à ses émotions.

— Tiens, le minuteur vient de sonner ! Laquelle de vous trois va me servir la première part ?

Le lendemain soir, vêtue d'une tenue fort élégante, une robe Versace dorée, en satin, que lui avaient offerte son oncle et sa tante pour son vingt-cinquième anniversaire, Avery arriva de bonne heure dans la salle de bal. Elle s'était maquillée avec soin et avait opté pour des ballerines dorées dans lesquelles son léger boitement ne se remarquait quasiment pas.

Une équipe télévisée s'installait déjà pour filmer une partie de la soirée qui serait diffusée lors d'une émission sur une chaîne locale.

Elle n'avait pas encore vu Guy. Elle se doutait qu'il était en cuisine, vérifiant si tout était au point. Il était loin d'être aussi insouciant qu'il l'affichait. Non, c'était décidément un homme complexe et intense. Un perfectionniste.

Elle avait effectué le travail dont oncle Art l'avait chargée et elle pourrait repartir la tête haute, se dit-elle alors comme pour se donner du courage. Quant à son cœur, c'était une autre affaire. Elle en laisserait une bonne partie à Jarrod Ridge.

Mais elle aurait le bébé de Guy pour se consoler.

Erica ainsi qu'une femme qu'elle n'avait encore jamais vue arrangeaient les compositions florales.

— Les fleurs sont magnifiques, dit-elle à la demi-sœur de Guy.

Cette dernière lui sourit et, pour la première fois, elle perçut une ressemblance entre elle et Guy. Les battements de son cœur s'accélérèrent un peu. Son bébé aurait-il lui aussi cet air de famille ?

— N'est-ce pas ? renchérit Erica.

Puis elle présenta à Avery la femme qui était avec elle, une fleuriste locale qui était ravie d'avoir reçu une commande pour le gala de charité.

— J'ai ouvert mon magasin il y a trois mois, et cette commande est une véritable aubaine, pour moi, précisa-t-elle.

— Vous avez réalisé un travail merveilleux, et je suis certain que votre entreprise va connaître un grand succès, déclara Guy qui s'était glissé derrière elles, en catimini. Erica m'avait prévenu que vous aviez un vrai talent.

— Christian et moi l'avons déjà retenue pour notre mariage. Et je ne suis pourtant pas une personne facile à impressionner. Et puis quel bonheur de pouvoir donner un coup de pouce aux entreprises locales.

— C'est une très bonne initiative, dit Guy.

Et, dans le regard qu'il échangea avec sa sœur, Avery lut de la compréhension et de l'admiration. Elle était heureuse qu'il ait finalement accepté l'existence de sa sœur et s'en réjouisse.

Ils s'interrompirent pour voir un flot d'invités pénétrer dans la salle qui commençait à se remplir.

Quand les flashes se mirent à crépiter, Avery comprit que le petit groupe de personnes fort chic qui prenaient place à la table près du podium devait être composé de stars du cinéma.

Gavin et Trevor vinrent les rejoindre. Ils étaient tous les deux sportifs et bronzés, et d'un abord fort sympathique. Avery regarda l'un puis l'autre, avant de considérer Blake et Guy. Les quatre fils Jarrod portaient des smokings et étaient tous d'une beauté frappante. Mais son cœur n'était attaché qu'à un seul…

— C'est curieux, commença Avery. Les jumeaux, on dirait que ce sont Gavin et Trevor. Ils se ressemblent plus que Blake et Guy.

Erica fut la première à approuver.

— J'ai pensé la même chose la première fois que je les ai rencontrés.

— Allons nous asseoir à notre table, proposa Guy à Avery.

Par bienséance, les membres de la famille Jarrod s'étaient répartis sur plusieurs tables. Avery n'avait pas regardé les plans de table, mais elle espérait bien être assise à côté de Guy.

La seule raison qu'elle aurait pu objecter pour garder ses distances ne pouvait l'être en public : elle aimait un homme qui ne l'aimait pas, et elle attendait son enfant.

Il posa son bras sur son coude et ce seul contact la fit frissonner. Est-ce que ce désir dévorant cesserait un jour ?

Pendant le repas, leurs cuisses se touchèrent, tout comme leurs bras. Elle se déplaça légèrement, la chaise à sa gauche n'étant pas encore occupée. Ce fut alors qu'elle découvrit un visage familier en face, de l'autre côté de la table…

Cela suffit à briser la glace.

— Nancy ! s'exclama-t-elle avant de se tourner vers Guy : Guy, c'est Nancy, la personne qui m'a secourue, le jour de l'accident et qui t'a appelé.

Une fois passée l'excitation des retrouvailles, Nancy leur présenta ses parents, à côté d'elle.

— Cela fait des années que nous venons à ce gala, déclara sa mère. Mais c'est seulement la deuxième fois que Nancy nous accompagne.

— Je travaillais à Boston, précisa cette dernière, en pressant le bras de sa mère. Mais la maison me manquait, alors je suis revenue à Aspen.

— Moi aussi, je suis de retour après des années passées ailleurs…

Guy s'interrompit à l'arrivée du serveur en uniforme blanc.

Avery choisit une salade d'épinards frais au bacon en entrée, tandis que Guy opta pour des champignons sauvages. Les vins qu'elle avait sélectionnés pour le menu s'accordaient parfaitement à la nourriture, et elle ne put s'empêcher de rendre son sourire à Guy quand il lui sourit d'un air triomphant en déposant un baiser sur le bout de ses doigts.

Se penchant vers elle, il souffla :

— Nous formons un beau tandem, toi et moi.

— Je suis ravie que tu me fasses confiance.

— J'ai toute confiance en toi, renchérit-il.

— Alors tu as changé d'avis, fit-elle en lui adressant un sourire malicieux. Tu es sûr que tu ne regrettes pas déjà tes paroles ?

Et soudain, elle se figea.

Elle venait d'apercevoir un homme qui se frayait un chemin entre les tables et qu'elle pensait ne jamais revoir…

— Que fait-il ici ? murmura-t-elle.

La chaise inoccupée à côté d'elle lui était-elle destinée ?

Quand Guy l'aperçut à son tour, il laissa échapper un juron.

- 13 -

— Que fais-tu ici, Jeff ? demanda Guy sans ambages.

— Tu as déjà oublié que tu m'avais « ordonné » de venir ?

Avery poussa un petit cri et Guy posa une main rassurante sur son bras tremblant.

— Je t'avais demandé de venir *lundi après-midi*, pas ce soir.

Guy sentit la colère l'étreindre : nul doute que Jeff était venu au gala pour faire un esclandre.

Son associé avait fait pression sur Avery pour qu'elle couche avec lui. Il n'avait pas d'autre choix que de mettre un terme à leur partenariat commercial et d'oublier les années d'amitié qu'ils avaient partagées.

La parole d'Avery l'avait définitivement emporté sur celle de Jeff. Elle passait désormais la première.

Guy la regarda un instant et fut de nouveau captivé par ses yeux de porcelaine, ses traits si fins, ses petites boucles blondes qui s'étaient échappées de son chignon haut…

Pourquoi n'avait-il pas compris plus tôt l'importance qu'elle avait pour lui ?

Parce qu'il refusait toute forme d'engagement avec une femme, par crainte des souffrances que cela pouvait engendrer, voilà pourquoi. Quand Avery repartirait en Californie, il ressentirait un énorme vide. Elle lui manquait déjà. Pourtant, son expérience était différente de celle de son père. Car il pouvait toujours la retenir.

Et c'était ce qu'il ferait. Pas question de la perdre. Ni elle, ni le bébé.

C'étaient les siens et il allait les garder auprès de lui. Il ne s'agissait plus simplement de sexe entre eux, mais de sentiments, il en avait parfaitement conscience maintenant. Il avait envie de s'éveiller chaque matin à ses côtés, de partager sa joie de vivre. Le simple fait de savoir qu'elle se trouvait dans la même pièce que lui suffisait à son bonheur. Il ne pouvait s'agir que d'amour.

Il l'aimait.

Plissant les yeux, il regarda Jeff.

— Tu n'aurais pas dû venir ce soir, dit-il simplement. J'aurais écouté tes explications lundi après-midi.

A cet instant, Avery se leva.

— Excuse-moi, Guy, je dois sortir, dit-elle avant de s'éloigner précipitamment.

— Au fond, puisque tu es là, finissons-en tout de suite, déclara-t-il alors à l'adresse de Jeff.

Et, sur ces paroles, il se leva, indiquant à son associé de le suivre.

Dès qu'ils furent hors de la pièce, Guy repéra Avery qui les attendait dans le boudoir qui menait aux lavabos. A la lumière des chandeliers, il vit qu'elle avait l'air particulièrement tendue. Saisissant subitement Jeff par le bras, il se dirigea vers elle.

Elle écarquilla de grands yeux.

— Jeff, j'estime pour commencer que tu dois des excuses à Avery, dit-il, lorsqu'ils furent à sa hauteur.

— Je n'ai pas d'excuses à présenter. Elle a eu ce qu'elle attendait.

Avery voulut protester, mais Guy la devança.

— Dans ces conditions, pourquoi as-tu disparu de la surface de la terre depuis que je t'ai demandé de venir pour t'expliquer ? demanda-t-il en se plantant devant lui. Pourquoi a-t-il fallu que je t'envoie un e-mail où je t'indiquais que notre partenariat était terminé pour que tu te manifestes ?

— Elle t'a menti, fit Jeff avec véhémence.

Guy vit qu'Avery accusait le coup.

— Je ne t'ai pas dit ce dont elle t'accuse, alors comment peux-tu savoir qu'elle a menti ?

Jeff sortit un mouchoir de sa poche et s'essuya le front.

— Tu ne vas tout de même pas laisser cette petite garce ruiner nos affaires ?

— Attention à ton vocabulaire ! fit Guy d'un ton aussi menaçant que cinglant. Et la femme que j'aime n'a rien détruit, c'est toi qui as œuvré à ta propre perte.

— Ne me dis pas que tu es sérieux quand tu veux mettre fin à notre partenariat !

— Guy, commença Avery, tu n'as pas à…

— Tu n'as pas besoin d'elle ! coupa Jeff. Tu ne vas pas te laisser influencer par une…

— Je te défie de poursuivre ta phrase, fit Guy d'un ton à l'impassibilité inquiétante.

Attirant Avery contre lui, il continua :

— Nous attendons tous les deux des excuses de ta part, Jeff.

Ce dernier les regarda tour à tour, puis ses épaules affaissèrent.

— C'est bon, je suis désolé.

— Mais tu n'as pas encore entendu sa…

— Inutile ! trancha Guy, coupant la parole à Avery. Je sais que c'est toi qui m'as dit la vérité. Je ne t'ai jamais envoyé Jeff comme cadeau d'anniversaire, franchement c'est absurde ! J'avais prévu bien autre chose.

Il vit une étincelle de curiosité traverser les prunelles d'Avery. Elle voulut ouvrir la bouche, mais Jeff déclara alors :

— J'avais bu. Je fais parfois des choses vraiment stupides quand j'ai abusé de l'alcool.

Guy se rappela qu'au début de leur amitié, Jeff buvait beaucoup lors des fêtes auxquelles ils se rendaient, mais il pensait qu'avec l'âge, il s'était calmé. Il n'avait pas soupçonné que c'était devenu un réel problème.

— Pourquoi m'avoir menti, après ? questionna durement Guy.

— Je savais que si Avery te racontait ce qui s'était passé, tu mettrais fin à notre collaboration. Et je ne voulais pas perdre Go Green.

Guy eut un rire incrédule. Il avait envie de saisir Jeff par le col et de le secouer comme il le méritait. Mais il doutait qu'Avery apprécie une telle violence.

— Et c'est tout ce que tu trouves à dire pour te défendre ?

— Je suis désolé, reprit Jeff, la mine vraiment déconfite. Donne-moi une autre chance. Tu ne peux pas renoncer à notre partenariat.

— C'est fini, Jeff, fit Guy.

— Ecoute, ne dissous pas notre affaire. Je te vendrai mes parts.

— Nous discuterons de tout cela lundi après-midi. Maintenant, je n'ai pas de temps à te consacrer. Il faut que je parle à Avery.

— Je vais regagner ma chambre, déclara Jeff.

— Et évite les bars des environs ! recommanda Guy.

— Tiens, lui dit alors Jeff en lui tendant une enveloppe. C'est ma contribution pour ce soir.

Guy hocha la tête. L'amitié qu'il avait conçue pour cet homme pendant des années n'avait pas survécu à la déception qu'il lui avait causée, mais il se rendait compte que ce dernier était décidé à se battre pour retrouver sa dignité. Il n'aurait vraiment pas aimé être à sa place.

— Merci, et à lundi. Nous discuterons de l'avenir de Go Green.

Jeff serra maladroitement la main que Guy lui tendait.

— Je comprendrai si tu ne m'invites pas au mariage, dit Jeff.

— Il n'y aura pas de mariage, alors tu ne manqueras rien, déclara vivement Avery.

Un sentiment d'impuissance emplit Guy.

Qu'était-il censé répondre ?

Quand elle revint s'asseoir, Avery prit ostensiblement place sur la chaise inoccupée, pour ne pas être « collée » à Guy. Elle ne l'aurait pas supporté.

Repoussant l'assiette qu'elle n'avait pas touchée, elle se tourna vers Nancy et se mit à parler de la prochaine saison de ski.

A l'intérieur, elle bouillait de colère.

Comment Guy avait-il osé dire à Jeff qu'il l'aimait ? Prétendre qu'il n'avait jamais douté d'elle, ni de sa version ? Et puis, sans transition, il lui avait serré la main. Un peu plus et il lui tapait sur l'épaule.

— Avery, il faut que nous discutions…

Elle était tellement accaparée par ses réflexions qu'elle ne l'avait pas entendu revenir. Pour se donner le temps de répondre et du courage pour la discussion qui l'attendait, elle prit son verre et but un peu de vin.

Il se glissa sur la chaise vide à côté d'elle, celle sur laquelle elle ne s'était pas assise de façon délibérée. Puis il passa son bras derrière elle, et se rapprocha d'elle.

— J'aurais aimé t'épargner cette rencontre déplaisante, commença-t-il.

Avant qu'elle ne puisse répondre, Erica se profila derrière eux.

— Désolée de vous interrompre… Guy, tu vas bientôt monter sur le podium. Les enchères vont commencer et tu es le troisième.

— Juste une minute, lui répondit-il.

— Non ! protesta Erica. Il faut que tu sois prêt. Tout est minuté.

Il passa une main dans ses cheveux.

— Très bien, dit-il d'un ton impatient.

Puis il décocha un regard intense à Avery, et ajouta :

— Ne t'avise pas de filer pendant ce temps, compris ?

Elle hocha la tête, toujours furieuse… mais soulagée que lui soit épargnée une explication en public.

Guy suivit Erica sur l'estrade.

Avery n'arrivait toujours pas à croire qu'il avait serré la main de Jeff, cet horrible individu.

Le premier article mis aux enchères était un vin français qui partit pour une somme ahurissante. Puis ce fut un week-end dans les chalets privés de Jarrod Ridge, avec personnel et tour en montgolfière.

Guy monta alors sur l'estrade et proposa un repas en amoureux préparé par ses soins.

Pour elle, ce fut la goutte d'eau. Elle se remémora en effet ce repas qu'il n'avait jamais pris le temps de préparer pour elle et la colère l'envahit. Elle ne pouvait pas rester ici une minute de plus.

Saisissant son sac à main, elle prit congé de Nancy et de ses parents, puis quitta la pièce.

Le salon sous la verrière était désert.

Pour le bien-être du bébé, elle commanda un chocolat chaud au lieu d'un thé ou d'un café, puis s'assit dans un fauteuil confortable, près d'une immense porte-fenêtre. Enlevant ses ballerines, elle glissa ses pieds sous ses jambes et prit garde à ce que le poids de son corps ne pèse pas sur sa cheville. Elle contempla alors le scintillement des lumières, à l'extérieur…

Après-demain, elle serait partie.

Elle posa la main sur son ventre.

— Il n'y aura plus que toi et moi, mon bébé, murmura-t-elle.

L'image de Guy sur l'estrade, avec son smoking chic et son air débonnaire, s'imposa alors à elle. C'était celle qu'elle emporterait de lui. Le barman lui apporta son chocolat qu'il plaça sur une table basse, à côté du fauteuil. Elle le remercia par un beau sourire, avant de s'emparer de sa tasse.

Elle ne put s'empêcher de repenser au fameux dîner de la vente aux enchères. Elle se représenta le couple anonyme et heureux que Guy régalerait…

Etait-ce donc plus facile pour lui de cuisiner pour des inconnus que pour elle ? Sans doute, car dans le dernier cas, cela imposait un trop grand engagement. Elle était tombée amoureuse d'un homme qui était aux antipodes de son rêve de famille.

Soudain, elle se rappela sa réaction à l'hôpital, son inquiétude… Elle fixa la mousse de son chocolat chaud. Même la réceptionniste avait remarqué que Guy se faisait du souci pour elle.

Elle se souvint aussi quand il l'avait rejointe au spa, se réjouissant qu'elle n'ait rien… Elle avala une nouvelle gorgée. Etait-il possible que Guy l'aime *vraiment* ? Il l'avait dit à Jeff, mais au lieu de la combler, ces paroles l'avaient au contraire bouleversée. Elle était alors trop en colère pour prendre ces propos en considération, elle ne disposait d'aucune certitude le concernant. Comment pouvait-elle le croire ?

Et puis, pourquoi ne le lui avait-il pas dit à elle directement ?

Tandis qu'elle réfléchissait, une nouvelle hypothèse, plus réconfortante, lui vint à l'esprit. Peut-être que Guy faisait partie de ces hommes incapables de parler d'amour ? Mais cela ne voulait pas dire qu'il n'éprouvait pas de sentiments. Evidemment, ce ne serait pas le même amour qu'elle lui portait, mais ce pourrait être un début…

Tels les éclats hautement colorés d'un kaléidoscope qui se déplacent pour former une nouvelle image, les fragments de leur histoire lui apparurent tout à coup sous un jour différent.

Guy avait-il réellement eu peur qu'elle meure, à l'hôpital ? Elle ne devait pas oublier que sa mère y avait rendu l'âme… Avait-il cru revivre le pire cauchemar de son enfance ?

Il n'avait pas eu le temps de dire au revoir à sa mère.

Elle avait quitté New York sans même lui dire au revoir.

« Ne t'avise pas de filer pendant ce temps, compris ? » lui avait-il lancé avant de regagner l'estrade avec Erica. Et qu'avait-elle fait ? Elle était tout de suite partie trouver refuge dans ce salon.

Elle l'avait quitté.

De nouveau.

Un sentiment d'horreur l'envahit alors… Guy allait penser qu'elle s'en fichait. S'il l'aimait vraiment, il allait en souffrir, et il se réfugierait encore derrière ce masque de légèreté qu'elle commençait à tellement détester.

En toute hâte, elle remit ses ballerines, bondit sur ses pieds… Et s'immobilisa. Guy s'avançait vers elle.

*
* *

L'expression d'appréhension que Guy lut sur le visage d'Avery le fit hésiter. Etait-ce vraiment une bonne idée que de la forcer à le suivre dans sa suite afin qu'ils aient enfin une bonne discussion ? C'était pourtant ce qu'il avait en tête et ce qu'il jugeait nécessaire.

— Je n'aurais pas dû partir, je sais, commença-t-elle. Je t'ai dit que je restais et je n'ai pas tenu parole.

Il ne s'attendait pas à une réaction aussi humble et eut du mal à masquer sa surprise. Il profita néanmoins du fait qu'elle semble bien disposée à son égard pour lui prendre la main. Contre toute attente, elle emmêla ses doigts aux siens.

— Aucune importance !

Alors, il suivit ce que son instinct lui dictait. Sans laisser à Avery le temps de réagir, il la prit dans ses bras et sortit sous l'œil sidéré du barman.

Il ne lui fallut pas longtemps pour atteindre l'ascenseur qui menait aux suites privées des Jarrod. Une fois qu'ils furent à l'intérieur, il y eut un long silence, chargé d'électricité.

— Nous allons parler, dit-il enfin.

— Oui.

— Et tu ne fuiras pas.

Elle se contenta de secouer la tête.

— Tu ne partiras pas, n'est-ce pas ? insista-t-il.

— Non, Guy.

— Parfait, marmonna-t-il, espérant que cette docilité inattendue allait durer.

Quand ils furent enfin derrière les portes closes de sa suite, il se contenta de la serrer un instant très fort dans ses bras.

Avery plissa les yeux, ses yeux extraordinaires qui l'avaient définitivement envoûté.

— Tu veux qu'on reste toute la nuit dans cette position ? questionna-t-elle. Ça ne va pas être très confortable.

— Je veux être sûr que tu ne t'enfuies pas de nouveau, répondit-il, le souffle court.

— Pas de danger, lui assura-t-elle, visiblement troublée elle aussi. Je n'ai l'intention d'aller nulle part.

Il relâcha son étreinte et elle alla s'asseoir sur le canapé.

— A une condition, toutefois, ajouta-t-elle.

— Laquelle ?

— Que tu promettes de me faire désormais confiance.

— Je te fais confiance, Avery, déclara-t-il d'un ton solennel.

S'agenouillant devant elle, il lui prit la main.

— Je suis honteux de l'avouer, poursuivit-il, mais je suis jaloux, tu avais raison. C'est la première fois que cela m'arrive… C'est effrayant.

Elle éclata de rire.

— Allons, tu n'as pas besoin d'être jaloux ! Je te répète que je n'irai plus nulle part, Guy.

— Pas sans moi, en tout cas.

— Parfait. Je reste.

— Je te préviens, ce sera pour toujours.

— Guy, pas besoin de me promettre des toujours. Vivons au jour le jour.

— Mais moi, je veux des toujours !

Il se pencha vers elle et déposa un petit baiser sur sa main, juste au niveau de l'annulaire.

— Demain, nous irons acheter une bague de fiançailles.

— Guy ! Il faut d'abord que tu me fasses une demande en mariage.

— Pas question ! Je ne veux pas prendre le risque de t'entendre me répondre non.

Elle s'écarta un instant, et darda sur lui un regard intense.

— Fais-moi confiance, je ne te dirai pas non.

— Très bien… Avery, épouse-moi.

— Pourquoi ?

Et voilà. Il la reconnaissait bien là. Elle entrait toujours dans la lutte… Il ferma les yeux, et sentit soudain ses lèvres sur les siennes. Elle lui donna un léger baiser, semblable à celui d'un papillon, puis murmura :

— Moi, je veux t'épouser parce que je t'aime.

Incrédule, il ouvrit les paupières. Ces quelques mots eurent sur lui un effet libérateur. Il ne doutait plus de son amour pour Avery, cela faisait même longtemps qu'inconsciemment il le savait, mais de l'entendre prononcer ces mots eut sur lui un effet libérateur.

— Moi aussi, je t'aime, dit-il alors d'une traite.

Puis il se mit à rire.

— Finalement, ce n'était pas si difficile que ça à dire, constata-t-il.

— Et tu verras, ce sera chaque jour plus facile, lui assura-t-elle.

Nouant ses mains autour de la nuque d'Avery, il la regarda droit dans les yeux et ce qu'il y vit briller le bouleversa : de la compréhension, de l'amour et de l'admiration…

— Je t'aime, Avery Lancaster-bientôt-Jarrod. J'ai combattu cet amour, je n'ai pas voulu me fier à mes sentiments, j'ai fait et dit des choses incroyablement stupides, mais il faut que tu me croies quand je te dis que je veux que tu sois ma femme, que je désire notre enfant… Et tous ceux à venir. Je veux fonder une famille avec toi.

Elle lui décocha un sourire éblouissant.

— Parfois, les rêves deviennent réalité, murmura-t-elle.

Puis elle se pencha vers lui et ils s'embrassèrent avec une passion dévorante.

— Il est l'heure d'aller au lit, décréta Avery, un sourire malicieux aux lèvres.

La pâle lumière dorée de la lampe de chevet dissipa d'un coup la timide clarté de l'aube, dans la chambre. Avery appuya sur son portable pour éteindre l'alarme, puis elle reposa l'appareil sur la table de nuit.

— Réveille-toi, dit-elle à l'homme qui dormait près d'elle, une main sur sa cuisse.

Guy émit un grognement, et ouvrit un œil.

— Mais enfin, c'est encore la nuit !

— Viens, nous avons quelque chose à faire.

— A cette heure-ci ?

Elle lui décocha un sourire diabolique et sauta hors du lit.

— Tu vas voir…

Quinze minutes plus tard, dans le hall, il s'arrêta net à la vue d'un groupe d'inconnus.

— Qu'est-ce qui se passe ? demanda-t-il encore tout endormi.

— On va faire un tour en montgolfière, annonça-t-elle.

— Non !

Il eut soudain l'air paniqué.

— Je ne comprends pas… Je pensais que c'était ce que tu souhaitais, répliqua-t-elle. Tu m'as bien dit qu'il fallait que j'apprenne à prendre des risques, non ?

— J'ai changé d'avis, dit-il d'une voix étouffée. Je ne veux pas te perdre, je ne veux plus prendre de risque…

— Tu ne peux pas m'envelopper dans un cocon pour le reste de ma vie !

— Je m'y efforcerai pourtant.

— Trop tard ! dit-elle en enchevêtrant ses doigts aux siens. Tout est organisé. Nous avons notre ballon et notre pilote.

— Je dois être fou d'avoir suggéré une chose pareille un jour.

— Oui, complètement fou, lui assura-t-elle d'un ton joyeux. J'ai hâte de voir les ours d'en haut.

Une demi-heure plus tard, le brûleur ronflait et l'enveloppe jaune de leur ballon était gonflée et bien ronde. Les premiers rayons du soleil caressaient le visage incliné d'Avery, lui prêtant un éclat que Guy ne lui avait jamais vu.

Elle était exquise.

Et elle lui appartenait.

— Et si à la place, je te préparais un bon repas ? finit-il par proposer, en désespoir de cause.

— Pardon ? dit-elle en tournant vers lui un regard pétillant.

Elle n'avait visiblement pas entendu sa question.

— Comme j'ai hâte de m'envoler ! ajouta-t-elle.

Pourquoi cherchait-il à la priver d'un plaisir ? Il renonça à la dissuader et lui prit la main.

Ils montèrent ensemble dans la nacelle et il se plaça juste derrière elle.

— Ne bouge plus ! lui dit-elle. Je veux que l'on voie

exactement les mêmes choses, que l'on partage les mêmes émotions.

Il sentit son estomac se contracter et l'enlaça. Elle et le bébé… Dans ses bras, elle serait toujours en sécurité.

Le panier décolla du sol, et Avery poussa un petit cri. L'ascension fut parfaite, et rapidement, ils glissèrent au-dessus d'une pinède. Elle tendit alors la main et effleura les feuilles les plus hautes.

— Reviens par là, lui ordonna Guy en la serrant contre lui.

Elle se retourna dans ses bras et lui sourit.

— C'est fantastique, Guy, je n'arrive pas à y croire.

Il lui baisa le nez.

— Je suis heureux que cela te plaise.

— Quand tu as surmonté ta peur de l'amour et que tu m'as avoué que tu m'aimais, j'ai compris que je devais vaincre mon vertige. Et maintenant, je me réjouis de cette sensation de liberté…

— C'est libérateur pour nous deux, dit-il alors.

Et c'était la stricte vérité. Les fardeaux qu'il avait eu l'impression de porter pendant des années étaient comme restés à terre. La peur de s'engager, de ne pas être à la hauteur l'avait enfin lâché. Tout ce qui comptait au monde, était contenu dans le cercle de ses bras.

— Je t'aime, Avery, lui redit-il, cette fois bien plus facilement. Et, avant que je n'oublie, je t'annonce que j'ai un rendez-vous ce soir.

Elle souleva un sourcil.

— Avec moi, j'espère ?

— Avec les gagnants de ma donation.

— Oh ! fit-elle.

Pendant un instant, un nuage passa dans son ciel bleu éclatant.

— On se verra après ?

— Tu veux savoir qui a emporté l'enchère ?

Elle hocha la tête.

— Moi.

Elle écarquilla les yeux.

— Toi ?

— Oui. J'ai un dîner d'anniversaire en retard. Mais cette fois, je peux te garantir que tu ne le manqueras pas.

— C'était ce que tu étais en train de préparer, ce soir-là, à New York ?

Il hocha la tête.

— Mais ce soir, à Aspen, tu trouveras une surprise dans ton dessert. La bague que nous irons acheter tout à l'heure.

— Il faut que nous annoncions la nouvelle à ta famille, dit-elle d'un air rêveur, tandis qu'il lui caressait les doigts.

— Ils vont être ravis ! Et demain, je m'envole avec toi en Californie pour prévenir ta famille. Et puis nous rentrerons bien vite à la maison…

Ils restèrent un instant silencieux, puis il reprit :

— Je vais te montrer une prairie où j'aimerais que nous construisions notre maison… Si tu en as envie, bien sûr.

— C'est parfait ! dit-elle, toujours perdue dans ses pensées merveilleuses. En ce qui concerne le bébé, je voudrais qu'on garde la nouvelle pour nous pendant quelque temps. Qu'on ne savoure l'événement que tous les deux, pour l'instant. Tu trouves que c'est égoïste de ma part ?

— Pas du tout. Le bébé sera notre secret.

Puis il lui caressa le ventre qui pour l'instant ne les trahissait pas, et gardait le mystère de ce qui grandissait à l'intérieur, une part de lui et d'elle.

— Ce sera un beau cadeau de Noël pour nos familles, dit-il.

— Et en attendant, pense à toutes les nuits que nous partagerons, lui souffla-t-elle à l'oreille.

Retrouvez la famille Jarrod,
dès le mois prochain dans la collection Passions

LOIS FAYE DYER

Rien qu'un baiser

éditions HARLEQUIN

Titre original : BEAUTY AND THE WOLF

Traduction française de MARION BOCLET

83-85, boulevard Vincent-Auriol, 75646 PARIS CEDEX 13.
Service Lectrices — Tél. : 01 45 82 47 47
www.harlequin.fr

- 1 -

Assise dans un gros fauteuil rembourré, Frankie Fairchild prit une gorgée de son vin blanc préféré, tout en parcourant la pièce des yeux. Le salon du manoir de Harry Hunt baignait dans la lumière chaleureuse des deux lustres Tiffany de verre coloré, suspendus au haut plafond à chaque extrémité de la vaste pièce. Dehors, un orage venant du Pacifique Nord-Ouest grondait. Il pleuvait à verse et le vent qui soufflait violemment faisait vibrer les vitres. Mais ici, à l'intérieur, tout le monde était confortablement installé, bien au chaud. Un bon feu crépitait dans la cheminée au manteau en cèdre sculpté.

Soudain, Frankie se leva et se dirigea vers le buffet afin de se resservir un verre, laissant sa mère, Cornelia, en pleine conversation animée avec Lily Hunt. Son regard se posa sur la fille de son cousin Justin, Ava, qui sautillait gaiement sur le tapis d'Orient rouge et bleu.

La voisine de Harry, l'actrice Madge Edgley, se pencha pour parler à Ava, alors que l'enfant s'approchait des quatre adultes qui discutaient.

Frankie se fit la réflexion que décidément, Harry avait le chic pour inviter des gens charmants. Elle continua à promener son regard sur l'assemblée, reconnaissant çà et là des visages familiers. Elle s'intéressa enfin au groupe d'hommes qui se tenaient devant la cheminée. Son oncle Harry et son cousin Justin étaient en grande conversation avec deux autres hommes : Nicholas Dean, qu'elle ne connaissait que peu, et Elijah Wolf, qu'elle connaissait très bien. Elijah était beau, grand et large d'épaules, il avait les cheveux noirs, un côté sauvage et un sourire irrésistible qui aurait fait chavirer le cœur de plus d'une femme.

Lorsque leurs regards se croisèrent, elle s'immobilisa, comme magnétisée par ses yeux bleu-gris. Ce ne fut que lorsqu'il se tourna vers Harry pour lui parler qu'elle se rendit compte qu'elle avait retenu son souffle.

Elle se dirigea de nouveau vers la table et prit son verre, les doigts légèrement tremblants.

Qu'est-ce qui clochait, chez elle ?

Depuis qu'Elijah l'avait embrassée, le soir de son anniversaire, elle pensait à lui bien trop souvent à son goût. Leur baiser, bien que furtif, l'avait profondément marquée. A vrai dire, le souvenir des lèvres d'Elijah sur les siennes restait gravé en elle : quand elle fermait les yeux, elle en sentait encore la chaleur. Et dire que cela faisait quatre mois que cela s'était produit ! Au cours des deux mois qui avaient suivi, elle s'était livrée à une expérience : elle avait embrassé trois autres hommes très séduisants et expérimentés, mais aucun d'entre eux n'avait éveillé le moindre intérêt chez elle, et elle n'avait certainement éprouvé aucun désir pour eux. Elle était loin d'avoir ressenti ce qu'elle avait ressenti avec Elijah.

Elle n'arrivait pas à décider ce qu'elle devait faire, et d'ailleurs, elle n'était même pas sûre de devoir faire quelque chose. Cela ne lui ressemblait pas de rester inactive et elle était de plus en plus préoccupée par son incapacité à régler ce problème pour passer à autre chose.

Une main amicale lui tapota l'épaule.

— Frankie ! Comment vas-tu, ma chérie ?

Elle se retourna, contente que le fil de ses pensées soit interrompu, et adressa un sourire affectueux à son hôte.

— Très bien, oncle Harry, répondit-elle. Je croyais que tu parlais affaires avec Nicholas.

Harry jeta un coup d'œil à Nicholas, le propriétaire de Dean Construction, qui continuait à discuter avec Justin et Elijah.

— C'était bien le cas ! Je dois dire que Nicholas m'impressionne. Il a réussi à consolider l'entreprise de son père malgré la concurrence féroce, et je suis prêt à parier qu'il aura triplé ses bénéfices d'ici à cinq ans.

— Tu te trompes rarement pour ce genre de choses, alors ce doit être un excellent homme d'affaires.

Elle but une gorgée de vin blanc, et son regard suivit celui de Harry. L'apparence de Nicholas Dean venait confirmer ce que disait Harry, car il débordait d'assurance. Il était grand, bien bâti, semblait affable et chaleureux, et avait un regard vif et intelligent.

Elle regarda de nouveau Harry.

— Tu vas lui confier la construction du nouveau campus HuntCom, n'est-ce pas ?

— J'y songe, répondit Harry avec un hochement de tête. J'hésite entre lui et Elijah.

— Hmm…

Cela ne la surprenait pas. Elijah était à la tête de Wolf Construction, et il avait un fort esprit de compétition. Lui et Justin avaient tous les deux la trentaine, et ils étaient toujours aussi proches, même si Justin était maintenant marié et qu'il avait une petite fille, alors qu'Elijah était toujours célibataire.

— Si Nicholas obtient le contrat, nous le verrons beaucoup plus souvent, dit Harry.

— Hmm, murmura-t-elle.

— Celui qui aura le poste travaillera souvent avec mes fils, bien sûr, continua-t-il. Elijah fait presque partie de la famille, alors que nous connaissons moins bien Nicholas.

— Dans ce cas, ne serait-il pas plus facile pour toi de confier le contrat à Elijah et à ses frères ?

Harry haussa négligemment les épaules.

— Peut-être, mais si je n'offre pas sa chance à Dean Construction, je donnerai l'impression de faire du favoritisme.

Elle faillit s'étrangler avec sa gorgée de vin. Harry lui donna aussitôt une grande tape dans le dos.

— Ça va ? demanda-t-il, inquiet.

— Ça va, parvint-elle à répondre.

Elle toussota et but une autre gorgée de vin.

— Cela m'a fait un choc de t'entendre parler de favoritisme comme si c'était une mauvaise chose, dit-elle d'un ton ironique.

— Je ne fais pas de favoritisme, grommela Harry, sur la défensive.

Elle rit, et Harry finit par sourire malgré lui.

— D'accord, dit-il avec un haussement d'épaules, j'ai peut-être tendance à faire passer ma famille en premier, mais est-ce que c'est un crime ?

Elle blottit affectueusement sa tête contre son épaule, et le parfum familier de son après-rasage lui rappela de tendres souvenirs d'enfance.

— Non, oncle Harry, ce n'est pas un crime.

— Tant mieux !

Il lui passa un bras autour des épaules et lui rendit son étreinte.

— D'ailleurs, tu noteras que je ne donne pas automatiquement le contrat à Elijah, je prends sérieusement en considération Dean Construction. C'est pour cela que Nicholas est ici, ce soir, pour voir s'il s'entend bien avec notre famille et nos amis.

— Il a l'air d'être à l'aise.

— Oui.

Harry regarda Nicholas quelques instants avant de reprendre d'un ton candide :

— Il ferait un bon mari, il a tout pour rendre une femme heureuse.

— Hmm, fit-elle distraitement en regardant Ava traverser la pièce en courant en direction d'Elijah.

Ce dernier rit, prit la petite fille dans ses bras et la souleva haut au-dessus de sa tête, avant de la percher sur sa hanche. Ava lui prit le visage entre ses petites mains et déposa sur sa joue un baiser enthousiaste. Les yeux d'Elijah pétillèrent et il afficha un sourire éclatant. Distraite et charmée par l'affection évidente entre cet homme si beau et si puissant et cette toute petite fille, Frankie mit un moment à prendre conscience de ce que Harry venait de dire. Elle tourna brusquement la tête vers lui. Il la regardait avec une expression qu'elle ne connaissait que trop bien. Elle réprima un gémissement plaintif. Oh, non ! Voilà qu'il recommençait à vouloir jouer les entremetteurs… Pas avec Nicholas Dean…

Elle baissa les yeux, espérant que son expression ne la trahirait pas, et réfléchit à toute vitesse, songeant que Harry allait peut-être commencer à se mêler de sa vie.

— Nicholas a tout ce qu'une femme peut désirer chez un mari, reprit Harry. Il est très sérieux dans son travail, il aura de quoi subvenir aux besoins de sa famille. Il est assez jeune pour avoir des enfants mais assez âgé pour faire un bon père, stable et sur lequel on peut compter.

Elle cligna des yeux et le regarda fixement, hébétée.

— Tu crois vraiment que c'est tout ce qu'une femme attend d'un mari ? Comment es-tu arrivé à cette conclusion ?

Harry agita la main d'un air désinvolte.

— J'ai cité l'essentiel. Si une femme veut de l'amour, je suppose que Nicholas a ce qu'il faut pour lui en apporter… Il n'est pas mal !

— Harry, tu es ahurissant !

Elle se pencha vers lui, saisit les revers de sa veste, et le regarda droit dans les yeux avant d'ajouter :

— Tu as oublié quelque chose d'extrêmement important.

— Quoi donc ? grommela Harry d'un ton méfiant.

— L'Elément Inconnu.

Il haussa les sourcils, perplexe.

— L'Elément Inconnu ? Je n'ai jamais entendu parler de ça.

— Certains appellent cela l'alchimie, d'autres l'attirance physique. Moi, j'appelle cela l'Elément Inconnu.

En disant ces mots, elle se rendit compte que c'était l'image d'Elijah qui s'imposait à elle.

— Et tu trouves que Nicholas n'a pas cet atout ? demanda Harry, sceptique.

— Je ne sais pas… Je ne suis jamais sortie avec lui. Je parlais des hommes et des femmes d'une manière générale.

— Dans ce cas, tu admets que tu pourrais être attirée par Nicholas Dean.

— Non.

Elle secoua la tête, exaspérée. Au cours des quelques derniers mois, elle avait réussi à éviter les tentatives de Harry de se mêler de sa vie sentimentale, mais ses sœurs Tommi et Bobbie ne pouvaient pas en dire autant. Heureusement, elles avaient toutes les deux rencontré des hommes merveilleux, en dépit des manœuvres de Harry. Rien ne garantissait qu'elle-même aurait cette chance, et elle ne voulait pas que son oncle fasse tout pour lui trouver un mari. Cette seule idée suffisait à la faire frémir d'horreur.

— D'ailleurs, reprit-elle, il ne s'agit pas de Nicholas et de moi, il n'y a pas de « Nicholas et moi ».

— Mais ce serait possible ! insista Harry. Dès que j'ai vu qu'il faisait partie des candidats sélectionnés pour la construction du campus HuntCom, j'ai fait les recherches habituelles sur ses antécédents, et c'est comme cela que je sais qu'il tient vraiment à obtenir le contrat. Je suis sûr qu'il sera ravi de faire plus ample connaissance avec toi, et tu verras bien si vous êtes attirés l'un par l'autre.

— Harry, dit-elle, s'efforçant de garder un ton calme, je n'ai pas l'intention de sortir avec Nicholas Dean. Je n'ai pas besoin de l'aide de mon oncle pour trouver des hommes.

— Ce n'est pas comme si je les traquais pour toi, Frankie, mais…

— Tant mieux, l'interrompit-elle, parce que si j'apprenais que tu déambulais dans Seattle à la recherche d'hommes que tu pourrais forcer à sortir avec moi, j'engagerais un tueur à gages et je lui donnerais ton adresse.

Harry prit un air choqué, mais ses yeux pétillaient de malice.

— Frankie ! C'est horrible, de dire une chose pareille. Que penserait ta mère si elle savait qu'une de ses filles me menaçait ?

— Elle te connaît, oncle Harry, répondit-elle d'un ton pince-sans-rire. Elle se contenterait probablement de me demander ce que tu as fait cette fois-ci pour mériter cela !

Son oncle renversa la tête en arrière et rit à gorge déployée.

*
* *

Comme tout le monde dans la salle, Elijah entendit le rire tonitruant de Harry et tourna la tête dans cette direction, observant la scène qui se déroulait entre Frankie Fairchild et son oncle. Elle buvait du vin blanc, ses yeux marron posés sur Harry. Un sourire amusé dansait sur ses lèvres. Il admira sa longue silhouette — sans doute un peu plus d'un mètre soixante-dix, estima-t-il —, ses longues jambes et ses courbes magnifiques. Ses cheveux d'un blond caramel tombaient en cascade sur ses épaules, encadrant son beau visage. Les lignes épurées de sa robe mettaient en valeur ses formes. C'était une robe noire à manches longues, qui s'arrêtait juste au-dessus du genou, attirant l'attention sur ses mollets bien dessinés et ses chevilles fines. Les talons de ses escarpins étaient incroyablement hauts… Comment les femmes pouvaient-elles marcher avec de telles chaussures ?

Il connaissait Frankie Fairchild depuis toujours, et Justin, le cousin de Frankie, était son meilleur ami. Malheureusement, ces deux éléments en faisaient une femme inaccessible et strictement interdite, même s'il mourait d'envie de faire bien des choses avec elle. Il regrettait de ne pouvoir assouvir ses fantasmes, surtout depuis ce baiser inoubliable à sa soirée d'anniversaire…

— Oncle Elijah ?

Ava prit son visage dans ses petites mains jusqu'à ce qu'il tourne la tête vers elle.

— Maman dit que je peux avoir un lapin, mais qu'il faut d'abord lui faire une cage. Tu veux bien m'en faire une ? Et je pourrai t'aider à mettre les clous dans les planches quand tu la feras ?

Il sourit, content que la petite ait interrompu le fil de ses pensées en le charmant, comme toujours, par son sourire plein d'espoir.

— Bien sûr, ma chérie ! Allons demander à ta maman et à ton papa quand nous pourrons nous en occuper.

Ava toujours perchée sur sa hanche, il traversa la pièce pour rejoindre les parents de la fillette, et s'assit dans un fauteuil de cuir. De là, il pouvait voir Frankie, tout en se tenant à proximité du canapé sur lequel étaient assis Justin et Lily, qui discutaient avec Cornelia Fairchild, la mère de Frankie.

— Maman ! dit Ava. Oncle Elijah va m'aider à faire une maison pour mon lapin !

— C'est merveilleux, chérie…

Lily le regarda d'un air contrit.

— … et qu'en pense oncle Elijah ?

— Nous avons un plan, répondit-il avec un sourire, et ce plan nécessite que Justin m'invite à un barbecue pour payer mes frais de menuiserie.

— Quoi ? Comment est-ce que je me retrouve dans une telle histoire ? demanda Justin d'un air amusé.

— Hé, c'est toi le papa ! dit Elijah en haussant les épaules. Je ne suis que l'oncle…

Ava lui passa les bras autour du cou et l'embrassa avec enthousiasme.

— Je t'aime, oncle Elijah.

— Moi aussi, je t'aime.

Submergé par une vague d'affection, Elijah eut à peine le temps de se ressaisir avant que la fillette ne saute de ses genoux pour grimper sur ceux de son père. Elle embrassa ses parents avec effusion, et les adultes échangèrent des regards amusés.

Tout excitée, elle se lança ensuite dans une description du futur clapier. N'écoutant qu'à moitié, Elijah se laissa aller en arrière dans son fauteuil, le regard irresistiblement attiré par Frankie. Elle semblait à l'aise avec Harry, qu'elle regardait avec un sourire affectueux. Le père de Frankie était mort lorsqu'elle était enfant et, à en juger par les apparences, Harry avait joué le rôle du papa qu'elle avait perdu.

Il se fit la réflexion que c'était une chose en plus qu'ils avaient en commun… Sauf que c'était son grand-père qui avait joué le rôle de père, pour lui, et que Frankie avait toujours sa mère, alors que lui avait perdu ses deux parents.

Il observa le visage serein de Cornelia à qui Ava décrivait son lapin. Cette femme était une force de la nature… Cela dit, Jack Wolf, son grand-père, l'était aussi : il les avait recueillis, lui et ses trois frères, Connor, Ethan et Matt, quand leurs parents étaient morts dans un accident de voiture. Déjà veuf à l'époque, Jack était devenu un père adoptif pour les quatre garçons perdus, et son soutien à toute épreuve leur avait permis de former une famille et de reconstruire leurs vies brisées.

Frankie regarda Elijah et Ava traverser la pièce pour rejoindre Justin et Lily. La petite fille agitait les mains d'un air excité tout en parlant.

— Pourquoi tiens-tu tellement à ce que je sorte avec Nicholas ? demanda Frankie à son oncle d'un air faussement détaché. Et pourquoi pas Elijah ? Il est célibataire, lui et ses frères ont une entreprise prospère… N'est-il pas sur ta liste de prétendants potentiels ?

Harry jeta un coup d'œil par-dessus son épaule.

— Je serais ravi que tu sortes avec Elijah, je l'aime bien, mais il n'a pas l'air de vouloir se ranger. Je crois que c'est un célibataire endurci, cela m'étonnerait qu'il se marie un jour.

— Tu pensais la même chose de Justin, autrefois, et regarde-le maintenant ! C'est un père dévoué, un mari aimant… Il est plus heureux que jamais depuis qu'il a épousé Lily.

— C'est vrai, mais Elijah n'est pas comme Justin… Justin n'était sorti avec personne pendant au moins un an quand Lily et lui se sont remis ensemble. De toute évidence, il avait besoin de Lily, il avait envie de se marier et de fonder une famille. Elijah, lui, n'a jamais manifesté l'envie de s'assagir.

Harry hocha la tête en direction de Nicholas.

— Nicholas, en revanche, semble plus disposé à se marier et à fonder une famille.

Elle écouta d'une oreille distraite Harry continuer à énumérer les qualités de Nicholas Dean. Malheureusement, elle devait bien admettre qu'il avait raison, au sujet d'Elijah : ce dernier avait passé la plus grande partie de l'année à se rétablir d'une fracture à la jambe qu'il s'était faite sur un chantier. Mais avant son accident, il passait son temps à papillonner de femme en femme, du moins si ce que l'on disait était vrai. Il s'était fait une solide réputation de célibataire endurci, et elle présumait que sa vie sentimentale avait repris son cours normal maintenant qu'il était rétabli.

Une idée lui traversa soudain l'esprit. Et si elle faisait croire à Harry qu'elle avait quelqu'un dans sa vie, de manière à ce qu'il la laisse tranquille ?

Cependant, elle ne voyait personne en ce moment. Ce qu'il lui fallait, c'était un homme disposé à s'associer avec elle pour déjouer les plans de Harry, un homme qui, comme elle, avait quelque chose à gagner à conspirer contre son oncle, et un homme qui ne cherchait pas à se fixer.

Or, Elijah Wolf était exactement l'homme qu'il lui fallait.

Elle jeta un coup d'œil à Harry et marmonna une réponse évasive alors qu'il énumérait les œuvres de bienfaisance auxquelles Nicholas Dean avait donné de l'argent cette année.

La question était : Elijah accepterait-il de l'aider à tromper Harry ?

— … et Nicholas dit que sa famille a toujours vécu dans le quartier de Queen Anne, dit Harry.

— Intéressant, murmura-t-elle.

— Il a encore ses deux grands-mères, reprit-il. Elles habitent à quelques rues l'une de l'autre, dans des maisons magnifiques.

Harry continuait à parler, mais elle ne l'écoutait plus. Elle tenait à son indépendance, elle aimait son travail en tant que doctorante et professeur remplaçante de littérature à l'université de Washington, et elle n'avait pas envie de changer quoi que ce soit à sa vie. Elle était heureuse, et elle ne voulait pas que Harry la pousse à se marier, même si ses intentions étaient bonnes.

Une fois de plus, son regard se posa sur Elijah. Ava et lui étaient maintenant assis à côté de Lily et de Cornelia. La petite fille était sur ses genoux, et elle parlait à sa maman avec enthousiasme.

Oui, Elijah était bien le seul homme de sa connaissance capable de faire échouer les plans de Harry : Harry l'appréciait, et Elijah tenait à obtenir le contrat pour le campus HuntCom. Il avait donc tout intérêt à voir leurs projets concorder.

Une heure plus tard, Frankie continuait à ressasser son plan tout en rentrant chez elle. Une fois en pyjama dans son lit, un livre ouvert sur les genoux, elle pensa à un autre élément important.

Si Elijah acceptait de l'aider, ils devraient passer du temps ensemble pour faire semblant de former un vrai couple et peut-être que cela lui permettrait de venir à bout de son faible pour lui.

Elle avait onze ans la première fois où elle avait rencontré Elijah, à l'occasion d'une fête chez Harry à laquelle Justin avait invité ses meilleurs amis. Quand elle avait eu quinze ans, Elijah s'était joint à Justin pour surveiller et tourmenter ses petits amis, sous prétexte de la protéger comme l'auraient fait des frères. A seize ans, elle était follement amoureuse d'Elijah, qui avait alors vingt et un ans. A dix-neuf ans, elle s'était dit que cela lui avait passé, et elle s'était sentie soulagée de n'avoir parlé à personne de ce qu'elle avait éprouvé. Même pas à ses sœurs.

Elle avait pensé que les sentiments qu'il lui inspirait faisaient partie d'une époque révolue, qu'elle n'était plus cette gamine sentimentale, et avait relégué ces souvenirs dans la même case de son esprit que ses autres souvenirs du lycée. Elle était sortie avec quelques garçons et, plus tard, à l'université, elle avait fréquenté un collègue, puis un expert-comptable et enfin un avocat.

Elle regarda sans la voir la double page de son livre, les sourcils froncés. Jusqu'à ce qu'Elijah l'embrasse, le jour de son anniversaire, elle avait été sûre de ne plus avoir de sentiments pour lui. Les baisers qu'elle avait échangés par la suite avec trois hommes différents avaient fait naître de sérieux soupçons dans son esprit.

Les baisers d'Elijah Wolf ne pouvaient tout de même pas être enivrants au point d'avoir ravivé cette toquade d'adolescente ? Pourtant, si ce n'était pas le cas, pourquoi n'avait-elle absolument rien ressenti lorsqu'elle avait embrassé les autres hommes ?

Elle avait besoin d'une réponse. Elle ne sortait pas souvent avec des hommes, préférant sortir avec ses amis, et elle n'avait d'ailleurs jamais rencontré personne qui l'intéresse au point de lui donner envie de le voir plus de trois ou quatre fois. Il se passerait sûrement la même chose avec Elijah, et elle pourrait tourner la page une bonne fois pour toutes, et passer à autre chose.

Elle se demanda ce qui pourrait se passer si c'était l'inverse qui se produisait et qu'elle tombait amoureuse de lui au lieu de s'en lasser. Mais cela n'arriverait jamais, elle en était convaincue. Elle n'était pas assez bête pour tomber amoureuse d'un célibataire endurci qui avait peur de s'engager.

Il faudrait pourtant qu'elle reste sur ses gardes. Sa vie lui plaisait telle qu'elle était. Elle ne voulait pas tomber amoureuse, ni renoncer à son indépendance. Cela faisait près de vingt ans que son père était mort, mais elle se rappelait très bien les mois qui avaient suivi son décès. En voyant le chagrin de sa mère, effondrée, elle s'était dit que l'on prenait le risque de souffrir terriblement lorsqu'on aimait quelqu'un.

Cornelia et ses trois filles avaient adoré George Fairchild. Ce n'était qu'après sa mort qu'elles avaient appris qu'il avait dilapidé beaucoup d'argent au jeu, et qu'il laissait sa famille dans le dénuement le plus complet.

Enfant, Frankie avait eu une confiance aveugle en son père. Elle n'avait jamais cessé de l'aimer mais, en grandissant, elle s'était juré de ne jamais avoir la bêtise de se fier de nouveau à ce point à un homme.

Elle avait toujours fait preuve d'une grande volonté et avait toujours fait tout ce qui était en son pouvoir pour atteindre ses objectifs. Elle resterait certainement la même face à Elijah si toutefois elle ne perdait pas de vue son but : faire échouer les plans de Harry et se débarrasser une bonne fois pour toutes de ce qui restait de son béguin d'adolescente.

Contente d'avoir bien réfléchi aux avantages et aux inconvénients de son plan, elle s'endormit.

Elle rêva d'un homme grand et musclé, aux cheveux noirs et aux yeux bleu ardoise, qui lui ouvrait les bras alors qu'elle courait joyeusement vers lui.

Dans sa chambre silencieuse, elle eut un sommeil si agité qu'au petit matin, elle se retrouva tout entortillée dans ses draps.

- 2 -

Deux jours après le dîner chez Harry, Frankie quitta son bureau de l'université de Washington au milieu de la matinée, et prit sa voiture pour se rendre dans le quartier de Ballard, à une vingtaine de minutes du campus. C'était là que se trouvaient les bureaux de Wolf Construction, dans la zone industrielle. Sur le parking, elle avisa un seul pick-up avec le logo de Wolf Construction sur la portière.

Quand elle entra dans le bâtiment, la réception était vide et silencieuse, et la secrétaire n'était pas là.

— Il y a quelqu'un ? appela-t-elle.

Personne ne répondit. Elle fronça les sourcils. La porte aurait tout de même été fermée s'il n'y avait personne ?

Le silence fut brisé par un bruit sourd à l'autre bout du bâtiment, suivi d'une voix d'homme qui marmonna un juron. Elle jeta un coup d'œil derrière la réception sur le couloir qui menait aux bureaux.

— Il y a quelqu'un ? répéta-t-elle.

Il n'y eut toujours pas de réponse. Elle attendit un instant, puis contourna le bureau d'un pas résolu et avança dans le couloir.

— Bon sang, grommela la voix d'Elijah d'un ton mécontent, mais où est-ce que Connor a mis ces plans ?

Elle suivit la direction de la voix et entra dans un bureau. Elle s'immobilisa à l'entrée : Elijah se tenait à l'autre bout de la pièce, dos à elle. Il était vêtu de grosses chaussures de chantier noires, d'un jean et d'un T-shirt noirs. Il était penché au-dessus d'un tiroir, et dans la position où il était, le jean usé tirait sur ses fesses. Sous ses vêtements, elle pouvait nettement voir le mouvement de ses muscles bien dessinés qui se contractaient, alors qu'il tendait le bras pour atteindre le fond du tiroir. Elle le regarda fixement, submergée par une vague de désir aussi soudaine que malvenue.

Puis Elijah se redressa, referma brusquement le tiroir et en ouvrit un autre d'un geste impatient. Le bruit sec arracha Frankie à ses rêveries, et elle prit une profonde inspiration pour se ressaisir.

— Bonjour, Elijah.

Il fit volte-face, surpris, mais sourit en la reconnaissant.

— Frankie ? Que fais-tu ici ?

Maintenant qu'elle s'apprêtait à lui exposer son plan, elle se sentait soudain nerveuse. Elle serra plus fort la lanière de cuir de son sac à main comme pour se donner du courage.

— Il faut que je te parle. As-tu quelques minutes ?

Visiblement étonné, il inclina la tête sur le côté et réfléchit un instant.

— Bien sûr.

Il jeta un rouleau de papier dans le tiroir ouvert et le referma. Il indiqua d'un geste les deux fauteuils de cuir en face du bureau et ajouta :

— Entre, assieds-toi. Je t'offrirais bien quelque chose à boire, mais je suis tout seul ici aujourd'hui et le seul café qui reste date d'hier.

— Merci, mais ne t'inquiète pas, je n'ai besoin de rien.

Elle alla s'asseoir dans l'un des fauteuils tandis que lui s'asseyait sur le bord du bureau, en face d'elle. Il était bien trop près d'elle à son goût… Ses cuisses musclées étaient juste devant elle. Elle se força à le regarder droit dans les yeux.

— Alors, dit-il quand il vit qu'elle hésitait, dis-moi, qu'est-ce qui t'amène ici ce matin ?

— Que cherchais-tu quand je suis entrée ? demanda-t-elle, éludant la question. Tu semblais contrarié.

Il jeta un coup d'œil au classeur par-dessus son épaule, puis reporta son attention sur elle.

— « Contrarié » n'est pas le mot qui convient. Mon frère Connor a demandé à sa secrétaire d'envoyer des plans sur le chantier, mais elle n'a pas envoyé les bons. Je suis revenu ici pour les prendre, mais je ne les trouve pas.

De fait, il semblait carrément soucieux.

— Tu ne peux pas l'appeler sur son portable et lui demander où ils sont ?

— J'ai essayé, mais il ne décroche pas.

— Je suis désolée pour toi. Je sais à quel point c'est énervant d'être interrompu dans son travail, je déteste être obligée d'attendre que quelqu'un me réponde pour pouvoir continuer.

— En effet, c'est *très* énervant, acquiesça-t-il.

Elijah observa attentivement Frankie. Elle était nerveuse, pensa-t-il, étonné. Il avait parfaitement compris qu'elle ne lui parlait de ses plans égarés que pour mieux retarder le moment où elle lui exposerait la véritable raison de sa visite.

Quand il s'était retourné et qu'il l'avait vue sur le seuil, une vague de désir l'avait submergé, comme toujours depuis quatre mois. Le baiser qu'ils avaient échangé le troublait encore, même s'il l'avait voulu désinvolte. Il n'arrivait pas à oublier la sensation ni le goût de ses lèvres douces et pulpeuses. Depuis ce soir-là, elle était apparue dans nombre de ses rêves torrides qui le laissaient fatigué et grincheux au petit matin.

Il se passa la main dans les cheveux et se répéta que la belle blonde assise en face de lui était la cousine de Justin, et qu'il ne pouvait donc rien se passer entre eux.

— Allez, Frankie, reprit-il d'un ton enjôleur, dis-moi pourquoi tu es ici.

Elle s'agita dans son fauteuil, l'air un peu embarrassé, et coinça une mèche de ses cheveux derrière son oreille.

— Je te connais depuis longtemps, Elijah, commença-t-elle, et surtout, tu connais mon oncle Harry depuis que tu es adolescent. Je suis sûre que tu es au courant des plans qu'il a faits pour que ses fils se marient, et tu sais certainement que Justin est tombé amoureux de Lily en dépit des interventions de son père.

— Bien sûr, répondit Elijah avec un hochement de tête. Justin m'en a parlé avant de se marier.

— Ce que tu ne sais peut-être pas, c'est que Harry semble croire que ses intrigues se sont avérées tellement fructueuses qu'il a décidé de jouer les entremetteurs auprès de mes trois sœurs et moi.

En effet, il n'avait jamais imaginé que Harry irait aussi loin et ne fit rien pour cacher sa surprise.

— Tu plaisantes…

Il secoua la tête, incrédule, mais à en juger par l'expression de Frankie, ce n'était pas une plaisanterie.

— C'est ridicule, reprit-il, il a bien failli gâcher les chances que ses quatre fils avaient d'épouser les femmes qu'ils aimaient.

Elle se pencha en avant, comme si elle était un peu plus à son aise à présent.

— Je sais, et il a failli faire la même chose avec Tommi et Bobbie ! Apparemment, il pense qu'il a bien réussi son coup et il veut s'occuper de mon cas à présent.

Il eut l'impression de recevoir un coup de poing dans le ventre.

— Quoi ? Qui veut-il que tu épouses ?

— Nicholas Dean.

Oh, non ! Il ne supportait pas l'idée que Frankie puisse se marier avec Nicholas Dean, et il dut contenir un rugissement de fureur.

— Pourquoi Dean ? demanda-t-il, conscient que sa voix était plus grave, plus rude que précédemment.

Elle haussa les épaules d'un geste faussement désinvolte.

— Qui sait ? Je pense qu'il a choisi Nicholas après s'être intéressé à Dean Construction. Il m'a dit qu'il avait fait les recherches habituelles sur l'entreprise quand elle avait été présélectionnée lors de l'appel d'offres pour HuntCom. De toute évidence, il a été impressionné par la conscience professionnelle de Nicholas, et par le fait qu'il est célibataire, alors il a décidé de l'encourager à m'inviter à sortir.

— Et tu ne cautionnes pas cette idée ?

— Non ! Bien sûr que non…

Elle le regarda, les sourcils froncés, ses yeux marron pétillant d'une lueur dorée. Il éprouva un immense soulagement et sourit.

— Je vois. Et tu veux que je dise à Harry que tu n'as pas envie de sortir avec Nicholas ?

— Non, j'ai déjà dit à oncle Harry que je n'étais pas intéressée. Cela ne l'a pas découragé le moins du monde, et je le soupçonne d'être en train de manigancer quelque chose en ce moment même pour que nous sortions ensemble, Nicholas et moi.

Il n'avait plus du tout envie de sourire.

— J'ai vu Harry se mêler de la vie sentimentale de Tommi et de celle de Bobbie, continua-t-elle, et je suis persuadée que la seule façon de le forcer à arrêter de jouer les entremetteurs est de lui faire croire que je suis prise. Et c'est là que tu entres en jeu…

Il cligna des yeux, perplexe.

— C'est là que j'entre en jeu ?

Elle hocha la tête d'un air décidé.

— Oui. Je ne tiens pas à me marier, et tout le monde semble penser que toi non plus, ce qui fait de toi la personne la mieux indiquée pour mon plan.

Perplexe, il la regarda en fronçant les sourcils.

— Je ne suis pas sûr de bien te suivre… Il vaudrait peut-être mieux que tu m'expliques où tu veux en venir.

Elle agita les mains, affichant une expression ironique.

— Je suis désolée… Je vais revenir un peu en arrière. L'autre soir, chez Harry, tandis qu'il m'énumérait toutes les raisons pour lesquelles je devrais sortir avec Nicholas Dean, je t'ai vu à l'autre bout de la pièce avec Ava, et j'ai demandé à Harry pourquoi il ne te suggérait pas *toi* comme mari potentiel. Il m'a répondu que tu n'avais pas l'air d'avoir envie de te marier, que tu semblais parfaitement satisfait de ta vie telle qu'elle est…

Elle haussa les épaules négligemment.

— Dès qu'il m'a dit cela, j'ai compris que tu étais la personne idéale pour mon plan, puisque ni toi ni moi ne voulons nous marier. Et j'ai eu une idée géniale.

— Une idée géniale ?

Il se rendit compte qu'il ne faisait que répéter bêtement ce que Frankie lui disait et se maudit en silence.

— Oui, exactement… Voilà pourquoi je suis venue te voir aujourd'hui. J'ai besoin de faire croire à Harry que je suis amoureuse de quelqu'un avec qui j'ai une relation sérieuse, pour qu'il arrête de me présenter des hommes célibataires. Seulement voilà, je ne suis pas amoureuse, et je n'ai personne en vue, alors j'ai besoin de quelqu'un qui veuille bien faire *semblant* d'être avec moi, et *toi*, continua-t-elle en pointant le doigt sur lui, tu as besoin d'obtenir le contrat pour le campus HuntCom… Donc, je te propose de faire équipe avec moi. Si tu fais semblant de sortir avec moi, tu peux être presque sûr qu'oncle Harry mettra Wolf Construction en haut de sa liste. Il hésite entre toi et Nicholas, et il m'a plus ou moins fait comprendre qu'il avait tendance à confier les contrats aux membres de sa famille et à ses amis.

— Tu veux que je sorte avec toi pour que Harry donne le contrat à mon entreprise ? demanda-t-il d'un ton neutre.

— Pas exactement, je dis seulement que nous avons tous les deux quelque chose à gagner dans cette affaire, et franchement, j'ai besoin d'un faux petit ami le plus rapidement possible. Harry, ma mère et mes sœurs te connaissent déjà, et ils t'adorent, alors ils ne s'étonneront pas si je prétends être tombée follement amoureuse de toi. Si je leur présente quelqu'un qu'ils ne connaissent pas, ils seront plus sceptiques. Je veux que Harry me laisse tranquille, Dieu sait quels ennuis il risque de m'attirer s'il se mêle de ma vie sentimentale !

Il l'observa un long moment. Il ne voulait pas qu'elle croie qu'il était le genre d'homme prêt à se servir d'elle pour obtenir un contrat en or, mais d'un autre côté, il ne pouvait pas laisser Nicholas Dean la courtiser.

Nicholas n'était pas quelqu'un de mauvais, il était même la personne idéale décrite par Harry, exactement le genre d'homme dont une femme pourrait facilement tomber amoureuse.

C'était précisément pour cette raison qu'il ne laisserait jamais Nicholas approcher Frankie, s'il pouvait l'éviter. Il savait qu'il se comportait comme quelqu'un de possessif, mais il ne pouvait pas s'en empêcher.

Probablement parce qu'il avait tellement envie d'elle… Il la désirait depuis des mois, et il était temps qu'il fasse quelque chose.

— Eh bien, reprit-elle, l'arrachant à ses pensées, es-tu d'accord ?

Il se leva et lui tendit la main pour l'aider à se mettre debout.

— Oui, je suis d'accord. Allons prendre un café et discuter des détails.

Il se hâta de la faire sortir du bureau et l'entraîna au Zena's Café, de l'autre côté de la rue, avant qu'elle ne change d'avis.

— Alors, dit-il lorsqu'ils furent installés sur une banquette, comment comptes-tu t'y prendre pour duper Harry ?

— J'ai pensé que nous pourrions tout simplement nous rendre ensemble à plusieurs soirées où Harry sera présent, et faire semblant d'être amoureux l'un de l'autre. Avec un peu de chance, il ne faudra pas longtemps pour le convaincre. Quand il verra ça, il me rayera de sa liste de célibataires à marier, il te confiera le contrat, et nos vies pourront reprendre leur cours normal.

— Harry est plutôt perspicace, je ne suis pas sûr que ce soit aussi facile de le convaincre que tu le dis. Il ne s'est pas fait une réputation d'homme d'affaires puissant en étant stupide.

— Il est peut-être doué pour les affaires, dit-elle en posant ses coudes sur la table et en se penchant vers lui, mais pour ce qui est des relations humaines, Harry peut être incroyablement obtus. Regarde les femmes qu'il a épousées… Toutes de véritables catastrophes !

— C'est vrai, je ne peux rien dire à cela, sa vie conjugale est un fiasco. Heureusement qu'il a arrêté de se marier après quatre mariages désastreux.

Elle hocha la tête d'un air résolu.

— Exactement. Je suis persuadée qu'il croira à notre histoire.

— Malgré tout, si nous faisons ça, faisons-le bien. Rappelle-toi qu'il n'y a pas que Harry que nous devons convaincre… Ta mère et tes sœurs assisteront probablement aux mêmes soirées que lui. Si nous ne sommes pas crédibles, cela ne marchera jamais. Cornelia ne sera pas facile à berner, et si elle sait que nous jouons la comédie, elle le dira sûrement à Harry.

Il la vit froncer les sourcils puis entortiller une mèche de cheveux autour de son index. Il avait remarqué qu'elle faisait ce geste chaque fois qu'elle était préoccupée. Visiblement, elle n'avait pas réfléchi à tous les aspects de son plan d'action.

— Tu as raison, murmura-t-elle.

Elle le regarda. De petits éclats dorés brillaient dans ses yeux chocolat.

— Il ne faut pas que ma mère sache que nous faisons semblant. Penses-tu pouvoir réussir à jouer le jeu ? demanda-t-elle avec un sourire.

— Absolument.

Il lui rendit son sourire.

— Et toi ? demanda-t-il du même ton de défi.

Elle rit et haussa les épaules avec élégance.

— Les filles apprennent à faire semblant de s'intéresser à des garçons au lycée, c'est un rite initiatique.

Surpris et intrigué, il haussa les sourcils.

— Ah bon ? Pourquoi au lycée ?

— Pour les soirées dansantes, bien sûr ! Toutes les filles veulent avoir un cavalier. Malheureusement, dans mon lycée, il y avait deux fois plus de filles que de garçons, et la concurrence était rude.

Il fit glisser son regard sur son visage, ses cheveux, son cou, la courbe de ses seins sous son chemisier blanc, puis plongea ses yeux dans les siens.

— Quelque chose me dit que tu n'as jamais eu à te battre pour obtenir un rendez-vous. Je suis sûr que les garçons se bousculaient devant ton casier et que tu n'avais que l'embarras du choix.

Elle renversa la tête en arrière et rit.

— Loin de là ! dit-elle enfin, les yeux pétillants. A treize ans, j'avais un appareil dentaire, j'étais trop maigre, je passais mon temps dans mes bouquins, et j'étais plus grande que tous les garçons de ma classe. Alors, non… je n'étais pas la fille la plus séduisante du monde !

Elle prit sa tasse et but une gorgée de café, sans cesser de le regarder d'un air amusé.

— C'est vrai ? demanda-t-il, perplexe.

Il avait du mal à se figurer le portrait qu'elle venait de lui faire.

— J'essaie de t'imaginer à treize ans, maigre et avec les dents de travers, mais je n'y arrive vraiment pas.

— Je te montrerai une photo de moi en cinquième, un jour. Crois-moi, je ne mens pas. D'ailleurs…

Elle réfléchit un moment.

— … c'était peut-être encore pire que ce que je t'ai décrit !

Il rit, charmé par sa franchise.

— Comment se fait-il que je ne me souvienne pas de toi à treize ans ? demanda-t-il.

— Toi et Justin étiez déjà à l'université, vous étiez très occupés. J'ai à peine vu Justin cette année-là, à part pendant les vacances de Noël.

— C'est vrai…, dit-il d'un ton songeur. La première année à l'université a été très chargée, mais je regrette de ne pas être revenu à Noël cette année-là, j'aurais pu te voir avec un appareil dentaire.

— Tu n'as pas raté grand-chose, dit-elle d'un ton pince-sans-rire. Et toi ? Je présume que tu n'avais rien de l'intello trop maigre avec un appareil dentaire quand tu avais treize ans ?

Il réfléchit.

— Il faudrait que tu demandes aux filles qui étaient dans ma classe si j'étais un intello. Je n'avais pas d'appareil dentaire, ça c'est sûr, mais j'avais de bonnes notes, et j'étais indéniablement beaucoup plus maigre que maintenant.

— Je suis sûre que tu étais adorable, dit-elle dans un soupir. Si tu avais été dans ma classe, tu aurais eu toutes les filles à tes pieds… D'ailleurs, je suis sûre que les femmes se bousculent à ta porte, aujourd'hui, ajouta-t-elle en le regardant avec curiosité. Je n'avais même pas pensé à te poser la question, mais… As-tu une petite amie que notre fausse histoire d'amour va contrarier ?

Il secoua la tête.

— Non, si j'en avais une, je n'aurais pas accepté de t'aider.

Elle but une gorgée de café et l'observa par-dessus le rebord de la tasse.

— Je sais que cela ne me regarde pas, mais d'après ce que j'ai entendu dire, tu as toujours une petite amie. Je suis ravie que tu sois disponible en ce moment, et cela me facilite vraiment la tâche, mais comment se fait-il que tu sois libre ?

Il ne voulait pas lui dire que même s'il avait eu quelqu'un, il se serait libéré tout de suite… Il n'aurait jamais laissé Harry l'inciter à sortir avec Nicholas Dean.

Il n'avait pas envie de réfléchir aux vraies raisons pour lesquelles il s'opposait aussi fermement à ce qu'elle fréquente Nicholas, mais il était bien obligé de s'avouer que l'idée lui déplaisait souverainement.

— Je crois que je n'ai pas eu le temps de penser à sortir avec quelqu'un, ces derniers temps, répondit-il. Cela ne fait que quelques mois que j'ai repris le travail à plein temps.

Elle lui adressa un regard plein de compassion.

— Ah oui, c'est vrai… Je savais que tu t'étais blessé sur un chantier l'année dernière, mais je ne me rendais pas compte que cela faisait si peu de temps que tu étais remis.

— Cela a pris un moment… Je suis tombé d'un échafaudage et je me suis cassé la jambe. C'était une fracture simple, mais il y a eu des complications et j'ai dû être opéré deux fois. J'ai été obligé de rester confiné chez moi et je n'ai pas pu travailler pendant une bonne partie de l'année. En plus, j'ai dû suivre des séances de rééducation pendant des mois. Je crois que je ne suis pas sorti cette année, à part pour passer à ta soirée d'anniversaire, chez Harry.

Elle baissa les yeux et rougit légèrement.

— Ce n'est pas étonnant que tu sois célibataire en ce

moment, alors, dit-elle enfin, levant de nouveau les yeux vers lui. Tu n'as pas eu le temps de rencontrer quelqu'un.

— Eh non…

Il nota qu'elle évitait de relever l'allusion à son anniversaire et devina à sa réaction qu'elle n'avait pas non plus oublié leur baiser.

— Le pire, reprit-il, c'était que je m'ennuyais. Je n'ai pas de patience, je n'aime pas rester assis à ne rien faire… On ne peut pas passer sa vie à regarder le sport à la télévision. Heureusement, je suis complètement remis et j'ai repris le travail. Je t'assure que mon grand-père et mes frères étaient à deux doigts de me jeter dans la mer et de me laisser me noyer.

Elle rit, les yeux pétillants.

— Je suis sûre que tu n'étais pas aussi pénible que cela.

— J'étais pire ! Je ne suis pas un bon malade. Je dois dire que ton plan pour faire échouer les manœuvres de Harry tombe à pic. Il est juste assez piquant pour me distraire et me faire oublier ces interminables mois passés à la maison avec une jambe dans le plâtre.

— Quelles que soient les raisons pour lesquelles tu as accepté de m'aider, je t'en suis reconnaissante.

Elle lui sourit et se passa la langue sur les lèvres d'un geste machinal. Aussitôt, une bouffée de désir l'envahit, et il dut réprimer un gémissement. Il s'émerveilla de l'effet qu'elle lui faisait. Quelle autre femme avait le pouvoir de l'exciter rien qu'en montrant le bout de sa langue ?

Décidément… Il n'avait pas besoin d'une femme. Il avait simplement besoin de Frankie.

- 3 -

Frankie leva les yeux juste à temps pour voir Elijah regarder fixement sa bouche.

Ce n'était pas la première fois qu'elle lisait le désir dans les yeux d'un homme, mais le regard intense d'Elijah la fit frissonner. Elle se sentit rougir.

Elle demeurait sans voix, incapable de réagir. Il leva lentement les yeux. La tension entre eux était palpable.

Heureusement, il sembla la prendre en pitié, car il sourit et lui demanda d'une voix douce :

— Quand veux-tu commencer à jouer la comédie ? Bientôt ?

— Le plus tôt sera le mieux. Surtout si tu as raison à propos de Harry et qu'il n'est pas aussi facile à convaincre que cela.

— J'espère me tromper, mais le connaissant, j'en doute, dit-il d'un ton ironique. En même temps, cela ne fait que rendre le défi encore plus intéressant.

Il lui fit un clin d'œil.

— As-tu un plan ? demanda-t-il.

— Je pensais que nous pourrions commencer par quelque chose de simple, une sorte de « premier rendez-vous ». Maman a des billets pour un dîner organisé à l'occasion d'une collecte de fonds pour l'hôpital des enfants, samedi soir. Elle m'a dit qu'elle y allait avec un groupe d'amis, et Harry sera là.

— Parfait ! A quelle heure veux-tu que je passe te prendre ?

— Vers 20 heures… Tenue de soirée exigée ! ajouta-t-elle.

— Il me semble que Connor m'a dit qu'il y allait avec quelqu'un. C'est un dîner dansant, n'est-ce pas ?

Elle hocha la tête.

— Crois-tu que Cornelia pourra nous trouver des places à sa table ?

— Oui… Je lui demanderai si nous pouvons nous joindre à eux.

Elle jeta un coup d'œil à sa montre et écarquilla les yeux.

— Oh, non… Je vais être en retard pour mon cours suivant.

Elle se leva d'un bond. Elijah fit de même et régla les consommations en déposant quelques billets sur la table, avant de lui prendre le bras.

— Allons-y.

Ils traversèrent de nouveau la rue et se dirigèrent d'un pas rapide vers le parking de Wolf Construction, tout en s'échangeant leurs cartes de visite.

Elle ne s'était jamais considérée comme une femme menue, mais marcher à côté d'Elijah lui donnait l'impression d'être fragile et féminine. Non seulement il était beaucoup plus grand qu'elle, mais il était surtout large d'épaules et massif. De plus, il avait une attitude protectrice qui la faisait se sentir en sécurité.

Il lui tendit la main pour l'aider à s'installer dans la voiture, puis se pencha à la portière pour lui dire au revoir. Elle jeta un coup d'œil dans le rétroviseur alors qu'elle s'éloignait du parking. Elijah se tenait là, immobile, les mains enfoncées dans les poches de son jean, ses cheveux noirs ébouriffés par la petite brise qui soufflait.

L'espace d'un instant, elle se demanda si elle avait fait une erreur. En voulant mettre un terme aux intrigues de Harry, elle avait volontairement choisi Elijah pour l'aider car elle était persuadée qu'il ne voulait pas plus se marier qu'elle, mais après avoir passé un petit moment en sa compagnie, elle avait des doutes.

Pas sur Elijah, sur *elle-même*. Elle était indéniablement attirée par lui. Serait-elle capable d'empêcher cette attirance de compliquer ses plans ?

Bien sûr qu'elle en serait capable ! Ce n'était pas parce qu'Elijah lui plaisait beaucoup qu'elle était obligée d'écouter ses instincts !

Elle se promit de garder la tête froide et de ne pas perdre de vue son objectif. L'attirance qu'elle éprouvait pour lui ne deviendrait un problème que si elle se laissait distraire. Tout ce qu'elle avait à faire, c'était se souvenir qu'il ne tenait pas à avoir une relation sérieuse, et cela suffirait à l'empêcher de tomber sottement amoureuse de lui.

Elle profita d'un arrêt à un feu rouge pour téléphoner à sa mère.

— C'est moi, maman ! Ça va ?… Peux-tu me prendre deux billets pour le dîner de samedi soir, si possible à ta table ?… Oui, maman, je serai accompagnée. Ah, désolée, je suis au volant et le feu vient de passer au vert ! A samedi !

Ce soir-là, après avoir pris une douche et avoir enfilé un bas de pyjama et un débardeur rose, Frankie se mit au lit avec une tasse de thé vert. Elle adorait sa chambre… C'était la pièce qu'elle préférait dans son appartement. Avec l'aide de ses sœurs, elle avait peint trois des murs en jaune crème, et le quatrième en orange vif, une couleur chaude aux reflets dorés. La tête de lit en acajou était assortie à la table de chevet et, après avoir cherché pendant des mois, elle avait fini par trouver une commode du même style chez un antiquaire.

La lampe de chez Tiffany posée sur la table de nuit était un cadeau de son oncle Harry, et le gros édredon blanc qui recouvrait son lit un cadeau de sa mère.

Dans un coin de la pièce, près de la fenêtre, une grosse fougère était posée sur un petit meuble en osier, à côté duquel se trouvait une petite télévision sur une table basse.

Elle tapota les oreillers et les cala contre la tête de lit derrière elle, puis elle prit la télécommande et alluma la télévision. Confortablement installée, elle regarda d'un œil distrait le journal de 23 heures, tout en sirotant son thé. Elle ne pouvait empêcher ses pensées de retourner vers la rencontre qu'elle avait eue avec Elijah le matin même.

Maintenant qu'elle avait passé un peu de temps en tête à tête avec lui, elle comprenait parfaitement pourquoi il avait la réputation d'être un homme adoré des femmes. Ce n'était pas étonnant qu'il ait un tel succès... Il était incontestablement beau, bien sûr, mais ce n'était pas tout. Il y avait quelque chose d'indéfinissable chez lui qui donnait à une femme le sentiment d'être unique. Lorsqu'il avait dévoré ses lèvres des yeux, l'intensité de son regard lui avait fait l'effet d'une caresse.

Elle frissonna en y repensant. Ce tête-à-tête avait chassé ses derniers doutes : Elijah l'attirait toujours. Elle fronça les sourcils et but une gorgée de thé en se demandant pourquoi cette pensée l'inquiétait tant. Elle était sortie avec des hommes, depuis ses seize ans, et elle connaissait Elijah depuis toujours. Elle n'avait pas peur de lui de façon rationnelle, et pourtant, pour une raison obscure, elle se méfiait.

Cependant, toute femme raisonnable ne se méfierait-elle pas d'un homme capable de lui briser le cœur ?

Elle refusait de croire qu'Elijah puisse lui briser le cœur. Elle avait eu un faible pour lui quand elle était adolescente, et c'est la seule raison pour laquelle elle ressentait cela. Elle ne pouvait pas tomber amoureuse de lui, et il ne risquait donc pas de lui briser le cœur.

La femme de vingt-neuf ans qu'elle était devenue avait le sens des réalités et se trouvait à des années-lumière de la petite sotte de seize ans qui s'était amourachée d'Elijah Wolf.

Pourtant, une petite voix dans sa tête lui dit qu'à l'époque, le moment était peut-être mal choisi, mais qu'à présent, ils étaient libres tous les deux et les astres leur étaient favorables.

Elle ignora cette petite voix et se concentra sur les détails de son plan. Elle ne doutait pas qu'il allait *marcher. E*lle devait simplement se rappeler qu'ils allaient jouer un rôle, et faire semblant d'être attirés l'un par l'autre.

Le souvenir d'Elijah qui regardait fixement sa bouche s'imposa à elle, et elle se rendit compte que ce qui allait être difficile ne serait pas de prétendre qu'il lui plaisait, mais de veiller à *ne pas* tomber amoureuse de lui.

*
* *

Le samedi était froid et pluvieux. Le ciel au-dessus de Seattle était gris et menaçant, et les nuages semblaient flotter autour de la Space Needle. Cependant, le ciel se dégagea en fin d'après-midi, et Frankie se mit à espérer que le temps allait encore s'éclaircir en soirée.

Avant d'aller prendre sa douche, elle prit dans un tiroir de la commode un petit sac à main vert émeraude dans lequel elle glissa les deux billets pour la soirée, ses clés, un rouge à lèvres, un billet de vingt dollars et quelques mouchoirs en papier. Puis elle sortit son manteau préféré du placard et emmena toutes ses affaires dans le salon.

Une demi-heure plus tard, après avoir pris une bonne douche chaude, elle mit de la crème parfumée et enfila sa petite culotte vert amande et son soutien-gorge sans bretelles assorti. Lily, la femme de Justin, était styliste, et c'était elle qui lui fournissait sa lingerie. Les modèles de Lily la ravissaient et, chaque fois qu'elle entrait dans son magasin, Princess Lily's Boutique, elle avait le sourire aux lèvres.

Elle s'assit sur le bord du lit et enfila soigneusement ses bas avant de mettre sa robe vert émeraude. C'était une robe bustier, qui mettait en valeur ses seins et sa taille fine. Une large bande de petites perles de jais scintillantes bordait le haut du corsage.

Elle enfila ensuite des chaussures noires à talons hauts, et se leva pour aller se regarder dans le miroir. Elle se contorsionna pour vérifier qu'elle avait bien fermé sa robe jusqu'en haut, puis alla chercher sa parure en jais, faite de boucles d'oreilles, d'un collier et d'un bracelet assortis, dans la boîte à bijoux sur la commode. Si elle ne rencontra aucun problème à mettre les boucles d'oreilles et le bracelet, elle n'arriva pas à fermer le collier. Après avoir essayé plusieurs fois, elle éteignit la lumière et sortit de sa chambre avec le collier dans le creux de la main.

La sonnette retentit au moment où elle entrait dans le salon, et elle alla ouvrir. Elijah se tenait là, dans son smoking, le col blanc de sa chemise ressortait sur son cou bronzé. Les mains dans les poches de son pantalon, il paraissait à l'aise.

La petite pointe d'excitation qu'elle ressentit dès qu'elle le vit la surprit un peu moins que la fois précédente. Peut-être s'habituait-elle tout simplement à sentir son cœur s'emballer chaque fois qu'elle était en sa présence.

— Bonsoir, Elijah. Entre… J'en ai pour une minute.

— Salut, dit-il avec un sourire indolent.

Il la toisa de la tête aux pieds, lentement, d'un air approbateur, puis il plongea de nouveau ses yeux dans les siens.

— Tu es magnifique. J'aime beaucoup ta robe.

Gênée mais ravie, elle baissa les yeux et se tourna vers le petit miroir ovale accroché à côté du placard de l'entrée.

— Merci… Je n'en ai pas pour longtemps, je n'ai plus qu'à mettre mon collier.

Elle regarda le fermoir en fronçant les sourcils.

— Tu n'y arrives pas ? demanda-t-il en s'approchant.

— Je ne comprends pas comment marche ce fermoir… C'était le collier de ma grand-tante Francine. C'est la première fois que je le porte et je n'ai jamais vu un fermoir comme celui-ci.

— Je peux t'aider ?

Il tendit la main, et elle lui remit le collier. Il l'examina, et dit :

— Je pense avoir compris… Tourne-toi et soulève tes cheveux.

Elle s'exécuta et baissa la tête en avant. Elle sentit ses doigts effleurer sa nuque, et ce contact la troubla aussitôt.

— Et voilà ! dit-il d'un ton satisfait.

Il leva les yeux et leurs regards se croisèrent dans le miroir. Elle retint son souffle et, l'espace d'un instant, elle eut l'impression que le temps s'arrêtait.

Elle perçut l'éclat d'une lueur de désir dans ses yeux, et il lui adressa un sourire charmeur. Soudain, elle se demanda comment elle réagirait s'il lui faisait faire un demi-tour dans ses bras et qu'il l'embrassât, comme il l'avait si souvent fait dans ses rêves.

Mais il baissa les yeux et recula. Le charme fut instantanément rompu. Il alla prendre son manteau sur le fauteuil, le lui tendit et elle l'enfila sans dire un mot. Il lui posa les mains sur les épaules un bref instant, puis il lui donna son sac à main.

— Tu as tout ce qu'il te faut ?

— Oui.

Elle le regarda en souriant, bien décidée à paraître aussi sereine que lui.

Ils sortirent enfin et prirent l'ascenseur tout en discutant de la pluie et du beau temps. Dehors, une limousine noire les attendait, et le chauffeur se précipita à leur arrivée pour leur ouvrir la portière arrière.

Elle monta dans la voiture, et Elijah s'installa à côté d'elle.

— Quel plaisir d'avoir un chauffeur ! dit-elle avec gratitude. Surtout par ce temps…

— Sans compter que c'est le chauffeur qui va devoir supporter la circulation, dit-il d'un ton pince-sans-rire.

— C'est vrai… Tu as bien fait de ne pas prendre le volant ce soir.

Il étendit ses longues jambes devant lui.

— Cela ne m'aurait pas dérangé, mais ma Porsche est au garage et je ne voulais pas venir te chercher avec le pick-up…

Il afficha un large sourire, les yeux pétillants.

— Je n'aurais pas aimé mettre du cambouis sur cette belle robe !

— C'est gentil de ta part, dit-elle d'un ton amusé. Tu aurais dû me dire que tu n'avais pas ta voiture, je serais passée te prendre.

Il haussa les sourcils d'un air faussement choqué.

— Pour que mon grand-père découvre que j'avais un rendez-vous et que c'est ma cavalière qui est venue me chercher ?

Il fit semblant de frémir.

— Mon grand-père ne manquerait pas une occasion de me le rappeler !

Elle rit.

— Ton grand-père a l'air sympa !

— Il est sympa, s'empressa-t-il de dire. Comprends-moi bien, je l'adore. S'il ne s'était pas occupé de mes frères et moi à la mort de nos parents, nous aurions été séparés et placés dans des familles d'accueil… Mais il persiste à penser qu'il a raison de se mêler de nos affaires comme il le faisait quand nous étions petits.

— Et tu ne peux pas lui dire de se mêler de ses oignons, parce que tu l'aimes et que tu ne veux pas lui faire de peine, devina-t-elle.

— Exactement ! Comment le sais-tu ? demanda-t-il en l'observant attentivement.

— Je le sais parce que c'est ce que je ressens vis-à-vis de Harry. Je l'adore, mais il faut vraiment qu'il arrête de se mêler de ma vie privée. Oh, bien sûr, ajouta-t-elle en haussant les épaules, je sais que nous sommes tous les deux adultes et que je pourrais tout simplement lui dire d'arrêter, mais je sais qu'il serait blessé, alors je ne dis rien, et c'est pour cela que j'ai échafaudé ce plan.

— Si Harry apprend que tu essaies de le duper, il sera blessé de toute façon, lui fit-il remarquer avec prudence.

— Je sais…, dit-elle, soucieuse.

Elle lui jeta un coup d'œil furtif et vit qu'il la regardait avec une expression étrangement tendre.

— C'est pour cela que nous devons être très convaincants, ajouta-t-elle d'un ton ferme.

— Je suis d'accord !

La voiture ralentit, et il jeta un coup d'œil au-dehors.

— Nous sommes arrivés, reprit-il. Prends un air enamouré, ma chérie… Le rideau se lève !

- 4 -

L'auvent du Grand Sylvania protégeait la limousine de la pluie. Elijah descendit de voiture et se retourna pour saisir la main de Frankie. Ils s'engouffrèrent dans le hall de l'hôtel, rejoignant les autres invités pour prendre l'escalator jusqu'au premier étage. Les conversations et les rires de la foule couvraient l'air de *Broadway* qu'interprétait l'orchestre. Ils se dirigèrent ensuite vers la grande salle de bal. A l'entrée, un employé de l'hôtel les salua et prit le manteau de Frankie pour le donner à une jeune femme en robe de soirée blanche.

— Puis-je avoir vos billets, s'il vous plaît ?

Frankie prit les deux cartons d'invitation dans son sac et les tendit à la jeune femme.

— Parfait ! Par ici, je vous prie.

— Merci.

Sur un sourire, ils suivirent leur hôtesse. Il passa un bras autour de la taille de Frankie dans un geste quelque peu possessif, et ce contact la troubla aussitôt.

Ils se frayèrent un chemin entre les tables. Elle parcourut la foule des yeux, et aperçut sa mère assise à côté de Harry et d'un autre couple, à une table de six, au bord de la piste de danse.

Cornelia leva les yeux et la vit. Elle sourit et lui fit signe de la main, puis elle aperçut Elijah derrière elle, et écarquilla les yeux de surprise. Elle adressa à sa fille un regard interrogateur alors qu'ils arrivaient devant la table.

— Bonsoir, maman.

Frankie se baissa pour embrasser sa mère et Marcia Adkins. Harry et Jonathon Adkins se levèrent et les saluèrent, tandis qu'Elijah lui avançait sa chaise. Elle le remercia et lissa le devant de sa robe avant de s'asseoir.

— Je ne savais pas que tu venais avec Elijah, lui dit Cornelia avec un sourire, mais c'est une bonne chose. Je suis ravie de te voir, Elijah… J'ai à peine eu le temps de te parler l'autre soir, chez Harry.

— Je suis désolé, Cornelia. Justin et Lily ont promis à Ava qu'elle pourrait avoir un lapin pour son anniversaire, et nous avons passé la soirée à discuter de la taille adéquate du clapier que nous allons lui construire.

— Je reconnais bien là ma petite Ava, dit Harry avec un sourire affectueux. Tu noteras qu'elle s'est tout de suite adressée à un professionnel du bâtiment, ajouta-t-il à l'intention de Jonathon.

— Oui, et elle a choisi un homme susceptible de céder à tous ses caprices, dit Elijah d'un ton pince-sans-rire.

Cornelia eut un sourire tendre et approbateur.

— Tu as de la concurrence, dit Harry, avec son père, moi et ses trois oncles !

Elijah rit.

— C'est vrai… C'est une charmeuse, cette petite.

Il se tourna pour demander quelque chose à un serveur, et Cornelia se pencha pour murmurer à l'oreille de sa fille :

— Tu ne m'avais pas dit qu'Elijah était ton cavalier ce soir !

— Cela s'est fait à la dernière minute, chuchota Frankie.

— Je ne savais pas que vous sortiez ensemble, dit Cornelia d'un ton interrogateur.

— Nous nous sommes vus deux ou trois fois.

Ce n'était pas vraiment un mensonge… Elijah et elle s'étaient bel et bien vus à plusieurs reprises ces derniers temps : une fois chez Harry, et une fois au bureau d'Elijah. Cela comptait, n'est-ce pas ?

Cornelia semblait intriguée, mais dut réfréner sa curiosité car deux serveurs arrivèrent et leur servirent du champagne.

— Oh, merveilleux ! J'adore le champagne, dit Frankie d'un ton ravi en prenant la coupe qu'Elijah lui tendait. Comment l'as-tu deviné ?

— Tu en as pris le soir de ton anniversaire.

Il soutint son regard, et elle sentit son cœur faire un bond dans sa poitrine. Elle devina à la lueur dans ses yeux qu'il repensait au baiser qu'ils avaient échangé ce soir-là, et elle replongea elle aussi dans ce souvenir... Elle sentait encore les lèvres d'Elijah sur les siennes, ses bras puissants autour d'elle, les muscles de son torse et de ses cuisses contre son corps...

— C'est adorable de t'en être souvenu.

La voix chaleureuse de Cornelia l'arracha à ses pensées. Elle détacha ses yeux de ceux d'Elijah et regarda les bulles qui remontaient à la surface du champagne doré.

Elijah se laissa aller en arrière, son verre dans une main et un bras derrière elle sur le dossier de sa chaise. Il effleura son épaule nue, puis lui caressa la nuque du bout des doigts.

— Je me souviens de tout sur Frankie, dit-il d'une voix grave, un peu rauque.

Leurs regards se croisèrent de nouveau. Elle s'efforça de se rappeler qu'il jouait un rôle, mais ses yeux lui paraissaient soudain d'un bleu plus profond. Une douce chaleur troublante l'envahit malgré elle.

— Je ne me rappelle pas t'avoir vu à la soirée d'anniversaire de Frankie, dit Harry.

Elle se tourna vers son oncle, alertée par son ton, et elle vit qu'il observait attentivement Elijah, les yeux plissés.

— Je ne suis pas resté longtemps, dit Elijah sans se démonter. Je venais à peine de me remettre d'une deuxième opération, et je ne suis passé que quelques minutes... Je cherchais Justin, je ne savais même pas que vous faisiez la fête. J'ai dit bonsoir à Frankie, j'ai bu à sa santé, et je suis reparti.

— Ah, d'accord... C'est probablement pour ça que je ne m'en souviens pas, dit Harry d'un ton songeur, je n'ai pas dû te voir dans la foule.

— Il y avait beaucoup de monde, remarqua Elijah.

Il lui caressa distraitement l'épaule, comme s'il savourait la sensation de sa peau sous ses doigts. Elle savait qu'il ne la touchait que parce que Harry et Cornelia les regardaient, mais elle ne put retenir un frisson de plaisir.

— Oh, Jonathon ! s'écria Marcia, son visage s'éclairant alors que l'orchestre se mettait à jouer un air de Burt Bacharach. J'adore cette chanson, allons danser !

Elle tendit la main à son mari, qui la saisit et se leva aussitôt.

— Excusez-nous !

Elijah se pencha vers Frankie.

— Allons danser, lui murmura-t-il à l'oreille.

Elle hocha la tête en silence et ils se levèrent.

— Harry, tu devrais danser avec maman, dit-elle alors qu'Elijah entrelaçait ses doigts aux siens.

— Je crois que nous allons rester assis pour l'instant et finir notre champagne.

Frankie crut voir une ombre passer sur le visage de sa mère, mais à ce moment-là, Elijah l'entraîna sur la piste de danse.

Il la fit tourner sur elle-même, puis la serra contre lui. Elle appuya sa tempe contre sa joue, s'abandonnant à cette étreinte, et enivrée par le parfum subtil de son après-rasage.

— Tu as vu la tête que fait Harry ? lui demanda Elijah à voix basse. Il hésite entre nous demander ce que nous faisons ensemble et faire comme si de rien n'était.

Elle rit.

— Je donnerais cher pour savoir ce qu'il dit à maman en ce moment même.

Il resserra son étreinte.

— Justement, lui murmura-t-il à l'oreille, Harry et ta mère viennent vers nous.

Elle renversa la tête en arrière et le regarda.

— Qu'allons-nous faire ?

Il la regarda droit dans les yeux et la fit tourner lentement, puis l'entraîna à l'écart, derrière une colonne au pied de laquelle étaient posés des paniers de fleurs.

Sa robe tournoya autour de ses jambes lorsqu'il la plaqua avec douceur contre la colonne. Puis, sans la quitter des yeux, il pencha lentement la tête vers elle, et l'embrassa. Prise de court, elle sursauta et agrippa les revers de sa veste de smoking, le souffle coupé.

— Chut…, murmura-t-il contre ses lèvres.

Puis il l'embrassa de nouveau, plus langoureusement encore. Aussitôt, elle oublia qu'ils étaient entourés d'une foule de gens dansant et riant. Elle s'abandonna entre ses bras, et le monde autour d'eux lui sembla s'évanouir.

Lorsqu'il finit par détacher ses lèvres des siennes, elle était à bout de souffle. S'il ne l'avait pas soutenue, ses jambes se seraient dérobées sous elle. Haletant, il soutint son regard, sans cesser de caresser ses épaules nues, comme instinctivement, et elle vit sa mâchoire se contracter. Il dut voir quelque chose dans ses yeux, car un sourire sensuel se dessina lentement sur ses lèvres, un sourire qui lui donna envie de l'embrasser de plus belle. Soudain, il la prit dans ses bras et l'entraîna de nouveau sur la piste de danse. Elle se laissa guider, se déplaçant machinalement au rythme de la musique, s'efforçant de reprendre ses esprits.

Elle était aussi bouleversée qu'elle l'avait été la première fois qu'ils s'étaient embrassés, le jour de son anniversaire. Cela ne faisait plus aucun doute : ce n'était pas le champagne qui lui avait tourné la tête ce soir-là…

Harry et Cornelia, maintenant à l'autre bout de la piste de danse, essayaient d'assimiler ce qu'ils venaient de voir.

— Je n'avais pas espionné l'une de mes filles depuis leur adolescence, dit Cornelia à Harry. Je me sens coupable.

— Nous ne l'avons pas espionnée volontairement, protesta Harry, nous dansions simplement près d'Elijah et elle quand il l'a entraînée derrière cette colonne. Ce n'est pas comme si nous avions pris des jumelles pour les observer…

Cornelia leva les yeux vers lui.

— Même *toi*, tu ne peux pas croire à cette excuse, Harry, dit-elle en secouant la tête d'un air réprobateur. Tu sais très bien que tu m'as invitée à danser uniquement pour pouvoir garder un œil sur eux.

— D'accord, c'est vrai, mais pour ma défense, j'ai du mal à croire que Frankie s'intéresse soudain à Elijah. Ils se connaissent depuis des années, et il n'y a jamais rien eu entre eux !

— Peut-être que c'est précisément *parce qu*'ils se connaissent depuis des années qu'ils sortent ensemble aujourd'hui. Parfois, deux personnes peuvent être très proches et ne pas se rendre compte qu'elles sont faites l'une pour l'autre.

— J'ai du mal à le croire, dit Harry d'un ton railleur. S'ils étaient vraiment faits l'un pour l'autre, ils s'en seraient rendu compte beaucoup plus tôt.

— Peut-être, mais certaines personnes sont tellement *obtuses* qu'elles ne verraient pas l'âme sœur même si elle était juste sous leurs yeux, dit-elle d'un ton sec.

— Eh bien, en tout cas, je persiste à penser que Nicholas serait l'homme idéal pour Frankie.

Cornelia écarquilla les yeux, puis elle dévisagea Harry d'un air soupçonneux.

— Par pitié, dis-moi que tu ne recommences pas à jouer les entremetteurs, Harry, dit-elle d'un ton menaçant.

Il fit la grimace.

— Voyons, Cornelia, qu'est-ce qui te fait croire que je ferais une chose pareille ?

Elle était sceptique, mais n'insista pas. Puis, l'orchestre fit une pause, et ils retournèrent s'asseoir à leur table.

Trois heures plus tard, quand le dîner fut terminé, Elijah et Frankie remontèrent dans la limousine. La voiture démarra lentement et s'éloigna de l'hôtel.

Dehors, les enseignes au néon et les phares des voitures éclairaient le centre de Seattle d'une lueur rougeoyante rendue trouble par la pluie qui dégoulinait sur les vitres teintées.

Frankie poussa un soupir de contentement et se détendit sur la banquette en cuir souple.

— Visiblement, Harry a été surpris de nous voir ensemble, fit-elle remarquer. Je ne suis pas sûre qu'il soit vraiment convaincu que nous sommes un vrai couple. Qu'en penses-tu ?

— Je pense qu'il va falloir que nous nous montrions plus

d'une fois en public pour faire croire à Harry que nous sortons ensemble. Il a besoin d'être convaincu que tu es folle de moi et que ce n'est plus la peine qu'il t'incite à sortir avec Nicholas.

Il eut un sourire narquois.

— Harry est très têtu, et quand il a une idée dans la tête, il n'en démord pas.

— Dans ce cas, nous devrons être encore plus déterminés que lui. T'en sens-tu capable ?

Il haussa les épaules avec désinvolture.

— Je t'ai dit la première fois que nous en avons parlé que Harry ne serait pas facile à convaincre. Cette soirée n'était qu'un début, nous finirons par arriver à nos fins.

— J'avoue que quand j'ai élaboré ce plan, je pensais que nous nous montrerions ensemble deux ou trois fois et que Harry arrêterait de se mêler de ma vie sentimentale. J'aurais dû me douter qu'il n'abandonnerait pas aussi facilement.

— Ne t'inquiète pas…

Il entrelaça ses doigts aux siens et posa leurs mains jointes sur ses genoux.

— … nous sommes complices, n'est-ce pas ? A nous deux, nous viendrons à bout des ruses de Harry.

La voiture ralentit, puis s'arrêta le long du trottoir. Elijah jeta un coup d'œil à travers la vitre.

— Nous sommes arrivés.

Il descendit de voiture, ouvrit son parapluie et lui tendit la main pour l'aider à sortir.

La pluie tambourinait sur le parapluie, mais elle était bien au chaud, collée contre Elijah, qui lui avait passé un bras autour de la taille. Ils se hâtèrent vers le hall de son immeuble, puis ils prirent l'ascenseur jusqu'au troisième étage.

Elle ouvrit la porte de son appartement et se retourna vers Elijah.

— Je t'appellerai dès que j'aurai eu maman et que je saurai à quelle occasion nous pourrons de nouveau rencontrer Harry.

— Parfait…

Il se pencha et déposa un baiser sur ses lèvres.

— Bonne nuit, murmura-t-il, les yeux baissés.

— Bonne nuit…

Elle se hâta de refermer la porte derrière elle, puis elle s'adossa contre la porte et attendit d'avoir entendu le tintement de l'ascenseur. Elle se précipita alors dans le salon et alla vérifier entre les lamelles des stores de la fenêtre qu'il sortait bien de l'immeuble.

Quelques instants plus tard, elle l'aperçut qui s'engouffrait dans la limousine. Puis, la voiture démarra et disparut au coin de la rue.

Elle se rendit dans sa chambre pour enlever son manteau qu'elle pendit dans le placard, avant de retirer sa robe.

Elle finit de se déshabiller, incapable de s'empêcher de penser à Elijah. Elle retira ses bijoux, et se rendit compte qu'elle avait perdu une boucle d'oreille. Elle la chercha sur le tapis, dans les plis de son manteau et de sa robe, mais en vain. Le cœur lourd, elle rangea l'unique boucle d'oreille dans sa boîte à bijoux de bois laqué.

Elle enfila ensuite son pantalon de pyjama en pilou et un débardeur, et se mit au lit. En pensant toujours à Elijah. Jusque-là, son plan pour se débarrasser définitivement de sa toquade de gamine échouait lamentablement.

Il était encore plus charmant qu'elle ne l'avait imaginé, et elle risquait fortement de s'habituer à ses baisers…

- 5 -

Le dimanche après-midi suivant, Frankie se rendit chez sa mère. Elle s'attendait à ce que cette dernière lui pose des questions au sujet d'Elijah, mais Cornelia n'aborda pas le sujet. Elles discutèrent du succès du dîner caritatif tout en préparant du thé. Pendant que Frankie disposait la théière et les tasses en porcelaine sur un plateau, Cornelia prit des serviettes en papier et une assiette de petits sablés, et elles emportèrent le tout dans la véranda. Au même moment, le pick-up blanc de Wolf Construction s'arrêta devant la maison.

— Ce ne serait pas Elijah ? demanda Cornelia alors que la portière s'ouvrait. Tu l'attendais, Frankie ?

Frankie posa le lourd plateau sur la table basse, devant sa mère, et elle regarda par la fenêtre. Effectivement, c'était bien Elijah qui remontait l'allée d'un pas nonchalant… Elle ne put réprimer une bouffée de joie en le voyant.

— Si, c'est bien lui, mais je ne sais pas du tout ce qu'il fait ici.

Cornelia avait récemment fait rénover la véranda de sa belle maison. La pièce, dans le prolongement du salon, longeait toute la façade. De grands ventilateurs de bois étaient suspendus au plafond et tournaient paresseusement, le sol en parquet laqué était gris, et des petits tapis étaient disposés çà et là. Un canapé et des fauteuils en rotin blanc, sur lesquels étaient posés des coussins aux couleurs vives, formaient un coin salon confortable.

Cornelia était assise dans un fauteuil, appuyée sur un gros coussin à motifs fleuris, vert et corail. Frankie s'installa sur la balancelle rembourrée, à côté de la table sur laquelle elle avait posé le plateau.

Elijah les regarda à travers la vitre alors qu'il approchait de la véranda et il sourit.

— Entre, Elijah, lui cria Cornelia.

— Bonjour, mesdames !

Il entra et referma la porte derrière lui. Il portait un jean délavé, de grosses chaussures noires, un polo bleu pâle et un blouson d'aviateur en cuir usé marron. Des gouttes de pluie brillaient dans ses cheveux noirs. Il enleva son blouson mouillé et le posa sur le dossier du rocking-chair le plus proche.

Elle prit une profonde inspiration et tapota le coussin à côté d'elle.

— Je ne m'attendais pas à te voir… Comment as-tu su que j'étais ici ?

— Je suis passé chez Justin et Lily pour leur donner les plans du clapier pour le lapin d'Ava, qui s'avère être un véritable château, dit-il d'un ton amusé, et Lily m'a dit que tu passais l'après-midi avec ta mère, alors j'ai pensé que je passerais en rentrant chez moi.

Il mit la main dans la poche de son jean et en sortit une boucle d'oreille en jais.

— Tu as perdu ça dans la voiture, hier soir, et je me suis dit que tu serais sûrement contente de l'avoir.

— Oh, tu l'as retrouvée ! Je suis tellement contente, merci !

Elle tendit la main et il lui donna la boucle d'oreille, puis il s'assit à côté d'elle sur la balancelle, un bras tendu derrière elle sur le dossier.

— J'étais tellement contrariée, ajouta-t-elle, je pensais ne jamais la retrouver. Merci !

Spontanément, elle se pencha vers lui et déposa un baiser sur sa joue.

— De rien, dit-il, les yeux pétillants. Tu peux perdre des bijoux dans ma voiture quand tu veux, j'aime beaucoup ta façon de me remercier…

A peine eut-il prononcé ces mots qu'elle se sentit rougir. Elle jeta un coup d'œil furtif à sa mère, et vit qu'un sourire amusé et indulgent se dessinait sur ses lèvres. Apparemment, Cornelia appréciait le charme d'Elijah.

— J'espère que je ne perdrai plus de bijoux, à l'avenir, mais cela ne m'empêchera pas de te montrer mon affection.

Elle lui caressa la joue avec familiarité, puis se pencha en avant et souleva la théière.

— Veux-tu du thé ? C'est du Earl Grey.

Elle servit sa mère et lui tendit sa tasse, puis le regarda d'un air interrogateur.

— Du thé ? répéta-t-il en faisant la grimace. Chérie, tu sais bien que je ne bois pas de thé.

Elle ne put s'empêcher de rire devant son expression contrite et vaguement écœurée.

— Je suis sûre que maman a autre chose pour toi.

— A vrai dire, ça ira, merci… Je viens de boire un chocolat chaud avec Ava.

— Tu as eu droit à un mug ou à une tasse de dînette de la taille d'un dé à coudre ? demanda-t-elle en sucrant son thé, avant de s'appuyer de nouveau contre le dossier de la balancelle, une jambe sous les fesses, face à lui.

— Aujourd'hui nous nous sommes assis dans l'îlot de cuisine et nous avons bu dans des tasses normales…, fit-il en secouant la tête. Heureusement ! J'arrive à peine à passer mon doigt dans l'anse de ses minuscules tasses, et je suis inquiet chaque fois que je m'assieds à sa table de petite fille, j'ai peur d'être trop lourd pour la chaise et de la casser.

Cornelia et Frankie lui adressèrent un sourire attendri. Frankie voyait d'ici Elijah, grand et musclé, assis sur l'une des petites chaises d'Ava. L'image était très touchante…

— Tu la vois souvent ? demanda-t-elle.

— Pas aussi souvent que je le voudrais. Justin est obligé de passer beaucoup de temps dans son ranch, dans l'Idaho…

Il se pencha pour prendre un biscuit.

— … mais quand ils sont à Seattle, nous nous voyons assez souvent. Je suis son oncle de cœur, et apparemment Ava pense que cela implique que j'aie certains devoirs envers elle, dit-il avec un sourire.

— Dont prendre le thé avec elle et ses poupées ?

— Oui, entre autres !

Il fit semblant de frémir, mais à en juger par le sourire affectueux qu'il affichait, il n'était pas du tout contrarié de jouer à la dînette avec la fillette.

La pluie continuait à tambouriner sur les vitres. Frankie soupira et regarda le jardin d'un air morose.

— Je crois que je ne vais pas y aller, ce soir… Je n'ai pas du tout envie d'assister à un rassemblement étudiant pour la paix dans le monde sous la pluie.

Il l'observa d'un air incrédule.

— Tu avais l'intention de te joindre à des étudiants par ce temps pour écouter un première année vous expliquer comment sauver le monde ?

— Comment sais-tu que c'est un première année ? demanda-t-elle, intriguée.

Il haussa les épaules avec désinvolture.

— C'est toujours un première année… En deuxième année, les étudiants sont déjà plus cyniques.

Il baissa la voix et ajouta :

— On dit que c'est à cause de toute la bière qu'ils consomment pendant les soirées au cours de la première année.

Cornelia éclata de rire.

— Tu dois avoir raison, Elijah.

— Probablement, acquiesça Frankie. Je parie que tu as obtenu ces renseignements de première main ! dit-elle d'un ton pince-sans-rire.

— Je dois bien reconnaître que j'ai contribué à faire diminuer le niveau de quelques tonnelets au cours de ma première année de fac, mais je n'ai jamais pris un porte-voix pour faire un cours aux autres étudiants sur la paix dans le monde.

— Défendais-tu une autre bonne cause ? demanda Cornelia.

Assise à côté de lui, Frankie but son thé en écoutant Elijah parler des activités qu'il avait eues à l'université. Elle savait qu'il était allé à l'université de Washington grâce à une bourse d'études et à l'argent qu'il avait gagné en travaillant pour Wolf Construction. Il avait obtenu son diplôme d'ingénieur et sous sa direction, l'entreprise familiale avait décollé, devenant l'une des entreprises de bâtiment les plus importantes de la région.

Tout ce que Harry lui avait dit à propos du succès de Nicholas Dean pouvait être dit d'Elijah… Un sentiment de fierté l'envahit malgré elle.

Il tourna la tête vers elle et lui adressa un regard chaleureux.

— Viens au cinéma avec moi ce soir, Frankie, dit-il d'un ton décontracté. Nous serons bien au sec, et nous mangerons du pop-corn.

— Quel film vas-tu voir ?

— Un thriller tiré d'un polar qui m'a beaucoup plu.

— Ça peut être sympa.

— Tu aimes ce genre de livres ?

— Oui, pourquoi ?

— Eh bien, ça alors ! Tu n'arrêtes pas de m'étonner.

— Il y a beaucoup de femmes qui aiment les polars !

— Je sais, mais toi, tu as une maîtrise de lettres… Je ne m'attendais pas à ce que tu aimes ce genre de littérature.

— Je serais tout aussi intéressée par un film tiré d'un roman de Jane Austen, mais je ne suis pas snob en matière de cinéma, j'aime toutes sortes de films. Je serais ravie d'aller au cinéma avec toi ce soir.

— Super !

Il regarda Cornelia.

— Et toi, Cornelia ? Veux-tu venir avec nous ?

— Oh, non, merci, répondit Cornelia en agitant la main. Il y a ma série préférée à la télévision ce soir, et j'attends le prochain épisode avec impatience. Je vais m'installer confortablement devant la télé en pyjama, avec un pot de crème glacée.

— D'accord, mais tu sais que tu peux te joindre à nous si tu changes d'avis, dit Elijah. Je passe te prendre à 19 heures ? demanda-t-il en se tournant de nouveau vers Frankie.

Elle hocha la tête.

— Je serai prête. A quel cinéma allons-nous ?

— Au Pacific Place, en centre-ville.

Il se leva et la balancelle oscilla un moment.

— Il faut que j'y aille, je dois passer sur un chantier pour voir l'agent de sécurité.

— Il y a un problème ?

— Rien de grave… Il a beaucoup plu ces derniers jours, et je veux vérifier qu'il n'y a pas de dégât des eaux, répondit-il en remettant son blouson.

Cornelia se leva et prit le plateau.

— Cela m'a fait plaisir de te voir, Elijah… Repasse quand tu veux !

— Avec plaisir, Cornelia, merci.

Elle se dirigea vers la cuisine. Il tendit la main à Frankie pour l'aider à se mettre debout, puis il lui passa un bras autour des épaules et, la serrant contre lui, se dirigea vers la porte qui donnait sur le jardin.

— J'espère que tu ne m'en veux pas d'être passé à l'improviste, mais quand Lily m'a dit que tu passais l'après-midi avec ta mère, j'ai pensé que ce serait l'occasion idéale pour te rendre ta boucle d'oreille et conforter Cornelia dans l'idée que nous sommes ensemble.

— Je ne t'en veux pas du tout, je suis très contente que tu sois passé. Je t'avouerai que je n'aime pas cacher la vérité à maman, mais ce qui me console c'est que je sais qu'elle serait la première à nous soutenir si elle savait que Harry recommençait à jouer les entremetteurs.

— C'est vrai… Le problème, c'est que plus il y aura de gens au courant de notre plan, plus ce sera difficile de le cacher à Harry.

Elle soupira.

— Tu as raison.

Elle se tourna face à lui.

— Tu n'es pas obligé de m'emmener au cinéma ce soir, Elijah. Maman ne le saura jamais…

Il haussa les sourcils.

— Tu plaisantes ? Passer du temps avec toi est l'un des avantages de cette mise en scène. D'ailleurs, c'est toujours agréable d'être accompagné pour aller au cinéma, comme ça, ensuite, on peut reparler des passages qui nous ont plu, ou se plaindre ensemble si le film était mauvais.

— Ah, je vois… Alors ce n'est pas vraiment ma compagnie qui t'intéresse, le taquina-t-elle. Ce que tu veux, c'est avoir quelqu'un avec qui discuter du film après coup.

Il rit.

— Tu m'as percé à jour !

Il se pencha vers elle et dit à voix basse :

— Ta mère est debout devant l'évier de la cuisine, elle peut nous voir de là où elle est… Veux-tu que nous lui donnions quelque chose à raconter à Harry ?

Elle sentit son cœur faire un bond dans sa poitrine, puis elle hocha la tête, et un sourire se dessina sur les lèvres d'Elijah. Il lui passa un bras autour de la taille et l'attira vers lui, puis il l'embrassa tendrement. Elle s'agrippa à ses bras musclés et s'abandonna à cette étreinte, étourdie.

Leur baiser ne dura qu'un instant, trop court à son goût.

— Je passerai te prendre à 19 heures, dit-il en la dévorant du regard.

Elle hocha la tête, incapable de rassembler ses esprits pour former une phrase cohérente.

Il se pencha de nouveau vers elle et lui murmura à l'oreille :

— Et, Frankie… T'embrasser est ce qu'il y a de mieux dans cette mise en scène.

Elle écarquilla les yeux, stupéfaite. Avec un large sourire, il ouvrit la porte et sortit. Elle le regarda s'éloigner, hébétée.

Elijah alla chercher Frankie chez elle ce soir-là et, une petite demi-heure plus tard, ils étaient confortablement installés dans l'une des salles du Pacific Place. Il lui tendit la boîte de pop-corn.

— Ça fait beaucoup de pop-corn pour deux personnes, dit-elle en regardant la boîte d'un air dubitatif.

— J'adore le pop-corn ! Fais-moi confiance, dit-il en lui faisant un clin d'œil, il ne fera pas long feu.

Elle rit et en prit une petite poignée. Tout en grignotant,

elle parcourut la salle des yeux. Les lumières étaient encore allumées, et des publicités pour les commerces du coin défilaient sur l'écran.

— Cela me rappelle quand j'allais au cinéma avec maman et mes sœurs, quand nous étions petites. J'adore aller voir un film quand il pleut, le dimanche.

— Mon grand-père nous déposait souvent au cinéma de Ballard, mes frères et moi, le samedi ou le dimanche après-midi… J'imagine que cela lui permettait de faire une pause bien méritée.

— Je suis sûre que maman aussi appréciait d'avoir un peu de calme, pendant une heure ou deux. Cela doit déjà être difficile d'élever des enfants à deux, mais tout seul…

— Je suis bien d'accord avec toi. Quand je vois Justin et Lily avec Ava… Ne t'y trompe pas, s'empressa-t-il d'ajouter, j'adore cette petite… mais elle m'épuise !

Elle sourit.

— Je vois très bien ce que tu veux dire, Ava a de l'énergie à revendre. J'ai un goûter avec elle samedi prochain, et je songe à prendre des vitamines d'ici là pour être en forme.

Elijah rit.

— Ce n'est pas une mauvaise idée, mais tu n'es pas un peu trop âgée pour aller à un goûter ?

— Absolument pas ! J'adore Ava, et une fois toutes les trois semaines, je l'emmène au parc ou voir une exposition pour enfants au Seattle Center. Bien sûr, ajouta-t-elle avec un clin d'œil, j'appelle cela « tisser des liens », mais pour Ava, c'est un « goûter ».

— Ah, je comprends mieux… Alors, dis-moi, que faisais-tu d'autre quand tu étais petite, à part aller au cinéma le dimanche après-midi ?

— Je faisais de la corde à sauter et du vélo, je jouais au Monopoly avec mes sœurs, et je travaillais bénévolement dans une écurie, où je m'occupais de chevaux, à Arlington.

Etonné, il arrêta de manger son pop-corn et leva un sourcil interrogateur.

— Je ne savais pas que tu aimais les chevaux… Je croyais que tu étais une citadine pure et dure.

— Je suis une citadine dans une certaine mesure, mais j'adore les animaux, et surtout les chevaux. Le jour de mon huitième anniversaire, maman m'a dit qu'il était temps que je choisisse une cause à laquelle consacrer un peu de mon temps libre, et j'ai choisi de m'occuper de chevaux qui avaient été maltraités.

— Bon choix ! dit-il avec un hochement de tête approbateur. Quand mon grand-père m'a dit que j'étais assez grand pour faire quelque chose pour mon prochain, j'ai choisi l'association « Habitat pour l'Humanité ».

— C'est une cause merveilleuse ! dit-elle avec enthousiasme. J'avais envisagé de m'y inscrire, mais je ne connais rien en menuiserie.

— C'est le cas de beaucoup de bénévoles, quand ils commencent. Rejoins mon groupe, je t'apprendrai à scier une planche et à planter un clou.

— Je doute que ce soit aussi facile que ça !

Il haussa les épaules.

— Ce n'est pas si compliqué, et les charpentiers professionnels font équipe avec des bénévoles débutants pour les encadrer.

— Si tu me promets de m'apprendre assez de choses pour que ma participation ne provoque pas l'effondrement d'une maison, je m'inscrirai.

Il éclata de rire.

— Tu ne risques pas de démolir une maison, ne t'inquiète pas !

Avant qu'elle n'ait eu le temps d'ajouter quoi que ce soit, les lumières s'éteignirent et la projection des bandes-annonces commença.

Quand ils eurent terminé le pop-corn, il lui prit la main, entrelaçant ses doigts aux siens. Surprise, elle lui jeta un coup d'œil, mais il était concentré sur le film et il ne tourna pas la tête vers elle.

Elle se fit la réflexion que c'était agréable d'être au cinéma avec lui, assise dans le noir, sa main dans la sienne, blottie contre lui… Elle était bien décidée à savourer l'instant présent, sans chercher à savoir pourquoi son cœur martelait sa poitrine chaque fois qu'il lui caressait la main.

Comme ils devaient tous les deux se lever tôt le lendemain matin, il la raccompagna chez elle sitôt le film terminé, soit vers 22 h 30. Il l'embrassa pour lui dire au revoir, la laissant une fois de plus profondément troublée.

Quarante minutes plus tard, alors qu'elle se glissait dans son lit et éteignait la lumière, elle se rendit compte que cela faisait bien longtemps qu'elle n'avait pas passé une soirée aussi agréable et reposante.

Et c'était grâce à lui si elle avait passé un si bon moment…

Cette pensée lui plaisait mais la tracassait tout à la fois. Elle appréciait bien trop sa compagnie…

Une femme sensée ne tenterait pas le diable, pensa-t-elle, à moitié endormie.

- 6 -

Le mercredi matin, Frankie était dans son bureau, à l'université de Washington. Elle remplaçait temporairement un professeur de littérature qui avait dû partir précipitamment. Ses nouvelles responsabilités lui plaisaient, et elle aimait le contact avec les étudiants.

Elle avait quarante-cinq minutes devant elle avant son prochain cours, et elle avait l'intention d'en profiter pour faire deux ou trois choses. Son bureau était recouvert de dossiers et de polycopiés. Absorbée dans ses pensées, elle envisageait de changer l'ordre de ses cours sur les auteurs anglais du vingtième siècle au programme.

— Bonjour, professeur.

La voix grave et virile était douce, presque un murmure, mais elle sursauta néanmoins, et tourna vivement la tête vers la porte.

Elijah se tenait sur le seuil, appuyé au chambranle. Il portait un jean délavé et une chemise de flanelle à carreaux bleus et blancs, ouverte sur un T-shirt blanc. Ses grosses chaussures noires étaient couvertes de poussière.

— Bonjour, dit-elle d'une voix tremblante.

— Je suis désolé de t'avoir fait peur.

Il s'approcha d'elle d'une démarche désinvolte.

— Je suis passé sur un chantier près d'ici, et j'ai pensé à toi, probablement coincée dans ton bureau à travailler avec acharnement, alors je me suis dit que j'allais t'apporter un café… Au lait et à la vanille, c'est bien ça ?

Il lui tendit un gobelet de chez Starbucks. Ravie, elle le regarda avec un grand sourire.

— Oui ! Tu t'en es souvenu...

Elle prit le gobelet et but une gorgée de café.

— Merci beaucoup.

— Je t'en prie, dit-il en souriant.

Il prit une chaise et s'assit à califourchon, les bras posés sur le dossier.

— Tu sais déjà quelle sera notre prochaine ruse pour tromper Harry ?

Elle pivota dans son fauteuil et allongea les jambes, les croisant au niveau des chevilles.

— Crois-le ou non, Harry m'a appelée ce matin pour me demander si je voulais dîner chez lui vendredi soir avec un groupe d'amis... Je lui ai dit oui, à condition que je puisse venir accompagnée.

— Qu'a-t-il dit ? demanda-t-il en buvant une gorgée de son propre café.

— Il m'a demandé si j'allais venir avec Nicholas Dean.

Il se raidit et lui lança un regard perçant.

— Il continue à te pousser dans les bras de Dean.

— Apparemment, oui.

— Dean t'a-t-il appelée ? demanda-t-il d'un ton faussement neutre.

— Eh bien, non, et c'est assez intéressant, répondit-elle en coinçant une mèche de cheveux derrière son oreille.

Il suivit des yeux le mouvement de sa main. Son regard s'attarda un moment sur ses cheveux, puis il la regarda de nouveau droit dans les yeux.

— Alors Harry ne doit pas être aussi insistant avec lui qu'avec toi.

Elle réfléchit un instant, les sourcils froncés.

— Tu as sûrement raison. T'a-t-il posé des questions à mon sujet ?

— Pas encore, mais nous avons une réunion demain pour parler affaires, il attend peut-être ce moment-là pour le faire. Harry est méfiant, s'il ne pousse pas Nicholas à sortir avec toi, c'est qu'il a ses raisons.

— Peut-être aussi que Nicholas n'a pas *envie* de sortir

avec moi, et si c'est le cas, notre mise en scène n'est pas vraiment nécessaire.

Elle vit une expression étrange passer dans son regard.

— Si c'est vraiment ce que tu penses, alors tu ne connais pas Harry aussi bien que cela.

— Qu'est-ce qui te fait dire ça ?

Elle espérait qu'il avait une réponse à cette question, car elle aimait passer du temps avec lui, et elle n'avait pas envie que cela s'arrête…

— Harry prévoit toujours tout, s'il n'arrive pas à vous persuader, Nicholas et toi, de sortir ensemble, il passera au plan B.

— Et le plan B, c'est quoi ?

— Pas *quoi*, *qui !* Je ne sais pas qui Harry choisira, mais je suis sûr qu'il a quelqu'un d'autre en tête.

Elle soupira.

— Bien sûr, tu as raison. Harry a toujours un plan.

Il jeta un coup d'œil à sa montre.

— Il faut que j'y aille… J'ai un rendez-vous dans un quart d'heure.

Il se leva et remit la chaise à sa place.

— A quelle heure veux-tu que je passe te prendre vendredi ? demanda-t-il.

— Vers 19 heures, si tu veux bien.

— Parfait… A vendredi, alors !

Ses yeux s'attardèrent sur sa bouche, puis il plongea de nouveau son regard dans le sien.

— Bonne fin d'après-midi, murmura-t-il.

Là-dessus, il s'en alla. Troublée par son regard de braise, elle eut besoin d'un moment pour se ressaisir.

Quelques minutes plus tard, elle était toujours assise devant ses papiers, le regard perdu dans le vague, quand quelqu'un frappa à la porte. Elle leva les yeux et vit sa collègue et amie Sharon Katz.

— Eh bien, Frankie, dit-elle sans préambule, qui était ce bel homme ?

Elle éclata de rire.

— C'est le meilleur ami de mon cousin Justin.

— Et il est venu te voir parce que… ?

— Il m'a apporté un café.

— Sympa…

Sharon s'appuya au chambranle de la porte, les bras croisés.

— Allez, avoue ! Tu sors avec lui ?

— Oui.

Elle sourit quand Sharon hocha la tête d'un air approbateur.

— Bravo, professeur !

Sharon se redressa et jeta un coup d'œil dans le couloir.

— Mince alors ! Mes élèves sont déjà là, il faut que j'y aille. Tu veux qu'on déjeune ensemble demain ? Tu me raconteras tout…

— D'accord.

Sharon s'en alla, et Frankie reporta son attention sur son travail.

Le vendredi matin apporta une nouvelle décevante : elle reçut un e-mail du département de lettres lui annonçant qu'elle devait assister à un cocktail le soir même, après le travail. Elle soupçonnait son chef de vouloir impressionner ses supérieurs en faisant venir tout le personnel du département.

Déçue de devoir annuler les projets qu'elle avait avec Elijah, elle l'appela plusieurs fois sur son portable pour le prévenir, mais elle tomba systématiquement sur son répondeur. En début d'après-midi, inquiète de ne pas réussir à le joindre à temps, elle essaya de l'appeler au travail, mais sans succès. Après avoir laissé un message, elle se rappela qu'il lui avait dit que sa secrétaire avait pris son après-midi. Il risquait fort de ne pas avoir son message avant le lundi.

Elle n'aimait pas du tout l'idée qu'il pense qu'elle lui avait fait faux bond, mais elle ne voyait vraiment pas comment le prévenir autrement… *A moins que je n'arrive à le voir sur son chantier !* pensa-t-elle soudain.

Elle prit son sac à main et quitta son bureau. Elle était presque sûre de connaître l'adresse du chantier sur lequel il travaillait. Elle ne savait pas si Elijah y était, mais elle espérait y trouver quelqu'un qui lui dirait comment le contacter. Après une dizaine de minutes, elle se trouva sur le site en question.

La charpente de ce qui allait devenir un immeuble chic de quatre étages se dressait en face d'elle. Le sol était accidenté et plein de flaques d'eau, et elle contourna les obstacles du mieux qu'elle put.

Au bout du terrain se trouvait un mobil-home, à côté duquel étaient garés plusieurs pick-up qui portaient le logo de Wolf Construction. Elle espérait qu'il était là… Elle se gara à côté de l'un des pick-up et descendit de voiture.

Elle contourna une flaque boueuse, grimpa les deux marches du mobil-home et frappa à la porte métallique.

— Entrez !

Elle ne reconnut pas la voix grave, mais elle entra quand même, pour s'arrêter brusquement sur le pas de la porte. Trois hommes se tenaient debout autour d'une table couverte de plans et de papiers. Un quatrième homme, aux yeux bleu vif et aux cheveux blancs et épais, était assis dans un fauteuil de cuir délabré, un pied posé sur le genou opposé.

Elijah n'était pas parmi eux. Ils étaient tous grands et larges d'épaules, vêtus de la même tenue — jeans délavés, chemises de flanelle à carreaux, grosses chaussures noires couvertes de boue — et l'observaient avec curiosité.

Elle supposa qu'il devait s'agir de ses frères, car même si elle n'avait jamais rencontré la famille d'Elijah, la ressemblance entre ces hommes et lui était frappante, et elle était sûre qu'il s'agissait de son grand-père et de ses frères.

— Bonjour, je cherche Elijah Wolf.

— Je suis son frère, Connor, dit l'un des hommes. Vous êtes bien trop jolie pour Elijah, chérie… Je serais ravi de vous aider, quoi que vous cherchiez.

Décontenancée, elle resta silencieuse pendant quelques secondes, mais le pétillement malicieux dans les yeux de Connor la rassura. Elle sourit.

— Désolée, *chéri*, mais c'est Elijah que je cherche.

— Voilà une femme sensée !

La voix grave et amusée venait de sa gauche et, avant qu'elle n'ait eu le temps de se retourner, Elijah lui passa un bras autour de la taille et déposa un baiser sur sa joue.

— Salut, Frankie ! Que fais-tu ici ?

— Je t'ai appelé, mais ton portable était éteint… Je voulais te prévenir que je suis obligée d'assister à un cocktail organisé par l'université ce soir, et je ne pourrai pas aller chez Harry. Je suis désolée d'annuler au dernier moment, mais mon chef m'a dit que ma présence était obligatoire. Apparemment, il veut impressionner le président de l'université en faisant venir tout le monde…

Elle fit la grimace.

— Je n'ai vraiment pas envie d'y aller, mais je ne peux malheureusement pas faire autrement.

— Je te plains, dit-il avec compassion. As-tu prévenu ta mère ?

Elle hocha la tête.

— Maman m'a dit qu'elle nous excuserait auprès de Harry, mais tu devrais quand même y aller, toi. Il faut bien manger, non ? Et puis tu réussiras peut-être à obtenir le contrat !

Il secoua la tête et sourit.

— Non, merci, je passe mon tour. Ce ne serait pas pareil sans toi…

— Je suis désolé de vous interrompre, intervint Connor, mais tu ne crois pas que tu pourrais nous présenter cette charmante jeune femme, Elijah ?

Elle avait été tellement absorbée par Elijah qu'elle en avait presque oublié la présence des quatre hommes, mais elle se rendait compte à présent qu'ils n'avaient rien perdu de leur échange.

Visiblement, Elijah se moquait complètement des insinuations de son frère concernant son manque de savoir-vivre.

— Désolé, dit-il d'un ton décontracté. Frankie, je te présente mon grand-père, Jack, et mes frères, Connor, Ethan et Matthew.

Il se pencha et ajouta d'un ton de conspirateur, assez fort pour que ses frères et son grand-père puissent l'entendre :

— Ils sont tous les trois indignes de confiance et peu recommandables, et ils trichent aux cartes, alors méfie-toi si tu joues un jour au poker avec eux.

— Bonjour, dit-elle d'un ton amusé en se tournant vers eux.

Les frères d'Elijah étaient aussi grands et musclés que lui, et aussi beaux, chacun à sa façon. Ils avaient les cheveux noirs, les yeux bleus, et une assurance virile. Elle jeta un coup d'œil à Jack, qui la regardait d'un air entendu, et elle se sentit rougir.

— Ils sont impressionnants, tous ensemble dans la même pièce, hein, ma petite demoiselle ? lui demanda-t-il d'un ton chaleureux. Ils ont un succès fou auprès des dames, comme leur cher grand-père !

— Bon sang, grand-père ! gémit Matt en la regardant d'un air gêné. Désolé, Frankie, il est incapable de se comporter comme il faut en bonne compagnie.

— Qui aurait deviné que j'allais croiser de la « bonne compagnie » comme tu dis, sur un chantier, ronchonna Jack. D'habitude il n'y a que vous quatre, et on ne peut pas dire que vous soyez de bonne compagnie.

Elle éclata de rire. L'affection qui unissait les quatre frères et leur grand-père était évidente, et elle trouvait cela charmant.

Elle se tourna de nouveau vers Elijah, qui ne la quittait pas des yeux.

— Je ferais mieux d'y aller. Je t'empêche de travailler, et j'ai un cours dans…

Elle jeta un coup d'œil à sa montre.

— … vingt-cinq minutes. Je vais vous laisser.

— Tu ne nous déranges pas, dit Elijah.

— Non, pas du tout, intervint Ethan.

— Nous en avions tous assez de ces satanés plans, ajouta Connor.

— Je vais quand même y aller… J'ai été ravie de vous rencontrer.

Les quatre hommes lui dirent au revoir en chœur, puis Elijah ouvrit la porte, s'écartant pour la laisser passer, et elle sortit. Il la suivit et referma la porte derrière eux.

— Où es-tu garée ?

Il regarda le terrain détrempé, les sourcils froncés.

— Là-bas, répondit-elle en lui montrant sa voiture derrière le pick-up.

Il lui prit le bras, et ils se dirigèrent vers sa voiture.

— Tu n'as pas les chaussures appropriées. Je te donnerai une paire de bottes en caoutchouc que tu pourras laisser dans ton coffre.

Elle était ravie de constater qu'il s'attendait à ce qu'elle revienne.

— Merci, murmura-t-elle, c'est gentil.

Une fois devant sa voiture, il lui ouvrit galamment la portière.

— Combien de temps penses-tu devoir rester au cocktail ce soir ? demanda-t-il alors qu'elle s'installait au volant et mettait le contact.

— Pas trop longtemps, j'espère. J'ai l'intention de m'éclipser le plus vite possible et de rentrer chez moi. La semaine a été dure, je crois que je vais me pelotonner sur mon canapé devant la télé.

Il rit.

— Tu as bien raison. Fais attention à toi sur la route.

Il s'écarta et claqua la portière. Elle s'éloigna, évitant les flaques d'eau, et jeta un coup d'œil dans le rétroviseur. Il était encore là, à la suivre du regard, les mains dans les poches.

Elle s'était fait une joie de passer la soirée avec lui, et ce cocktail qui l'obligeait à annuler leurs projets l'ennuyait à l'avance.

Elle tourna au coin de la rue et ne vit plus ni le chantier, ni Elijah. Elle poussa un profond soupir. Cela ne faisait aucun doute : elle aurait largement préféré passer la soirée avec lui plutôt qu'avec son chef et ses collègues.

Apparemment, elle ne pouvait pas résister au charme d'un beau ténébreux, surtout s'il s'agissait d'Elijah Wolf.

Elijah regarda la voiture de Frankie disparaître à l'angle de la rue, puis il tourna les talons et rentra dans le mobil-home.

— C'est une jolie femme… Où l'as-tu rencontrée, Elijah ? lui demanda aussitôt Connor.

— Elle a une sœur ? demanda Matt avec un large sourire.

Elijah lui lança un regard furibond, avant de se servir une tasse de café dans la kitchenette.

— Oui, répondit-il, elle a des sœurs, mais je n'ai pas l'intention de vous les présenter… Et je la connais depuis des années.

— Ah oui ? s'étonna Ethan, les sourcils froncés. Je ne me souviens pas d'avoir entendu parler d'une Frankie.

— C'est Francesca Fairchild, la cousine de Justin.

— Ce nom-là ne me dit rien non plus, dit Connor.

— Ce doit être la fille de Cornelia Fairchild, dit Jack avec un hochement de tête décidé. Cornelia est la veuve de l'ancien associé de Harry Hunt. J'ai entendu dire que les deux familles sont restées proches après la mort du mari de Cornelia et que les filles considèrent Harry comme un oncle et ses fils comme leurs cousins.

Elijah s'approcha de la table et posa sa tasse dessus.

— C'est vrai… Justin est plus proche de Frankie que de ses propres frères. C'est lui qui me l'a présentée, elle était encore au collège.

— Elle était déjà aussi belle ? demanda Matt.

— Elle a toujours été jolie, répondit Elijah d'un ton sec. Et ne t'avise pas de l'approcher ! ajouta-t-il en foudroyant Matt du regard.

Celui-ci fit un pas en arrière et leva les mains en signe de reddition.

— Holà ! Désolé, frangin, je ne savais pas que c'était chasse gardée…

Jack et Ethan éclatèrent de rire.

— Matt, intervint Connor, tu es aveugle si tu n'as pas vu que toute l'attitude d'Elijah criait : « Elle est à moi, si tu la touches, je te tue. »

Ce fut au tour de Matt et de Connor de se mettre à rire. Elijah leur lança un regard dégoûté.

— Pouvons-nous nous remettre au travail ?

— Bien sûr, dit Matt en lui donnant une tape amicale dans le dos, les yeux pétillants de malice. Ça fait plaisir de te voir t'énerver pour une femme, Elijah… Cela doit vouloir dire que tu t'es enfin remis de ton accident et que tout est revenu à la normale.

Elijah grommela une réponse évasive, et ils se remirent au problème de conception des balcons du premier étage.

Plus tard, quand ses frères et son grand-père furent partis, les pensées d'Elijah se tournèrent de nouveau vers Frankie. D'où lui était venu cet élan de possessivité vis-à-vis d'elle ? Ses frères et lui avaient un accord tacite depuis l'adolescence : ils ne draguaient pas la petite amie les uns des autres. Il n'avait aucune raison de s'inquiéter, tant qu'il sortirait avec Frankie, Matt, Ethan et Connor ne feraient jamais rien de plus que flirter de façon inoffensive avec elle.

C'était la première fois qu'il avait ressenti le besoin de menacer ses frères pour une femme.

— J'ai probablement envie de la protéger parce que Justin et moi surveillions ses petits amis quand elle était adolescente, marmonna-t-il tout haut, les sourcils froncés, regardant sans les voir les plans accrochés au mur.

Il préféra se convaincre que c'était la seule explication possible. Il connaissait Frankie depuis très longtemps, et c'était bien naturel qu'il ait conservé une attitude protectrice vis-à-vis d'elle. Il ressentirait certainement la même chose si c'était sa sœur.

Mieux valait s'en convaincre, en effet.

Il saisit son casque de chantier et quitta le mobil-home, bien décidé à s'affairer pour ne pas avoir le temps de réfléchir aux raisons pour lesquelles cela le dérangeait autant d'imaginer Frankie avec un autre homme, même si cet autre homme était l'un de ses frères et qu'il savait pertinemment qu'elle ne craignait rien avec eux.

L'après-midi promet d'être long…, pensa-t-il, résigné.

*
* *

Il était un peu plus de 21 heures lorsque Frankie arriva chez elle ce soir-là. Il faisait nuit, et il tombait des trombes d'eau. Elle courut de sa voiture à la porte de son immeuble, mais arriva chez elle trempée. Dès qu'elle eut refermé la porte derrière elle, elle enleva son imperméable et l'accrocha au portemanteau à côté de la porte d'entrée, puis elle retira ses chaussures. Elle se rendit dans sa chambre et posa son sac à main et son cartable au pied du lit, ses chaussures sur la grille du conduit de chauffage, puis elle se déshabilla entièrement et alla prendre une douche.

Elle leva la tête vers le jet d'eau chaude, savourant la sensation délassante pendant un moment avant de se savonner et de se laver les cheveux.

Elle se sentait déjà beaucoup mieux lorsqu'elle sortit de la salle de bains. Elle s'était séché les cheveux avec une serviette avant de les démêler, puis elle avait enfilé des sous-vêtements propres, un jogging gris et le sweat assorti.

Son estomac grondait lorsqu'elle entra, pieds nus, dans le salon et qu'elle alluma la télévision. Elle se rendit dans la cuisine et inspecta le réfrigérateur, mais rien de ce qui s'y trouvait ne lui faisait envie. Elle songeait à appeler le restaurant chinois pour se faire livrer quelque chose lorsqu'on sonna à la porte. Elle soupira et se dirigea vers l'entrée.

Je parie que c'est Mme Ankiewicz…, pensa-t-elle. Sa voisine, une dame âgée de quatre-vingts ans pleine d'entrain, passait souvent la voir le vendredi soir. Elle avait beau l'apprécier, elle avait vraiment envie de manger quelque chose.

Elle jeta un coup d'œil dans le judas et, le souffle coupé, vit que c'était Elijah qui se tenait sur le seuil. Le sentiment de déception qu'elle avait éprouvé depuis qu'elle avait quitté le chantier le matin même se dissipa, aussitôt remplacé par une bouffée de joie.

Oh, non! Ses doigts se resserrèrent sur la poignée de la porte. Elle appuya son front sur le panneau de bois, réprima un gémissement incrédule. Où était passée sa détermination ?

Elle avait pourtant décidé de ne pas céder à son attirance pour lui… Elle savait bien que son cœur était en danger, elle ne voulait pas prendre tout ceci trop au sérieux.

Elle releva la tête et regarda son reflet dans le miroir, les yeux plissés d'un air sévère.

Nous essayons seulement de donner une leçon à Harry. Elijah ne s'intéresse pas vraiment à moi, je ne suis pas sa petite amie et il n'est pas mon petit ami… Pas vraiment.

Elle se répéta ces mots intérieurement, mais elle ne put ignorer les signes de joie qu'affichait son reflet, ses joues roses ou le pétillement dans ses yeux.

Elle se détourna du miroir, prit une profonde inspiration et s'efforça de réprimer le sourire qui se dessinait déjà sur ses lèvres, puis elle ouvrit la porte.

- 7 -

Frankie était persuadée qu'Elijah pouvait deviner à son expression qu'elle était ravie de le voir mais elle n'en avait cure.

— Bonsoir ! Je ne m'attendais pas à te voir.

— J'ai pensé que tu aurais faim, alors j'ai apporté une pizza.

Il tenait une boîte en carton dans une main et un pack de bières dans l'autre.

— Quelle bonne idée ! Entre !

Elle lui attrapa le bras et l'attira à l'intérieur, puis elle referma la porte et le conduisit dans la cuisine.

Elijah posa la pizza sur la table et souleva le couvercle de la boîte. Elle prit une profonde inspiration.

— Ça sent délicieusement bon.

Comme pour confirmer ses dires, son estomac émit un petit grognement.

— Je suppose que cela veut dire que tu as bel et bien faim ? demanda-t-il avec un sourire.

Il retira sa veste trempée et la posa sur le dossier d'une chaise. Il portait un jean délavé et un polo bleu pâle qui moulait les muscles de son torse.

— Ça veut dire que je meurs de faim !

Elle rit et ouvrit la porte du placard pour prendre des assiettes.

— Tu es trempé… Si tu veux, tu peux enlever tes chaussures et les faire sécher sur la grille du conduit de chauffage. Je le fais tout le temps, ça marche à merveille.

Il hocha la tête, retira ses chaussures et les posa sur la grille.

— Peux-tu prendre des serviettes en papier dans le tiroir près de l'évier, s'il te plaît ? demanda-t-elle.

Elle prit un couteau et découpa la pizza. Elle emporta ensuite les assiettes pleines dans le salon, et il la suivit avec les serviettes, deux bières et un seul verre, pour elle.

— Tu es sûr que tu ne veux pas de verre ? demanda-t-elle en s'asseyant sur le canapé, son assiette sur les genoux.

— Sûr et certain.

Il posa son assiette sur la table basse, décapsula les bières, et ajouta :

— Les hommes, les vrais, boivent au goulot.

Elle leva les yeux au ciel.

— Je ne relèverai pas… J'ai envie d'être gentille avec toi, tu as frappé à ma porte les bras chargés de cadeaux comestibles.

Quelques minutes s'écoulèrent en silence pendant qu'ils savouraient leur pizza.

— Alors, est-ce que le cocktail était ennuyeux, finalement ? demanda-t-il lorsqu'il eut terminé sa première part.

— Horriblement.

— A ce point ?

Elle fit la moue et fit mine de réfléchir, puis elle répondit :

— Disons que c'était à mi-chemin entre une conférence sur la reproduction des charançons et l'Inquisition.

Il leva les mains comme s'il capitulait.

— Eh bien ! Tu as gagné, ce n'est même pas la peine que je te parle du cocktail le plus ennuyeux auquel je suis allé.

Elle sourit.

— Tous les cocktails organisés à l'université ne sont pas désagréables, mais je n'ai pas apprécié celui-là surtout parce que l'on m'a demandé d'y aller à la dernière minute un vendredi soir, et parce que cela m'a obligée à annuler notre soirée.

— Je vois ce que tu veux dire.

Il hocha la tête et prit un autre morceau de pizza, et ils continuèrent à manger dans un silence complice.

Quand elle fut rassasiée, elle posa son assiette sur la table basse avec un soupir de contentement, puis elle saisit la télécommande.

— Qu'as-tu envie de regarder ?

— Du sport.

— Non.

— Oh, allez ! dit-il d'un ton enjôleur. Je t'ai apporté de la pizza, et il y a un match des Knicks ce soir.

— Que dirais-tu d'un compromis ? Je ne te forcerai pas à regarder un film de filles si tu ne m'obliges pas à regarder un match.

Il but une gorgée de bière.

— D'accord.

Ils finirent par se décider pour un film d'action.

Elle s'installa confortablement sur le canapé, ramenant ses jambes sous ses fesses. Il allongea ses jambes devant lui, les pieds posés sur le bord de la table basse.

Dehors, la pluie continuait à marteler les carreaux et le vent soufflait en rafales, comme c'était souvent le cas à Seattle au mois de janvier.

— Brr… Je suis contente que nous ne soyons pas allés chez Harry, nous aurions dû conduire sous cette pluie pour revenir.

Elle frissonna et prit un coussin, qu'elle serra contre elle.

— Quel temps affreux ! s'exclama-t-il.

Il la regarda.

— Viens ici, ajouta-t-il en lui passant un bras autour des épaules pour la serrer contre lui.

Surprise, elle leva les yeux vers lui, mais il lui fit reposer la tête sur son épaule avec douceur.

— Tu seras mieux, comme ça, dit-il avant de montrer l'écran du doigt. Chut, le film commence.

Il avait mille fois raison, elle était beaucoup mieux ainsi… Elle allongea les jambes sur le canapé. Blottie contre lui, sous son bras protecteur, elle sentait la chaleur qui émanait de son corps, et elle était confortablement installée, la tête posée sur son épaule.

— Tu as toujours des taches de rousseur, murmura-t-il quelques instants plus tard en passant le bout du doigt sur l'arête de son nez.

Elle leva les yeux et vit qu'il la regardait, elle, au lieu de regarder l'écran de télévision.

— Tu avais remarqué que j'avais des taches de rousseur ? demanda-t-elle, étonnée.

— Evidemment ! Tu étais adorable quand tu étais gamine, avec tes petites taches de rousseur sur le nez et sur les pommettes.

Il pencha la tête vers elle et déposa une pluie de baisers sur ses joues.

— Cela faisait un moment que j'avais envie de faire ça, murmura-t-il en s'écartant légèrement.

— C'est vrai ? demanda-t-elle dans un souffle.

Il lui prit le visage dans le creux de la main avec douceur et lui caressa la joue. Elle frissonna. Il regardait intensément sa bouche, puis il plongea de nouveau ses yeux dans les siens. Elle devinait à son expression qu'il la désirait, et elle se sentit rougir.

— Elijah, je ne veux pas me méprendre sur ce qui est en train de se passer, murmura-t-elle. Nous étions d'accord pour faire semblant d'être attirés l'un par l'autre devant Harry, mais il n'est pas là… Il n'y a que toi et moi.

Il lui caressa le cou du bout des doigts.

— Frankie… Que ce soit clair : ce qui se passe n'a rien à voir avec Harry. J'ai tout simplement envie de toi.

Elle écarquilla les yeux, surprise par son franc-parler.

— Elijah, je ne…

Il l'interrompit en posant un doigt sur ses lèvres.

— Je ne dis pas que je veux abandonner notre projet, je veux juste que tu saches que si je t'embrasse, s'il se passe quoi que ce soit de physique entre nous, ajouta-t-il, son regard se faisant plus brûlant, je ne joue pas un rôle.

Elle l'observa attentivement. Il semblait sincère… Elle était tentée de lui dire qu'elle aussi avait envie de lui, mais elle avait bien trop peur de s'engager dans cette voie. Elle était intimement persuadée qu'elle devait se protéger pour ne pas souffrir.

Cependant, si elle voulait dépasser sa toquade d'adolescente, il faudrait peut-être qu'elle se montre un peu plus audacieuse.

— D'accord, murmura-t-elle.

Il ne bougea pas, ne la quittant pas des yeux un seul instant. Il continuait à lui caresser doucement la gorge, mais il attendait visiblement qu'elle fasse quelque chose. Elle n'avait jamais eu ce genre de conversation avec un homme auparavant, mais elle décida d'être aussi directe que lui.

— Je ne suis pas encore prête à coucher avec toi.

— Très bien.

Elle le sentit contracter ses muscles. Manifestement, il se contenait. Elle lui passa les bras autour du cou, lui caressa les cheveux, et ajouta :

— Que ce soit clair : quand nous sommes seuls, je ne joue pas la comédie, moi non plus, et je suis prête pour d'autres baisers… et peut-être pour un flirt un peu poussé ? se risqua-t-elle à suggérer.

Il sourit.

— Je me contenterai de tout ce à quoi j'aurai droit, murmura-t-il avant de la soulever et de la reposer à califourchon sur ses genoux pour l'embrasser passionnément.

Après un dernier baiser torride, Frankie dit au revoir à Elijah et referma la porte derrière lui. Lorsqu'elle se retourna, elle aperçut son reflet dans la glace : ses cheveux étaient ébouriffés, ses lèvres étaient rouges et légèrement gonflées, ses paupières étaient lourdes et ses joues roses.

Elle avait dû se faire violence pour ne pas supplier Elijah de lui faire l'amour, et s'il avait insisté, elle n'aurait pas été capable de le repousser.

Cela signifiait qu'elle devait réfléchir à ce qu'elle ressentait pour lui quand il n'était pas là, puisqu'elle était apparemment incapable de garder la tête froide en sa présence.

Il fallait qu'elle parle à ses sœurs, de toute urgence.

Elle décrocha le téléphone et commença à composer le numéro de Tommi, puis elle pensa à regarder l'heure. Elle ne pouvait pas appeler sa sœur aussi tard : Tommi était enceinte de cinq mois, elle était probablement épuisée et, avec un peu de chance, son homme serait en train de lui masser les pieds. Max était fou de Tommi, et il prenait sûrement bien soin d'elle. Elle ne voulait pas les déranger.

Elle avait parlé à Georgie dans l'après-midi, et elle savait que sa sœur avait prévu de sortir. Quant à Bobbie… Elle et son jeune mari étaient sur leur petit nuage, et elle ne voulait pas les déranger non plus.

Où étaient les femmes de la famille Fairchild quand elle avait besoin d'elles ? Elle soupira et reposa le combiné sur son socle.

Elle soupira de nouveau et se dirigea vers la salle de bains. Quelques minutes plus tard, elle avait enfilé son pyjama et se glissait dans son lit. Elle éteignit la lampe de chevet et regarda fixement le plafond, dans le noir.

Soudain, elle se redressa brusquement.

— Lily ! s'écria-t-elle, ravie.

Elle pourrait parler d'Elijah avec Lily. Non seulement Lily avait rencontré des difficultés avant d'épouser Justin, mais en plus elle connaissait très bien Elijah.

Il était prévu qu'elle aille attendre Ava à la boutique de Lily le lendemain matin… Elle pourrait y aller en avance et discuter en tête à tête avec Lily avant que Justin ne dépose Ava pour leur « goûter ».

Soulagée d'avoir un plan, elle se rallongea et ferma les yeux. Cependant, sa soirée avec Elijah continuait de repasser derrière ses paupières closes, et elle mit un certain temps à s'endormir.

- 8 -

Le lendemain matin, Frankie prit sa voiture pour aller chez Princess Lily's Boutique une heure avant l'heure à laquelle elle devait retrouver Ava. Elle passa au Starbucks en chemin et prit un thé pour Lily et un autre pour elle.

Quand elle arriva enfin, la vendeuse lui dit que Lily était à l'atelier, au premier étage. Elle poussa un soupir de soulagement puis monta l'escalier quatre à quatre et frappa à la porte ouverte de l'atelier.

Dans le vaste espace de travail, Lily se tenait penchée au-dessus de la grande table, vêtue d'un pantalon noir, d'un haut ample noir et blanc à motifs et de ballerines. Elle était en train de découper habilement une pièce de tissu. Elle leva les yeux en l'entendant frapper, et un sourire illumina son visage.

— Frankie ! Entre…

— J'espère que je ne te dérange pas.

Lily secoua la tête, et ses cheveux bruns frôlèrent ses épaules.

— Pas du tout ! Je suis contente que tu sois venue en avance. Nous avons rarement l'occasion de discuter en tête à tête… On va pouvoir papoter en attendant que Justin nous dépose Ava !

— C'est ce que je me suis dit !

Frankie tendit à Lily un des deux gobelets Starbucks. Quand son amie leva un sourcil interrogateur, elle précisa :

— C'est du thé vert. J'ai pensé que cela ne nous ferait pas de mal de prendre un thé plutôt qu'un café, pour une fois. J'ai failli prendre un Chai, continua-t-elle en s'asseyant sur un tabouret à côté de Lily, mais je n'étais pas sûre que tu aimes les épices.

— Je n'en raffole pas, mais par contre, j'adore le thé vert. Merci beaucoup !

Elle appuya une hanche contre la table, sur laquelle étaient posés un rouleau de soie de couleur abricot et un autre, partiellement déroulé, d'un tissu bleu de cobalt.

— Quand tu m'as appelée ce matin, reprit Lily, j'ai eu l'impression que tu ne venais pas me voir sur un coup de tête…

— Non, reconnut-elle, tu as raison. J'ai besoin d'un point de vue féminin sur quelque chose, et je ne peux pas en parler à mes sœurs.

Lily écarquilla les yeux.

— Et tu as pensé à moi ? demanda-t-elle, visiblement enchantée d'une telle marque de confiance.

Elle tira un tabouret et se hissa dessus.

— Je suis tout ouïe !

Elle jeta un coup d'œil à sa montre et ajouta :

— Nous avons au moins une heure avant que Justin n'arrive avec Ava pour votre sortie.

— Voilà, dit Frankie, c'est à propos d'Elijah… et de moi.

Lily hocha la tête d'un air grave.

— Ah… On m'a dit que vous sortiez ensemble.

— Oui, c'est vrai…

Elle resta silencieuse un moment, jouant nerveusement avec le bout de sa queue-de-cheval.

— Et… ? finit par l'encourager Lily.

Frankie prit une profonde inspiration.

— Eh bien… Voilà : quand nous avons commencé à sortir ensemble, nous étions d'accord pour que notre relation ne soit pas compliquée.

Elle avait du mal à trouver les mots justes pour que Lily comprenne ce qu'elle voulait dire sans pour autant lui révéler tout son plan pour duper Harry.

— Pas compliquée… C'est-à-dire que vous pensiez sortir ensemble en amis ?

— Oui, en quelque sorte.

Elle but une gorgée de thé, les sourcils froncés.

— Et c'est devenu un problème ? demanda Lily.

— Exactement.

Elle se frotta la tempe du bout des doigts.

— Tu me promets de ne pas en parler à Justin ?

— Bien sûr, répondit aussitôt Lily d'un ton catégorique.

— Tant mieux, dit-elle, soulagée, parce que lui et Elijah sont très proches, et je ne veux pas qu'il lui répète notre conversation.

— Je comprends parfaitement.

— Alors, voilà… Depuis qu'Elijah et moi sortons ensemble, j'ai de plus en plus de mal à lui refuser quoi que ce soit. Bien sûr, ce n'est pas la première fois qu'un homme veut coucher avec moi, mais… là, c'est Elijah.

Elle écarta les mains d'un geste éloquent, prenant le risque de renverser au passage son gobelet.

— Il fait partie de mes proches, si je couche avec lui et que les choses tournent mal entre nous, je ne pourrai pas l'éviter, je continuerai à le croiser dans les réunions de famille, chez tous nos amis, j'entendrai parler de lui par hasard, en discutant avec Justin ou avec Harry.

Lily but une gorgée de thé.

— Je vois où est le problème, dit-elle lentement.

— En plus, il ne m'a pas du tout dit ce que signifie cette relation, pour lui.

Lily haussa les sourcils, intriguée.

— As-tu *envie* qu'elle aille quelque part ? De façon permanente, je veux dire…

Frankie fit la moue.

— Je ne sais pas… Je n'ai jamais voulu avoir une relation à long terme.

Elle descendit du tabouret et arpenta la pièce quelques instants, puis elle alla se poster devant les grandes fenêtres qui donnaient sur Ballard Avenue.

— Mais avec Elijah, reprit-elle, je me surprends à me demander si c'est une si mauvaise chose que cela d'avoir un homme dans sa vie.

— Es-tu en train de me dire que, jusqu'à présent, tu considérais le mariage comme une mauvaise chose ? demanda Lily d'une voix douce.

— Non, peut-être pas comme une *mauvaise chose*, mais comme quelque chose que je n'envisageais pas pour moi.

— Avant Elijah, tu veux dire ?

— Je n'y avais jamais songé avant Elijah.

— Ah…

Lily hocha la tête et but une gorgée de thé.

— Tu ne regrettes jamais ton choix ? lui demanda Frankie.

Elle désigna d'un geste la pièce bien aménagée, englobant son haut plafond, ses rouleaux de soie aux couleurs vives, ses mannequins, et ses dessins de lingerie épinglés aux murs blancs.

— Tu te consacrais entièrement à ta carrière avant de rencontrer Justin et d'avoir Ava… Cela a dû être dur de réorganiser ta vie pour faire de la place à un mari et à un enfant.

L'expression de Lily se fit encore plus douce, et elle dit d'une voix chaleureuse :

— Oh, oui, bien sûr, mais leur présence dans ma vie a fait de moi une meilleure styliste et, surtout, une femme plus heureuse, plus épanouie.

— Hmm…

Elle se tut quelques instants et réfléchit à ce que Lily venait de lui dire.

— Elijah et toi n'avez pas discuté de votre relation, même brièvement ? lui demanda enfin Lily.

Elle secoua la tête.

— Non… Cela ne fait pas longtemps que nous nous voyons.

Elle se remit à arpenter la pièce, trop agitée pour rester immobile.

— Justement, reprit-elle, c'est l'une des choses qui me dérangent : comment puis-je tenir autant à lui après si peu de temps ?

— Mais tu le connais depuis longtemps, non ?

— Oui, depuis toujours, mais quand même…

Elle s'arrêta, s'appuya contre la table et jeta un coup d'œil à Lily.

— Elijah Wolf est beau, charmant, et il embrasse divinement… Il me plaît énormément, mais il a la réputation d'être un coureur de jupons. Ça me fait peur, et je ne sais pas quoi faire.

Lily lui adressa un sourire espiègle.

— Je t'assure que je ressentais exactement la même chose pour Justin, et je ne l'ai jamais avoué à personne. Bravo, Frankie, c'est bien d'être aussi honnête.

— Je ne vois pas ce que cela a de bien, grommela-t-elle, ça ne m'aide pas à me sentir mieux. Je déteste être dans l'expectative. J'ai toujours été rationnelle, mes sœurs m'ont toujours dit que ce n'était pas bien de privilégier la logique plutôt que les émotions, comme je le fais, mais la vérité, c'est que je n'ai jamais été dans une situation où je ne pouvais pas régler un problème en faisant appel à ma raison…

Elle leva les bras en signe d'impuissance et se mit une fois de plus à faire les cent pas.

— … et cette situation n'a rien de logique, et ça me perturbe. Il me rend folle, et en plus d'être incroyablement séduisant, il n'a absolument pas l'air d'être impressionné par mes diplômes. Tous les hommes avec lesquels je suis sortie ont fini un jour ou l'autre par me reprocher d'être trop diplômée, mais Elijah ne semble pas s'en soucier le moins du monde.

— Ce que tu cherches à me dire, c'est qu'Elijah t'accepte telle que tu es, à la fois belle et intelligente ?

Il y eut un silence, puis elles éclatèrent de rire.

— Frankie, tu te rends compte que tu as vraiment beaucoup de chance qu'Elijah soit sous ton charme sans être effrayé par tes diplômes ?

— Tu as peut-être raison, murmura Frankie, frappée par la justesse du raisonnement de son amie.

— Je sais que j'ai raison, dit Lily avec fermeté. Profite de ce que tu as sans te poser trop de questions.

A ce moment-là, une voix d'enfant se fit entendre dans l'escalier, suivie d'une voix d'homme et de pas.

— Les voilà ! dit Lily. Ils arrivent plus tôt que prévu…

Ava déboula dans la pièce, suivie de Justin. Lily se pencha

pour prendre sa fille dans ses bras, un sourire plein de tendresse aux lèvres. Elle se redressa ensuite pour embrasser Justin.

Frankie éprouva malgré elle une pointe d'envie mêlée de mélancolie.

Pouvait-elle vivre la même chose avec Elijah ? Etait-ce envisageable ?

— Salut, cousine !

Justin lui passa un bras autour des épaules et l'embrassa chaleureusement.

— Comment vas-tu ?

— Bien, Justin, et toi ?

Il eut un sourire amusé et ironique.

— Je viens de passer une heure à manger des pancakes avec Ava au Vera's Restaurant... J'ai mal aux oreilles à cause de son bavardage incessant !

Frankie rit.

— C'est le prix à payer quand on a une fille précoce ! Quand allez-vous avoir un garçon pour rétablir l'équilibre entre les hommes et les femmes dans votre famille ?

Justin haussa les sourcils et regarda Lily.

— Je laisserai Lily répondre à cette question, dit-il d'un ton pince-sans-rire.

— Lily ne dira rien, répliqua sa femme en riant.

— Vous avez bien raison, dit Frankie, ne cédez pas à la pression de vos proches ! Vous aurez un autre enfant quand vous serez prêts.

— Je suis prête, moi ! intervint Ava. Je veux un petit frère.

Les trois adultes échangèrent des regards perplexes avant d'éclater de rire.

Une demi-heure plus tard, Frankie et Ava laissèrent Lily et Justin dans l'atelier au-dessus de la boutique pour aller s'amuser pendant une heure.

— Frankie, est-ce qu'on peut aller là-bas avec nos vélos ?

Ava montra du doigt le parking sur lequel elles se trouvaient.

— Eh bien, oui, nous pourrions faire ça, répondit Frankie,

mais si nous faisons le tour du parc, nous pourrons nous arrêter pour prendre un chocolat chaud à mi-chemin à la buvette.

Le visage d'Ava s'éclaira aussitôt.

— Oh ! Oui, allons-y !

— Allons-y, répéta Frankie.

Elle sortit leurs vélos du coffre de la voiture qu'elle avait empruntée à Lily, puis elle mit les clés dans la poche de sa veste en polaire et suivit Ava, qui s'élançait déjà sur son petit vélo rose et blanc à roulettes.

Elles suivirent donc le chemin qui faisait le tour du parc du quartier de Ballard. L'endroit était parfaitement adapté aux activités familiales et, même par cette fraîche journée du mois de janvier, alors qu'une petite brise soufflait et colorait les joues des badauds, il y avait plein de monde.

Les parents accompagnaient leurs enfants qui faisaient de la bicyclette ou de la trottinette, du toboggan ou de la balançoire.

Emmitouflées dans leurs polaires, dont le col était relevé jusque sous leur menton, en jeans, avec leurs grosses chaussures, leurs gants et leurs cache-oreilles, Frankie et Ava se mêlèrent aux autres enfants et aux autres adultes.

Ava se concentra pour pédaler tout en gardant ses roues bien droites, et Frankie pouvait apercevoir le bout de sa langue entre ses dents tant elle était absorbée par ce qu'elle faisait.

Cependant, la bavarde petite fille ne pouvait rester silencieuse bien longtemps…

— Frankie, tu viendras à la maison voir mon lapin ? demanda-t-elle au bout d'un moment.

— Oui ! On m'a dit que tu avais un lapin… De quelle couleur est-il ?

— Il est blanc, avec des taches marron.

Ava s'arrêta tant bien que mal, un peu vacillante, et elle leva vers elle des yeux pétillants.

— Et il a les oreilles marron !

— Ouah, les oreilles marron ! Il doit être très beau.

— Et il est très gros, tu sais !

— Comment s'appelle-t-il ?

Ava leva vers elle un visage rayonnant.

— Monsieur Lapin.

— C'est un nom parfait pour un lapin, dit Frankie en réprimant un sourire.

— C'est exactement ce que je pense, dit Ava en hochant énergiquement la tête.

Elle appuya résolument sur les pédales de son vélo, se démenant pour le faire avancer.

— Je peux te pousser ? demanda Frankie. Juste le temps que tu prennes un peu d'élan, s'empressa-t-elle d'ajouter.

Elle savait pertinemment que la fillette tenait farouchement à se débrouiller toute seule en ce moment, sans l'aide d'aucun adulte.

— D'accord…

Frankie fit avancer le vélo d'Ava, qui poussa fort sur ses petites jambes, et elles repartirent.

— C'est dur de faire du vélo, lui confia la fillette, mais maintenant je suis une grande fille, je pédale bien !

— Oui, acquiesça-t-elle d'un ton grave, je vois ça.

— Regarde !

Ava s'arrêta de nouveau et elle pointa le doigt devant elle.

— C'est oncle Elijah !

Frankie regarda dans la direction qu'Ava lui indiquait. Effectivement, Elijah se dirigeait vers elles, sans se presser. Il portait un jean, un pull-over bleu foncé au-dessus d'un T-shirt blanc, et des tennis.

Le vent ébouriffait ses cheveux noirs et lui avait rougi les joues. A mesure qu'il approchait, son sourire s'accentuait, et le cœur de Frankie se mit à battre la chamade.

— Bonjour, oncle Elijah !

Ava leva les yeux vers lui, affichant un large sourire, et Elijah lui ébouriffa les cheveux.

— Ton cache-oreilles est très joli, Ava !

— Merci.

Rayonnante, elle la montra du doigt.

— Frankie a exactement le même que moi !

— Je vois ça…

Il la regarda.

— Joli cache-oreilles, Frankie, dit-il d'un ton lourd de sous-entendus.

Ses mots étaient tellement sans rapport avec le message torride qu'elle lisait dans ses yeux qu'il lui fallut un moment pour réagir.

— Euh… Merci, murmura-t-elle enfin.

Elle repensa malgré elle à la soirée précédente, passée dans ses bras.

Puis elle jeta un coup d'œil à Ava, et les images grisantes qui s'étaient imposées à elle se dissipèrent aussitôt.

— Que fais-tu au parc, ce matin ? demanda-t-elle, contente de constater que sa voix avait retrouvé toute sa force.

— J'ai eu Justin au téléphone tout à l'heure, et il m'a dit que vous étiez en train de faire du vélo ici, alors je me suis dit que j'allais me joindre à vous.

Une lueur amusée brillait dans ses yeux.

— Mais tu n'as pas de vélo, lui fit-elle remarquer d'un ton raisonnable.

— Exact. Je vais devoir courir pour suivre votre rythme…

Il jeta un coup d'œil à Ava.

— … à moins que vous ne vous entraîniez pour les Jeux olympiques, ce matin ! Tu vas à toute vitesse aujourd'hui, Ava ?

La fillette rit.

— Mais non !

— Ouf !

Il s'essuya le front avec son avant-bras comme s'il avait transpiré.

— Je suis soulagé. Si tu allais à toute allure, je n'aurais aucune chance de te suivre, parce que tu es la plus rapide de toutes !

Il prit la petite fille dans ses bras et la souleva au-dessus de sa tête. Ava gloussa et poussa des cris perçants. Il déposa ensuite un gros baiser sur sa joue, et la reposa aussi vite qu'il l'avait soulevée.

Puis, comme s'il ne s'était rien passé, Elijah se tourna de nouveau vers elle.

— Je suis prêt à faire mon jogging.

— Je doute que tu aies besoin de courir pour nous suivre, dit-elle d'un ton pince-sans-rire.

Elle se pencha pour pousser le petit vélo d'Ava et lui donner un peu d'élan.

— Nous prenons notre temps… n'est-ce pas, Ava ?

— Oui !

Ava dévia de sa route, puis elle redressa laborieusement son guidon et avança lentement. Frankie marcha à côté d'Elijah, poussant son propre vélo à côté d'elle, quelques mètres derrière la petite.

— Nous nous arrêtons à mi-chemin pour boire un chocolat chaud, là-bas, dit-elle en montrant du doigt la baraque de bois blanc et bleu, à peine visible derrière un groupe d'adolescents à vélo.

— Ils ont du café ? demanda Elijah d'un ton plein d'espoir.

— Je pense que oui.

Elle vit son visage s'éclairer et ne put s'empêcher de rire.

— Tu n'as pas eu ta dose de caféine aujourd'hui ? demanda-t-elle.

— Je n'ai pas eu ma dose de caféine parce que j'ai dû aller sur un chantier à 4 heures du matin !

— Aïe ! dit-elle en faisant la grimace. C'est tôt… Il y a eu un dégât des eaux ?

— Pas encore, mais j'ai bien peur qu'il y en ait un très bientôt.

Il lui expliqua en deux mots quel était le problème, et conclut en disant :

— Nous croisons tous les doigts pour que le mur de soutènement soit fini avant qu'il n'y ait une inondation.

Elle fronça les sourcils.

— Le propriétaire du terrain au-dessus du tien ne peut-il pas arranger cela ? Ce n'est pas juste que tes frères et toi subissiez les conséquences de sa négligence.

Elijah haussa négligemment les épaules.

— C'est ça, le bâtiment !

— Peut-être, mais quand même, ce n'est pas juste.

Il attrapa le bout de sa queue-de-cheval et tira doucement dessus, la regardant avec un sourire chaleureux.

— Tu as raison.

— Frankie, les interrompit Ava, c'est l'heure de boire un chocolat chaud !

Frankie se rendit compte qu'ils étaient arrivés au niveau de la buvette.

— Mais oui, dit-elle à la fillette, tu as raison !

Elijah souleva Ava et la prit sur ses épaules, Frankie mit les vélos à l'écart du chemin, et ils firent la queue pour acheter une boisson chaude.

— Que fais-tu ce soir ? lui demanda Elijah dans la file d'attente.

— Je vais écouter une symphonie pop au Benaroya Hall avec ma mère. J'ai acheté des billets à l'automne dernier, dès qu'ils ont été mis en vente.

— Ça va être sympa !

Il la regarda, levant un sourcil interrogateur.

— C'est ton genre de musique préféré ?

— Ce n'est pas mon genre *préféré*, mais j'adore les symphonies. Et toi, qu'est-ce que tu aimes écouter ?

Elle lui jeta un coup d'œil.

— Laisse-moi deviner, continua-t-elle, du heavy metal.

— Non… J'aime les classiques du rock, comme les Stones par exemple.

Ils comparèrent leurs chanteurs et leurs groupes préférés, et se rendirent compte qu'ils avaient globalement les mêmes goûts.

Ce fut enfin leur tour de passer leur commande et, dès qu'ils furent servis, ils se dirigèrent avec leurs boissons chaudes vers une table de pique-nique.

— Allez, Ava, il est temps de descendre ! dit Elijah.

Il posa son gobelet sur la table, enleva la petite fille de ses épaules et la déposa sur le banc.

— Merci, dit-elle, rayonnante, lorsqu'il lui tendit son chocolat chaud. Tu veux savoir ce que mon lapin a fait hier soir ? demanda-t-elle d'un ton plein d'espoir.

Elijah regarda Frankie avec un sourire amusé alors qu'il s'asseyait sur le banc en face d'elle et d'Ava, puis il répondit :

— Bien sûr !

— Eh bien…

Ava se lança dans une description de son père et de sa mère courant à travers toute la maison après le lapin qui s'était échappé parce qu'elle avait laissé la porte de sa cage ouverte.

— Maman dit qu'elle va te demander de mettre un verrou à la porte du château de mon lapin, oncle Elijah, avec une clé, et tout ça…

Elle fit la moue.

— … et papa a dit qu'il allait garder la clé.

— Je vois…

Elijah toussota et se couvrit la bouche. Frankie était persuadée qu'il cherchait à cacher un sourire.

Elle le trouvait tellement gentil avec cette petite… De toute évidence, Ava l'adorait, et elle devait passer beaucoup de temps avec lui, car elle était aussi à l'aise en sa compagnie qu'avec un membre de sa famille.

La pensée l'effleura qu'il ferait un père merveilleux…

Surprise, elle prit son gobelet et but une gorgée de chocolat chaud pour s'éclaircir la gorge.

D'où lui était venue cette pensée ?

Il était presque midi quand ils revinrent au point de départ après avoir fait le tour du parc. Ils se dirigèrent vers la voiture.

Elijah remit les deux vélos dans le coffre pendant que Frankie attachait Ava dans son siège-auto. Puis il se pencha à la portière et embrassa la fillette, acceptant un gros baiser chocolaté en retour.

— Au revoir, Ava !

Il lui tapota le nez du bout du doigt et referma la portière, puis il se tourna vers Frankie, qui se glissait derrière le volant.

— Amuse-toi bien, ce soir !

— Oui, merci. Et toi, que fais-tu ? Tu as prévu quelque chose ? demanda-t-elle en attachant sa ceinture de sécurité.

— Je suis censé dîner avec un ami que j'ai rencontré quand j'étais à l'université, mais il ne m'a pas encore appelé pour confirmer, alors il n'y a rien de sûr.

Il haussa négligemment les épaules et ajouta :

— Je vais peut-être me faire livrer quelque chose à manger et regarder un DVD.

— C'est dommage que je n'aie pas un troisième billet, tu aurais pu venir avec nous.

— C'est gentil, mais vous passerez une meilleure soirée sans un critique assis à côté de vous. Fais attention à toi sur la route.

Il recula, claqua la portière, et leur fit au revoir de la main alors qu'elles s'éloignaient.

Elle attendait la soirée avec impatience, mais elle ne pouvait pas s'empêcher de regretter qu'Elijah ne puisse pas se joindre à elle. Il insufflait son énergie et son enthousiasme dans tout ce qu'il faisait, et sa présence donnait à toute chose un intérêt nouveau.

Elijah remonta dans sa voiture et sortit du parking, en direction du chantier. Il savait que ce n'était probablement pas la peine qu'il aille revérifier l'état du terrain, car il n'avait pas plu depuis 5 heures du matin. Mais chez lui, faire preuve de prudence était une seconde nature, surtout quand il s'agissait d'un projet pour lequel Wolf Construction avait investi tant d'argent, de temps et de travail.

Ainsi qu'il l'avait espéré, il n'y avait pas de dégâts supplémentaires. Le sol était encore détrempé à cause de la pluie qui était tombée dans la nuit, mais la situation ne s'était pas aggravée.

Il prit ensuite la route de Ballard, pour aller chez son grand-père.

— Grand-père ! appela-t-il en ouvrant la porte de derrière, qui donnait sur la cuisine.

Il avait grandi dans cette vieille maison biscornue, sur la 65e Rue, dans le quartier de Ballard, à quelques pâtés de maisons seulement de la célèbre Larsen's Bakery. Aujourd'hui, son grand-père y vivait de nouveau seul.

— C'est toi, Elijah ?

La voix râpeuse de Jack lui parvint de la pièce à côté. Un instant plus tard, il fit son apparition dans la cuisine, et son visage s'éclaira en le voyant.

— Je ne te vois pas beaucoup, ces derniers temps, reprit-il, tu dois être très occupé.

Il agita une main noueuse, indiquant d'un geste vague la table avec sa toile cirée à carreaux rouges et blancs.

— Assieds-toi… Je viens de faire du café, tu en veux ?

— Avec plaisir, grand-père.

Elijah posa sur la table la boîte de doughnuts recouverts de chocolat qu'il avait achetés en chemin, puis il retira sa veste et la mit sur le dossier de l'une des chaises en chêne. Il s'assit et allongea ses jambes croisées devant lui.

Jack prit deux tasses dans un placard et les posa sur la table. Un sourire illumina son visage lorsqu'il vit la boîte de doughnuts.

— Tu es passé à Larsen's Bakery ? J'ai toujours su que tu étais mon petit-fils préféré.

Elijah rit.

— Tu dirais la même chose à n'importe lequel d'entre nous du moment qu'il t'apporterait des doughnuts !

— Eh bien, oui, je l'avoue…

Jack s'assit en face de lui.

— … celui qui m'apporte des doughnuts est mon préféré… du moins pour un temps, ajouta-t-il avec un pétillement malicieux dans les yeux.

Elijah ouvrit la boîte et donna un doughnut à son grand-père, puis il se servit.

— Dans ce cas, je vais profiter de mon statut de petit-fils préféré du moment.

— Sage décision !

Jack mordit dans son doughnut et émit un grognement approbateur.

— Alors, que fais-tu ici un samedi après-midi ?

— Il fallait que j'aille sur le chantier à cause d'un dégât des eaux, et comme je passais devant la boulangerie, j'ai pensé à toi et je m'y suis arrêté pour prendre des doughnuts car je savais que cela te ferait plaisir.

— C'est l'immeuble près du campus ?

Il hocha la tête.

— Oui, c'est celui-là… Le propriétaire a coupé les arbres, et chaque fois qu'il pleut, il y a un risque de dégât des eaux.

— Tu vas installer des puisards pour régler le problème de façon définitive, n'est-ce pas ?

— Oui, mais ils ne sont pas encore terminés, alors je garde un œil sur le chantier.

— Tu as bien raison, dit son grand-père en hochant la tête d'un air approbateur. Un jour, j'ai perdu un immeuble de cinq étages à quelques jours seulement de la fin des travaux à cause d'un orage violent qui avait provoqué une coulée de boue. Quatre grands cèdres ont été déracinés et ont glissé sur la pente, emportant avec eux tout ce qu'il y avait sur leur passage. Ils ont heurté de plein fouet le mur de soutènement qui s'est effondré, et tout le bâtiment a été déstabilisé.

Jack secoua la tête en y repensant.

— Quel gâchis ! Nous avons été obligés de raser le bâtiment et de refaire les fondations avant de pouvoir tout reconstruire. Ton père était dans tous ses états, cette fois-là !

— Je parie que la compagnie d'assurances n'était pas ravie non plus…

— Non, effectivement.

Jack termina son doughnut et en prit un deuxième. Au bout de quelques instants, il reprit :

— La jeune demoiselle qui te cherchait l'autre jour était bien jolie, dis-moi…

Elijah regarda son grand-père et s'aperçut que ce dernier l'observait avec curiosité.

— Oui, acquiesça-t-il, elle est très jolie.

— Cela fait longtemps que vous vous fréquentez, tous les deux ?

— Non, pas trop…

— Tu as déjà rencontré ses parents ?

Elijah lança à son grand-père un regard perçant, mais Jack ne détourna pas les yeux. Il affichait une expression faussement innocente.

— Justin m'a présenté Cornelia il y a des années, et le père de Frankie est mort quand elle était très jeune.

— Hmm…

Jack plissa les yeux d'un air pensif.

— Je crois me souvenir que tu m'avais dit que Justin Hunt avait une attitude assez protectrice envers sa cousine.

— Oui, et alors ?

— Alors, que pense ton meilleur ami du fait que tu sors avec sa petite cousine chérie ?

Elijah haussa les épaules.

— Je ne sais pas, nous n'en avons pas parlé.

— Quelque chose me dit que tu ferais mieux de lui en parler… Justin était toujours fourré ici quand vous étiez petits, alors je pense le connaître assez bien, et je crois qu'il va te demander quelles sont tes intentions à l'égard de sa cousine. Tu as intérêt à avoir une réponse toute prête, si tu ne veux pas avoir d'ennuis.

— Justin ne va pas se mettre brusquement en colère sans raison, grommela-t-il en jetant à son grand-père un regard noir. Il me connaît, il sait très bien que je ne ferais pas de mal à Frankie.

— Hmm… Il sait surtout que tu n'as jamais eu de relation stable avec une femme.

— Quel rapport cela a-t-il avec Frankie ?

— Justin et toi avez été célibataires pendant longtemps, vous vous connaissez très bien et vous savez quelles sont les habitudes l'un de l'autre. Il ne va pas accepter que tu couches un temps avec sa cousine pour passer ensuite à une autre femme, dit Jack sans mâcher ses mots.

— Bon sang, grand-père !

Il se sentait insulté.

— Tu crois que je ne suis pas capable d'avoir une relation sérieuse avec une femme ? demanda-t-il.

Jack secoua la tête énergiquement.

— Si, bien sûr que si ! Je dis simplement que *jusqu'à présent* tu n'as pas eu de relation sérieuse, c'est tout.

Elijah regarda fixement son café d'un air morose, faisant machinalement tourner sa tasse sur la toile cirée rouge et blanc.

— Oui, eh bien… Peut-être que cela va changer, dit-il enfin.

— Ah bon ?

Jack haussa les sourcils, surpris.

— Si c'est vrai, reprit son grand-père, je suis ravi de l'entendre. Jusqu'à présent, aucun de vous quatre n'a manifesté l'envie de se ranger… Je serais bien content si tu me disais que tu envisages d'avoir une relation stable avec Frankie.

— Je ne dis pas que c'est le cas, et je ne dis pas non plus le contraire.

— Eh bien que dis-tu, alors ? demanda Jack d'un ton irrité.

Elijah leva les yeux et soutint le regard perçant de son grand-père.

— Si je voulais me ranger, Frankie est le genre de femme que je chercherais…

Jack haussa brusquement les sourcils et un sourire ravi se dessina sur ses lèvres.

— … mais je ne veux pas, conclut Elijah.

— Hum ! grogna son grand-père en prenant un autre doughnut. Cela n'a aucun sens.

Elijah lui-même n'était pas sûr que cela ait du sens, mais il n'avait pas l'intention de l'avouer à son grand-père.

— Oui, eh bien, je n'ai que trente-cinq ans. Les statistiques montrent que de nos jours beaucoup d'hommes ne se marient pas avant quarante ans parce qu'ils se concentrent d'abord sur leur carrière.

L'expression dégoûtée de son grand-père en disait long sur ce qu'il pensait des statistiques et du raisonnement qui se cachait derrière elles.

— Ton père et ta mère se sont mariés avant d'avoir vingt ans, et ton père avait déjà une famille quand nous avons fondé notre entreprise…

Il pointa sur lui un doigt accusateur.

— … et ne me dis pas que tu n'es pas content que nous ayons maintenu Wolf Construction à flot, même si les premières années ont été dures, parce que je sais très bien que tu aimes diriger cette entreprise. Et si ton père et moi avons tous les deux réussi à concilier une vie de famille et une carrière, vous devriez bien en être capables aussi, toi et tes frères.

Il hocha énergiquement la tête et prit encore un autre doughnut.

— Tu as raison, cela me plaît de diriger Wolf Construction.

Quelque chose lui disait que cela ne l'aiderait pas d'avouer à son grand-père qu'il avait passé deux heures avec Frankie et Ava au parc un peu plus tôt, et qu'il s'était demandé, en la voyant avec la petite fille, ce que cela ferait d'avoir un enfant avec elle.

Frankie ferait une mère merveilleuse. Elle était parfaite avec Ava : tendre et affectueuse, mais ferme quand c'était nécessaire.

Il avait été stupéfait quand l'image d'une fillette avec les cheveux blonds et les yeux marron de Frankie s'était imposée à lui, et il n'avait pas réussi à chasser cette vision de son esprit depuis.

Cependant, il n'allait certainement pas le dire à son grand-père. Jack ne lui aurait plus laissé un seul instant de répit s'il avait su qu'il imaginait avoir des enfants avec Frankie.

— Je commence à me demander si l'un de vous se mariera un jour et me fera des arrière-petits-enfants que je pourrai emmener à la pêche, grommela Jack.

— Quoi ?

Abasourdi, Elijah reporta aussitôt son attention sur son grand-père, se demandant si celui-ci avait lu dans ses pensées.

— J'aimerais bien qu'il y ait de nouveau des enfants dans cette famille, dit Jack sans détour. Cela fait longtemps que nous ne sommes plus entourés de petits.

— Le père de Justin ressentait la même chose et il a essayé de forcer ses fils à se marier et à avoir des enfants, lui rappela Elijah. Ne prends pas exemple sur Harry ! Il a de la chance d'être encore en bons termes avec ses fils… Ils pourraient lui en vouloir, il les a même menacés de vendre HuntCom pour arriver à ses fins.

— Cela ne marcherait jamais avec toi et tes frères, dit Jack d'un ton plein de regret, d'ailleurs tu as déjà hérité des soixante pour cent de Wolf Construction de ton père.

Son grand-père le regarda d'un air inquisiteur.

— Je présume que je pourrais toujours vous menacer de vendre mes quarante pour cent à un tiers si vous ne vous mariez pas rapidement et que vous n'avez pas d'enfants, tous les quatre.

— N'y pense même pas, dit Elijah d'un ton suave avant de boire une gorgée de café.

Jack rit aux éclats.

— Cela vaudrait peut-être le coup, ne serait-ce que pour vous faire tourner en bourriques ! dit-il avec un pétillement malicieux dans les yeux.

— Connor risquerait de faire une crise cardiaque !

— Ce n'est pas faux…

Son grand-père poussa un profond soupir et prit un cinquième doughnut.

Elijah se demandait pourquoi l'idée de se marier et d'avoir des enfants ne lui paraissait plus aussi inconcevable qu'autrefois.

Par ailleurs, il pressentait confusément que ce n'était pas une coïncidence s'il pensait instantanément à Frankie quand son grand-père parlait de mariage et d'enfants…

Cela ne le perturbait pas plus que cela de la désirer : n'importe quel homme normalement constitué reconnaîtrait que la belle blonde était très séduisante.

Ce qui le stupéfiait, en revanche, c'était qu'il éprouvait un sentiment de possessivité qui ne lui ressemblait pas et le besoin viscéral de la protéger.

Il n'avait jamais ressenti cela pour aucune femme auparavant. S'il avait cru au destin, il serait arrivé à la conclusion que Frankie Fairchild était son âme sœur, et que sa vie n'allait pas tarder à être bouleversée pour toujours.

- 9 -

Le dimanche après-midi, le lendemain de sa promenade au parc avec Ava et Elijah, Frankie retrouva deux de ses sœurs pour aller faire les boutiques au centre commercial du Pacific Place, en centre-ville. Etant occupée, Tommi n'avait pu se joindre à elles, mais Bobbie, Georgie et Frankie essayèrent gaiement des sweats, des pantalons et des chaussures, avant d'aller déjeuner dans l'un de leurs restaurants préférés, le Nordstrom Café.

— Je crois bien que c'est toi qui as le plus de sacs, Bobbie ! dit Frankie en rangeant le sien sous sa chaise.

Elle s'était acheté un pull en cachemire vert, avec le bonnet et les gants assortis.

— J'ai trouvé des chaussures en solde, expliqua Bobbie, ravie. Il y avait une réduction fabuleuse, je n'ai pas pu résister !

— Moi, je me suis acheté une paire d'escarpins noirs, dit Georgie. J'avais prévu de ne rien acheter aujourd'hui et de me réserver pour faire du shopping à New York, mais c'était plus fort que moi !

— J'ai aussi acheté de la lingerie, dit Bobbie en agitant le petit sac qu'elle tenait du bout du doigt, avec un sourire espiègle. Gabe va adorer…

Frankie sourit d'un air entendu.

— Montre-nous !

Bobbie ouvrit le sac et en sortit un petit ensemble en dentelle noire et satin crème qui fit pousser à ses sœurs des petits cris d'admiration, puis elle remit le sac sous sa chaise.

Le serveur arriva avec les commandes qu'elles avaient passées au comptoir en arrivant. Elles savourèrent leur déjeuner en silence pendant un moment, puis la conversation reprit son cours.

— Vous arrivez à croire ce que fait maman ? demanda Frankie en versant le contenu d'un petit sachet de sucre dans son thé. Je me demande si elle a vraiment une relation sérieuse avec son prof de golf…

Georgie secoua la tête d'un air sceptique.

— J'en doute.

Frankie, elle, n'était pas aussi convaincue. Tout en remarquant l'expression dubitative de Bobbie, elle se tourna vers Georgie.

— Pourquoi crois-tu que ce n'est pas sérieux ? Parce qu'il est beaucoup plus jeune qu'elle ?

— Oui, et aussi parce que je ne vois pas maman se remarier, répondit Georgie. Cela fait tellement longtemps qu'elle est seule…

Elle prit une bouchée de son sandwich.

— Je ne sais pas, intervint Bobbie. Je crois vraiment qu'une femme a le droit de changer d'avis et de ne plus avoir envie, justement, d'être seule. Nous l'avons bien fait, Tommi et moi !

— Oui, mais vous êtes beaucoup plus jeunes, lui fit remarquer Georgie.

— C'est vrai, reconnut Bobbie.

— Peut-être, mais maman n'est pas si vieille que ça, dit Frankie, et en plus, elle ne fait pas son âge.

— C'est probablement une des raisons pour lesquelles elle plaît autant à Greg, d'ailleurs.

— Je me demande si maman se rend compte qu'elle fait exactement ce qu'elle a toujours reproché à Harry quand il sortait avec des femmes beaucoup plus jeunes que lui.

Frankie sourit, amusée à l'idée que sa mère, qui avait soixante ans, sortait avec un homme qui en avait quarante-neuf.

— Je n'ai pas le courage de lui faire remarquer, dit Bobbie avec un pétillement malicieux dans les yeux.

Elle but une gorgée de thé.

— Moi non plus ! s'écrièrent en chœur Georgie et Frankie.

— En parlant de petit ami, dit Georgie en lançant à

Frankie un regard empreint de curiosité, il paraît que tu sors avec Elijah Wolf !

Frankie hocha la tête, consciente que Bobbie s'était carrément arrêtée de manger pour la regarder fixement, l'air ébahi.

— Je ne savais pas ! Depuis quand est-ce que tu sors avec lui ?

— Depuis que nous sommes allés au dîner caritatif, samedi dernier.

— Tu vas le revoir ? demanda Bobbie.

— Oui, demain soir… Il m'emmène dîner dans son bar préféré pour me présenter ses frères.

— J'ai bien l'impression que vous passez beaucoup de temps ensemble, remarqua Georgie.

Frankie haussa les épaules en prenant un air faussement désinvolte.

— On ne s'est vus que trois ou quatre fois. Je ne vais pas le voir de la semaine, son frère Connor et lui partent mardi en voyage d'affaires à Las Vegas, et ils ne reviendront pas avant dimanche soir.

Elle remarqua que ses sœurs échangeaient un regard lourd de sous-entendus.

— Quoi ? demanda-t-elle.

— Pour deux personnes qui ne se sont vues que « trois ou quatre fois », vous donnez bien l'impression d'être un couple ! dit Georgie.

Bobbie se pencha en avant et regarda Frankie d'un air grave.

— Et côté physique ? Vous vous entendez bien ?

— Il embrasse merveilleusement bien…

Elle s'interrompit un instant, un peu troublée en repensant à leurs baisers torrides, puis elle reprit :

— Je n'ai pas couché avec lui, si c'est ce que vous voulez savoir, mais je suis persuadée que ce serait tout aussi extraordinaire.

Georgie écarquilla les yeux.

— Tu n'as pas couché avec lui ?

Frankie secoua la tête.

— Non. Pourquoi as-tu l'air aussi étonnée ?

— Parce que apparemment, vous avez passé pas mal de temps ensemble, et j'ai entendu dire qu'Elijah ne sortait pas avec une femme uniquement pour sa conversation.

— Hmm…

Frankie devait reconnaître qu'elle avait entendu dire la même chose.

— Je n'ai pas l'intention de sortir avec un homme susceptible de me briser le cœur, dit-elle. Ne vous en faites pas pour moi.

Ses sœurs n'avaient pas l'air d'être convaincues, mais elles ne protestèrent pas quand elle changea de sujet en demandant à Georgie ce qu'elle pensait de son affectation imminente à New York, où cette dernière allait passer plusieurs mois.

Frankie était profondément soulagée de ne plus être au centre de l'attention car, en vérité, elle devait bien s'avouer qu'Elijah était beaucoup plus pour elle que ce à quoi elle s'était attendue : plus attirant, plus charmant, plus séduisant. Mais surtout, elle aimait beaucoup l'homme qu'il était.

Et c'était sans doute ce qu'il y avait de plus dangereux dans cette situation.

Le lundi soir, Elijah passa prendre Frankie chez elle et ils se rendirent au Killoran's Pub dans le quartier de Ballard. Situé dans une petite rue perpendiculaire à Ballard Avenue, ce pub à la façade en briques était le préféré des frères Wolf, qui venaient y jouer au billard, y assister à des concerts, y manger des sandwichs ou de la pizza, et y boire des bières depuis qu'ils étaient majeurs.

— Je ne pourrai pas rester trop tard, le prévint-elle alors qu'il ouvrait la porte et s'écartait pour la laisser passer. J'ai un cours tôt demain matin.

— Je te raccompagnerai avant 22 heures, promit-il.

Ils entrèrent et s'arrêtèrent sur le pas de la porte, accueillis par le brouhaha des conversations et des rires. Une odeur de bière, de pain chaud et de pizza flottait dans la salle lambrissée de noyer.

— Hé, Elijah, par ici ! appela Connor, assis avec ses frères à une table vers le milieu de la pièce.

Elijah lui fit signe de la main pour lui montrer qu'il l'avait vu. Il passa un bras autour des épaules de Frankie et, ensemble, ils se frayèrent un chemin à travers la foule, entre les tables.

Ils durent s'arrêter au passage à la table de diverses personnes qui interpellèrent Elijah pour le saluer et échanger quelques mots avec lui.

— Tu connais beaucoup de gens, dit-elle en se mettant sur la pointe des pieds pour qu'il l'entende malgré le bruit.

Il hocha la tête.

— Cela fait des années que je viens ici… Quelques-uns de ces gars-là ont travaillé avec moi sur des chantiers.

Ils atteignirent enfin la table des frères Wolf. Elijah l'aida à retirer son imperméable, puis il lui avança une chaise et attendit qu'elle soit assise pour s'installer à côté d'elle.

— Eh bien, il y a un monde fou, ce soir, remarqua-t-il.

— Michael O'Shea joue un peu plus tard, lui dit Ethan, et il a beaucoup de fans.

— Oui, et apparemment ils sont tous entassés dans cette pièce, dit Matt d'un ton pince-sans-rire.

Il prit le pichet posé sur la table et remplit un verre de bière qu'il tendit à Frankie, avant d'en servir un à Elijah.

— Vous avez déjà mangé ?

— Non, pas encore. Je voulais faire goûter à Frankie le sandwich italien grillé au pain ciabatta.

Connor hocha la tête d'un air approbateur et se pencha vers eux.

— Bon choix ! La pizza aussi est excellente.

— Qu'en dis-tu, Frankie… Sandwich ou pizza ? demanda Elijah.

Il avait posé son bras sur le dossier de sa chaise et s'était penché vers elle pour lui parler, afin qu'elle l'entende malgré le bruit.

— Tu prends quoi, toi ? demanda-t-elle.

Ses lèvres effleurèrent sa tempe, et Elijah tourna la tête

pour la regarder, une lueur de désir brillant dans ses yeux. Elle retint son souffle.

— Un sandwich, lui murmura-t-il à l'oreille.

Elle sentit son souffle sur sa nuque et frissonna.

Un peu plus tôt, lorsqu'elle s'était préparée pour partir, elle avait mis un jean, un pull en cachemire noir et des bottes, puis elle avait mis des boucles d'oreilles, des anneaux en or, et avait attaché ses cheveux en queue-de-cheval. Cette coiffure laissait son cou à nu. Elle prit conscience, quand il lui effleura la nuque du bout des doigts, qu'elle était particulièrement sensible à ses caresses.

— Et toi ? demanda-t-il.

Troublée par la délicieuse sensation, elle se rendit compte, un peu tard, qu'il attendait qu'elle dise quelque chose.

— Oh ! Moi aussi, répondit-elle. Je vais prendre la même chose que toi.

Un sourire se dessina lentement sur les lèvres d'Elijah, et elle se surprit soudain à regretter qu'ils ne soient pas seuls. Elle mourait d'envie de sentir sa bouche sur la sienne…

Sur la scène derrière eux, le micro émit un bruit strident, qui l'arracha à ses rêveries. Elle se pencha légèrement en avant pour s'éloigner un peu du contact troublant de la peau d'Elijah sur la sienne, et s'efforça de prêter attention à ce qui se passait autour d'eux.

Un coude posé sur la table, elle prit son verre et but une gorgée de bière pendant qu'Elijah arrêtait un serveur pour passer leur commande. Elle sourit en écoutant ses frères se chamailler.

— … et moi je te dis qu'il n'y a pas moyen que ce logiciel s'exécute normalement sur ton ordinateur, disait Ethan avec véhémence. Ton disque dur n'est pas assez puissant.

Frankie cligna des yeux, incrédule.

— Ton frère s'y connaît en informatique ? demanda-t-elle à Elijah à voix basse. Est-ce qu'il saurait programmer un téléphone portable ?

— Probablement, répondit Elijah. Le tien a un problème ?

Elle hocha la tête.

— J'ai un nouveau téléphone, et je n'ai pas encore eu le temps de regarder comment faire pour transférer mon répertoire depuis mon ancien portable. Les numéros et les adresses e-mail de tous mes contacts sont dedans… Du coup, je suis obligée d'emporter les deux téléphones partout où je vais.

— Je peux arranger ça, intervint Matt avant qu'Elijah n'ait eu le temps de répondre. Je m'y connais, en téléphones portables.

— Je suis meilleur que lui, déclara Connor, et en plus, je viens de le faire pour le mien. Ce sera du gâteau !

— Ne les laisse pas toucher à ton téléphone, dit Ethan avec un sourire. Ils n'y connaissent rien !

— Je vais m'en occuper, dit Elijah. Ils seraient capables de te le casser, si tu leur confiais.

— Oh, allez, Elijah ! protesta Matt. J'ai programmé tous les portables du bureau il y a quelques mois, et ils fonctionnent tous très bien.

— Oui, et les sonneries sont insupportables, répliqua Elijah d'un ton pince-sans-rire.

Matt la regarda avec un grand sourire.

— Il est furieux parce que sa sonnerie à lui était la *Macarena* !

Frankie faillit s'étrangler de rire avec sa bière. Les yeux écarquillés, elle se tourna vers Elijah, qui la regardait avec une expression renfrognée qui l'amusa malgré elle.

— Je suis plus doué que mes frères pour tout ce qui est électronique, Frankie, dit Ethan. Fais-moi confiance…

— Non, l'interrompit Elijah d'un ton sans réplique. Je vais m'en occuper.

— D'accord, dit-elle en ouvrant son sac à main.

Elle fouilla dedans jusqu'à ce qu'elle trouve ses deux téléphones.

— Tiens.

Elle les tendit à Elijah et reposa son sac à main à ses pieds.

— L'ancien est celui qui est argenté, et le nouveau est le rose vif.

Elijah haussa les sourcils.

— Rose vif ? répéta-t-il d'un ton incrédule. Tu as un téléphone rose vif ? Seigneur !

De toute évidence, il n'en croyait pas ses yeux. Il commença néanmoins à faire défiler les menus.

Pendant qu'Elijah se concentrait sur ce qu'il faisait, ses trois frères racontèrent à Frankie des anecdotes sur les soirées qu'ils avaient passées ensemble dans ce pub. Ils lui parlèrent aussi des concerts qu'ils y avaient vus. Certains des groupes qui s'étaient produits sur la petite scène étaient déjà célèbres, d'autres l'étaient devenus par la suite.

Matt, Ethan et Connor se disputèrent ensuite son attention en se taquinant à tour de rôle au sujet des femmes qu'ils avaient rencontrées, conquises et perdues entre ces quatre murs.

Ils s'interrompirent lorsque le serveur arriva avec leurs assiettes. Il déposa les sandwichs, accompagnés de frites et de pickles, devant Elijah et elle, puis il plaça au milieu de la table une grande pizza couverte de fromage fondu, et donna des assiettes à Connor, Ethan et Matt.

Quand il se fut de nouveau éloigné, Elijah rendit à Frankie ses deux téléphones.

— Tu as déjà fini ? demanda-t-elle, surprise.

— Oui. Je t'expliquerai comment j'ai fait tout à l'heure.

— Super !

Elle lui adressa un sourire ravi.

— Merci beaucoup. Je te revaudrai ça !

Il esquissa un sourire espiègle, et elle sentit son cœur faire un bond dans sa poitrine.

— Tu trouveras bien un moyen de me remercier, lui murmura-t-il à l'oreille.

Elle rougit et s'empressa de jeter un coup d'œil à ses frères mais, heureusement, ils étaient occupés à se servir de pizza et n'avaient rien entendu.

Sa réaction amusait visiblement Elijah : une lueur malicieuse brillait dans ses yeux, et son sourire s'élargit.

— Hé, Frankie, tu as des sœurs ? demanda soudain Matt d'un ton plein d'espoir.

— Oui…

Elle but une gorgée de bière pour le faire languir.

— J'ai trois sœurs, mais l'une d'elles vient de se marier, et une autre est en couple. Il n'y en a qu'une qui soit célibataire… Malheureusement, elle part bientôt pour New York.

Le visage de Matt s'assombrit.

— Mince ! Pas de chance…

Elle regarda Elijah, qui semblait aussi amusé qu'elle, et elle rit lorsqu'il lui fit un clin d'œil.

Ils passèrent une soirée très agréable. Elijah regarda avec indulgence ses frères tenter de l'amadouer pour qu'elle leur présente des amies. Voyant qu'elle hésitait, ils la taquinèrent et se disputèrent pour déterminer lequel d'entre eux devrait avoir le droit de remplacer Elijah pour la reconduire.

Le temps passa bien trop vite à son goût et, bientôt, il fut 21 h 30 passées. Comme promis, ils quittèrent le pub, et Elijah la raccompagna chez elle.

— J'aimerais vraiment te proposer d'entrer, dit-elle lorsqu'elle eut ouvert la porte de son appartement, mais si tu entres, je risque de ne pas avoir envie de te laisser repartir.

— Je fais un excellent café et une omelette délicieuse…

Il la plaqua contre la porte, posant les mains de chaque côté de ses épaules, et il se pencha vers elle pour déposer sur ses lèvres un baiser furtif.

— Je t'apporterai le petit déjeuner au lit avant que tu partes au travail.

Elle ferma les yeux un instant, et inclina légèrement la tête en arrière pour exposer sa gorge à ses lèvres et à ses baisers enivrants.

— C'est très tentant…, parvint-elle à dire.

Il écarta le col de son imperméable et l'embrassa dans le cou. Elle fut aussitôt parcourue d'un frisson de désir, mais elle se força à poser les mains à plat sur son torse musclé pour le maintenir à distance et l'empêcher de la prendre dans ses bras.

— … mais il faut vraiment que je me lève tôt, demain.

— Je te conduirai au travail de bonne heure, murmura-t-il.

Il releva la tête pour la regarder. Une lueur de désir brillait dans ses yeux, d'un bleu plus soutenu que d'habitude.

— Si tu entres et que tu passes la nuit ici, ni toi ni moi ne dormirons, tu le sais parfaitement.

Elle sourit en voyant à son expression qu'il se résignait malgré lui.

Il prit une profonde inspiration, puis poussa un gros soupir.

— Tu as raison… Embrasse-moi, et je m'en irai, grommela-t-il en la serrant contre lui.

Sans cesser de sourire, elle lui passa les bras autour du cou et se mit sur la pointe des pieds pour l'embrasser, emportée par la passion qui s'embrasa aussitôt entre eux.

Quand il la relâcha, elle était si troublée qu'elle sentit ses jambes se dérober sous elle.

Il lui remit une mèche de cheveux derrière l'oreille.

— Nous prenons l'avion assez tôt demain matin, Connor et moi, mais je t'appellerai quand nous serons arrivés à Las Vegas. La conférence ne dure que jusqu'à vendredi, mais nous restons tout le week-end pour faire quelques parties de black-jack, et nous ne reprenons l'avion que dimanche soir, tard.

— Tu vas me manquer… Fais attention à toi.

— Toi aussi, tu vas me manquer. Ne t'enfuis pas avec un autre homme pendant mon absence, hein ! la taquina-t-il.

Il l'embrassa de nouveau, encore plus passionnément, puis il ouvrit la porte derrière elle et la poussa doucement à l'intérieur.

— Referme la porte à clé derrière toi, murmura-t-il.

Après avoir échangé avec lui un dernier regard, elle entra et ferma la porte comme il le lui avait indiqué. Ce fut seulement une fois qu'elle eut mis la chaîne de sécurité, qu'elle entendit Elijah s'éloigner. Elle sourit, reconnaissante de la patience dont il faisait preuve et de son attitude protectrice.

Enfin, elle tourna les talons et se dirigea vers sa chambre d'un pas lent, comme dans un rêve, en repensant avec délice aux baisers enivrants d'Elijah.

Elle se prépara pour aller se coucher et, dès qu'elle fut endormie, elle se mit à rêver de lui.

*
* *

Le lendemain matin, Elijah et Connor prirent l'avion pour Las Vegas à l'aéroport de Sea-Tac. Elijah appela Frankie tous les soirs, mais elle lui manquait quand même. Leur week-end à Las Vegas était prévu de longue date, lorsque Connor et lui s'étaient inscrits à la conférence, et ils ne devaient repartir pour Seattle que le dimanche soir.

Cependant, la situation avait bien changé entre-temps et le vendredi soir, au comble de l'impatience, il échangea son billet d'avion. Il prit un vol de nuit et arriva à Seattle un peu après 2 heures du matin.

Le lendemain, la première chose qu'il fit en se réveillant à 9 heures fut d'appeler Frankie, mais elle ne répondit pas. Heureusement, il parvint à joindre Tommi à son restaurant, et il apprit que Frankie était allée à Arlington, au nord de Seattle, pour passer la journée à l'écurie où elle travaillait comme bénévole.

Il griffonna les indications que Tommi lui donnait sur un bout de papier et, dès qu'ils eurent raccroché, il prit la direction de l'écurie.

Il se souvenait que Frankie lui avait brièvement parlé de son travail de bénévole, lorsqu'elle lui avait raconté quelques anecdotes sur ce qu'elle faisait, enfant, avec ses sœurs et Cornelia. Sa mère avait expliqué à Frankie, le jour de ses huit ans, que chacun avait des responsabilités envers la communauté, et elle lui avait demandé de choisir une bonne cause à laquelle consacrer son temps et son énergie. Comme Frankie adorait les chevaux, elle avait choisi de travailler pour l'écurie d'Arlington, ce qu'elle continuait à faire aujourd'hui.

Il avait été un peu déçu de ne pas avoir réussi à la joindre, mais il avait décidé de lui faire une surprise en allant la retrouver, pensant que ce serait encore mieux que de l'appeler.

Il quitta l'autoroute et s'engagea sur la route à deux voies qui serpentait à travers la campagne. Il passa devant de nombreuses fermes et traversa des hectares vallonnés de verts pâturages, de champs où broutaient paisiblement des vaches et des chevaux.

Une vingtaine de minutes plus tard, il arriva devant un ensemble de granges et d'écuries. Il tourna pour prendre le large chemin cahoteux couvert de gravier, s'efforçant d'éviter les nids-de-poule, puis il se gara sur le grand parking au sol en terre battue.

La bâtisse principale était une immense grange de bois, et les écuries étaient disposées en arc de cercle autour du parking. Une clôture en métal vert entourait le tout.

Il descendit de voiture et franchit le portail ouvert de la grange. A sa gauche, il y avait un escalier. En entendant des voix à l'étage, il prit cette direction mais tomba sur un bureau vide. Les gradins qui longeaient les murs l'étaient tout autant. Il se pencha au-dessus de la balustrade et regarda le manège au sol en terre.

Une dame d'un certain âge vêtue d'un jean et de bottes se tenait au centre du manège et guidait une petite fille équipée d'une bombe et d'un pantalon d'équitation rentré dans ses bottes hautes. Elle était assise sur le dos d'un pur-sang, qui paraissait bien trop grand pour une si petite fille. Pourtant, elle semblait le diriger avec une assurance tranquille.

En voyant que Frankie ne se trouvait pas au manège, Elijah revint sur ses pas et poursuivit l'exploration du lieu. Il arriva dans l'écurie avec sa double rangée de stalles. Il avança, s'arrêtant de temps en temps pour caresser le museau des chevaux qui passaient leur tête par-dessus les portières en hennissant doucement.

Soudain, il entendit la voix de Frankie, qui disait d'un ton agacé :

— Daisy, arrête d'être aussi têtue. Tu sais très bien que tu ne peux pas sortir, recule…

Il continua à avancer dans la grange, mais il ne voyait toujours pas Frankie. Deux stalles plus loin, un passage s'ouvrait sur la gauche et, apparemment, les bruits sourds qu'il entendait maintenant venaient de là. Espérant la surprendre, il allongea le pas et tourna à l'angle.

Effectivement, Frankie se tenait devant la porte ouverte d'un box à quelques mètres de là, une longe dans une main. Avec son épaule et son autre main, elle poussait de toutes ses forces un énorme cheval de trait.

De toute évidence, la jument avait le dessus, car elle fit un pas en avant, ses larges sabots se posant bien trop près des pieds de Frankie.

Il sentit son sang se glacer et se précipita vers Frankie. Sans prendre le temps de la prévenir, il lui passa un bras autour de la taille et la souleva pour l'éloigner de la jument.

— Qu'est-ce que… ! bredouilla-t-elle, surprise.

Lui avait déjà entrepris de faire rentrer de force la grande jument dans la stalle, et ne se retourna vers Frankie que lorsqu'il en eut refermé la porte.

— Bon sang ! s'écria-t-il. Mais qu'est-ce que tu crois être en train de faire, au juste ?

Elle se raidit, son expression surprise laissant rapidement la place à la colère qui lui fit monter le rouge aux joues. Ses yeux s'assombrirent, et elle répondit d'un ton tranchant :

— Je fais mon travail. Et toi, que fais-tu ici ?

— Je sauve ta peau ! dit-il d'un ton sec. Tu n'as pas remarqué que cette jument pèse cinq cents kilos de plus que toi ?

— Plus de cinq cents kilos, répliqua-t-elle, et je ne vois vraiment pas en quoi cela te concerne.

— Tu as perdu la tête ? Tu étais sur le point de te faire écraser !

— Certainement pas !

Elle agita la main en direction de la jument, qui les regardait avec intérêt depuis son box.

— Daisy n'a jamais écrasé personne, et cela fait des années qu'elle est là ! Elle essaie de sortir dans l'enclos quand quelqu'un ouvre la porte de son box, mais elle est parfaitement docile, et elle n'a jamais blessé personne de sa vie !

— Elle est tellement énorme qu'elle ne se rendrait même pas compte qu'elle te fait mal ! gronda-t-il, s'efforçant de ne pas crier. Tu aurais pu être tuée, ou gravement blessée… Tu es trop menue pour diriger un cheval aussi grand !

Les bras le long de son corps, elle serra les poings.

— Ce n'est pas à toi de me dire ce que je peux faire ou ne peux pas faire.

— Il faut bien que quelqu'un le fasse, puisque tu n'as apparemment pas assez de bon sens pour comprendre que tu es bien trop fragile pour déplacer un cheval qui fait vingt fois ta taille et ton poids ! s'écria-t-il.

Il était encore sous le coup de la vision terrifiante qu'il avait eue de Frankie appuyée contre l'énorme cheval, et qu'il n'arrivait pas à chasser de son esprit.

Elle lui jeta un regard furieux, ses yeux lançant à présent des éclairs de colère.

— Je prends mes décisions moi-même depuis que j'ai dix-huit ans, dit-elle d'une voix glaciale, et si je donnais à quelqu'un la permission d'interférer dans mes choix, ce ne serait sûrement pas à toi, d'autant que manifestement tu ne connais absolument *rien* sur les chevaux, conclut-elle d'un ton rageur.

— Je n'ai pas besoin de savoir quoi que ce soit sur les chevaux pour savoir que cette jument-*là*…

Il fit un geste par-dessus son épaule en direction du cheval de trait.

— … est bien trop grosse pour que tu essaies de la faire bouger de force.

— Sa taille n'a rien à voir dans l'histoire ! cria-t-elle, les poings sur les hanches, visiblement furieuse. C'est une Clydesdale, et elle est tellement gentille que même Ava pourrait la monter !

Elle leva les bras en signe d'impuissance.

— Oh, mais à quoi bon ? Ça ne sert à rien que je m'époumone, tu es impossible !

Là-dessus, elle tourna les talons.

— Où vas-tu ?

— Je rentre chez moi.

Elle s'éloigna à grandes enjambées, ses bottes faisant voler des nuages de poussière à ses pieds. Puis, elle s'arrêta brusquement, et fit volte-face.

— Et ne t'avise pas de me suivre ! lui lança-t-elle, le regard furibond. Je ne veux pas te parler, pas avant que tu te rendes compte que tu t'es conduit comme un imbécile et que tu sois prêt à me présenter des excuses… Et encore, même là, ce n'est pas sûr que je te reparle.

Une fois de plus, elle tourna les talons et reprit son chemin d'une démarche raide.

Fulminant de colère, il la suivit des yeux jusqu'à ce qu'elle ait passé le portail de la grange. Peu lui importait qu'elle soit furieuse, c'était lui qui avait raison, et il n'avait certainement pas l'intention de s'excuser parce qu'il avait essayé de la protéger.

Profondément révolté, il quitta la grange à son tour. Frankie avait disparu, et il n'essaya pas de la chercher. Il remonta dans sa voiture et s'en alla.

J'aurais dû rester à Las Vegas, regretta-t-il en reprenant la route de Seattle. *Je pourrais être assis à une table de black-jack, à m'amuser, au lieu de perdre mon temps à essayer de raisonner une femme complètement déraisonnable.*

Des gouttes de pluie se mirent à tomber sur son pare-brise. Il regarda le ciel et se rendit compte que, pendant qu'il était dans la grange, le ciel bleu avait laissé la place à un ciel gris et nuageux.

— Génial ! marmonna-t-il.

Au volant de sa voiture, Frankie prit la route de Seattle, essuyant d'un revers de la main les larmes de colère qui emplissaient ses yeux. Cela l'exaspérait d'avoir envie de pleurer. Elijah lui avait manqué plus qu'elle ne l'aurait cru possible au cours des quelques derniers jours, et elle avait attendu son retour avec impatience.

Puis il avait déboulé dans l'écurie comme un vulgaire mâle dominateur, présumant qu'elle faisait preuve d'imprudence et il s'était mis en tête de la protéger contre sa propre bêtise.

— Quelle arrogance ! grommela-t-elle en serrant plus fort son volant.

Il n'avait même pas pris la peine de lui demander son avis… Non, il s'était contenté de sous-entendre qu'elle était folle de s'occuper de Daisy.

— Comme si je ne savais pas que Daisy est grande, marmonna-t-elle encore. Comme si je ne m'occupais pas d'elle depuis ses trois mois… Mais est-ce qu'il m'a demandé quoi que ce soit à son sujet ? Non, bien sûr que non ! Vraiment, les hommes… Ils sont impossibles ! enragea-t-elle.

A ce moment-là, de grosses gouttes de pluie vinrent s'écraser sur le pare-brise.

Parfait ! Il ne manquait plus que ça… Elle mit en marche les essuie-glaces. Rapidement, il se mit à pleuvoir à verse, et la circulation ralentit progressivement.

Elle poussa un gémissement. Elle avait hâte d'être chez elle, contrariée par ce ralentissement, qui lui donnait bien trop de temps à son goût pour réfléchir. Elle regrettait de ne pas avoir dit à Elijah qu'il se trompait complètement et qu'elle était tout à fait capable de s'occuper de Daisy. Elle aurait aussi dû ajouter qu'elle n'aimait pas du tout que quelqu'un préjuge d'une situation sans prendre la peine de commencer par se renseigner.

Et dire que les hommes trouvaient que les femmes ne sont pas rationnelles !

Elle décida d'oublier combien Elijah lui avait manqué, et avec quelle impatience elle avait attendu son retour de Las Vegas. Elle n'avait pas non plus envie de s'attarder sur le fait que cette impatience s'était transformée en déception, ou sur la colère qu'elle éprouvait.

D'un geste vif, elle alluma la radio pour rompre le silence. La musique country endiablée ne parvint pas à la distraire de sa contrariété.

Cependant, elle choisit de l'ignorer, bien décidée à ne pas se laisser abattre à cause d'une dispute avec Elijah.

- 10 -

La pluie continua à tomber tout le week-end, et il n'y eut aucune amélioration le lundi. Le ciel était toujours aussi gris et nuageux.

Le mardi soir, Elijah laissa son pick-up dans le garage lorsqu'il revint du travail, et il entra chez lui par la buanderie. Il s'arrêta pour retirer ses chaussures détrempées et couvertes de boue et les déposa sur le paillasson à côté de la machine à laver. Puis il retira son jean, qui était aussi mouillé et taché de boue jusqu'aux genoux, sa chemise de flanelle et ses chaussettes, et il mit le tout dans la machine à laver. Vêtu en tout et pour tout d'un boxer bleu marine et d'un T-shirt blanc, il traversa la cuisine pieds nus, s'arrêta pour poser sur le plan de travail le sac contenant le repas chinois qu'il s'était acheté un peu plus tôt, puis il monta pour aller dans la salle de bains.

Trois jours s'étaient écoulés depuis que Frankie et lui s'étaient disputés aux écuries, et depuis, il était d'une humeur massacrante. Ses frères l'avaient même menacé de lui interdire l'accès du mobil-home.

Il tentait de se convaincre que sa mauvaise humeur était due à la pluie… Qui ne serait pas de mauvaise humeur après trois jours de pluie torrentielle ?

Il fit couler l'eau et attendit qu'elle se soit réchauffée pour entrer dans la douche. Sous la pression et la chaleur du jet d'eau, il se détendit enfin et poussa un gémissement de bien-être.

Il se savonna et se lava les cheveux, puis il resta un moment immobile sous la pomme de douche. Les mains posées à plat sur le mur carrelé, il laissa l'eau couler sur les muscles endoloris de son dos, savourant la sensation relaxante.

Lorsqu'il sortit enfin de la douche, il se sécha puis se dirigea vers sa chambre, enfila des vêtements propres.

Ses cheveux étaient toujours mouillés quand il redescendit. Il s'arrêta dans le salon pour allumer la télévision, puis il alla dans la cuisine, fit réchauffer son repas dans le micro-ondes pendant qu'il prenait une bière dans le réfrigérateur, et il retourna enfin avec le tout dans le salon.

Dehors, la tempête faisait rage. Le vent soufflait violemment et il pleuvait des cordes. Cela lui fit penser à la soirée qu'il avait passée chez Frankie, lorsqu'elle s'était blottie contre lui sur le canapé… Il aurait voulu revenir en arrière et que ce soit de nouveau ce soir-là.

Il regardait l'écran de télévision sans le voir. Frankie lui manquait. Il aimait sa maison, il aimait sa vie indépendante…

Pourtant, depuis qu'il avait commencé à la fréquenter, il s'était rendu compte qu'il préférait passer du temps avec elle, ne serait-ce que pour partager une pizza et regarder un film, plutôt que d'être seul.

Il avait l'impression d'avoir trouvé la pièce manquante de sa vie. Avant de sortir avec elle, il n'avait même pas conscience que quelque chose lui manquait.

Il avait connu beaucoup de femmes, et il avait apprécié leur compagnie, mais sortir avec elles avait toujours été un prélude au sexe. Il ne se rappelait pas s'être un jour contenté de la compagnie d'une fille, sans arrière-pensées.

Bien sûr, cela ne signifiait pas qu'il n'avait pas envie de coucher avec Frankie. On pouvait même dire que l'idée de lui faire l'amour l'obsédait.

Il était très fier du sang-froid dont il avait réussi à faire preuve jusque-là, mais il devait reconnaître qu'il avait de plus en plus de mal à s'arrêter aux baisers et au flirt, d'autant plus qu'elle semblait éprouver la même attirance que lui.

Pourtant, il sentait qu'elle hésitait encore et qu'elle restait encore sur ses gardes. Avec n'importe quelle autre femme, il aurait tenté de la séduire, de la faire céder à force de charme, quelles que soient les raisons pour lesquelles elle hésitait, mais s'agissant de Frankie, il tenait étrangement à ce qu'elle s'offre à lui de son plein gré et sans réserve.

Pourquoi ? Il n'en savait rien. Peut-être tout simplement parce qu'il la connaissait depuis toujours, parce qu'elle était la cousine préférée de Justin… Quoi qu'il en soit, il n'avait jamais connu avec aucune femme ce qu'il partageait avec elle.

Cependant, on ne pouvait pas dire qu'il y eût quelque chose entre Frankie et lui en ce moment… Il fronça les sourcils, contrarié. Elle ne l'avait pas appelé, et il n'avait pas cherché à la contacter, lui non plus. Il essayait de se persuader qu'il ne l'avait pas fait parce qu'elle lui avait expressément dit avant de quitter l'écurie qu'elle ne voulait plus entendre parler de lui. Il respectait sa volonté, voilà tout. Il lui laissait le temps de se calmer…

En fait, la vraie raison pour laquelle il ne l'appelait pas, c'était qu'elle lui avait fait une peur bleue, aux écuries. La voir avec cette énorme jument lui avait glacé le sang.

A présent, il regrettait de lui avoir crié dessus et reconnaissait qu'il avait eu une réaction excessive, mais… Bon sang ! Qu'était-il censé faire ?

Il aurait dû savoir que Frankie était trop indépendante pour accepter de recevoir des ordres de lui. D'ailleurs, quelque chose lui disait qu'elle ne laisserait jamais personne lui dicter sa conduite… à part peut-être quelqu'un qui aurait vraiment une bonne raison de le faire et, même dans ce cas-là, la personne en question devrait avoir la présence d'esprit de *suggérer* plutôt que d'*ordonner* ou d'*exiger* comme il l'avait fait.

Bon sang ! Il se passa les mains sur le visage et poussa un profond soupir, passablement contrarié. Lui non plus n'aimait pas qu'on lui donne des ordres… Le destin était railleur ! Il avait trouvé la femme sans laquelle il ne voulait pas, ne *pouvait* pas vivre, et elle était tout aussi têtue et indépendante que lui.

Abasourdi, il réfléchit à ce qu'il venait de se dire.

Etait-il en train de tomber amoureux de Frankie ? Cela expliquait-il toutes ces nuits blanches et sa mauvaise humeur ?

Il ne voulait même pas y penser.

Résolument, il prit une bouchée de Chow Mein et changea de chaîne pour mettre un match de basket.

Il fronça les sourcils, soucieux. Il ne pouvait pas être en train de tomber amoureux…

Et même si c'était le cas, il n'allait certainement pas y penser constamment.

Frankie passa son samedi après-midi à nettoyer sa cuisine et ranger son appartement de fond en comble, tout en écoutant des CD de Sugarland et Jon Bon Jovi, dans l'espoir de se calmer un peu.

Le dimanche après-midi, alors qu'elle faisait son jogging sur les bords du Green Lake, elle se rappela qu'elle s'était dit qu'Elijah semblait trop parfait pour être vrai et, effectivement, il s'était révélé être tristement humain aux écuries, la veille.

Non, pas seulement humain, pensa-t-elle, prise d'un nouvel accès de colère. *Quel macho ! Comme si je n'étais pas capable de veiller sur moi-même…*

Elle se mit à courir plus vite, levant et abaissant énergiquement les bras, le flot ininterrompu de la pluie dégoulinant sur les épaules de sa veste imperméable. Elle avait caché ses cheveux sous un bonnet de laine bleu vif. Il était détrempé, tout comme son caleçon noir et ses baskets.

Le fait qu'elle ait choisi d'affronter les éléments au lieu de courir sur son tapis de jogging chez elle en disait long sur son état avancé de nervosité.

Après avoir fait le tour du lac deux fois, elle quitta le chemin goudronné et reprit sa voiture pour aller chez sa mère.

— Maman ? Tu es là ? appela-t-elle en entrant dans la véranda.

Elle retira ses chaussures et les laissa s'égoutter sur le paillasson, puis elle traversa la pièce. Ses chaussettes mouillées laissèrent des marques sur le parquet.

— Frankie ? Je suis dans la cuisine, lui cria Cornelia.

Frankie avança à cloche-pied, sautillant sur un pied puis sur l'autre, pour enlever ses chaussettes. Enfin, elle passa sur le beau tapis d'Orient, et entra dans la cuisine. Sa mère se tenait devant le plan de travail, à côté de la cuisinière, et elle versait de l'eau chaude de la bouilloire dans une théière chinoise.

— Bonjour, maman ! Salut, Tommi… Je n'ai pas vu ta voiture, dehors.

Elle était contente de voir sa sœur. Tommi était perchée sur un tabouret devant l'îlot central de la grande cuisine, sa robe de grossesse rouge tendue sur son ventre rond.

— C'est Max qui m'a déposée, il revient me chercher dans une heure.

Les yeux de Tommi pétillèrent, et elle ajouta :

— On pourrait croire que je suis la première femme à être enceinte ! Il insiste pour m'accompagner partout en voiture, alors je le laisse faire…

Elle afficha un grand sourire, manifestement ravie de se faire dorloter.

— Seigneur, Frankie ! s'écria Cornelia lorsqu'elle l'aperçut.

Elle reposa la bouilloire sur la cuisinière.

— Tu es trempée ! Où étais-tu ?

Elle lui posa la question par-dessus son épaule, alors même qu'elle disparaissait dans la buanderie, juste à côté de la cuisine.

— Je suis allée courir au bord du lac.

— Tu n'aurais pas pu rester au sec et utiliser ton tapis de jogging ? demanda Tommi au moment où leur mère revenait avec une grosse serviette de toilette.

— Oui, pourquoi n'est-ce pas ce que tu as fait ? demanda Cornelia.

Elle prit la veste trempée de Frankie et lui tendit la serviette.

— Je vais mettre ça au séchoir, ajouta-t-elle en sortant de nouveau de la pièce.

Frankie retira son bonnet et le posa sur le plan de travail carrelé à côté de l'évier.

— J'en ai assez de rester enfermée, dit-elle, et je ne suis pas en sucre, je ne vais pas fondre sous la pluie !

— Non, mais tu pourrais attraper un rhume carabiné,

répliqua sa mère en revenant dans la cuisine. Sèche-toi ! Je vais te donner de la vitamine C.

Frankie et Tommi échangèrent un regard plein de tendresse.

— Merci, maman.

Frankie savait par expérience qu'il était plus simple de laisser sa mère la chouchouter. Elle se sécha le visage et les cheveux, puis alla s'asseoir sur un tabouret devant l'îlot, en face de sa sœur.

— Alors, comment ça se passe, au restaurant ?

— Très bien !

Rayonnante de fierté, Tommi lui raconta les dernières nouvelles.

Frankie écouta sa sœur attentivement, et elle lui posa des questions pour l'encourager à continuer de parler. Elle était ravie de voir Tommi aussi heureuse, follement amoureuse de Max et excitée par sa grossesse et par le succès que connaissait son restaurant.

Leur mère vint s'asseoir avec elles et elle leur servit de la tisane, puis elle posa quelques comprimés de vitamine à côté de la tasse de Frankie.

— Merci, maman, dit-elle en mettant une cuillère de miel dans sa tisane.

— Assez parlé de moi ! dit Tommi.

Elle but une gorgée avant de demander :

— Quoi de neuf, Frankie ? Je t'ai à peine vue, ces dernières semaines.

— J'ai été très occupée par mon travail…

Frankie regarda sa mère, puis sa sœur, et elle décida de leur parler sans détour. Elle avait besoin de se confier, et personne ne serait plus à même de la comprendre que sa famille.

— … et j'ai passé beaucoup de temps avec Elijah, conclut-elle.

Tommi écarquilla les yeux.

— Elijah Wolf ? Le meilleur ami de Justin ?

Frankie hocha la tête et prit un brownie dans l'assiette posée au milieu de l'îlot. Le petit carré de chocolat était recouvert d'un glaçage au caramel très appétissant.

Elle releva les yeux et vit que sa mère et sa sœur échangeaient un regard éloquent.

— Tu ne lui as pas dit que nous étions allés au dîner caritatif avec Harry et toi, maman ?

Cornelia secoua la tête.

— Non, nous n'en avons pas parlé... Pour être honnête, Frankie, je croyais que vous n'étiez ensemble que pour cette soirée-là, Elijah et toi. J'aime beaucoup Elijah, mais je ne pensais pas que tu voudrais avoir une relation sérieuse avec quelqu'un comme lui, même s'il est beau, charmant et que tu lui plais beaucoup, de toute évidence.

Surprise, Frankie regarda sa mère d'un air ébahi.

— Pourquoi pensais-tu que je ne m'intéresserais pas à quelqu'un comme Elijah ?

— Sans doute parce que les hommes avec lesquels tu es sortie jusqu'à présent étaient des intellectuels, tandis qu'Elijah est plus... physique.

Les yeux plissés, Frankie réfléchit à ce que sa mère venait de lui dire.

— C'est vrai que j'ai passé plus de temps avec des intellectuels qu'avec des manuels, et Elijah fait partie de cette deuxième catégorie, c'est incontestable, mais justement, l'une des choses qui me plaisent chez lui, c'est qu'il n'est absolument pas intimidé par mes diplômes ou par mon travail. D'ailleurs, nous n'avons jamais abordé le sujet. A vrai dire, ajouta-t-elle lentement, pensive, il me stimule intellectuellement, il me fait rire, et quand je suis avec lui, je n'ai jamais l'impression de tuer le temps en attendant de faire quelque chose de plus intéressant.

A peine eut-elle prononcé ces mots qu'elle regarda sa mère et sa sœur, les yeux écarquillés, surprise elle-même par ce qu'elle venait de dire.

— Je ne m'en étais même pas rendu compte jusqu'à maintenant ! Enfin... Cela n'a probablement plus aucune importance après ce qui s'est passé hier.

— Pourquoi ? demanda Tommi.

— Que s'est-il passé ? demanda Cornelia au même moment.

Frankie leur raconta en deux mots sa dispute avec Elijah. Elle conclut en leur disant qu'elle lui avait crié qu'elle ne voulait plus entendre parler de lui tant qu'il ne lui aurait pas présenté des excuses.

Quand elle eut terminé son récit, Cornelia reposa brutalement sa tasse.

— Vraiment, les hommes… ! grommela-t-elle. Ils peuvent être tellement têtus…

— Exactement, dit Frankie en hochant énergiquement la tête.

— J'ai toujours cru qu'Elijah savait parler aux femmes, dit Tommi. Du moins, il a cette réputation, s'empressa-t-elle d'ajouter quand Frankie lui jeta un regard furibond, mais c'est sûr qu'il ne s'est pas comporté correctement, avec toi.

Elle fit la moue et réfléchit un instant, les yeux perdus dans le vague.

— Je me demande pourquoi, reprit-elle.

— Parce qu'il est impossible, voilà pourquoi !

Frankie prit une bouchée de brownie et ferma les yeux de plaisir.

— Maman, ils sont délicieux !

— Merci… C'est une nouvelle recette.

A en juger par son ton distrait, sa mère était plongée dans ses pensées.

— Si Max faisait quelque chose comme ça, reprit Tommi sans se laisser décourager, je penserais que c'est parce qu'il a horriblement peur pour moi. Il donne toujours l'impression d'être inébranlable, mais comme il m'aime je suis persuadée qu'il serait dans tous ses états s'il me savait en danger.

— Mais je n'étais pas en danger, lui fit remarquer Frankie, et Elijah ne m'aime pas. Ça ne fait vraiment pas longtemps que nous sortons ensemble.

— Le temps n'a pas forcément d'importance, pas quand il s'agit de la bonne personne, dit Cornelia.

— Et Elijah ne savait pas vraiment que tu n'étais pas en danger, lui fit remarquer Tommi.

— C'est justement pour ça qu'il aurait dû me poser la

question ! s'écria Frankie, qui sentait la colère monter de nouveau en elle alors qu'elle repensait à l'attitude déraisonnable d'Elijah. S'il m'avait demandé si ce que je faisais était dangereux, je lui aurais expliqué que Daisy est douce comme un agneau.

— Je ne pense pas que les hommes soient capables d'attendre s'ils croient qu'une personne qu'ils aiment est en danger, lui dit sa sœur. Leur instinct protecteur se réveille instantanément, ils agissent d'abord et posent des questions ensuite.

Frankie regarda sa mère, qui confirma d'un hochement de tête.

— Tommi a raison, dit Cornelia. En tout cas, c'est mon avis… J'ai constaté la même chose. Harry, par exemple, a fait tout ce qui était en son pouvoir pour nous protéger quand votre père est mort, même s'il a fait preuve de maladresse, comme toujours… Si je l'avais laissé faire, il nous aurait toutes enveloppées dans du coton, il nous aurait installées dans son manoir, et il aurait embauché des nounous pour s'occuper de vous et une femme de chambre pour me servir.

— Oui, mais c'est oncle Harry, dit Frankie, qui avait retrouvé un ton posé. Il est comme ça, il a tendance à en faire trop et à rendre fous les gens qu'il aime.

Cornelia leva les yeux au ciel.

— Je ne peux pas nier que c'est une description parfaite de Harry.

— Tu as vraiment dû faire preuve d'une détermination à toute épreuve pour lui tenir tête pendant toutes ces années, quand nous étions petites, dit Frankie.

Tommi rit, une lueur amusée dans les yeux.

— C'est le moins que l'on puisse dire ! Oncle Harry continue à essayer de régenter nos vies aujourd'hui encore… Regardez ce qu'il a fait avec Bobbie et moi.

— C'est vrai…

Frankie aurait voulu pouvoir leur dire que Harry avait maintenant décidé de se mêler de sa vie à *elle*, elle aurait voulu leur confier les détails du plan qu'Elijah et elle avaient mis au point pour l'empêcher de continuer à jouer les entremetteurs, elle aurait voulu avoir l'avis de sa mère et de sa sœur…

— Je voudrais tant qu'il arrête de se mêler de ce qui ne le regarde pas…

— Moi aussi, dit Cornelia d'un ton ferme, les lèvres pincées. J'en ai assez de supporter ses bêtises, et qu'il attende toujours la dernière minute pour me demander d'être sa cavalière quand nous sommes invités à une réception. D'ailleurs, Greg, mon professeur de golf, m'a proposé de sortir avec lui, et j'ai accepté. Harry arrêtera peut-être de se croire tout permis si je ne suis pas disponible chaque fois qu'il m'appelle.

— Maman !

Frankie était abasourdie, et elle était persuadée que cela se lisait sur son visage. Elle jeta un coup d'œil à Tommi ; à en juger par son expression, sa sœur était tout aussi stupéfaite.

— C'est la première fois que je t'entends reprocher quelque chose à Harry…

— Eh bien, il y a une première fois à tout !

Les joues de Cornelia rougirent légèrement, et une lueur mécontente brilla dans ses yeux.

— Cela fait des années que j'ai affaire à Harry, et franchement, j'en ai assez.

Frankie n'arrivait pas à imaginer que sa mère puisse rester en colère contre Harry. Cornelia et lui s'étaient déjà disputés, au fil des ans, le plus souvent lorsqu'il gâtait ses filles en leur offrant des cadeaux somptueux, mais ils se connaissaient depuis l'enfance et avaient toujours été amis.

Bien sûr, elle voulait vraiment que Harry arrête d'essayer de lui trouver un petit ami, mais cela ne lui faisait pas plaisir de voir que les relations entre lui et sa mère étaient tendues.

Par ailleurs, Cornelia donnait l'impression d'en vouloir à Harry personnellement.

Enfin… Elle finirait tout de même par se calmer, par pardonner à Harry, et tout rentrerait dans l'ordre… N'est-ce pas ?

*
* *

Plus tard, alors qu'elle rentrait chez elle, Frankie se dit que cela lui avait fait le plus grand bien de prendre le thé avec sa mère et sa sœur, tout en discutant de tout et de rien.

Le téléphone sonna au moment où elle ouvrait la porte de son appartement, et elle se hâta de rentrer, refermant la porte derrière elle avant de se précipiter dans le salon.

Elle jeta ses clés et son sac à main sur le canapé et décrocha.

— Allô ?

— Salut, Frankie… C'est Harry.

Elle dut reconnaître qu'elle était déçue et qu'elle avait espéré, inconsciemment, que c'était Elijah qui l'appelait.

— Bonjour, Harry !

Elle coinça le téléphone entre son oreille et son épaule pour retirer sa veste.

— Que fais-tu de beau en ce moment ? demanda-t-elle, curieuse.

— Je travaille sur un nouveau logiciel qui va révolutionner le monde de l'informatique… Mais ce n'est pas pour ça que je t'appelle, dit-il d'un ton abrupt. J'ai quelque chose à te demander, mais je ne veux pas que tu en parles à ta mère.

Elle haussa les sourcils, surprise.

— D'accord… sauf si je considère que c'est quelque chose qu'elle doit savoir, se hâta-t-elle d'ajouter.

Après tout, c'était Harry Hunt… On ne pouvait jamais savoir ce qu'il avait en tête.

— L'autre jour, ta mère m'a dit qu'elle ne pouvait pas m'accompagner à une soirée parce qu'elle avait déjà rendez-vous avec quelqu'un… J'aimerais bien savoir qui est cette personne.

Le ton autoritaire de Harry la sidéra. Elle n'en croyait pas ses oreilles.

— Harry, je crois que c'est à maman que tu devrais le demander. Si elle a envie de te le dire, elle le fera.

— Je ne peux décemment pas lui demander ça, dit-il, agacé. Elle me dirait probablement de me mêler de mes affaires.

Oui, probablement, pensa-t-elle en souriant.

— Peut-être, mais cette situation me met un peu mal à

l'aise… Je trouve que ce n'est pas à moi de répondre à cette question, oncle Harry, surtout si tu penses toi-même que maman ne voudrait pas que tu le saches.

— Je n'ai pas dit que je pensais qu'elle ne voudrait pas que je le sache, grommela-t-il, je crois simplement qu'elle va me faire attendre avant de me le dire, simplement pour me tourmenter.

Elle ne put s'empêcher de rire.

— Et tu préférerais t'épargner la souffrance de l'attente et avoir ta réponse tout de suite ?

— Evidemment ! N'importe qui réagirait comme moi.

Il semblait passablement contrarié.

— Je n'arrive pas à croire que Cornelia sorte avec quelqu'un d'autre que moi. Pourquoi fait-elle une chose pareille ?

Elle leva les yeux au ciel.

— Pourquoi ne le ferait-elle pas, oncle Harry ? Elle est célibataire, et c'est une femme très séduisante. Pourquoi n'aurait-elle pas le droit d'avoir une vie sociale épanouissante ?

— Parce que jusqu'à maintenant, je faisais partie de sa vie sociale, mais apparemment, elle a décidé de changer les règles du jeu, voilà pourquoi ! gronda Harry.

Il avait imperceptiblement haussé le ton et elle fit la grimace en écartant le téléphone de son oreille. Après un instant, il reprit :

— Je suis désolé de m'être emporté…

De toute évidence, il était très énervé et avait beaucoup de mal à garder son sang-froid.

— … mais je ne comprends pas pourquoi tu refuses de me répondre. J'ai besoin de savoir…

Elle décida de lui dire la vérité.

— Très bien. Maman sort avec le professeur de golf de son club.

— Greg ? s'écria Harry, incrédule. Il est bien trop jeune pour elle !

— Il me semble que l'on pourrait dire la même chose des femmes avec lesquelles tu es sorti par le passé, répliqua-t-elle d'un ton égal, et je ne vois pas pourquoi maman ne pourrait pas sortir avec Greg si elle en a envie. Je suis contente qu'elle prenne du bon temps.

— Du bon temps, répéta-t-il d'une voix monocorde.

— Oui, du bon temps, répéta-t-elle avec fermeté. Cela ne m'étonnerait pas que leur relation devienne sérieuse, ajouta-t-elle, pensive. Il est très gentil avec elle.

— Il est très gentil avec elle.

Cette fois encore, Harry répéta ce qu'elle venait de dire d'une voix atone.

— Très gentil.

— Bon…

Il y eut un long silence.

— Merci, dit-il enfin.

Puis, il raccrocha. Elle secoua la tête, exaspérée, et se dirigea vers la salle de bains. Parfois, Harry faisait vraiment preuve d'une brusquerie inégalable.

Cette brève conversation téléphonique lui avait changé les idées, et lui avait même remonté le moral, mais, alors qu'elle sortait de la douche et qu'elle enfilait son confortable pantalon de pyjama et un débardeur, ses pensées la ramenèrent vers Elijah comme malgré elle.

Eh bien, il fallait qu'elle arrête de penser à lui ! Elle parvint à s'occuper en écrivant quelques articles pour le site internet des écuries, jusqu'à ce qu'il soit l'heure d'aller se coucher. Dès qu'elle fut endormie, cependant, elle ne put chasser Elijah de son esprit plus longtemps, et il réapparut en force dans des rêves où ils se disputaient avant de se réconcilier sur l'oreiller…

- 11 -

En fin d'après-midi, le dimanche, il y eut une éclaircie. La pluie s'arrêta enfin de tomber, et un pâle soleil brilla toute la journée du lundi. Mais le mardi, un autre orage éclata, le ciel se couvrit de nouveau et la pluie recommença à tomber.

Elijah renvoya ses ouvriers chez eux très tôt et, à 17 h 30, après avoir pris une douche et s'être changé, il était déjà chez Justin et Lily, qui l'avaient invité à dîner.

Ava était dans la cuisine avec Lily, et déchirait gaiement des feuilles de laitue pour « aider » sa mère à préparer le repas.

Il rejoignit Justin dans la salle de billard, où ils se détendirent en faisant une petite partie.

— Alors, où en es-tu, avec Frankie ?

— Comment ça ?

Penché au-dessus de la table, la queue de billard dans la main, il n'avait pas besoin de regarder Justin pour savoir que son expression était aussi neutre que son ton. Il savait aussi que la question de son ami n'avait rien de désinvolte.

— Papa m'a dit que vous sortiez ensemble.

— Nous sommes sortis ensemble plusieurs fois, oui.

Il mit la bille dans un trou et se redressa pour faire le tour de la table, préparant son prochain coup.

— Lily m'a dit que Cornelia vous avait vus vous embrasser à un dîner.

— Vraiment ?

— Apparemment, Cornelia lui a dit que ce n'était pas un simple baiser amical sur la joue.

— Hmm…

Elijah grommela une réponse évasive et se pencha de nouveau au-dessus du billard.

— Et comme tu refuses d'en parler, continua Justin d'une voix mielleuse, j'en conclus que tu essaies de séduire ma cousine.

Elijah se redressa brusquement.

— Je n'essaie absolument pas de séduire Frankie ! gronda-t-il.

Justin sourit et leva un sourcil interrogateur.

— Oh, et puis mince ! grommela Elijah en jetant la queue de billard sur la table, dispersant les billes qui restaient.

Il se dirigea avec raideur vers le buffet, se servit un verre de whisky qu'il vida d'un trait, sans quitter Justin des yeux, renfrogné.

— Et non, je ne couche pas avec elle, si c'est ce que tu veux savoir.

— Essaies-tu de me dire que tu n'en as pas envie ?

— Bien sûr que si, j'en ai envie…

Il se passa la main dans les cheveux et reposa brutalement le verre sur le bar en acajou.

— Frankie est une très belle femme, n'importe quel homme normalement constitué aurait envie de coucher avec elle… mais non, je n'ai pas couché avec elle.

Il lança un regard furibond à Justin, qui posa sa queue de billard contre le mur et le rejoignit près du bar. Il se servit ensuite une bouteille de bière dans le petit réfrigérateur caché derrière un panneau d'acajou, en prenant tout son temps.

— Mais tu aimerais bien, insista Justin.

Il décapsula la bouteille et but une gorgée de bière.

— C'est une drôle de question à poser au sujet de sa cousine préférée, grommela Elijah.

Justin haussa négligemment les épaules.

— Pas tant que ça… Frankie est adulte, elle est intelligente et capable de prendre ses décisions elle-même.

— Dans ce cas, pourquoi me poses-tu des questions sur elle ?

— Parce que j'ai remarqué que, depuis son anniversaire, tu la regardes quand tu penses que personne ne te voit.

— Et alors ?

Elijah fit lentement tourner le verre vide sur le bar.

— Alors, je connais ce regard… J'ai l'impression de me voir, moi, avant que Lily n'accepte de m'épouser.

Elijah leva brusquement la tête et regarda fixement son ami, qui souriait à moitié.

— Qu'est-ce que c'est censé vouloir dire ?

— Ce que ça veut dire, mon cher, à savoir que je pense que tu es sous le charme de ma jolie cousine !

Elijah laissa échapper un grognement railleur.

— Dans tes rêves ! Je ne suis sous le charme de personne.

— Non, bien sûr que non…

Justin sourit et secoua la tête.

— Je me souviens d'avoir lutté contre l'inévitable, moi aussi, le plus longtemps possible, mais rétrospectivement, je regrette d'avoir perdu tout ce temps… J'aurais pu être avec Lily et Ava dès le début.

Elijah observa attentivement son ami. Il ne se rappelait que trop bien à quel point Justin était sombre pendant les quelques mois qu'il avait passés sans Lily. Il se rappelait aussi lui avoir dit qu'il était complètement stupide quand Justin lui avait avoué qu'il avait quitté la femme qu'il aimait parce qu'il était persuadé qu'il ne ferait ni un bon mari ni un bon père.

— Frankie et moi… Notre situation n'a rien à voir avec la vôtre.

— Pas dans les détails, admit Justin, mais la vraie raison pour laquelle nous avons peur des femmes comme Lily et Frankie, c'est que nous savons qu'elles pourraient bien nous rogner les ailes pour de bon.

Justin alla récupérer sa queue de billard et se dirigea nonchalamment vers la table.

— Les hommes sont des chasseurs, reprit-il. Nous ne nous fixons pas facilement.

Elijah devait bien s'avouer qu'il rêvait souvent ces derniers temps que Frankie faisait partie de sa vie de façon permanente. Il se contenta donc d'émettre un grognement qui ne l'engageait à rien, puis il reprit la queue de billard posée sur le feutre vert. Il alla ensuite s'asseoir sur l'un des tabourets hauts à côté du bar et observa Justin qui faisait le tour de la table en réfléchissant à son prochain mouvement.

— Tu as l'air très heureux, en tout cas, lui dit Elijah.

Justin leva les yeux vers lui.

— Je le suis !

Il se pencha en avant et frappa dans une bille, en envoyant six dans un trou. Il émit un grognement de satisfaction et se redressa pour mettre du bleu sur sa queue de billard.

— Rencontrer Lily est la meilleure chose qui me soit arrivée, et Ava…

Il eut un sourire plein de tendresse.

— C'est la cerise sur le gâteau !

— Tu crois que vous aurez d'autres enfants ?

— Nous avons tous les deux envie d'en avoir encore un, au moins…

Justin posa le petit carré de bleu sur le rebord de la table et observa les billes restantes.

— … mais c'est Lily qui décidera quand, elle est très prise par son travail, pour le moment.

— Est-ce qu'il t'arrive de t'inquiéter pour elle ?

Justin le regarda, les sourcils froncés, perplexe.

— De m'inquiéter pour elle ? Comment ça ?

Elijah haussa les épaules avec désinvolture.

— De t'inquiéter pour sa sécurité… Est-ce qu'elle fait des choses qui te font peur ?

Justin réfléchit un moment.

— Non, ce n'est jamais arrivé pour l'instant, répondit-il enfin, mais elle est plutôt indépendante, alors je ne serais pas surpris que cela arrive un jour. Pourquoi ?

— Comme ça, pour rien…

— Qu'est-ce que Frankie a fait ? demanda Justin avec perspicacité.

— Elle a essayé de pousser un cheval qui faisait dix fois son poids.

Il frémit en y repensant.

— Tu es allé aux écuries avec Frankie ?

Justin semblait étonné.

— Pas vraiment *avec* elle… Je suis revenu plus tôt que prévu de Las Vegas et je suis allé à Arlington pour lui faire une surprise. Quand je l'ai vue, elle était avec cet énorme cheval, et j'ai été pris de panique.

Justin laissa la queue de billard lui glisser entre les doigts jusqu'à ce que l'extrémité touche le sol.

— Et qu'as-tu fait ?

— J'ai fait ce que n'importe qui aurait fait à ma place, je l'ai écartée du danger et j'ai fait rentrer le cheval dans son box.

Justin le regarda fixement pendant un long moment sans rien dire.

— Et elle, qu'a-t-elle fait ? demanda-t-il enfin.

— Elle s'est mise à me crier dessus.

Elijah se passa la main dans les cheveux.

— Elle m'a dit que j'étais un imbécile et qu'elle ne voulait plus entendre parler de moi.

— Bon sang, Elijah, c'est plutôt dur !

— A qui le dis-tu ! grommela-t-il. Je ne faisais que la protéger. Si tu avais vu la taille de ce cheval… Il était gigantesque.

— Je suppose que Frankie n'a pas vu les choses à ta façon…

Justin eut un sourire ironique.

— Elle a commencé à travailler comme bénévole dans cette écurie quand elle était toute petite, cela ne devait pas être la première fois qu'elle s'occupait de ce cheval en particulier.

— C'est ce qu'elle a eu l'air de dire, admit Elijah, mais cela ne m'était pas venu à l'esprit en la voyant avec cette énorme bête.

— Cela aurait changé quelque chose, si tu y avais pensé ?

— Probablement pas, reconnut-il. Je n'ai écouté que mon instinct.

— Cela m'étonnerait que Frankie accepte ça comme excuse… Elle est plutôt indépendante.

— Sans blague !

— Cela dit, en général, elle est ouverte à la discussion… Tu lui as expliqué ta réaction ?

— Non. Je lui ai fait livrer des fleurs, mais je ne lui ai pas encore reparlé.

— Est-ce que tu as mis un petit mot avec les fleurs pour lui dire que tu étais désolé, au moins ?

— Non, ronchonna-t-il, parce que je suis sûr que je referais exactement la même chose dans les mêmes circonstances.

Justin lui adressa un sourire éclatant.

— Tu l'as dans la peau, Elijah… Tu es amoureux !

— Je ne suis pas amoureux, dit-il obstinément. Ce n'est pas parce que je m'inquiète pour elle que je suis amoureux d'elle.

Justin rit et haussa les épaules d'un air désinvolte.

— Comme tu veux, mais pour moi, on dirait bien de l'amour…

Son téléphone sonna avant qu'Elijah n'ait eu le temps de répondre. Justin sortit le portable de sa poche et décrocha.

— Salut, Frankie ! Ça va ?

Elijah se figea aussitôt. En voyant le sourire de Justin s'effacer petit à petit, il commença à redouter le pire.

— Pas de problème, reprit Justin. Je vais demander à Lily si elle peut garder le dîner au chaud, et je me mets en route. Attends-moi dans ta voiture, je n'en ai pas pour longtemps.

Il écouta un moment ce que Frankie lui disait avant de reprendre :

— Je t'en prie, ne t'inquiète pas pour ça. Ne bouge pas, je serai là d'ici une quinzaine de minutes.

— Qu'est-ce qui ne va pas ? demanda Elijah lorsque Justin eut raccroché et qu'il eut remis son téléphone dans sa poche.

— Frankie a travaillé tard ce soir, et quand elle est remontée dans sa voiture pour rentrer chez elle, elle n'a pas réussi à démarrer, elle est coincée sur le parking du campus.

— C'est moi qui vais y aller, dit aussitôt Elijah.

Il rangea la queue de billard dans le râtelier et se dirigea vers la porte.

— Tu es sûr ? Je croyais qu'elle ne voulait plus te parler…

Elijah jeta un coup d'œil à son ami par-dessus son épaule.

— Ne t'inquiète pas… Va manger tranquillement, je m'occupe de Frankie.

Le rire de Justin suivit Elijah dans l'entrée alors qu'il prenait son manteau et sortait.

Frankie rentra le menton dans le col de son manteau et croisa les bras sur sa poitrine. Dehors, il ne faisait que cinq degrés, et la pluie, qui tambourinait sur le pare-brise, donnait l'impression qu'il faisait encore plus froid. Le parking de l'université était presque vide, seules quelques voitures étaient garées çà et là.

Elle regrettait d'avoir choisi ce soir-là pour travailler tard, ou plutôt que sa voiture ait justement choisi ce soir-là pour refuser de démarrer. Si elle avait quitté son bureau à l'heure habituelle, elle aurait pu demander à une collègue de la déposer chez elle, et elle aurait appelé le garagiste une fois qu'elle aurait été bien au chaud dans son appartement.

Elle soupira, prit son sac à main et fouilla dedans dans l'espoir d'y trouver une barre de céréales, mais elle se rappela tout à coup qu'elle l'avait mangée le midi même. Son estomac protesta bruyamment, et elle tenta de le calmer en pressant une main dessus.

Ce n'était pas très judicieux de travailler aussi tard avec une simple barre de céréales et un yoghourt dans l'estomac…

Le parking était silencieux. Elle n'entendait que le bruit de la pluie qui martelait le toit de la voiture. Une image lui traversa l'esprit, celle d'Elijah et elle dans les bras l'un de l'autre sur son canapé, pendant que la pluie tombait à verse au-dehors.

Elle s'enjoignit de ne pas laisser ses pensées s'égarer dans cette direction… Elle ne savait toujours pas quoi faire à son sujet. Depuis que Tommi lui avait dit que Max aurait probablement eu la même réaction que lui, elle se demandait s'il était possible que ce dernier n'éprouve pas que du désir pour elle…

Elle s'était posé beaucoup de questions, sans parvenir à trancher sur ce qu'elle devait faire, et, lorsqu'elle était rentrée chez elle la veille au soir, un bouquet de fleurs des champs aux couleurs vives l'attendait devant sa porte. Il n'y avait qu'un *E* majuscule sur la carte, écrit à l'encre noire, mais elle avait tout de suite deviné que c'était Elijah qui lui avait envoyé le bouquet.

Les fleurs étaient magnifiques… Elle les adorait, et le geste la toucha beaucoup, mais elle avait toujours le cœur gros, car il ne l'avait pas appelée depuis trois jours. Elle commençait même à se demander si ces fleurs n'étaient pas sa façon à lui de dire adieu…

C'est à ce moment qu'elle avisa le pick-up qui venait de s'engager sur le parking et approchait dans la lumière éblouissante de ses phares. Puis il s'arrêta à côté de sa voiture. Elle s'était attendue à voir arriver la Porsche de Justin, mais, après un instant de confusion, elle réalisa que c'était Elijah qui était au volant du pick-up.

Son cœur se mit aussitôt à battre la chamade. Elijah… Que pouvait-il bien faire là ?

Il descendit du pick-up, arrondissant le dos pour se protéger de la pluie, la tête rentrée dans les épaules, et il courut jusqu'à sa portière.

Elle entrouvrit la fenêtre, juste assez pour pouvoir lui parler, et cet interstice suffit à laisser entrer la pluie et le vent glacial.

— Bonsoir…

Elle était tellement contente de le voir qu'elle aurait pu lui sauter au cou.

— Où est Justin ?

— Chez lui, en train de dîner. Viens dans le pick-up ! Autant que tu restes au chaud pendant que je m'occupe de ta voiture…

Elle acquiesça d'un signe de tête et ouvrit la portière. Quant à lui, il ouvrit la portière du pick-up côté passager et, avant qu'elle n'ait eu le temps de monter, il la prit par la taille et la souleva pour la déposer sur la banquette. Elle en eut le souffle coupé… Même à travers son manteau et son pull en cachemire, le contact de ses mains posées sur elle l'avait troublée.

— Merci, murmura-t-elle alors qu'il repliait le bas de son manteau pour ne pas le coincer dans la portière.

— Je t'en prie. Mets le chauffage, si tu as froid… J'en ai pour une minute.

Il faisait merveilleusement bon dans l'habitacle du pick-up. Elle allongea les jambes et laissa l'air chaud des volets d'aération réchauffer ses pieds gelés. A travers la vitre dégoulinante de pluie, elle aperçut Elijah qui soulevait le capot de sa voiture et tripotait quelque chose près du moteur.

Il se glissa ensuite derrière le volant. Il lui sembla qu'il tournait la clé dans le contact, mais elle ne voyait pas très bien de là où elle était. Il ressortit de la voiture, claqua la portière, referma le capot et contourna de nouveau le pick-up en courant.

Il ouvrit la portière et s'assit derrière le volant. Une bonne odeur de pluie et d'air frais flottait autour de lui.

— Tu as pu la réparer ? demanda-t-elle.

— Non, la batterie est à plat. Ce n'est pas la peine d'insister.

Il démarra, et ils quittèrent le parking.

— Je vais te ramener chez toi, et je reviendrai demain matin avec des câbles. D'habitude, j'en ai dans le pick-up, mais Matt me les a empruntés la semaine dernière et il ne me les a toujours pas rendus.

Elle nota son ton réservé et poli. Elle hésita un moment avant de dire :

— Je ne sais pas comment te remercier, Elijah… J'espère que tu sais à quel point j'apprécie que tu sois venu me chercher.

— Je t'en prie…

Il lui jeta un coup d'œil furtif, puis reporta son attention sur la route.

— Tu as dîné ?

— Non, mais je suis sûre que je vais trouver quelque chose à réchauffer au réfrigérateur.

Elle l'observa avec curiosité.

— Comment se fait-il que ce soit toi qui te retrouves coincé sous la pluie pour venir à ma rescousse ?

— J'étais chez Justin en train de faire une partie de billard avec lui quand tu l'as appelé, et je me suis proposé pour aller te chercher.

— Je vois.

Elle avait envie de lui demander pourquoi il s'était proposé pour aller l'aider sous cette pluie battante, d'autant plus que, la dernière fois qu'elle l'avait vu, elle lui avait dit qu'elle ne voulait plus entendre parler de lui… Cependant, elle n'en fit rien.

Ils s'arrêtèrent à un feu rouge. Elijah prit son téléphone portable dans le vide-poches et, en attendant que le feu passe au vert, il appela un restaurant thaïlandais pour commander quelque chose à emporter.

— Tu as raté ton dîner avec Justin et Lily pour venir me chercher, n'est-ce pas ? lui demanda-t-elle alors qu'il redémarrait.

Il haussa les épaules d'un air désinvolte.

— Je les verrai la semaine prochaine.

— Peut-être, mais quand même… Je suis désolée que tu n'aies pas pu dîner avec eux à cause de moi.

— Il n'y a pas de problème, je t'assure.

Il la regarda du coin de l'œil.

— Je peux dîner avec Justin n'importe quand. C'est plus important de venir en aide à une jolie femme, surtout si elle accepte de partager un repas thaï avec moi…

Ce coup-ci, il sourit ouvertement et elle lui sourit en retour, soulagée que la glace soit enfin rompue.

— J'ai une bouteille de vin qui serait parfaite avec un repas thaï.

— Génial !

Quelques minutes plus tard, Elijah se gara devant un restaurant du quartier de Queen Anne.

— Je reviens tout de suite, dit-il en descendant du pick-up.

Il avait laissé le moteur tourner, et l'air chaud continuait de souffler sur ses pieds mouillés. Elle le regarda courir vers le restaurant et disparaître à l'intérieur.

Quelques instants plus tard, il remonta dans le pick-up chargé de deux sacs en papier kraft, qu'il déposa derrière le siège, et une délicieuse odeur de nourriture flotta aussitôt dans l'air.

Il redémarra, et ils reprirent la route de son appartement.

— Comment se fait-il que tu aies travaillé aussi tard, ce soir ? lui demanda-t-il.

— Il y avait un conseil des profs. Je ne suis que remplaçante, mais je fais quand même partie du département d'anglais, et je suis tenue d'assister à ce genre de réunions pour donner mon avis sur certains projets.

— Ce n'est pas un peu inhabituel pour une doctorante de remplacer un prof ? demanda-t-il, l'air intrigué.

— Si, un peu, mais les circonstances étaient particulières. Le département d'anglais avait besoin de quelqu'un le plus rapidement possible, et comme j'étais disponible, que j'ai une maîtrise de lettres et les qualifications requises pour enseigner…

Elle haussa les épaules négligemment.

— C'était la solution toute trouvée !

— Cela te plaît ? demanda-t-il en lui jetant un coup d'œil. Ou est-ce que tu as hâte de retrouver ton ancien emploi du temps ?

— Ça me plaît, répondit-elle avec un sourire, mais mon travail de doctorante me plaît aussi beaucoup.

— Jusqu'à quand remplaces-tu ton collègue ? Jusqu'au trimestre prochain ?

— Je ne sais pas encore… Personne ne connaît la date de son retour.

Le reste du trajet se fit dans le silence. Quelques minutes plus tard, ils arrivèrent chez elle. Sitôt garé, il se précipita hors du véhicule pour lui ouvrir la portière. Ensemble, ils se hâtèrent d'entrer dans le vestibule.

Une fois dans l'appartement, elle retira son manteau et ses chaussures.

— Tu peux laisser tes affaires mouillées ici, si tu veux, dit-elle à Elijah.

Elle ramassa son sac à main et son cartable et alla les

déposer sur une chaise dans le salon, puis elle se dirigea vers la cuisine.

Lui enleva sa veste et ses chaussures, puis il la rejoignit.

— Où est la bouteille de vin dont tu me parlais ?

— Dans le placard, sous le plan de travail.

Elle prit des assiettes pendant qu'il posait les sacs contenant le repas sur la table et sortait la bouteille. Elle se mit sur la pointe des pieds pour prendre des verres à vin sur l'étagère la plus haute, mais elle n'arrivait pas à les attraper.

— Attends, je vais t'aider, dit-il en tendant le bras au-dessus de sa tête.

Son torse musclé effleura son dos alors qu'il prenait deux verres et les posait sur le plan de travail. Elle pouvait sentir la chaleur qui émanait de son corps, ses cuisses qui frôlaient les siennes. Elle ferma les yeux un instant et prit une profonde inspiration.

Il dut se rendre compte de son trouble, car il s'immobilisa. Puis il posa les mains sur le plan de travail, de chaque côté de son corps. Il pencha la tête, et elle sentit son visage effleurer ses cheveux.

— Frankie…, lui murmura-t-il à l'oreille. Je suis désolé de t'avoir contrariée l'autre jour, dans la grange… Je ne voulais pas te vexer. Je t'ai vue avec cet énorme cheval, et je n'ai écouté que mon instinct… J'ai seulement voulu te protéger.

Elle se tourna vers lui et le regarda droit dans les yeux. A en juger par son expression, il était sincère.

— J'aimerais pouvoir te promettre que je ne le ferai plus, poursuivit-il, mais je ne peux pas, je ne peux pas te mentir.

Il avait l'air sincère.

— Si je croyais que tu étais en danger, reprit-il, je suivrais probablement de nouveau mon instinct et j'essaierais de te protéger.

Tout ce qui restait de colère en elle s'évanouit, et elle fut submergée par une vague de tendresse. L'expression d'Elijah était adorable : manifestement, il avait rassemblé tout son courage, s'attendant à ce qu'elle se mette en colère contre lui.

— Je crois que ce sont les excuses les plus minables que l'on m'ait jamais présentées !

Elle fit glisser ses mains sur ses bras musclés et lui passa les bras autour du cou.

— Tu es désolé, mais tu as l'intention de recommencer ?

Il prit un air dépité qui la fit rire.

— Tu n'aurais pas pu t'arrêter après « je suis désolé » ?

— J'aurais dû, reconnut-il, un sourire charmeur aux lèvres, mais je me suis dit que ce n'était pas une bonne idée de mentir.

— Peux-tu au moins me promettre de me demander si je sais ce que je fais, la prochaine fois, et si j'ai besoin d'aide avant de te jeter sur moi pour me sauver la vie ?

— Je te promets d'essayer.

Il pencha la tête et appuya son front contre le sien.

— Tu m'as fait tellement peur, Frankie… Comparée à cette bête, tu es toute petite.

— C'est vrai, et comme tu ne connais pas Daisy, tu ne pouvais pas savoir qu'elle est aussi inoffensive et affectueuse qu'un chiot, mais…

Elle recula légèrement la tête et le regarda droit dans les yeux.

— … la prochaine fois, il faudra quand même que tu me demandes mon avis.

Il l'observa attentivement, les sourcils froncés, comme s'il réfléchissait.

— Dis-moi, ça t'arrive souvent de faire des choses dangereuses ?

— Mais non… !

Elle le regarda et rit en voyant son expression soulagée, puis elle se mit sur la pointe des pieds et déposa sur ses lèvres un baiser fougueux et plein de tendresse.

Aussitôt, il la serra contre lui et lui rendit son baiser avec passion. Lorsqu'il la relâcha, elle était à bout de souffle.

— Nous devrions peut-être manger, suggéra-t-il d'une voix rauque.

— Oui… Excellente idée.

— Tu veux manger à table ou dans le salon ?

— Dans le salon… On pourra mettre les informations, ou regarder un film.

— D'accord.

Il versa du vin dans les verres et alla les poser dans le salon, revenant ensuite prendre les assiettes, les couverts et les serviettes en papier qu'elle avait posés sur le plan de travail. Elle le suivit avec les deux sacs en papier, et retira les différentes boîtes qu'ils contenaient. Il les ouvrit, et le parfum épicé de la nourriture leur rappela qu'ils étaient affamés.

— C'était délicieux, dit Frankie lorsqu'elle eut terminé son assiette.

Elle replia les jambes sur le canapé à côté d'elle et se laissa aller en arrière, son verre de vin à la main.

Elijah posa son verre sur la table basse et fit glisser ses pieds sur ses cuisses.

Prise au dépourvu, elle s'apprêtait à protester, lorsqu'il pressa son pouce sur la cambrure de son pied et commença à lui faire un massage.

— Oh…, gémit-elle, fermant les yeux de plaisir. C'est merveilleusement agréable.

— Tant mieux.

Elle rouvrit les yeux et s'aperçut qu'il la regardait, le sourire aux lèvres.

Il haussa les épaules avec désinvolture, sans cesser de lui masser le pied.

— Ça fait partie de mon plan pour tenter de vous séduire, m'dame, dit-il d'une voix traînante.

Elle rit.

— Où es-tu allé pêcher cet accent de cow-boy ?

— Ça fait aussi partie de mon opération de séduction. Les femmes adorent les cow-boys, non ?

— Laisse-moi réfléchir… A part Justin, les seuls cow-boys que j'aie vus sont ceux qui jouent dans les films, et ils sont incontestablement charmants, alors… oui, on peut dire que les femmes adorent les cow-boys.

— Tu vois ? Ça marche, le truc du cow-boy ! D'où le *m'dame*…

Il lui fit un clin d'œil.

— Ajoute à ça un massage des pieds, un bon repas thaïlandais, des fleurs, et un homme peut avoir sa chance, ajouta-t-il.

Elle leva les yeux au ciel, incrédule.

— Et ça marche, ça, avec les filles avec lesquelles tu sors ?

— Parfois…

Il haussa les épaules.

— … et parfois elles se contentent de me remercier pour le massage avant de me mettre poliment dehors !

Il lui prit l'autre pied et recommença à la masser. Elle retint un autre gémissement de plaisir.

— Je ne vais pas te mettre dehors, murmura-t-elle.

Il tourna aussitôt la tête vers elle, une lueur brillant dans ses yeux.

— Est-ce que cela signifie que je peux passer la nuit ici ?

Il avait pris un ton détaché, mais elle savait très bien que cette question n'avait rien de neutre. Elijah lui avait très clairement dit qu'il la désirait. Elle aimait sa franchise, car elle lui évitait les petits jeux de séduction auxquels les hommes se prêtaient habituellement.

Etait-elle prête à coucher avec lui ? Elle avait envie de lui, mais elle éprouvait encore une certaine réticence, le besoin de se protéger, sans toutefois savoir ce qu'elle attendait, au juste…

Cela faisait un moment qu'elle avait arrêté de croire qu'elle ne voyait Elijah que dans le cadre de son plan pour duper Harry, et elle se rendait bien compte que son indépendance, à laquelle elle tenait tant jusque-là, commençait à passer au second plan. Elle préférait mille fois être en sa compagnie !

Cependant, elle écoutait toujours son instinct, et elle sentait qu'il valait mieux qu'elle attende. A contrecœur, elle répondit :

— Je ne crois pas… Pas encore.

— Au moins, tu n'as pas dit *jamais*, remarqua-t-il d'un ton ironique. J'aurai peut-être plus de chance la prochaine fois !

Il souleva ses pieds nus et les posa sur l'un des coussins du canapé.

— Il nous faut un peu de musique ! déclara-t-il en se mettant debout.

— Pourquoi ?

Elle le regarda, surprise.

— Parce que j'ai l'intention de t'inviter à danser.

Il s'agenouilla devant la télévision dont il coupa le son, pour allumer la radio posée en dessous qu'il régla sur une station de jazz. Une musique douce s'éleva aussitôt.

Puis il se releva et s'approcha d'elle.

— Danse avec moi, Frankie…

Il lui prit son verre des mains et le posa sur la table, puis il lui prit la main pour l'aider à se lever.

Une main posée sur sa taille, il la serra contre lui. Elle lui passa les bras autour du cou, caressant ses épais cheveux noirs du bout des doigts. Ils dansèrent lentement, au rythme de la musique, leurs deux corps ondulant l'un contre l'autre dans la lumière tamisée.

Il resserra son étreinte, effleurant sa peau nue entre le bord de son pull et la ceinture de sa jupe.

— Devrais-je avoir peur de perdre la tête et de me laisser séduire ? murmura-t-elle dans le creux de son cou.

Elle le sentit sourire contre sa tempe.

— Pas si tu n'en as pas envie… Bien sûr, ajouta-t-il d'une voix traînante, n'hésite pas à m'attirer dans ton lit quand tu veux. Je ne suis qu'un innocent petit gars de la campagne, alors tu parviendras sûrement à tes fins avec moi sans même que je m'en rende compte.

Elle rit, et pencha légèrement la tête en arrière pour le regarder dans les yeux.

— Toi, un innocent petit gars de la campagne ? Ça fait partie de ta panoplie de cow-boy ?

— Ouais. Il faut être gentil avec moi.

Elle rit, et il l'embrassa tout en souriant.

— Tu m'as manqué, dit-elle dans un soupir lorsqu'il eut

détaché ses lèvres des siennes et qu'elle eut reposé la tête dans le creux de son cou.

A chaque inspiration, elle savourait le parfum épicé et viril de son après-rasage.

— Je ne veux plus jamais me disputer avec toi, murmura-t-elle.

D'instinct, il resserra son étreinte.

— Moi non plus…

Ils continuèrent à danser, tendrement enlacés.

— Toi aussi, tu m'as manqué.

Elle sentit son cœur faire un bond dans sa poitrine.

— C'est vrai ?

Il hocha la tête.

— Oui, bien trop, dit-il de sa voix grave, un peu plus rauque que d'habitude.

Soudain, il s'arrêta de danser, et l'embrassa fougueusement.

- 12 -

Brusquement, Elijah prit Frankie dans ses bras et la porta jusqu'au canapé, où il la déposa avant de s'allonger au-dessus d'elle. Troublée, elle se laissa emporter par le flot de ses émotions, par la vague de désir qui les submergeait.

C'était ce dont elle avait toujours rêvé, ce dont elle avait *besoin*, et ce qu'aucun homme ne lui avait jamais apporté jusque-là. La passion qui les animait était dévorante, irrésistible. Elle n'essaya pas de la combattre… Elle savait qu'il saurait s'arrêter si elle le lui demandait, et elle s'abandonna sans retenue à son étreinte, ravie de voir qu'il frissonna lorsqu'elle passa les mains sous son pull pour caresser son dos musclé.

Quand, à son tour, il releva le pull qu'elle portait et lui posa les mains sur les côtes, effleurant du bout des doigts la courbe de ses seins, elle poussa un petit gémissement de désir tout contre sa bouche.

Leurs caresses se firent fiévreuses, puis, peu à peu, il parvint à calmer leurs ardeurs, ses baisers se faisant plus doux que fougueux, puis de plus en plus tendres. Enfin, il s'écarta légèrement d'elle pour la regarder droit dans les yeux, et il lui dit :

— Chérie, si tu n'as pas l'intention de me demander de passer la nuit ici, nous ferions mieux de recommencer à regarder la télé.

Hébétée, elle le regarda fixement un moment, s'efforçant de reprendre ses esprits.

— Je…

Le téléphone sonna, et ils sursautèrent tous les deux.

— Tu es obligée de répondre ?

— Il vaut mieux, on ne sait jamais…

Il s'écarta d'elle et tendit le bras pour attraper le téléphone sur la petite table à côté du canapé. Lorsqu'il lui tendit le combiné, elle posa les pieds par terre pour retrouver une position moins lascive.

— Allô ?

Elle fronça les sourcils.

— Oui, c'est bien moi… Oh, bonsoir, Nicholas ! Comment vas-tu ?

Elle sentit Elijah se raidir à côté d'elle. Elle lui jeta un coup d'œil et vit qu'il l'observait attentivement, les yeux plissés, avec un air impénétrable.

— Ça aurait été avec plaisir, fit-elle dans le combiné, mais je ne suis pas libre samedi, je suis désolée…

Elle échangea quelques politesses, puis elle écourta la conversation, impatiente et très mécontente.

— Je suis désolée, Nicholas, mais j'attendais quelqu'un, et cette personne vient d'arriver, je vais devoir raccrocher. J'ai été ravie de t'entendre… Oui, je dirai bonjour à maman de ta part. Au revoir !

Elle raccrocha et regarda Elijah.

— C'était Nicholas Dean, expliqua-t-elle, bien que cela ne fût pas nécessaire. Il a croisé maman et Harry cet après-midi et, apparemment, ils lui ont dit que j'avais très envie d'aller voir la nouvelle comédie musicale au Pantages… Comme il a des billets, il a pensé que nous pourrions y aller ensemble.

— Mais bien sûr ! gronda Elijah.

— Harry continue à jouer les entremetteurs ! dit-elle. Et il essaie de me pousser dans les bras de Nicholas…

Elle était stupéfaite.

— Pourtant, reprit-elle, il sait très bien que nous sortons ensemble, et maman aussi. Pourquoi aurait-elle laissé Harry encourager Nicholas à m'appeler ?

— Je ne sais pas… Je pensais qu'elle m'aimait bien, dit Elijah, la mâchoire crispée.

Il se leva et se passa une main dans les cheveux.

— Peut-être qu'elle préférerait te voir avec Nicholas.

— Oh, non, Elijah ! Je suis sûre que ce n'est pas vrai.

Elle se leva pour le prendre dans ses bras, et il la serra aussitôt contre lui.

— Ce qui est beaucoup plus probable, c'est que Harry ait lourdement insisté pour que Nicholas m'invite à sortir, et que maman n'ait pas réussi à l'en empêcher. Tu connais Harry, tu sais comment il est quand il a une idée dans la tête… On ne peut rien faire pour l'arrêter.

— C'est vrai… et apparemment, il est bien décidé à vous pousser dans les bras l'un de l'autre, Nicholas et toi.

Il la regarda droit dans les yeux.

— Tu es sûre qu'il ne t'intéresse pas ?

Elle secoua énergiquement la tête.

— Sûre et certaine.

— Dieu merci ! J'ai toujours bien aimé Nicholas, mais je ne crois pas que nous pourrions rester en bons termes, lui et moi, si tu sortais avec lui.

— Essaies-tu de me dire que tu risquerais de manifester de l'hostilité envers lui si tu le croisais ?

— Ce que je dis, c'est que je ne suis pas un homme violent de nature, mais que je ne réponds plus de rien si tu te mets à sortir avec d'autres hommes.

— Si je comprends bien, dit-elle lentement, réprimant un sourire, tu es en train de me dire que tu veux que nous ayons une relation exclusive ?

— C'est exactement ce que je dis, et tu le sais très bien, répondit-il, une lueur amusée brillant dans ses yeux.

— D'accord, je voulais juste en être sûre. Une dernière précision : tu ne me l'*ordonnes* pas, tu me le *demandes*, n'est-ce pas ?

Il hocha la tête.

— Absolument ! Je n'ordonnerais jamais à une jeune femme aussi intelligente et aussi indépendante que toi de ne pas sortir avec d'autres hommes, je suis sûr que tu me traiterais de primate, si je le faisais…

— Exactement, dit-elle d'un ton faussement guindé.

— Dans ce cas, je suis ravi que nous soyons d'accord !

Il la prit dans ses bras et la souleva pour l'embrasser. Son baiser était ardent, passionné et farouche, comme s'il cherchait à montrer qu'elle lui appartenait. Quand il la reposa, elle dut s'agripper à lui pour ne pas chanceler tant elle était troublée…

— Puisque tu n'as pas l'intention de me proposer de rester pour le petit déjeuner, dit-il, je crois qu'il est temps que je m'en aille, pendant que j'en suis encore capable…

A sa grande satisfaction, elle constata qu'il avait autant de mal qu'elle à reprendre son souffle.

Il lui passa un bras autour des épaules, et ils se dirigèrent ensemble vers la porte.

Quelques instants plus tard, après un dernier baiser, il était parti.

Lorsqu'elle fut dans son lit, dans l'obscurité de sa chambre, elle se promit d'avoir une conversation sérieuse avec Harry et avec Cornelia. Elle était convaincue que sa mère n'avait fait qu'assister en spectatrice impuissante aux manœuvres de Harry.

Celui-ci avait tout intérêt à lui donner une bonne explication pour justifier qu'il continue à se mêler de sa vie amoureuse, tout en sachant qu'elle sortait avec Elijah.

Le lendemain matin, Frankie appela sa mère et, après avoir discuté avec elle un moment, elle apprit que Cornelia retrouvait Harry chez lui le soir même, après le travail.

— Joins-toi à nous, Frankie… Nous allons examiner les candidatures à la bourse d'études pour HuntCom. J'aimerais avoir ton avis, et je sais que Harry aussi.

— A quelle heure vous retrouvez-vous ?

Elle écouta sa mère lui donner les détails de ce qu'ils avaient prévu et lui promit de passer une petite heure avec eux, puis elles mirent fin à la communication.

Elle avait bien l'intention de passer la plus grande partie de cette heure à demander des comptes à Harry.

Lorsqu'elle s'engagea dans l'allée devant chez lui ce soir-là, la Volvo de sa mère était garée dans l'allée, à côté de la limousine noire. Elle se gara puis se dirigea vers le manoir d'un pas rapide. Elle jeta un coup d'œil au-dessus du lac. Le soleil était déjà bas à l'horizon, mais le ciel était dégagé au-dessus de Seattle.

— Bonsoir, Sonja, dit-elle quand la vieille domestique ouvrit la porte. Je devais retrouver ma mère ici… Elle et Harry sont dans la bibliothèque, je suppose ?

— Oui, mademoiselle. Resterez-vous dîner ? demanda Sonja tout en lui prenant son manteau.

Frankie secoua la tête.

— Non, je ne crois pas, pas ce soir… Merci…

Elle se dit qu'elle risquait d'ailleurs de ne rester que quelques minutes… Cela dépendrait si Harry acceptait d'arrêter ses manœuvres.

Cela faisait bien longtemps qu'elle était habituée à la somptueuse demeure que Harry s'était fait construire grâce à la fortune qu'il avait amassée à la force du poignet. Cornelia et son mari connaissaient Harry depuis l'enfance, et les deux hommes étaient associés alors que HuntCom n'était encore qu'une toute petite société dont l'unique bureau était installé dans le garage de Harry. Quand le père de Frankie était mort subitement, laissant sa femme et ses filles dans le dénuement le plus total, Harry avait essayé de convaincre Cornelia de le laisser subvenir à leurs besoins, mais elle avait refusé, bien décidée à s'en sortir toute seule.

Elle avait vendu son immense maison et était retournée vivre dans la maison de famille avec ses filles, dans le quartier de Queen Anne. Elle avait pris un poste dans une école privée pour payer les études de ses filles.

Grâce à sa volonté de fer, Cornelia avait réussi à élever ses filles sans faire appel aux largesses de Harry. Elle avait cependant accepté qu'il leur paie à toutes les quatre des voyages éducatifs pendant les grandes vacances, et qu'il les dote chacune d'une grosse somme d'argent pour les récompenser d'avoir obtenu le baccalauréat.

Frankie avait beau adorer son oncle Harry, elle était bien

décidée à rester ferme. Cette fois, il avait vraiment dépassé les bornes, pensa-t-elle en entrant dans la bibliothèque.

— Ah, Frankie, te voilà ! s'écria sa mère avec un sourire accueillant.

Elle et Harry étaient assis à une table en merisier, au milieu de la vaste bibliothèque. A l'autre extrémité de la pièce, en face d'une grande baie vitrée qui donnait sur un patio, se trouvait le bureau en acajou de Harry. La pièce offrait une vue magnifique sur le lac Washington, avec Seattle en toile de fond.

Les talons de Frankie claquèrent sur le parquet ciré, puis ils furent étouffés par l'épais tapis d'Orient.

— Bonsoir, maman, bonsoir Harry…

Elle posa son sac à main et prit place à table. Des feuilles et des dossiers de candidatures étaient empilés devant eux sur le bois brillant, et un plateau contenant un service à café était posé à côté de Cornelia.

— Je suis contente que tu sois là, lui dit sa mère, j'aimerais avoir ton avis sur certaines candidatures… Nous avons fait un premier tri, comme tu peux le voir, ajouta-t-elle en lui montrant les plus petites piles de feuilles.

— Je vous aiderai volontiers, maman, dit Frankie, droite comme un I sur sa chaise, mais d'abord, il faut que je vous parle.

— Ah bon ?

Cornelia jeta un coup d'œil à Harry, les sourcils froncés, perplexe.

— Que tu nous parles de quoi ? demanda-t-elle.

— J'ai reçu un coup de téléphone, hier soir… de Nicholas Dean.

L'expression coupable qui passa sur le visage de Harry confirma ses soupçons : c'était donc bien lui qui avait poussé Nicholas à l'appeler.

— Harry, reprit-elle, je t'ai dit expressément le soir où nous étions ici tous ensemble pour dîner que Nicholas ne m'intéressait pas, mais apparemment, tu continues à tout faire pour que nous sortions ensemble.

— Harry ! s'écria Cornelia, visiblement épouvantée. Je t'en prie, dis-moi que tu ne te mêles pas de la vie sentimentale de Frankie…

— Allons, allons ! dit Harry d'un ton fanfaron, le rouge lui montant aussitôt aux joues. Je n'appelle pas ça *se mêler*…

— Et comment appelles-tu cela, au juste ? demanda Frankie d'un ton sec.

— Eh bien, je lui ai seulement fait savoir que tu avais envie d'aller voir la nouvelle comédie musicale au Pantages…

— Et… ? insista-t-elle quand il s'interrompit.

— Très bien ! Je lui ai peut-être suggéré de t'appeler, avoua-t-il.

Elle laissa échapper un gémissement.

— Pourquoi t'acharnes-tu à faire ça ? demanda-t-elle, sincèrement perplexe. D'abord avec tes fils, ensuite avec Tommi et Bobbie, et maintenant avec moi… Il faut vraiment que tu arrêtes de te mêler de ce qui ne te regarde pas !

— Mes fils sont tous heureux en ménage, et Tommi et Bobbie ont l'air très heureuses, elles aussi, alors en quoi est-ce une mauvaise chose que je sois intervenu dans leur vie sentimentale ?

— Tu as eu de la chance, oncle Harry, c'est tout… Et si tes fils ou mes sœurs avaient eu le cœur brisé, s'ils avaient divorcé ?

— Mais ce n'est pas le cas, insista-t-il obstinément.

— Peut-être, mais tu ne pouvais pas savoir comment les choses allaient tourner quand tu as commencé à jouer les entremetteurs, lui fit-elle remarquer, et cela aurait pu être un désastre.

— Je voulais juste que tes sœurs et toi soyez aussi heureuses que mes garçons… Même ta mère trouve que vous iriez bien ensemble, Nicholas et toi.

Frankie écarquilla les yeux.

— Maman, je t'en prie, dis-moi que tu ne savais pas ce que faisait Harry… Je sais que tu étais là quand il a poussé Nicholas à m'appeler, mais je croyais que tu n'avais rien pu faire…

Elle se sentait soudain trahie. Sa mère n'avait tout de même pas pu approuver le plan insensé de Harry ?

— Je n'ai rien à voir là-dedans, dit Cornelia d'un ton ferme.

Elle adressa à Harry un regard accusateur, les sourcils froncés.

— Je reconnais que nous avons parlé de Nicholas le soir du dîner, et j'ai peut-être même dit que vous iriez bien ensemble, mais je n'ai *jamais* dit à Harry de le pousser à sortir avec toi.

— Bien sûr que ta mère n'a rien à voir là-dedans, intervint Harry d'un ton abrupt, mais il faut regarder les choses en face, Frankie... Si tu ne te maries pas rapidement, tu ne pourras plus avoir d'enfants.

— Je ne pourrai plus avoir d'enfants ? s'écria Frankie, furieuse. A t'entendre, Harry, on croirait que je suis une jument poulinière !

— Non, non, ce n'est pas ce que je voulais dire, s'empressa-t-il d'ajouter, l'air soucieux. Ce que je voulais dire, c'est que l'une de mes plus grandes joies est d'être entouré de jeunes gens... Mes fils, toi et tes sœurs, ma petite-fille... Mais je ne m'en rendais pas forcément compte quand j'avais ton âge.

Il fit un geste en direction de Cornelia.

— Ta mère ferait une grand-mère merveilleuse, et elle adorerait avoir des petits-enfants.

— Harry...

De toute évidence, Cornelia se retenait pour ne pas exploser de colère.

— J'ai envie de te donner un grand coup de parapluie sur la tête, dit-elle. Comment peux-tu être aussi stupide ?

Harry semblait abasourdi.

— Je voulais seulement que tu connaisses la joie d'avoir des petits-enfants, Cornelia... A nos âges, c'est quelque chose de merveilleux...

Il se redressa, et sa mâchoire se contracta.

— ... et il faut bien reconnaître que si Frankie continue sur cette voie, à quarante ans, elle sera bardée de diplômes mais elle n'aura toujours pas d'enfants.

— Si tu sous-entends que je suis trop studieuse pour avoir

une vie sexuelle, intervint Frankie d'une voix glaciale, c'est que tu ne me connais pas du tout.

Elle repoussa sa chaise et se leva.

— Cela fait une éternité que nous couchons ensemble, Elijah et moi, déclara-t-elle d'un ton théâtral, et si avoir des relations sexuelles torrides et fabuleuses est une garantie de grossesse, alors je suis probablement déjà enceinte.

C'était un mensonge éhonté, bien sûr, mais Harry ne le savait pas, *lui*, et elle était plutôt contente de son petit effet. Elle ne regrettait pas son coup d'éclat, même si elle risquait de se sentir un peu coupable par la suite. Harry écarquilla les yeux, et ses joues prirent une teinte cramoisie.

Frankie jeta un coup d'œil à sa mère et, à son grand soulagement, elle vit que Cornelia avait haussé les sourcils d'un air étonné, mais qu'une lueur amusée brillait dans ses yeux.

Elle prit son sac à main.

— Je suis désolée de ne pas pouvoir rester pour vous aider… Je pourrais peut-être jeter un coup d'œil aux candidatures avec toi, maman ? Chez toi, plus tard dans la semaine ?

— Bien sûr, ma chérie, répondit Cornelia en lui souriant avec bienveillance.

Alors qu'elle se dirigeait vers la porte pour s'en aller, elle vit sa mère se tourner vers Harry avec une expression menaçante.

— Harry, explique-toi, l'entendit-elle dire d'un ton sinistre.

Frankie sortit de la pièce, et se hâta de quitter le manoir.

Au volant de sa voiture, alors qu'elle rentrait chez elle, elle se dit qu'elle aurait bien voulu ne pas avoir à affronter Harry, car elle savait que ses intentions étaient bonnes, au fond. Cependant, parfois, il n'y avait pas d'autre solution que de faire preuve de fermeté.

Elle ne put s'empêcher de sourire en pensant que c'était probablement ce que faisait sa mère en ce moment même.

— Harry Hunt, je n'arrive pas à croire que tu recommences ! s'écria Cornelia.

— Voyons, Cornelia, tu m'as dit toi-même que Frankie

et Nicholas avaient un tas de choses en commun, protesta Harry, dans l'espoir de la calmer, et que ce serait merveilleux s'ils sortaient ensemble.

— Cela ne signifie pas que je voulais que tu incites Nicholas à l'appeler pour l'inviter à sortir.

Cornelia fulminait de colère.

— Pour l'amour du ciel, combien de fois devrai-je te dire d'arrêter d'interférer dans la vie de nos enfants ? D'abord tes fils, ce qui a bien failli tourner à la catastrophe, et maintenant mes filles... Il faut vraiment que tu arrêtes, ça suffit comme ça !

— Mes fils sont tous très heureux en ménage, lui fit-il remarquer, et si je ne leur avais pas adressé un ultimatum, ils n'auraient peut-être jamais songé à se marier.

— Restons-en là en ce qui concerne tes fils. Quant à mes filles...

Elle se leva, prit son sac à main, et pointa le doigt sur lui.

— Laisse-les tranquilles, Harry. Point final.

Là-dessus, elle tourna les talons et sortit de la bibliothèque d'un pas décidé. Il resta là, à regarder fixement la porte fermée, marmonnant tout seul.

Cette fois-ci, il avait vraiment réussi à la mettre en colère, ainsi que Frankie. Il détestait baisser les bras, mais là, il sentait qu'il allait bien falloir le faire s'il ne voulait s'attirer de vrais ennuis.

Dommage... Ils avaient tellement de choses en commun.

Il fronça les sourcils en repensant à la stupéfiante déclaration de Frankie.

- 13 -

En fin d'après-midi, le lendemain, la limousine noire de Harry s'engagea sur le chantier de Wolf Construction près du campus. La voiture avançait en cahotant sur la route accidentée.

Lorsque le chauffeur arrêta la voiture, Harry devina que les ouvriers étaient sans doute partis puisqu'il ne restait que le pick-up d'Elijah garé devant le mobil-home. Il descendit de la limousine, les pans de son long manteau noir battant au vent alors qu'il montait les marches du mobil-home et frappait à la porte. Personne ne vint ouvrir.

Il se retourna et promena son regard sur l'échafaudage du bâtiment en construction sur sa gauche.

— Harry ! fit la voix d'Elijah.

Il le vit sortir du garage et s'approcher de lui à grandes enjambées.

— Qu'est-ce qui t'amène ici aussi tard ? demanda Elijah.

— Je voulais te parler… Tu as quelques minutes ?

— Bien sûr… Viens, entrons !

Ils entrèrent dans le mobil-home.

— Assieds-toi… Tu veux boire quelque chose ? demanda Elijah en prenant une tasse sur une étagère au-dessus de la cafetière.

— Je veux bien un café noir, répondit Harry.

Il enfonça les mains dans les poches de son manteau et regarda autour de lui, observant les plans accrochés au mur, à côté de la table.

— Tiens…

Elijah lui tendit une tasse de café et s'appuya contre la table.

— Alors, que puis-je faire pour toi, Harry ?

— Frankie est passée chez moi, hier soir, et après ce qu'elle nous a dit, à sa mère et à moi, j'ai décidé de venir te voir et de te demander tout net quelles sont tes intentions la concernant.

Harry planta son regard perçant sur Elijah, qui cligna des yeux avant de reposer sa tasse sur le plan de travail.

— Que t'a dit Frankie, au juste ? demanda-t-il d'un ton intrigué.

— Rien que tu ne saches déjà, grommela Harry.

— Fais-moi plaisir, dis-le-moi quand même, insista-t-il, soutenant son regard.

— Elle a dit que non seulement vous sortiez ensemble, mais que vous couchiez ensemble.

— Vraiment ?

— Oui, vraiment. D'ailleurs, elle a même dit que c'était *torride* et *fabuleux*, et elle a ajouté qu'elle était probablement déjà enceinte étant donné la fréquence de vos ébats. C'est précisément pour cette raison que je te demande quelles sont tes intentions la concernant.

Stupéfait, Elijah regarda fixement Harry pendant une bonne minute, essayant d'assimiler ce qu'il venait d'entendre. Puis, lentement, il esquissa un sourire.

— Harry, je peux t'assurer que je n'ai pas l'intention de faire du mal à Frankie ou de faire quelque chose qu'elle ne voudrait pas que je fasse.

— Cela ne répond pas à ma question.

— Non, en effet, cela n'y répond pas.

Il défit sa ceinture à outils et la posa sur la table, derrière lui.

— Je comprends que tu t'inquiètes pour Frankie, et je sais que tu es comme un oncle pour elle, mais je n'ai pas l'intention de répondre à ta question.

Il retira son gilet de sécurité et le posa sur un tabouret.

— Tu sais que je compte confier le contrat pour le campus à Wolf Construction ou à Dean Construction…, dit Harry. Si tu avais l'intention de te marier avec Frankie, cela pourrait faire une grande différence dans ma décision finale.

Elijah se raidit, sentant la colère monter en lui.

— Harry, je te connais depuis longtemps et j'ai toujours eu beaucoup de respect pour toi, dit-il d'une voix glaciale, mais si tu crois que tu peux te servir de Frankie dans une histoire de contrat, tu te trompes complètement. Tu n'as qu'à confier le contrat à Dean Construction, je n'en veux pas.

Il tourna les talons et, en deux grandes enjambées, il atteignit la porte.

— Eh bien, ça alors ! s'exclama Harry d'un air à la fois stupéfait et ravi. Tu l'aimes !

Elijah s'immobilisa, la main sur la poignée. Il jeta un coup d'œil à Harry par-dessus son épaule, les sourcils froncés.

— Je n'ai jamais dit ça.

Harry eut un grand sourire, et son visage s'éclaira aussitôt.

— Tu n'as pas eu besoin de le dire. Je te connais depuis toujours, et je t'ai vu faire de l'entreprise de ton père et de ton grand-père un empire financier… Tu ne renoncerais jamais à un contrat comme celui-ci à moins d'avoir une excellente raison de le faire… et cette raison, c'est l'amour ! conclut-il, rayonnant.

Elijah secoua la tête, sidéré par le raisonnement de Harry. Au cours des quelques derniers jours, il avait fini par reconnaître, en son for intérieur, qu'il était amoureux de Frankie, mais il n'allait certainement pas le confier à Harry.

— Pense ce que tu veux, Harry, mais fiche la paix à Frankie, et arrête d'encourager Nicholas, gronda-t-il d'une voix grave et menaçante.

— Oui, bien sûr, s'empressa de dire Harry. De toute évidence, Frankie n'est pas libre.

Il se frotta les mains, manifestement ravi.

Elijah réprima un gémissement incrédule.

— Encore une fois, crois ce que tu veux, Harry, mais arrête de chercher des hommes pour Frankie.

Là-dessus, il sortit du mobil-home et se dirigea vers son pick-up d'un pas rapide. Alors qu'il quittait le chantier, il jeta un coup d'œil dans le rétroviseur et vit que Harry le regardait s'éloigner. Il se tenait sur les marches, les cheveux ébouriffés par le vent, et affichait un sourire satisfait.

Elijah avait envie d'aller directement chez Frankie pour lui parler, mais il savait qu'elle dînait avec sa mère. De plus, il avait passé la journée sur le chantier, et il se sentait sale, alors il s'efforça de prendre patience et rentra chez lui pour prendre une douche, se raser et enfiler des vêtements propres avant de prendre la route du quartier de Queen Anne.

Il s'arrêta en chemin chez Ballard Blossom pour acheter un bouquet de fleurs et arriva chez Frankie vers 19 h 30.

— Elijah ! s'écria Frankie lorsqu'elle ouvrit la porte, visiblement surprise et contente de le voir. Je ne savais pas que tu passerais ce soir, je croyais que tu avais une réunion.

— J'en avais une, mais j'ai décidé de ne pas y aller.

Il n'avait pas hésité une seule seconde quand Harry lui avait répété ce que Frankie avait dit.

Il entra, referma la porte derrière lui, et lui tendit le bouquet de fleurs.

— Oh, Elijah… Merci, elles sont superbes !

Elle serra le bouquet contre elle et baissa la tête pour respirer le parfum délicat des fleurs.

— Elles sentent délicieusement bon… On se croirait au printemps !

Elle leva les yeux vers lui et lui adressa un regard plein de tendresse.

— Comment savais-tu que j'avais envie que l'hiver se termine, aujourd'hui ?

— Je ne le savais pas… Je voulais juste te voir sourire, et comme je sais que tu adores les fleurs, je me suis dit qu'elles te feraient cet effet.

Elle sourit.

— Tu avais raison.

Elle agita la main en direction du salon.

— Viens t'asseoir, je vais mettre les fleurs dans l'eau.

Il la suivit dans la cuisine et s'appuya contre le chambranle de la porte pour la regarder faire tandis qu'elle se mettait sur la pointe des pieds pour atteindre l'étagère au-dessus de l'évier.

Elle portait un pantalon de lainage vert foncé avec une ceinture. Alors qu'elle tendait le bras pour attraper un vase en cristal, son petit haut blanc à manches courtes se souleva, dévoilant sa peau pâle et veloutée et son nombril.

Ses cheveux blonds étaient détachés, et ils effleurèrent ses épaules quand elle tourna la tête vers lui.

— Tu as dîné ? demanda-t-elle en remplissant le vase d'eau.

— J'ai mangé un sandwich, à la maison.

Il se garda bien de lui dire qu'il l'avait englouti à toute vitesse pour pouvoir se laver et se changer avant de venir la voir.

— Si tu as encore faim, maman m'a donné du bœuf Stroganoff et du cheesecake.

C'était tentant, mais il avait des choses importantes et plus urgentes en tête, alors il déclina poliment.

— Non merci, ça va.

Elle finit de disposer les fleurs bleues, roses et blanches dans le vase, qu'elle emporta dans le salon. Il la suivit, troublé lorsqu'elle se pencha pour poser le vase sur la table basse et que son pantalon moula la courbe de ses fesses.

— Je suis contente que tu sois là, Elijah… Je voulais te parler de quelque chose et je n'avais pas envie de le faire par téléphone.

Elle se retourna. Il était tellement près d'elle qu'elle lui tomba quasiment dans les bras.

Surprise, elle lui posa les mains à plat sur le torse. Instinctivement, il l'attrapa par la taille.

— Harry est venu me voir, aujourd'hui, dit-il.

Il l'observa attentivement pour voir sa réaction. Elle poussa un gémissement et ferma les yeux un instant.

— J'ose à peine te demander pourquoi…

— Il voulait savoir quelles étaient mes intentions.

— Tes intentions ? Quelles intentions ? demanda-t-elle, interloquée, les sourcils froncés.

— Mes intentions envers toi.

Elle le regarda fixement quelques instants, visiblement perplexe, avant de comprendre ce que cela signifiait et de rougir.

— Je vais le tuer, marmonna-t-elle. Je présume qu'il t'a parlé de la conversation que j'ai eue avec maman et lui, hier soir ?

— Oui.

— C'est ce que je craignais… C'est justement ce dont je voulais te parler, Elijah. J'ai bien peur d'avoir perdu mon calme hier et d'avoir dit à Harry que nous couchions ensemble…

— C'est ce qu'il m'a dit…

Il l'attira vers lui.

— Il m'a dit aussi que tu trouvais que c'était torride et fabuleux.

Elle rougit de nouveau mais soutint son regard.

— C'est vrai, c'est ce que j'ai dit, mais Elijah… J'avais perdu mon calme, dit-elle encore. Je sais que ce n'est pas une excuse pour mentir, s'empressa-t-elle d'ajouter, mais Harry venait de dire à maman que j'aurais peut-être plein de diplômes à quarante ans, mais pas d'enfants ! Il m'a fait comprendre que j'étais trop intello pour plaire à un homme…

Il était sidéré.

— Harry est un idiot. Où est-il allé pêcher ça ? Tu es belle et incroyablement sexy ! Les hommes doivent tous être fous de toi… A mon avis, tu n'as que l'embarras du choix.

Surprise et apparemment ravie, elle rit et lui passa les bras autour du cou.

— Tu es vraiment un charmeur, Elijah.

— Non, je ne fais que dire la vérité.

Il la serra un peu plus contre lui.

— Je suis content que tu aies dit à Harry et à ta mère que nous avions couché ensemble… Ça m'a redonné espoir. Je crois que tu n'aurais pas dit ça devant ta mère si tu n'étais pas prête à ce que cela devienne une réalité.

Elle écarquilla les yeux.

— Je ne suis pas sûre de…

Il inclina la tête et interrompit ses protestations en posant sa bouche sur la sienne. Il sentit qu'elle s'abandonnait dans ses bras. Il l'enlaça étroitement et, lorsqu'il lui caressa le dos pour venir poser une main sur sa nuque, elle poussa un soupir de contentement. Il sentait ses cheveux soyeux sur ses doigts, ses courbes délicates sous son autre main.

Il détacha ses lèvres des siennes à contrecœur et releva la tête pour la regarder. Elle était alanguie, les paupières lourdes, et la bouche gonflée par ses baisers.

— Chérie… Emmène-moi dans ton lit.

Il l'embrassa de nouveau, langoureusement, et elle fut parcourue d'un frisson.

— Oui, murmura-t-elle contre ses lèvres.

Elle laissa retomber ses bras et lui prit la main pour l'entraîner dans sa chambre. Elle s'arrêta à côté du lit et commença à déboutonner lentement sa chemise, puis la fit glisser sur ses épaules.

Il retira ensuite le T-shirt blanc qu'il portait en dessous et le laissa tomber par terre, à ses pieds. Elle murmura quelque chose, comme un petit grognement approbateur. Elle posa ses mains à plat sur son ventre, suivant le contour de ses muscles du bout des doigts, et il frissonna.

Son regard fasciné était terriblement excitant… Il se laissa faire le plus longtemps possible, savourant la sensation de ses mains douces sur sa peau brûlante, puis il pencha la tête et l'embrassa avec fougue.

Il glissa les mains sous son petit haut et le lui retira. Ses cheveux, emportés par ce mouvement, se soulevèrent pour révéler son cou, sa gorge, puis ils retombèrent en cascade sur ses épaules, de part et d'autre de son visage. En dessous, elle portait un soutien-gorge vert pâle en satin et en dentelle. Il était magnifique, mais il n'avait qu'une envie : le lui retirer. Il la voulait toute nue dans ses bras…

Il l'enlaça et, quelques instants plus tard, il lui enleva délicatement son soutien-gorge. Puis, il s'immobilisa, les mains posées sur sa taille, et admira le spectacle qu'elle lui offrait.

Frankie était ivre de plaisir. Il lui fallut un moment pour prendre conscience qu'Elijah s'était immobilisé. Elle coinça une mèche de ses cheveux emmêlés derrière son oreille et leva les yeux vers lui. Il l'observait intensément, une lueur de désir brillant dans son regard.

— Tu es tellement belle…, murmura-t-il d'une voix grave.

Il fit glisser ses mains sur sa taille, sur ses côtes, et la serra contre lui, effleurant le dessous de ses seins du bout des doigts. Il lui passa ensuite un bras autour de la taille et l'embrassa sauvagement, refermant une main sur son sein. Elle frémit de plaisir lorsqu'il caressa son téton, et elle se pressa contre lui. Elle avait envie de sentir sa peau sur la sienne, d'être toujours plus près de lui…

Il poussa un grognement et détacha ses lèvres des siennes pour venir déposer un baiser sur sa joue, puis dans le creux de son cou, sur son sein. Finalement, sa bouche se referma sur son téton. Elle frémit et resserra son étreinte autour de lui.

Impatient, il lui enleva son pantalon et sa petite culotte en dentelle, avant de la renverser sur le lit. Elle tendit les bras vers lui et, après avoir retiré son jean et son boxer, il vint s'allonger au-dessus d'elle. Elle se cambra, savourant la sensation…

Il posa de nouveau sa bouche sur la sienne et, avec douceur, lui écarta les cuisses avec le genou. Elle enroula les jambes autour de sa taille pour l'attirer vers elle. Il poussa un petit grognement de désir et, d'un mouvement vigoureux, il la pénétra.

Elle poussa un cri et se cambra encore plus. Ils se mirent à se mouvoir sensuellement, leurs deux corps de plus en plus brûlants. Rapidement, une vague de plaisir les submergea et ils jouirent ensemble.

— Salut, toi !

Frankie marmonna quelque chose et enfouit sa tête plus profondément dans l'oreiller.

— C'est l'heure de se lever !

Elle fronça les sourcils, encore à moitié endormie. Les lèvres d'Elijah effleurèrent sa joue.

— Tu es toujours comme ça, le matin, chérie ? demanda-t-il d'un ton amusé et plein de tendresse.

Elle ouvrit les yeux. Il était étendu à côté d'elle sur le lit, appuyé sur un coude, soutenant sa tête d'une main. Il affichait un sourire absolument irrésistible et lui tendait une tasse de café.

— Tu m'as fait un café ?

Son sourire s'élargit.

— Il sera à toi si tu t'assieds !

Elle soupira et s'assit, tenant le drap contre sa poitrine, et cala les oreillers dans son dos.

— Ça y est, je suis réveillée.

Il lui tendit une tasse, et lui adressa un grand sourire.

— Tu es adorable quand tu es tout ensommeillée.

— Tu ne te moquerais pas de moi, par hasard ? Je te pardonne, parce que tu m'as apporté le café au lit !

Elle bâilla de nouveau, et s'installa confortablement contre les oreillers.

— Je pourrais m'habituer à ça !

— Hmm…

Il empila ses propres oreillers contre la tête de lit et s'allongea à côté d'elle. Il se pencha, lui passa les bras autour de la taille et la rapprocha de lui.

— Hé ! protesta-t-elle. Tu as failli me faire renverser mon café !

— Mais je ne l'ai pas fait.

Il écarta ses cheveux pour déposer un baiser sur sa nuque.

Elle ferma les yeux et eut un sourire de contentement.

— C'est une façon très agréable de se réveiller, dit-elle d'une voix un peu voilée, songeuse.

— Je suis bien d'accord avec toi…

Il déposa une pluie de baisers sur son cou, puis sur la courbe de son épaule, et elle inclina la tête sur le côté pour qu'il puisse continuer à descendre… Il repoussa le drap et prit ses seins entre ses mains.

— J'adore ça, moi aussi, murmura-t-il.

A ce moment-là, le radio-réveil se déclencha et la voix de l'animateur s'éleva, vive et enjouée.

— Oh non ! J'ai une réunion ce matin, dit-elle d'un ton plein de regrets.

— N'y va pas…

Il l'embrassa, juste sous la tempe.

Elle ferma de nouveau les yeux quelques instants, troublée.

— Je ne peux pas, je dois en faire un compte rendu.

— Quel dommage !

A contrecœur, il la relâcha. Elle tourna la tête pour l'embrasser. Leur baiser fut tendre et langoureux, et elle avait envie qu'il ne s'arrête jamais. Pourtant, elle finit par détacher ses lèvres des siennes, posa sa tasse sur la table de chevet et se leva.

— Tu as besoin d'aide pour prendre ta douche ? demanda-t-il alors qu'elle entrait dans la salle de bains.

Elle jeta un coup d'œil furtif par-dessus son épaule et se rendit compte qu'il l'avait regardée traverser la pièce toute nue. Elle rougit et répondit :

— Non, merci. Si tu m'aides, cela prendra deux fois plus de temps, et je serai en retard pour ma réunion.

— Oui, mais tu t'amuseras deux fois plus…

— Désolée, mais non !

Elle rit de son air déçu et ferma la porte de la salle de bains.

Ils quittèrent son appartement ensemble. Il lui ouvrit la portière de sa voiture et l'embrassa fougueusement avant de s'en aller. Son pick-up était garé un peu plus loin dans la rue. Elle lui fit un signe pour lui dire au revoir. A son tour, il agita la main en souriant, et il la regarda s'éloigner.

Quelques minutes plus tard, elle se rendit compte qu'elle souriait toute seule, débordante de bonheur. Elle était amoureuse, et elle avait envie de le dire à la terre entière…

Alors pourquoi ne l'avait-elle pas dit à Elijah ?

Et s'il ressentait la même chose qu'elle, pourquoi *lui* ne lui avait-il pas dit ?

Elle avait passé une nuit merveilleuse. Faire l'amour avec lui avait été aussi délicieux qu'elle l'avait espéré. Elle n'avait plus aucun doute quant à ses sentiments pour lui, mais elle n'osait pas lui dire ce qu'elle ressentait, ce qui ne lui ressemblait pas. Elle avait besoin de savoir qu'il éprouvait la même chose qu'elle…

Elle n'aimait pas douter d'elle-même. Elle poussa un profond soupir. C'était précisément pour cette raison qu'elle n'avait jamais voulu tomber amoureuse… Elle avait peur et se sentait vulnérable. Pourquoi ne demanderait-elle pas tout simplement à Elijah ce qu'il ressentait ?

Elle savait très bien *pourquoi*, mais elle ne voulait pas l'admettre : parce qu'elle savait qu'elle aurait été anéantie si Elijah lui avait dit que les sentiments qu'elle éprouvait n'étaient pas réciproques.

- 14 -

Frankie chassa de son esprit ses inquiétudes, pour se concentrer sur la nuit merveilleuse qu'elle avait passée avec lui. Submergée de bonheur, elle avait envie d'appeler Tommi et Bobbie pour leur dire qu'elle comprenait maintenant pourquoi elles étaient toujours aussi rayonnantes. Etre amoureuse faisait cet effet-là…

Elle n'avait que deux cours, après sa réunion. Quand elle quitta l'amphithéâtre pour retourner dans son bureau, elle était toujours sur son petit nuage. Elle avait l'intention d'aller faire un tour dans la boutique de Lily et de s'acheter de la lingerie. Elle prit donc son sac à main et son imperméable et se dirigea vers sa voiture d'un pas pressé.

Elle venait juste de poser son sac sur le siège à côté d'elle lorsque son téléphone portable sonna.

— Allô ?

Elle avait décroché, mais elle se demandait toujours si Elijah préférait la lingerie noire ou la lingerie rouge. Passablement distraite, elle n'entendit pas les premiers mots de la personne qui l'appelait.

— Je suis désolée, qui est à l'appareil ? demanda-t-elle en coinçant le téléphone entre son oreille et son épaule pour mettre le contact.

— C'est Matt, le frère d'Elijah.

— Salut, Matt !

Tout en se demandant pourquoi le frère d'Elijah l'appelait, elle mit le moteur en marche.

— Connor a pensé que je devais t'appeler pour te prévenir…

Elijah a eu un accident. Il va bien, mais on s'est dit qu'il voudrait sûrement que tu sois au courant.

Elle se figea. Elle eut l'impression que son cœur s'arrêtait de battre.

— Où est-il ?

— Aux urgences, à Harborview.

— A Harborview ?

Son sang se glaça. Les cas graves étaient toujours emmenés directement à Harborview.

— Il est gravement blessé ?

— Je ne sais pas trop, il est en train de passer des radios…

— Que s'est-il passé ?

Elle resserra son étreinte sur le volant, et ses articulations devinrent toutes blanches.

— Il y a eu un glissement de terrain sur ce satané chantier…, expliqua Matt qui avait du mal à contenir sa colère et son dégoût.

— Il a emporté un arbre juste à côté du mobil-home qui est venu s'écraser contre le pick-up d'Elijah. Il le déplaçait quand une des branches s'est abattue dessus…

— Oh, mon Dieu…

Elle retint son souffle.

— Le médecin lui fait passer une IRM en ce moment même. Je t'appelle dès que nous avons les résultats, d'accord ?

— Oui, murmura-t-elle, d'accord…

Quand Matt eut raccroché, elle laissa tomber son téléphone dans son sac à main et attendit un moment que ses mains arrêtent de trembler. Puis elle quitta le parking et prit la direction de l'hôpital.

Le parking de Harborview était bondé. Frankie dut faire deux fois le tour des deux niveaux avant de trouver une place. Elle poussa un soupir de soulagement et gara sa voiture, puis elle courut vers l'ascenseur, ses talons claquant sur le sol en béton.

Quand elle descendit de l'ascenseur, il lui fallut encore un long moment avant de trouver son chemin dans le labyrinthe des couloirs de l'hôpital.

Elle finit par trouver les urgences et la salle d'attente, mais les frères d'Elijah n'étaient pas là. Terrifiée, elle arrêta une infirmière en blouse verte qui passait à ce moment-là.

— Je cherche un patient qui a eu un accident, on m'a dit qu'il était aux urgences… Il s'appelle Elijah Wolf.

L'infirmière lui lança un regard perçant.

— Vous êtes de sa famille ?

— C'est mon fiancé, mentit-elle sans hésiter, et sans scrupules.

— Dans ce cas, vous pouvez le voir, bien sûr… Suivez-moi.

L'infirmière ouvrit une lourde porte et l'emmena dans une grande salle divisée par des rideaux. Certains étaient ouverts sur des lits vides.

L'infirmière la conduisit à l'autre bout de la pièce. Frankie entendit un rire d'homme.

— Il est ici, dit l'infirmière en s'effaçant pour la laisser passer.

Frankie écarta le rideau et s'avança, puis elle s'arrêta net, les yeux pleins de larmes.

Elijah était allongé sur un lit, torse nu, le drap blanc autour de sa taille. Il avait des marques rouges et des bleus sur les côtes, mais un sourire dansait sur ses lèvres et ses yeux pétillaient.

Ethan et Connor étaient assis sur des chaises en plastique, les jambes tendues devant eux, et Matt était debout au pied du lit. Tous les regards convergèrent vers elle quand elle entra.

Elle examina fébrilement ce qu'elle apercevait du corps d'Elijah et fut soulagée de voir qu'il ne semblait avoir que quelques ecchymoses. La chape de plomb qui s'était abattue sur elle sembla soudain plus légère, et elle ne put retenir plus longtemps la vague d'émotion qui l'avait submergée. Elle fondit en larmes.

— Frankie… Ma chérie, je n'ai rien…

Elle continua à pleurer en silence. Elle n'arrivait pas à bouger, comme si ses pieds étaient pris dans le sol.

— On se voit tout à l'heure, les gars, dit Elijah en regardant ses frères d'un air entendu. Merci d'être venus me voir !

— Pas de problème !

Ethan et Connor se levèrent et sortirent, précédés de Matt. Au passage, ils lui tapotèrent maladroitement l'épaule.

— Viens ici, chérie, dit Elijah en lui tendant les bras.

A ces mots, elle sortit de sa torpeur. Aussitôt, elle se précipita vers lui. Il lui prit la main et la fit asseoir à côté de lui. Quand il passa les bras autour d'elle pour la serrer contre lui, elle se laissa faire et enfouit son visage dans le creux de son cou pour sentir les battements de son cœur contre sa joue.

— J'ai eu tellement peur…

Elle lui caressa le torse mais, se rappelant qu'il avait des bleus et des contusions, elle retint son geste pour ne pas lui faire mal. Cependant, il ne la laissa pas s'échapper complètement.

Les blessures sur ses côtes ressemblaient à des brûlures. Elle en survola une du bout des doigts et fit la grimace.

— Ça doit faire mal…

Il haussa les épaules avec désinvolture.

— Ce ne sont que quelques égratignures.

— Comment c'est arrivé ?

— Je ne me suis pas vraiment rendu compte de ce qui se passait, mais je crois que c'est quand la branche m'est tombée dessus.

Il secoua la tête d'un air dépité.

— Je savais qu'il y avait des risques d'accidents sur ce chantier…

— Il fallait vraiment que tu sois là quand c'est arrivé ?

Elle effleura ses bleus du bout des doigts, puis elle posa sa main sur sa joue avec tendresse.

— Je n'avais pas vraiment prévu ce qui se passerait, dit-il, un sourire touchant se dessinant sur ses lèvres. Crois-moi, si j'avais eu le choix, j'aurais été à l'autre bout du terrain avec Connor.

— Je m'en doute, dit-elle, sous le coup de l'émotion.

Elle continua à lui caresser le torse du bout des doigts, sentant sa poitrine se soulever et s'abaisser au rythme de sa respiration.

Soudain, elle se raidit et se redressa.

— Elijah, tu as des bleus sur tout le côté gauche… Ta jambe n'a rien, au moins ?

— Non…

Il l'attira de nouveau vers lui et posa son menton sur sa tête.

— C'est pour ça que le médecin m'a fait passer une IRM… Enfin, pour ça et pour tout le reste, mais ma jambe n'a rien. Je vais probablement avoir mal partout demain, et pendant les quelques jours à venir, mais en fin de compte, j'ai eu énormément de chance.

— Dieu merci !

Elle le prit dans ses bras, mais relâcha aussitôt son étreinte.

— Je suis désolée, je ne voulais pas te faire mal…

Il la serra de nouveau contre lui.

— Tu ne m'as pas fait mal.

Il déposa un baiser sur ses cheveux.

— Cet accident m'a ouvert les yeux, Frankie. J'aurais pu mourir cet après-midi, sans t'avoir dit que je t'aime. J'aurais dû te le dire hier soir, ou ce matin. Je ne sais pas pourquoi je ne l'ai pas fait… Si, je le sais, se reprit-il en secouant la tête. Je me suis dégonflé, parce que j'avais peur que tu ne sois pas prête à l'entendre…

Il la serra tout contre lui et continua d'une voix un peu rauque :

— Je n'ai pas arrêté de penser à toi depuis que nous nous sommes embrassés, le jour de ton anniversaire. Si tu n'étais pas venue me voir pour me demander de l'aide, je t'aurais appelée et je t'aurais invitée à sortir. Je ne faisais pas semblant de m'intéresser à toi… J'avais envie de passer du temps avec toi, et c'était l'occasion rêvée.

Il s'interrompit un instant et, quand il se remit à parler, sa voix était plus grave.

— Cela faisait à peine une semaine que nous sortions

ensemble quand j'ai su que j'étais tombé amoureux de toi, même si je ne voulais pas l'admettre.

— Elijah…, dit-elle dans un souffle. Moi aussi, je t'aime. J'avais envie de te le dire, cette nuit, mais j'avais peur que tu ne ressentes pas la même chose que moi.

Elle fut soulagée de le voir pencher la tête pour l'embrasser. La sensation de ses lèvres sur les siennes dissipa ses dernières craintes, ainsi que la frayeur qu'elle avait éprouvée en croyant l'avoir perdu.

Il releva la tête et la regarda intensément.

— Harry m'a demandé hier quelles étaient mes intentions, Frankie… Je veux faire ma vie avec toi. Je veux me réveiller à côté de toi chaque matin, me coucher avec toi le soir… Je veux t'épouser, je veux que nous ayons une petite fille qui te ressemblera et qui m'obligera à m'asseoir sur des chaises minuscules pour jouer à la dînette…

Il prit son visage dans le creux de sa main et lui caressa la lèvre inférieure.

— … mais surtout, je voudrais que tu m'aimes comme je t'aime. Je n'osais pas croire que cela soit possible, mais quand tu es entrée ici, cela m'a redonné espoir.

— Oh, Elijah !

Elle sentit les larmes lui monter de nouveau aux yeux.

— Je t'aime tant que cela me fait peur.

— Cela te fait peur ? répéta-t-il, les sourcils froncés. Pourquoi ?

— Parce que c'est effrayant pour moi d'aimer quelqu'un à ce point… J'étais très jeune quand mon père est mort, mais je me rappelle avoir vu ma mère effondrée, et je me disais que je n'aimerais jamais personne aussi profondément. Je ne me suis jamais autorisée à tomber amoureuse… jusqu'à maintenant. Je ne peux pas contrôler ce que je ressens pour toi. Tu combles un vide dont j'ignorais l'existence avant de sortir avec toi…

Elle secoua la tête.

— Enfin, c'est effrayant pour moi d'être amoureuse. C'est la première fois que je le suis, alors je suis en terrain inconnu.

Il esquissa un sourire.

— Si cela peut te rassurer, chérie, tu n'es pas la seule dans ce cas-là.

— C'est vrai ? C'est la première fois que tu es amoureux, toi aussi ?

— Oui.

— Tant mieux ! dit-elle d'un ton résolu. Comme ça, nous pourrons découvrir ensemble ce que c'est.

— Je suis partant ! Quand crois-tu que je pourrai sortir d'ici ?

— Je ne sais pas… Pas avant que le médecin ait fait tous les examens nécessaires pour vérifier que tu vas bien.

— Je vais très bien, et j'irai encore mieux dès que nous serons rentrés à la maison.

Il leva un sourcil interrogateur.

— Chez moi ou chez toi ? Les deux me vont, c'est toi qui choisis, mais en tout cas je te préviens que tu passes la nuit avec moi !

— Seulement si le médecin dit que c'est d'accord.

— Chérie, je ne vais pas demander au médecin si je peux te faire l'amour ce soir, dit-il avec un sourire espiègle, je ne tiendrai pas compte de sa réponse, de toute façon. Par contre, tu pourrais peut-être aller le chercher pour qu'il me fasse sortir le plus vite possible. A moins que tu ne veuilles te glisser sous les draps avec moi et donner libre cours à ton imagination…

Elle rit et descendit du lit.

— Tu es incorrigible ! Je vais chercher le médecin…

La famille et les amis étaient de nouveau réunis chez Harry, cette fois-ci pour fêter la sortie d'hôpital d'Elijah et ses fiançailles avec Frankie.

Les larges portes entre le salon et la salle de séjour étaient ouvertes, et les deux pièces étaient pleines de monde. Harry n'avait pas lésiné sur la dépense : le buffet était raffiné et magnifique, et le champagne coulait à flots.

Harry et Cornelia se tenaient un peu à l'écart, à une extrémité de la pièce, près du piano à queue. Ils savouraient un moment en tête à tête, et contemplaient la vue qu'offrait la baie vitrée, Seattle se détachant sur le ciel au loin.

— Eh bien, Harry…

Cornelia leva sa coupe et but une gorgée de champagne. Un sourire se dessina sur les lèvres de Harry.

— … tout s'est bien terminé, dit-elle. Je n'ai jamais vu Frankie aussi heureuse, elle est tout simplement rayonnante.

— Oui, et Elijah aussi a l'air heureux.

Il leva son verre et trinqua avec elle.

— A un autre mariage dans la famille !

— A un autre mariage !

Elle but une gorgée de champagne et poussa un soupir de contentement en regardant autour d'elle.

— C'est très gentil de ta part d'avoir proposé d'organiser les fiançailles de Frankie ici, Harry. Nous aurions pu le faire chez moi, mais je ne sais pas si tout le monde aurait tenu dans le salon !

— C'est un plaisir, dit-il, les yeux pétillants.

Le tête-à-tête de Cornelia et de Harry fut de courte durée. Cornelia rejoignit un groupe d'amies, tandis que Harry se frayait un chemin parmi les invités pour rejoindre le grand-père d'Elijah, qui accepta bien volontiers de boire un verre de whisky avec lui.

— C'est gentil à vous d'avoir organisé cette soirée, dit Jack.

Leur verre à la main, les deux hommes discutèrent un moment en regardant la foule.

— Ça me fait plaisir ! dit Harry d'un ton chaleureux. Cela fait des années que nous connaissons Elijah, c'est comme s'il faisait déjà partie de la famille…

Il hocha la tête en direction du jeune couple qui se tenait un peu plus loin, devant la cheminée.

— Est-ce que cela signifie que vous allez confier le contrat pour le campus à Wolf Construction ? demanda Jack d'un ton faussement désinvolte.

— Bien sûr…

Harry lui fit un clin d'œil.

— Je ne peux tout de même pas laisser le fiancé de Frankie sans travail !

Jack rit.

— Je suis content de voir que la future belle-famille de mon petit-fils sait veiller sur les siens.

— Il y aura encore d'autres opportunités, bien sûr. HuntCom a des usines en dehors de Seattle, et notamment à l'étranger.

— Je préférerais que mes petits-fils ne travaillent pas trop loin d'ici, dit Jack, surtout maintenant qu'Elijah va se marier… Ce n'est pas facile de rendre une femme heureuse et d'être un bon père en étant à l'autre bout du monde.

— C'est vrai, acquiesça Harry avec un hochement de tête.

Le rire sonore de Jack couvrit un instant le brouhaha des conversations. Frankie regarda le grand-père d'Elijah, en grande discussion avec Harry. Elle passa son bras sous celui d'Elijah et se mit sur la pointe des pieds pour lui murmurer quelque chose à l'oreille. Il inclina la tête vers elle.

— Elijah, j'ai bien l'impression que ton grand-père et Harry sont en train de comploter… Tu crois qu'il y a de quoi s'inquiéter ?

Elijah leva les yeux et regarda Jack et Harry.

— Non… Ils comparent probablement leurs exploits en énumérant les contrats qu'ils ont réussi à obtenir au cours de leur carrière, pour savoir qui est le meilleur d'entre eux !

— Tu sais, dit-elle lentement en regardant les deux hommes, je commence à me demander si nous n'avons pas fait une erreur en réunissant ces deux-là ! Ils ont l'air de tellement bien s'entendre… Finalement, ils sont aussi manipulateurs l'un que l'autre.

Il rit et se pencha pour lui déposer un baiser sur la joue.

— Comment as-tu fait pour te rendre compte aussi vite que grand-père est comme ça ?

— J'ai discuté avec lui plusieurs fois au cours des derniers jours, et on peut dire qu'il ne mâche pas ses mots… Il m'a dit qu'il voulait que nous ayons un bébé, et vite !

— Il t'a dit *ça* ? demanda Elijah, les sourcils froncés.

— Oui, mais ne te fâche pas contre lui…

Elle lui caressa le front pour chasser les petits plis de contrariété.

— Je lui ai dit que Harry m'avait déjà annoncé que je ne pourrais bientôt plus avoir d'enfants, et que j'en avais pris bonne note.

— Eh bien, Frankie…, dit-il d'un ton admiratif. Je crois que mon grand-père va avoir affaire à forte partie, avec toi !

Elle sourit.

— C'est ce qu'il m'a dit.

Il la prit dans ses bras en riant aux éclats.

— Harry va avoir du mal à résister au plaisir de s'occuper de quelqu'un maintenant que nous sommes ensemble… Il est possible qu'il prenne en main le destin de Georgie, il faudrait peut-être que je la prévienne.

— Je ne crois pas que ce soit la peine… Après tout, les choses ont bien tourné pour nous.

— Mais nous sommes sortis ensemble pour essayer d'éviter les intrigues de Harry, lui rappela-t-elle.

— Oui, mais le résultat est le même. Harry est intervenu dans ta vie sentimentale et, au bout du compte, nous sommes ensemble.

Il lui prit le menton avec douceur et lui fit lever le visage vers lui. Il la regarda intensément.

— C'est vrai, reconnut-elle. Et n'est-ce pas merveilleux ?

— C'est incroyablement merveilleux, dit-il avec ferveur.

Il déposa un baiser sur ses lèvres.

Oui, pensa-t-elle, troublée, *c'est merveilleux*… Elle l'aimait de tout son cœur, elle l'aimait comme elle n'avait jamais aimé personne, et ce qui était encore plus formidable, c'était que lui aussi l'aimait.

Ils avaient toute la vie devant eux, un avenir plein de promesses et de possibilités. Elle lui passa les bras autour du cou et lui rendit son baiser, ignorant les gens qui poussaient des acclamations et des cris de joie autour d'eux.

MAUREEN CHILD

Un adversaire trop charmant

éditions HARLEQUIN

Titre original : THE ROYAL TREATMENT

Traduction française de FLORENCE MOREAU

Ce roman a déjà été publié en février 2004

83-85, boulevard Vincent-Auriol, 75646 PARIS CEDEX 13.
Service Lectrices — Tél. : 01 45 82 47 47
www.harlequin.fr

- 1 -

Jeremy Wainwright vérifia rapidement son bracelet-montre, puis, d'un regard vif, balaya la façade du palais.

L'édifice de trois étages revêtait les allures d'un château de conte de fées. La pierre grise semblait presque frissonner sous l'air piquant du mois de novembre, et le soleil de l'après-midi finissant embrasait les nombreuses fenêtres à meneaux.

Il lui sembla soudain qu'en tendant bien l'oreille, il pourrait percevoir le faible cliquetis d'épées qui se croisent ou l'écho d'un coup de trompette triomphant.

Un lien très fort le rattachait à ce lieu et à son histoire.

Depuis plus de deux siècles, la famille Wainwright résidait à Penwick, avec pour insigne fonction de protéger le palais et ses nobles occupants.

Non sans fierté, Jeremy s'inscrivait à son tour dans cette digne lignée.

Il réprima un frisson. Le vent en provenance de la mer était mordant, ce soir.

Il dirigea alors son regard vers le parc, au-delà duquel s'étendait l'océan qu'il ne pouvait voir en raison des fortifications qui bordaient le palais.

Les arbres du parc arboraient le blason éclatant de l'automne. Dans les tons de rouge, or ou ocre, leurs feuilles bruissaient sous la caresse de la brise marine et voltigeaient doucement jusqu'au sol où elles formaient un épais tapis chamarré.

Néanmoins, Jeremy n'avait guère le temps de s'attarder sur ces splendeurs automnales. L'esprit en alerte, attentif au moindre trouble, il scrutait le palais et ses visiteurs…

La garde royale, fusil sur l'épaule, effectuait sa ronde habituelle.

Les hautes grilles en fer forgé, qui avaient depuis quelques siècles déjà remplacé le pont-levis, venaient de se refermer sur le dernier groupe de touristes.

La forteresse était à présent inexpugnable.

Il suivit alors du regard le groupe qui remontait dans l'autobus…

Ouf ! Il pouvait enfin respirer. Ces « envahisseurs » le rendaient tellement nerveux…

Bien sûr, les temps avaient changé et il était tout à fait légitime que les sujets de Penwick — sans compter les touristes étrangers — visitent le palais.

Ou du moins les ailes ouvertes au public.

Pourtant, pour autorisées qu'elles fussent, ces intrusions extérieures représentaient toujours un cauchemar pour les hommes de la sécurité, le danger étant susceptible de surgir à tout moment — et de tous côtés !

On ne pouvait jamais exclure l'éventualité d'une arme qui aurait échappé au contrôle. Et la prise d'otages dramatique qui se serait ensuivie !

Ou encore, l'irruption d'un touriste un peu trop curieux dans les appartements privés.

Sans compter que la reine adorait faire des apparitions surprises parmi les visiteurs. La sécurité était alors sur les dents.

Pour aujourd'hui, le stress lié à ces intrus était enfin terminé. D'une minute à l'autre, l'autobus allait repartir et le calme retomberait sur le palais.

En poussant un soupir de soulagement, il regagna la guérite pour se servir une dernière tasse de café.

Le breuvage noir et fort coula en lui comme une lente brûlure, paradoxalement réconfortante. Profitant de cet instant de paix, il ne prêta d'abord pas garde aux éclats de voix, à l'extérieur. Quoi que ce fût, ses gardes étaient parfaitement en mesure de régler le problème.

Sélectionnés parmi les fleurons de l'armée royale et entraînés par ses propres soins, ils formaient un groupe d'élite sur lequel il pouvait se reposer.

Leur devoir consistait à protéger le couple régnant, ainsi que le reste de la famille souveraine.

En outre, Jeremy savait que chacun d'entre eux aurait risqué sa vie pour sauver celle des membres royaux.

A l'extérieur, le ton montait.

Il s'agissait de toute évidence d'un incident exceptionnel.

Reposant sa tasse sur la table de bois, il sortit de la guérite tout en tâchant de saisir des bribes de la conversation fort animée qui avait lieu de part et d'autre des grilles.

D'instinct, il porta la main à son revolver, discrètement placé sur sa hanche droite et camouflé par son pull-over, puis se dirigea d'un pas décidé vers les grilles.

Une voix féminine s'élevait nettement au-dessus des autres. Une voix rageuse, qui…

Brusquement, il s'immobilisa, sonné…

Entendre cette voix familière, identifiable entre toutes, c'était comme recevoir un coup au ventre.

Son estomac se contracta et il sentit des sueurs froides glisser le long de son dos, comme lorsqu'il rêvait d'elle et qu'il se réveillait brusquement, le cœur battant.

Jade Erickson !

Elle avait été sa maîtresse, puis sa femme.

Aujourd'hui, c'était son ex.

Et le tout était toujours aussi douloureux !

Allait-il s'en mêler ? N'était-il pas préférable de laisser le lieutenant Gimble régler l'incident ?

Tout de même…

Il ne pouvait laisser le pauvre Gimble faire face à la furie. Autant envoyer un soldat armé d'une humble sarbacane au-devant d'un char !

Après quelques secondes d'hésitation, il eut finalement pitié de sa recrue. Il fallait être solide pour affronter Jade Erickson lorsqu'elle avait une idée en tête ! Et au ton de sa voix, tel semblait être le cas.

Pourquoi fallait-il aussi que Penwick fût une principauté si minuscule ? se demanda-t-il fort irrité. Durant trois années, il était scrupuleusement parvenu à éviter un face-à-face avec la femme à qui il avait promis, dans un autre temps, amour et fidélité éternels — même s'il l'avait vue de nombreuses fois ! C'est-à-dire chaque fois qu'il allumait la télévision pour prendre des nouvelles du monde.

Jade Erickson était en effet journaliste sur la chaîne d'information Pen-TV. Et de toute évidence, elle en représentait également la mascotte.

Il fut une époque où elle avait été sa mascotte à lui…

Allons, c'était une ère révolue depuis longtemps, s'empressa-t-il d'ajouter intérieurement.

Quelques mètres les séparaient encore et elle ne l'avait toujours pas aperçu. Sa silhouette se dessinait derrière les grilles, une silhouette ondulante qu'il se rappelait trop bien encore. Soulevés par le vent d'automne, ses cheveux auburn dansaient sensuellement sur ses épaules…

Quelle sensation enivrante lui procurait cette masse soyeuse lorsqu'elle glissait entre ses doigts, autrefois !

Brusquement, il éprouva l'envie d'en palper de nouveau la douceur, et l'image de ses yeux vert profond qui se brouillaient légèrement à l'orée du plaisir s'imposa malgré lui à son esprit…

Aujourd'hui, ces mêmes yeux étaient plissés et lançaient des éclairs meurtriers au lieutenant. Avait-elle maigri ? s'interrogea-t-il. A moins que ce ne fût son tailleur noir et moulant qui donnât cette impression… Sous sa veste, elle portait un chemisier d'une blancheur éclatante. Pour compléter le tout, elle arborait un énorme diamant en forme de broche, qui scintillait sur son revers gauche.

Au temps de leur mariage, elle ne portait pas de diamants, Jeremy n'ayant pas les moyens de lui en offrir. En revanche, il lui avait acheté une aigue-marine, de la même couleur que ses yeux, sertie dans de l'or. C'était sa bague de fiançailles.

Il y avait belle lurette qu'elle avait dû l'égarer !

Il fixa alors ses longs doigts fins — dépourvus de tout

bijou. Ils étaient agrippés aux grilles noires qu'elle tentait de secouer. Bien vainement, d'ailleurs.

Il ne put retenir un sourire. Décidément, Jade n'avait pas changé ! Toujours le même tempérament de feu qui affleurait à la moindre contrariété. Force était de reconnaître qu'elle était très sexy…

Allons ! se reprit-il immédiatement. Il devait à tout prix se débarrasser de pensées si extravagantes.

— Je m'en occupe, décréta-t-il d'une voix autoritaire à l'adresse du lieutenant, en se rapprochant des grilles.

— Bien, monsieur, fit ce dernier visiblement reconnaissant.

Et sans demander son reste, le jeune garde battit en retraite.

A cet instant, Jeremy se planta devant les grilles.

Devant elle.

Et le souffle lui manqua presque…

En plongeant dans les profondeurs de son regard, il eut l'impression de recevoir un véritable coup sur la tête. Quelle bombe elle était !

— Jade…, finit-il par dire.

— Bonjour, J.T.

Jeremy Thomas, tel était son véritable prénom, J.T. pour les intimes. Qu'il était bon de l'entendre de nouveau de sa bouche… !

« Allons, Wainwright, pas de sentimentalisme ! » s'ordonna-t-il aussitôt.

A cet instant, elle s'éclaircit la gorge. Avait-elle ressenti une bouffée de désir aussi fort que le sien ? Ah, mieux valait ne pas s'interroger !

— Que fais-tu ici, Jade ?

— Tu sais parfaitement pourquoi je suis là.

Effectivement, il le savait.

Quelle obstinée !

— Ecoute, si c'est au sujet de l'interview, je te garantis que tu perds ton temps. Et, ce qui est plus fâcheux encore, tu me fais perdre le mien.

— La barbe ! Pourquoi refuses-tu de m'aider ?

— Pourquoi le ferais-je ? rétorqua-t-il.

— En souvenir du bon vieux temps.

A ces mots, il jeta un coup d'œil au cameraman de Jade qui ne perdait pas un mot de la scène. Baissant la voix, il riva de nouveau son regard sur elle, et répondit sèchement :

— Le bon vieux temps ? Tu te fiches de moi ?

Elle laissa alors échapper un lourd soupir, qui fit voleter quelques mèches folles sur son front.

— Très bien ! Alors, puisqu'il n'y a pas de bon vieux temps, je fais appel à ton sens de la courtoisie.

— Je crois avoir été suffisamment patient avec toi. Je t'ai déjà fait savoir à trois reprises par écrit que je ne t'accorderais pas cette maudite interview.

— J'ai pensé que si je venais sur place pour en discuter directement avec toi, tu changerais peut-être d'avis.

— Eh bien, tu as eu tort !

— Allons, J.T., le bulletin de santé du roi est alarmant et la reine…

— Et la reine est à son chevet et ne donnera pas d'interview.

— Elle doit pourtant faire une déclaration.

— Exact, et elle le fera au moment où *elle* le décidera.

— J'essaie juste de faire mon métier, plaida alors Jade.

— Moi aussi ! rétorqua-t-il.

Elle donna un coup de talon rageur sur le sol.

— Les gens ont tout de même le droit de savoir, affirma-t-elle.

— Le droit à l'information concerne les affaires publiques de la principauté. La vie privée de la famille royale ne regarde personne, pas même les sujets de l'île.

— Voyons, J.T., le roi est malade et sa santé préoccupe ses sujets, quoi de plus légitime ?

— Qu'ils se rassurent, on s'occupe de lui.

— Qui « on » ?

— Vois-tu, déclara-t-il d'une voix acerbe en se rapprochant des grilles, si tu avais mis la moitié de ta belle énergie dans notre mariage…

Il n'acheva pas sa phrase, dont le début avait néanmoins suffi à la faire rougir. Dieu merci, elle en était encore capable !

pensa-t-il. A cet instant, le cameraman s'approcha ; un témoin lumineux rouge clignotait à la base de l'objectif.

Désignant la caméra du doigt, Jeremy ordonna vivement :

— Eteignez ça !

— Fais ce qu'on te dit, Harry, renchérit Jade sans même regarder l'homme à qui elle s'adressait.

Ce dernier s'exécuta et s'éloigna.

Une fois qu'ils furent seuls, Jade rejeta ses cheveux dans son dos, planta son beau regard lumineux dans celui de Jeremy et déclara :

— Je ne demande que cinq minutes de son précieux temps.

— La reine n'a pas cinq minutes à perdre. Elle se consacre à son mari, *elle*. Sa famille représente sa priorité absolue.

— C'est mesquin, J.T. ! se révolta-t-elle devant son reproche implicite.

O.K., il aurait mieux fait de se taire au lieu de raviver les vieux ressentiments. Agacé, il répondit :

— Quoi qu'il en soit, tu n'entreras pas !

— Ce soir, peut-être, fit-elle, mais je te garantis que je n'ai pas dit mon dernier mot.

— Pour ça, je te fais confiance !

— J.T., reprit-elle sur un ton adouci, c'est important pour moi, cette interview. Fais preuve au moins d'humanité !

— Désolé, je ne peux rien pour toi.

De curieuse façon, il ne ressentait aucune joie à l'idée d'entraver les projets de son ancienne épouse. Décidément, Jade exerçait toujours un pouvoir sur lui. Il était loin d'être indifférent à son charme. Se tenir si près d'elle et sentir son doux parfum fleuri avait suffi à balayer les années et à le ramener dans le petit nid qu'ils partageaient, au début de leur amour.

A l'époque où ils déclinaient encore le futur à la première personne du pluriel. Dans leur splendide naïveté, ils croyaient alors que l'amour triompherait de tout.

Fatale erreur…

*
* *

Elle laissa ses yeux errer sur le majestueux palais, sur ses magnifiques jardins, puis son regard revint sur lui.

Derrière son front rebelle, il devinait aisément son imagination en marche. Elle n'allait pas capituler, il le savait ! Jamais il n'avait rencontré une femme aussi opiniâtre. Et dire qu'au début, c'était précisément ce qui l'avait séduit, en elle.

— C'est donc la guerre ? demanda-t-elle d'un ton brusque.

Instantanément, il reconnut le ton qu'elle adoptait quand elle était contrariée. Un ton à la fois détaché et méprisant.

— Si c'est ce que tu souhaites, répondit-il.

Il retint alors un sourire en la voyant lutter contre elle-même pour se dominer et retenir les mots qui lui brûlaient la langue… A son crédit, il devait reconnaître qu'elle avait réalisé de remarquables progrès, puisqu'elle ravala avec maestria sa colère — ce qui n'était pas toujours le cas, autrefois !

Il portait toujours au front la trace d'une cicatrice, souvenir d'un livre qu'elle lui avait lancé au visage, à bout d'arguments. Et ce, au cours de leur voyage de noces ! Rien que ça ! Allons, pour être honnête, il devait reconnaître qu'après cet emportement, elle avait déployé des trésors de douceur pour le lui faire oublier. Au point que sa petite cicatrice était intrinsèquement liée à des heures merveilleuses…

Prenant une large inspiration, elle décréta :

— Si tu veux un conseil, place un autre garde à cette grille. Celui-ci est un crétin.

— Vraiment ?

— Parfaitement ! Il a refusé de répondre à la moindre de mes questions.

— Je constate que le lieutenant Gimble est tout à fait à la hauteur de sa tâche.

Excédée, elle planta ses mains sur ses hanches. A son tour, il croisa les bras et se campa devant elle. Un bras de fer s'engageait…

— Va-t'en, Jade, dit-il. Tu n'obtiendras rien.

— Si j'étais toi, repartit-elle d'un ton cinglant, les yeux étincelants de colère, je m'assurerais que mes hommes sont effectivement « à la hauteur de leur tâche ». Le travail en équipe, ça n'a jamais été ton point fort.

— Venant de toi, j'apprécie la remarque à sa juste valeur, rétorqua-t-il. En outre, à en juger par la discussion que tu viens d'avoir avec le lieutenant, tu n'es pas en position de me donner des leçons sur la façon d'exercer de l'influence sur autrui. Il semblerait qu'il ait été insensible à ta demande.

Le filou !

Elle s'efforça de compter jusqu'à dix et, ayant recouvré son sang-froid, elle concéda :

— J.T., je suis navrée, cela fait longtemps que je ne me suis pas emportée de cette façon.

— Tu as de très beaux yeux, quand tu es furieuse, dit-il tout à trac. Indéniablement. Bien qu'il faille faire attention aux siens, dans ces moments-là…

Nul doute qu'à cet instant, elle revit elle aussi le livre lancé à toute volée heurter son arcade sourcilière… Piquée, elle lui jeta un regard menaçant. Aujourd'hui néanmoins, de solides grilles les séparaient. Des grilles capables de le protéger d'une journaliste insistante. Car c'était ce que Jade représentait désormais pour lui — même s'il devait encore s'en convaincre.

— Entre nous soit dit, poursuivit-il, mes rapports avec mon équipe sont excellents. Et si mes relations avec la presse te chagrinent, franchement, je m'en félicite.

— Toujours aussi charmant, observa-t-elle.

La frustration le disputait à la colère, en elle.

Parmi tous les hommes présents sur cette petite île, pourquoi fallait-il que ce fût son ex-mari qui se dressât entre elle et son but ?

Elle releva la tête pour affronter son regard, et dans les yeux marron foncé de J.T., elle ne lut pas la moindre lueur d'espoir.

Parallèlement, elle sentait croître en elle un curieux et lent désir… Il avait surgi inopinément au creux de ses reins dès l'instant où leurs regards s'étaient enchaînés. Et il s'imposait à présent de façon si intense qu'elle en ressentait un vif trouble.

D'autant qu'elle ne doutait pas un instant que Jeremy le partageait !

Brusquement, ce fut comme si ces trois années de séparation n'avaient pas eu lieu. Envolées en quelques secondes de retrouvailles ! Trois ans sans le voir, sans entendre sa voix, sans sentir ses caresses sur sa peau, et un seul regard avait suffi à raviver le volcan qui sommeillait en elle.

— Jade ?

La voix de son cameraman l'arracha au fil de sa méditation.

— Je monte dans le 4x4, lui précisa alors ce dernier.

A cet instant, elle crut lire un vague sourire de satisfaction sur le visage de J.T. Cet homme était bien trop sexy… et bien trop agaçant à son goût !

Une fois que Harry eut disparu, elle se concentra de nouveau sur le monolithe de muscles qui se tenait entre elle et son destin. Elle avait essayé la méthode douce, puis la méthode forte. Aucune n'avait donné de résultats. Elle devait trouver une troisième voie… Pourquoi ne pas opter pour la complicité ?

— Ecoute, lui dit-elle sur un ton entendu, il n'y a aucune raison que nous ne trouvions pas un accord.

A ces mots, la bouche de J.T. se mit à trembler. Oh, un tremblement presque imperceptible ! Elle s'accrocha néanmoins à cet espoir et poursuivit sur le même ton :

— Nous sommes des adultes, J.T. Des professionnels. Nous pouvons sûrement arriver à résoudre ce… cette difficulté.

A cet instant, il poussa un long soupir et décroisa les bras, lui offrant le spectacle de son torse de rêve. Un torse capable de susciter les fantasmes féminins les plus fous, elle était bien placée pour le savoir !

— On peut dire que tu as une sacrée personnalité, lâcha-t-il alors, bluffé, en la toisant rapidement de la tête aux pieds.

Rapidement, mais si intensément… !

Ce fut comme s'il avait laissé courir ses mains sur son corps. Elle en eut presque un frisson. Presque un vertige…

Allons, elle avait eu le cran de le quitter ! Elle n'allait pas succomber de nouveau.

— Merci, dit-elle brièvement.

— Ce n'était pas un compliment, précisa-t-il.

Ah, le rustre ! Elle se mordit la lèvre supérieure et laissa dériver son regard vers le palais, tout en tâchant de se calmer.

— Jade, continua-t-il avant qu'elle n'ait le temps de le gratifier d'une repartie bien sentie, tu peux revenir autant que tu veux, tous les jours si tu y tiens, tu ne verras pas la reine. Alors, fais-nous une faveur à tous les deux : n'insiste pas !

— J'essaie juste de faire mon métier, J.T., répéta-t-elle.

— Moi aussi ! répondit-il, buté.

— Ton job consiste à protéger la famille royale, je le conçois. Mais moi, Jade Erickson, je ne représente nullement une menace.

— Une menace n'est pas forcément physique.

— La reine ne pourra pas rester retranchée éternellement dans son mutisme.

— C'est la reine, elle peut faire ce qui lui plaît.

— Au cas où tu l'ignorerais, nous ne sommes plus au Moyen Age, rétorqua-t-elle. Et nous ne sommes pas des serfs, nous disputant autour d'un feu de camp.

— Dommage, lui dit J.T., je me rappelle que tu étais belle, à la lueur du feu.

Là-dessus, il fit signe au lieutenant Gimble d'approcher et ajouta en guise de conclusion :

— Heureux de t'avoir revue, Jade.

— Nous n'en avons pas fini, tous les deux, le prévint-elle. Jeremy ! Tu ne peux pas…

Elle s'interrompit d'elle-même.

A quoi bon argumenter puisqu'il n'était déjà plus là ?

Jade n'avait pas l'habitude de gaspiller vainement son énergie.

*
* *

Une fois que J.T. eut tourné les talons, le jeune lieutenant adressa une œillade méfiante et distante à la journaliste qui venait de tenir tête à son chef.

Pour sa part, Jade ne lui accorda pas le moindre regard, les yeux toujours rivés sur la silhouette de J.T. qui s'éloignait à présent à vive allure.

Si elle avait eu des canons à la place des yeux, elle n'aurait pas donné cher de sa peau !

Impuissante, elle le vit franchir les doubles portes du palais et disparaître à l'intérieur sans même se retourner une seule fois.

Elle donna alors un coup de poing frustré contre les grilles. Allons ! Tout ce qu'elle allait obtenir, c'était une foulure. Elle devait éviter le ridicule !

A contrecœur, elle abandonna son poste pour revenir lentement vers le 4x4 où l'attendait toujours Harry. Elle était étourdie par la scène qu'elle venait de vivre.

Incroyable ! Cinq minutes en compagnie de son ex-mari, et tout son professionnalisme s'était dilué. Ex, vraiment ? Elle n'avait nullement l'impression que sa relation avec J.T. appartenait au passé. Les sentiments qu'il lui inspirait étaient bien trop vifs.

Mon Dieu ! où toute cette histoire allait-elle la mener ?

- 2 -

S'engouffrant dans son appartement, Jade posa son sac à main et ses clés sur le guéridon du vestibule, puis referma avec soin la porte derrière elle. Elle procéda alors au rituel habituel, c'est-à-dire : donner un double tour de clé, pousser les deux verrous sans oublier de mettre la chaînette.

Sur le trajet du retour, elle avait ruminé sa colère, incapable d'accepter la fatalité qui faisait resurgir J.T. dans sa vie au moment le moins opportun !

— Du calme ! s'ordonna-t-elle à voix haute en retirant avec impatience ses escarpins.

Elle les avait achetés la veille et ils lui avaient blessé les pieds. Décidément, tout allait de travers ! Enfin, J.T. n'était pas responsable de ses ampoules.

Encore que…

— C'est tout de même incroyable, poursuivit-elle sur le même ton. Pourquoi fallait-il que je tombe sur lui ? Il y a des centaines de soldats dans l'armée ! Ah, la poisse !

Elle traversa alors le salon et la moquette douce et épaisse du sol réconforta ses talons meurtris. Comme les persiennes n'étaient pas encore fermées, son image se reflétait dans l'immense baie qui courait presque sur tout un pan de mur. Elle fit coulisser la porte vitrée et se retrouva sur le balcon.

Une bourrasque de vent plaqua ses vêtements contre son corps. Elle frissonna… La fraîcheur vespérale lui procura pourtant un merveilleux bien-être. Si seulement elle avait pu également calmer le feu qui coulait dans ses veines !

Hélas ! Qu'elle le veuille ou non, J.T., par le simple pouvoir d'un regard, exerçait sur elle une telle emprise, qu'elle en oubliait tout…

Elle soupira profondément, puis se frotta les yeux comme pour en chasser la persistance du regard pénétrant de J.T.

Pourquoi ces retrouvailles avaient-elles été si douloureuses ? Trois années s'étaient tout de même écoulées depuis leur séparation ! Trois longues années où elle avait été fort affairée — ce qui, soit dit en passant, lui avait permis de tromper sa solitude. Enfin, trois ans, ce n'était pas rien, c'était une durée suffisante pour qu'un homme vous sorte du cœur et de la tête !

Mais avec J.T., rien n'avait jamais été facile.

Rien n'allait jamais de soi.

Elle ferma les paupières et revit son visage, ses yeux sombres dont les profondeurs semblaient emprisonner les secrets de l'univers…

Rejetant subitement la tête en arrière, elle s'offrit alors à la caresse du vent, tandis que ses poumons s'imprégnaient des embruns de l'océan tout proche.

Le cri strident des mouettes résonnait dans la nuit ; au rythme des rafales de vent, elles tourbillonnaient et piquaient vers le sol,

Peu à peu, elle sentit son pouls revenir à la normale et le nœud qui serrait sa gorge céda. L'air humide et frais représentait le meilleur remède contre la fureur.

Cela marchait chaque fois.

Pourtant, aujourd'hui, elle sentait que cette colère était uniquement endormie et guettait le moment propice pour resurgir. Décidément, J.T. était plus fort que le vent !

Après leur séparation, elle avait loué un appartement avec panorama sur la mer, persuadée que grâce à cette vue paradisiaque, quels que soient les malheurs qui lui tomberaient sur la tête, elle retrouverait toujours sa sérénité. Qu'il lui suffirait de prendre un bol d'air sur la terrasse et hop ! tous ses soucis s'envoleraient.

Fallait-il qu'elle fût candide !

C'était oublier d'éventuelles retrouvailles avec son ex-mari…

Ce soir, son territoire était définitivement envahi par la pensée de J.T. Elle n'avait pas pu la déposer sur le seuil de sa maison cocon.

Il avait forcé la porte de son intimité.

S'appuyant sur la rambarde, elle admira mélancoliquement le paysage qu'elle surplombait. L'horizon s'étendait devant elle, gonflé de tous les possibles, heureux ou malheureux…

Pour être honnête, J.T. n'était pas le seul à contribuer à cette sensation d'invasion. Autre chose la tracassait : elle devait absolument résoudre l'énigme des lettres anonymes qui s'accumulaient sur son bureau. C'était pour cette raison qu'elle avait fait installer tous ces verrous, sur sa porte.

La dernière lettre remontait à hier.

Elle l'avait reçue au travail et se rappelait parfaitement son contenu :

« Mon adorable Jade,

» Bientôt nous serons réunis. Bientôt le monde saura, comme moi, que nous sommes faits l'un pour l'autre. Bientôt, mon amour, bientôt. »

La police lui avait assuré qu'elle ne courait pas de véritable danger. Dans la plupart des cas, lui avait-on affirmé, il s'agissait d'admirateurs illuminés qui, trop lâches pour affronter l'objet de leur affection directement, envoyaient, en guise de compensation, des mots d'amour anonymes.

Soit !

Néanmoins, l'idée qu'une personne la filât la mettait fort mal à l'aise. Croisant frileusement les bras, elle frissonna et s'efforça de revenir au problème qui la préoccupait, à savoir s'infiltrer dans le palais…

En d'autres termes, doubler son ex-mari, réalisa-t-elle. Ne s'attaquait-elle à un ennemi trop redoutable ? Assez ! Elle ne devait pas s'avouer vaincue d'avance, mais reprendre le problème calmement, depuis le début.

Sa Majesté était malade et aucun communiqué n'avait été établi à l'intention de la population de l'île. N'était-il pas légitime que celle-ci sache qui dirigeait le pays si le souverain en était physiquement incapable ?

Or, le métier de Jade, c'était précisément l'investigation !

Par conséquent, elle devait obtenir des renseignements dignes de ce nom, et non se contenter de rumeurs. Si elle voulait prouver à son père que…

Ah non ! Il ne s'agissait pas de son père ni de l'héritage qu'elle devait assumer. Non, ce qui était en jeu, c'étaient ses buts, ses projets. Ses ambitions…

Cela, J.T. n'avait jamais pu le comprendre. Et voilà qu'encore une fois, il surgissait dans sa vie pour se mettre en travers de sa route.

Rien n'avait-il donc changé ? Quelle fatalité la poursuivait ? Dès le début, J.T. s'était opposé à ce qu'elle travaille. Il rêvait d'une épouse au foyer. Une femme qui lui aurait servi son dîner tous les soirs à 19 heures et qui aurait pris soin de ses enfants et de leur père.

Dans sa grande candeur, elle avait cru que l'amour qu'elle lui portait viendrait à bout de son traditionalisme. Hélas, J.T. s'était entêté, sans faire la moindre concession !

Excédée, elle avait fini par sortir de sa vie…

Malheureusement, elle avait laissé son cœur derrière elle.

Au fond, elle avait sûrement réagi trop vivement. Avec plus de douceur, elle aurait fini par l'amadouer. Mais elle était si jeune alors !

Pleine de feu et d'impatience.

Et comme, du côté de J.T., c'était la même chose, leur couple ne pouvait faire que des étincelles.

Elle soupira.

Aujourd'hui, elle devait affronter la réalité. Elle avait quitté son mari pour faire carrière, et de ce côté-là, elle avait assez bien réussi, puisqu'elle travaillait pour une chaîne de télévision connue et que ses reportages étaient toujours attendus avec la plus grande impatience.

Et pourtant, force était de reconnaître qu'elle n'était pas heureuse. Allons, se dit-elle, c'était juste un coup de blues.

Si elle parvenait à décrocher l'interview avec la reine, tout rentrerait dans l'ordre.

Néanmoins, elle ne pouvait s'empêcher de penser qu'elle avait fait un mauvais marché en troquant J.T. contre son ambition. Le revoir l'avait bouleversée…

Quand ses yeux s'étaient posés sur elle, elle avait eu l'impression de recevoir une véritable décharge électrique. Et son regard la brûlait encore.

Elle éprouvait l'étrange sensation d'avoir retrouvé quelque chose qu'elle ne savait pas avoir perdu.

« Assez ruminé ! » s'ordonna-t-elle en rentrant dans le salon. Elle laissa la baie ouverte derrière elle.

Les grands rideaux en mousseline blanche se gonflèrent alors comme la voile d'un bateau sous le vent. Mais, tout comme elle, ils étaient retenus par une ancre et n'allaient nulle part, pensa-t-elle tristement.

Brusquement, elle sursauta.

On venait de frapper chez elle…

Un frisson courut le long de son échine. Pourtant, courageusement, elle se dirigea vers la porte. De toute façon, tout valait mieux que de continuer à songer à J.T. et à ce qu'ils avaient perdu, tous les deux.

La prudence s'imposant, elle colla sa prunelle contre le judas. Et reconnut instantanément le concierge de l'immeuble.

Il lui sourit, sachant qu'elle le regardait.

— Charles ! s'écria-t-elle.

— Du courrier est arrivé pour vous. Délivré par coursier. De la part de Pen-TV. Je le dépose sur le paillasson. Bonsoir.

— Merci, dit-elle en déverrouillant sa porte.

Quand elle l'ouvrit, Charles pénétrait déjà dans l'ascenseur. Elle ramassa le colis et de nouveau se barricada soigneusement chez elle.

Au toucher, elle devina qu'il s'agissait d'une cassette vidéo. Elle déchira l'enveloppe.

Bingo !

Un billet tomba alors sur le sol et elle se pencha pour le

ramasser… « J'ai trouvé ça sur ton bureau, j'ai pensé que c'était important. » C'était signé Janine, son assistante.

Sur son bureau ?

Tiens, tiens…

Elle inspecta la cassette : elle ne comportait aucune étiquette. De plus en plus curieux.

Que pouvait-elle bien contenir ?

Quelqu'un avait dû la déposer sur son bureau. Autant la visionner sans tarder pour comprendre de quoi il s'agissait.

Elle alluma alors la télévision, introduisit la cassette dans son magnétoscope et, munie des télécommandes des deux appareils, s'assit sur le canapé…

L'image du palais royal s'afficha brusquement sur toute la grandeur de l'écran.

Elle ne put retenir un frisson.

Sur la bande-son, on entendait le trafic de la rue, les chants des oiseaux et le souffle du vent.

L'objectif effectuait à présent un lent zoom.

Soudain, Jade apparut sur l'écran, avec Harry. Elle était en grande discussion avec le garde, à travers les grilles. On la voyait ensuite secouer les grilles, geste dérisoire, et J.T. entrait en scène.

Comme il était étrange de revivre cette scène sous cet angle !

Ses cheveux volaient au vent. Soudain, un nouveau zoom la ramenait au premier plan. Bientôt, il n'y eut plus qu'elle sur l'écran.

Séparée de J.T. et du reste du monde.

Capturée par l'œil de la caméra !

Puis celle-ci balaya son corps, de haut en bas et vice versa. L'obsession de l'homme qui la traquait était presque palpable, comme s'il avait été présent dans la pièce.

Soudain, elle se figea.

Elle entendait la respiration lourde du sournois cameraman. Elle manqua pousser un cri.

Le film se terminait sur un fondu en bleu.

Ce bleu vif la tira de sa stupeur. Elle appuya sur le bouton

« Eject » et retira la cassette du magnétoscope comme si celle-ci était empoisonnée.

Le silence de la nuit l'enveloppa alors comme une menace. Les rideaux continuaient à voltiger au vent, dans un effort pathétique pour prendre leur envol. Se rendant compte qu'un intrus aurait pu s'introduire par la baie ouverte, elle se précipita pour la fermer.

Bien sûr, il aurait fallu que l'homme qui la traquait escaladât trois étages, tel Spiderman. Mais avec ce genre de détraqué, il fallait s'attendre à tout !

Une fois qu'elle l'eut refermée, elle resta un long moment appuyée contre la vitre, à contempler son appartement. Pour la première fois, elle ne vit pas l'appartement confortable et meublé avec goût qui était le sien, mais un sanctuaire… envahi par une menace qu'elle était incapable d'identifier.

Elle eut soudain terriblement envie d'appeler J.T.

J.T. avait l'intuition que cet entretien n'allait pas lui plaire. Assis en face de son supérieur, il laissait son esprit vagabonder tandis que Franklin Vaucour répondait au téléphone.

La cinquantaine passée, Franklin possédait l'étonnante vigueur d'un jeune homme de vingt-cinq ans. Cela tenait sans doute à des années de discipline. Tout comme J.T., Franklin était entièrement dévoué à son travail. Sur ce terrain-là, les deux hommes se comprenaient.

Le soleil du matin filtrait par les fenêtres du bureau de la sécurité, situé au rez-de-chaussée du palais. Les murs lambrissés chatoyaient doucement sous la lumière et la patine du temps. Des certificats et des proclamations royales y étaient épinglés et se mettaient à briller lorsque les rayons frappaient le verre qui les protégeait. Des centaines de volumes en cuir se pressaient sur les étagères.

L'IRR — Institut royal de renseignements — veillait à la sécurité et à la sûreté de la famille royale. Les gardes, tout comme leur chef, J.T., avaient été triés sur le volet et étaient tous issus de l'armée de Penwick.

Dans la pièce attenante se trouvait le bureau du roi.

En son absence, son fidèle secrétaire, sir Selwyn, ne manquait pas à l'appel.

Enfin, Franklin raccrocha.

S'appuyant contre son dossier, il demanda :

— Qu'est-ce que c'est que cette histoire ? On me rapporte qu'hier tu as eu une altercation avec une journaliste devant les grilles du palais.

J.T. n'aurait pas dû être surpris, dans la mesure où peu de choses échappaient à la vigilance de Vaucour. N'était-ce d'ailleurs pas pour cette raison qu'il chapeautait l'IRR ?

— Il ne s'agissait pas véritablement d'une altercation. Elle voulait entrer, je m'y suis opposé et elle est partie.

— Oui, j'ai bien compris. Le problème, c'est que nous ne pouvons pas nous permettre d'offenser la presse.

— Cette journaliste était impossible. Le lieutenant Gimble devrait recevoir une décoration pour sa patience.

— Assez, Jeremy ! Tu sais comme moi que Jade Erickson est une journaliste fort populaire en ce moment.

Nerveux, J.T. croisa les jambes. Ses impressions se confirmaient. Il n'aimait pas du tout le tour que prenait la conversation.

— La reine ne manquerait pour rien au monde l'émission *Les gens de Penwick*.

— Ça, c'est de l'information ! ironisa J.T. Quel était le dernier sujet ? Les chats du palais ?

— Peu importe, fit Franklin. Une chose est sûre : ton ex-femme a réussi à se faire un nom.

— Je sais !

Peu de personnes sur cette île étaient au courant de leur mariage passé. Ils avaient divorcé bien avant que Jade ne devienne une star de la télévision. En tant que directeur de la cellule de sécurité, Vaucour connaissait forcément ce « détail » de la biographie de son subordonné. Néanmoins, c'était la première fois qu'il l'évoquait.

— Que préconises-tu ? reprit J.T. Tu ne veux tout de même pas que nous lui ouvrions les portes des appartements privés !

— Non, fit Franklin en tapotant distraitement sur son bureau. Du moins, pas tout de suite. Mais on ne va pas pouvoir différer éternellement. Ce que je te propose, pour temporiser, c'est de lui faire visiter l'aile du palais fermée au public. Peut-être que cela la calmera.

— Détrompe-toi, je connais Jade. Elle veut une interview et ne se contentera pas d'une compensation.

— L'interview n'est pas encore au programme !

Quelque chose dans son ton alarma J.T.

— Y a-t-il du nouveau au sujet du roi ?

— Hélas, non ! Mais nous devons faire notre possible pour alléger la tâche de la reine.

J.T. hocha la tête, attendant que Vaucour poursuive. De fait, ce dernier ajouta :

— Bref, cela, c'est du ressort de l'EER ! Nous, nous devons nous contenter de la sécurité.

L'EER était le sigle de l'Equipe d'élite royale dédiée aux affaires politiques.

— Je comprends, fit J.T., tout en se demandant exactement où Vaucour voulait en venir.

A cet instant, celui-ci éclata d'un rire sec et se planta devant lui.

— J'en doute, fit-il, sinon tu ne serais pas aussi calme.

— Que se passe-t-il, Franklin ?

— Il faut que tu divertisses ton ex-femme, voilà ce qui se passe.

— Cela ne fait pas partie de mes fonctions, rétorqua J.T.

Abasourdi, il tentait de ravaler sa colère, se rappelant que quelle que soit l'estime que lui portait Vaucour, il n'en restait pas moins un supérieur.

— Tu la connais bien. Tu sais comment détourner son attention. Comment la rendre heureuse.

S'il avait su comment la rendre heureuse, pensa J.T., ils auraient encore été mariés aujourd'hui ! Non, c'était vraiment une mauvaise idée.

Une très mauvaise idée.

Et il ne se gêna pas pour le lui dire.

— Ça ne marchera pas. Jade ne me porte pas du tout dans son cœur.

— Fais un effort pour lui être agréable.

— Et ensuite ?

— Ensuite, elle aura son interview et on sera débarrassés.

Si seulement !

Depuis qu'ils s'étaient revus à travers les grilles du palais, il n'avait pas cessé un instant de penser à elle. Elle hantait chacune de ses pensées, le traquait jusque dans ses rêves, l'envahissait au point qu'il ne pouvait plus aspirer la moindre bouffée d'air sans avoir l'impression de respirer son parfum.

Depuis ces fameuses retrouvailles, après trois ans d'absence, il n'avait soudain plus envie d'être « débarrassé » d'elle.

Et il en était le premier surpris.

Vaucour faisait les cent pas dans le bureau, sans le lâcher du regard.

— J'ai besoin de ta coopération, Jeremy. Et la reine aussi.

J.T. l'observa un instant. Dans les yeux de son supérieur, il pouvait lire le sérieux de la situation. Il était vrai qu'ils vivaient tous sous pression, depuis deux semaines, c'est-à-dire depuis que le roi avait été kidnappé.

Car telle était la raison du mystère qui planait sur le palais. Le roi n'était pas malade : il était porté disparu. Voilà pourquoi l'on préférait dans un premier temps tenir les journalistes à distance.

L'urgence était donc de calmer Jade afin qu'elle ne soupçonne pas la gravité de la situation. Allons, ce ne devait pas être une tâche insurmontable ! pensa-t-il pour se rassurer. Certes, leur histoire était tissée de disputes et de souffrances. Mais elle ne se résumait pas à cela !

Leur relation avait été unique.

Jamais il n'avait expérimenté une histoire si intense, si profonde avec aucune autre femme.

Néanmoins, Jade possédait un sacré caractère ! Elle avait le don de pousser l'homme le plus patient de la Terre dans ses retranchements. Elle ne renonçait jamais. La dernière preuve en date : quand elle avait secoué les grilles pourtant inébranlables du palais tout en le regardant sans ciller.

Rien ne l'intimidait.

Lui qui en général imposait le respect, de par son uniforme et sa fonction, entre autres choses, avait accusé l'affront.

Mais au fond, n'était-ce pas ce qu'il aimait en elle ? Le fait qu'elle ne se laisse intimider par rien ni personne ?…

Ce ne serait pas une femme facile à duper.

Et si Vaucour pensait qu'on pouvait la soudoyer en lui faisant visiter les jardins royaux, il se trompait lourdement.

Bon, si tout ce dont le palais avait besoin, c'était quelques jours de répit, il tenterait néanmoins de faire de son mieux. Peut-être que s'il manœuvrait adroitement, elle n'y verrait que du feu. Et puis, en passant un peu de temps en sa compagnie, il se pouvait aussi que l'attraction qu'il ressentait encore pour elle — ainsi qu'il avait pu le constater hier — meure de sa belle mort.

Peut-être était-ce ce dont ils avaient besoin, tous les deux : mettre un point final au processus de séparation entamé trois ans auparavant. En restant ensemble quelques jours, ils constateraient que leur relation n'existait plus.

Cette confrontation lui permettrait également de se pencher sur ses anciens démons, à savoir son machisme, qu'il reconnaissait désormais, sans en tirer la moindre fierté.

Oui, finalement, cette mission se révélait intéressante.

Tournant son regard vers Vaucour, il répondit :

— Très bien, je m'efforcerai de faire de mon mieux.

— Je savais que je pouvais compter sur toi, fit Franklin en souriant.

Quelques minutes plus tard, J.T. sortait du bureau de l'IRR et se dirigeait vers le corps de garde. Les rayons du soleil d'automne parvenaient enfin à percer le ciel nuageux.

« Profitons de l'accalmie », pensa-t-il. Car quelque chose lui disait que sa vie allait subir des influences orageuses…

- 3 -

Ce matin-là, lors du briefing avec son équipe, J.T. avait la tête ailleurs. Son esprit avait vagabondé jusqu'à Jade… Il l'imaginait aisément dans un vaste bureau, donnant des ordres à un bataillon de sous-fifres…

Une fois qu'elle aurait fini de jouer les cheftaines, elle se calerait dans son grand fauteuil de cuir, et, tout en sirotant un café bien serré, peaufinerait le stratagème destiné à saccager la vie de son ex-mari.

Il voyait déjà sa bouche fabuleuse se fendre d'un petit sourire…

Autour de lui, les membres de la sécurité commentaient entre leurs dents les ordres de la journée. Bon sang, de quoi pouvaient-ils donc se plaindre ? L'unique tâche qui leur incombait, c'était de protéger le palais royal. La routine en somme, avec les risques qu'elle incluait bien sûr, comme se retrouver nez à nez avec un forcené… qu'ils parviendraient de toute façon à maîtriser en un rien de temps !

Pour sa part, une autre paire de manches l'attendait. Il allait devoir faire face à la seule femme qui l'ait jamais rendu fou.

Ses doigts se crispèrent sur son stylo. Ce matin, par pur masochisme, il avait commencé la journée en regardant les infos sur Pen-TV. Et forcément, il avait vu le reportage de Jade. Son professionnalisme était indéniable.

Et quelle télégénie !

Elle fixait la caméra droit dans les yeux, un large sourire aux lèvres, tout en relatant avec une verve unique l'historique de grottes régionales, autrefois habitées par des contrebandiers.

Une lueur de malice s'était allumée dans sa prunelle

lorsqu'elle avait fait allusion à une croyance locale qui voulait que les fantômes des anciens pirates hantent encore aujourd'hui ces lieux sombres et humides.

Amusé, il s'était mis lui aussi à sourire… avant de se ressaisir brusquement ! Comment pouvait-il se laisser enjôler par ce sourire dont elle lui avait retiré l'exclusivité pour le dédier à la caméra ?

Dire qu'ils auraient pu être si heureux, tous les deux…

Il préférait également oublier la force éclatante de sa beauté au naturel, sa chevelure gonflée par le vent, son visage troublant zébré par les grilles, avec, en toile de fond, la mer mugissante. Une mer dont ses yeux vert foncé semblaient avoir emprisonné quelques vagues…

Assez !

Il devait se débarrasser de cette image obsédante.

Cesser de l'idéaliser.

De toute façon, elle allait bientôt reparaître en chair et en os, et son entêtement infatigable conjugué à sa forte personnalité finirait par l'agacer…

Forcément.

L'icône se briserait alors d'elle-même en mille morceaux.

Après une nuit des plus agitées, Jade n'avait guère envie de se voir une nouvelle fois refouler aux portes du palais.

Et encore moins d'être filmée à son insu par un psychopathe ! La vidéo l'avait plongée dans un tel malaise qu'elle avait passé une bonne partie de la nuit assise dans son lit, avec à portée de main son club de golf, la seule arme qu'elle eût trouvée.

Cela faisait des semaines qu'elle recevait des lettres anonymes. Des billets de plus en plus insidieux. Mais avec cette vidéo, une nouvelle étape avait été franchie.

Néanmoins, quel que fût leur auteur, elle ne permettrait pas qu'il lui mette des bâtons dans les roues et l'empêche d'effectuer son travail.

Un instant, elle avait songé à se terrer chez elle, puis s'était bien vite ravisée. Cette mise hors circuit délibérée aurait tout simplement signifié que la sinistre personne qui tentait de la terroriser avait atteint son but.

Pas question de capituler !

En outre, rien ne lui garantissait qu'en se cachant, elle serait à l'abri du danger. Peut-être était-il préférable, au contraire, de rester sous les feux de la rampe. Qui oserait venir l'enlever à Pen-TV ? Ou commettre un rapt sur sa personne devant la caméra ?

La meilleure solution, c'était encore de ne rien changer à ses habitudes et de faire comme si aucune menace ne planait.

Non, elle ne se laisserait pas impressionner !

Elle avait trop lutté pour exercer son métier, consenti à trop de sacrifices. Elle avait même renoncé à l'homme qu'elle aimait, c'était tout dire !

Elle assumait ses choix et personne ne la détournerait de sa route.

Ce matin, elle n'était pas allée aux studios. Au premier journal, la chaîne diffusait toujours un reportage préenregistré. En revanche, elle avait appelé Harry pour qu'il passe la prendre et la conduise au palais. Autant affronter le lion dans sa tanière aussi tôt que possible !

— Tout va bien ? lui demanda Harry tandis qu'ils filaient sur la rocade menant au palais.

— Super, répondit-elle en lissant sa jupe de toile kaki.

— Tu n'as pourtant pas l'air très bien.

— Merci, Harry ! On peut dire que tu sais parler aux femmes, railla-t-elle.

Harry et elle travaillaient ensemble depuis deux ans, et il était l'un de ses meilleurs amis, à Pen-TV. D'emblée, il avait remarqué qu'un souci la tracassait.

— Je trouve que tu as l'air fatiguée, insista-t-il.

Et elle qui croyait encore que les cosmétiques pouvaient faire des miracles ! Instinctivement, elle rabattit le pare-soleil et se regarda dans le petit miroir…

La barbe ! Harry avait raison.

En soupirant, elle releva le pare-soleil et concéda :

— Je n'ai pas beaucoup dormi, la nuit dernière.

— Tu as encore reçu une lettre ? lui demanda-t-il d'une voix tendue.

— Non, répondit-elle laconique.

Elle avait pris le parti de ne rien lui révéler au sujet de la cassette pour la simple et bonne raison qu'elle n'avait pas envie de l'inquiéter. Il se faisait déjà suffisamment de souci concernant les lettres anonymes ! En revanche, elle avait pris la vidéo dans l'intention de passer au poste de police, cet après-midi. Aux policiers, elle pourrait se confier sans état d'âme, étant donné qu'ils ne s'alarmaient nullement de la situation.

En outre, la cassette ne constituait pas la seule raison de son insomnie. J.T. y était aussi pour quelque chose ! Toute la nuit, son souvenir l'avait hantée et, dans un demi-sommeil, elle avait même eu l'impression de sentir les doigts de son ex-mari caresser son corps…

Comment se reposer, dans un tel état d'esprit ?

Si maintenant elle avait des hallucinations !

— Ouf, répondit Harry l'arrachant à ses méditations, voilà qui me rassure un peu ! Mais dis-moi, Jade, pourquoi tiens-tu à ce que nous nous rendions au palais de si bon matin ?

— Je veux le prendre de court. Il m'attend en soirée, je vais me présenter à la première heure.

Harry ne répondit pas immédiatement. Sans mot dire, il s'arrêta à un passage clouté pour laisser passer un groupe d'enfants. Leurs éclats de rire flottaient encore dans l'air lorsqu'il déclara :

— Honnêtement, je ne pense pas que ce soit le genre d'homme à se laisser prendre de court.

— Je le connais mieux que tu ne crois, marmonna-t-elle en fixant la route. Et puis, il y a un début à tout.

— Si tu le dis… Tout comme la foudre peut vous tomber dessus à chaque instant, ou une voiture vous renverser à chaque coin de rue…

— Voilà, tu as tout compris, approuva-t-elle en éclatant de rire.

Comme il garait le 4x4 sur l'aire réservée aux autobus de visiteurs, aux portes du palais, Harry la jaugea un instant, puis déclara :

— Je doute que lui te comprenne aussi bien. Et même si tu déploies tous tes charmes, à mon avis, on ne te laissera pas entrer.

A travers le pare-brise, elle contempla le palais, qui s'élevait dans toute sa majesté à une centaine de mètres du 4x4. Des sentinelles montaient la garde de part et d'autre des grilles, fusil sur l'épaule. Et aucune d'elles ne semblait particulièrement amène !

Néanmoins, en tant que sujette de Penwick, elle pouvait accéder à l'aile publique du palais sans avoir fait de demande préalable. Aussi pourrait-elle passer les fameuses grilles qui, hier soir, étaient déjà closes quand elle était arrivée.

Et qui sait, une fois à l'intérieur, ce qui pouvait se produire ?

Elle prendrait tranquillement son billet à l'entrée, attendrait l'heure de la prochaine visite groupée — puisque seul ce genre de visite était autorisé — et ensuite, eh bien, en allant aux toilettes, par exemple, elle pourrait s'égarer dans les dédales du palais…

Et si, par le plus grand des hasards, elle se retrouvait dans les appartements privés de la famille royale, qui pourrait la blâmer pour son sens de l'orientation défaillant ?

Franchement il ne pouvait rien lui arriver de grave.

Et d'ailleurs, qu'avait-elle à perdre ?

— A quoi penses-tu ? lui demanda soudain Harry. Je n'aime pas trop la lueur qui brille dans tes yeux, en ce moment…

— Aujourd'hui, lui annonça-t-elle dans un sourire désarmant, je vais m'introduire dans le palais.

— Tu tiens réellement à ce qu'on nous arrête ? fit Harry d'un ton lugubre.

— On demandera des cellules voisines, lança-t-elle alors d'un air moqueur. Et puis ce serait une excellente occasion de visiter le donjon.

— Quelle consolation !

— Allons, Harry, détends-toi ! T'ai-je jamais entraîné dans une sale histoire ?

— Voyons voir, fit-il en fronçant les sourcils.

Il fit alors mine de se remémorer les aventures dans lesquelles Jade l'avait entraîné. Mais tous deux savaient pertinemment qu'il n'avait nul besoin d'interroger longuement sa mémoire ! Les exemples étaient en surnombre !

D'un œil malicieux, il enchaîna :

— Il y a eu le reportage sur la marine royale, lorsque nous nous sommes retrouvés bloqués sous le pont du porte-avions au moment où l'avion décollait.

— Oh, ce fut l'histoire d'une petite heure ! Ensuite on nous a délivrés.

— Je te l'accorde, mais cette heure-là m'a semblé une éternité. Un autre exemple, peut-être ? Le reportage sur la montgolfière, lorsque, *accidentellement*, tu as tiré sur la corde et que le ballon s'est envolé… avec nous dans la nacelle !

— Eh bien quoi ? Nous avons atterri sans problème.

En outre, ce reportage avait remporté un vif succès. Bon, d'accord, elle concédait qu'elle n'était pas une partenaire de tout repos et que son côté baroudeur pouvait parfois faire trembler Harry. Néanmoins, elle était persuadée qu'il appréciait lui aussi le tandem qu'ils formaient.

— Ensuite, poursuivit Harry en lui jetant un regard en biais, il y a eu la fois où…

— C'est bon, Harry, fit-elle en levant les bras, un sourire aux lèvres, je capitule. Nous avons connu ensemble quelques mésaventures, mais finalement, nous avons survécu, non ?

— Selon le dicton, Dieu protège les fous et les ivrognes.

— Dans la mesure où je ne bois pas, je ne vois absolument pas dans quelle catégorie tu me ranges, fit-elle en toute mauvaise foi.

— Pour ma part, j'avoue qu'il me faut parfois quelques remontants pour me remettre des émotions que tu me procures !

Elle osa un timide sourire.

— Allons, Harry, on arrête là les souvenirs de guerre, d'accord ? On a du pain sur la planche.

— Franchement, Jade, je ne comprends pas la raison de ton obstination. Pourquoi tiens-tu absolument à obtenir cette interview ? On dirait presque que ta vie en dépend.

Il s'interrompit un instant, tandis qu'elle détournait les yeux en arborant un air de profond ennui. Tant pis si elle l'assimilait à un moraliste ! Il lui dirait jusqu'au bout ce qu'il pensait de son attitude.

— Franchement, je ne saisis pas l'urgence de cet entretien, poursuivit-il. Lorsque le roi sera rétabli, la reine représentera une bien meilleure interlocutrice dans la mesure où elle se réjouira d'être porteuse d'une bonne nouvelle.

— C'est justement le défi à relever qui m'intéresse.

Et c'était précisément pour ce genre de gageure qu'elle avait divorcé, ajouta-t-elle *in petto*. D'ailleurs, grâce à ses scoops, elle occupait aujourd'hui une place privilégiée à Pen-TV. Au rayon faits divers, elle avait déjà donné. Les chiens écrasés et les pyromanes, merci beaucoup, ce n'était plus au programme ! Elle n'avait pas quitté J.T. pour être une journaliste médiocre, mais devait constamment se surpasser, seul moyen de justifier son divorce à ses propres yeux.

Détachant sa ceinture, elle ouvrit la portière et sauta hors du 4x4.

— Je vais voir à quelle heure a lieu la prochaine visite guidée, annonça-t-elle. A moins que je ne croise Jeremy Wainwright et qu'il ne m'accorde une visite en solo.

— Tout cela ne me dit rien qui vaille, observa Harry.

— Cesse de jouer les Cassandre, lui conseilla-t-elle en rajustant sa saharienne accordée à sa jupe. A tout à l'heure. Rejoins-moi aux grilles avec la caméra.

Là-dessus, elle s'éloigna, presque insouciante, en faisant claquer ses talons sur les pavés. Hochant la tête d'un air sceptique, il descendit à son tour du 4x4 pour aller chercher le matériel à l'arrière.

*
* *

J.T. la regarda s'approcher des grilles, nullement surpris de la voir revenir à l'assaut de si bonne heure. Elle était si entêtée ! Comme lui, en somme, pensa-t-il tendrement. De fait, il savait qu'elle débarquerait à la première heure. Jade ne renonçait jamais. Leur mariage avait été l'exception qui confirme la règle.

Waouh, quelle femme !

Elle était encore plus belle qu'au premier jour. Et pourtant, il aurait juré alors qu'elle était au summum de sa beauté.

Sa silhouette aurait été capable de tenter un saint !

Sa chevelure, lascivement agitée par le vent, cascadait sur sa veste kaki tandis que ses élégants escarpins renforçaient sa démarche ondoyante.

Mon Dieu, pensa-t-il, comment les femmes pouvaient-elles se jucher sur de si hauts talons ?

Encore que…

Il aurait été de mauvaise foi de s'en plaindre. Au contraire, il leur était plutôt reconnaissant d'accepter un tel sacrifice pour avoir l'air plus sexy.

Son regard glissa sur les jambes de Jade…

Un regard des plus appréciateurs.

Puis il releva la tête…

Même à cette distance, il lui était aisé de lire la détermination qui animait ses yeux vert océan.

Pourtant, elle n'était pas la seule à devoir faire son métier, pensa-t-il en se rapprochant à son tour des grilles. Sa tâche à lui, c'était de la distraire ! Il allait donc s'y atteler.

D'un geste de la main, il ordonna aux deux gardes de reculer et se planta devant la grille…

— Bonjour, J.T.

— Salut, Jade.

Désignant les grilles, elle déclara :

— Je constate que nous sommes toujours dans la même impasse…

— Au contraire, lui dit-il.

Il eut alors le plaisir de voir briller une étincelle de curiosité dans ses prunelles.

— Vraiment ? fit-elle. Parce que, de mon point de vue, je suis toujours du mauvais côté de la barrière.

— Nous n'avons jamais été du même côté, n'est-ce pas, Jade ? C'est là tout notre problème.

— J.T., je…

— Allons, aujourd'hui, peut-être allons-nous pouvoir y remédier.

Cette fois, la suspicion qui traversa les yeux de la belle Jade lui donna envie de sourire. En un rien de temps, il ouvrit les grilles et l'invita à entrer. Elle demeura immobile, laissant son regard dériver vers les grilles ouvertes, avant de le fixer de nouveau sur lui.

— Que se passe-t-il ?

— Permets-moi de te retourner la question, fit-il en prenant son air le plus innocent. Ne me fais-tu pas confiance, Jade ?

— Devrais-je ?

A ces mots, J.T. éclata de rire.

Bon sang, ce qu'elle lui avait manqué !

Tout en elle lui avait manqué. Ses colères, son affection, son rire… Dieu sait pourtant s'il avait tenté de juguler sa nostalgie ! Et voilà qu'il était revenu au point de départ : totalement livré au charme de cette sublime créature.

— Allons, Jade, tu vas finir par me blesser…

— Te blesser ? Pour cela, il me faudrait un lance-flammes.

De nouveau, il se mit à rire, sans se soucier du regard étonné des gardes.

Puis il franchit les grilles, et vint se placer tout près d'elle pour l'inviter à entrer. Si près, qu'il aurait juré que la chaleur qui émanait du corps de Jade se communiquait au sien…

Et puis il y avait ce parfum…

Une onde fleurie tournoyait autour de lui, cherchant à l'assaillir par son point faible.

Soudain, son œil d'aigle se posa sur le cameraman qui, caméra sous le bras, se dépêchait de les rejoindre. Jade suivit son regard et déclara :

— C'est Harry, mon équipier. Vous avez déjà fait connaissance hier, tu te rappelles ?

— Oui, je m'en souviens…

En réalité, il n'avait pas envisagé la présence de ce collègue encombrant. Il devait à tout prix se débarrasser de lui. Aussi ajouta-t-il :

— Ecoute, Jade, on m'a donné le feu vert pour une petite visite dans les jardins privés, mais l'autorisation vaut uniquement pour toi et sans caméra.

Elle leva les yeux vers lui, et le fait qu'elle dût incliner la tête en arrière pour le regarder le remplit de satisfaction. Même si, hélas, sa taille imposante ne l'avait jamais impressionnée !

— Pardon ? dit-elle sur le ton de la dérision. Un tour dans les jardins privés ? Tu te paies ma tête ? Je veux une interview avec la reine. Les jardins, j'ai déjà fait un reportage dessus le mois dernier !

— Navré, ta visite se bornera aux jardins.

— Il me faut autre chose à me mettre sous la dent, J.T. Si je n'obtiens pas cette interview, la chaîne enverra un autre journaliste à ma place.

— Est-ce une menace ?

— Non, une promesse. On pourrait très bien t'adresser Vincent Battle.

— Oh, rien que ça ! C'est donc bien une menace. Un journaliste sans la moindre déontologie, qui est la honte de Pen-TV.

— Tu vois, fit-elle d'un ton triomphant, nous sommes d'accord sur un point : il est préférable que ce soit moi !

— Désolé, on en restera aux jardins.

A ces mots, elle planta un poing sur sa hanche. De toute évidence, elle luttait contre ses pulsions et refrénait sa fureur. Néanmoins, les éclairs qui dansaient dans ses yeux trahissaient sa colère. Jade était une véritable ode à la vie, pensa-t-il alors. Elle vibrait de toute part. Malgré lui, il coula un regard vers son chemisier couleur abricot, dont la soie caressait ses seins…

Le désir creusa ses reins.

Passant rapidement une main sur son visage pour revenir à lui, il déclara :

— Ecoute, je ne peux rien te promettre, mais si tu acceptes d'être patiente pendant quelques jours…

— Patiente ? reprit-elle en écho comme s'il s'agissait d'un mot étranger dont elle ne saisissait pas bien le sens.

— Accepte mon offre, Jade. C'est la seule que je puisse te faire.

Ses yeux avaient maintenant la couleur des jours où l'orage donne un baiser à la mer.

— J.T., demanda-t-elle alors, ai-je vraiment quelque chose à espérer de cette visite privée, ou bien représente-t-elle juste pour toi un moyen de te débarrasser de moi ?

Elle le fixait avec intensité, tentant d'évaluer si elle devait ou non accepter le marché. Difficile d'être rationnelle face à cet homme, au langage sensuel de son corps et à la sublime raucité de sa voix.

Etait-elle la seule à se rappeler les jours anciens, l'époque bénie du bonheur ? Est-ce que lui aussi se souvenait du temps merveilleux mais bien trop court qu'ils avaient passé ensemble ?

— Eh bien, reprit-il sans répondre à ses interrogations, acceptes-tu mon offre ?

— Quelle offre ? demanda alors Harry en se rapprochant d'eux.

— Pas de caméra, donc ? fit Jade s'adressant toujours à J.T., sans accorder la moindre attention à son vieux compagnon de route.

— Comment cela, pas de caméra ? s'insurgea ce dernier. Nous faisons de la télévision, pas de la radio !

— Essaie de convaincre M. Wainwright, rétorqua Jade les yeux toujours rivés sur J.T.

— C'est la seule proposition que je puisse te faire, Jade. A prendre… ou à laisser.

Jade ne risqua pas un œil vers Harry. Elle savait quelle relation il entretenait avec sa caméra. Elle faisait corps avec lui, et il ne concevait pas une visite sans elle. Certes, elle aurait dû être solidaire, car ils formaient une équipe…

D'un autre côté, ne devait-elle pas tirer profit de l'aubaine ?

Leurs yeux étaient toujours enchaînés… Elle sentit l'air

vibrer entre eux, comme un paysage tremblote sous une chaleur trop vive. Elle avait tellement rêvé de revoir l'homme qu'elle avait aimé éperdument, autrefois. Or, à présent que cette rencontre avait eu lieu, elle éprouvait une sorte de crainte, qui lui dictait de faire machine arrière.

Pire : de prendre ses jambes à son cou et de s'enfuir…

Allons, elle n'allait pas réitérer son erreur et fuir encore ! Non, cette fois, elle l'affronterait. Si seulement elle pouvait maîtriser ses pulsions et les empêcher de se réveiller à toute vitesse chaque fois qu'elle se tenait près de lui !

Hélas, elle craignait que cela fût un vœu pieux… !

O.K., elle allait accepter sa proposition.

Avait-elle le choix ?

Soit elle visitait les jardins privés en sa compagnie, soit elle attendait la prochaine visite guidée. Avec J.T., cependant, elle pourrait aller au-delà du parcours habituel. Et puis, pensa-t-elle en sondant attentivement son regard, elle pourrait toujours lui fausser compagnie sous le prétexte d'aller aux toilettes. Comme ce qu'elle avait envisagé de faire avec un groupe.

Cette idée fermement ancrée dans son cerveau, elle se tourna vers Harry et lui dit :

— Tu peux rentrer à la chaîne. Je prendrai un taxi lorsque j'aurai terminé.

Harry grommela dans sa barbe, mais ne bougea pas d'un pouce. Quelques secondes plus tard, Jade tendait sa main droite à J.T. en lui disant :

— Marché conclu !

Lorsqu'il lui prit la main, une coulée de chaleur se répandit instantanément le long de son bras, et embrasa bientôt le reste de son corps.

La violence du choc la stupéfia.

Et, aux yeux de J.T., elle comprit que ce contact lui avait fait exactement le même effet qu'à elle. Quelle surprise leur réservait encore cette visite ?

- 4 -

Dès l'instant où Jade retira sa main, J.T. éprouva une sensation de perte. La chaleur qui imprégnait ses doigts perdura, une chaleur qu'il n'avait plus connue depuis trois ans.

Scrutant ses prunelles, il détecta aisément chez elle le même trouble et comprit également qu'à son exemple, elle préférait l'ignorer.

Curieux, tout de même, que le destin les réunisse après tout ce temps ! Ultime ironie du sort : elle l'avait abandonné pour assouvir sa soif de carrière, et voici que son métier, précisément, les mettait de nouveau en présence — et en opposition.

— Jade…

C'était Harry qui tentait une nouvelle fois de plaider sa cause.

— Ecoute, Harry, lui dit-elle, je vais visiter les jardins avec J.T., ainsi qu'il me l'a proposé.

— Dans quel intérêt, puisque nous ne pouvons pas filmer ? objecta le cameraman.

A cet instant, Jade se rapprocha de lui et, le prenant par le bras, l'entraîna à l'abri des oreilles indiscrètes de J.T.

— Je joue le jeu pour obtenir davantage, tu comprends ? Instaurer une confiance qui nous permettra ensuite d'arriver à nos fins.

Harry lança une œillade sceptique à l'imposante silhouette qui scrutait avec attention le petit conciliabule, puis conclut :

— Je doute que cet homme te facilite la tâche.

La bonne blague !

J.T. lui avait toujours compliqué la vie, alors un peu plus ou un peu moins… En somme, c'était une question de routine.

Jetant un coup d'œil sur sa montre, elle déclara avec détermination :

— Il est 9 heures, je serai de retour à la chaîne vers midi. Déjeunons ensemble, d'accord ?

Harry acquiesça du chef, mais il était manifeste que le tour que prenaient les événements ne lui plaisait guère. Néanmoins, sans insister, il regagna le 4x4.

Elle le regarda s'éloigner non sans un petit pincement au cœur.

Avait-elle raison de rester ? se demanda-t-elle subitement.

La perspective de rentrer avec Harry puis de mettre au point ses reportages de la semaine suivante, confortablement installée derrière son bureau, lui parut un instant bien plus tentante que de passer une matinée en compagnie de J.T.

Ou à tout le moins plus relaxante…

Allons !

Son ex-mari représentait pour elle l'unique moyen de s'introduire dans le palais… et d'obtenir une interview de la reine.

Forte de cette pensée, elle revint vers J.T. Arrivée à sa hauteur, elle se campa devant lui et demanda d'un air presque défiant :

— Prêt ?

— Plus que jamais, répondit-il.

Et il s'effaça pour la laisser passer.

Une heure et demie plus tard, Jade saturait.

Elle avait contemplé bien plus de rosiers et de statues qu'elle n'en verrait durant tout le reste de son existence. Assurément, les jardins royaux étaient splendides. Pas la moindre mauvaise herbe n'échappait aux soins des jardiniers. Aucune feuille égarée ne venait moucheter les sentiers en pierre blanche. Chaque rose était un modèle de perfection, et un filtre invisible paraissait tamiser le soleil qui baignait cet enclos paradisiaque.

Des statues en marbre, sculptées des siècles plus tôt, se dressaient dans toute leur splendeur à intervalles réguliers, aussi magnifiques et virginales qu'au premier jour.

De l'eau jaillissait des fontaines et une agréable brise marine se glissait subrepticement au-dessus des hauts murs d'enceinte pour inonder le tout d'une douceur indicible.

Pour sensible qu'elle fût à cette beauté, Jade n'en perdait pas son but de vue. Ses yeux demeuraient rivés aux parois de verre qui longeaient les jardins sur toute une longueur. Car, derrière ces vitres mystérieuses, se trouvaient les appartements privés de la famille royale et les personnes qu'elle souhaitait interviewer…

Si proches et si inaccessibles à la fois.

J.T. ne la lâchait pas d'une semelle. Et en sa compagnie, le souvenir du bon vieux temps lui revenait par bouffées. Elle se rappelait les promenades qu'ils faisaient en amoureux, le long de la côte… Une merveilleuse sensation de paix et de sécurité l'enveloppait alors tandis qu'une faim indéfinissable la tenaillait.

Aujourd'hui, tout était différent.

L'intimité les avait désertés.

Seules demeuraient les réminiscences vaporeuses d'un bref mariage qui n'aurait jamais dû avoir lieu.

— Le marbre utilisé pour ces statues provient des montagnes Aronleigh, lui disait J.T.

— Oui, je le sais déjà, fit-elle d'un ton ennuyé.

— Navré.

Quel hypocrite ! pensa-t-elle. Il n'avait nullement l'air désolé. Bien au contraire, il paraissait amusé. Comme si la frustration qu'elle ressentait durant cette visite lui procurait à lui un certain plaisir.

Et dire que, quelques minutes plus tôt, elle éprouvait comme une nostalgie du bon vieux temps ! Quelle idiote !

— Tout cela, c'est très joli, J.T., mais ces jardins enchanteurs font partie du patrimoine de l'île, et les enfants de Penwick sont initiés à leur architectonique dès leur première année de primaire.

— Je te l'accorde. Néanmoins, rares sont ceux qui ont le privilège de venir les visiter.

— Une rose est une rose, quel que soit l'endroit où elle pousse, décréta-t-elle alors, agacée.

Fourrant les mains dans ses poches, il aspira une large bouffée d'air et admit tout à trac :

— Oui, je sais, moi aussi cette visite me barbe.

— Alors pourquoi la faisons-nous, si elle nous ennuie tous les deux ?

— Parce que tu ne veux pas partir, répondit-il en lui lançant un regard noir.

De toute évidence, il la souhaitait au diable ! Ce qui n'avait pas toujours été le cas…

A cet instant, Jade se dirigea vers un banc situé près d'une fontaine où un dauphin de marbre rejetait artistiquement de l'eau par la bouche.

— Je ne *peux* pas partir, décréta-t-elle.

— Pourtant, tu n'as pas toujours eu des difficultés à partir…

— Pendant combien de temps encore vas-tu me rappeler cela ?

— Combien de temps avons-nous devant nous ?

— J.T., pour l'amour du ciel ! s'exclama-t-elle, désarmée.

Un curieux sentiment s'empara alors de son être : sans comprendre pourquoi, elle éprouva l'urgente envie de se lover contre lui et de sentir ses mains viriles et habiles reprendre possession de son corps brûlant.

Là, sur-le-champ !

Mon Dieu, d'où lui venaient ces terribles pulsions ? se lamenta-t-elle en lissant prudemment sa jupe et en la ramenant sagement sur ses genoux.

— Nous étions alors des enfants, plaida-t-elle.

— Tu avais vingt-cinq ans, et moi vingt-neuf. Nous étions trop âgés pour être encore des enfants.

— Tu as raison ! fit-elle sèchement. En ce qui te concerne, j'ai l'impression que tu n'as jamais été un enfant mais que tu es né adulte !

— Merci, c'est charmant !

— C'est vrai, insista-t-elle. Toi, tu as toujours su où tu voulais aller, quels étaient tes buts. A l'époque, je sortais de la fac, je me cherchais encore.

Ses études avaient duré plus que la normale, car, parallèlement, il lui avait fallu travailler pour payer la fac. Une fois diplômée, elle avait rencontré J.T., et avait été emportée par un fougueux tourbillon d'amour et de désir.

Six mois plus tard, ils étaient mariés.

Quatre semaines après, Jade désertait le foyer conjugal.

Et depuis, plus rien n'avait été comme avant pour elle.

— Tu savais au moins que tu voulais m'épouser, murmura-t-il en prenant place à côté d'elle.

— Ce que je voulais, c'était être auprès de toi. Tu m'étais aussi vital que l'air que je respirais. Tu m'as entraînée dans le mariage sans que je comprenne ce qui m'arrivait.

— Donc, si je comprends bien, c'est ma faute.

— Je n'ai pas dit cela.

— Bien sûr que si ! A t'entendre, c'est par la ruse que je t'ai contrainte au mariage.

— Non, juste par la force de tes baisers, constata-t-elle dépitée.

Il l'avait subjuguée au point qu'elle aurait pu le suivre sur la lune s'il le lui avait demandé. Alors le mariage, puisqu'il y tenait… elle avait acquiescé les yeux fermés !

Quel enseignement devait-elle en tirer ?

Qu'elle était dépourvue de volonté ?

Peut-être… Du moins, en ce qui concernait J.T.

Et de toute façon, cette faiblesse appartenait au passé, s'empressa-t-elle d'ajouter à son raisonnement. Depuis, elle avait mûri, évolué. O.K. ?

— Ce n'était la faute de personne, finit-elle par dire, d'une voix à peine audible. Notre couple n'a pas marché, c'est tout.

— Parce que tu n'as pas fait d'efforts.

— Non ! se récria-t-elle. Parce que je refusais de voir le monde par le petit bout de *ta* lorgnette !

— Je doute qu'un mariage éclair de quatre semaines soit suffisant pour déduire qu'il y a incompatibilité entre deux êtres.

— Allez, J.T., reconnais-le : tu voulais faire de moi une femme au foyer. Tu ne m'écoutais pas quand je t'affirmais que j'aspirais à autre chose.

— Je voulais te protéger, c'est tout, se défendit-il.

— J'étais assez grande pour prendre soin de moi !

— Tu ne nous as pas donné une chance, lui reprocha-t-il durement. Tu n'as pas attendu que nous trouvions un équilibre.

— Un équilibre ?

Elle laissa fuser un petit rire sec avant de reprendre :

— Je t'en conjure, J.T., n'emploie pas des termes dont tu ignores le sens. Tu voulais m'imposer *ta* conception de la vie. Or, elle ne me convenait pas, voilà pourquoi je suis partie !

— C'était une démission, Jade, tu as renoncé.

Elle sentait la fureur l'envahir progressivement, lui nouer la gorge comme elle tentait de la maîtriser. Elle serra les mâchoires pour éviter de crier sa façon de penser.

Bon sang ! Comment faisait-il pour allumer de telles colères en elle, des colères si lourdes de conséquences.

Il était resté fidèle à lui-même, pensa-t-elle rageuse, toujours aussi intransigeant. En revanche, elle, elle avait changé !

Secouant la tête, elle répondit :

— Je n'ai pas envie de rentrer dans ton jeu, J.T. Cette époque-là est révolue.

Brusquement, elle se leva, décidée à ramener la conversation sur un terrain plus actuel. Elle aspira de larges bouffées d'air avant de poursuivre :

— Je suis ici pour faire mon travail, J.T. Pas pour me quereller avec toi. Tout pourrait être si simple !

A son tour, il se leva et rétorqua, ironique :

— Effectivement, si on répondait favorablement à tes exigences insensées !

Une fois de plus, sa voix rauque la fit frissonner insidieusement, mais elle préféra l'ignorer.

— Ma requête est tout à fait raisonnable, se défendit-elle.

Plongeant son regard dans le sien, il demanda alors :

— Ne t'a-t-il jamais traversé l'esprit que Sa Majesté pouvait avoir une bonne raison de refuser les interviews ?

— L'opinion publique…

— A le droit de savoir, je sais. C'est l'éternel refrain des journalistes dès qu'ils n'obtiennent pas ce qu'ils veulent.

— C'est la vérité, c'est tout.

— Peut-être, tout comme les gens ont droit à une vie privée.

— La famille royale ne fait pas partie des gens ordinaires, objecta-t-elle alors. C'est elle qui fait l'actualité.

— Elle n'en est pas moins composée de personnes, d'êtres humains.

Leurs regards butés se croisèrent. Décidément, ils ne s'en sortaient pas. Ils échouaient toujours sur les mêmes écueils : soit leur mariage raté, soit le droit à l'information ou à la vie privée.

— Je n'ai pas l'intention de verser dans le voyeurisme, l'informa-t-elle. Je veux juste faire mon métier et rassembler des informations susceptibles de rassurer mes concitoyens sur leur souverain et leur île. Qu'y a-t-il de répréhensible dans cette démarche ?

Excédée, elle haussa les épaules et lui tourna le dos.

Et sentit bientôt sa main impérieuse se poser sur son épaule… Il la contraignit à se retourner.

— Ah, c'est donc d'altruisme qu'il s'agit ? Tu ne cherches pas à faire un scoop et à parader derrière la caméra, mais tu agis uniquement dans l'intérêt de tes compatriotes. Excuse-moi, je n'avais pas compris.

Il va sans dire que son ton était des plus ironiques.

En outre, ses deux mains agrippaient à présent les épaules de Jade et elle sentait l'empreinte de ses doigts à travers l'étoffe de ses vêtements, comme s'il la marquait au sceau de sa chaleur.

Il lui fallut deux ou trois secondes pour réagir.

— Tu as raison. Je n'agis pas uniquement au nom du droit à l'information des gens de Penwick mais aussi parce que c'est mon métier. Et je ne veux pas laisser passer une seule occasion d'asseoir une carrière pour…

Elle s'interrompit brusquement, confuse.

— Pour laquelle tu m'as quitté, c'est cela ?

— J.T., on ne va pas recommencer !

— O.K., restons-en là pour l'instant.

Pour l'instant ?

Au fond, elle n'était pas pressée de rompre le contact. Et les mains de J.T. sur ses épaules étaient si rassurantes… Elle savourait sans se poser de questions la chaleur qui passait directement des doigts de J.T. à ses veines.

Cela faisait si longtemps !

Et tandis que des spirales de chaleur se formaient en elle, des sueurs froides se mirent néanmoins à couler dans son dos… Sa bouche s'assécha et ses jambes faiblirent.

Tout en elle lui criait de faire un pas en avant, de se presser contre son torse si puissant et si rassurant, et de se laisser enlacer par ses bras musclés.

Elle mourait d'envie de poser la tête sur sa poitrine et d'entendre les battements réguliers de son cœur. Histoire de se rappeler combien il était doux, autrefois, de s'endormir tranquillement dans ses bras, après l'amour…

La violence de son désir l'effraya. Aussi, pour s'en garder, décida-t-elle de contre-attaquer.

— Le roi est malade, son frère le remplace au pied levé, le prince Dylan vient juste de rentrer à Penwick après de longs mois d'absence et la princesse Megan est enceinte ! résuma-t-elle. Et, en dépit de tout cela, il faudrait faire comme si rien ne se passait ? Le pays est en ébullition et personne ne daigne parler à la presse ! C'est tout de même incroyable ! Serions-nous revenus au temps de la monarchie absolue ?

A ces mots, il la relâcha.

Elle fit un pas en arrière, déstabilisée, avant de reprendre bien vite son équilibre.

Comme elle était excitante !

Dès qu'il la touchait, l'effleurait, le désir ardent qu'il ressentait pour elle autrefois se réveillait, intact. Malheureusement, il ne pourrait jamais plus l'assouvir. Il l'avait perdue à jamais.

Pour regrettable qu'elle fût, cette réalité était aussi concrète que la fuite de Jade, trois ans auparavant.

Il la revoyait encore, valise à la main, front buté. En guise d'au revoir, elle lui avait concédé un regard sombre…

Confus, il passa une main dans ses cheveux. On attendait trop de lui. Vaucour l'avait surestimé. Il aurait dû confier cette mission à un autre officier, car elle était au-dessus de ses forces. En effet, Jade avait raison sur un point : le palais était la proie de nombreux bouleversements, ces temps-ci. Et sa tâche à lui consistait précisément à ne rien laisser filtrer de cette boîte de Pandore.

— Allons-y, décida-t-il brusquement en lui prenant le bras d'autorité.

— Où ? se récria-t-elle.

— Dans un lieu où nous pourrons discuter sans que je craigne à chaque instant que tu me fausses compagnie pour t'introduire dans le salon.

A son expression, elle saisit qu'il avait percé ses intentions. De fait, dès qu'elle avait accepté cette visite, il avait compris qu'elle nourrissait des arrière-pensées — et notamment celle d'échapper à sa vigilance et de visiter le palais à *sa* façon.

Les reporters avides de sensationnel, il les repérait d'instinct. Jade n'échappait pas à la règle. A lui d'évaluer l'information qu'il pourrait lui livrer pour calmer sa curiosité, et non l'éveiller.

Une heure plus tard, ils roulaient toujours.

Le paysage défilait à vive allure derrière la vitre et elle se cramponnait à l'accoudoir de la portière. A la dérobée, elle observa J.T., au volant du cabriolet. Pourquoi conduisait-il si vite ? Et pourquoi fallait-il que son pouls à elle batte si fort, tandis qu'ils longeaient la côte ?

Les deux mains bien accrochées au volant, il abordait les nombreux virages avec cette dextérité qui le caractérisait en toute situation. Il était habile partout : en voiture comme dans le lit conjugal. Et Jade se rappela soudain comme il savait la propulser dans des néants étoilés dont elle revenait délicieusement comblée.

Elle n'aurait pas dû s'autoriser de telles pensées.

Pourtant, malgré elle, des images bien vivaces des mains de J.T. sur son corps s'imposaient à son esprit...

Soudain, dans un virage, ses doigts glissèrent le long du volant de cuir, et elle frissonna, se rappelant les sillages que ces mêmes doigts traçaient dans son dos, autrefois.

Mon Dieu !

Elle était dans de beaux draps !

Si elle avait eu tant soit peu de raison, elle aurait ouvert la portière et aurait sauté de la voiture. Instinctivement, elle jeta un coup d'œil au compteur. Près de cent à l'heure.

Conclusion : mieux valait s'abstenir !

Le bourdonnement du moteur mêlé à celui du vent rendait toute conversation impossible, aussi gardait-elle le silence, le regard fixé sur le paysage aux contours flous, à cause de la vitesse.

Sans prévenir, il rétrograda et quitta la route principale pour venir se garer sur le parking privé d'un pub. De la vigne vierge battue par le vent dévorait la façade du bâtiment, dissimulant presque l'enseigne. Jade n'avait toutefois pas besoin de la lire pour savoir qu'ils venaient d'arriver au Lion Rouge.

La maison du propriétaire jouxtait le pub. A l'arrière s'étendait la campagne, devant passait la route, et au-delà se déployait l'immensité de l'océan. Elle se rappelait parfaitement la géographie de l'endroit !

Lorsque J.T. coupa le moteur et serra le frein à main, le silence les enveloppa subitement. Un silence qui laissa peu à peu percevoir le murmure de la mer et le souffle de la brise.

Elle se tourna de côté pour lui faire face.

— Pourquoi m'amènes-tu ici ?

Enlevant ses lunettes de soleil, il esquissa un sourire et répondit :

— Pourquoi pas ? Serais-tu inquiète ?

— Non.

Mensonge. Assurément, elle éprouvait de l'appréhension !

Il venait de la ramener dans son monde à lui et elle savait qu'elle n'en ressortirait pas indemne.

Prestement, il sortit du cabriolet, le contourna et vint lui ouvrir la portière avant qu'elle n'ait eu le temps de le faire. Comme elle sortait de la voiture, il laissa son regard errer sur ses jambes et ne put s'empêcher de lui dire :

— Tu as beau être pénible, tu as toujours de superbes jambes.

C'était censé être un compliment !

Elle ne pipa mot, acceptant même la main qu'il lui tendait pour se mettre debout.

Au point où elle en était !

Lorsque les doigts de J.T. se refermèrent sur les siens et que son pouce caressa fortuitement sa paume, elle se sentit chanceler. Elle parvint néanmoins à se lever tandis que tous ses sens entamaient une joyeuse sarabande. Etait-elle devenue l'esclave de ses pulsions ? s'interrogea-t-elle atterrée.

Quand elle fut enfin debout — Dieu ! que l'habitacle d'un cabriolet était bas —, elle se déroba vivement à la main de J.T. et, pour reprendre contenance, se lissa les cheveux.

— Je doute que ce soit une bonne idée, J.T., commença-t-elle.

Une bourrasque de vent souleva alors les pans de sa veste. Elle les rabattit d'un geste nerveux.

— Pourquoi sommes-nous ici ? insista-t-elle devant son mutisme.

— Pour discuter…

— De quoi ?

— Je te propose une conversation à bâtons rompus, on verra bien où elle nous mène.

Sa gorge se noua lorsque les yeux brun foncé de son ex-époux se rivèrent aux siens. Dans leurs profondeurs dansa soudain une lueur malicieuse qui alluma immédiatement au plus secret de son être la première étincelle d'un incendie.

Exactement comme autrefois…

Par pitié !

Pourquoi le palais n'avait-il pas envoyé un soldat courtaud et rustre pour lui notifier un avis de non-recevoir ?

Elle laissa son regard se porter vers le pub et sa lourde porte en chêne. Le Lion Rouge était le quartier général de J.T., sa « cantine », son « annexe » ; et par conséquent, cela avait été aussi le sien, au temps de leurs amours.

S'immerger de nouveau dans l'atmosphère de ce lieu chargé de souvenirs serait une erreur. Et pourtant, elle sentait bien qu'elle n'allait pas résister. D'ailleurs, le vent était devenu si froid subitement, qu'elle allait finir par se transformer en statue de glace si elle demeurait immobile. Alors on pourrait la placer parmi les autres statues, dans les jardins royaux…

Allons ! En faisant appel à la force de sa volonté, elle finirait bien par gérer ce voyage dans le temps. Il lui suffisait de dompter ses instincts.

Ou d'éviter le regard de braise de J.T.

Dès l'instant où la porte du pub s'ouvrit, Jade fut enveloppée par la chaleur du lieu, les odeurs et les bruits familiers qui le caractérisaient.

C'était comme revenir brusquement à la maison.

Au fond de l'immense salle, le feu brûlait dans l'âtre, de toute éternité. Autour des tables de bois rondes, des groupes de jeunes gens discutaient et riaient. Sur la droite, le bar ouvrait sur les cuisines.

— Assieds-toi ici, dit J.T. Je vais commander au comptoir. Que veux-tu boire ?

— Un verre de vin blanc.

Se dirigeant vers le bar, il se pencha par-dessus le comptoir et appela en direction des cuisines :

— Ohé, Michael ! Tu as des clients.

— J.T., c'est toi ? répondit une voix à distance, toute surprise.

Immédiatement, un petit homme chauve aux joues rebondies se profila derrière le comptoir. Un sourire joyeux barrait son visage débonnaire. Il se jeta dans les bras de J.T.

— C'est si bon de te revoir, mon garçon. Je ne te laisse plus repartir, je te préviens !

— Désolé de ne pas être venu plus tôt. J'étais très occupé.

Il s'était efforcé de parler bas, mais sa voix parvenait jusqu'aux oreilles de Jade, qui ne perdait pas un mot de leur conversation.

— Ah, la vie au palais vous fait oublier votre propre famille, n'est-ce pas ?

Puis, faisant signe à un des clients, Michael continua :

— Hé, David ! Je te présente le fils de mon frère, J.T., qui travaille au palais. Il protège nos souverains, si, si !

— Comment va la vie, là-bas ? demanda David. Et le roi, toujours mal-en-point ?

A ces mots, J.T. fronça les sourcils.

« L'opinion publique a le droit de savoir ! »

Et si Jade avait raison ?

Les gens de Penwick étaient peut-être en droit d'exiger des explications sur ce qui se passait exactement au palais. Cependant, une chose était certaine : ce n'était pas à lui d'en décider !

— Taratata ! intervint Michael Wainwright. Il est tenu au secret !

Puis, se tournant vers son neveu, il ajouta :

— Qu'est-ce que je te sers ?

— Une bière pression pour moi… et un verre de vin blanc pour la dame qui m'accompagne.

Là-dessus, il désigna Jade de la tête, et cette dernière vit le sourire du vieil homme s'élargir…

— Jade ! Quelle surprise ! Comme je suis heureux de te revoir, ma chérie !

— Bonjour, Michael, lui dit-elle en rendant son sourire à celui qui autrefois était fier de l'appeler sa nièce.

Et, d'un coup, ce fut comme si jamais elle n'avait quitté cette famille. Sans doute était-ce dû à l'expression si affable de Michael. Et puis, autant dire qu'elle avait la sensibilité à fleur de peau… Trois ans qu'elle fournissait de gros efforts pour ne pas se retourner sur son passé. Et voilà qu'on venait de l'y projeter sans ménagement…

Elle regarda J.T., et la chaleur de ses yeux chocolat se communiqua à son cœur en dépit des trois années de séparation. Comment, après ces retrouvailles, pourrait-elle survivre à la froideur de la solitude ?

- 5 -

— Deux parties sur trois en ta faveur ! annonça J.T., la mine renfrognée.

Manifestement, il n'arrivait pas à croire qu'elle ait pu le battre au jeu des fléchettes.

— Je constate que tu es toujours aussi mauvais perdant, dit-elle en lui adressant un sourire affectueux sans chercher à dissimuler l'éclair de joie victorieuse qui brillait dans ses yeux.

Il traversa la salle, retira brutalement les fléchettes de leur cible et revint vers elle. Puis il lui tendit les petits projectiles bleus, serrant les rouges dans sa main.

— Je n'aime pas perdre, admit-il.

Il était habitué à ce que les choses — et les gens — se plient à sa volonté, et non le contraire !

Il avait toujours eu une confiance illimitée en ses capacités, et c'était fort de cette pensée qu'il s'était jeté dans la vie, certain qu'elle ne lui résisterait pas.

Il avait déjà accumulé de nombreuses décorations dans l'armée lorsque l'IRR l'avait recruté. Et il avait ensuite monté si rapidement les échelons de la hiérarchie, que sa légende le suivait encore.

Il exigeait toujours le meilleur pour lui et les siens. Il savait ce qu'il voulait et mettait tout en œuvre pour l'obtenir.

De la même façon qu'il avait voulu que Jade devienne sa femme…

Sous ses airs désinvoltes, cette dernière n'en menait pas large, car son cœur était de nouveau agité de palpitations désordonnées : il recommençait son étrange sarabande liée à la présence de J.T.

Elle tâcha de respirer régulièrement pour que cessent ces soubresauts…

En vain.

Le phénomène la dépassait.

Nul doute qu'il relevait des phéromones, conclut-elle, résignée. Elle ne pouvait lutter contre. C'était ainsi : quelque chose chez lui déclenchait en elle une montée d'adrénaline. Une loi biologique aussi inéluctable que la loi physique de la gravité, en somme.

Quand elle se saisit des fléchettes qu'il lui tendait, le bout de ses doigts effleura la paume de J.T., déchaînant une nouvelle flambée dans ses veines.

La voix de la raison lui souffla de les ignorer.

Facile à dire !

Autant ignorer une avalanche !

S'éclaircissant la gorge, elle demanda :

— Pourquoi t'accorderais-je une troisième partie ? J'ai déjà gagné. J'ai remporté les deux premières manches.

— Il se peut que tu aies eu de la chance.

— Quelle mauvaise foi ! Ma victoire n'a rien à voir avec la chance, mais avec l'adresse, lui dit-elle en arborant un petit air supérieur.

— Dans ces conditions, prouve-le ! Une troisième partie ne doit pas t'effrayer.

— Tu sais parfaitement que j'ai gagné de façon tout à fait loyale, répliqua-t-elle en plissant les yeux.

Il la fixa intensément…

Et, sous l'impact de ce regard, son cœur se mit à caracoler comme un pur-sang enragé. Soudain, elle entendit J.T. annoncer :

— Je ne suis pas arrivé à me concentrer.

— Oh, voyez-vous ça ! Quel dommage ! fit-elle moqueuse avant de demander d'un ton serein : Pourquoi t'est-il tout simplement impossible d'admettre que j'ai gagné ?

— Je joue mieux lorsqu'il y a un enjeu, affirma-t-il brusquement avec un petit sourire entendu.

Elle tressaillit.

L'allusion était claire, mais elle fit mine de ne pas la comprendre.

— Quel genre d'enjeu ? demanda-t-elle.

Alors, d'une voix langoureuse et intime, il répondit :

— Ceux d'autrefois.

Une vague de chaleur la submergea.

Le souffle court, elle rétorqua vivement :

— Ne compte pas sur moi pour te suivre sur ce terrain-là !

— Tu as peur ?

Son timbre, chaud et rauque, se coula le long de son dos, à la fois caresse et égratignure, avant de s'immiscer au plus profond de son être.

Jetant un coup d'œil par-dessus son épaule, elle vérifia que les autres clients se trouvaient hors de portée, puis répliqua entre ses dents :

— Je ne jouerai pas pour un enjeu sexuel.

Il releva un sourcil sceptique, avant de se fendre d'un sourire moqueur et sexy à la fois :

— Il ne s'agit pas uniquement de sexe… mais du chavirement des âmes lié à celui des corps. Le gagnant pourra laisser libre cours à tous ses fantasmes.

Elle se liquéfia littéralement, tandis qu'il ajoutait dans un murmure odieusement lascif :

— Tu te rappelles ?

Quelle question !

Ses souvenirs étaient intacts.

Une fois, elle l'avait laissé gagner à dessein, juste pour se plier à ses délicieux caprices érotiques tout l'après-midi…

Elle revit les stores à moitié baissés, la lumière zébrée qui baignait la chambre, les rideaux qui frémissaient sous la brise, leurs corps nus et saturés de voluptés…

Elle sentit presque son souffle sur elle.

Retrouva même le goût de sa bouche.

Et crut éprouver le grain de sa peau.

— Je constate que oui, ajouta-t-il d'un air diabolique, interrompant ses sublimes visions. Et je ne doute pas un instant que tu te souviens de ce qui s'est passé, la dernière fois que je t'ai battue aux fléchettes.

Chavirée, elle ferma les yeux, revivant cette longue nuit d'été où J.T. l'avait tellement fait jouir, qu'elle avait fini par demander grâce, haletante, épuisée…

Non ! protesta sa raison.

Surtout, ne pas rouvrir la trappe maléfique des souvenirs.

Ne pas laisser le passé submerger le présent.

Ce qu'ils avaient vécu trois ans plus tôt appartenait définitivement à une époque révolue.

— Assez, J.T. ! lui ordonna-t-elle d'une voix lasse.

Désireux de l'apaiser, il posa la main sur son avant-bras tremblant. A son visage pâle, il devinait à quel point elle était ébranlée !

Elle lui sut gré de sa sollicitude, même si ce contact déclencha forcément comme des feux follets en elle, aussi magiques que ceux qui traversent parfois la nuit.

— Nous étions si bien, tous les deux, Jade… Pourquoi es-tu partie ? Pourquoi n'as-tu plus cru en nous ?

Ces reproches, chuchotés d'une voix magnifiquement timbrée, étaient insupportables.

Elle devait se ressaisir, ne pas lui permettre d'envahir à ce point son intimité.

Se dégageant de son étreinte, elle répondit d'un ton déterminé :

— Tu sais parfaitement pourquoi !

Ses yeux le fixaient à présent avec défi.

De son côté, il s'efforçait de maîtriser la fureur qui grondait en lui face à l'entêtement de Jade.

— Eh bien, on refait une partie ? lança-t-il sur un ton agacé. Si tu gagnes, tu choisis ta récompense. Si c'est l'inverse, je choisis la mienne.

— Pas d'enjeu, tu es sourd ou quoi ?

Elle refusait désormais tout enjeu avec lui, ne voulait plus qu'aucun lien ne l'attache à lui.

— Il s'agit d'une récompense, dit-il alors. C'est différent !

— Très bien, fit-elle subitement. Puisque tu insistes, ma récompense, ce sera mon interview !

A ces mots, il éclata de rire.

Un rire très spontané.

Et, bien que sa réaction l'irritât, elle dut s'avouer qu'elle avait toujours aimé son rire. Il était si communicatif ! Il résonnait souvent, autrefois, dans le petit appartement qu'ils partageaient, et réchauffait les nuits d'hiver.

— Quelle ténacité ! observa-t-il une fois redevenu sérieux.

— Tu n'as tout de même pas cru que j'allais renoncer.

— Jade, je te l'ai déjà dit et te le répète : je ne suis pas en mesure de te donner le feu vert pour l'interview. Cela ne relève pas de mes pouvoirs.

— Soit ! Néanmoins, tu pourrais intercéder en ma faveur.

— Je te le concède.

— Donc, commença-t-elle d'une voix lente, ma récompense peut consister en cette intercession. Ce petit coup de pouce. Qu'en penses-tu ? De toute façon, tu ne risques pas grand-chose puisque tu es certain de gagner. A moins que tu ne redoutes ma victoire… ?

Ce disant, elle caressa distraitement ses fléchettes du bout des doigts.

Ce geste le troubla considérablement, éveillant immédiatement en lui le souvenir d'autres caresses sur les draps froissés… Les heures filaient alors à toute vitesse sous l'effet électrisant de ces mains de femme…

Pour une fois, il déplora son excellente mémoire, car la vivacité du souvenir rendait la perte d'autant plus cruelle. Il se rappelait tout dans le détail. L'odeur de Jade, le goût de sa bouche et de sa peau, ses doux gémissements de plaisir… Son corps délicieusement accueillant, qui l'invitait dans ses suaves profondeurs, au cœur de sa chaleur… La force d'un amour qu'il n'avait jamais connu avant ni depuis berçait alors son âme.

Il chercha à reprendre son souffle, tel un naufragé éperdu

qui parvient à maintenir la tête hors de l'eau durant quelques secondes.

Assez ! S'il se laissait happer par le passé, il était définitivement perdu ! Ce qui était d'actualité, c'était de gagner cette partie de fléchettes.

Détachant vivement son regard des mains de sa compagne, il sonda ses yeux mystérieux, tentant d'évaluer ses chances pour la partie imminente…

Allons, il allait lui montrer de quoi il était capable ! Les défis l'avaient toujours galvanisé. Hélas ! il ne devait pas exclure une victoire de la part de cette perfide joueuse. Et alors…

— Inquiet ? fit-elle en arborant un sourire confiant.

— Pas du tout ! affirma-t-il sur le ton de la conviction.

— Alors, affaire conclue !

— Entendu !

— Génial, dit-elle, toute joyeuse, comme un enfant à qui on aurait confié les clés d'une fabrique de bonbons. Après la partie, nous fixerons la date de l'interview.

— Ne vends pas la peau de l'ours avant de l'avoir tué, lui conseilla-t-il avant d'ajouter : Qu'est-ce que je gagne, moi, si je l'emporte ?

— J'ai choisi mon prix, lui dit-elle. Décide du tien.

A cet instant, son regard courut sur son corps.

Tous les champs du possible s'ouvraient dans son cerveau affolé…

Elle perçut aisément les égarements de son esprit et se dépêcha de préciser :

— Dans les limites du raisonnable, cela va de soi. Tu sais ce que je t'ai dit.

Comment pouvait-elle parler de raison, elle qui allumait en lui des désirs déraisonnables ?

Découragé par son ton sévère, il s'entendit répondre :

— Un dîner chez moi, mais c'est toi qui cuisines.

A ces mots, elle émit un rire perlé dont la musique vint faire vibrer le cœur de J.T. et lui fut aussi douce qu'une promesse.

— Quelle drôle d'idée ! Tu connais pourtant mes piètres talents culinaires.

— Qui ne tente rien n'obtient rien, fit-il philosophe.

— On peut aussi tout perdre, observa-t-elle, non sans se demander subitement s'ils parlaient bien de la même chose, tous les deux.

— On éprouve au moins le plaisir d'avoir essayé, répondit-il.

Plaisir…

Le mot resta suspendu dans les airs, et Jade frissonna discrètement tandis que des pensées tout à fait étrangères au jeu de fléchettes l'envahissaient de nouveau…

Il lui semblait que les autres clients avaient disparu, qu'il n'y avait plus qu'elle et lui dans ce décor si familier.

Nul doute qu'elle avait commis une erreur en l'accompagnant au Lion Rouge. Il eût été préférable qu'elle reste à l'extérieur et se transforme en statue de glace !

Au moins, dans cet état, son cœur n'aurait pas été déchiré par une succession d'émotions contradictoires, et son corps ne se serait pas consumé d'une telle fièvre !

Vraiment, revoir J.T. avait été une rude épreuve. Et revenir avec lui dans ce lieu habité de souvenirs était quasiment un supplice. Ils avaient connu tant de soirées agréables, ici…

En outre, elle considérait Michael comme son oncle. Elle avait même travaillé derrière le comptoir, pour donner un coup de main, les jours d'affluence.

Souvent aussi, elle s'était assise près du feu et s'était laissée aller à de douces rêveries concernant son futur avec J.T…

A l'écart de la somptuosité hiératique du palais, J.T. paraissait plus abordable. Ce qui, loin de constituer un avantage, créait une difficulté supplémentaire : le passé en profitait pour s'imposer encore un peu plus.

Bon, elle devait se concentrer sur le jeu de fléchettes et cesser de méditer. Et qui plus est, si elle voulait éviter d'être de nouveau emportée par les vagues du passé, il était impératif qu'elle gagne ce petit tournoi.

A présent, il s'agissait moins d'obtenir l'interview que de se soustraire à un dîner en tête à tête chez J.T. ! pensa-t-elle avec dérision.

— Qui commence ? demanda-t-elle, désireuse d'en finir au plus vite.

— Honneur aux dames, dit-il en s'inclinant légèrement.

Hochant la tête, elle prit place et visa…

La flèche heurta le disque en vibrant sourdement… juste à côté du centre.

Deux heures plus tard, J.T. la déposait devant les bureaux de la chaîne. Coupant le moteur, il se tourna vers elle et déclara d'un ton affligé :

— Tu as fait le grand chelem.

Elle se mit à rire.

— Désolée, lui dit-elle. Et je te rappelle que tu as désormais un contrat à honorer.

— Je n'arrive pas à croire que tu m'aies battu. Personne ne m'a détrôné depuis des années.

— J'étais motivée.

Doublement motivée, compléta-t-elle *in petto.*

Au fond, qu'est-ce qui lui avait donné des ailes pour l'emporter ? La perspective de son coup de pouce ou la volonté de ne pas aller chez lui ?

Elle n'aurait su dire.

Bah, quelle importance ? L'essentiel, c'était sa victoire.

— Moi aussi, je l'étais, lui confia-t-il alors de sa voix si troublante.

Vite, elle devait descendre de cette voiture ! Elle ouvrit la portière, sortit du cabriolet, et, écartant de son front des mèches que le vent y avait éparpillées, elle demanda :

— Tu vas tenir parole, n'est-ce pas ?

— Je t'ai dit que je pouvais plaider en ta faveur, ce qui ne signifie pas que tu obtiennes l'interview, dit-il en agrippant plus fermement son volant.

Sa nervosité était palpable. Mais une promesse était une promesse, et J.T., un homme de parole.

— Je te rendrai visite demain, annonça-t-elle.

— Demain ? fit-il en plissant les yeux. Je ne te garantis rien pour demain !

— Peu importe, je serai là à la première heure. Et les jours suivants, jusqu'à ce que j'obtienne gain de cause.

— Quelle obstinée !

Eclatant de rire, elle referma la portière. Il avait l'air fort mécontent. De fait, elle le comprenait — sans pour autant compatir !

— A demain, donc !

— Au revoir, marmonna-t-il.

Là-dessus, il démarra sans attendre et, dans un vrombissement furieux de moteur, se noya rapidement dans le flux de la circulation.

Les trottoirs étaient noirs de monde, les gens se bousculaient pour passer. A son tour, Jade se fondit dans la foule. Elle n'avait pas fait dix pas qu'elle sentit soudain ses cheveux se hérisser sur sa nuque. Une horrible frayeur la prit à la gorge et la glaça jusqu'aux os.

Il était là !

L'individu qui la traquait ! Quelque part dans la foule, tout proche. Et il l'épiait. Son intuition ne la trompait jamais, c'était comme un sixième sens.

Brusquement, elle virevolta sur ses talons et, retenant sa respiration, scruta la foule… Il y avait bien trop de monde et elle ne savait pas qui elle cherchait. Il pouvait s'agir de n'importe qui, du vieil homme assis sur le banc de l'Abribus ou du jeune éphèbe qui attendait pour téléphoner.

Ses yeux la brûlèrent. Larmes de colère ou de peur, les deux peut-être… elle n'aurait su dire. Elle était littéralement en transe.

Où était-il ?

Qui, parmi les anonymes que charriait la foule, était l'auteur des billets et l'expéditeur de la vidéo ?

Tout à coup, un terrible sentiment de vulnérabilité s'abattit sur elle. Tournant vivement le dos à la cohue, elle regagna en toute hâte l'immeuble de Pen-TV.

— Elle ne nous lâchera pas, annonça J.T. en faisant les cent pas dans le bureau de son chef.

Il avait filé directement au palais après avoir déposé Jade à la chaîne de télévision. Certes, il s'était séparé d'elle physiquement, mais elle était toujours présente en lui.

Il pouvait encore sentir son parfum, comme s'il en avait vaporisé ses vêtements…

— Tu ne m'apprends rien, répliqua tranquillement Franklin en se versant du café. Je te sers une tasse ?

— Non, merci, fit sèchement J.T.

— Comme tu voudras, répondit Franklin en se calant dans son fauteuil, non sans observer attentivement l'homme nerveux qui se tenait devant lui.

— A la réflexion, il serait peut-être préférable de lui accorder une interview pour qu'elle se calme.

— Eh bien… ! C'est ce qu'on appelle un revirement !

— Euh… C'est-à-dire que…

Confus, J.T. s'interrompit, passa une main fébrile dans ses cheveux et poursuivit :

— Jade Erickson est à la fois très entêtée et très intelligente.

« Et une championne incontestée au jeu de fléchettes », ajouta-t-il à part soi. Mais inutile de préciser ce détail à Franklin ! Certes, il avait perdu son pari. Pourtant, s'il plaidait désormais la cause de Jade, ce n'était pas uniquement pour honorer le contrat qu'ils avaient conclu.

Force était d'admettre que les arguments de Jade se tenaient. Les rumeurs qui commençaient à se répandre sur la santé du roi allaient prendre des proportions dramatiques si personne n'y coupait court.

En l'occurrence, si la reine ne s'adressait pas directement à ses sujets.

En outre, s'il était vrai, comme l'affirmait Jade, qu'on enverrait à sa place, en cas d'échec de sa part, Vincent Battle, alors il était dans les intérêts de tout le monde d'accéder à la requête de son ex-femme.

Elle, au moins, pouvait se prévaloir d'une déontologie et de scrupules.

Aussi reprit-il :

— Nous alimentons les rumeurs en refusant de communiquer avec la presse et de donner des informations sur la santé du roi. Inventons-lui un bulletin de santé !

— Tu as raison, approuva Franklin. Nous voulions différer cette interview pour éviter le mensonge, mais finalement, ce n'est pas une bonne option. Car plus nous attendons, plus la situation dégénère. La raison d'Etat commande donc un mensonge.

Ouf ! Heureux de le lui entendre dire !

La rumeur enflait, mais pas uniquement à l'extérieur du palais. A l'intérieur, parmi les gardes, les domestiques et leurs familles respectives, c'était encore pire. Certains allaient même jusqu'à prétendre que le roi avait rendu l'âme !

Il était donc préférable de rassurer le peuple par un mensonge ; et quand toute l'affaire serait réglée, de révéler la vérité bien sûr ! En croisant les doigts pour que le dénouement ne fût pas tragique !

— Si je ne me trompe, déclara J.T., la reine apprécie les reportages de Jade. On pourrait donc lui réserver l'exclusivité de l'interview.

— Effectivement. Ce matin, je me suis moi-même entretenu avec Sa Majesté, déclara Franklin d'un ton las. Elle partage ton opinion.

— Mon intuition me dit que ce n'est pas ton cas.

— Bien vu, admit son supérieur. Je dois avouer que je suis allergique aux journalistes de manière générale. Ils sont toujours à l'affût des mauvaises nouvelles. Je peux te garantir que les bonnes occasionnent rarement des conférences de presse ou des interviews. Mais, en l'occurrence, mon avis n'a guère d'importance. C'est la reine qui décide et elle va accorder une brève entrevue à Jade Erickson pour calmer ses sujets.

— Quand ?

— Demain matin, annonça Franklin en portant sa tasse de café à ses lèvres. Dis à ton ex-femme de se tenir prête pour 10 heures.

A ces mots, J.T. se raidit et lui adressa un regard dur.

— J'espère que tu sais que ma position sur cette affaire n'a rien à voir avec ma relation passée avec Jade.

Eludant la question, Franklin décréta :

— Le fait que ce soit ton ex-femme n'est nullement regrettable. Au moins, nous savons que c'est une journaliste honnête.

En déambulant le long du vestibule qui menait à la cour d'honneur du palais, J.T. repensa aux ultimes paroles de Franklin. Sans conteste, Jade était honnête.

Cruellement honnête, d'ailleurs.

Trois ans plus tôt, elle l'avait regardé droit dans les yeux et lui avait déclaré froidement : « L'amour ne suffit pas ! »

- 6 -

— Déjà là ?

Arrachée à ses méditations, Jade sursauta et leva les yeux.

— Janine ! s'exclama-t-elle en posant une main sur son cœur. Mon Dieu, comme tu m'as fait peur.

Son assistante se mit à rire et se laissa tomber sur la chaise qui se trouvait de l'autre côté du bureau.

— Navrée, ce n'était pas mon intention ! Tu devais être sacrément concentrée.

Euh… concentrée ? Pas vraiment ! Obnubilée par des images de corps nus, en l'occurrence le sien et celui de J.T. ? Plutôt ! Oh ! là là !

Dieu merci, Janine était une collaboratrice efficace, mais incapable de lire dans les pensées. La psychologie, ce n'était pas son fort et Jade n'allait pas s'en plaindre…

Qu'il était embarrassant de se conduire comme une ado énamourée ! Cela faisait une éternité qu'elle n'avait pas été troublée à ce point. Que possédait donc cet homme qui la bouleversait si radicalement et l'asservissait à sa libido ?

— Hou ! hou !

Jade cligna des yeux et constata que son assistante agitait la main devant elle.

— Qu'est-ce que tu fais ? dit-elle, étonnée.

— Figure-toi que c'est précisément ce que j'allais te demander, rétorqua Janine. Tu me fixes comme si tu ne me voyais pas. C'est effarant, à la fin !

— Excuse-moi, marmonna Jade.

Là-dessus, elle avala une gorgée de café… avant de faire une horrible grimace.

— Qu'y a-t-il ? Il est froid ? s'enquit Janine que le comportement de sa supérieure intriguait de plus en plus.

— Glacé et infect, répondit Jade. On dirait qu'il sort d'un réfrigérateur.

— J'en prépare un autre ?

— Avec plaisir.

Cela faisait deux ans qu'elles travaillaient ensemble et au fil de leur collaboration elles étaient devenues amies. Janine était aussi ambitieuse qu'elle-même à ses débuts, de sorte qu'elle lui présentait dans un miroir une image d'elle qui l'amusait. En outre, une étrange ressemblance physique existait entre elles. On aurait pu les croire sœurs.

Il était d'ailleurs fréquent qu'on les interroge à ce sujet… et que Jade réponde par l'affirmative ! Par jeu et pour rêver, aussi. Elle déplorait tellement de n'avoir pas de sœur ! Sa mère était décédée alors qu'elle était âgée de huit ans. Cette disparition, au lieu de rapprocher le père et la fille, les avait éloignés encore davantage l'un de l'autre.

Non que Bill Erickson n'aimât pas sa fille, mais il ne savait tout simplement pas comment s'y prendre avec elle. En quoi consistait l'éducation d'une fille ? Il n'en avait pas la moindre idée ! Aussi préféra-t-il se concentrer sur ses quatre garçons, ce qui avait conduit Jade à s'efforcer, durant toute son enfance, de ressembler à ses frères afin de gagner la reconnaissance paternelle.

Hélas, ça n'avait pas marché !

— Coucou !

De nouveau, Janine la rappelait à la réalité présente.

— Décidément, j'ai vraiment besoin d'un litre de café pour me réveiller, dit Jade. Aujourd'hui, j'ai l'impression d'être une somnambule.

— Je cours t'en préparer, répondit Janine en se levant.

— Merci, tu es un ange.

Et, comme l'ange allait franchir le seuil du bureau, Jade s'écria :

— Oh, Janine… Et si tu allais me chercher un petit cappuccino au café d'à côté ? Je te le revaudrai.

— Un cappuccino contre une participation au montage de ton interview avec la reine ?

Jade ne put retenir un sourire. Encore une fois, l'ambition reprenait le pas. Comme elle la comprenait !

— Entendu !

— Parfait ! fit Janine en sortant du bureau…

… Où elle refit une apparition quelques secondes plus tard.

— Puis-je t'emprunter ta veste ? demanda-t-elle. J'ai laissé la mienne dans ma voiture, et le temps s'est rafraîchi.

— Bien sûr ! Allez, pour la peine, rapporte-moi un double cappuccino.

— Pas de problème ! A tout de suite !

Une fois seule, Jade se tourna vers sa pile de notes qu'elle évalua un instant… Puis, poussant un profond soupir, elle s'empara de son stylo et commença à les éplucher afin de préparer les questions de son interview.

Car, dans son esprit, il ne faisait pas l'ombre d'un doute qu'elle obtiendrait l'entrevue. C'était juste une question de temps. Aussi, autant se tenir prête.

Soudain, son téléphone portable se mit à vibrer.

Avant de répondre, elle jeta un coup d'œil sur le numéro qui s'affichait.

Inconnu.

Intriguée, elle prit la communication.

— Allô ?

— Jade ? C'est moi.

La voix familière de J.T., son ton intime, là, tout contre son oreille, la laissèrent transie et fébrile. Elle frissonna, tandis que sa peau la brûlait.

— Comment t'es-tu procuré mon numéro ? Il n'est répertorié nulle part.

— Aurais-tu oublié où je travaille ?

Au palais, et alors ? Cela donnait-il le droit aux officiers chargés de la sécurité des souverains de traquer le simple sujet ? Apparemment, oui ! soupira-t-elle intérieurement.

— Que me veux-tu, J.T. ?

Elle était bien consciente de son agressivité, mais elle

l'assumait. C'était sa façon à elle de lutter contre la terrible confusion dans laquelle la plongeaient la voix ou la présence de J.T. instantanément.

— Tu m'as l'air d'une humeur massacrante, observa J.T. Qu'est-ce que tu as ? Tu as mal dormi ?

Agacée, elle leva les yeux au ciel. De quoi se mêlait-il ? Qui plus est, elle refusait de se laisser de nouveau entraîner sur les chemins du souvenir. Et ce serait le cas, si elle repensait à sa nuit agitée… Une nuit passée à se tourner et se retourner dans son lit, en manque cruel des caresses d'un homme dont elle s'était pourtant passée durant trois ans sans en souffrir.

Pourtant, elle ne pouvait se permettre de lui raccrocher tout bonnement au nez. Elle avait besoin de lui.

Du moins jusqu'à l'interview avec la reine.

Après…

Bon, de la diplomatie s'imposait.

— Bonjour, J.T., lui dit-elle en s'efforçant d'adopter un ton jovial.

— Ah, je préfère ça !

Bien sûr, il ne pouvait pas avoir le triomphe modeste ! Ses doigts se crispèrent sur son petit appareil. Et elle dut se faire violence pour ne pas l'éteindre.

— Eh bien, peut-être vas-tu enfin me confier pourquoi j'ai l'insigne honneur de voir mon numéro de portable identifié par les services secrets du palais ?

Sa question fut suivie d'un long silence, au point qu'elle crut un moment qu'il avait coupé la communication. Enfin, il marmonna :

— Tu as rendez-vous au palais à 10 heures !

— Pardon ?

Son cœur venait de faire un terrible saut dans sa poitrine et, instantanément, elle bondit sur ses pieds, incapable de rester assise plus longtemps.

Toute l'irritation qu'elle ressentait contre lui avait été balayée en un éclair par l'excitation que la perspective d'une entrevue avait déclenchée en elle.

— Tu m'as parfaitement bien entendu !

C'était exact… Néanmoins, elle n'en croyait pas ses oreilles. Aussi une explicitation s'imposait-elle !

— Cela veut dire que je vais pouvoir interviewer la reine ?

— Pendant dix minutes.

— Dix minutes ?

Elle s'insurgea immédiatement. Passé l'effet premier de surprise et de joie, le naturel revenait au galop ! Elle jeta un coup d'œil à la liste de questions qu'elle avait préparées. Rien que leur énoncé ne tiendrait pas en dix minutes !

— Ce n'est pas assez ! insista-t-elle.

— Neuf minutes alors…

— J.T…

— Huit ?

— Très bien ! Va pour dix minutes, fit-elle résignée.

— Tu vois que tu peux être raisonnable, si tu y mets un peu de bonne volonté. Bon, sois là un petit quart d'heure avant l'heure dite pour que j'aie le temps de t'expliquer le protocole.

— Pas de problème.

Pourvu qu'on ne lui demande pas de faire une véritable révérence ! pensa-t-elle vaguement inquiète. Même lorsqu'elle prenait des cours de danse, elle n'arrivait pas à s'incliner correctement pour saluer à la fin des représentations annuelles organisées à l'intention des familles.

— En outre, j'aimerais m'entretenir avec toi avant l'interview, ajouta-t-il.

Pourquoi pas ? Cette requête n'avait rien d'extravagant, se dit-elle. Et puis, elle lui devait bien ça. A quoi servait la victoire si elle ne rendait pas généreux ?

— Je viendrai à 9 h 30, annonça-t-elle.

— Parfait. A tout à l'heure, alors.

— J.T., je…

Zut ! Il avait déjà raccroché.

En réalité, elle ne savait pas très bien ce qu'elle voulait lui dire. Peut-être désirait-elle atténuer sa brusquerie initiale en le remerciant ?

Trop tard !

Oh, et puis tant pis ! Elle se fichait après tout de malmener sa susceptibilité ! Est-ce que lui se préoccupait de la sienne ? Ce qui comptait pour elle, c'était son métier, sa réussite professionnelle.

Reprenant sa liste de questions, elle se remit au travail. Oubliant complètement Janine qui ne revenait pas…

Dès qu'elle mit le pied hors du taxi, J.T. sentit ses reins se creuser de désir et son sang s'activer dans ses veines.

C'était aussi simple que cela ! Jade Erickson ravivait en lui des émotions qu'il avait crues disparues, mais qui étaient toujours présentes mais enfouies. Durant ces trois dernières années, il était parvenu à étouffer la passion qu'il ressentait pour Jade et le désir qu'elle lui inspirait.

Il avait voulu se persuader qu'il s'en fichait, que c'était fini. Et pourtant, il avait suffi d'une journée pour que tout resurgisse, intact.

Difficile pour un homme de la trempe de J.T. d'admettre qu'une femme qui lui avait fait clairement savoir qu'elle ne voulait plus de lui… dispose encore d'un pouvoir si grand sur lui !

Allons ! Tant qu'il garderait présent à l'esprit qu'elle ne l'aimait plus, il pourrait survivre à sa compagnie — et ensuite à son absence.

— Bonjour, lui dit-elle en lui adressant un sourire étincelant.

— Finalement, si on veut te voir de belle humeur, il suffit d'accéder à tes désirs, observa-t-il quand, le premier trouble passé, il eut enfin recouvré sa voix.

Elle haussa les épaules et il eut la sensation d'être un idiot.

O.K., ce n'était pas sa faute si elle affolait ses sens de cette façon. Enfin, si ! C'était sa faute, mais disons qu'elle ne le faisait pas exprès.

Jade rajusta la bandoulière de son sac en cuir sur son épaule. Le vent souleva alors sa chevelure qui forma un halo flou autour de sa tête…

Bon sang ! Il mourait d'envie d'enfouir les doigts dans cette soie auburn et chatoyante. Ses yeux brillaient comme des émeraudes. Mais, contrairement à ces pierres vertes et froides, ses prunelles brûlaient d'un feu intérieur qui le réchauffait tout en menaçant de le consumer.

Curieusement, bien qu'il fût complètement imprégné de la chaleur qui émanait de Jade, il avait l'impression qu'elle était presque glacée.

— Dans la précipitation, aurais-tu oublié ta veste ? lui demanda-t-il alors.

— Non, mon assistante me l'a empruntée et…

Elle s'arrêta net et fronça les sourcils…

— Et ne te l'a pas rendue ?

— A vrai dire, je viens juste de me le rappeler. Etrange ! Elle ne m'a pas non plus rapporté mon cappuccino, précisa-t-elle, pensive.

Puis, secouant la tête pour recouvrer ses esprits, elle enchaîna :

— Comment procédons-nous ? J'ai le droit de rentrer… ou la reine vient me rejoindre à l'extérieur ?

— Je t'ouvre, dit-il en joignant le geste à la parole.

La lourde grille s'ouvrit alors devant elle, et l'obstacle qui les séparait disparut d'un coup.

En entrant dans la cour, Jade adressa un charmant sourire au jeune garde. La stupeur qu'il en conçut n'échappa pas à J.T. Décidément, Jade avait tous les hommes à ses pieds lorsqu'elle décidait d'exercer ses charmes ! pensa-t-il mi-bluffé, mi-agacé.

— Viens, lui dit-il. Je t'offre un café.

— Volontiers… si ce n'est pas toi qui l'as préparé !

— Contrairement à ce que tu crois, je sais faire le café.

— Tu as changé, alors, fit-elle d'un ton à la fois sceptique et malicieux.

Pourquoi discutait-il ? Dès qu'il s'approchait de la cafetière, ses collègues se précipitaient pour la lui ôter des mains…

— Ne t'en fais pas, je t'offre du bon café, lui assura-t-il alors.

Puis, posant une main dans le dos de Jade, il la guida vers l'intérieur du palais. Evidemment, ce geste de courtoisie anodin ne pouvait pas le rester ! J.T. ressentit immédiatement comme une sorte de décharge électrique…

« Un peu de volonté ! » s'enjoignit-il. Etait-il donc devenu une marionnette entre les mains de ses pulsions ?

Comme ils franchissaient les doubles portes de la bâtisse royale, Jade s'immobilisa dans ses pas…

La beauté de l'endroit lui coupa le souffle. Des mètres carrés de marbre clair et étincelant s'étendaient devant elle… Les murs étaient habillés de tableaux qui représentaient des générations de souverains, leurs portraits étant mis en valeur par de somptueux cadres de bois sculptés et dorés à l'or fin. Un immense lustre en cristal descendait du plafond, et les rayons du soleil matinal en illuminaient les pampilles, qui se transformaient en autant d'arcs-en-ciel. Enfin, un escalier imposant, en marbre lui aussi, conduisait au premier étage.

— Mon Dieu, c'est fabuleux ! dit-elle. Féerique…

— Je doute que l'atmosphère qui règne ici, en ce moment, tienne du conte de fées, constata-t-il.

— C'est regrettable.

Ils continuèrent leur progression dans le vaste vestibule. Les talons de Jade claquaient sur le sol étincelant.

— C'est si impressionnant que j'ai la sensation qu'il faut chuchoter, entre ces murs, ajouta-t-elle.

— Pas nécessairement, dit-il en balayant l'endroit des yeux.

Il travaillait ici, aussi ne s'émerveillait-il plus du luxe du palais. Cette splendeur lui paraissait presque naturelle dans la mesure où elle faisait partie de son paysage quotidien.

Lorsque son regard se dirigea de nouveau vers Jade, il vit qu'elle le fixait avec intensité.

— Qu'y a-t-il ? demanda-t-il.

— Rien…

Comment lui dire qu'il était encore plus bouleversant que ce lieu prodigieux ? Le cœur de Jade battait plus fort, en la seule compagnie de J.T., qu'à la vue de ce fabuleux palais…

Et franchement, il n'y avait pas de quoi s'en vanter ! ajouta-t-elle, brusquement fort remontée contre elle-même.

— Bien, dit-il en la prenant par le bras. Dans ce cas, allons-y.

Là-dessus, il l'entraîna dans un couloir tandis qu'une bouffée de chaleur se saisissait de nouveau d'elle.

L'anxiété lui tordait l'estomac.

Les yeux rivés à la pendule, elle se morfondait dans le bureau de la sécurité où J.T. l'avait fait patienter. Il venait de la briefer sur le protocole — qui épargnait la révérence, Dieu merci —, et maintenant, elle attendait son retour et son feu vert.

Dans quelques minutes, elle interviewerait la reine de Penwick…

Bon, elle devait absolument recouvrer son calme pour être à la hauteur de sa tâche.

Elle était si impressionnée qu'elle éprouvait une vague nausée. Allons, son corps n'allait tout de même pas la trahir dans un moment si crucial ! Cette interview, elle l'avait remportée de haute lutte, ce n'était pas le moment de flancher. Et pourtant, le doute, plus fort que tout, s'immisçait insidieusement en elle…

Franchement, qui était-elle pour exiger que la reine lui accorde une entrevue ?

Angoissée, elle se leva d'un bond et se mit à arpenter le bureau. Par la fenêtre, elle apercevait une partie des jardins royaux. Comme elle aurait aimé s'y réfugier pour échapper à l'entrevue imminente !

Décidément, elle rêvait toujours d'être de l'autre côté de la barrière !

Hier, elle aurait donné cher pour se trouver à l'intérieur du palais, et aujourd'hui, elle regrettait sa promenade dans les jardins… Dire que cela faisait trois ans qu'elle se battait pour arriver là où elle était aujourd'hui. Et voilà qu'elle était incapable de savourer sa victoire !

Elle devait dédramatiser ! La souveraine de Penwick était

un être humain comme les autres. Et puis cette interview allait la propulser sur le devant de la scène nationale, voire internationale.

A la réflexion, elle ne savait pas ce qui la terrorisait le plus : faire un tabac grâce à l'entretien ou un fiasco.

— Prête ?

Elle sursauta violemment avant de virevolter sur ses talons. Elle se heurta alors à l'intense regard de J.T., et la chaleur qu'elle y lut apaisa immédiatement ses tourments et angoisses.

— Plus que jamais, assura-t-elle, de nouveau maîtresse d'elle-même.

Là-dessus, elle lui emboîta le pas.

— Nous allons emprunter l'ascenseur de service, annonça-t-il.

— Pourquoi ne pas monter par ce superbe escalier de marbre ? objecta-t-elle immédiatement.

— Parce que l'équipe de nettoyage est en train de s'y affairer, répondit-il. Bah, on s'épargne un peu de fatigue en prenant l'ascenseur. Il est petit, soit, mais fort pratique.

Petit…

Mon Dieu, quelle horreur ! Elle qui ne supportait pas les espaces clos ! En outre, partager un espace exigu avec lui ajoutait encore à son angoisse.

Elle avait l'intuition qu'elle devait éviter ce genre d'expérience.

Allons ! se reprit-elle, le palais ne s'élevait pas sur trente étages et, même s'ils montaient au dernier, le trajet serait court. Un peu de cran ! Elle n'allait pas lui révéler *maintenant* une claustrophobie qu'elle lui avait soigneusement cachée pendant leur vie commune.

Quant à lui avouer qu'elle redoutait sa compagnie dans un ascenseur, c'était impensable… !

J.T. appuya sur le bouton pour appeler la cabine. Au bruit de l'appareil qui s'ébranlait pour descendre au rez-de-chaussée, Jade serra les dents et respira à fond. Bientôt, elle rirait de ses ridicules appréhensions ! Dans dix minutes, elle ressortirait du palais son entretien en poche et le tour serait joué !

Pauvre Harry ! Comme il devait lui en vouloir d'opérer

en solo. Etant donné qu'il était exclu de filmer, elle procéderait à un enregistrement sonore de l'entrevue qui serait ensuite diffusée sur Pen-TV avec une image fixe de la reine, entrecoupée d'interventions de sa part, correspondant aux différentes questions posées durant l'interview.

Un bruit indiqua que l'ascenseur arrivait.

La porte s'ouvrit ; J.T. entra dans la cabine, elle le suivit et la porte se referma. Le tout en quelques secondes à peine ! Il s'agissait effectivement d'un *petit* ascenseur, constata-t-elle avec effroi.

Minuscule aurait d'ailleurs été un qualificatif plus exact !

Pourquoi fallait-il qu'il fût si exigu ? N'avait-on pas les moyens d'installer un ascenseur plus spacieux, au palais ? Ou bien y estimait-on que les employés ne méritaient pas de telles attentions ? Les souverains de Penwick se croyaient-ils donc toujours au Moyen Age ? Ah, ce que c'était que le pouvoir, tout de même !

Ce fut alors qu'elle perçut les sourds battements de son cœur, qui n'étaient pas sans rappeler la grosse caisse d'un orchestre tant elle avait peur. Allons, dans quelques secondes, le cauchemar serait terminé ! se répéta-t-elle pour se rassurer.

Ce fut alors que, subitement, elle eut l'atroce sensation d'être prisonnière.

Sa gorge se noua…

Comme par hasard, au même moment, l'ascenseur se mit à vibrer de façon fort inquiétante.

L'instant d'après, il s'immobilisait brutalement, projetant ses occupants contre ses parois.

Jade riva un œil terrorisé sur J.T., puis sur la porte… Allons, d'une seconde à l'autre, cette porte allait s'ouvrir et elle s'élancerait alors à l'extérieur de cette maudite prison.

Il ne pouvait pas en être autrement !

Mais rien ne se passait…

— Pourquoi la porte ne s'ouvre-t-elle pas ? demanda-t-elle enfin d'une voix fort tendue.

— L'ascenseur est arrêté entre deux étages, annonça J.T.

Elle crut défaillir… Comme dans un cauchemar, elle le vit

appuyer plusieurs fois vainement sur un bouton. Puis ouvrir une trappe dans la paroi et décrocher un combiné.

Affolée à l'extrême, le cœur battant si violemment, elle le regardait s'entretenir calmement au téléphone… alors qu'ils étaient bloqués dans l'ascenseur ! Enfin, il raccrocha et annonça :

— Pas de panique. Il s'agit d'une panne d'électricité. On va devoir attendre un peu.

— Pardon ? hurla-t-elle alors, excédée par sa désinvolture.

Agrippant des deux mains son polo, elle se mit à crier, au bord de l'hystérie :

— Fais-moi sortir de là ! *Immédiatement !*

- 7 -

— C'est impossible ! Nous ne pouvons pas être bloqués dans cet ascenseur !

A ces mots, elle le relâcha sans ménagement, puis se mit à son tour à actionner tous les boutons.

— Comment se fait-il que le courant soit brusquement coupé ? continua-t-elle tandis que ses doigts pianotaient désespérément sur le clavier rectangulaire. Le courant ne *peut* pas être coupé. Nous sommes au palais, tout de même !

— La coupure d'électricité ne s'étend pas à tout l'édifice, précisa alors J.T. Elle concerne uniquement le secteur dans lequel nous nous trouvons. Des fils ont été inversés.

— Eh bien, pourquoi ne les remet-on pas immédiatement dans le bon ordre ? s'insurgea-t-elle.

— Les fusibles ont sauté. Du calme, Jade !

Elle avait recommencé à appuyer sur tous les boutons, furieusement. En s'énervant un peu plus à chaque tentative vaine. Mon Dieu ! Mais que se passait-il donc ?

— Je suis calme, lui précisa-t-elle en se tournant vers lui. J'essaie juste de faire en sorte que ce fichu appareil se remette en marche.

— On ne peut rien réparer de l'intérieur, ma chérie, lui annonça-t-il d'une voix douce.

Instinctivement, il avait opté pour la douceur. Jamais encore il ne l'avait vue dans cet état. La Jade qu'il connaissait n'était pas du genre à s'énerver à la moindre difficulté.

Désireux de la calmer, il lui saisit les mains et la contraignit à abandonner le clavier pour lui faire face. Dans ses grands yeux affolés, il lut alors une indicible frayeur qui le déstabilisa sensiblement.

Il avait déjà perçu de la fureur, de la passion, de la tendresse, et même de l'inquiétude dans les lacs profonds de ses prunelles émeraude. Mais de la peur, jamais.

Aussi fit-il ce qui lui vint naturellement à l'esprit : il l'attira à lui et l'enlaça.

— Que se passe-t-il ? demanda-t-il d'une voix qu'il voulait réconfortante. Pourquoi es-tu si inquiète ? On va bientôt sortir de là, sois sans crainte.

Elle lui jeta un dernier regard désespéré et, sans crier gare, enfouit son visage dans le creux de son épaule. Elle respira profondément la laine de son chandail tout imprégné de son eau de toilette, puis demanda d'une voix étouffée :

— Bientôt… c'est-à-dire ?

— Je l'ignore. Une heure, peut-être.

— *Pardon ?*

Levant les yeux vers lui, elle le regarda, abasourdie.

— Une heure pour quelques fils inversés ? enchaîna-t-elle. C'est insensé. Je ne peux pas rester là tout ce temps. C'est impossible, c'est au-dessus de mes forces !

Patiemment, J.T. repoussa les mèches rebelles qui tombaient sur les joues de Jade, dégageant ainsi son beau visage bouleversé. Dans les eaux troublées de ses yeux s'agitait désormais une autre émotion que la peur : le désespoir.

Il se sentit désemparé, impuissant à l'apaiser, d'autant qu'il ne comprenait pas son angoisse.

— Que t'arrive-t-il, Jade ? Parle, je t'en conjure.

— Eh bien, c'est-à-dire que…

— Que quoi ? l'encouragea-t-il.

D'un geste vif, elle se dégagea de son étreinte et fit un pas en arrière.

Puis, l'œil inquiet, elle scruta l'espace clos, sondant chaque coin du réduit comme si elle cherchait une voie de sortie.

Après cette vaine inspection, elle tourna de nouveau la tête vers lui.

— Je suis claustrophobe..., annonça-t-elle d'un ton catastrophé.

Ce fut à lui de la fixer avec stupeur.

— Ah bon ? Pourquoi ne l'as-tu jamais dit ?

— L'occasion ne s'est pas présentée.

— Tout de même, nous avons été mariés, rétorqua-t-il, pris entre deux sentiments contradictoires.

Il ressentait d'une part une compassion naturelle pour elle, et d'autre part, il ne pouvait s'empêcher d'éprouver une irritation légitime à l'idée de ce silence inexplicable.

Combien de choses encore lui avait-elle tues ?

Et pourquoi ?

Ne lui avait-elle donc jamais fait confiance ?

— Nous avions une grande maison, et je n'en ai jamais souffert quand nous étions ensemble.

— Il a donc fallu que nous nous retrouvions pour que je l'apprenne, constata-t-il sur le ton de la dérision.

— Je vais me ressaisir, dit-elle en s'efforçant vainement de sourire. En général, je peux supporter d'être enfermée dans un endroit exigu quelques minutes. Je vais tenter de battre mes records.

— Tu aurais dû me prévenir avant que nous n'empruntions l'ascenseur.

— Je te dis que je pourrai tenir si ça ne dure pas trop longtemps. Mais si on doit rester là des heures...

— Et tout ça, pour une interview ! lâcha-t-il alors.

A ces mots, elle ouvrit de grands yeux horrifiés.

— L'interview ! Mon Dieu, tout est fichu. Oh, je n'arrive pas à le croire ! s'exclama-t-elle en proie à un profond abattement.

Alors, levant les yeux au plafond, elle poursuivit :

— Quelqu'un en haut lieu me déteste-t-il donc à ce point ? Qu'ai-je fait pour mériter ça ?

— Cesse de te lamenter pour cette fichue interview, lui ordonna-t-il alors presque sèchement.

C'était une obsession ou quoi ? Il allait finir par perdre lui aussi son sang-froid. Il passa une main nerveuse dans ses cheveux, s'ordonnant de se calmer. Il devait absolument garder à l'esprit qu'elle était terrorisée et que son rôle à lui consistait précisément à la rassurer.

Non à la rudoyer.

Tout de même ! Jade était vraiment incroyable. Son job l'obnubilait au point que, même dans une situation de stress, la première chose qui la tracassait, c'était ce maudit entretien.

Leurs regards se croisèrent dangereusement, et chacun vit dans celui de l'autre le reflet de sa propre colère. J.T. se rappelait parfaitement les emportements de Jade. Instinctivement, il caressa sa cicatrice au front. Celle dont il avait hérité au cours de leur voyage de noces. Geste qui n'échappa pas à Jade…

Elle serra les dents. Oubliant presque sa claustrophobie sous l'élan de rage qui la submergea d'un coup, elle releva le menton et défia J.T. Elle planta ensuite les mains sur ses hanches et, plongeant ses yeux dans les siens, lui assena :

— Evidemment, pour toi, il est facile de me conseiller de me calmer et de relativiser cette interview : tu n'as jamais souhaité que je réussisse professionnellement.

— Tu exagères. Ai-je dit cela un jour ?

— Je te l'accorde, tu ne l'as jamais dit. Mais tu le pensais si fort que tu n'avais pas besoin de le préciser.

— J'ignorais tes talents de devin, railla-t-il alors en croisant posément les bras. Je comprends mieux pourquoi la chaîne tenait à ce que tu rencontres la reine. Certainement pour lire dans ses pensées, à elle aussi.

— Très drôle, fit-elle en le foudroyant du regard. Mais inexact ! Je n'avais pas besoin d'être une grande divinatrice pour savoir précisément ce que tu pensais de mon travail, J.T. Tu ne t'en souviens pas ? Pourtant, tu étais assez clair, à l'époque.

Evidemment qu'il se rappelait.

Trop bien, même.

Il aurait préféré que tout cela se brouille un peu au fil du temps. Mais sa mémoire était intacte et lui restituait dans leur vérité criante leurs querelles incessantes.

Elle voulait une carrière.

Il voulait une épouse.

Et ils avaient été incapables de trouver un équilibre.

Sans doute était-ce le sort réservé aux personnes dotées d'une forte personnalité et qui, contre tout bon sens, avaient décidé d'unir leur destin. Personne n'avait rien voulu concéder ; et, à trop tirer dessus, la corde avait fini par casser. Alors chacun avait repris son chemin. Seul.

— Pourquoi m'attaques-tu ? Je t'aimais, je voulais prendre soin de toi.

— Tu voulais surtout que je reste tranquillement à la maison, oui !

— Et alors ? Est-ce un crime ?

— Je n'ai pas dit que c'était un crime, rétorqua-t-elle vivement. Je dis simplement que je n'étais pas le genre de femme à attendre gentiment son mari au foyer.

Elle recula de trois pas et se heurta à la paroi opposée à celle contre laquelle il était appuyé.

— Bon sang, tu ne veux pas comprendre ! poursuivit-elle. Tu n'as jamais voulu comprendre. Tu es bien resté le même !

Son reproche le blessa car il le jugeait injuste.

— C'est faux ! se récria-t-il. J'ai fait preuve au contraire de beaucoup de compréhension.

Ce disant, il l'attrapa par le poignet et l'attira à lui.

A cet instant, il aurait juré entendre les battements affolés de son cœur contre sa poitrine.

Elle rejeta la tête en arrière pour le regarder, et il eut alors la curieuse sensation de se noyer dans l'océan de ses yeux.

Dans le même temps, son parfum fleuri l'ensorcela, l'inondant de sensations et de souvenirs dont l'intensité le déstabilisa.

Dans un ultime effort de volonté, il les refoula, bien résolu à dire enfin à son ex-femme ce qu'il avait retenu depuis si longtemps.

— Le matin de ton départ, commença-t-il, tu as affirmé ne pas pouvoir être heureuse si tu ne faisais pas carrière. Que ton mariage avec moi ne te *suffisait* pas. Que la famille que nous pourrions fonder ne te *suffirait* pas.

Malgré elle, elle sentit ses yeux se remplir de larmes. Oh, combien elle se maudissait de flancher ainsi !

De son côté, J.T. s'interrogea. S'agissait-il de larmes de frustration, de colère ou simplement de tristesse ? Difficile à déterminer.

— Tu as prétendu devoir trouver ta propre voie, poursuivit-il. Faire tes propres choix et te forger une carrière qui représenterait autant à tes yeux que mon métier aux miens.

La serrant un peu plus étroitement, il ajouta :

— Te souviens-tu ?

— Oui, concéda-t-elle d'une voix blanche en se mordant la lèvre inférieure.

— Alors maintenant, je veux savoir..., annonça-t-il d'un air douloureux. Je veux savoir si tu es heureuse. Si ton départ en valait la peine. Réponds-moi. Es-tu heureuse, Jade ?

Heureuse ?

Là, en ce moment, tout près de lui, oh oui ! elle l'était. Qu'il était doux de percevoir les pulsations de son cœur et de sentir son souffle chaud sur sa joue !

Elle scruta intensément ses yeux foncés, des yeux dont elle rêvait depuis trois ans et dont le souvenir resterait à jamais gravé dans sa mémoire.

Heureuse ?

Sans J.T. ?

Impossible !

Mais il était tout aussi inconcevable de le lui avouer. Non, elle ne pouvait pas lui confier que, jusqu'à présent, sa carrière n'avait pas *suffi* non plus à combler sa solitude, son sentiment de vide intérieur. Quant à admettre qu'elle avait peut-être eu tort de le quitter...

Elle éluda la question de J.T.

— J'exerce un métier qui me plaît.

— Es-tu heureuse ? demanda-t-il de nouveau en haussant imperceptiblement le ton.

— J'ai une vie satisfaisante.

— Es-tu *heureuse* ?

Sa voix, dure et pressante, exigeait une réponse.

— Oui, dit-elle en le regardant droit dans les yeux.

Mensonge. Mais il aurait été bien trop honteux de lui avouer que, depuis son départ, le bonheur lui était resté une notion étrangère. A quoi bon d'ailleurs lui dire la vérité ? Pourquoi remuer le couteau dans la plaie ?

— Tu mens, affirma-t-il alors en la serrant si fort contre lui qu'elle pouvait à peine respirer. J'ai toujours su quand tu me mentais.

— Tu te trompes.

— Je t'ai manqué, affirma-t-il tandis qu'une lueur de colère passait dans ses yeux.

— Non, fit-elle, butée.

— Et tu me désires…

— J.T…

— Autant que moi je te désire !

Elle sentit ses jambes la trahir tandis qu'intérieurement, au cœur de son être, elle fondait…

Haletante, elle humecta ses lèvres. J.T. la clouait du regard, à l'affût de ses moindres réactions. Comment avait-elle cru pouvoir l'abuser ?

— J.T., reprit-elle la gorge nouée. Je t'en prie, arrête…

— Je n'ai jamais cessé de te désirer, déclara-t-il alors sans l'écouter. Il m'arrive souvent de rêver de toi, et quand je me réveille, j'ai mal.

A ces mots, elle sentit le même désir brûler à l'intérieur de son corps.

— Je connais ce genre de rêve, murmura-t-elle tristement.

Et cet aveu à voix haute eut sur elle un effet libérateur. Brusquement, elle se sentit soulagée. Et sans plus réfléchir à rien, elle se mit à caresser les bras de J.T., laissant le plus naturellement du monde ses doigts courir sur son chandail.

Ses seins durcirent tandis qu'elle se lovait sans retenue contre lui, appréciant la force qui se dégageait de tout son être. Son sang courait dans ses veines, la chaleur l'envahissait ; elle était saisie d'un désir si impérieux, si profond qu'il n'y avait pas d'échappatoire.

La solution passait par lui.

Indubitablement, il serait son sauveur.

— Assez parlé, murmura-t-il alors.

Un gémissement lascif franchit les lèvres de Jade lorsqu'il posa la main au creux de ses reins et remonta le long de sa colonne vertébrale, pour prendre doucement mais fermement sa nuque. Puis il se pencha vers sa bouche et, capturant ses lèvres, il lui vola un baiser. Violent, sauvage. Qui lui déroba le souffle et anéantit ses ultimes réserves.

Alors elle s'abandonna, et se laissa délicieusement dériver… Protester aurait tout simplement été au-dessus de ses forces.

A présent fougueux, J.T. la plaqua contre la paroi de l'ascenseur, tout en faisant fiévreusement courir ses mains sur son corps.

Bientôt, il lui retira son cardigan et le jeta à terre.

Et tandis que leurs langues se mêlaient farouchement et que cette folle danse allumait en Jade un véritable incendie, les doigts de J.T. déboutonnaient adroitement son chemisier jaune pâle…

Alors, tout aussi fébrile que lui, elle lui vint en aide. Bientôt son chemisier vola lui aussi sur le sol, rejoignant son cardigan.

Plus rien au monde ne comptait que les caresses de J.T. sur son corps éperdu de désir ! Ses mains d'homme emprisonnèrent ses seins. Mmm, quelle délicieuse sensation d'être à lui ! Lorsque, à travers la dentelle de son soutien-gorge, il en titilla les pointes, elle se sentit presque chanceler… Heureusement, il l'enlaça de nouveau et son corps solide, tout contre le sien, la rassura. A son tour, elle voulut le déshabiller, lui retira son chandail, sortit sa chemise de son pantalon… Enfin, ses paumes se posaient sur sa chair chaude, sur son ventre dur et musclé.

Elle sentit un frisson érotique le parcourir de haut en bas… Une vague de satisfaction la submergeait : elle avait donc le pouvoir de faire vaciller cet homme si fort et si impressionnant ?

Galvanisée, elle lui ôta tout à fait sa chemise, puis se pressa contre son torse nu, immédiatement envahie par une sensation de bien-être absolu. Comme ivre de bonheur, elle dessina de voluptueuses arabesques sur sa poitrine et son dos musclés…

De son côté, il s'apprêtait à dégrafer son soutien-gorge.

Lorsque les bretelles glissèrent sur les épaules de Jade et que la dentelle atterrit à leurs pieds, il prit ses seins en coupe dans ses mains et, avec ses pouces, en caressa sensuellement les pointes durcies.

Elle poussa un petit cri et rejeta la tête en arrière… Et, quand il se pencha pour embrasser un sein, puis l'autre, elle se mit à gémir doucement… La langue et la bouche de J.T. exerçaient des pouvoirs magiques sur son corps. Elle tremblait d'excitation et de désir.

Il y avait si longtemps ! Si longtemps qu'elle rêvait de cet instant. Si longtemps qu'elle n'avait pas ressenti de telles voluptés…

— J'ai besoin de toi, ma chérie, murmura-t-il contre sa peau.

Sous la caresse conjuguée de son souffle et de ses paroles, des frissons filèrent le long de son échine.

— Viens, Jeremy, chuchota-t-elle, éperdue. Maintenant.

Inutile qu'elle le supplie, il ne demandait qu'à lui plaire et lui obéir. Promptement, il fit glisser sa main sur les cuisses de la jeune femme… avant de relever sa jupe à la hauteur de sa taille.

D'instinct, elle s'agrippa à son cou pour enrouler ses jambes autour de ses reins. J.T. entendait battre son cœur, voyait pulser son pouls à la base de son joli cou.

Ce fut alors que, quelque part en lui, du fond de sa raison, une voix voulut lui susurrer qu'il était fou.

Qu'il se comportait comme le dernier des insensés !

Qu'il se trouvait dans l'ascenseur du palais, et qu'il pourrait être renvoyé sur-le-champ si on l'y surprenait à moitié nu, en compagnie de la journaliste censée interviewer la reine.

Et pourtant, il voulait bien aller en enfer pour ce qu'il s'apprêtait à faire…

Ignorant délibérément cette voix, il se concentra sur Jade, dont l'intimité était encore voilée de soie. Jade… Sa bouche était rouge, toute gonflée de baisers. Il sentait ses seins palpitants contre son torse, et, chaque fois qu'elle respirait, ils le frôlaient, se pressaient tout doucement contre lui.

Le corps de Jade l'appelait.

Les yeux dans ses yeux, il glissa la main sous la soie de sa culotte et explora bientôt ses tendres profondeurs. Elle poussa un soupir lascif et se cambra, chaloupa pour lui exprimer son désir et ce qu'elle attendait de lui.

Comme il aimait cela ! Ils étaient vraiment sur la même longueur d'onde. Ils s'étaient trouvés. Re-trouvés. Et leurs caresses se firent de plus en plus précises…

Tremblante, Jade murmura :

— Jeremy… Je veux te sentir en moi.

Tendu comme un arc, à bout de souffle, il la dénuda tout à fait. Elle resserra son étreinte, épousa ses hanches, enfonça les ongles dans sa chair…

Chaque caresse de Jade l'électrisait. Si elle ne voulait pas de son cœur, elle était affamée de son corps et il adorait cela. Il adorait l'idée de lui appartenir et de la faire sienne.

Enivré à l'extrême, il se dépouilla de son pantalon. La seconde suivante, il était en elle et leurs cris se confondaient. Enfin ! Enfin, elle était de nouveau sa femme et il rentrait au port ! Son exquise moiteur l'accueillit ; il se mit à aller et venir, doucement.

Sous la houle de l'amour, Jade ne pensait plus à rien d'autre qu'au corps aimant qui comblait le sien. Le reste du monde avait depuis longtemps disparu… C'était la même magie, la même chaleur, la même soif que la première fois. Elle se pliait, consentante et ravie, au rythme de son amant, ondulant à la même cadence que lui.

Durant les années de séparation, elle avait tellement fantasmé ces retrouvailles, elle les avait tellement appelées de toutes ses forces, qu'elles n'en étaient que plus merveilleuses.

Elle sentait bouillir son sang, tambouriner son cœur, et ses yeux ne quittaient pas ceux de Jeremy. Elle avait besoin d'être enchaînée à lui à l'instant où elle chavirerait…

Soudain, la pulsation familière du plaisir naquit au fond de son ventre. Jeremy le perçut car il murmura :

— Oui, mon amour ! Abandonne-toi.

Elle répondit, cherchant son souffle :

— Pas sans toi. Cette fois, tu pars avec moi. Je t'emmène, Jeremy.

Ces mots portèrent le coup de grâce au contrôle de Jeremy. L'instant d'après, ils plongeaient ensemble dans la nuit voluptueuse de l'orgasme partagé. Le corps et l'âme de Jade volèrent en éclats sous la violence du souffle de l'amour…

- 8 -

Au sous-sol, deux hommes en salopette bleue s'activaient autour d'un enchevêtrement de fils électriques qui sortaient de la cloison.

Derrière eux se tenait une troisième personne en uniforme qui paraissait fort nerveuse.

— Eh bien ? demanda le soldat qui observait avec une attention soutenue les manœuvres des électriciens. Pouvez-vous faire quelque chose, oui ou non ?

L'un des deux ouvriers lui jeta un coup d'œil agacé par-dessus l'épaule et répondit :

— Evidemment ! Nous viendrons à bout de cette panne. Seulement, cela va prendre un peu de temps.

— Combien ?

Un bruit sourd, suivi d'un vol d'étincelles blanches et bleues, les interrompit.

Une odeur de brûlé se répandit immédiatement dans l'air et l'électricien poussa un soupir accablé : quelques fils supplémentaires de fichus !

— Alors ? insista l'homme en uniforme.

— Je l'ignore ! répliqua l'ouvrier, passablement agacé. Un certain temps, voilà, je ne peux pas vous en dire plus.

Le soldat lui lança alors un regard hautain, puis disparut pour faire son rapport.

Bon sang !

Il espérait ne pas être dans les parages lorsque Jeremy Wainwright sortirait de l'ascenseur. Car ce dernier serait si furieux qu'il congédierait d'abord ses subordonnés… et poserait des questions ensuite !

La sanction en premier, et la discussion après, c'était en général dans cet ordre-là qu'il procédait.

— Espérons qu'ils vont prendre tout leur temps pour réparer la panne, murmura J.T.

Lui et Jade étaient encore plaqués l'un contre l'autre, comme s'ils avaient décidé de ne plus jamais se séparer. Il poursuivit sur le même ton feutré :

— Imagine que la porte s'ouvre maintenant et que le roi nous découvre enlacés ! Je ne crois pas que je survivrais… Je donne ma démission avant qu'il ne me signifie mon renvoi.

Un sourire aux lèvres, Jade l'écoutait d'une oreille distraite, toujours lovée contre lui. D'où lui venait cet étrange sentiment de grâce ? Sans ce corps pressé contre elle, il lui semblait qu'elle redeviendrait une sorte de fantôme… Jamais encore elle n'avait éprouvé une sensation semblable, même à l'époque où ils vivaient ensemble, J.T. et elle.

Physiquement, ils s'étaient toujours bien accordés, mais aujourd'hui… Aujourd'hui, ce qu'ils avaient vécu se situait au-delà de l'harmonie des corps. Ils avaient atteint quelque chose comme… le ravissement des âmes.

— Je suis incapable de faire le moindre mouvement, constata-t-elle.

— Quelle importance ! Tu es très bien où tu es.

Elle avait protesté pour la forme, car, à elle aussi, la situation convenait parfaitement. Grâce à son corps encore enchaîné au sien, elle ressentait avec J.T. une exquise impression de complétude, de plénitude — pour la première fois depuis trois ans.

Pour la première fois depuis qu'elle l'avait quitté…

Relevant la tête, il lui sourit tendrement et demanda :

— Comment va ta claustrophobie ?

A ces mots, elle laissa fuser un bref rire et répondit promptement :

— Il semblerait que je sois guérie !

— La prochaine fois que tu souffres d'une pathologie

quelconque, viens me consulter au lieu de te rendre chez ton médecin. Je reçois sans rendez-vous.

— Je reconnais que tu prescris des traitements efficaces, répondit-elle dans un sourire suave.

— A mon avis, ta thérapie n'est pas tout à fait terminée, annonça-t-il alors d'une voix langoureuse.

Se penchant vers elle, il captura sa bouche et lui donna un baiser aussi ardent que profond, non sans prier pour que ce traitement dure toujours. Elle était la seule femme qui eût jamais existé à ses yeux et la seule qui existerait jamais.

Au diable leurs différends et leur divorce ! Seul comptait l'instant présent… Et, en ce moment précis, elle était nue entre ses bras, offerte à lui. Alors le reste…

Lentement, il recommença à se mouvoir en elle, ondulant des hanches avec une grâce toute féline. Peu à peu, il accéléra le rythme, plongeant de plus en plus profondément en Jade, comme pour s'y enraciner.

Comme s'ils étaient unis pour la vie.

Et, même si la raison lui criait que c'était une illusion, que bien trop d'obstacles se dressaient sur leur route pour qu'ils restent ensemble, son cœur, lui, refusait de l'entendre.

Tout comme son corps.

Tout en l'embrassant à perdre haleine, il laissait ses doigts errer sur sa poitrine, en palpait les pointes dressées… Un léger gémissement échappa à Jade lorsqu'elles roulèrent sous ses pouces… De ses jambes, elle ceignit de nouveau le corps de son amant, l'invitant à poursuivre.

Comme il était grisant de susciter en elle ces ondes d'excitation ! songea Jeremy. Une excitation qui nourrissait son désir à lui et mettait le feu à son corps…

Il la dévisagea avec une intensité brûlante, tout en lui maintenant le menton pour qu'elle soutienne son regard. Des étoiles traversèrent alors le vert marin de ses yeux. Des étoiles de passion que lui seul avait le pouvoir d'y faire naître. Frissonnante entre ses bras, elle continuait à pousser de délicieux petits gémissements, tandis que le plaisir montait peu à peu en elle.

— Jeremy… Oh, Jeremy, répéta-t-elle.

— Relax, bébé. Laisse-toi aller…

— Avec toi, je veux bien aller jusqu'au bout du monde, lui dit-elle avec passion.

Il se délectait de l'adorable spectacle qu'elle lui offrait, tout en sentant son corps palpiter contre lui… Lentement, il se remit à aller et venir en elle, guidant une danse terriblement érotique, aussi dangereuse et risquée que s'ils valsaient au bord d'un précipice.

Et cette langueur les rendait tous deux fous.

— Emporte-moi encore plus loin, plus haut, implora-t-elle.

A ces mots, J.T. se mit à chalouper contre elle avec une fougue insensée, les entraînant dans un galop, allumant des sensations sauvages et enivrantes.

Jusqu'à ce que, de nouveau, le monde bascule autour d'eux et qu'un million d'étoiles explosent ensemble et les éblouissent.

Dans le feu de la passion, tout semblait aller de soi. Les amants oubliaient le monde extérieur et leurs affres, ne voyaient et n'entendaient plus rien… Hélas ! une fois les corps comblés, pourraient-ils espérer que la réalité renonce à les rattraper ?

Les paupières closes, Jade avait niché sa tête dans le creux de l'épaule de Jeremy, consciente de recouvrer progressivement sa raison. Sa tyrannique raison. Et force était de constater qu'en dépit de la merveilleuse expérience qu'ils venaient de partager, de la sublime impression d'intimité retrouvée, rien, absolument rien n'avait changé.

— Tout va bien ?

Le murmure de Jeremy glissa en elle comme une caresse intime.

— Oui, répondit-elle un peu vite, la vérité étant bien trop compliquée à exprimer.

Doucement, il se détacha d'elle et elle reposa les pieds sur le sol, pétrie de la terrible sensation que la trêve était terminée.

Elle se pencha alors pour ramasser ses vêtements et,

comme elle se redressait, elle vit un objet qu'elle n'avait pas encore repéré…

— Oh, mon Dieu ! s'exclama-t-elle.

— Qu'y a-t-il ?

— Est-ce bien ce que je redoute que ce soit ? demanda-t-elle en désignant un angle du plafond.

— M… ! J'avais complètement oublié ce détail !

Il s'agissait bel et bien d'une caméra, accrochée discrètement au plafond de l'ascenseur.

Immédiatement, elle lui tourna le dos et se rhabilla à la hâte.

Pathétique manœuvre !

Elle se dépêchait de se couvrir le corps, dos à cet œil espion, alors que quelques minutes plus tôt…

Oh non ! Elle n'arrivait pas à le croire.

Eh bien, pour la discrétion, ils pourraient repasser… Quelle horreur ! C'était monstrueux !

Comme elle reboutonnait fébrilement son chemisier, une pensée lui traversa l'esprit. Aussitôt elle s'exclama :

— S'il te plaît, J.T., dis-moi que dans la mesure où le courant ne fonctionne pas pour l'ascenseur, la caméra est elle aussi hors service.

Il considéra posément ses propos, tout en renfilant sa chemise et son chandail. Par quel miracle les hommes pouvaient-ils demeurer si calmes dans des situations aussi dramatiques ? pensa-t-elle.

Ce n'était pas juste !

Tandis qu'elle prenait bien soin de toujours présenter son dos à l'objectif voyeur, J.T. s'en approcha au contraire pour l'examiner. Quelques secondes s'écoulèrent, aussi longues que l'éternité…

— C'est bon, finit-il par dire. Nous ne risquions rien.

— Comment le sais-tu ?

— Regarde !

Non, elle ne voulait absolument pas se retourner et offrir son visage en gros plan à cette maudite caméra. Et si J.T. se trompait ? Après tout, il ne savait pas tout des secrets du palais !

— Jade ! insista-t-il. Regarde !

Elle risqua un œil vers lui, tout en se gardant de fixer la caméra.

— Elle ne fonctionne pas plus que l'ascenseur. Le témoin lumineux est éteint.

— Tu en es bien sûr ?

— Sûr et certain, affirma-t-il.

Passant alors une main dans ses cheveux, il ajouta d'un air las :

— Nous l'avons échappé belle. Car si elle avait marché, je ne m'en serais même pas aperçu.

— Moi non plus, tu sais, dit-elle pour le rassurer.

— Peut-être, mais toi, ce n'est pas ton job d'être attentif à tout. Alors que moi…

— Allons, ne te blâme pas. Nous étions un peu… distraits.

Ce mot le frappa comme une balle en plein cœur. Il lui adressa alors un regard qui la glaça jusqu'aux os. Toute trace de tendresse avait déserté son visage.

— Distraits ? Est-ce donc tout ce que tu as ressenti ? Tu t'es amusée ?

— J.T., c'est…

— Je n'arrive pas à le croire… Voilà que tu recommences ! C'est tout de même incroyable.

— Mais qu'est-ce que tu racontes ?

— Regarde-toi ! On a l'impression que rien ne s'est passé entre nous, tu es redevenue aussi distante qu'avant. Plus encore.

Il avait toujours su lire en elle comme dans un livre ouvert et il était vrai que, imperceptiblement, elle était en train de reprendre de la distance. Mais c'était par instinct de survie ! Pour leur salut à tous deux.

Ne pouvait-il donc pas le comprendre ?

— Je doute que ce soit le bon endroit pour régler tes comptes, J.T., argua-t-elle d'un ton réprobateur.

— Avec toi, ce n'est jamais le lieu ni le moment de discuter.

— Tu es injuste ! s'indigna-t-elle.

— Non, j'énonce simplement une vérité qui te déplaît.

— Assez, J.T. !

Secouant la tête d'un air perplexe, il décréta alors d'un ton étrangement calme :

— J'aurais pourtant dû le voir venir.

— Tu es réellement impossible ! s'emporta-t-elle.

— Et toi, tu n'es jamais vraie !

Le reproche vibra dans l'air…

Le regard enchaîné au sien, il se rapprocha d'elle. Un air si menaçant assombrissait ses traits qu'il fallut quelques secondes à Jade pour se rappeler que l'homme qui lui ravissait jusqu'à son souffle, dans ce minuscule ascenseur, c'était J.T., et qu'il se serait tué plutôt que de porter la main sur elle.

— C'était bien davantage qu'un divertissement. Bien plus que des ébats charnels, et tu le sais parfaitement, Jade ! déclara-t-il entre ses dents.

Ses yeux brillaient d'un feu noir. Elle vit un muscle de sa mâchoire tressaillir et comprit qu'il faisait de louables efforts pour se contrôler.

Comme toutes les fois où ils s'étaient disputés, jadis !

Elle, elle jetait les objets au sol, et lui, il serrait les dents, attentif à ne pas perdre les pédales.

En dépit de sa brièveté, leur mariage avait été haut en couleur. Et, même après ces trois années, il demeurait le seul à la connaître vraiment.

Il avait raison, bien sûr ! Faire l'amour avec lui, dans cet ascenseur, relevait d'autre chose que du simple divertissement. En réalité, c'était l'accomplissement des rêves et des pensées qui l'avaient hantée durant trois ans. C'était une expérience fantastique. La preuve ! Son corps frémissait encore de plaisir, chaque parcelle de sa peau restait en alerte, prête à s'enflammer de nouveau.

S'il tentait de la prendre encore, maintenant, nul doute qu'en un rien de temps ses vêtements joncheraient le sol et qu'elle accepterait volontiers un autre corps à corps érotique…

Elle tressaillit. Non ! Elle devait rejeter une telle éventualité. Aussi répliqua-t-elle d'un ton dur, presque accusateur :

— Que suis-je censée te répondre ?

Là-dessus, résolue à contrer le feu par le feu, elle se campa devant lui, mains sur les hanches. Sachant pertinemment qu'elle ne l'impressionnait nullement, elle poursuivit néanmoins :

— Que veux-tu entendre de ma bouche, J.T. ? Que j'ai vu des étoiles ? Eh bien, oui, c'est un fait, je les ai tutoyées tout à l'heure, entre tes bras. Quoi encore ? Que c'était merveilleux ? Oui, ça l'était.

Reprenant son souffle, elle abattit alors son argument de choc :

— Mais ça ne change rien du tout !

— Toi non plus, tu n'as pas changé, trésor ! rétorqua-t-il sur le ton de la dérision.

— Que veux-tu dire exactement ? demanda-t-elle en sentant monter la fureur en elle.

— Tout simplement que tu es la même personne que celle que j'ai connue autrefois. En somme, tu es restée fidèle à toi-même.

A un souffle de son visage, il ajouta :

— Et non seulement tu continues à te mentir à toi-même au sujet de notre couple, mais qui plus est, tu es toujours trop lâche pour nous donner une chance.

Instinctivement, elle se plaqua contre la paroi. Elle ne supportait plus que leurs souffles se mêlent. La magie était définitivement passée.

— Je ne suis pas lâche, se récria-t-elle.

— La fuite est toujours un aveu de faiblesse, Jade, insista-t-il. Et fuir, c'est ce que tu as fait, il y a trois ans.

— Non, je n'ai pas fui ! Je suis partie. Il y a une différence !

— De vitesse, oui, je te l'accorde.

— Est-ce que tu crois que ça m'amusait d'être *obligée* de partir ? fit-elle d'un ton exaspéré.

— Quand on n'en a toujours fait qu'à sa tête, on est incapable de la moindre concession, observa-t-il durement.

— Tu ne m'as pas laissé le choix, J.T.

— On a toujours le choix, trésor.

— Cesse de m'appeler « trésor » ! s'énerva-t-elle.

— Essaierais-tu de détourner la conversation ? fit-il d'un ton détaché, tandis que la raideur de ses épaules et l'expression figée de ses traits démentaient clairement la désinvolture qu'il voulait afficher. Avoue que tu redoutes la vérité, Jade.

— Tu n'es qu'un crétin ! marmonna-t-elle, à bout de nerfs.

— Bravo ! Les insultes, à présent… Décidément, tu ne m'épargneras rien.

A cet instant, un terrible silence s'abattit entre eux, puis il reprit d'un air moqueur :

— Crétin, donc… Quel cruel manque d'imagination pour une journaliste de ta trempe !

Elle fulminait, sans piper mot.

Quant à J.T., résolu à surfer sur la vague de l'ironie, il regarda autour d'eux d'un œil moqueur et ajouta, l'air faussement contrit :

— Désolé, il n'y a pas de livres que tu pourrais m'envoyer au visage. Remarque, tu peux essayer de t'en prendre à moi à mains nues. Vas-y, Jade, montre-moi ce que tu vaux.

— Cesse de railler mon courage, J.T. ! Il m'en a fallu pour te quitter.

— Non, il t'en aurait fallu pour rester et nous accorder une chance. N'inverse pas les choses, s'il te plaît !

— A quoi bon insister quand on sait que ça ne va pas marcher ? demanda-t-elle alors, le regard soudain perdu.

— Comment peux-tu en être si certaine ? Tu n'as pas essayé !

— Essayé quoi ? D'être une gentille femme au foyer entourée d'une nuée d'enfants ? Ce n'est pas un rôle que l'on prend et que l'on quitte aisément. Une fois que l'on a des enfants, il faut les assumer. Il n'y aurait pas eu de retour en arrière possible. Et tu le sais pertinemment !

— Accuse-moi d'avoir voulu te piéger, tant que tu y es !

Pointant un index accusateur sur sa poitrine, elle lui rappela alors :

— Tu voulais que ton dîner soit prêt tous les soirs à 19 heures. Et de surcroît, que je te le serve avec le sourire. Tu ne comprenais pas pourquoi ce rôle ne me convenait pas.

— Je voulais prendre soin de toi, de notre famille. T'épargner des soucis. C'est légitime !

— Tout comme il est légitime pour une femme de vouloir travailler. De participer au bien-être matériel de sa famille.

Il leva les yeux au ciel, avant de se mordre nerveusement la lèvre inférieure. Devant son silence, elle enchaîna :

— Eh bien, J.T., que se passe-t-il ? Tu ne contre-attaques pas ? Tu es devenu muet ? Le sens de la repartie t'a-t-il brusquement déserté ?

— O.K. Si ça peut te faire plaisir, j'admets que j'étais borné. Et entêté ! Mais tu ne l'étais pas moins.

— Avoue que, dans ces conditions, cela ne menait à rien de rester ensemble. Deux volontés aussi fortes que les nôtres n'étaient pas compatibles.

— Nous aurions pu trouver un compromis, affirma-t-il encore de cette voix rauque qui, invariablement, déclenchait des frissons dans le dos de Jade.

— Nous n'aurions fait que nous blesser davantage, et je ne voulais pas continuer à nous infliger ces meurtrissures. Nous méritions mieux, toi et moi.

A ces mots, elle s'adossa à la paroi.

De son côté, il ne cessait de se passer la main dans les cheveux tout en tâchant de recouvrer son calme, car il était à fleur de peau.

Initialement, il n'avait pas l'intention de rouvrir la plaie du passé. Pourquoi avait-il fallu que ce maudit appareil tombe en panne ? La promiscuité leur avait fait perdre la tête.

— C'est vraiment comme au bon vieux temps, Jade, constata-t-il tristement.

Il émit un rire sec, puis ajouta :

— On s'aime passionnément et puis on se querelle. Rien n'a changé.

— Je ne veux plus me disputer avec toi, J.T.

Il attacha son regard à son beau visage farouche… Et la colère céda le pas aux regrets. Des regrets qui le laissaient meurtri et assommé.

D'un geste las, il fit glisser ses doigts sur la joue de Jade, puis laissa lourdement retomber sa main. Alors il se pencha, ramassa le vêtement qui était encore par terre et le lui présenta.

Elle l'enfila sans dire un mot, comme si elle entrait dans une armure. En l'occurrence, elle n'en avait pas besoin : les vieilles blessures et douleurs venaient de se dresser de nouveau entre eux.

— On a toujours été fous amoureux, n'est-ce pas, trésor ? fit-il.

Puis, l'aidant à ajuster sa jupe, il dit d'un air résigné :

— C'est juste cette fichue vie en commun qui a tout gâché.

Elle leva les yeux vers lui et vit s'y refléter la peine qu'elle-même éprouvait.

— Tu m'as manqué, J.T.

— Et toi donc.

Sur une impulsion, il la serra très fort contre lui, tout en ayant la terrible sensation qu'il lui disait adieu. Son cœur se tordit de douleur.

— C'est bien là le drame, ma chérie. Tu me manques.

La réponse de Jade fut à jamais perdue car, à cet instant, ils ressentirent une vive secousse, accompagnée d'un bruit sourd. Et puis l'ascenseur s'ébranla subitement.

— On dirait que la panne est réparée, constata-t-il.

Précision tout à fait inutile, mais parler lui donnait une contenance.

Remettant de l'ordre dans ses cheveux, elle ramassa son sac et en passa la bandoulière à son épaule. Puis elle s'enquit :

— Ça va ? Je suis présentable ?

— Présentable ? Tu es superbe, oui ! Comme toujours.

En dépit du compliment, son ton était sec et ses yeux sombres. L'homme avec qui elle venait de partager d'inoubliables moments venait de céder la place au spécialiste de la sécurité hostile aux journalistes — *espèce* à laquelle elle appartenait.

- 9 -

Lorsque les portes de l'ascenseur s'ouvrirent, J.T. comprit immédiatement qu'un événement grave venait de se produire.

Le jeune garde qui attendait au garde-à-vous devant l'appareil les fixa d'un air curieux, puis annonça :

— M. Vaucour vous attend dans la salle de réception de la reine.

— Maintenant ? demanda J.T. tout en saisissant le bras de Jade pour éviter que, brusquement paniquée par ce changement de programme, elle ne prît peur et ne s'enfuît.

— Sur-le-champ ! répondit le jeune homme. Vous êtes attendu en compagnie de Mme Erickson.

Que signifiait cette convocation ? s'interrogea J.T. interloqué.

Ce fut alors que, consultant sa montre, il constata qu'ils étaient restés bloqués plus d'une heure dans l'ascenseur ! Une heure et des poussières de retard, donc ! Or, l'emploi du temps de la reine était des plus serrés. Contrairement aux bruits qui couraient dans l'opinion publique, les souverains ne menaient nullement une vie d'oisiveté, mais étaient souvent surmenés entre leurs différentes œuvres de charité et les réunions politiques.

Sans compter les situations de crise.

Pour cette raison, J.T. doutait fort que la reine se trouvât encore dans la salle de réception, à attendre tranquillement que la journaliste qui devait l'interviewer à 10 heures tapantes, pendant une durée précise de dix minutes, fût enfin délivrée de l'ascenseur dans lequel elle avait malencontreusement été bloquée.

Nul doute que l'entretien serait reporté à un autre jour.

Dans ces conditions, pourquoi les attendait-on de toute urgence dans la salle de réception ?

Quel genre de révélations allait donc leur faire Franklin ?

Plus il réfléchissait et moins il parvenait à éclaircir le mystère — ou tout au moins à trouver une hypothèse plausible.

Franchement, il se produisait des événements bien étranges, au palais…

Jade était-elle responsable de cette mauvaise configuration ?

— Que se passe-t-il ? demanda celle-ci, nerveuse, tandis qu'il l'entraînait vers la salle où patientait Vaucour.

— Je l'ignore, répondit-il brièvement sans lâcher son bras.

Il se garda bien de lui livrer le fruit de ses réflexions.

Après tout, il n'était sûr de rien, et elle découvrirait toujours assez tôt que la reine n'était plus là, si tel était le cas.

Un épais tapis étouffait leurs pas et, pourtant, il lui semblait qu'ils résonnaient dans tout le vestibule.

Sans ralentir l'allure, Jade ouvrait grand les yeux, fascinée par la splendeur qui se déployait autour d'elle, entièrement sous le charme de l'aile privée du palais, de ces fameux appartements royaux que peu de personnes à Penwick pouvaient s'enorgueillir d'avoir vus.

Des pastorales de maîtres et des tapisseries du Moyen Age recouvraient les murs. Des chaises et des guéridons meublaient les couloirs. Il s'agissait de meubles d'époque, patinés par le temps et les chiffons des domestiques.

Des flaques de lumière ivoire se déversaient des appliques en or qui ornaient les murs, semant des taches pâles sur le tapis rouge foncé.

De lourdes tentures en velours protégeaient les meubles délicats des rayons du soleil matinal.

— Comme c'est beau ! constata-t-elle à voix basse.

Il lui tenait fermement le bras, ce qui n'empêchait nullement Jade de tourner la tête à droite et à gauche. Elle était littéralement subjuguée, et ne cherchait pas à cacher sa curiosité.

— Voilà, nous sommes arrivés, annonça J.T. C'est cette porte-là.

A ces mots, elle s'arrêta net.

— Qu'y a-t-il ? fit-il, vaguement soucieux.

Elle exhala un long soupir et répondit :

— Rien, je reprenais juste ma respiration.

— Tu as peur ?

Ces mots avaient franchi ses lèvres avant qu'il ne réfléchisse et il les regretta immédiatement.

Le foudroyant du regard, elle haussa les épaules et rétorqua farouchement :

— Non ! Quelle idée !

Puis elle s'efforça de recouvrer une respiration régulière et de maîtriser d'une part sa colère contre lui et d'autre part son appréhension. La crise de nerfs, ce serait pour plus tard ! Là, devant J.T., elle ne devait absolument pas montrer sa nervosité. Même si, en l'occurrence, l'état dans lequel elle se trouvait se situait bien au-delà de la nervosité. A vrai dire, c'était un état indescriptible.

Il fallait dire que les événements s'étaient enchaînés d'une bien curieuse façon ! A 8 heures du matin, on l'avait convoquée pour un entretien avec la reine deux heures plus tard et cette entrevue à elle seule suffisait à l'angoisser. Et voilà qu'en chemin, elle était non seulement restée bloquée dans un ascenseur, mais elle avait également follement fait l'amour avec son ex-mari dans ce réduit !

N'était-ce pas plus qu'une personne normalement constituée pouvait supporter ?

Elle fixa la porte qu'ils s'apprêtaient à franchir…

Derrière cet ultime rempart se trouvait le but vers lequel avait tendu son travail des trois dernières années. Car, obnubilée par sa mission, elle ne doutait pas un instant qu'elle allait enfin rencontrer la reine.

Le rendez-vous aurait visiblement lieu en présence de Vaucour qui n'était pas, initialement, prévu au programme ! Voici pourquoi un jeune garde les en avait avisés dès qu'ils étaient sortis de l'ascenseur.

Cet entretien revêtait à ses yeux une véritable consécration. Et nul doute qu'il lui vaudrait une belle promotion !

Or, curieusement, elle était consciente qu'une part d'elle-même ne souhaitait pas pénétrer dans la salle de réception.

Où était la logique dans tout cela ? pensa-t-elle, exaspérée par les sentiments ambigus qu'elle ressentait.

Allons, il fallait dire que les circonstances ne l'aidaient guère ! Au contraire ! On aurait dit qu'elles se déchaînaient contre elle. Elle avait l'impression d'avoir atteint un point de non-retour.

— Allons-y ! dit-il en tendant le bras pour la laisser passer.

— Bien ! fit-elle.

Elle releva le menton, faisant appel à ses ultimes réserves de courage. Comme si, au lieu de franchir le seuil d'une pièce, elle s'apprêtait à plonger du haut d'une falaise…

Contrairement au vestibule peu éclairé par la lumière du jour, la salle de réception était spacieuse et lumineuse.

Les rideaux en lin immaculé avaient été soigneusement tirés de chaque côté de l'immense baie, de sorte que le soleil inondait la pièce. En outre, un magnifique panorama s'ouvrait sur le jardin aux roses.

Devant la baie étaient disposées deux chaises remontant à l'époque de la reine Anne, chaises elles-mêmes agencées autour d'une petite table ronde. Sur cette dernière se dressait un immense vase en porcelaine couleur ivoire, rempli de roses multicolores. Rouges, jaunes, blanches ou encore violettes, toutes déployaient délicatement leurs pétales et embaumaient la pièce de subtiles senteurs. A droite de la porte se trouvait un secrétaire en marqueterie, sur la tablette duquel s'accumulaient des monceaux de courrier. Sur toute la largeur de deux murs s'étendaient d'immenses bibliothèques dont les étagères abritaient d'innombrables ouvrages. Enfin, dans un foyer surmonté d'un manteau en marbre pétillait un feu accueillant et réconfortant.

La beauté cernait le visiteur de toutes parts.

Malheureusement, dans ce sublime décor, il manquait un figurant.

En l'occurrence, la reine !

Les yeux fixés sur l'homme qui s'avançait vers eux, Jade parvenait difficilement à dissimuler sa déception.

— Bonjour, madame Erickson, déclara celui-ci. Je suis Franklin Vaucour, le patron de…

— L'IRR, compléta-t-elle vivement, je sais, merci.

— Y a-t-il un problème ? s'enquit alors J.T.

Franklin lui jeta un bref coup d'œil avant de se concentrer de nouveau sur Jade.

— Sa Majesté comprend parfaitement pourquoi vous n'étiez pas au rendez-vous, madame Erickson, commença-t-il.

— Appelez-moi Jade, je vous en prie.

— Entendu, Jade. La reine vous propose donc de reporter l'entretien à un autre jour puisqu'elle ne pouvait vous consacrer que dix minutes aujourd'hui, de 10 heures à 10 h 10.

— C'est fort aimable à elle de me proposer un autre rendez-vous et je vous prie de lui présenter toutes mes excuses pour ce retard bien indépendant de ma volonté, répondit Jade. Néanmoins, si l'entretien a été reporté, pourquoi me convoque-t-on dans la salle de réception ?

— Vous allez comprendre, annonça alors Franklin d'un ton mystérieux.

Là-dessus, il se dirigea vers un grand placard en tek, sculpté à la main, et en ouvrit les battants. Un immense écran plat de télévision apparut dans l'encadrement. Se munissant de la télécommande, il mit l'appareil en marche.

Instantanément, le visage de Vincent Battle s'afficha sur l'écran.

Un micro à la main, il s'adressait aux téléspectateurs avec ce fameux regard « sincère » qui était sa marque de fabrique.

> « Janine Glass a donc été enlevée ce matin tout près de nos locaux alors que… »

Incapable d'en écouter davantage, Jade poussa un cri et se rapprocha de l'écran. Au même instant, la photo de Janine apparut dans l'angle gauche tandis que le journaliste poursuivait sa communication.

> « A l'heure où je vous parle, la police n'a aucune piste sérieuse concernant la mystérieuse disparition de la jeune femme, qui se trouve être l'assistante de notre chère collaboratrice, Jade Erickson. »

Là-dessus le journaliste marqua un léger temps d'arrêt puis reprit sur le ton de la confidence :

> « Il semble important de préciser que Jade a reçu récemment une série de lettres anonymes. Des lettres de menace. Nous ne manquerons pas de vous donner de plus amples informations au fur et à mesure de l'évolution de l'enquête… »

A cet instant, le visage de Vincent disparut et une publicité pour un assouplissant s'y substitua. Franklin éteignit alors la télévision et referma le placard.

— La police aimerait que vous répondiez à quelques questions, déclara Franklin.

— Naturellement, dit-elle, le souffle court.

Janine enlevée ! Entre les mains de ravisseurs pour l'instant inconnus ! Quel choc ! Elle avait un mal fou à accuser la nouvelle. Elle aurait voulu hurler, entreprendre immédiatement des recherches de sa propre initiative…

Au lieu de quoi, elle demeurait immobile, silencieuse, affreusement impuissante.

Blême, elle revit Janine lui emprunter sa veste et sortir lui chercher un cappuccino…

Tellement absorbée par ses propres préoccupations, par l'interview qui l'attendait, elle ne s'était même pas aperçue que Janine tardait à revenir. Qu'elle tardait tellement que, lorsqu'elle-même était partie pour le palais, son assistante n'était toujours pas revenue.

Et dire qu'entre-temps, elle l'avait complètement oubliée !

C'était absolument impardonnable.

— Comment ai-je pu ne pas m'en apercevoir ? murmura-t-elle, atterrée.

— Allons, Jade, tu n'y es pour rien, fit J.T. de sa belle voix veloutée.

Bouleversé par les traits dévastés de Jade et désireux de la rassurer, il posa une main dans son dos.

Alors, tournant son regard vers lui, elle déclara :

— C'est ma faute.

— Ta faute ? Que veux-tu dire ?

— Janine. Elle…

Elle s'interrompit pour reprendre son souffle.

Elle était en proie à une émotion si vive que sa respiration en était toute saccadée, comme si elle venait de courir le marathon.

Enfin, elle poursuivit :

— Ce matin, elle est allée me chercher un cappuccino, à l'extérieur. Comme il faisait frais, elle m'a emprunté ma veste.

— Je vous laisse, annonça alors doucement Franklin. J.T., tu sais où me trouver.

Et sans que ni l'un ni l'autre ne lui accordent la moindre attention, il se glissa discrètement hors de la pièce.

— Pourquoi ai-je été si stupide ? se lamenta Jade.

Se dérobant soudain à la main de J.T., elle se dirigea vers la grande baie vitrée.

Elle plongea alors le regard dans le magnifique jardin aux roses.

Pourtant la beauté tranquille qui s'offrait à ses yeux ne parvenait pas à arrêter la course des pensées qui tournoyaient follement dans son cerveau.

— J'ai complètement oublié le cappuccino, dit-elle comme si elle se parlait à elle-même, incapable de croire à cet oubli.

Elle posa alors le front contre la vitre, puis, au bout de quelques secondes, poursuivit, les yeux dans le vague.

— Après le départ de Janine, tu m'as appelée pour m'annoncer le feu vert de la reine. Dès lors je n'ai plus pensé qu'à l'interview, toute autre chose m'est sortie de la tête.

Elle fit une pause.

Sa gorge était si nouée qu'elle avait du mal à s'exprimer.

— Je me suis hâtée de préparer les questions que je voulais poser à la reine durant l'entretien, continua-t-elle d'une voix blanche. Je voyais les aiguilles de ma montre tourner à une allure folle ! J'étais si pressée que je suis sortie sans prendre le temps d'emporter ma veste…

Combien elle le déplorait à cette heure ! Elle aurait immédiatement donné l'alarme ! Qui sait où les ravisseurs se trouvaient, à présent ? Etaient-ils seulement encore sur l'île ?

Dans un ultime effort, elle conclut :

— Si je m'étais moins précipitée, je me serais aperçue que ma veste n'était pas accrochée à la patère et forcément je me serais rappelé la course de Janine. Mon Dieu, comment ai-je pu l'oublier ? C'est impardonnable.

— Calme-toi, Jade, tu n'as rien fait de répréhensible.

A ces mots, elle virevolta sur ses talons et lui fit face.

Son cœur tambourinait violemment dans sa poitrine tandis qu'elle luttait contre un horrible sentiment de panique.

— Bien sûr que si ! J'étais tellement obsédée par mon travail, par ma précieuse carrière, que je n'ai pas remarqué que Janine ne revenait pas. Je n'ai pas un instant pensé à elle.

Subitement, ses yeux se remplirent de larmes…

Ah non, elle n'allait pas se mettre à pleurer sur son sort !

D'un geste impatient, elle se frotta les yeux et poursuivit :

— Une arriviste, voilà ce que je suis. Une arriviste qui en oublie ses propres amies.

— Cesse de te faire des reproches, Jade, lui ordonna-t-il alors. Tout être humain a ses faiblesses. Il était tout à fait légitime que tu sois obnubilée par l'interview. Un entretien avec la reine, ce n'est pas rien.

Se rapprochant d'elle, il la prit doucement par les épaules, puis ajouta :

— Tu ne pouvais absolument pas deviner qu'on allait kidnapper ton assistante.

— C'est vrai, mais elle n'est pas revenue, et ça, j'aurais dû m'en apercevoir.

Baissant les yeux, elle se mordit la lèvre avant de reprendre :

— Elle portait ma veste, je…

A cet instant, elle ouvrit de grands yeux affolés et eut un haut-le-corps.

— Mon Dieu, s'écria-t-elle sur un ton dramatique, c'est une méprise ! On a enlevé Janine par erreur, car on a cru qu'il s'agissait de moi ! Nous nous ressemblons physiquement, on nous prend même parfois pour des sœurs ! Et comme elle portait ma veste…

A l'idée que l'otage eût pu être Jade, le cœur de J.T. se serra douloureusement dans sa poitrine. Bon Dieu, il en serait devenu dingue ! Il l'étreignit plus vivement pour vérifier qu'elle était bien là, avec lui, en sécurité. Comme on se pince pour s'assurer qu'on ne rêve pas.

La voix du journaliste résonna de nouveau à ses oreilles…

« Il semble important de préciser que Jade a reçu récemment une série de lettres anonymes. Des lettres de menace. » Nul doute que Jade avait raison : c'était elle qui était visée ! Janine avait joué de malchance et avait été fort mal inspirée en empruntant la veste de Jade.

Quelle horreur ! pensa-t-il épouvanté.

Pourquoi voulait-on donc enlever Jade ?

— Vas-tu m'expliquer ce qui se passe ? demanda-t-il alors d'un ton presque furieux. Qu'est-ce que c'est que cette histoire de lettres anonymes ? Depuis combien de temps en reçois-tu ?

— Quelques semaines…

Elle exhala un long soupir qui semblait venir du fin fond de l'âme.

— Des semaines ! répéta-t-il, incrédule. Et qu'en pense la police ? Car je présume que tu l'en as avisée, n'est-ce pas ?

— Bien sûr ! répliqua-t-elle, agacée par sa suspicion. Ils m'ont conseillé de ne pas m'inquiéter, me précisant qu'en général, les auteurs de lettres anonymes sont bien trop lâches pour s'approcher de l'objet de… de leur affection. Manifestement, ils se sont trompés.

Il la fixa avec des yeux dévorés d'inquiétude.

Jade était réellement en danger !

Elle avait reçu des lettres de menace.

Un individu innommable avait jeté son dévolu sur elle et seule une veste empruntée avait permis de la sauver.

Un terrible sentiment d'impuissance le submergea, sentiment qu'il avait rarement l'occasion d'éprouver…

La brusque envie le saisit de s'élancer au-dehors et d'aller donner des coups de pied dans les chênes du parc, afin de se calmer. Comment était-ce possible qu'elle ait été en danger durant tout ce temps et qu'il ne se fût aperçu de rien ?

La rage et la frustration se le disputaient dans son cœur.

Trois ans auparavant, il avait promis de l'aimer et de prendre soin d'elle. Et aujourd'hui, alors que, par l'effet de sa volonté à elle, il était officiellement désengagé de cette obligation, une terrible menace pesait sur la tête de Jade.

Nom d'un chien !

Il la protégerait malgré elle.

Dans ses grands yeux verts, il lut soudain de l'inquiétude et de la douleur.

— Je vais retrouver ce salopard ! s'écria-t-il. Je te le jure. Et je peux te garantir qu'il ne t'importunera plus.

— J.T., déclara-t-elle alors, je ne m'inquiète pas pour moi, mais pour Janine. C'est elle qui a été enlevée ! Que pouvons-nous faire ?

— Fais-moi confiance, lui dit-il alors. Nous allons la retrouver.

Puis, l'attirant plus étroitement à lui, il répéta :

— Fais-moi confiance.

Après deux heures passées au commissariat, ils s'engouffrèrent dans un taxi, harassés.

Comme ils prenaient place à l'intérieur, J.T. décréta qu'il n'allait plus la quitter d'une semelle. De son côté, elle ne s'opposa pas à sa décision.

Il indiqua alors au chauffeur l'adresse de Jade, puisqu'ils étaient convenus qu'il la raccompagnerait.

Depuis qu'elle avait appris la nouvelle de l'enlèvement, la

peur ne la lâchait plus. Elle était là, chevillée à son estomac, qui la minait à petit feu.

Sa bouche était sèche et ses mains moites en permanence.

Elle voulait se convaincre qu'ils parviendraient à surmonter la crise et que tout finirait bien…

Mais au fond, y croyait-elle ?

Spontanément, ses yeux se brouillèrent et elle tourna la tête vers la portière, pour masquer sa faiblesse.

Par la vitre du taxi, elle observait le flux incessant des voitures et le flot ininterrompu des passants sur les trottoirs…

Le soleil jouait à cache-cache avec de gros nuages noirs et, de temps à autre, l'un d'entre eux crevait et une averse arrosait Penwick.

Janine se trouvait quelque part sur l'île — du moins l'espérait-elle. Elle refusait d'envisager une autre éventualité…

La peur avait formé une boule au creux de son estomac, un nœud qui pesait une tonne à l'intérieur de son corps.

Elle s'adossa contre la banquette en vinyle vert et, alors que le taxi prenait un virage assez brusque, elle fut brusquement plaquée contre J.T.

Immédiatement, il l'enlaça.

Elle ne protesta pas, ne tenta pas de se redresser.

Elle avait un besoin tout à fait neuf de protection, elle se sentait subitement si vulnérable… J.T., si fort et si solide, représentait son unique rempart.

Elle n'avait qu'une envie : fermer les yeux, se blottir contre son épaule et attendre que passe la tempête…

Allons ! Que lui arrivait-il ? se demanda-t-elle. Elle devait se ressaisir au lieu de se laisser aller de la sorte. Depuis quand attendait-elle qu'il la protège ? Elle avait fui loin de lui pour échapper à son amour étouffant ; elle n'allait tout de même pas se jeter de nouveau dans la gueule du loup. Et qui plus est, en toute connaissance de cause !

Pour le coup, il se frotterait les mains.

— A quand remonte exactement le premier envoi de lettre anonyme ? demanda-t-il.

— Un mois, je crois.

— Et la vidéo ? On te l'a envoyée chez toi ?

Elle ferma les paupières…

Tout à l'heure au commissariat, ils avaient visionné la vidéo qu'elle avait remise à la police, quelques jours auparavant.

Elle avait alors observé J.T. à la dérobée…

La colère à l'état pur se peignait sur ses traits. Son visage s'était transformé en un masque de rage.

Manifestement, les policiers avaient remarqué sa réaction puisqu'ils lui avaient plusieurs fois enjoint de ne pas chercher à régler l'affaire par lui-même.

La police s'en occupait, avaient-ils insisté.

— Non, au bureau ! Mais Janine me l'a fait adresser par courrier à la maison.

— Et les lettres, te sont-elles également parvenues au bureau ?

— Pas toutes.

— Tu veux donc dire que certaines sont arrivées directement chez toi ?

— Oui, absolument.

— Par conséquent, ce forcené sait où tu habites.

— C'est évident !

— Dans ces conditions, il est hors de question que tu restes seule chez toi.

— J.T., je…

— Ne proteste pas : je monterai la garde. Fin de la discussion.

Là-dessus, il resserra son étreinte comme s'il craignait que Jade n'ouvre la portière et ne saute du taxi en marche.

Mais tels n'étaient pas ses plans. Elle ne désirait pas plus se retrouver seule qu'il ne voulait l'abandonner. Seule, elle aurait été livrée à ses terribles pensées. Elle aurait atrocement ruminé l'enlèvement de Janine. Se serait demandé où diable elle se serait trouvée en ce moment, si elle était allée elle-même chercher son cappuccino.

Oh, mon Dieu !

— Dois-je quitter mon appartement pour quelque temps et me réfugier à l'hôtel ? lui demanda-t-elle sur une impulsion.

Encore que, dans son immeuble, elle connaissait les voisins

et le concierge représentait une présence sécurisante. Elle pouvait toujours l'appeler en cas de problème.

En outre, il filtrait les entrées dans l'immeuble.

— Je vais m'installer chez toi pour quelque temps, lui annonça-t-il alors.

Il plaisantait ou quoi ?

Pour ce soir, c'était entendu, mais après, c'était une autre affaire !

Elle tourna son regard vers lui…

Manifestement, il était des plus sérieux.

Ses yeux sombres l'emprisonnèrent alors avec une intensité telle qu'elle en eut le souffle coupé. Elle se réjouissait qu'il reste avec elle, ce soir. Et, dans le même temps, sa joie se teintait insidieusement de douleur car, en acceptant que J.T. demeure chez elle, elle allait à l'encontre de ses intentions et de ses convictions.

Et pourtant…

Elle rêvait que la force de J.T. l'enrobe et que le monde poursuive sa marche sans eux…

Du moins pour quelque temps !

Hélas ! si elle acceptait qu'il s'installe, elle ne ferait qu'aggraver une situation déjà fort délicate, suite à « l'incident » qui avait eu lieu dans l'ascenseur.

Elle n'avait pas de futur avec J.T. ; juste un bref passé douloureux. Quant au présent, s'il les avait de nouveau réunis, c'était de manière éphémère.

— J.T., lui dit-elle, ça ne résoudra rien.

— De quoi parles-tu ? Que veux-tu résoudre ? L'énigme de la disparition de Janine ? Ce n'est pas en notre pouvoir.

Il jouait sur les mots et faisait preuve d'une mauvaise foi flagrante. Curieusement, elle lui en savait presque gré.

Il lui murmura à l'oreille :

— Je veux te savoir en sécurité, c'est tout. Et je veux te procurer cette sécurité.

O.K., concéda-t-elle *in petto* en lui adressant un timide sourire. Pour cette nuit, elle acceptait sa présence car elle était réellement à bout de nerfs, à bout de tout.

Elle avait besoin de recouvrer ses esprits et, ensuite, elle aviserait. Elle refusait pour l'instant de penser aux projets de J.T. concernant une installation chez elle. D'ailleurs, elle était trop épuisée pour réfléchir à quoi que ce soit…

Allons, elle ne remettait tout de même pas en cause son intégrité parce qu'elle saisissait la main qu'il lui tendait ! Au nom du passé, ils pouvaient bien s'entraider.

Ne l'aurait-elle pas secouru de la même façon s'il avait été en danger ?

- 10 -

En dépit de la pluie battante — le temps s'était sensiblement détérioré durant le trajet —, les paparazzi les attendaient devant l'immeuble de son appartement.

Lorsque le taxi s'arrêta face à la porte d'entrée, ils l'assaillirent immédiatement.

Les caméras tournaient, le cliquetis des appareils photo se déchaînait et les micros se tendaient désespérément.

Sans mot dire, J.T. sortit une liasse de billets, régla la course au chauffeur puis, saisissant Jade par le bras, descendit avec détermination du taxi.

Une nuée de journalistes les encercla.

— Madame Erickson, est-il vrai que… ?

— Que ressentez-vous au sujet de votre assistante ?

— Connaissez-vous la personne qui vous filait ?

La pluie rebondissait sur les parapluies avant de ruisseler sur les trottoirs. Le tonnerre grondait dans le ciel, recouvrant en partie les questions qui jaillissaient de toutes parts.

Poussés par leur curiosité maladive, les journalistes bravaient les éléments.

— Laissez-nous passer ! ordonna J.T.

— Un commentaire, madame Erickson…

— La population a le droit de savoir…

Le visage renfrogné, J.T. continuait à se frayer un chemin à travers la foule des importuns, serrant scrupuleusement Jade contre lui.

Le concierge leur ouvrit la porte au moment où ils l'atteignaient et ils s'engouffrèrent, soulagés, à l'intérieur.

— Merci beaucoup, Charles, dit Jade en lui adressant un sourire reconnaissant.

— C'est bien naturel, madame Erickson ! répondit ce dernier sur un ton respectueux. Si vous avez besoin de quoi que ce soit, surtout, n'hésitez pas.

J.T. semblait pressé de monter.

— J'habite au troisième, précisa Jade en se dirigeant automatiquement vers l'escalier.

Contrant alors son mouvement, il la guida vers l'ascenseur. Puis il appuya tranquillement sur le bouton et, tandis qu'ils attendaient l'appareil, il l'observa à la dérobée.

Jamais il n'avait lu une telle détresse dans ses beaux yeux verts. Son cœur se serra… Sa chère Jade venait de vivre des heures si terribles.

Il regarda par-dessus son épaule en direction de Charles. Quel gardien discret ! pensa-t-il alors. Et quel contraste avec les paparazzi ! Il était retourné derrière le comptoir de la réception et s'absorbait à présent dans la lecture d'un magazine. Derrière la porte vitrée de l'immeuble, les ombres des journalistes se profilaient encore… Mais désormais, Jade et lui étaient à l'abri des caméras et des micros.

— Cela fait deux ans que j'habite ici et je n'ai encore jamais pris l'ascenseur, fit-elle d'un air songeur.

— Je pense qu'après ce qui s'est passé aujourd'hui, les ascenseurs ne te poseront plus de problème.

— Bien vu ! répondit-elle, petit sourire triste à l'appui.

Fermant les yeux, elle s'appuya contre lui et poursuivit d'un air fort las :

— Mon Dieu, J.T. ! Qu'allons-nous faire ?

Nous…

Un tout petit mot, mais si précieux !

A cet instant, l'ascenseur arriva et ils pénétrèrent à l'intérieur.

J.T. attira alors Jade à lui et, lui soulevant le menton, déclara :

— Ce que nous allons faire, c'est attendre tranquillement, et en sécurité, que les policiers fassent leur travail.

— Attendre ? répéta-t-elle.

Se dégageant de son étreinte, elle reprit sur un ton agacé :

— Mais c'est la chose la plus difficile à faire ! Se tourner les pouces alors que Janine est aux mains d'un déséquilibré, c'est impossible !

— Cela s'appelle faire preuve de patience.

— La patience, ça n'a jamais été mon fort !

— Effectivement, je me rappelle…

Quelques secondes plus tard, les portes de l'ascenseur se rouvraient. Ils étaient arrivés.

Seigneur ! Que le son de ses pas, derrière elle, était rassurant. Comment avait-elle pu vivre si longtemps sans lui ?

Et surtout, où avait-elle puisé la force de résister à ses pulsions profondes et de ne pas aller le retrouver ?

Fourrageant dans son sac, elle sortit son trousseau de clés et ouvrit rapidement tous les verrous.

Dérisoire protection, pensa-t-elle. Le ravisseur avait finalement choisi de procéder dans la rue, en plein jour, au vu et au su de tout le monde, au lieu de s'introduire nuitamment dans son appartement, comme elle le redoutait.

Ses pensées l'obsédaient. Naissaient à chaque instant dans son esprit au point qu'elle souffrait d'une migraine épouvantable.

Elle ressentait à la fois de l'angoisse, de la culpabilité, de l'inquiétude, de la colère… Comment gérer cet excédent d'émotions ?

Lorsqu'elle entra dans le salon, elle jeta son sac sur le sofa. Il manqua son but, et tout le contenu se répandit sur le sol.

Immobile, elle contempla le spectacle…

Puis, enfouissant subitement son visage dans ses mains, elle laissa libre cours à ses larmes.

Cela faisait une éternité qu'elle n'avait pas pleuré aussi fort. C'était comme si un barrage avait cédé à l'intérieur d'elle-même. Et, maintenant que les vannes étaient ouvertes, elle avait l'impression qu'elle ne pourrait plus jamais arrêter le déluge.

— Je n'arrive pas à y croire, ânonna-t-elle entre deux sanglots.

— Ce n'est pas ta faute, lui répéta J.T. pour la énième fois depuis qu'elle avait appris la nouvelle de l'enlèvement.

— C'est horrible !

— Effectivement. On se sent tellement impuissants ! Je préférerais moi aussi agir, traquer ce dément qui t'envoyait des lettres anonymes.

A cet instant, il la jaugea d'un œil implacable, puis ajouta :

— Voilà où t'a conduite ton ambition.

Cette remarque déplacée coupa court à ses larmes.

Comment pouvait-il être si impitoyable ?

— S'il te plaît, rétorqua-t-elle, épargne-moi tes reproches. Je doute que le moment soit opportun.

— Tu as raison, pardonne-moi, dit-il promptement. Mais ç'a été plus fort que moi.

Passant alors une main sur ses yeux, il tenta d'effacer les visions qui le hantaient. De gommer de son esprit le forcené sans visage qui traquait Jade, la menaçait, l'effrayait…

L'émotion était si violente qu'il ne put s'empêcher d'ajouter :

— Tout de même, avoue que c'est ta fichue ambition qui t'a poussée sous les projecteurs, te livrant à tous les déséquilibrés qui existent sur cette île. Si nous n'avions pas divorcé, tu…

— Assez ! Les détraqués ne s'en prennent pas qu'aux gens connus ! Regarde un peu les informations et tu verras que l'on agresse bien davantage des personnes anonymes que des gens célèbres.

Puis, d'un ton plus dur, elle précisa :

— Même si nous n'avions pas divorcé, cette tragédie aurait pu se produire.

— Peut-être, mais les risques auraient été moindres.

— J'en doute. Il n'empêche que tu l'admets : le risque existe toujours, qui que l'on soit, quoi que l'on fasse. A moins que tu n'aies envisagé de m'enfermer dans un placard pour le restant de mes jours, si nous étions restés ensemble.

— Jamais une telle idée ne m'a traversé l'esprit et tu le sais parfaitement !

— Vraiment ? Pourtant, le fait de refuser que je travaille s'apparentait étrangement à une volonté de ta part de m'enchaîner à la maison !

— Si tu l'as ressenti de cette façon, j'en suis sincèrement désolé, lui dit-il.

Il fit une pause, la fixa intensément, puis poursuivit d'un air contrit :

— Il se peut que j'aie été borné et stupide.

— Waouh ! fit-elle, ironique. Quelle découverte !

— Je ne voulais pas que tu partes, Jade, enchaîna-t-il sans relever la pique. Mon intention n'était pas de te chasser.

— Moi non plus, je ne voulais pas partir.

— Pourtant, c'est ce que tu as fait ! Tu as préféré partir au lieu d'essayer de t'accrocher et de sauver notre couple.

— J.T., je t'en prie ! Devons-nous absolument rediscuter de tout cela ? Il me semble qu'on a déjà fait le tour de la question, on ne va pas épiloguer pendant cent sept ans !

Il la jaugea quelques secondes de sa prunelle de braise avant de répondre :

— Tu as sûrement raison…

— J.T., je me réjouis sincèrement de ta présence ici, aujourd'hui.

— Tu m'en vois heureux ! Et d'ailleurs, il vaut mieux que tu t'en réjouisses car je n'ai pas l'intention d'aller ailleurs.

Etait-ce une menace ?

Jade préféra le prendre comme une promesse. Elle lui était si reconnaissante d'être avec elle en ces moments si difficiles à affronter.

Peu importe ce qui s'était passé entre eux, trois ans plus tôt !

Le seul homme auprès de qui elle se sentait en sécurité, c'était lui, J.T., et en l'occurrence elle avait besoin de sa protection.

Qu'aurait-elle fait sans lui, ces dernières heures ?

Honnêtement, elle ne voulait pas l'envisager !

Depuis que le visage de Janine s'était affiché sur l'écran de télévision, un froid glacial l'avait envahie et ne l'avait plus lâchée.

Ses mains étaient glacées et ce n'était pourtant pas faute d'avoir essayé de les réchauffer. Même J.T. avait tenté de remédier au désagrément en les tenant longuement dans les siennes. En vain !

Janine avait été enlevée à sa place !

C'était cela, l'atroce vérité !

Même les policiers étaient convaincus que l'homme qui la traquait depuis des jours était finalement sorti de sa tanière pour commettre une erreur en se trompant de proie.

Janine devait être si effrayée ! Et elle, la malheureuse, était seule à affronter le cauchemar !

Comme lisant dans ses pensées, J.T. déclara :

— La police a quelques pistes. Des témoins ont vu une camionnette stationnée devant la chaîne.

— Génial ! répondit-elle sur le ton de la dérision. Quand on sait qu'il y a quelques milliers de camionnettes sur l'île, c'est effectivement rassurant !

— Ils la retrouveront, lui assura-t-il.

— Prions pour qu'ils ne la retrouvent pas trop tard, dit-elle alors d'un ton lugubre. A ton avis, comment va réagir cet individu quand il découvrira qu'il s'est trompé de personne ?

— Je l'ignore, mais toi aussi ! Alors cesse d'imaginer le pire !

— Hélas, je ne peux penser à rien d'autre !

A ces mots, elle tourna la tête vers la fenêtre. De nouveau, elle était au bord des larmes.

Alors il se rapprocha d'elle et l'enlaça tendrement par-derrière.

Elle se laissa aller contre lui, comme s'il était le pilier de son univers…

Tout ce qu'elle avait tenu pour juste et légitime dans sa vie, jusque-là, n'existait plus. Sa zone de sécurité avait été détruite et elle ne pourrait plus jamais la retrouver telle qu'elle était auparavant.

Elle s'était abusée elle-même durant ces trois années passées à se convaincre qu'elle n'avait pas besoin de lui.

Qu'elle ne le désirait pas.

Qu'elle ne l'aimait pas…

Insensible aux cris de son cœur, elle avait voulu se persuader que sa carrière lui permettrait de compenser le sentiment de solitude qui s'immisçait insidieusement en elle, la nuit venue.

Dieu sait si elle avait lutté contre cette maudite solitude ! Pour s'apercevoir, hélas ! aujourd'hui, que la bataille était vaine.

Heureusement qu'elle s'était fait un nom en se jetant à corps perdu dans le travail !

Après tous ces renoncements…

Et pourtant, sa renommée locale lui parut subitement bien ridicule en regard de tout ce qu'elle avait perdu.

Au fond, elle s'était enfermée dans un univers bien étroit. Elle s'était en quelque sorte choisi une autre prison, en croyant fuir celle qu'elle redoutait que J.T. ne lui impose.

Et puis la réalité, tel un coup de poing fracassant, avait subitement resurgi dans sa vie, la laissant K.-O.

Tout à l'heure, la meute des journalistes avides de sensations qui l'attendaient au bas de sa porte lui avait porté le coup de grâce en lui renvoyant une image bien peu flatteuse d'elle-même.

Cette obsession du scoop lui avait brusquement semblé aussi dérisoire qu'indécente. Ils se seraient battus pour obtenir un commentaire de sa part !

Ils se fichaient éperdument qu'elle ait le cœur brisé, qu'elle fût épuisée par tous les scénarios catastrophe qu'elle imaginait en guise d'issue.

Leur conduite constituait une atteinte à son intégrité, un déni de ses besoins et de ses peurs.

Pour eux, elle représentait une histoire.

Un reportage au journal du soir et un article dans les quotidiens du lendemain.

— Oh, J.T. ! murmura-t-elle en se retournant pour lui faire face, toujours lovée entre ses bras. Comment ai-je pu être comme eux ? Comme tous ces journalistes affamés…

— Non, tu n'as jamais été ainsi, lui assura-t-il. Toi, tu as de la tenue et une déontologie.

Elle lui savait gré de sa bienveillance mais ne pouvait

le croire. Elle se sentait souillée par ce dont elle venait de prendre conscience.

Percevant ses doutes, il plongea ses yeux dans les siens et de nouveau déclara :

— Tu n'es pas comme eux, Jade. Toi, tu es une journaliste, pas un paparazzi. Tu es une très bonne reporter — même si cela me coûte de l'admettre.

Il s'interrompit et un sourire affectueux barra son visage. Le visage de Jade restait toujours aussi tendu. Aussi ajouta-t-il :

— Toi tu as une âme et un cœur…

— Tu crois ?

Poussant un soupir, elle se libéra de son étreinte et poursuivit :

— Parfois, j'arrive à en douter.

— Moi jamais !

— Allons, J.T. Sois réaliste ! Dernier exemple en date : je t'ai harcelé pendant des jours pour pouvoir entrer au palais.

— Tu faisais ton métier de journaliste, c'est tout.

A ces mots, elle émit un petit rire sec, avant d'être assaillie de nouveau par un gros doute concernant la sincérité de J.T.

— Tu es prêt à tout pour me faire plaisir ! dit-elle. Comment peux-tu me tenir de tels propos, toi qui as déployé des trésors d'énergie pour me tenir à distance du palais ?

— Je faisais mon métier, c'est tout.

— Tout est allé de travers, décréta-t-elle subitement d'une voix sombre. Je ne sais pas de quelle façon ni à quel moment, mais je l'ai perdue en chemin.

— Qu'as-tu donc perdu, Jade ? demanda-t-il, angoissé par ses propos incohérents et son regard vague.

— Ma raison, répondit-elle. Je n'avais forcément plus ma raison pour en arriver là.

— Jade…

— Non, je sais ce que je dis !

Rejetant sa chevelure dans son dos, elle lui adressa un regard farouche et poursuivit :

— Je dois regarder la réalité en face. Si je l'affronte, je pourrai la surmonter et m'en sortir. C'est la seule solution.

Brusquement, elle se mit à faire les cent pas sur le tapis, continuant à murmurer :

— Evidemment, je pourrais tout rejeter sur le dos de mon père. Aujourd'hui, c'est la mode de blâmer ses parents quand on rate sa vie.

— Jade, arrête, maintenant ! C'est ridicule.

— Tu l'as connu, tu sais très bien la différence qu'il faisait entre mes frères et moi ! Aussi ai-je voulu lui démontrer que j'étais tout aussi capable qu'eux de réussir.

Elle émit un rire dérisoire qui le laissa transi.

Il était vrai qu'il avait assisté aux scènes de séduction de la part de Jade envers son père. Mais le vieil homme demeurait de marbre, quoi que fît sa fille. Il était manifeste qu'il ne serait jamais le genre de père qu'elle souhaitait qu'il fût.

Non parce qu'il ne l'aimait pas, mais parce qu'il ne pouvait pas la comprendre !

A un match de rugby ou bien avec ses amis, au pub, il était dans son élément. Mais discuter avec sa fille, c'était au-dessus de ses forces. Cela appartenait à un registre qui n'était pas le sien.

— Au fond, poursuivit-elle les yeux brillants, je n'agissais pas tant en son nom que pour servir mes intérêts.

Soudain, elle cessa son va-et-vient dans la pièce et lui adressa un regard dans lequel perçaient à la fois la culpabilité et le remords.

— Je voulais me prouver à moi-même que j'étais capable d'arriver au sommet. Et lorsque je suis tombée amoureuse de toi, j'ai eu peur de cet amour. Une peur panique qu'il n'entrave le chemin que je m'étais tracé.

— Je sais…

Sa voix tremblait presque.

Un élan de sa colère d'antan venait de jaillir en lui. Dans un suprême effort, il parvint à se contenir.

Allons ! Jade était suffisamment déchirée ainsi, il se devait de la consoler.

Il fit un pas dans sa direction. Aussitôt elle recula, désireuse de conserver la distance qui les séparait.

— Je t'aimais, J.T. Comme jamais je n'ai aimé personne. Mais tu m'effrayais aussi comme personne.

— J'ignorais posséder un tel pouvoir !

Eh bien, pensa-t-il alors, pour quelqu'un qui refusait de reparler du passé, c'était gagné !

— Tu voulais que je sois ce que je ne sais pas être. Comment être une mère ? Je l'ignore.

Elle poussa un soupir d'impuissance et continua :

— Quant à être une épouse… Je n'ai pas conservé beaucoup de souvenirs de ma mère, mais je me rappelle qu'elle tressaillait toujours quand son mari arrivait et qu'elle le servait comme un seigneur. Elle se pliait à toutes ses volontés afin d'éviter les disputes, et d'après ce que je sais, elle n'avait pas de vie personnelle en dehors de lui, pas d'amies, rien.

Bon sang ! se dit J.T. Il était évident qu'il ne l'avait pas comprise.

Entre eux deux, il n'y avait eu qu'une succession de malentendus qui les avait menés au désastre.

Il était normal qu'elle l'ait quitté puisqu'elle voyait en lui la figure de son père. De fait, il avait apporté de l'eau à son moulin en se conduisant en véritable machiste… sous le couvert de l'amour qu'il lui portait !

J.T. avait médité pendant trois ans sur ses erreurs passées et les regrettait sincèrement.

Et elle, de son côté, déplorait-elle ce qu'ils avaient perdu ? Ou ce qu'ils auraient pu construire ?

— J'ai eu peur, alors j'ai préféré fuir. Te fuir, nous fuir…, conclut-elle les yeux perdus dans le vague.

— J'ai commis moi aussi beaucoup d'erreurs, admit-il doucement. Allons, tout cela appartient au passé, Jade.

— Peut-être, mais la vie nous a de nouveau mis en présence. Et je ne sais plus quoi faire…

A ces mots, il sentit son cœur flancher.

Il fit un pas vers elle ; cette fois, elle ne recula pas. Alors, intérieurement, il savoura cette petite victoire.

— Je doute que ce soit le bon moment pour y réfléchir, lui dit-il.

Ce fut alors qu'un violent tremblement s'empara du corps de Jade qui s'écria d'une voix désespérée :

— Oh, J.T. ! Je suis si fatiguée d'être seule. Je…

Cette fois, il franchit la distance qui les séparait et la prit fougueusement dans ses bras. Leurs cœurs battaient tous deux éperdument, à la même cadence folle.

Il ne supportait pas de voir cette merveilleuse femme, si forte d'ordinaire, se torturer de la sorte. Les larmes qui noyaient ses yeux le rendaient fou.

— Tu n'es pas seule, trésor. Plus maintenant.

Redressant les épaules, elle prit son visage entre ses mains et l'attira.

— Ne me quitte pas, J.T. Reste avec moi.

Elle n'aurait pas pu prononcer de plus douces paroles.

Unissant ses lèvres aux siennes, il lui donna un sublime baiser, déversant en elle tout l'amour qu'il lui portait, s'affranchissant en même temps de ses peurs et de ses inquiétudes.

Lorsque leurs bouches se détachèrent, une paix intérieure l'habitait en dépit des circonstances.

— Allons au lit, lui dit-il alors. Où est la chambre ?

— Ici, dit-elle en désignant du doigt sa chambre à coucher.

Se penchant pour la prendre dans ses bras, il la transporta alors dans son lit.

Il l'y déposa en douceur, puis entreprit de la déshabiller.

Une fois qu'elle fut nue, il vint se lover contre sa chair douce et chaude. Il la caressa tendrement et, immédiatement, une bouffée de désir lui monta des reins.

Il lut alors dans les yeux de Jade le même feu désespéré que celui qui le consumait…

Sans attendre, il captura sa bouche et, tandis que sa langue jouait sensuellement avec la sienne, ses doigts faisaient éclore de sublimes accords sur son corps.

Désir, amour et douleur, tout se mêlait et l'air vibrait d'une étrange mélodie autour d'eux.

La pluie battait contre les carreaux, accompagnant de son martèlement la lutte amoureuse de leurs corps enchevêtrés.

Enroulés dans les draps, brûlant l'un pour l'autre, ils se retrouvaient de nouveau.

Demain ou après-demain, les choses seraient peut-être différentes. Mais pour l'instant, autant profiter du présent, pensa J.T. en plongeant en elle. C'était tout ce qui importait.

Elle se cambra contre lui, murmura son nom…

Ses mains palpèrent son dos, ses ongles s'enfoncèrent dans sa chair…

Il éprouva alors la sublime sensation qu'elle ne lui donnait pas uniquement son corps, mais également son âme. Elle se livrait tout entière.

Il continuait à chalouper sur elle, grisé par l'idée de partir encore une fois avec Jade vers les rivages de l'extase.

Il venait de retrouver le chemin de son paradis perdu.

Saurait-il cette fois s'en souvenir ? la garder ?

- 11 -

Le lendemain, Jade s'installait dans l'appartement de fonction de J.T., c'est-à-dire dans les dépendances du palais.

D'un commun accord, ils avaient jugé plus raisonnable de procéder de cette façon jusqu'à ce que la police ait résolu l'affaire.

J.T. refusait de la laisser seule et ne pouvait guère demander un congé spécial dans le dessein d'exercer auprès de son ex-femme la fonction de garde du corps.

De son côté, l'idée de se retrouver seule — ou plus exactement loin de la présence rassurante de J.T. — angoissait Jade au plus haut point.

Aussi avait-elle accepté de quitter provisoirement son appartement.

Tandis qu'elle faisait la sieste dans la chambre, J.T. s'allongea sur le divan et, muni de la télécommande, alluma la télévision. Il régla le son au minimum afin de ne pas déranger Jade.

Son appartement n'était pas spacieux !

En tant que célibataire, il ne pouvait prétendre à plus grand. S'ils étaient restés mariés, Jade et lui, il aurait disposé d'un appartement plus vaste, ainsi que les autres officiers avec femme et enfants.

Mais la vie en avait décidé autrement…

Sur Pen-TV, Vincent Battle faisait un reportage en direct des grilles du palais.

> « La police nous a livré peu d'informations au sujet de l'enlèvement de Janine Glass, l'assistante de notre collaboratrice Jade Erickson, affirmait-il à l'instant où

son image s'afficha sur l'écran. Cette dernière s'est, pour sa part, refusée à tout commentaire sur l'affaire, mais Pen-TV a découvert qu'elle avait trouvé refuge chez Jeremy Wainwright, un éminent membre de l'IRR. »

A cet instant, le journaliste fit une pause, pour que le public apprécie la portée de la nouvelle, puis, désignant derrière lui les grilles fermées du palais, il ajouta sur un ton conspirateur :

« Cela signifierait-il que le palais détient des informations relatives à l'enlèvement de Janine Glass ? Affaire à suivre dans notre prochain flash spécial. »

— Mon Dieu !

C'était la voix de Jade.

J.T. éteignit immédiatement la télévision et se tourna vers elle.

— Je croyais que tu dormais, dit-il.

— Je n'arrive pas à dormir, répondit-elle en se frottant les bras pour se réchauffer. Ce Vincent Battle est tout de même incroyable ! A l'entendre, on croirait qu'il s'agit d'une conspiration nationale.

— Bah, c'est un journaliste !

— Décidément, tu ne portes pas la profession dans ton cœur, constata-t-elle d'un air désolé.

— Un mal nécessaire, je présume.

— Comme les impôts, en somme ?

Il lui adressa un petit sourire, mais Jade ne renchérit pas. Elle ne se sentait absolument pas d'humeur à polémiquer. Et d'ailleurs, avait-elle seulement envie de défendre sa profession ?

Incapable de rester tranquille, bien trop tourmentée, elle commença à arpenter nerveusement le salon. Avant de s'arrêter brusquement devant la fenêtre et de tracer, du bout des doigts, des sillons sur la vitre embuée, les yeux perdus.

J.T. l'observait.

Il avait si souvent tenté de l'imaginer entre ces quatre murs. Et voilà que le destin l'y avait conduite !

Comme la présence de Jade chez lui était étrange !

D'autant plus étrange que, dans son deux-pièces, il ne

recevait pratiquement personne. Le soir après le travail, il regagnait ses pénates et s'endormait seul.

Il menait presque une vie de reclus. Les quelques amis qu'il fréquentait encore, il les rencontrait à l'extérieur et de plus en plus rarement. Quant à sa famille, elle se réduisait à son oncle Mike.

Bon sang ! Ce n'était pas la vie dont il avait rêvé. Il n'avait rien d'un loup solitaire.

Non, la vie dont il avait rêvé incluait forcément Jade.

Sa présence ici, aujourd'hui, suscitait en lui des pensées douloureuses car elle lui laissait entrevoir ce qu'aurait pu être la vie, à deux…

— Tu veux boire quelque chose ? demanda-t-il en se levant brusquement.

Elle tressaillit.

Décidément, elle avait les nerfs à fleur de peau !

Lentement, elle pivota sur ses pieds et le fixa quelques instants avant de répondre :

— Pourquoi pas ?

Comme il se dirigeait vers la cuisine, elle lui emboîta le pas.

Si seulement elle avait pu toujours le suivre ainsi ! pensa-t-il, heureux de la sentir tout près de lui. Et pourtant il devait cesser de se faire des illusions car dès que la crise serait passée, Jade retournerait dans son monde.

Et le laisserait seul…

Ouvrant le réfrigérateur, il en sortit deux bouteilles de Coca et, après les avoir décapsulées, lui en tendit une.

— Merci, dit-elle.

Elle avala alors une gorgée et tint la bouteille longuement entre ses mains, observant l'étiquette comme si elle contenait les secrets de l'univers.

Nul doute qu'elle voulait lui confier quelque chose mais qu'elle n'y parvenait pas ! pensa-t-il.

Elle était ainsi, Jade. Prompte à vous lancer vos quatre vérités au visage, mais quand il s'agissait de ce qu'elle ressentait profondément, elle avait besoin de temps.

Il n'allait pas la brusquer.

Il lui laisserait tout le temps qu'elle voulait.

Patiemment, il avala plusieurs gorgées de Coca.

Soudain, le regard toujours fixé sur la bouteille, elle se lança.

— Tu sais, je n'ai jamais réellement pensé aux sentiments que pouvait éprouver la personne qui se trouvait de l'autre côté des micros.

Il sourcilla, surpris, tandis qu'elle enchaînait :

— Désormais, je sais ce que c'est que d'être cerné par des dizaines de microphones. D'avoir des caméras pointées sur vous, d'être soumis à un feu roulant de questions qui vous donne envie de hurler ou de vous mettre à pleurer.

Toujours méditative, elle se laissa tomber sur l'une des chaises de la cuisine. Elle poussa alors un long soupir avant de demander, accablée :

— Qu'est-ce qui va se passer si la police n'attrape pas le ravisseur ? Et si on ne retrouve jamais Janine ?

Elle semblait porter la misère du monde sur ses épaules. Elle lui parut si frêle, si vulnérable…

— Penwick est une petite île, trésor. On va la retrouver, je te le jure.

— Vivante ? Indemne ?

Plaçant alors son visage entre ses mains, elle poursuivit :

— De toute façon, le monde continuera de tourner et seule la famille de Janine et moi serons affectées par cette histoire. Pour les autres, il s'agit juste d'un scoop. La semaine prochaine, personne n'y pensera plus. On recherchera alors une nouvelle histoire, et rien n'aura changé.

Elle, en tout cas, elle avait changé.

C'était comme si son âme avait subi une métamorphose.

Elle avait travaillé âprement pour arriver là où elle était aujourd'hui. Et subitement, ses efforts lui paraissaient inutiles.

Que possédait-elle, au fond, de si important ?

Quel but avait-elle atteint ?

Aucun. Rien du tout !

Comble de l'ironie, les rôles venaient même de s'inverser. Elle n'était plus la brillante journaliste de Pen-TV, mais la proie !

Un détraqué la poursuivait. Son assistante avait été enlevée. Et elle ne pouvait plus rester seule dans son appartement car elle y était en danger.

Qui plus est, ses collègues journalistes la traquaient.

Quel sens tout cela avait-il donc ?

Sa carrière lui semblait à chaque seconde perdre de l'importance à ses propres yeux. Et pourtant, c'était à cause de ce fichu métier qu'elle avait perdu J.T. !

Le retrouver, faire l'amour avec lui avait contribué à lui montrer tout ce qu'elle avait perdu en le quittant.

Et elle n'était pas certaine qu'elle allait de nouveau pouvoir sortir de sa vie…

Les jours qui suivirent, Jade resta dans sa prison dorée. Comme lieu de captivité, il y avait pire que l'enceinte du palais ! Et puis, aux côtés de J.T., peu importait l'endroit où elle se trouvait.

Quant à lui, tant que la police n'avait pas mis la main sur le ravisseur, il ne tolérerait pas qu'elle s'éloigne de lui. Et le palais était le seul endroit de l'île où elle fût entièrement en sécurité.

Personne ne viendrait l'enlever ici !

Revivre avec elle avait relégué aux oubliettes les trois longues années de solitude qu'il venait d'endurer. Le bonheur des débuts avait rejailli d'un coup.

Comme il était bon de se réveiller la nuit, de tendre la main et de sentir son corps chaud et tendre à côté de lui !

Alors, sans la réveiller, il se lovait contre elle et, apaisé, se rendormait.

En outre, il ne perdait jamais une occasion de lui faire l'amour, et elle se donnait à lui avec une passion toujours renouvelée.

Pourtant, des éclairs de lucidité le traversaient parfois, et alors il se traitait de fou.

A quoi tout cela allait-il les mener ?

Il n'abusait que lui-même…

Il savait pertinemment que cette trêve était temporaire. Dès que l'histoire serait réglée, Jade repartirait pour d'autres horizons comme elle l'avait fait trois ans auparavant.

Dans une situation de crise, on se serrait les coudes, on s'autorisait certaines entorses à ses propres principes. On savait qu'il s'agissait d'un état exceptionnel.

Une fois la crise passée, le quotidien reprendrait ses droits et ils se sépareraient de nouveau.

Son cœur se tordait de douleur à l'idée que, bientôt, elle ne serait plus là et que son appartement ressemblerait à un sanctuaire sans vie, hanté de souvenirs.

Pourtant, n'était-il pas préférable qu'elle reparte sans s'attarder ?

Plus elle resterait, et plus il aurait de difficulté à se remettre de son départ. A survivre au vide vertigineux qui lui succéderait.

Depuis l'enlèvement de Janine, elle était tourmentée par la culpabilité et la douleur. Mais lorsque l'on retrouverait son amie et que tout rentrerait dans l'ordre, que se passerait-il ?

Chassez le naturel, il revient au galop !

Jade s'élancerait hors de ces quatre murs et reprendrait son indépendance.

— Aucune nouvelle information de la part de la police ? demanda Franklin Vaucour dans son dos.

J.T. était en train d'observer d'un œil las la masse de journalistes qui campait au pied du palais.

— Rien, répondit-il, mais ils prétendent qu'ils explorent les pistes qu'ils possèdent. Cela fait trois jours qu'il n'y a pas de nouveau.

— Et les vautours nous encerclent toujours, constata Franklin.

J.T. approuva.

A l'instant même, un journaliste tâchait d'interviewer un jeune garde à travers les grilles. Il n'avait nul besoin de voir le visage de ce dernier pour savoir qu'il ne lui accordait même pas un regard.

— Cette histoire présente tout de même un avantage, commença Franklin.

— Pardon ? fit J.T. en se tournant vers lui.

— Comme tous les journalistes de ce pays se focalisent sur l'otage et ton ex-femme, personne ne s'enquiert plus de la santé du roi.

Euh… Voilà qui n'était pas tout à fait vrai !

En ce moment, une journaliste obtenait précisément le fameux entretien pour lequel elle s'était battue avec acharnement.

Aussi répondit-il :

— *Presque* personne.

Assise dans un fauteuil Louis XVI, Jade faisait de son mieux pour dissimuler sa nervosité.

Curieux !

Avant l'enlèvement de Janine, cette interview l'obsédait.

Et maintenant qu'elle l'obtenait enfin, elle ne ressentait aucune griserie, uniquement de l'appréhension. En aucun cas, cela ne lui paraissait un événement d'importance capitale.

La pensée de Janine ne la lâchait pas, aussi ne parvenait-elle pas à s'intéresser à autre chose.

Incapable de rester en place en attendant Sa Majesté, elle bondit sur ses pieds pour s'absorber dans la contemplation de la roseraie.

La senteur qui s'élevait du bouquet posé sur la petite table ronde était si forte, qu'elle semblait saturer l'air. Nul doute qu'on le renouvelait chaque jour !

Jade en éprouvait presque de la difficulté à respirer. Si seulement elle avait pu ouvrir la fenêtre. Mais à cet effet, elle aurait certainement dû appeler un garde. Tout était tellement protocolaire, ici !

Aujourd'hui, rien n'était plus comme avant, c'est-à-dire comme le jour où elle avait mis les pieds dans cette pièce pour la première fois, croyant y rencontrer la reine et réaliser enfin son interview !

Soudain, elle sursauta.

Elle venait d'entendre du bruit dans la pièce voisine. Tendant instinctivement l'oreille, elle reconnut la voix de la reine.

Cette dernière affirmait sur un ton vif :

— Je vous assure que j'ai vérifié moi-même les faits ! Mon frère est impliqué dans le dossier des Chevaliers Noirs, de leur projet d'enlèvement du roi.

Le cœur de Jade s'accéléra…

Allait-elle percer un mystère ?

Hélas, la reine baissa la voix de sorte que Jade n'entendit pas la suite de ses propos ! Elle ne perçut pas davantage la réponse que lui fit son interlocuteur dont elle ignorait l'identité.

Le silence tomba de nouveau dans la salle de réception et Jade en profita pour regagner son fauteuil.

Son esprit vibrait de la conversation qu'elle venait de surprendre.

Le roi avait-il été victime d'un complot ?

L'avait-on kidnappé ?

Sa prétendue maladie n'aurait donc été qu'un stratagème pour détourner l'attention des journalistes et ne pas inquiéter la population de Penwick !

Seigneur ! Comment était-elle censée réagir, à présent qu'elle avait découvert le pot aux roses ?

Néanmoins, avant qu'elle n'ait décidé de la position à adopter, la reine fit son entrée dans la salle de réception.

Immédiatement, Jade se leva, arbora un sourire respectueux et s'inclina légèrement.

— Votre Majesté, dit-elle ainsi que J.T. le lui avait recommandé lors du briefing, avant la fameuse panne d'ascenseur.

— Bonjour, madame Erickson, dit la souveraine en s'approchant de la journaliste, une main tendue vers elle. Je suis enchantée que nous puissions enfin nous rencontrer.

Puis, jetant un rapide coup d'œil vers sa montre en or, elle ajouta :

— Je suis sincèrement navrée de ne pouvoir vous accorder plus de cinq minutes. Des problèmes urgents m'appellent par ailleurs.

— Je comprends parfaitement, fit Jade tout en souhaitant que la reine fût plus explicite concernant ces « problèmes urgents ». Et je vous suis fort obligée de m'accorder un peu de votre précieux temps.

Comme elle déplorait l'absence de son cameraman ! Une paire d'yeux supplémentaire aurait été fort utile. Renouant d'instinct avec son ton professionnel, elle enchaîna :

— Votre Majesté, vous n'êtes pas sans savoir que les gens de Penwick se font beaucoup de souci au sujet de la santé du roi.

La reine affirma :

— Le roi est entre d'excellentes mains et les pronostics des médecins sont tout à fait encourageants. Croyez-moi, son état n'est nullement préoccupant.

Vraiment ? Dans ces conditions, pourquoi une lueur d'inquiétude brillait-elle dans les yeux de la souveraine en dépit des louables efforts qu'elle produisait pour donner le change ?

— Pouvez-vous m'expliquer pourquoi vous n'avez pas tenu à vous exprimer plus tôt sur son état de santé ? demanda alors Jade.

— Vous comprenez aisément que, le roi malade, le palais avait d'autres priorités que de s'adresser aux journalistes.

Evidemment, le raisonnement était cohérent !

Et pourtant, Jade était de plus en plus persuadée que la situation n'était pas aussi simple que la lui présentait la reine.

Manifestement, elle était tendue. Elle veillait à bien choisir ses termes.

Quant à Jade, tous ses instincts lui criaient de demander des comptes à la reine au sujet de la conversation qu'elle avait surprise bien malgré elle.

Malgré tout, elle hésitait…

Etait-il légitime d'utiliser des informations qu'elle n'était pas censée posséder ?

Bien sûr que non !

Et pourtant… N'était-ce pas de cette façon que procédaient en règle générale les journalistes ? N'exploitaient-ils pas constamment des informations qu'ils avaient fini par obtenir à force de ruse et de ténacité ?

Ou bien, comme elle, par hasard, parce qu'ils se trouvaient au bon endroit au bon moment !

Non, décida-t-elle brusquement, elle ne s'humilierait plus à l'utilisation de tels procédés. C'était désormais ce qui la distinguait du reste de la profession.

Il n'était pas dans sa nature de se comporter comme un vautour. Et elle refusait de développer cette fibre en elle.

Quelques minutes plus tard, Jade quittait la salle de réception, un carnet griffonné de notes et le cœur débordant de confusion.

Finalement, elle l'avait obtenue, son interview !

Pourtant, elle n'éprouvait aucun sentiment de triomphe.

C'était tout de même l'événement vers lequel elle tendait pour asseoir sa carrière ! Elle aurait dû avoir l'impression de remporter une victoire !

Mais non, rien…

Il lui restait juste l'arrière-goût d'une poignée de questions non formulées.

Elle regrettait presque d'avoir surpris cette conversation qui, en d'autres temps, aurait constitué à ses yeux un véritable scoop.

Le propre frère de la reine impliqué dans un complot contre le roi ?

On nageait en plein romanesque ! C'était une histoire digne du XVIIIe siècle !

Les journalistes qui assiégeaient le palais auraient vendu leur propre mère pour détenir une information aussi explosive.

Quant à Jade, elle était de plus en plus perplexe…

Ses instincts de journaliste lui dictaient de trouver un moyen d'exploiter le filon. De dénicher un ordinateur dans le palais et d'effectuer des recherches sur internet concernant le frère de la reine, les Chevaliers Noirs ou tout autre élément ayant trait de près ou de loin à cette incroyable histoire.

Tout en regagnant le rez-de-chaussée — cette fois, par l'immense escalier de marbre —, Jade laissa errer son regard sur les portraits accrochés aux murs.

Des dizaines de souverains la fixaient du haut de leur piédestal et tentaient de l'intimider… Et le plus fort, c'est qu'ils y parvenaient ! dut-elle admettre avec agacement.

« Bon, reprenons les choses calmement ! » s'enjoignit-elle.

Elle venait de surprendre une conversation privée d'une importance capitale. Cela lui donnait-il le droit d'exposer sur la place publique une histoire de famille des plus délicates ?

Ses escarpins résonnaient sur le marbre tandis qu'inconsciemment ses pensées lui faisaient ralentir le pas…

A l'intérieur de ces murs vieux de plusieurs siècles vivaient des souverains qui tentaient de demeurer une famille unie, en dépit des pressions que le pays exerçait sur eux pour percer tous leurs petits secrets.

Les joies et les malheurs que traversait la famille royale étaient immédiatement décrits avec moult détails dans les journaux. Les caméras étaient toujours à l'affût du moindre faux pas. Et les paparazzi tentaient constamment de débusquer, image à l'appui, les jalousies et haines possibles.

Pourtant, cette famille royale aussi avait le droit à l'intimité.

A présent, Jade comprenait mieux les propos de J.T.

Arrivée sur le palier, Jade s'arrêta un instant, percevant à travers le vitrage de la porte d'entrée l'ombre des journalistes, au-delà des grilles.

Si elle s'aventurait au-dehors, elle déclencherait une véritable hystérie de questions et de flashes…

Rageuse, elle tourna les talons au camp qui autrefois était le sien et se dirigea vers l'aile arrière du palais, pour regagner l'appartement de J.T.

L'un des gardes s'inclina respectueusement à son passage.

Ciel, comment faisaient ces hommes pour demeurer immobiles des heures durant et rester impassibles alors qu'ils avaient peut-être envie de pleurer ?

Non, décida-t-elle, elle ne pouvait décemment pas renchérir

sur le malheur des souverains au moment précis où ils traversaient des temps mouvementés !

Comme elle franchissait le seuil de la porte de derrière pour se diriger vers les dépendances, un vent froid rejeta sa chevelure dans son dos et la fit frissonner.

Les feuilles d'automne tourbillonnaient et dansaient devant elle, lui ouvrant la voie qui menait au foyer chaud et réconfortant de J.T.

Aujourd'hui, il avait allumé un feu dans le salon.

Elle se planta devant, et tout en se frottant les mains, savoura le bienfait que lui procuraient les hautes flammes orangées qui crépitaient dans l'âtre.

Puis, s'appuyant sur le rebord de la cheminée, elle fixa son reflet dans le miroir, juste au-dessus.

Ses joues étaient rosies par le froid, ses cheveux en désordre. Quant à ses yeux, ils traduisaient une profonde confusion. A voix haute, elle interpella son image.

— Il y a une semaine, dit-elle, tu n'aurais pas hésité une seconde et tu aurais immédiatement appelé Pen-TV pour livrer ton information brûlante.

Et même si elle avait honte de l'avouer, telle était pourtant la vérité.

Aujourd'hui, cependant, les choses avaient changé.

Elle n'était plus uniquement journaliste, mais se sentait davantage sujette de Sa Majesté et de Penwick. Et ne souhaitait nullement faire un reportage susceptible de mettre en danger la vie du roi.

En outre, elle devait désormais prendre une autre personne en compte : J.T. !

Il était au service du souverain.

Il l'avait conduite ici pour la protéger, pour s'occuper d'elle.

Il lui faisait confiance !

Elle n'avait pas le droit de le trahir en divulguant une conversation qu'elle avait surprise dans un endroit qui lui accordait précisément l'hospitalité.

Soudain, la porte d'entrée s'ouvrit et J.T. pénétra dans

l'appartement, comme si les pensées de Jade avaient eu le pouvoir de le faire apparaître dans la pièce.

Elle se tourna vers lui et un sourire naquit spontanément sur les lèvres du beau Jeremy.

— Alors, tu as enfin eu ton interview ! lança-t-il, la prunelle brillante.

— Oui, répondit-elle, laconique.

Cette interview était si fade auprès de ce qu'elle avait appris juste avant !

Il la regarda, intrigué.

— Et c'est tout l'effet que cela te fait ? Moi qui croyais que tu allais sauter de joie. Tu attendais cette entrevue depuis si longtemps.

— C'est vrai…

Passant une main dans ses cheveux, elle hésita…

Devait-elle lui confier les propos qu'elle avait surpris ?

Assurément !

Mais de quelle façon ? De but en blanc ?

Et comment allait-il réagir ? Lui tiendrait-il rigueur de son indiscrétion ? Allons, il ne pouvait tout de même lui reprocher de ne pas s'être bouché les oreilles !

— Tu as obtenu toutes les informations désirées ?

— Effectivement, on peut formuler les choses de cette façon.

Mon Dieu, qu'il était difficile de lui rapporter la conversation de la reine !

A bien y réfléchir, n'était-il pas préférable de se taire ?

Impossible ! Car c'était précisément cette absence de communication qui avait brisé leur couple, trois ans auparavant.

N'avait-elle donc rien appris ?

— Que se passe-t-il, Jade ? Pourquoi es-tu si silencieuse ?

Alors qu'elle s'apprêtait à enfin lui révéler ce qu'elle avait incidemment appris, le téléphone se mit à sonner.

Devait-elle se réjouir de l'interruption ou la déplorer ?

J.T. se dirigea vers l'appareil et décrocha.

— Allô ?

Par discrétion, elle changea de pièce, en proie à ses terribles atermoiements.

Allons, dès qu'il aurait raccroché, elle se lancerait ! Ce fut la promesse qu'elle se fit en silence.

Deux minutes plus tard, il raccrochait et elle revint vers lui.

— C'était la police, annonça-t-il.

La police ?

Mon Dieu !

Quelle sorte de personne était-elle donc pour avoir oublié, même pendant quelques minutes, qu'une femme avait été kidnappée à sa place ?

Le cœur battant à se rompre, elle demanda :

— Des nouvelles de Janine ?

— On l'a retrouvée, annonça alors J.T. un grand sourire aux lèvres.

A ces mots, elle posa sa main sur son cœur ! Jamais une nouvelle ne l'avait réjouie à ce point. Quel soulagement ! Elle passait d'une nuit profonde à une journée inondée de soleil.

— De quelle façon ? s'enquit-elle, les yeux brillants d'émotion.

— Son ravisseur l'a relâchée il y a deux heures environ, lui apprit-il. Apparemment, elle a su l'en convaincre. Et comme, durant tout le temps de son enlèvement, il lui avait bandé les yeux, il ne risquait pas grand-chose à la libérer, si ce n'est se débarrasser d'une importune.

Jade ne put s'empêcher de rire.

— Ça, c'est du Janine tout craché !

— En réalité, elle est parvenue à retirer son bandeau quelques secondes, à l'insu de son ravisseur, et à identifier l'endroit où elle se trouvait. La police vient juste d'arrêter le criminel, l'informa-t-il alors dans un grand sourire.

Se rapprochant d'elle, il la serra contre lui et poursuivit :

— C'est fini, Jade, tout est rentré dans l'ordre. Tu ne crains plus rien.

Elle n'avait plus besoin d'être protégée, de se cacher dans le palais.

— Je présume, ajouta-t-il la gorge serrée, que tu vas rentrer à la maison.

La maison ?

Le problème, c'est qu'elle ne savait plus exactement où se trouvait son foyer.

- 12 -

Si J.T. était soulagé que Janine ait été libérée sans dommage et, surtout, que Jade ne fût plus en danger, il n'en sentit pas moins sa poitrine se serrer.

Et pour cause !

Maintenant qu'aucune menace ne pesait plus sur elle, Jade allait partir pour regagner le monde qui était le sien — en l'occurrence, un univers dont il était exclu.

L'heure tant redoutée de prendre de nouveau congé de Jade était venue et il craignait que les adieux fussent cette fois définitifs…

Trois ans auparavant, lorsqu'elle était partie, certes son amour-propre avait été sérieusement égratigné, mais il avait fini par se convaincre que les choses étaient mieux ainsi. Que leur mariage avait été une erreur car ils étaient en désaccord sur trop de sujets. N'avaient pas la même vision de la vie à deux.

Bref, il avait tenté d'oblitérer sa douleur en se persuadant que Jade n'était pas la femme de sa vie et que, par conséquent, il ne devait concevoir aucun regret.

Bientôt, voulait-il croire, il trouverait la femme idéale.

Balivernes !

Force lui avait été de constater que sa raison voulait endormir son cœur alors que celui-ci n'avait pas cessé de battre pour Jade, désormais son ex-épouse.

La vérité était terrible à reconnaître, et pourtant ! La femme de sa vie, c'était elle, celle qui l'avait quitté et qu'il avait laissée partir.

Fort de cette révélation, il avait pris la résolution de ne pas chercher une seconde chance auprès d'une autre compagne qui de toute façon n'aurait jamais pu égaler Jade. Il préférait encore la solitude.

Et voilà que le retour impromptu de cette dernière dans sa vie avait complètement changé la donne.

Alors qu'il se sentait assez fort quelques semaines auparavant pour demeurer célibataire le reste de sa vie, cette perspective lui paraissait désormais atroce.

Mais que faire ?

Il ne pouvait tout de même pas attacher Jade et la retenir de force !

Impuissant, il fourra les mains dans ses poches.

— Ecoute, Jade…, commença-t-il.

— J.T., il faut que je te dise…, lui dit-elle alors au même instant.

La confusion et l'angoisse habitaient le regard de Jade.

Hum, hum, il devinait ce qu'elle allait lui dire…

Soudain, une colère froide monta en lui : non, décida-t-il, cette fois, il ne la laisserait pas partir sans se battre pour la retenir.

— Il n'est pas question que l'on se dise au revoir, déclara-t-il tout à trac.

A ces mots, elle lui lança un regard surpris.

— Pardon ?

— Tu m'as parfaitement bien entendu. Nous n'allons pas répéter le même scénario qu'il y a trois ans, je préfère te prévenir.

— Tu te méprends, lui dit-elle alors. Je ne voulais pas t'annoncer que je partais.

Elle lui accordait donc un petit sursis, pensa-t-il.

Parfait !

Il l'acceptait, sachant pertinemment qu'elle reculait pour mieux sauter. Mais si elle croyait lui échapper, elle se trompait. Non, cette fois, il ne la regarderait pas sortir de sa vie sans réagir.

— De quoi s'agit-il, alors ?

Elle hésita, porta un pouce à ses lèvres et les caressa

doucement. Réalisant qu'il surveillait chacun de ses gestes, elle laissa retomber sa main.

Elle soutint un instant son regard, puis se détourna vers la fenêtre… Alors, prenant une grande inspiration, elle se lança :

— Juste avant d'interviewer la reine, j'ai… j'ai surpris une conversation que je n'étais pas supposée entendre…

Eh bien !

Il ne s'était pas attendu à une telle révélation. Le regard fuyant de Jade commençait à l'inquiéter sérieusement.

D'instinct, la sonnette d'alarme résonna en lui. Il pressentit le pire… Ce n'était pas pour rien qu'il était un éminent responsable de l'IRR !

Croisant les bras, il lui dit d'un air morose :

— Vas-y, je t'écoute.

— Lorsque j'attendais la reine, dans la salle de réception, j'ai soudain entendu sa voix dans la pièce attenante. Elle discutait avec une autre personne…

De nouveau, elle fit une pause, secoua la tête et reprit :

— Je ne sais pas à qui elle s'adressait, mais ça n'a pas réellement d'importance. En fait, ce qui compte, c'est ce que j'ai entendu, et non l'identité de son interlocuteur, et…

— Va au fait ! lui ordonna-t-il.

— O.K. !

Aspirant encore une fois une large bouffée d'air, elle poursuivit :

— Je l'ai entendue dire que son frère avait fomenté un complot avec les Chevaliers Noirs pour enlever le roi.

Voilà ! C'était dit !

Déjà, Jade se sentait mieux !

Désormais, elle n'était plus la seule à porter ce lourd secret. Alors, de nouveau, elle trouva en elle la force de diriger son regard vers J.T.

Ses traits s'étaient figés.

Ses yeux, en revanche, étincelaient d'un étrange feu noir.

Si elle ne l'avait pas si bien connu, nul doute qu'elle eût pris la poudre d'escampette.

Soudain, ce terrible regard se fixa sur le téléphone, puis de nouveau sur elle.

Alors il demanda d'un ton cinglant, en détachant bien chaque syllabe :

— A qui en as-tu parlé ? Qui as-tu contacté avant que je n'arrive ?

— Je vois que la confiance règne, se récria-t-elle. C'est charmant !

— *Qui ?*

Il la jaugeait d'un œil glacial. Offensée, elle releva le menton d'un air de défi et répondit :

— Personne !

— Personne, bien sûr ! persifla-t-il avant d'émettre un rire sec.

S'approchant dangereusement d'elle, il dit encore :

— Et tu t'imagines peut-être que je vais te croire ? C'est le scoop du siècle et tu resterais là sans réagir ? A d'autres, s'il te plaît !

Alors, les traits rongés par la colère, il se précipita sur le téléphone…

— Que vas-tu faire ? demanda-t-elle affolée. Me faire arrêter ?

Il lui accorda un bref regard dédaigneux et répondit :

— Je vais alerter le service de presse du palais afin que leurs spécialistes émettent un communiqué pour démentir tes propos.

C'était trop injuste !

Par égard pour J.T., elle n'avait pas tiré profit de ce qu'elle avait découvert, et lui, de son côté, la soupçonnait immédiatement du pire !

Profondément blessée, elle se contenta d'abord de le toiser sans mot dire…

Comment pouvait-il penser une chose pareille ? Après ce qu'ils avaient vécu ces derniers jours, la connaissait-il donc toujours aussi mal ?

Pire encore : ne lui accordait-il pas la moindre confiance ?

Dans ces conditions, il n'était même pas envisageable de conjuguer l'avenir à deux.

— Tu penses réellement que j'ai rapporté à Pen-TV la conversation que j'ai surprise ?

Elle s'approcha de lui, son regard dur enchaîné au sien.

Sur une impulsion, elle s'empara du combiné et le lui arracha des mains. D'un geste énervé, elle raccrocha et martela :

— Je ne l'ai dit à personne !

Alors il étudia longuement ses yeux car c'étaient eux qui toujours la trahissaient. En l'occurrence, il hésita…

Bon sang, cette fois, il était incapable de lire en elle ! Il était bien trop déstabilisé pour arriver à des conclusions satisfaisantes.

Sans chercher à reprendre le combiné, il déclara :

— Difficile à croire…

Brusquement, une vive fureur le submergea, une fureur non dirigée contre Jade, mais contre sa propre personne.

En lui proposant de venir s'installer chez lui, il avait pris un risque non calculé. Trop de secrets planaient sur le palais, en ce moment. Et forcément, avec ses instincts de journaliste, elle avait fini par découvrir ce qui se passait réellement.

Il avait tout simplement commis une faute professionnelle !

Or, comment réagir, à présent ?

Nom d'un chien ! Il s'était laissé aveugler par l'amour qu'il lui portait. Il avait cru à une réconciliation. Il avait même envisagé qu'elle pourrait rester avec lui, ici au palais. Qu'ils se remarieraient !

Quel idiot ! A son âge, prenait-il donc encore ses désirs pour des réalités ?

Il la jaugea d'un regard morne.

Elle venait de se saisir de son sac et, visiblement, s'apprêtait à partir.

Très bien !

— Je n'arrive pas à croire que tu ne me fasses pas confiance, lui dit-elle alors sur un ton rempli de reproches.

— Pourquoi te ferais-je confiance ? se récria-t-il. Regarde-toi ! Tu viens de reprendre ton sac, tu es déjà sur le pied de guerre.

— Non, J.T., c'est toi qui n'as jamais déposé les armes, n'inverse pas la situation, s'il te plaît !

Elle plaidait dans le vide, puisqu'il poursuivit sans l'entendre :

— En tant que journaliste, tu es toujours à l'affût d'un scoop. Et celui-ci, il est de taille ! C'était le secret le mieux gardé du palais, et toi, la journaliste de Pen-TV, tu prétends que tu ne vas pas l'exploiter ? Il est tout de même légitime que je doute de tes intentions.

A ces mots, elle jeta son sac sur le sofa et déclara :

— Non, ce qui serait légitime, c'est que tu me croies !

Là-dessus, elle posa ses mains sur ses hanches et lui fit front.

Bon Dieu ! Comme il aurait voulu la croire !

Lui faire confiance !

Mais il était pris entre deux feux : d'un côté, sa conscience professionnelle qui lui interdisait le moindre faux pas, la moindre erreur de jugement, et de l'autre, les yeux en furie de Jade.

— Il est vrai que j'aurais pu appeler Pen-TV, décréta-t-elle, et je peux te garantir que ce n'est pas l'envie qui me manquait ! Oui, pendant quelques secondes, je me suis vue annoncer le scoop devant la caméra !

Ils se livraient à présent un véritable bras de fer. J.T. ne broncha pas.

— Mais cette envie est restée de l'ordre du fantasme ! Je ne l'ai pas fait, je n'ai pas pu le faire.

— Pourquoi ? demanda-t-il en la saisissant par le bras et en la contraignant à se rapprocher de lui.

De nouveau, il observa longuement son beau regard vert, en quête de la vérité…

Et cette fois, il la trouva.

Oh, il connaissait trop bien le langage de ses yeux pour ne pas le comprendre !

O.K., il la croyait, elle n'avait pas ébruité l'affaire.

Cette découverte l'ébranla. Quelle était donc la raison de son silence ? Pourquoi ce revirement ?

Qu'est-ce qui l'avait donc poussée à renoncer de son plein gré à sa maudite ambition, cette ambition à laquelle elle l'avait sacrifié, autrefois ?

— Pourquoi n'as-tu rien dit ? lui redemanda-t-il. Avec ce scoop, tu scellais définitivement ta carrière, alors pourquoi avoir pris le parti de te taire ?

— Peut-être ai-je changé, lui suggéra-t-elle.

— Pourtant, il y a quelques jours encore, tu me harcelais pour obtenir cette interview.

— Est-ce donc si difficile à croire ?

Les beaux yeux de Jade lançaient des éclairs. Pourtant, jouant la carte de l'honnêteté, il répondit :

— Oui, ça l'est !

— Au moins, tu as le mérite d'être franc, fit-elle avec un sourire triste.

A ces mots, il l'attira à lui…

Immédiatement, son sublime parfum fleuri l'enivra. Soudain, tout contre lui, il entendit le cœur de Jade battre la chamade. Le sien lui emboîta le pas.

— Que s'est-il donc produit pour que tu changes si radicalement d'attitude ? lui demanda-t-il à voix basse, la bouche collée contre sa chevelure.

Elle se mit à respirer plus rapidement et il vit son pouls s'affoler à sa tempe. Sur une impulsion, il y déposa un tendre baiser.

— Si je suis partie, il y a trois ans, lui expliqua-t-elle alors, c'est parce que la vie devenait impossible. Les scènes se succédaient, et plutôt que de rester et de lutter, j'ai préféré partir.

Elle fit une pause, puis reprit :

— Te revoir a été un choc qui a déclenché en moi une prise de conscience. Je me suis notamment aperçue que j'avais mûri. Maintenant, je sais qu'il y a des choses bien plus importantes qu'un scoop. Et que, dans la vie, il n'y a pas que la carrière qui compte.

— C'est-à-dire ?

Il avait besoin d'entendre de sa bouche la confirmation qu'il espérait…

Le cœur battant violemment dans sa poitrine, il resserra son étreinte. Mais, d'une brusque secousse, elle se dégagea.

Puis, le regard fixé sur lui, elle déclara :

— Toi, par exemple ! C'est tout de même incroyable qu'il faille que je te le dise pour que tu le comprennes !

Elle leva ensuite les yeux au ciel, avant de poursuivre en s'adressant à un interlocuteur imaginaire :

— Je l'aime, je le lui prouve et il ne me croit toujours pas ! Il n'a jamais rien compris et continue de ne rien comprendre !

— Puis-je intervenir ou est-ce un moment d'intimité avec toi-même qu'il ne faut pas troubler ?

— Je me parlais effectivement à moi-même, cette conversation ne t'était pas adressée.

— Désolé, mais sans le vouloir j'ai entendu tes propos, insista-t-il. Et tu as dit que tu m'aimais…

— C'est vrai… Je m'en suis enfin rendu compte. Tu vois, il me faut du temps pour comprendre.

— Moi aussi, je t'aime, lui dit-il alors.

Cette déclaration la stupéfia.

Ecarquillant les yeux, elle demanda :

— Comment peux-tu m'aimer et me suspecter de trahir ta confiance ?

— Je te rappelle que tu m'as quitté au nom d'une carrière que ce scoop aurait sensiblement propulsée.

— Tu m'as laissée partir, lui reprocha-t-elle alors. J'étais rongée par la peur, la peur du futur, de l'inconnu. Je suis partie, c'est vrai, mais tu n'as rien fait pour me retenir.

Insidieusement, il se mit à caresser sa nuque et répondit :

— Je sais.

— J'ai cru que finalement cela t'était égal puisque tu ne m'as pas rappelée, ou écrit, ou que sais-je encore…

A ces mots, une larme coula sur sa joue.

— Comme tu ne te manifestais pas, une fois calmée je n'ai pas osé rentrer à la maison, même si c'était ce que je désirais plus que tout au monde.

Mon Dieu, tout ce temps perdu à cause de leur maudite fierté ! pensa-t-il alors.

— Tu as raison, admit-il d'un ton amer, je t'ai poussée vers la porte et lorsque finalement tu es partie, je ne t'ai pas retenue car mon amour-propre était à vif. Au lieu de m'élancer derrière toi, je me suis raccroché à mon orgueil, c'était tout ce qui me restait.

— Et aujourd'hui ?

— Aujourd'hui, il n'y a que toi qui comptes…

Il braqua sur elle un regard brûlant.

— Je me moque de mon amour-propre, à présent. Et si tu t'avises de me quitter, alors je te traquerai au bout du monde. Tu entends ? Cette fois, je ne te laisserai pas partir.

Sa voix rauque égratigna délicieusement le creux de ses reins et la fit frissonner. Mais il n'en avait pas terminé.

— Lorsque tu es partie, j'ai terriblement souffert, mais je ne voulais pas que tu l'apprennes, lui dit-il. Alors j'ai enfoui ma douleur, profondément, et je me suis dit que j'avais surmonté la crise. Survécu à cette histoire d'amour.

— Et ?

— Eh bien, évidemment, peu à peu, elle est revenue me hanter. Impossible de t'oublier, Jade. Et maintenant que tu m'es revenue, je ne veux pas que tu repartes.

— Rassure-toi, je n'en ai nullement l'intention.

Ce fut alors que, dans les yeux de J.T., Jade vit briller leur avenir.

— Je ne suis plus une enfant, J.T. J'ai appris à me battre pour ce que je veux.

— Et que désires-tu ?

Dans l'attente d'une réponse qu'il connaissait d'avance, il caressa doucement sa joue. Le désir venait de renaître entre eux.

— Toi, J.T.

Un beau sourire s'épanouit bientôt sur les lèvres de J.T. Alors, il enserra tendrement l'ovale délicat du visage de Jade entre ses mains et demanda d'un ton solennel :

— Epouse-moi, Jade.

— Quand ?

— Maintenant.

— Maintenant ? fit-elle en éclatant de rire. Tu es encore plus pressé que la première fois.

— Le temps de faire publier nos bans, alors. Et dès que l'histoire du palais est réglée, nous partons en voyage de noces.

— Cela me va !

Nouant les bras autour de sa nuque, elle lui donna un baiser fougueux. Cet élan le rendit fou d'elle et, quelques secondes plus tard, il roulait avec elle sur le lit.

Epilogue

— Janine ! Quelle joie de te revoir ! J'ai eu si peur, mon Dieu !

Son amie se précipita dans ses bras et elles restèrent longtemps enlacées, à savourer leur bonheur. Elles s'étaient déjà entretenues une bonne heure, la veille, au téléphone.

— Tiens, fit Janine qui n'avait pas perdu son sens de l'humour, je te rends ta veste. Ce n'est pas vraiment un porte-bonheur.

L'homme qui traquait Jade depuis des semaines et avait finalement enlevé à sa place son assistante était désormais sous les verrous. C'était un fanatique qui prétendait être éperdument amoureux de la belle journaliste de Pen-TV.

Manifestement, il n'en était pas à son premier coup d'essai, mais cette fois, cela risquait d'être le dernier, car de l'avis de tous, ce n'était pas la prison mais l'asile qui l'attendait.

Curieusement, depuis longtemps, J.T. s'était abstenu de faire à Jade le moindre reproche sur les dangers auxquels l'exposait son métier.

Avec une joie non dissimulée, Jade avait donc retrouvé son bureau, à Pen-TV. Comme elle était reconnaissante à J.T. de ne pas lui avoir demandé de renoncer à sa carrière pour lui !

Car, cette fois, nul doute qu'elle l'aurait fait…

Oh, non sans récriminer ! Mais elle ne doutait pas qu'elle aurait certainement fini par céder.

Elle avait trop souffert de la séparation précédente, et était bien trop amoureuse de lui pour courir de nouveau le risque de le perdre.

Néanmoins, elle envisageait sérieusement de se reconvertir

dans la presse écrite. Les projecteurs, elle en avait assez ! L'enlèvement de son amie l'avait sérieusement ébranlée et elle avait désormais envie de recouvrer un certain anonymat.

En outre, elle avait l'impression qu'en travaillant pour un quotidien ou un hebdomadaire de la presse écrite, elle pourrait effectuer un travail en profondeur — ce que ne permettait pas la télévision.

Quant à J.T., force était de reconnaître qu'il avait parcouru un long chemin. De mari machiste, il était devenu un amant aimant et conciliant, rempli d'admiration pour sa femme journaliste. Elle le soupçonnait même de ne pas envisager d'un bon œil sa reconversion.

Néanmoins, il se gardait bien de se mêler de sa vie professionnelle et de ses choix en la matière.

Le mariage était fixé à dans deux semaines — le délai réglementaire pour la publication des bans.

Durant cette quinzaine, on devait leur attribuer un nouvel appartement de fonction, au palais. Un quatre-pièces — ce qui leur permettrait d'avoir au moins deux enfants, avait tenu à préciser J.T. Et aujourd'hui, ce n'était absolument plus un problème pour Jade : elle envisageait avec sérénité une maternité.

Au palais, le complot avait tourné court.

La garde rapprochée du roi avait fini par mettre la main sur la cachette où les Chevaliers Noirs retenaient le souverain prisonnier.

Le groupuscule avait été entièrement démantelé et le frère de la reine, aux abois, avait choisi de mettre fin à ses jours. C'était un être si odieux que même la reine eut du mal à le regretter.

Les souverains décidèrent alors de lever le mystère sur toute cette affaire et de tout révéler enfin aux citoyens de Penwick.

Il alla sans dire que, pour ce communiqué de presse, on fit appel à Jade. Outre Harry, l'équipe incluait également Janine. C'était le moins que lui devait Jade !

Ce soir-là, Jade et J.T. étaient assis confortablement sur

le canapé, devant la télévision, et s'apprêtaient à regarder la diffusion de l'interview enregistrée le matin même.

Le couple royal se prêtait loyalement au jeu de la presse, c'est-à-dire qu'il répondait de bonne grâce aux questions de Jade.

La soupçonnèrent-ils de connaître la vérité ?

Toujours est-il que jamais ils ne cherchèrent à le savoir.

« Mon Dieu, quelle classe ! » pensa J.T. en la voyant s'adresser le plus naturellement du monde aux souverains qui lui faisaient face.

Comment avait-il eu le toupet de lui demander de renoncer à sa carrière pour lui ? Aujourd'hui, il réalisait enfin l'affreux dilemme devant lequel il l'avait placée.

Un divorce et trois années plus tard, il commençait à être temps…

Allons, ce chemin détourné pour arriver au bonheur avait certainement été un mal nécessaire ! conclut-il, philosophe.

A la dérobée, il jeta un coup d'œil vers sa compagne…

Au lieu de regarder l'écran, elle le regardait, lui, tendrement.

Visiblement, elle guettait sa réaction.

— Bravo ! lui dit-il d'un air ému. Je suis si fier de toi ! Oh, mon amour… !

Les yeux brillants, elle se serra tout contre lui.

Il leur avait fallu trois ans pour trouver le bonheur, pensa-t-elle, mais désormais, ils pouvaient le savourer en toute tranquillité. Et en toute volupté.

Passions

— Le 1er décembre —

Passions n°296

L'enfant secret d'Aristedes Sarantos - Olivia Gates

Selene sait bien qu'elle a commis une terrible erreur en succombant au charme puissant d'Aristedes Sarantos et en passant la nuit avec lui. Ce riche armateur n'est-il pas le pire ennemi de sa famille ? Mais hélas, alors qu'elle est bien décidée à oublier ce moment d'égarement, elle s'aperçoit qu'elle est enceinte...

Une sulfureuse rencontre - Marie Ferrarella

C'est à contrecœur que Wendy a accepté un poste de serveuse dans un restaurant de Red Rock. Et son malaise est d'autant plus grand que Marcos Mendoza, son nouveau patron, ne fait rien pour lui faciliter la tâche. En effet, pour une raison qu'elle ignore encore, cet homme, par ailleurs charmant avec les autres employés, ne cesse de la rabrouer et de la tourner en ridicule...

Passions n°297

Héritière et rebelle - Jennifer Lewis

Même s'ils ne se connaissent que depuis quelques semaines, Bree accepte sans hésitation la demande en mariage de Gavin Spencer. Comment pourrait-elle refuser de devenir l'épouse d'un homme aussi beau et attentionné ? Mais quelques jours seulement après le mariage, elle découvre la terrible vérité : Gavin ne l'a épousée que pour son argent et le soutien que sa richissime famille pourrait lui apporter...

Le sourire de Jennie - Tessa Radley

Parce qu'il est incapable de concilier sa carrière d'homme d'affaires et l'éducation de Jennie, sa fillette de six mois, Nick Valentine décide d'embaucher Candace, une jeune gouvernante. Une décision qu'il ne va pas tarder à regretter car si la jeune femme est parfaite avec Jennie, qu'elle semble aimer comme sa propre fille, elle se montre en revanche très froide et distante à son égard, comme si elle lui en voulait personnellement...

Passions n°298

La brûlure de la tentation - Jules Bennett

En apprenant qu'elle va devoir travailler étroitement avec Zach Marcum, Anastasia est très contrariée. N'a-t-il pas la réputation de séduire toutes ses collaboratrices avant de les abandonner sans ménagement ? Toutes, sauf elle en tout cas, elle s'en fait la promesse. Mais elle ne tarde pas à s'apercevoir qu'il sera terriblement difficile de s'en tenir à ses résolutions...

De bouleversantes retrouvailles - Janice Maynard

C'est avec appréhension que Brynn s'apprête à retourner dans le Wyoming après des années d'absence, car elle sait que, là-bas, personne n'aura oublié le terrible scandale qui l'a contrainte à fuir. Personne et surtout pas Trent Sinclair, son amour de jeunesse. Mais en dépit de tout, elle ne peut quand même s'empêcher d'espérer : et si Brent était cette fois disposé à entendre la vérité ?

Passions n°299

Un scandaleux secret - Kathie DeNosky

Lorsqu'elle s'aperçoit qu'elle est enceinte de Shane McDermott, Melissa Jarrod sent une immense angoisse l'envahir. Car si elle est secrètement folle de joie à l'idée de devenir mère, elle sait aussi que la nouvelle ne manquera pas de faire scandale dans la haute société d'Aspen et au sein de sa richissime famille. D'autant que Shane a été très clair avec elle : jamais il ne se mariera et jamais il ne fondera de famille...

Rendez-vous avec un prince - Leanne Banks

En acceptant de travailler pour le prince Stefan Devereaux, Eve sait que sa tâche ne sera pas aisée. Le prince n'a-t-il pas la réputation d'être dur et inflexible ? Ce qu'elle n'avait pas prévu en revanche, c'est ce désir puissant et irrépressible qui, dès le premier regard, la lie à Stefan... Un désir auquel il lui est impossible de résister, même si elle sait qu'ils n'appartiennent pas au même monde et que rien ne sera jamais possible entre eux...

Passions n°300

Une nuit avec un ennemi - Maureen Child

Pas une seconde, Katie ne regrette l'élan de passion irrépressible qui l'a poussée à s'abandonner, le temps d'une nuit, entre les bras du très sexy Rafe Cole, qu'elle connaît pourtant à peine. Mais alors qu'elle se prend à espérer que cette première étreinte soit bien plus qu'une simple aventure, elle découvre avec horreur que Rafe lui a menti sur son identité : il n'est autre que l'héritier de la puissante famille King, autrement dit son pire ennemi...

Ce lien si puissant - Lois Faye Dyer

Cynthia a du mal à en croire ses yeux. Le beau, le richissime Zach Coulter, l'homme que toutes les femmes convoitent, se tient là, devant elle, et la couve d'un regard brûlant et chargé de désir. Un affolant appel auquel elle refuse pourtant de céder. Car Zach est un séducteur, un homme instable, volage, et il est évident qu'il ne tardera pas à l'abandonner pour une nouvelle conquête...

A paraître le 1er novembre

Best-Sellers n°486 • suspense

Un mystère à Black Falls - Carla Neggers

La petite ville de Black Falls, dans le Vermont, semble bien paisible sous son rideau de neige... jusqu'à ce que Rose Cameron, experte en sauvetages d'urgence, découvre un corps carbonisé, presque méconnaissable. Presque... car Rose est sûre de savoir de qui il s'agit, et elle est convaincue que cette mort n'a rien d'un accident. D'autant que Nick Martini, un pompier expérimenté qui est venu la trouver, soupçonne lui aussi l'intervention d'un pyromane. Nick, un homme séduisant qu'elle n'avait jamais revu depuis la nuit de passion qu'ils ont partagée l'année précédente. Bouleversée par ces retrouvailles mais décidée à faire le jour au plus vite sur cette sombre affaire, Rose met de côté ses sentiments et accepte de collaborer avec Nick pour traquer un dangereux criminel – au risque de se retrouver prisonnière d'un piège de feu.

Best-Sellers n°487 • suspense

Mémoire à vif - Brenda Novak

De retour dans le Tennessee à Whiterock, sa ville natale, après douze années d'absence, Sheridan Kohl redoute de voir son passé refaire surface, et avec lui les terribles souvenirs qui ont bouleversé sa vie. Et même si elle a peu à peu reconstruit son existence autour de l'association d'aide aux victimes qu'elle a créée en Californie avec deux amies, elle sait que seule la vérité sur son agression et sur le meurtre dont elle a été le témoin adolescente pourra la libérer des cauchemars qui hantent ses nuits. Mais à peine arrivée, Sheridan est à nouveau victime d'une agression et ne doit la vie sauve qu'à l'intervention de Cain Granger, son amour de jeunesse. Cain, un mauvais garçon au charme ravageur que toute la petite communauté de Whiterock soupçonne encore d'être l'auteur du crime que Sheridan est venue résoudre.

Best-Sellers n°488 • suspense

Menacée - Karen Harper

Lorsqu'elle se rend dans un coin perdu de l'Alaska pour un stage professionnel, l'avocate Lisa Vaughn espère profiter pleinement de ces quelques jours en pleine nature. Pourtant, dès son arrivée, une étrange impression d'être épiée la met mal à l'aise. Un malaise qui se transforme en panique lorsque Lisa est précipitée dans les eaux tumultueuses et glacées du torrent Wild. Un torrent dont elle ne serait jamais sortie vivante si Mitch Braxton ne s'était embarqué en kayak dans une course folle sur les rapides pour la sauver. Mitch, le directeur du stage, mais aussi et surtout son ancien fiancé, cet homme qui lui a déchiré le cœur en partant vivre loin d'elle plusieurs années auparavant. Bouleversée et désorientée, Lisa accepte la proposition de Mitch de veiller sur elle et de l'aider à enquêter. S'agit-il d'un simple accident, d'une menace ? Ou, aussi incroyable que cela puisse paraître, quelqu'un souhaite-t-il réellement la tuer ?

Best-Sellers n°489

Magie d'hiver

Les cinq histoires réunies dans ce livre explorent la magie d'un hiver de givre où la douceur ouatée de la neige et la chaleur réconfortante des feux de bois accompagnent toutes les promesses d'amour… Amour impossible d'Alanna qui, le soir de Noël, ne peut pas accepter la demande en mariage de Ian alors qu'il va bientôt devoir partir. Amour renaissant de Noelle et Thom, séparés depuis dix ans, qui se retrouvent au moment des fêtes de fin d'année. Amour passionné d'Elaine et Tony qui, depuis leur adolescence, se donnent rendez-vous à chaque veille de Noël. Jusqu'au jour où Elaine attend Tony en vain… Amour fou et imprévu de Devin pour Robin et le bébé qu'elle met au monde un soir de tempête. Un amour qui fait naître en lui le désir d'une vraie famille. Amour absolu d'Amy qui rêve pour ses enfants du plus merveilleux des réveillons de Noël. Autant de rencontres imprévues, de brûlantes étreintes, de retrouvailles bouleversantes et de tendres réconciliations…

Best-Sellers n°490 • suspense

L'île des disparues - Heather Graham

Quand Chloé Marin, jeune et talentueuse psychologue, collabore à une enquête de police sur la mystérieuse disparition d'un jeune mannequin sur une petite île de Floride, elle ne s'attend pas à voir son propre passé ressurgir. Et surtout pas ces meurtres terribles qui l'ont brisée lorsqu'elle était adolescente et qu'elle a essayé d'enfouir au plus profond de sa mémoire. Pourtant, à peine démarre-t-elle ses recherches que des crimes sont commis et lui rappellent le drame dont elle a été témoin dix ans plus tôt. Mais le plus perturbant, ce sont encore ces visions qui s'emparent de son esprit. Des visions incroyablement réalistes de la jeune femme disparue implorant son aide. Dès lors Chloé n'a plus le choix. Prête à tout pour faire la lumière sur cette affaire, elle s'associe à Luke Cane – un détective privé secret et mystérieux à qui elle a rapidement accordé sa confiance. Mais elle ne sait pas encore à quel point sa protection lui sera précieuse. Ni qu'elle est désormais la cible d'un tueur implacable. Un tueur qui n'est jamais loin …

Best-Sellers n°491 • thriller

Le silence de la peur - Karen Rose

Son projet était désespéré. Mais Mary Grace Winters savait que la seule manière pour elle et pour son fils d'échapper à son mari, un policier violent qui les maltraitait, était de mettre en scène leur propre mort…

Aujourd'hui, tout ce qu'il reste de leur ancienne vie gît au fond d'un lac. Sous une nouvelle identité, Mary Grace a trouvé refuge avec son petit Tom à Chicago, loin de sa ville natale. Et sous le nom de Caroline Stewart, elle a presque oublié le cauchemar qu'elle a fui sept ans auparavant, au point de se laisser aller à une relation amoureuse avec son nouveau collègue, Max Hunter. Max, un homme qui est lui aussi hanté par d'anciennes et profondes blessures, et qui lui a spontanément inspiré confiance. Pourtant, elle l'ignore encore, son passé est sur le point de ressurgir et de faire voler en éclats la vie paisible qu'elle s'est construite. Car son mari a retrouvé sa trace et celle de son fils. Pas à pas, il se rapproche…

Best-Sellers n°492 • historique
Innocente trahison - Kat Martin

Angleterre, 1854.
Depuis qu'ils l'ont recueillie chez eux après la mort de ses parents, Lily Moran voue une loyauté sans faille aux Caulfield, et surtout à leur fille Jocelyn dont elle est devenue la dame de compagnie. Une loyauté qui est mise à rude épreuve lorsqu'elle rencontre Royal Dewar, duc de Bransford, auquel Jocelyn est promise depuis des années. Car si Lily sait que cet homme ne lui appartient pas, elle ne peut ignorer l'intense désir qui s'installe entre eux dès les premiers instants. Et bientôt, incapable de résister à la tentation, Lily s'abandonne entre les bras du duc pour un baiser d'une incroyable sensualité.
Pourtant, elle le sait, Royal n'a rien de plus à lui offrir que ces quelques instants de plaisir volés. N'a-t-il pas promis à son père qu'il épouserait Jocelyn, ainsi que sa fortune, pour restituer son prestige au duché de Bransford ? Alors, déterminée à mettre un terme à ce vain jeu de séduction, Lily fait tout pour éviter le fascinant Royal. Jusqu'à ce que le destin les pousse à commettre l'irréparable…

Best-Sellers n°493 • suspense
Tensions - Francis Roe
Pour la première fois depuis le début de sa brillante carrière de chirurgien à New Coventry, le docteur Caleb Winter est confronté à un terrible cas de conscience : afin de sauver la vie de sa patiente, Céline de la Roche, il devrait normalement pratiquer une intervention classique et en accepter les effets secondaires indésirables. Et pourtant, cette fois, il se sent prêt à risquer sa carrière et sa réputation pour tenter une « première » médicale en pratiquant sur elle une greffe très risquée. Caleb a en effet des raisons personnelles de vouloir tenter le tout pour le tout. Et même si son devoir de médecin lui impose la plus stricte neutralité, il sent bien que son jugement est altéré par l'irrépressible attirance qu'il éprouve pour Céline. Car sa patiente – une femme de pouvoir qui dirige une maison d'édition new-yorkaise -, est jeune, belle et intelligente. Fragile aussi. Une fragilité qui fait écho à sa propre solitude dans un monde hospitalier fait de rivalités et de querelles de pouvoir, où Caleb suscite de terribles jalousies. Mais peut-il vraiment se lancer dans une lutte sans merci pour Céline… au risque de tout perdre ?

Composé et édité par les

éditions HARLEQUIN

Achevé d'imprimer en France (Malesherbes)
par Maury-Imprimeur
en octobre 2011

Dépôt légal en novembre 2011
N° d'imprimeur : 167411